Companhia Das Letras

ILUSÕES PERDIDAS

HONORÉ DE BALZAC nasceu em Tours em 1799, filho de um funcionário público. Passou quase seis anos interno em um colégio de Vendôme, depois se fixou em Paris, onde exerceu a função de estagiário em um escritório de advocacia e, posteriormente, de escritor freelance. Entre 1820 e 1824, adotando diversos pseudônimos, escreveu alguns romances, boa parte deles em colaboração, e, a seguir, tentou inutilmente a sorte na atividade de editor, impressor e tipógrafo. Aos trinta anos, muito endividado, retomou a literatura com grande empenho e escreveu o primeiro romance publicado em seu nome, *A Bretanha*. Nos vinte anos seguintes, escreveu cerca de noventa romances e contos, entre os quais, muitas obras-primas que receberam o nome abrangente de *A comédia humana*. Como disse o próprio Balzac: "O que ele [Napoleão] não conseguiu concluir com a espada, eu o realizarei com a pena". Ele faleceu em 1850, alguns meses depois de se casar com Evelina Hanska, a condessa polonesa com quem manteve relações durante dezoito anos.

ROSA FREIRE D'AGUIAR nasceu no Rio de Janeiro. Nos anos 1970 e 80 foi correspondente em Paris das revistas *Manchete* e *IstoÉ*. Retornou ao Brasil em 1986 e no ano seguinte traduziu seu primeiro livro, para a editora Paz e Terra: *O conde de Gobineau no Brasil*, de Georges Raeders. Em mais de vinte anos de atividade, verteu mais de sessenta títulos nas áreas de literatura e ciências humanas. Além do francês, idioma do qual transpôs para o português, entre outros, Céline, Orsenna, Lévi-Strauss, Debret e Balzac, traduz do espanhol e do italiano, línguas que também aperfeiçoou durante os anos de jornalista na Europa. Sua língua de preferência, no entanto, é mesmo o idioma de Montaigne, autor que ela pretendia traduzir desde os anos 1990, não só pelo conteúdo humanista dos *Ensaios* mas pelo desafio de traduzir um texto de quatro séculos de modo a conquistar o leitor de hoje.

Acredita que o tradutor é um ser "obcecado" e "duvidante" e que uma boa tradução depende, também, da empatia entre tradutor e autor. Entre os prêmios que recebeu estão o da União Latina de Tradução Científica e Técnica (2001) por *O universo, os deuses, os homens* (Companhia das Letras), de Jean-Pierre Vernant, e o Jabuti (2009) pela tradução de *A elegância do ouriço* (Companhia das Letras), de Muriel Barbery.

HERBERT J. HUNT estudou na Lichfield Cathedral Choir School, na Lichfield Grammar School e no Magdalen College, em Oxford. Foi professor conselheiro no St Edmund Hall de 1927 a 1944, depois, até 1966, professor de Literatura e Língua Francesas na London University e, de 1966 a 1970, professor emérito da Warwick University. Publicou livros sobre a literatura e o pensamento da França do século XIX; também escreveu uma biografia de Balzac e um estudo abrangente de sua obra: *Balzac's 'Comédie Humaine'* (1959, brochura 1964). Sua tradução de *O primo Pons* foi publicada pela Penguin Classics em 1968. Ele morreu em 1973.

HONORÉ DE BALZAC

Ilusões perdidas

Tradução de
ROSA FREIRE D'AGUIAR

Introdução de
HERBERT J. HUNT

7ª reimpressão

COMPANHIA DAS LETRAS

Grafia atualizada segundo o Acordo Ortográfico da Língua Portuguesa de 1990, que entrou em vigor no Brasil em 2009.

Published by Companhia das Letras in association with Penguin Group (USA) Inc.

TÍTULO ORIGINAL
Illusions Perdues

CAPA E PROJETO GRÁFICO PENGUIN-COMPANHIA
Raul Loureiro, Claudia Warrak

PREPARAÇÃO
Silvia Massimini Felix

REVISÃO
Adriana Cristina Bairrada
Marise Leal

Dados Internacionais de Catalogação na Publicação (CIP)
(Câmara Brasileira do Livro, SP, Brasil)

Balzac, Honoré de, 1799-1850.
Ilusões perdidas / Honoré de Balzac; tradução de Rosa Freire d'Aguiar. — 1ª ed. — São Paulo: Penguin Classics Companhia das Letras, 2011.

Título original: Illusions Perdues.
ISBN 978-85-63560-33-9

1. Romance francês I. Título

11-10942 CDD-843

Índice para catálogo sistemático:
1. Romances: Literatura francesa 843

EDITORA SCHWARCZ S.A.
Rua Bandeira Paulista, 702, cj. 32
04532-002 — São Paulo — SP
Telefone: (11) 3707-3500
www.penguincompanhia.com.br
www.companhiadasletras.com.br
www.blogdacompanhia.com.br

Sumário

Introdução — Herbert J. Hunt

ILUSÕES PERDIDAS

PARTE 1
OS DOIS POETAS

1. Uma tipografia de província 27
2. A senhora de Bargeton 58
3. Uma noite num salão, uma noite à beira d'água 100
4. Catástrofes do amor provinciano 147

PARTE 2
UM GRANDE HOMEM DE PROVÍNCIA EM PARIS

5. As primícias de Paris 179
1. Uma carta 219
2. Flicoteaux 222
3. Dois tipos de livreiros 229
4. Um primeiro amigo 239
5. O Cenáculo 247
6. As flores da miséria 255
7. Um jornal visto de fora 264
8. Os sonetos 273
9. Um bom conselho 280
10. Terceira variedade de livreiro 289
11. As Galerias de Madeira 297
12. Aspecto de uma livraria nas Galerias de Madeira 304

13. Quarta variedade de livreiro 310
14. Os bastidores 316
15. A utilidade dos droguistas 325
16. Coralie 336
17. Como se fazem os pequenos jornais 345
18. A ceia 354
19. A casa de uma atriz 364
20. Última visita ao Cenáculo 375
21. Uma variedade de jornalista 381
22. Influência das botas na vida particular 388
23. Os arcanos do jornal 393
24. Re-Dauriat 402
25. As primeiras armas 407
26. O livreiro na casa do autor 415
27. Um estudo sobre a arte de cantar a palinódia 423
28. Grandezas e servidões do jornal 433
29. O banqueiro dos autores dramáticos 439
30. O batismo do jornalista 443
31. A sociedade 453
32. Os *viveurs* 466
33. Quinta variedade de livreiro 472
34. A chantagem 479
35. Os cambistas 484
36. Mudança de front 493
37. Finezas de Finot 501
38. A semana fatal 510
39. Tal como Jó 527
40. Despedidas 534

PARTE 3
OS SOFRIMENTOS DO INVENTOR

INTRODUÇÃO
1. Triste confissão de um filho do século 547
2. O coice do jumento 554

HISTÓRIA DE UMA AÇÃO JUDICIAL
3. O problema a resolver 559
4. Uma mulher corajosa 562
5. Um Judas em gestação 568
6. Os dois Cointet 575
7. A primeira trovoada 581
8. Uma espiada na indústria papeleira 589
9. Advogados de província em geral e o doutor Petit-Claud em particular 593
10. Curso público e gratuito sobre contas de retorno para os que não estão em condições de pagar suas promissórias 599
11. Quando se vê que um selo de cinquenta centavos faz o mesmo trajeto e tanto estrago quanto um obus 607
12. O que se chama atear fogo nos negócios 613
13. O pai e os dois empregados 619
14. O incêndio alimentado por Petit-Claud e Cachan, assistidos por Doublon 623
15. O auge das perseguições 629
16. Como a prisão por dívida quase não existe na província 638
17. Duas experiências, uma não atinge o coração do pai, outra atinge o objetivo 645
18. Quando os cães se entreolham diante da presa 652
19. A pretendente de Petit-Claud 657
20. Uma frase do padre 662

A CRIATURA FATAL DA FAMÍLIA
21. A volta do irmão pródigo 669
22. Um triunfo inesperado 675
23. A máquina do triunfo 681
24. Uma dedicação que raramente encontramos na vida 688
25. Lucien leva a sério sua glória na província 693
26. Um Cérizet na grama 701
27. Lucien vai à forra no Palacete Bargeton 708
28. O auge da desolação 716
29. O adeus supremo 722
30. Um encontro com o acaso 726

31. História de um favorito 731
32. Aula de história para uso dos ambiciosos, por um discípulo de Maquiavel 735
33. Aula de moral por um discípulo do P. Escobar 740
34. Perfil do espanhol 746
35. Por que os criminosos são essencialmente corruptores 751
36. O momento em que, na luta, se larga de mão 754
37. As influências da prisão 759
38. Um dia tarde demais 766
39. História de uma sociedade comercial 774
40. Conclusão 781

Cronologia 785
Outras leituras 791

Introdução

HERBERT J. HUNT

Honoré de Balzac (nascido em Tours, 1799, morto em Paris, 1850) estava na metade da carreira de escritor quando deu ao mundo *Ilusões perdidas* (*Os dois poetas*, 1837; *Um grande homem de província em Paris*, 1839; *Os sofrimentos do inventor*, 1843). Depois de dez penosos anos (1819-29) de esforço inicial, interrompidos entre 1826 e 1828 pela malograda tentativa de vencer na atividade de editor, impressor e tipógrafo, ele alcançou o primeiro sucesso relativo com o romance conhecido como *Os Chouans* (1829), o primeiro que assinou com o próprio nome. Por volta de 1830, já havia concebido a ideia de apresentar a história social e moral de sua época em uma série complexa de romances e contos: também pretendia que esta fosse uma interpretação da vida e da sociedade tal como ele as enxergava, coisa que o levou a apoiá-la em certo número de "romances filosóficos", sendo os mais característicos *A pele de onagro* (1831), *Louis Lambert* (1832-5) e *Seraphita* (1834-5). Reuniu a primeira coletânea de suas obras entre 1834 e 1837, dividindo-as em três categorias: *Estudos dos costumes*, *Estudos filosóficos* e *Estudos analíticos*. Os *Estudos dos costumes* subdividiam-se em vários tipos de "cenas": da vida privada, provincianas, parisienses, políticas, militares e da vida rural. Mas, naturalmente, à medida que seguia escrevendo, Balzac precisou inserir novos romances nesses compartimentos. Tendo encontrado um título geral para eles em 1840 (*A comédia humana*), voltou a coligi-

-los entre 1842 e 1846. Continuou escrevendo com energia febril até 1847, e, em 1850, quando a morte o colheu, havia condições de fazer mais uma coletânea; daí o aparecimento, entre 1869 e 1876, da chamada "Edição definitiva".

De lá para cá, a republicação dessas obras — juntamente com a publicação de trabalhos inacabados e fragmentos, edições críticas, sua vasta correspondência etc. — passou a ser uma grande indústria. A energia de Balzac era ilimitada; e sua produtividade, impressionante. Aliás, ele se matava de trabalhar, dentre outros motivos, pela necessidade de saldar as dívidas enormes que contraíra quando impressor. Além disso, seu estilo de vida era de tal modo extravagante que as dívidas continuaram aumentando até o fim. Outro motivo ainda mais impositivo era produzir tudo quanto ele tinha imposto para si como "secretário" autonomeado da sociedade contemporânea. Mesmo assim, arranjou tempo para levar uma vida agitada, pitoresca e atormentada, memorável pelas incursões que empreendia na sociedade elegante, literária e artística e também por uma série de casos amorosos que culminaram no prolongado affaire com uma mulher que começou como mera "correspondente", tornou-se sua amante em 1834 e, enfim, depois de lhe impingir muitos anos de angústia, com ele se casou em maio de 1850, quase na véspera de sua morte: a condessa polonesa Eveline Hanska. Obviamente, essas aventuras sentimentais, as amizades, inimizades e relações sociais forneciam material a suas obras, e uma das principais ocupações dos pesquisadores tem sido descobrir protótipos e modelos por trás de seus personagens (por exemplo, na parte II de *Ilusões perdidas*, a romancista George Sand personificada por Camille Maupin): atividade bastante proveitosa desde que se leve em conta que nem Balzac nem qualquer outro grande escritor transferem fatos reais e pessoas vivas à ficção sem as fundir e transformar.

Por mais que se tenha distinguido como "secretário" da sociedade, Balzac também era um grande artista criativo, e a partir de seu estudo da sociedade contemporânea surgiu não uma simples cópia do mundo que o cercava, e sim um novo mundo que se pode perfeitamente chamar de "balzaquiano": um mundo deveras surpreendente, repleto de pessoas extraordinariamente transbordantes de vida e energia, admiravelmente reais por um lado, mas tão ampliadas e dramatizadas, tão metamorfoseadas que é difícil dizer em que momento elas transcendem a realidade e a imaginação toma o controle. Há muita polêmica entre o Balzac observador da realidade cotidiana e o Balzac "vidente" a expressar uma visão própria das coisas. Sem dúvida alguma, o escritor era dotado de uma notável capacidade de observação e de uma memória prodigiosa. Mas, como ele mesmo afirmou muitas vezes, a tais faculdades somava-se um estranho dom de empatia ao qual, à imitação de Scott, dava o nome de "segunda visão". Aliás, Balzac se considerava especial, se não sobrenaturalmente dotado. Em todo caso, nenhum leitor de suas obras deixará de ver que ele não é um mero "historiador" da sociedade, mas também um juiz, um satírico e, até certo ponto, um pensador construtivo, embora sua filosofia seja bastante peculiar, uma esquisita mistura de ciência e ocultismo. Como romancista, Balzac é naturalmente um "clássico": isso quer dizer que conta uma história retilínea, cria seu background prestando meticulosa e geralmente demorada atenção às regiões, aos lugares, aos prédios, à mobília, à fisionomia e à vestimenta, apresenta e desenvolve os personagens e, ao fazê-lo, leva a ação a um clímax que, via de regra, é rápido e eminentemente dramático e, além disso, apoiado em um diálogo vivo e característico. De modo que, em termos gerais, ele é um narrador "onisciente" que sabe aonde quer chegar e de fato chega. Hoje em dia, porém, não são poucos os expoentes do *nouveau roman*, notadamente Michel Butor, que estão longe de pensar que a técnica de Balzac seja antiquada no século XX.

Em suas três partes, *Ilusões perdidas* se esteia em *Cenas da vida provinciana* e em *Cenas da vida parisiense*. Em termos genéricos, tem três temas principais:

(1) Um rapaz, filho de pai plebeu e mãe aristocrata, depois de tentar inutilmente se impor como poeta na "alta so-

ciedade" burra e preconceituosa de sua Angoulême natal, é levado a Paris pela sra. de Bargeton, sua protetora, com o objetivo de angariar fama e fortuna. Até certo ponto, essa migração e a expectativa de sucesso literário na metrópole correspondiam à experiência pessoal do próprio Balzac, na qual ele baseou sua ficção diversas vezes, por exemplo em *A pele de onagro* e em *O pai Goriot*. Mas também era uma experiência comum, sendo que ele observou de perto o caso particular de Jules Sandeau (posto que este não tenha sido um fracasso total), um autor promissor que emprestou algumas feições essenciais ao personagem e à carreira de Étienne Lousteau em *Um grande homem de província em Paris* e, anos depois, em *A musa do departamento*. Em 1835, Zulma Carraud, uma amiga leal de Balzac que tinha morado perto de Angoulême de 1831 a 1833, tentou despertar-lhe o interesse por um jovem protegido seu, Émile Chevalet, que se transferira a Paris com exatamente o mesmo objetivo. Balzac o avaliou detidamente e enviou a Zulma um relatório devastador: "Se ele não tem recursos, vai levar dez anos para ganhar a vida com a pena [...] Esse rapaz é característico da nossa época. Quem não tem aptidão para nada, empunha a pena e procura posar de talentoso". Mas, mesmo para explorar um talento real, afirma Balzac, é necessário um longo e paciente esforço. Opinião persistentemente realçada no romance.

O caso de Lucien Chardon é parecido com o de Chevalet, se bem que, segundo o postulado inicial de Balzac, ele possua talento tanto de poeta quanto de prosador. O título francês desta segunda parte de *Ilusões perdidas* apresenta-o como "um grande homem de província". Talvez fosse melhor "um grande homem em embrião", e, aliás, em 1838, Balzac cogitou "um grande homem em seu aprendizado" como título alternativo. A mãe e a irmã de Lucien, assim como seu indulgente cunhado David Séchard, o tomam conforme sua própria autoavaliação. A sra. de Bargeton faz o mesmo no começo. Afinal, que pretensões de "grandeza" são essas?

Os espécimes de sua poesia apresentados por Balzac — ele recorreu a sonetos de alguns amigos, quase todos poetas menores, com exceção de Théophile Gautier, autor de *A tulipa* — não as confirmam. Talvez não seja justo pedir aos leitores de língua inglesa que os julguem pelas traduções oferecidas, embora o tradutor esteja longe de acreditar que sua versão seja muito pior que o original. Segue-se a crítica de Lucien da peça do Panorama-Dramatique — inteligente e vivaz, mas que não chega a dar provas de genialidade. Aqui topamos com um verdadeiro dilema. Sem dúvida alguma, o tão frequente epíteto "*grand homme*" geralmente é usado com ironia. Contudo, não faltam momentos em que Balzac dá a impressão de levá-lo a sério. É claro que o termo "poeta" tem uma conotação mais ampla do que lhe costumamos atribuir. Tanto Lucien quanto David Séchard são chamados de "poeta", posto que um se interessa pela literatura e o outro pela ciência, mais especificamente pela pesquisa dos processos de fabricação do papel. Aqui surge um segundo tema que, interferindo na atitude basicamente satírica de Balzac, lhe inspira muita simpatia por Lucien.

(2) Esse segundo tema é a oposição estabelecida por Balzac entre Paris e a província. Embora fosse provinciano de nascimento e criação, ele se orgulhava de ter se tornado parisiense, ainda que condenasse Paris sinceramente por ser o próprio centro do egoísmo e da ganância implacáveis que ele encarava como os principais vícios de seu tempo. E assim, falando em termos genéricos, adota uma atitude de desprezo pela vida provinciana. Em 1833, havia escrito (no prefácio a *Eugénie Grandet*): "As coisas acontecem em Paris: passam ao largo nas províncias. Tudo é opaco. Nada chama a atenção, posto que se representem dramas em silêncio". E a esse sentimento de superioridade parisiense se mistura o esnobismo de classe. A família de Balzac, de origem camponesa, tornara-se solidamente burguesa. No fim da década de 1820 e mais especialmente a partir de 1830, foi com orgulho que ele ingressou na sociedade aristocrática. Ao mesmo tempo, adotou posições políticas conser-

vadoras e passou a ser um campeão do "Trono e Altar". E, assim, sempre daremos com Balzac assumindo pose aristocrática (a exemplo de Sixte Châtelet, acrescentou a "partícula" *de* a seu sobrenome) e zombando da burguesia. Simultaneamente, não prescinde do prazer de caçoar do orgulho de raça e do néscio conservadorismo da nobreza — particularmente em *A velha moça* (1838) e *A loja de antiguidades* (1836-9). Tal como ele a retrata, a aristocracia de Angoulême é ao mesmo tempo arrogante, ignorante e mesquinha, e é isso, aliás, que o leva a criticar severamente o tratamento que ela dispensa ao "grande homem" potencial de Angoulême.

Ao chegar a Paris, Lucien fica à mercê de uma aristocracia mais culta e com acesso à corte, representada pela sra. d'Espard e seus satélites: destes Balzac dá a lista tão amiúde que não há necessidade de repeti-la aqui. Eles o tratam com mais crueldade que os Saintot e os Chandour de Angoulême. Mas se vestem bem, são elegantes, esbanjam savoir-faire e, serenamente satisfeitos consigo, imaginam-se espirituosíssimos (as demonstrações de Balzac dessa espirituosidade podem ser consideradas pouco convincentes). E, assim, na segunda parte de *Ilusões perdidas*, detectamos outra ambivalência na atitude do escritor: ele admira e ao mesmo tempo despreza seu *beau monde*. Os moradores do aristocrático Faubourg Saint-Germain são assustadoramente corretos e presunçosos, porém muito mais peçonhentos e destrutivos porque sua ação, quando eles a empreendem, é muito mais efetiva que a da nobreza de Angoulême. Unem-se para enganar, ridicularizar e eliminar o pobre rapaz "angelicamente" belo — fraco, vaidoso e autocentrado — que espera se alçar à categoria social à qual o berço de sua mãe lhe dá direito.

(3) Uma vez descartado pela sra. de Bargeton, resta-lhe escolher entre dois modos de provar seu valor: dispor-se a enfrentar um longo período de pobreza e trabalho árduo, o caminho preconizado e adotado pelo austero D'Arthez, ou abraçar o jornalismo e se impor no mundo das letras com a

falta de escrúpulos que, segundo Balzac, é a única possibilidade de sucesso rápido para um jornalista ambicioso. Ele opta pelo segundo rumo, mas é demasiado vulnerável para alcançar sua meta. Por conseguinte, esse terceiro tema pode ser considerado o mais importante de *Um grande homem de província em Paris*: a denúncia balzaquiana do jornalismo como uma das mais perniciosas velhacarias de sua época.

A primeira metade do século XIX presenciou a rápida ascensão do poder da imprensa periódica. Durante o período revolucionário, o jornalismo foi ativo — conquanto perigoso para seus militantes. Napoleão manteve a imprensa sob controle, como observa Giroudeau na página 269. A "liberdade" de imprensa foi um dos temas mais controversos tanto na Restauração quanto na Monarquia de Julho. Sob Luís XVIII e Carlos X, a luta entre aqueles que, como os liberais e os bonapartistas, queriam conservar intactos os princípios e conquistas revolucionários e os conservadores de diversos matizes, especialmente os "ultras", empenhados em atrasar o relógio político, foi uma questão de suma importância; tal como, no reinado de Luís Filipe, o conflito entre o espírito de estagnação e os partidos favoráveis ao "movimento". Balzac alegava que a maioria dos jornalistas sob esses três monarcas, em vez de reconhecer que tinha sido chamada a uma missão grave, sagrada até, transformava a imprensa em um instrumento de autopromoção, prostituía princípios a fim de intrigar e usava o jornalismo apenas como meio de ganhar dinheiro, posição e poder. Ele relutava em admitir que *existissem* órgãos da imprensa bons e responsáveis, como *Le Journal des Débats*, *Le Conservateur*, *Le Constitutionnel* e, a partir de 1824, *Le Globe*, aos quais não faltava firmeza de princípios; acima de tudo, Balzac tinha consciência da popularidade de que os *petits journaux* passaram a gozar depois da queda de Napoleão e do papel de corsários políticos que desempenhavam.

Os *petits journeaux* eram assim chamados por ser produzidos em formato menor que os diários ou hebdomadários importantes, os quais eram mais ou menos graves, formais e pesados. Eles proliferaram em Paris quando a derrocada do Império outorgou uma liberdade de imprensa relativa, ainda que precária — precária porque constantemente ameaçada pelos governos cada vez mais reacionários da época. Os políticos da direita achavam difícil manter os jornais sob controle mesmo com meios como o imposto de selo, a caução, as multas, suspensões e supressões cujo objetivo era criar obstáculos para os possíveis fundadores de periódicos hostis. Os "jornalecos", que costumavam ser efêmeros, eram muito dados ao tiroteio jornalístico. Preferiam a sátira, o ataque pessoal, o sarcasmo e o escândalo à argumentação séria ou à afirmação de ideais. Tratava-se, na maioria, de jornais de oposição e de uma pedra constante no sapato do governo. O objetivo de Balzac era denunciar sua propensão ao "suborno", à intriga, à chantagem e ao abuso do *feuilleton*, principalmente a parte inferior da primeira ou das outras páginas, em geral reservada a artigos críticos e frequentemente dedicada à maliciosa tarefa de enxovalhar reputações literárias. Andoche Finot — o protótipo dos magnatas da imprensa posteriores, como Émile de Girardin e Armand Dutacq, pioneiros em 1836 na fundação de diários baratos cuja principal fonte de renda eram a publicidade e os romances em série — adquire grande participação em um matutino importante e entrega ao não menos inescrupuloso Lousteau a direção do "jornaleco" que ele já possui. É provável que Balzac tivesse em mente sobretudo *Le Figaro*, um periódico que vivia falindo ou sendo proibido, mas sempre renascia das próprias cinzas sob a direção de diversos editores. O realista *Drapeau Blanc* de Hector Merlin, editado por Martainville, existiu realmente, tendo sido fundado em 1819; o mesmo vale para *Le Réveil*. Outros exemplos de "jornalecos" anteriores a 1830 foram *Le Nain Jaune* (bonapartista), *Le Diable Boiteux* e *Le Corsaire* (ambos liberais), *Le Voleur*, *La Mode*, *La Silhouette* e, no reinado de Luís Filipe, não só a fênix *Figaro* como também *La Caricature*, *Le Charivari* (ancestral do inglês *Punch*) e, uma vez mais, *Le Corsaire*: alguns entre muitos. Luís Filipe e seus gabinetes eram presa fácil dessas agressivas moscas-de-estábulo cuja sátira e insinuação incansáveis lembram uma publicação atual: *Le Canard Enchaîné*.

Não deixa de ser divertido pensar que, no fim da década de 1820 e no começo da de 1830, Balzac foi colaborador desses mal-afamados tabloides, por vezes chegando a participar de sua direção; por exemplo, ajudou Philipon a fundar *La Caricature*. Durante sua carreira, escreveu muitos romances seriados para os jornais mais importantes, em especial para os fundados por Girardin e Dutacq — *La Presse* e *Le Siècle*. Mas, na época em que estava escrevendo *Um grande homem de província em Paris*, fazia tempo que havia abandonado os *petits journaux*. Ele próprio tentou a sorte como proprietário e editor de jornal: comprou *La Chronique de Paris*, em 1836, e fundou *La Revue Parisienne* em 1840. Os dois empreendimentos malograram. Portanto, é fácil imaginar a quantidade de bile que nele se acumulou. De modo geral, as resenhas de suas obras publicadas nos periódicos eram hostis, se não rudes. Ele sofria muito com o tom depreciativo de editores e críticos como Sainte-Beuve e Jules Janin. Vivia às turras com Émile de Girardin. E tratou de se vingar. Já tinha efetuado um ataque preliminar à imprensa periódica em *A pele de onagro*. E deu continuidade a essa arremetida de 1839 com a *Monografia da imprensa parisiense* (1842).

Tais informações sobre a investida de Balzac contra a imprensa são diminutas em comparação com as descobertas dos pesquisadores sobre os modelos usados — tanto jornais quanto personalidades —, mas bastam para explicar a importância que ele deu a esse terceiro aspecto do romance. Tudo se concentra na pessoa de Lucien Chardon, cuja incapacidade de provar sua índole de "grande homem" se deve à inexperiência, à fraqueza de caráter e à ingenuidade, tanto quanto seu fracasso em alcançar o status legal de "sr. de Rubempré" se explica pela presunção e a tendência a se deixar enganar por sua ex-protetora sra. de Bargeton e seu formidável primo, o marquês d'Espard. A terceira parte de

Ilusões perdidas leva-o de volta a Angoulême. O fiasco de seu cunhado David na atividade de impressor (Balzac recorre fartamente à experiência que teve em 1826 e ao conhecimento da tipografia, de seus processos e dificuldades) agrava-se com o insucesso na invenção de um método barato de manufatura de papel. Cumpre-lhe enfrentar obstáculos insuperáveis: os premeditados planos dos irmãos Cointet, seus concorrentes auxiliados pelas artimanhas maquiavélicas do advogado espertalhão Petit-Claud, a cega mesquinhez do pai alcoólatra e a insolvência em que ele mergulha ao forjar letras de câmbio. Lucien, por sua vez, recai na tolice de se achar em condições de reconquistar a sra. de Bargeton (agora sra. condessa de Châtelet) e obter subsídios governamentais que possibilitem a David concluir suas pesquisas.

Assim, *Ilusões perdidas* termina como começou: uma "cena da vida provinciana". Tal como *Os dois poetas*, *Os sofrimentos do inventor* mostra a mesmíssima atitude detrativa perante a vida na província. Tanto quanto Paris, Angoulême é povoada de trapaceiros e vigaristas; mas a harmonia doméstica, a generosidade e a integridade do casal Séchard, ingênuos e crédulos que são, conferem uma coloração mais agradável ao conjunto do quadro e, no fim, promovem uma perspectiva um pouco mais serena. Depois de mandar David para a prisão por dívidas, Lucien se abisma em uma desesperança tal que a única saída parece ser o suicídio. Mas, no último instante, Balzac aciona um *deus ex machina*: o misterioso eclesiástico e diplomata espanhol "Carlos Herrera" que, depois de longas arengas, acolhe Lucien debaixo da asa e o leva de volta a Paris, onde ele pretende ter sucesso de modo realmente efetivo. O plano que adota é o de usar outra mulher de vida fácil, Esther van Gobseck, outra Coralie (Balzac tinha carinho por essas mulheres) como isca para extorquir dinheiro de um banqueiro velho e apaixonado, o barão de Nucingen — os leitores de Balzac sabem que, graças ao seu engenhoso sistema de "personagens recorrentes", estão sujeitos a encontrar repetidamente as mesmas pessoas em diferentes romances —, para que a propriedade de Rubempré seja readquirida e se lance a pedra fundamental do enobrecimento e do sucesso na vida política de Lucien. Esse projeto também se frustra. Acusado de homicídio, Lucien acaba preso e se enforca na cela.

Tudo isso ocorre na longa sequência de *Ilusões perdidas* intitulada *Esplendor e miséria das cortesãs*, que leva Lucien ao seu fim predeterminado. Obviamente, essa conclusão de sua triste carreira estava na mente de Balzac desde o começo. Disso há uma sugestão na parte I (página 87): "Lucien não se imaginava entre a infâmia dos galés e as palmas do gênio. Pairava sobre o Sinai dos profetas sem compreender que, embaixo, se estendia um mar Morto, o horrível sudário de Gomorra". Em 1838, ele publicara um fragmento de *Esplendor*. Uma vez mais, Lucien se mostraria frágil e imprestável — um mero joguete nas mãos de "Carlos Herrera". Quem é esse misterioso personagem? Longe de ser espanhol, é um personagem que aparecera pela primeira vez em *O pai Goriot* em 1834; o mestre criminoso Vautrin, Jacques Collin, "Trompe-la-Mort" — "Engana-a-Morte": um homem que declarou guerra à sociedade e, movido por tendências homossexuais, gosta de cuidar de rapazinhos e fazer carreira para eles (daí, sem dúvida, a alusão a Gomorra na citação acima). Em *O pai Goriot*, ele não consegue capturar Eugène de Rastignac — este arranja outro meio de vencer na vida —, mas Lucien é uma presa fácil. Parcialmente calcado no famoso espião da polícia Vidocq, do período napoleônico e da Restauração, Vautrin é uma figura fascinante. Também protagoniza um drama — *Vautrin* — produzido por Balzac em 1840. Inconsolável com o suicídio de Lucien, ele desiste da guerra contra a sociedade e passa a protegê-la na função de superintendente da polícia!

É ocioso dizer que, tendo por base semelhante enredo, *Esplendor e miséria das cortesãs* contém um forte elemento de melodrama, coisa já prenunciada nos últimos capítulos de *Os sofrimentos do inventor*. Mas *Ilusões perdidas* é um genuíno "estudo dos costumes", apesar de sua pronunciada propensão satírica e de sua tendência oposta, a sentimental: uma estranha mescla de pessimismo cínico e emocionalismo romântico. Um aspecto igualmente notável dos romances de Balzac em geral é a ambivalência de atitude. Temos o Balzac que participa e simpatiza não só com seus personagens virtuosos, bem raros neste romance (Eve, David, a sra. Séchard, Marion, Kolb, Bérénice, Martainville), como também com os censuráveis — é o que mostra o tratamento que ele dá à sra. de Bargeton, a Lucien e até a Lousteau. Tampouco consegue dissimular certa admiração por vilões como Finot, os irmãos Cointet e Petit-Claud. Temos ainda o Balzac que satiriza, admoesta e condena. Essa ambiguidade de atitude impregna-lhe o estilo. Ora é frio, incisivo e objetivamente sardônico; ora bombástico e pernosticamente "poético". Muitas de suas passagens mais ambiciosamente estilísticas, eivadas da mania da metáfora inflada e da afirmação hiperbólica, ensejam crítica e são difíceis de traduzir.

Ilusões perdidas: naturalmente, este é o leitmotiv do conjunto do livro. Na parte I, Lucien não tarda a descobrir que a aptidão poética não dá passaporte para o sucesso social com a elite de Angoulême. Ao chegar a Paris, ele e sua protetora logo constatam que sua admiração mútua não tem fundamento. No capítulo 9 da parte II, Étienne Lousteau desilude Lucien quanto à probabilidade de o verdadeiro talento ter sucesso no mundo literário. A experiência de Lucien com os editores enfatiza essa verdade. Ele é obrigado a enfrentar o fato brutal de que, aonde quer que vá, só o dinheiro e a intriga é que contam. Na parte III, vemos como Eve, David e a sra. Chardon se desfazem das ilusões com seu *grand homme de province*. No entanto, Lucien, apesar de todos os desastres que o acabrunham, demora a se desvencilhar das ilusões acerca de si próprio. Ainda se tem em ótimo conceito quando, esfarrapado e abatido, retorna à propriedade da família: "Eu sou heroico!". E, depois de outros desastres, eis que "Carlos Herrera" vem restaurar seu moral baixo. Em 1869, Gustave Flaubert retomaria o tema "ilusões perdidas" em *Educação sentimental*. Vale a pena comparar os dois romances.

Ao senhor Victor Hugo

Vós, que pelo privilégio dos Rafael e dos Pitt já éreis grande poeta na idade em que os homens ainda são tão pequenos, lutastes, como Chateaubriand, como todos os verdadeiros talentos, contra os invejosos emboscados atrás das colunas, ou escondidos nos subterrâneos do Jornal. Assim, desejo que vosso nome vitorioso ajude à vitória desta obra que vos dedico, e que, segundo certas pessoas, seria um ato de coragem tanto quanto uma história plena de verdade. Acaso os jornalistas não teriam pertencido, como os marqueses, os financistas, os médicos e os procuradores, a Molière e a seu Teatro? Por que então* A comédia humana, *que* castigat ridendo mores, *iria excetuar uma potência, quando a Imprensa parisiense não excetua nenhuma?*

Sinto-me feliz, Senhor, de poder me dizer assim

Vosso sincero admirador e amigo,

DE BALZAC.

* Esta edição respeita as maiúsculas com que Balzac inicia certos substantivos, peculiaridade de seus textos mencionada por ele mesmo a seus editores. (N.T.)

PARTE I

Os dois poetas

I

UMA TIPOGRAFIA DE PROVÍNCIA

Na época em que começa esta história, a prensa de Stanhope e os rolos de tintagem ainda não funcionavam nas pequenas tipografias de província. Apesar da especialidade que a leva ser comparada com a tipografia parisiense, a cidade de Angoulême* ainda usava as prensas de madeira, às quais o idioma deve a expressão "fazer a prensa gemer", agora sem aplicação. A tipografia atrasada ainda empregava as almofadas de couro esfregadas na tinta, que um dos impressores batia nos caracteres tipográficos. A plataforma móvel em que se dispõe a *fôrma* cheia de letras, sobre a qual se aplica a folha de papel, ainda era de pedra e justificava seu nome de *mármore*. As devoradoras prensas mecânicas de hoje de tal modo jogaram no esquecimento esse mecanismo, ao qual devemos, apesar de suas imperfeições, os belos livros dos Elzevier, dos Plantin, dos Alde e dos Didot, que convém mencionar os velhos instrumentos a que Jérôme-Nicolas Séchard dedicava supersticiosa afeição; pois eles desempenham um papel nesta grande pequena história.

Este Séchard era um antigo oficial prensador, que no jargão tipográfico os operários encarregados de juntar as letras chamam de Urso. O movimento em vaivém, que

* Historicamente, Angoulême foi conhecida por suas gráficas e indústria do papel. (Esta e todas as notas que se seguem são da tradutora, a partir da edição apresentada por Patrick Berthier, *Illusions perdues*, de H. de Balzac, Paris, Le Livre de Poche, 2006.)

muito se assemelha ao de um urso na jaula, e que leva os impressores do tinteiro à prensa e da prensa ao tinteiro, lhes valera talvez esse apelido. Como vingança, os Ursos chamavam os tipógrafos de Macacos, por causa do exercício contínuo que fazem para apanhar as letras nos cento e cinquenta e dois caixotins nos quais elas ficam. No desastroso período de 1793, Séchard, que andava perto dos cinquenta anos, se casou. Sua idade e seu casamento o fizeram escapar da grande convocação que levou quase todos os operários às Forças Armadas. O velho impressor ficou sozinho na tipografia, cujo dono, ou seja, o Patrão, acabava de morrer deixando uma viúva sem filhos. O estabelecimento parecia ameaçado de destruição imediata: o Urso solitário era incapaz de se transformar em Macaco, pois, apesar de sua condição de impressor, nunca aprendera a ler nem a escrever. Sem levar em conta sua incapacidade, um Representante do Povo, empenhado em difundir os belos decretos da Convenção, investiu o prensador na patente de mestre-impressor e requisitou sua tipografia. Depois de aceitar essa perigosa licença, o cidadão Séchard indenizou a viúva do patrão, entregando-lhe as economias de sua esposa, com as quais pagou pela metade do valor o material da gráfica. Isso era o de menos, mas os decretos republicanos deviam ser impressos sem erro e sem atraso. Nessa conjuntura difícil, Jérôme-Nicolas Séchard teve a felicidade de encontrar um nobre marselhês que não queria emigrar, para não perder suas terras, nem se mostrar, para não perder a cabeça, e que só poderia conseguir sustento graças a um trabalho qualquer. Portanto, o sr. conde de Maucombe envergou a veste humilde de um contramestre de província: compôs, leu e corrigiu pessoalmente os decretos que se referiam à pena de morte contra os cidadãos que escondiam nobres; o Urso, que agora se tornara Patrão, os imprimiu e mandou afixar; e ambos ficaram sãos e salvos. Em 1795, tendo passado a borrasca do Terror, Nicolas Séchard foi obrigado a procurar outro chefe de oficina que pudesse ser compositor, revisor e contramestre. Um padre, depois bispo, durante a Restauração, e que por essa época se recusava a prestar juramento,* substituiu o conde de Maucombe até o dia em que o Primeiro Cônsul restabeleceu a religião católica. O conde e o bispo se encontrariam mais tarde no mesmo banco da Câmara dos Pares. Se em 1802 Jérôme-Nicolas Séchard não sabia nem ler nem escrever melhor que em 1793, conseguira umas belas *margens* para poder pagar um chefe de oficina. O oficial, outrora tão despreocupado com o próprio futuro, agora era temido por seus Macacos e Ursos. A avareza começa onde a pobreza acaba. No dia em que o impressor entreviu a possibilidade de enriquecer, o interesse por sua própria situação lhe desenvolveu uma inteligência material ávida, desconfiada e penetrante. Sua prática desafiava a teoria. Ele acabara por calcular de relance o preço de uma página e de uma folha de acordo com a espécie dos caracteres. Provava a seus fregueses ignaros que as letras grossas custavam mais para ser compostas do que as finas; quando se tratava das pequenas, dizia que eram mais difíceis de manejar. Como a *composição* era a parte da tipografia da qual ele não entendia nada, tinha tanto medo de se enganar que só fazia contratos leoninos. Se seus tipógrafos trabalhavam por hora, jamais tirava o olho deles. Se sabia que um fabricante estava passando necessidades, comprava seus papéis a preço vil e os estocava. Assim, já nessa época era dono da casa na qual a tipografia estava instalada desde tempos imemoriais. Conheceu as alegrias mais diversas: ficou viúvo e só teve um filho; matriculou-o no liceu da cidade, menos para lhe dar educação que para preparar um sucessor; tratava-o severamente a fim de prolongar a duração de seu pátrio poder; e nos dias de folga o fazia trabalhar nas caixas lhe dizendo que aprendesse a ganhar vida para poder, um dia, recompensar seu pobre pai, que se sangrava para criá-lo.

* Desde a Revolução Francesa, os padres eram obrigados a prestar juramento ao Estado laico, de certa forma abjurando da fé católica.

Quando o padre foi embora, Séchard escolheu como chefe da oficina aquele de seus quatro tipógrafos que o futuro bispo lhe assinalara como tendo probidade e inteligência. Portanto, o homenzinho se viu em condições de esperar o momento em que o filho pudesse dirigir o estabelecimento, que então prosperaria sob mãos jovens e hábeis. David Séchard fez no liceu de Angoulême os mais brilhantes estudos. Embora o Urso, bem-sucedido sem conhecimentos nem educação, desprezasse consideravelmente a ciência, o velho Séchard mandou o filho a Paris para estudar a alta tipografia; mas lhe fez a recomendação tão violenta de amealhar uma boa quantia numa terra a que chamava de *paraíso dos operários*, avisando-lhe que não contasse com a bolsa paterna, que certamente viu naquela temporada no *país da Sapiência* um meio de alcançar seus objetivos. Enquanto ia aprendendo o ofício, David concluiu sua educação em Paris. Contramestre dos Didot, tornou-se um erudito. No final de 1819 David Séchard saiu de Paris sem ter custado um só tostão ao pai, que o chamava de volta para pôr em suas mãos o timão dos negócios. A tipografia de Nicolas Séchard possuía na época o único jornal de editais judiciários que havia no Departamento, e também tinha a exclusividade da Prefeitura* e do Bispado, três clientelas que deviam proporcionar grande fortuna a um jovem ativo.

Justamente nessa época, os irmãos Cointet, fabricantes de papel, compraram a segunda licença de impressor de Angoulême, cidade que até então o velho Séchard soubera reduzir à mais completa inatividade, graças às crises militares que, no Império, restringiram todo o movimento indus-

* Pouco depois da Revolução Francesa, a França foi dividida territorialmente não mais em províncias, mas em departamentos. A prefeitura (*préfecture*) é que administra o departamento, sendo o prefeito (*préfet*) um alto funcionário nomeado pelo Estado, como representante do poder central. O *maire* (também *prefeito* em português) é o chefe do poder municipal, sendo eleito para a *mairie*, nessa época, pelo Conselho Municipal.

trial; por isso mesmo ele não a adquirira, e sua parcimônia foi uma das causas da ruína da velha tipografia. Ao saber da notícia, o velho Séchard pensou alegremente que a luta a ser travada entre seu estabelecimento e o dos Cointet seria enfrentada por seu filho, e não por ele. "Eu sucumbiria a isso", pensou, "mas um jovem educado pelos senhores Didot se sairá bem." O septuagenário ansiava pelo momento em que pudesse viver como bem entendesse. Se tinha poucos conhecimentos de alta tipografia, passava, em contrapartida, por ser extremamente competente numa arte que os operários jocosamente chamaram de *bebadografia*, arte muito estimada pelo divino autor de *Pantagruel*, mas cuja prática, perseguida pelas sociedades ditas de *temperança*, está cada dia mais abandonada. Jérôme-Nicolas Séchard, fiel ao destino que o nome lhe atribuíra,* era dotado de uma sede inextinguível. Durante muito tempo sua mulher contivera nos justos limites essa paixão pela uva esmagada, gosto tão natural nos Ursos e que o sr. de Chateaubriand notou nos verdadeiros ursos da América; mas os filósofos observaram que os hábitos da juventude voltam com força na velhice do homem. Séchard confirmava essa observação: quanto mais envelhecia, mais gostava de beber. Sua paixão lhe deixava na fisionomia ursina marcas que a tornavam original. O nariz tomara a forma de um A maiúsculo corpo de *triple canon*. Suas bochechas venosas pareciam essas folhas de parreira cheias de gibosidades violáceas, purpurinas e volta e meia matizadas. Vocês pensariam numa trufa monstruosa enrolada em pâmpanos do outono. Escondidos sob duas grandes sobrancelhas que pareciam dois arbustos carregados de neve, seus olhinhos cinza, em que borbulhava a astúcia de uma avareza que nele tudo matava, até mesmo a paternidade, se conservavam inteligentes até mesmo na embriaguez. Sua cabeça calva e já sem coroa, mas cingida de cabelos grisalhos ainda crespos, trazia à imaginação

* Séchard tem etimologia próxima de *sécher*, secar, enxugar. *Sécher un verre* é beber de um trago.

os franciscanos dos *Contos* de La Fontaine. Era atarracado e barrigudo como muitos desses velhos lampiões que consomem mais óleo que pavio; pois em todas as coisas os excessos empurram o corpo para o caminho que lhe é próprio. A bebedeira, assim como o estudo, engorda mais o homem gordo e emagrece o homem magro. Fazia trinta anos que Jérôme-Nicolas Séchard usava o famoso tricórnio municipal, que em certas províncias ainda se encontra na cabeça do tambor da cidade. Seu colete e sua calça eram de veludo esverdeado. Por fim, usava uma velha sobrecasaca marrom, meias de algodão mescla e sapatos com fivela de prata. Esse traje, em que o operário se via como um burguês, convinha tão bem a seus vícios e a seus hábitos, exprimia tão bem sua vida, que o velhinho parecia ter sido criado já todo vestido: ninguém o imaginaria sem suas roupas, assim como não imaginaria uma cebola sem a casca.

Se o velho gráfico não tivesse mostrado, desde sempre, a medida de sua cega avidez, seu plano de abdicar dos negócios bastaria para pintar seu caráter. Apesar dos conhecimentos que o filho devia trazer da grande escola dos Didot, propôs-se a fazer com ele a boa transação que ruminava havia tempo. Se o pai fazia um bom negócio, o filho necessariamente faria um mau. Mas, para o velhote, nos negócios não havia pai nem filho. Se a princípio ele viu em David seu filho único, mais tarde o enxergou como um comprador natural cujos interesses eram opostos aos seus: queria vender caro, David deveria comprar barato; por isso, o filho se tornava um inimigo a vencer. Essa transformação do sentimento em interesse pessoal, via de regra lenta, tortuosa e hipócrita nas pessoas bem-educadas, foi rápida e direta no velho Urso, que mostrou o quanto a bebadografia matreira levou a melhor diante da tipografia instruída. Quando seu filho chegou, o homem lhe demonstrou a ternura comercial que as pessoas espertas têm pelos trouxas: cuidou dele como um apaixonado teria cuidado da amante; deu-lhe o braço, disse-lhe onde devia pôr os pés para não se sujar, mandou-lhe aquecer a cama, acender a lareira, preparar uma ceia.

No dia seguinte, depois de tentar embebedar o filho durante um copioso jantar, Jérôme-Nicolas Séchard, tremendamente avinhado, soltou-lhe um: "Falemos de negócios?", passado tão singularmente entre dois soluços que David lhe rogou que adiasse os negócios para o dia seguinte. O velho Urso sabia muito bem tirar partido de sua embriaguez e não ia abandonar uma batalha preparada há tanto tempo. Aliás, depois de ter carregado sua cruz durante cinquenta anos, não queria, disse, conservá-la nem mais uma hora. No dia seguinte seu filho seria o Patrão.

Aqui talvez seja necessário dizer uma palavrinha sobre o estabelecimento. A tipografia, situada ali onde a rua de Beaulieu desemboca na praça du Mûrier, se estabelecera nessa casa no final do reinado de Luís XIV. Portanto, desde muito tempo o local tinha sido arrumado para o funcionamento dessa indústria. No térreo havia uma imensa sala iluminada, no lado da rua, por uma velha vidraça, e no lado do pátio interno por um grande vão. Aliás, podia-se chegar ao escritório do patrão por um corredor. Mas na província os trabalhos de tipografia são sempre alvo de uma curiosidade tão intensa que os fregueses preferiam entrar por uma porta envidraçada existente na fachada que dá para a rua, embora tivessem de descer uns degraus, pois o chão da oficina ficava abaixo do nível da calçada. Os curiosos, embasbacados, jamais atentavam para os inconvenientes da passagem através dos desfiladeiros da oficina. Se contemplavam as abóbadas formadas pelas folhas estendidas nas cordas presas ao forro, batiam nas longas fileiras das caixas tipográficas, ou acabavam despenteados pelas barras de ferro que calçavam as prensas. Se seguiam os movimentos ágeis de um tipógrafo apanhando as letras nos cento e cinquenta e dois caixotins de sua caixa, ou lendo seu original, ou relendo sua linha no componedor, pondo ali uma entrelinha, esbarravam numa resma de papel úmido carregada de pesos, ou o quadril ficava preso na quina de um banco; tudo isso para grande divertimento dos Macacos e dos Ursos. Nunca ninguém chegara sem acidente às duas grandes gaiolas situadas no fundo dessa caverna, as quais formavam dois miseráveis pavilhões no pátio e onde reinavam, de um lado, o chefe da oficina e, de outro, o mestre-impressor. No pátio, as paredes eram agradavelmente decoradas com parreiras que, tendo em vista a fama do patrão, tinham uma apetitosa cor local. Ao fundo, e encostado na parede-meia preta, erguia-se um alpendre em ruínas em que se molhava e se moldava o papel. Ali ficava a pia na qual se lavavam, antes e depois da tiragem, as fôrmas, ou, para empregar a linguagem vulgar, as pranchas de tipos; dali escapava uma decocção de tinta misturada com as águas usadas da casa, que provocava nos camponeses vindos nos dias de mercado a crença de que o diabo lavava o rosto naquela casa. Esse alpendre era flanqueado de um lado pela cozinha, de outro por um depósito de lenha. O primeiro andar da casa, acima do qual só havia dois quartos em mansarda, tinha três aposentos. O primeiro, tão longo quanto o corredor, menos a área do vão da velha escada de madeira, iluminado da rua por uma janelinha oblonga e do pátio por uma claraboia redonda, servia ao mesmo tempo de antessala e de sala de jantar. Pura e simplesmente caiado, fazia-se notar pela cínica simplicidade da avareza mercantil: o ladrilho sujo nunca tinha sido lavado; a mobília consistia em três cadeiras ordinárias, uma mesa redonda e um aparador entre duas portas que davam para um quarto de dormir e um salão; as janelas e a porta estavam marrons de sujeira; papéis em branco ou impressos o atulhavam quase em permanência: volta e meia a sobremesa, as garrafas, os pratos do jantar de Jérôme-Nicolas Séchard ficavam em cima dos pacotes. O quarto de dormir, cuja janela tinha um vitral que recebia luz do pátio, era forrado com essas velhas tapeçarias que, na província, vemos ao longo das casas no dia de Corpus Christi. Havia ali um grande leito de colunas guarnecido de cortinas nas laterais, nos pés e na cabeceira, e de uma colcha de sarja vermelha, duas poltronas carcomidas, duas cadeiras de nogueira estofadas, uma velha escrivaninha e, sobre a lareira, um relógio de parede. Esse quarto, cheio de tons castanhos e onde se respirava uma bonomia patriarcal, tinha sido arrumado pelo sr. Rouzeau, predecessor e patrão de Jérôme-Nicolas Séchard. O salão, modernizado pela finada sra. Séchard, exibia pavorosos lambris pintados de azul violáceo; as paredes eram decoradas com um papel de cenas orientais, coloridos de bistre contra um fundo branco; a mobília consistia em seis cadeiras forradas de couro de carneiro azul cujos encostos representavam liras. As duas janelas grosseiramente abobadadas, e por onde o olhar abarcava a praça du Mûrier, estavam sem cortinas; a lareira não tinha castiçais, nem relógio de parede, nem espelho. A sra. Séchard falecera em meio a seus projetos de embelezamento, e o Urso, sem perceber a utilidade de melhorias que nada rendiam, as abandonara. Foi para lá que, *pede titubante*,* Jérôme-Nicolas Séchard levou o filho e lhe mostrou sobre a mesa redonda o rol do material da tipografia, feito sob sua direção pelo chefe da oficina.

— Leia isto, meu rapaz — disse Jérôme-Nicolas Séchard girando os olhos ébrios, do papel ao filho e do filho ao papel. — Verá que joia de tipografia lhe dou.

— Três prensas de madeira sustentadas por barras de madeira, com uma platina de ferro fundido...

— Uma melhoria que fiz — disse o velho Séchard, interrompendo o filho.

— Com todos os utensílios: tinteiros, pacotes de papel, e bancos etc. ... mil e seiscentos francos! Mas, meu pai — disse David Séchard deixando cair o inventário —, suas prensas são uns trastes que não valem cem escudos,** só servem para o fogo.

— Trastes?... — exclamou o velho Séchard. — Trastes?... Pegue o inventário e desçamos! Você vai ver se suas invenções de serralharia malfeita funcionam como esses bons utensílios que já foram testados. Depois, não terá mais coragem de injuriar prensas honestas que andam como diligências e que ainda funcionarão durante toda a sua vida sem precisar do menor conserto. Trastes! Sim, são trastes nos quais você encontrará

* Com os pés titubeantes.

** Um escudo vale três francos da época. Um franco francês de 1830 equivaleria a 3,5 euros. Ver prefácio de Patrick Berthier, op. cit.

o sal para cozinhar ovos! Trastes que seu pai manobrou por vinte anos e que serviram para fazer de você o que você é.

O pai despencou pela escada gasta, capenga, tosca, sem cair; abriu a porta do corredor que dava para a oficina, precipitou-se até a primeira de suas prensas sorrateiramente lubrificadas e limpas, e mostrou as grossas pranchas gêmeas, de carvalho, lustradas por seu aprendiz.

— Não é um amor de prensa? — perguntou.

Havia ali uma *participação* de casamento. O velho Urso abaixou a frasqueta sobre o tímpano, e o tímpano sobre a platina, que fez rolar sob a prensa; puxou o varão, desenrolou a corda para trazer de volta a platina, levantou tímpano e frasqueta com a agilidade que teria mostrado um jovem Urso. A prensa assim manobrada soltou um grito tão bonito que se poderia pensar num pássaro que tivesse ido bater na vidraça e fugido.

— Há uma única prensa inglesa capaz de andar nessa toada? — perguntou o pai ao filho espantado.

O velho Séchard correu sucessivamente para a segunda e para a terceira prensa, e em cada uma fez a mesma manobra com igual habilidade. A última ofereceu a seus olhos turvos de vinho um local que fora negligenciado pelo aprendiz; depois de soltar notáveis palavrões, o bêbado pegou a aba da sobrecasaca e o esfregou, como um negociante que lustra o pelo de um cavalo à venda.

— Com esses três prelos, e sem chefe de oficina, você pode ganhar seus nove mil francos por ano, David. Como seu futuro sócio, eu me oponho a que os substitua por esses malditos prelos de ferro fundido que gastam os caracteres. Em Paris vocês alardearam um milagre ao verem a invenção desse maldito inglês, um inimigo da França, que quis fazer a fortuna dos fundidores. Ah, vocês quiseram as Stanhope! Muito obrigado pelas suas Stanhope que custam cada uma dois mil e quinhentos francos, quase duas vezes mais do que valem minhas três joias juntas, e que destroem as letras por falta de elasticidade. Não sou instruído como você, mas guarde bem isto: a vida das Stanhope é a morte dos caracteres! Essas três prensas lhe prestarão um bom serviço, a obra será impressa cuidadosamente e os angoulemenses não lhe pedirão mais nada. Que você imprima com ferro ou com madeira, com ouro ou com prata, eles não lhe pagarão nem mais um vintém.

— *Item*... — disse David —, cinco mil libras* de caracteres, oriundos da fundição do sr. Vaflard...

Ao dizer esse nome, o aluno dos Didot não pôde deixar de sorrir.

— Ria, ria! Depois de doze anos, os caracteres ainda estão novos. Eis o que chamo um fundidor! O senhor Vaflard é um homem honesto que fornece material duradouro, e para mim o melhor fundidor é aquele a cujo estabelecimento se vai com menos frequência.

— Avaliados em dez mil francos — recomeçou David. — Dez mil francos, meu pai! Mas então a libra está por quarenta vinténs, e os senhores Didot vendem seu cícero novo por apenas trinta e seis vinténs a libra. Esses pregos sem cabeça só valem o preço da fundição, dez vinténs a libra.

— Você chama de pregos sem cabeça os bastardos, os cursivos, os redondos do senhor Gillé, que foi impressor do imperador? Caracteres que valem seis francos a libra, umas obras-primas de gravura, comprados há cinco anos, e muitos dos quais ainda conservam o branco da fundição? Ora essa!

O velho Séchard apanhou uns cartuchos de *fontes* que nunca tinham servido e os mostrou.

— Não sou um erudito, não sei ler nem escrever, mas ainda sei o suficiente para adivinhar que os caracteres da casa Gillé foram os pais dos caracteres ingleses dos seus senhores Didot. Aqui está um *redondo* — disse apontando para uma caixa e pegando um M —, um *redondo* de cícero que ainda não foi suplantado.

David percebeu que não havia jeito de discutir com o pai. Tinha de admitir tudo ou recusar tudo, achava-se entre um não e um sim. O velho Urso incluíra no inventário

* Duas toneladas e meia.

até mesmo as cordas do estendedouro. A menor resma, as ripas, as vasilhas, a pedra e as escovas de lavar, tudo estava avaliado com o escrúpulo de um avarento. O total chegava a trinta mil francos, incluindo a licença de mestre-impressor e a clientela. David ficou matutando se o negócio era ou não viável. Ao ver o filho mudo diante do preço, o velho Séchard ficou apreensivo; pois preferia uma discussão violenta a uma aceitação silenciosa. Em transações desse gênero, a discussão anuncia um negociante capaz que defende seus interesses. *Quem topa tudo*, dizia o velho Séchard, *não paga nada*. Enquanto espreitava o pensamento do filho, fez a enumeração dos utensílios imprestáveis, necessários porém, ele dizia, à exploração de uma tipografia de província; levou sucessivamente David até uma prensa de envernizar e até uma prensa de aparar, para os serviços pedidos pela municipalidade, e elogiou-lhes o uso e a solidez.

— Os velhos utensílios são sempre os melhores — disse. — Em tipografia, deveria-se pagar mais caro por eles que pelos novos, como fazem os bate-folhas de ouro.

Pavorosas vinhetas representando Himeneus, Cupidos, mortos que levantavam a pedra de seus sepulcros descrevendo um V ou um M, enormes molduras de máscaras para os cartazes de espetáculos, tornaram-se, graças à eloquência de Jérôme-Nicolas, objetos do mais notável valor. Disse ao filho que os hábitos dos provincianos eram tão fortemente arraigados que em vão ele tentaria lhes dar coisas mais bonitas. Ele, Jérôme-Nicolas Séchard, tentara lhes vender almanaques melhores que o *Double Liégeois*, impresso em papel de embrulhar açúcar! Pois bem, tinham preferido o verdadeiro *Double Liégeois* aos mais magníficos almanaques. Logo David reconheceria a importância daquelas velharias, vendendo-as mais caro que as mais caras novidades.

— Ha! Ha! Meu rapaz, a província é a província, e Paris é Paris. Se um homem de L'Houmeau lhe chegar para mandar fazer seu convite de casamento e você o imprimir sem um Cupido com guirlandas, ele não vai pensar que está casado e o devolverá se vir apenas um C, como o que usam esses seus senhores Didot, que são a glória da tipografia mas cujas invenções não serão adotadas nas províncias antes de cem anos. É isso.

As pessoas generosas dão maus comerciantes. David era uma dessas naturezas pudicas e sensíveis que se apavoram com uma discussão e cedem no momento em que o adversário lhes aguilhoa um pouco mais o coração. Seus sentimentos elevados e o domínio que o velho bêbado conservara sobre ele o deixavam ainda mais incapaz de sustentar com o pai uma discussão sobre dinheiro, tanto mais porque lhe atribuía as melhores intenções; pois primeiro atribuiu a voracidade do interesse ao apego que o impressor tinha por seus utensílios. No entanto, como Jérôme-Nicolas Séchard comprara tudo aquilo da viúva Rouzeau por dez mil francos em *assignats*,* e como no estado atual das coisas trinta mil francos era um preço exorbitante, o filho exclamou:

— Meu pai, o senhor está me enforcando!

— Eu, que lhe dei a vida?... — disse o velho bêbado levantando as mãos para o estendedouro. — Mas, David, então em quanto você avalia a licença? Sabe o que vale o jornal dos editais, a dez vinténs a linha, privilégio que, só ele, rendeu quinhentos francos no mês passado? Meu rapaz, abra os livros, veja o que rendem os cartazes e os registros da Prefeitura, a clientela da *mairie* e a do bispado! Você é um vadio que não quer fazer fortuna. Está regateando o cavalo que deve levá-lo a uma bela propriedade como a de Marsac.

A esse inventário se juntava um contrato de sociedade entre pai e filho. O bom pai alugava sua casa à firma por uma quantia de mil e duzentos francos anuais, embora a tivesse comprado por apenas seis mil libras, e nela reservava um dos dois quartos que havia na mansarda. Enquanto David Séchard não tivesse reembolsado os trinta mil francos, os lucros seriam divididos ao meio; no dia em que tivesse pago

* Papel-moeda da época da Revolução Francesa, que tinha como garantia os bens do Estado mas se desvalorizou muito, ao contrário do franco.

essa soma ao pai, ele se tornaria o único dono da tipografia. David avaliou a licença, a clientela e o jornal, sem se ocupar dos utensílios; acreditou poder pagar e aceitou as condições. Acostumado às tramoias dos camponeses e não conhecendo nada dos cálculos mais sofisticados dos parisienses, o pai ficou espantado com uma conclusão tão rápida.

"Meu filho terá enriquecido?", pensou, "ou está tramando, neste instante, não me pagar?" Com esse pensamento, interrogou-o para saber se trazia o dinheiro, a fim de lhe dar algum por conta. A curiosidade do pai despertou a desconfiança do filho. Mas David ficou mudo como um túmulo. No dia seguinte, o velho Séchard mandou o aprendiz transportar ao quarto do segundo andar seus móveis, que ele contava levar para o campo nas carroças que para lá voltassem vazias. Entregou ao filho os três quartos do primeiro andar totalmente nus, da mesma forma que lhe deu posse da tipografia sem desembolsar um centavo para pagar os operários. Quando David pediu ao pai, em sua condição de sócio, que contribuísse com a quantia necessária ao funcionamento rotineiro da tipografia, o velho impressor se fez de ignorante. Disse que não era obrigado a dar dinheiro ao passar a tipografia; seu aporte de capital estava feito. Pressionado pela lógica do filho, respondeu que, quando comprara a tipografia da viúva Rouzeau, se saíra muito bem sem gastar um tostão. Se ele, pobre operário desprovido de conhecimentos, tinha conseguido, um aluno de Didot se sairia ainda melhor. Aliás, David ganhara o dinheiro da educação, paga com o suor do rosto de seu velho pai, e podia muito bem empregá-lo hoje.

— O que você fez de suas pagas? — perguntou-lhe, voltando à carga a fim de esclarecer o problema que, na véspera, o silêncio do filho deixara no ar.

— Mas eu não tive de viver, não comprei livros? — respondeu David, indignado.

— Ah, você comprava livros? Fará maus negócios. As pessoas que compram livros não são muito indicadas para imprimi-los — respondeu o Urso.

David sentiu a mais horrível das humilhações, causada pelo rebaixamento de um pai: teve de aturar o fluxo das razões vis, chorosas, covardes, mercantis, com que o velho avarento formulou sua recusa. Recalcou suas dores na alma, vendo-se sozinho, sem apoio, e encontrando um especulador naquele pai que, por curiosidade filosófica, ele quis conhecer a fundo. Observou-lhe que nunca tinha pedido contas da fortuna de sua mãe. Se essa fortuna não podia entrar como compensação no preço da tipografia, pelo menos deveria servir para a exploração em comum.

— A fortuna de sua mãe? — perguntou o velho Séchard. — Mas eram a inteligência e a beleza dela!

Diante dessa resposta, David adivinhou por inteiro quem era o pai, e compreendeu que, para conseguir uma prestação de contas, teria de lhe fazer um processo interminável, dispendioso e desonroso. Esse nobre coração aceitou o fardo que pesaria sobre si, pois bem sabia com quantos sofrimentos cumpriria os compromissos assumidos com o pai.

"Trabalharei", pensou. "Afinal de contas, se tenho dificuldades, o velhote também as teve. Aliás, não será melhor trabalhar para mim mesmo?"

— Deixo-lhe um tesouro — disse o pai, preocupado com o silêncio do filho.

David perguntou qual era esse tesouro.

— Marion — disse o pai.

Marion era uma moça do interior, gorda, indispensável ao funcionamento da tipografia: molhava o papel e o aparava, se encarregava dos recados e da cozinha, lavava a roupa, descarregava as carroças de papel, ia fazer as cobranças e limpava os tampões. Se Marion soubesse ler, o velho Séchard a teria posto na composição.

O pai partiu a pé para o campo. Embora felicíssimo com a venda, disfarçada sob o nome de sociedade, estava inquieto quanto ao modo como seria pago. Depois das angústias da venda, sempre vêm as de sua realização. Todas as paixões são essencialmente jesuíticas.* Esse homem, que via a

* Balzac usa o termo como sinônimo de "hipócritas, calculistas".

instrução como inútil, esforçou-se para crer na influência da instrução. Hipotecava seus trinta mil francos às ideias de honra que a educação devia ter desenvolvido em seu filho. Como um rapaz bem-educado, David suaria sangue e água para honrar seus compromissos, seus conhecimentos o fariam encontrar recursos: ele se mostrara cheio de belos sentimentos, pagaria! Muitos pais que agem assim pensam ter agido paternalmente, como o velho Séchard acabou por se convencer ao chegar a seu vinhedo em Marsac, pequeno vilarejo a quatro léguas de Angoulême. Essa propriedade, na qual o dono anterior construíra uma bonita residência, aumentara de ano em ano desde 1809, época em que o velho Urso a comprara. Ali trocou os cuidados com a prensa pelos cuidados com o lagar, e estava, como dizia, há muito tempo nas vinhas para não conhecê-las bem.

No primeiro ano de sua reclusão no campo, o velho Séchard mostrou uma fisionomia preocupada toda vez que se inclinava por cima das estacas do vinhedo, onde estava o tempo todo, como outrora estava no meio de sua oficina. Aqueles trinta mil francos inesperados ainda o inebriavam mais que o vinho novo de setembro, e ele os manipulava virtualmente entre os dedos. Quanto menos a quantia lhe era devida, mais desejava embolsá-la. Assim, volta e meia corria de Marsac a Angoulême, atraído por suas inquietações. Escalava as ladeiras do rochedo no alto do qual está a cidade, entrava na oficina para ver se o filho andava se saindo bem. Ora, as prensas estavam no lugar; o único aprendiz, usando um boné de papel, limpava os tampões; o velho Urso ouvia uma prensa gemer sobre o cartão de um convite qualquer, reconhecia seus velhos caracteres, avistava o filho e o chefe da oficina, cada um lendo em seu cubículo algo que o Urso imaginava serem provas de um livro. Depois de jantar com David, voltava então para sua propriedade em Marsac, ruminando seus temores. A avareza tem, como o amor, o dom do sexto sentido quanto às futuras contingências; fareja-as, apressa-as. Longe da oficina, onde o aspecto de suas ferramentas o fascinava e o reportava aos dias em que fazia fortuna, o viticultor percebia no filho inquietantes sintomas de inatividade. O nome *Irmãos Cointet* o apavorava, e já o via dominando o nome *Séchard e filho*. Sentia, em suma, o vento da desgraça. Esse pressentimento estava certo, pairava a desgraça sobre a casa Séchard. Mas os avarentos têm um deus. Por um concurso de circunstâncias imprevistas, esse deus iria fazer cair na escarcela do bêbado o valor de sua venda usurária. Por isso é que a tipografia Séchard ia decaindo, apesar de seus elementos de prosperidade. Indiferente à reação religiosa que a Restauração causava no governo, mas igualmente despreocupado com o Liberalismo, David mantinha a mais nociva neutralidade em matéria política e religiosa. Vivia numa época em que os comerciantes da província deviam professar uma opinião a fim de ter fregueses, pois havia que optar entre a prática dos Liberais e a dos Monarquistas. Um amor que atingiu o coração de David, bem como suas preocupações científicas e sua beleza de caráter o impediram de ter essa avidez pelo ganho, substância do verdadeiro comerciante, e que o teria feito estudar as diferenças que distinguem a indústria provinciana da indústria parisiense. As nuanças de opinião, tão claras nos departamentos da França, desaparecem no grande movimento de Paris. Os Irmãos Cointet, concorrentes de David, aderiram em uníssono às opiniões monarquistas, fizeram abstinência ostensivamente, frequentaram a catedral, cultivaram o convívio com os padres e reimprimiram os primeiros livros religiosos que foram necessários. Assim, os Cointet tomaram a dianteira nesse ramo lucrativo e caluniaram David Séchard, acusando-o de liberalismo e ateísmo. Como, diziam, empregar um homem cujo pai era um setembrista,* um bêbado, um bonapartista, um velho avarento que deveria deixar ao filho montes de ouro? Eles

* Referência aos massacres de setembro de 1792, quando houve uma matança de prisioneiros, entre eles padres refratários à Revolução, aristocratas e pequenos comerciantes contrarrevolucionários.

eram pobres, arrimos de família, enquanto David era um rapaz e iria ser tremendamente rico; por isso, tudo o que fazia era levar uma boa vida etc. Influenciados por essas acusações feitas contra David, a Prefeitura e o Bispado acabaram por dar o privilégio de suas impressões aos Irmãos Cointet. Logo esses ávidos antagonistas, encorajados com a incúria do rival, criaram um segundo jornal para os editais. A velha tipografia se viu reduzida às impressões para os particulares, e a renda de sua folha de anúncios caiu à metade. Rica com os ganhos consideráveis realizados com os livros de igreja e de orações, a casa Cointet não demorou a propor aos Séchard comprar-lhes seu jornal, a fim de não ter de dividir os anúncios do departamento e as decisões judiciárias. Tão logo David transmitiu essa notícia ao pai, o velho viticultor, já assustado com os progressos da casa Cointet, despencou de Marsac até a praça do Mûrier com a rapidez do corvo que farejou os cadáveres de um campo de batalha.

— Deixe-me manobrar com os Cointet, não se meta nesse negócio — disse ao filho.

O velho não demorou a adivinhar o interesse dos Cointet e os apavorou com a sagacidade de suas considerações. Seu filho estava quase cometendo uma bobagem que ele acabava de impedir, dizia. "Sobre o que se assentará nossa clientela, se ele ceder nosso jornal? Os advogados, os tabeliães, todos os negociantes de L'Houmeau são liberais."

Os Cointet quiseram prejudicar os Séchard, acusando-os de liberalismo, mas assim lhes prepararam uma tábua de salvação, pois os anúncios dos liberais ficariam com os Séchard! Vender o jornal! Seria o mesmo que vender o material e a licença. Então, ele pediu aos Cointet sessenta mil francos pelos trabalhos de impressão, para não arruinar o filho: amava seu filho, defendia seu filho. O viticultor se serviu do filho assim como os camponeses se servem de suas mulheres: seu filho queria isto, ou não queria aquilo, dependendo das propostas que ele arrancava, uma a uma, dos Cointet. E os levou, não sem esforços, a dar a quantia de vinte e dois mil francos pelo *Journal de la Charente*. Mas David teve de se comprometer a jamais imprimir qualquer jornal que fosse, sob pena de pagamento de trinta mil francos por perdas e danos. Essa venda foi o suicídio da tipografia Séchard, mas o viticultor não se preocupou. Depois do roubo sempre vem o assassinato. O homenzinho contava aplicar essa quantia para recuperar seu próprio capital; e, como se não bastasse, para apalpá-la teria dado o próprio David, tanto mais que esse filho incômodo tinha direito à metade daquele tesouro inesperado. Como indenização, o generoso pai lhe deixou a tipografia, mas mantendo o aluguel da casa pelos famosos mil e duzentos francos.

Desde a venda do jornal aos Cointet, o velho ia raramente à cidade, alegando sua idade avançada; mas a razão verdadeira era o pouco interesse que demonstrava por uma tipografia que não mais lhe pertencia. No entanto, não conseguiu repudiar de todo a velha afeição por seus utensílios. Quando seus negócios o levavam a Angoulême, para ele era muito difícil decidir o que mais o atraía em sua casa, se as prensas de madeira ou o filho, de quem ia cobrar, pró-forma, seus aluguéis. O antigo chefe de oficina, que agora era o dos Cointet, sabia o que havia por trás da generosidade paterna; dizia que aquela esperta raposa se reservava, assim, o direito de intervir nos negócios do filho, tornando-se credor privilegiado pela acumulação dos aluguéis devidos.

A incúria de David Séchard tinha causas que darão uma ideia do caráter desse rapaz. Alguns dias depois de sua instalação na tipografia paterna, ele encontrara um de seus amigos de colégio, que enfrentava então a mais negra miséria. O amigo de David Séchard era um rapaz de vinte e um anos, chamado Lucien Chardon e filho de um ex-cirurgião do exército republicano afastado da ativa por causa de um ferimento. A natureza fizera do sr. Chardon pai um químico, e o acaso o estabelecera como farmacêutico em Angoulême. A morte o surpreendeu no meio dos preparativos necessários a uma lucrativa descoberta em busca da qual ele consumira muitos anos de estudos científicos. Queria curar toda espécie de gota. A gota é a doença dos ricos, e como os ricos pagam caro pela saúde quando dela são privados, ele escolhera resolver esse problema, entre todos os que tinham se apresentado às suas meditações. Instalado entre a ciência e o empirismo, o falecido Chardon compreendeu que só a ciência seria capaz de lhe assegurar uma fortuna: portanto, estudara as causas da doença e baseara seu remédio num certo regime que adequava a cada temperamento. Morrera durante uma estada em Paris, onde solicitava a aprovação da Academia de Ciências, e perdeu assim o fruto de seus trabalhos. Pressentindo sua fortuna, o farmacêutico em nada descuidou da educação do filho e da filha, de sorte que o sustento de sua família costumava devorar o que a farmácia produzia. Assim, não só deixou os filhos na miséria, como também, para desgraça deles, a expectativa dos destinos brilhantes em que os educou apagou-se junto com ele. O ilustre Desplein, que lhe dispensou seus cuidados, o viu morrer em meio a convulsões de raiva. Essa ambição tinha como motivo o violento amor que o ex-cirurgião devotava à mulher, último rebento da família De Rubempré e milagrosamente salva por ele do cadafalso, em 1793: sem que a moça consentisse em aceitar tal mentira, ele ganhara tempo dizendo que ela estava grávida. Depois de assim estabelecer, de certa forma, o direito de se casar com ela, desposou-a apesar da pobreza comum aos dois. Seus filhos, como todos os filhos do amor, tiveram como única herança a maravilhosa beleza da mãe, um presente tantas vezes fatal quando a miséria o acompanha. Essas esperanças, esses trabalhos, esses desesperos compartilhados com tanta intensidade haviam alterado profundamente a beleza da sra. Chardon, assim como as lentas degradações da indigência modificaram seus costumes; mas sua coragem e a dos filhos igualaram seu infortúnio. A pobre viúva vendeu a farmácia, que ficava na rua central de L'Houmeau, o principal arrabalde de Angoulême. O preço da farmácia lhe permitiu constituir trezentos francos de renda, soma insuficiente para sua própria existência; mas ela e a filha aceitaram sua posição sem se envergonhar e se dedicaram a trabalhos remunerados. A mãe cuidava das parturientes, e nas casas ricas, onde vivia sem custar nada aos filhos e ganhando vinte vinténs por dia, seus bons modos a tornavam a preferida em relação a qualquer outra empregada. Para evitar ao filho o desgosto de ver a mãe em condição tão rebaixada, adotara o nome de sra. Charlotte. As pessoas que solicitavam seus préstimos se dirigiam ao sr. Postel, sucessor do sr. Chardon. A irmã de Lucien trabalhava com uma mulher honestíssima, muito considerada em L'Houmeau, chamada sra. Prieur, sua vizinha, lavadeira de roupas finas, e ganhava cerca de quinze vinténs por dia. Ela dirigia as operárias e, na oficina, gozava de uma espécie de supremacia que a destacava um pouco da classe das *grisettes*.* Os modestos rendimentos do trabalho das duas, somados às trezentas libras de renda da sra. Chardon, chegavam a cerca de oitocentos francos por ano, com os quais essas três pessoas tinham de viver, vestir-se e morar. Na estrita economia daquele lar, tal quantia, quase inteiramente absorvida por Lucien, era apenas suficiente. A sra. Chardon e a filha Ève acreditavam em Lucien assim como a mulher de Maomé acreditou em seu marido; a dedicação delas ao futuro dele não tinha limites. A pobre família morava em L'Houmeau numa residência alugada, por uma quantia extremamente módica, pelo sucessor do sr. Chardon, e que ficava no fundo de um pátio interno, em cima do laboratório. Lucien ocupava uma miserável água-furtada. Estimulado por um pai que, apaixonado pelas ciências naturais, de início o empurrara nessa direção, Lucien foi um dos mais brilhantes alunos do liceu de Angoulême, onde estava no terceiro ano quando Séchard terminava seus estudos.

Quando o acaso fez os dois companheiros de liceu se reencontrarem, Lucien, cansado de beber no grosseiro cálice

* Moças de condição modesta que trabalhavam fora, em geral em ateliês de costura.

da miséria, estava prestes a tomar um desses partidos extremos pelos quais nos decidimos aos vinte anos. Os quarenta francos por mês que David deu generosamente a Lucien, oferecendo-se para ensinar a ele o ofício de chefe de oficina, embora um chefe de oficina lhe fosse perfeitamente inútil, salvaram Lucien do desespero. Assim renovados, os laços de amizade que os uniam desde o liceu logo se estreitaram pelas semelhanças de seus destinos e pelas diferenças de seus temperamentos. Os dois, com o espírito repleto de muitas riquezas, possuíam essa elevada inteligência que põe o homem no mesmo nível de todas as sumidades, mas viam-se jogados no fundo da sociedade. Essa injustiça da sorte foi um laço poderoso. Ademais, ambos tinham chegado à poesia por um caminho diferente. Embora destinado às especulações mais elevadas das ciências naturais, Lucien se encaminhava com ardor para a glória literária, ao passo que David, cujo gênio meditativo predispunha à poesia, pendia por gosto para as ciências exatas. Essa inversão dos papéis gerou como que uma fraternidade espiritual. Lucien não demorou a expor a David as altas considerações que herdara do pai a respeito das aplicações da ciência à indústria, e David fez Lucien vislumbrar os novos caminhos pelos quais devia se aventurar na literatura para conquistar nome e fortuna. A amizade dos dois rapazes tornou-se em poucos dias uma dessas paixões que só nascem ao sairmos da adolescência. David não custou a conhecer a linda Ève e se apaixonou, como se apaixonam os espíritos melancólicos e meditativos. O *Et nunc et semper et in secula seculorum** da liturgia é a divisa desses sublimes poetas desconhecidos cujas obras consistem em magníficas epopeias geradas e perdidas entre dois corações! Quando o apaixonado penetrou no segredo das esperanças que a mãe e a irmã de Lucien depositavam naquela bela fronte de poeta, quando soube da cega dedicação das duas, achou que seria gentil ao se aproximar de sua amada, partilhando suas imolações e esperanças. Assim, Lucien foi para

* E agora e sempre e nos séculos dos séculos.

David um irmão eleito. Como os ultramontanos que queriam ser mais realistas que o rei, David exagerou na fé que a mãe e a irmã de Lucien tinham em seu gênio, e o mimou como a mãe mima o filho. Durante uma dessas conversas em que, premidos pela falta de dinheiro que os deixava de mãos atadas, eles ruminavam, como todos os jovens, os meios de conseguir uma pronta fortuna sacudindo todas as árvores já despojadas pelos primeiros a chegar sem obter seus frutos, Lucien se lembrou de duas ideias expressadas pelo pai. O sr. Chardon tinha falado em reduzir pela metade o preço do açúcar empregando um novo agente químico, e em diminuir de outro tanto o preço do papel extraindo da América certas matérias vegetais análogas àquelas que os chineses usavam e que custavam pouco. David se apropriou dessa ideia, vendo nela uma fortuna, e considerou Lucien um benfeitor com quem jamais conseguiria estar desobrigado.

É fácil adivinhar como os pensamentos dominantes e a vida interior dos dois amigos os tornavam inadequados para administrar uma tipografia. Longe de render quinze a vinte mil francos, como a dos Irmãos Cointet, impressores livreiros do Bispado, proprietários do *Courrier de la Charente*, agora o único jornal do departamento, a tipografia de Séchard filho gerava apenas trezentos francos por mês, dos quais deviam se abater o ordenado do chefe da oficina, o salário de Marion, os impostos e o aluguel, o que deixava David reduzido a uns cem francos por mês. Homens ativos e engenhosos teriam renovado os caracteres, comprado prensas de ferro, teriam buscado nas livrarias parisienses obras que teriam impresso a preços baixos; mas o dono e o chefe da oficina, perdidos nos absorventes trabalhos da inteligência, contentavam-se com os serviços que lhes davam seus derradeiros clientes. Os irmãos Cointet tinham acabado por conhecer o temperamento e os costumes de David, e não mais o caluniavam; ao contrário, uma sábia política os aconselhava a deixar vegetando aquela tipografia e a mantê-la numa honesta mediocridade para que não caísse nas mãos de um rival temível; eles mesmos enviavam para lá os trabalhos ditos "da cidade". Assim, sem saber, David Séchard só existia, comercialmente falando, graças a um cálculo hábil de seus concorrentes. Satisfeitos com o que chamavam de sua mania, os Cointet empregavam com ele métodos aparentemente corretos e leais, mas na verdade agiam como a administração das firmas de transporte, quando simulam uma concorrência para evitar outra verdadeira.

O exterior da casa Séchard estava em harmonia com a crassa avareza que reinava no interior, onde o velho Urso nunca tinha consertado nada. A chuva, o sol, as intempéries de cada estação deram o aspecto de um velho tronco de árvore à porta do corredor, de tanto que estava sulcada por rachaduras desiguais. A fachada, mal construída em pedra e tijolos misturados sem simetria, parecia dobrar sob o peso de um telhado carcomido, sobrecarregado dessas telhas-canal que compõem todos os tetos do sul da França. As vidraças corroídas eram guarnecidas com esses enormes postigos mantidos por grossas traves que o clima quente exige. Teria sido difícil encontrar em toda Angoulême uma casa tão rachada como aquela, que só se mantinha pela força do cimento. Imaginem aquela oficina clara nas duas extremidades, escura no meio, suas paredes cobertas de cartazes, encardidas na parte baixa pelo contato dos operários que, fazia trinta anos, ali se encostavam, seus apetrechos de cordas no forro do teto, suas pilhas de papel, suas velhas prensas, seus montes de plataformas para carregar os papéis molhados, suas fileiras de caixas e, no fundo, os dois cubículos em que, cada um de seu lado, ficavam o dono e o chefe da oficina; assim vocês hão de compreender a vida dos dois amigos.

Em 1821, nos primeiros dias do mês de maio, David e Lucien estavam perto da vidraça do pátio quando, por volta das duas horas, seus quatro ou cinco operários saíram da oficina para ir jantar. Quando o dono viu o aprendiz fechando a porta da sineta, que dava para a rua, levou Lucien até o pátio, como se o cheiro dos papéis, dos tinteiros, das prensas e da madeira velha lhe fosse insuportável. Um e outro se sentaram sob um caramanchão de onde seus olhos podiam ver qualquer um que entrasse na oficina. Os raios de sol que se mexiam nos ramos da parreira afagaram os dois poetas, envolvendo-os com sua luz como numa auréola. Então, o contraste produzido pela oposição entre essas duas personalidades e essas duas figuras foi tão rigorosamente marcante que teria seduzido o pincel de um grande pintor. David tinha as formas que a natureza confere às criaturas destinadas a grandes lutas, fulgurantes ou secretas. Seu torso largo era ladeado por ombros fortes, em harmonia com a plenitude de todas as suas formas. O rosto de pele morena, corado, gordo, suportado por um pescoço grosso, envolvido numa abundante floresta de cabelos pretos, parecia, à primeira vista, o dos cônegos cantados por Boileau; mas um segundo exame revelava nas pregas dos lábios grossos, na covinha do queixo, na forma de um nariz quadrado, fendido por um atormentado volume plano, nos olhos sobretudo, o fogo contínuo de um único amor, a sagacidade do pensador, a ardente melancolia de um espírito capaz de abarcar as duas extremidades do horizonte, penetrando em todas as suas sinuosidades, e que se desinteressava facilmente das fruições idealizadas, submetendo-as às clarezas da análise. Se nessa face adivinhávamos os clarões do gênio que se lança, também víamos as cinzas perto do vulcão; ali a esperança se extinguia num profundo sentimento de vazio social em que o nascimento obscuro e a ausência de fortuna mantinham tantos espíritos superiores.

Ao lado do pobre impressor, a quem seu estado, embora tão vizinho da inteligência, dava náuseas, ao lado desse Sileno pesadamente apoiado em si mesmo e que bebia a grandes goles o cálice da ciência e da poesia, inebriando-se para esquecer os infortúnios da vida interiorana, Lucien se mantinha na pose graciosa dada pelos escultores ao Baco indiano. Seu rosto tinha a distinção das linhas da beleza antiga: uma fronte e um nariz gregos, a brancura aveludada das mulheres, os olhos negros de tão azuis que eram, olhos cheios de amor e cujo branco disputava em frescor com o de uma criança. Seus belos olhos eram dominados por sobrancelhas como que traçadas por um pincel chinês, e debruados de longos cílios castanhos. Nas faces brilhava uma penugem sedosa cuja cor combinava com a de uma cabeleira loura naturalmente cacheada. Uma suavidade divina se expressava nas têmporas de um branco dourado. Uma nobreza incomparável se imprimia em seu queixo curto, suavemente erguido. O sorriso dos anjos tristes vagava em seus lábios de coral realçados por belos dentes. Tinha as mãos do homem bem-nascido, mãos elegantes, a cujo sinal os homens deviam obedecer e que as mulheres gostam de beijar. Lucien era magro e de estatura média. Ao ver seus pés, um homem ficaria ainda mais tentado a tomá-lo por uma moça disfarçada, na medida em que, semelhante à maioria dos homens finos, para não dizer astuciosos, ele tinha quadris conformados como os de uma mulher. Esse indício, raramente enganador, era verdadeiro em Lucien, e o pendor de seu espírito buliçoso volta e meia o levava, ao analisar o estado atual da sociedade, para o terreno da depravação própria dos diplomatas que acreditam que o êxito é justificativa para todos os meios, por mais vergonhosos que sejam. Um dos infortúnios a que estão sujeitas as grandes inteligências é compreender inevitavelmente todas as coisas, tanto os vícios como as virtudes.

Esses dois rapazes julgavam a sociedade de um modo tão mais soberano na medida em que nela se achavam situados mais baixo, pois os homens desconhecidos se vingam da humildade de sua posição pela altivez do olhar. Mas também seu desespero era tão mais amargo na medida em que, assim, iam mais depressa para onde os levavam seus verdadeiros destinos. Lucien tinha lido muito, comparado muito; David tinha pensado muito, meditado muito. Apesar das aparências de uma saúde vigorosa e rústica, o tipógrafo tinha um gênio melancólico e doentio, duvidava de si mesmo, ao passo que Lucien, dotado de espírito empreendedor, mas volúvel, tinha uma audácia em desacordo com seu jeito mole, quase frouxo, mas cheio de graças femininas. Lucien tinha em mais alto grau o temperamento gascão, atrevido, corajoso, aventureiro, que exagera o bem e minimiza o mal, que não recua diante de um erro se dele tira proveito, e que despreza o vício se este pode lhe servir de degrau. Essas disposições típicas de um ambicioso estavam então refreadas pelas belas ilusões da juventude, pelo ardor que o levava aos nobres meios que os homens apaixonados pela glória empregam antes de todos os outros. Na época, só devia enfrentar os próprios desejos, e não as dificuldades da vida, sua própria força e não a covardia dos homens, que é um exemplo fatal para os espíritos volúveis. Profundamente seduzido pelo brilho do espírito de Lucien, David o admirava, conquanto retificasse os erros em que a fúria francesa o jogava. Esse homem justo tinha um temperamento tímido em desacordo com sua constituição forte, mas não lhe faltava a persistência dos homens do Norte. Se entrevia todas as dificuldades, prometia a si mesmo vencê-las sem desanimar; e, se tinha a firmeza de uma virtude verdadeiramente apostólica, temperava-a com as graças de uma inesgotável indulgência. Nessa amizade já velha, um dos dois amava com idolatria, e era David. Assim, Lucien comandava, como uma mulher que se sente amada. David obedecia com prazer. A beleza física do amigo comportava uma superioridade que ele aceitava, achando-se pesado e vulgar.

"Ao boi a agricultura paciente, ao pássaro a vida despreocupada", pensava o tipógrafo. "Serei o boi, Lucien será a águia."

Fazia cerca de três anos que os dois amigos tinham, assim, confundido seus destinos tão brilhantes no futuro. Liam as grandes obras que apareceram, desde a paz, no horizonte literário e científico, os livros de Schiller, de Goethe, de Lord Byron, de Walter Scott, de Johann Paul, de Berzélius, de Davy, de Cuvier, de Lamartine etc. Aqueciam-se nessas grandes lareiras, testavam-se em obras abortadas ou iniciadas, largadas e retomadas com ardor. Trabalhavam continuamente sem cansar as inesgotáveis forças da juventude. Igualmente pobres, mas devorados pelo amor à arte e à ciência, esqueciam a miséria presente ocupando-se em lançar os fundamentos do renome de cada um.

— Lucien, sabe o que acabo de receber de Paris? — perguntou o impressor tirando do bolso um pequeno volume in-18. — Ouça!

David leu, como sabem ler os poetas, o idílio de André Chénier intitulado *Neera*, depois o do *Jovem doente*, depois a elegia sobre o suicídio, essa ao gosto antigo, e os dois últimos iambos.

— Então André Chénier é isso! — exclamou Lucien várias vezes. — Ele é desesperador — repetia pela terceira vez quando David, muito emocionado para prosseguir, o deixou pegar o livro. — Um poeta reencontrado por um poeta! — disse, vendo a assinatura do prefácio.

— Depois de escrever este livro — continuou David —, Chénier acreditou não ter feito nada que fosse digno de ser publicado.

Lucien leu, por sua vez, o trecho épico de *O cego*, e várias elegias. Quando caiu no fragmento:

Se eles não têm felicidade, será que ela existe na terra?,

baixou o livro, e os dois amigos choraram, pois ambos amavam com idolatria. Os pâmpanos se coloriram, os velhos muros da casa, rachados, cheios de mossas, atravessados de forma desigual por fendas ignóbeis, foram revestidos de caneluras, saliências, baixos-relevos e inúmeras obras-primas de não sei qual arquitetura pelos dedos de uma fada. A Fantasia sacudira suas flores e seus rubis sobre o pequeno pátio escuro. A Camille de André Chénier transformara-se, para David, em sua Ève adorada, e, para Lucien, numa grande dama que ele cortejava. A Poesia sacudira os panos majestosos de sua veste estrelada sobre a oficina onde os Macacos e Ursos da tipografia faziam caretas. Eram cinco horas, mas os dois amigos não tinham fome nem sede; a vida lhes parecia um sonho dourado, tinham todos os tesouros da terra a seus pés, avistavam aquela nesga de horizonte azulado que o dedo da Esperança indica àqueles cuja vida é tempestuosa, e a quem sua voz de sereia diz: “Andem, voem, escaparão à desgraça por este espaço de ouro, de prata, ou azul". Nesse instante um aprendiz chamado Cérizet, um garoto de Paris que David mandara vir para Angoulême, abriu a portinha envidraçada da oficina, que dava para o pátio, e apontou os dois amigos para um desconhecido que se adiantou até eles, cumprimentando-os.

— Senhor — ele disse a David, tirando do bolso um enorme caderno —, aqui está uma dissertação que gostaria de imprimir, poderia calcular quanto custará?

— Cavalheiro, não imprimimos manuscritos tão grandes — respondeu David, sem olhar para o caderno —, fale com os senhores Cointet.

— Mas temos um belíssimo tipo que poderia convir — retrucou Lucien, pegando o manuscrito. — O senhor poderia fazer o obséquio de voltar amanhã, e nos deixar sua obra para calcularmos as despesas de impressão?

— Não é ao senhor Lucien Chardon que tenho a honra...

— Sim, cavalheiro — respondeu o chefe da oficina.

— Alegro-me — disse o autor — de poder encontrar um jovem poeta fadado a tão belo destino. Quem me envia é a senhora de Bargeton.

Ao ouvir esse nome, Lucien enrubesceu e balbuciou umas palavras para expressar seu reconhecimento pelo interesse que lhe devotava a sra. de Bargeton. David reparou no rubor e no embaraço do amigo, que ele deixou conversando com o fidalgo camponês, autor de uma dissertação sobre o cultivo dos bichos-da-seda, e que a vaidade levara a se fazer imprimir para poder ser lido pelos colegas da Sociedade de Agricultura.

— Ei, Lucien — disse David quando o fidalgo se foi —, acaso você estaria amando a senhora de Bargeton?

— Perdidamente!

— Mas vocês estão mais separados um do outro pelos preconceitos do que se ela estivesse em Pequim e você, na Groenlândia.

— A vontade de dois amantes tudo vence — disse Lucien, baixando os olhos.

— Você nos esquecerá — respondeu o tímido amante da bela Ève.

— Talvez, ao contrário, eu lhe tenha sacrificado minha amada — exclamou Lucien.

— O que quer dizer?

— Apesar de meu amor, apesar dos diversos interesses que me levam a me instalar na casa dela, disse-lhe que nunca mais voltaria se um homem cujos talentos eram superiores aos meus, cujo futuro deveria ser glorioso, se David Séchard, meu irmão, meu amigo, lá não fosse recebido. A resposta para isso deve estar em minha casa. Todos os aristocratas estão convidados esta noite para me ouvirem ler versos, mas se a resposta for negativa nunca mais porei os pés na casa da senhora de Bargeton.

David apertou violentamente a mão de Lucien, depois de enxugar os olhos. Bateram seis horas.

— Ève deve estar preocupada, adeus — disse Lucien abruptamente.

Escapou, deixando David às voltas com uma dessas emoções que só sentimos tão cabalmente nessa idade, sobretudo na situação em que estavam aqueles dois jovens cisnes cujas asas a vida interiorana ainda não havia cortado.

— Coração de ouro! — exclamou David, acompanhando com o olhar Lucien, que atravessava a oficina.

Lucien desceu até L'Houmeau pelo belo passeio de Beaulieu, pela rua du Minage e a Porta Saint-Pierre. Se ele pegava, assim, o caminho mais longo, é de imaginar que a casa da sra. de Bargeton ficasse nesse percurso. Sentia tanto prazer em passar debaixo das janelas daquela mulher, mesmo sem que ela soubesse, que fazia dois meses que não voltava mais para L'Houmeau pela Porta Palet.

Ao chegar sob as árvores de Beaulieu, contemplou a distância que separava Angoulême de L'Houmeau. Os costumes da terra tinham erguido barreiras morais bem mais difíceis de transpor que as ladeiras por onde Lucien descia. O jovem ambicioso que acabava de se introduzir no Palacete de Bargeton, jogando a glória como uma ponte voadora entre a cidade e o bairro dos arrabaldes, estava ansioso quanto à decisão de sua amada, assim como um favorito que teme uma desgraça depois de ter tentado aumentar seu poder. Essas palavras devem parecer obscuras para quem ainda não observou os costumes peculiares das aglomerações divididas em cidade alta e cidade baixa; mas aqui é necessário entrar em certas explicações sobre Angoulême, mais ainda na medida em que elas farão com que se compreenda a sra. de Bargeton, um dos personagens mais importantes desta história.

2

A SENHORA DE BARGETON

Angoulême é uma velha cidade, construída no alto de um rochedo em forma de pão de açúcar, que domina as pradarias onde corre o Charente. Esse rochedo se liga, em direção do Périgord, a uma colina que termina abruptamente na estrada de Paris a Bordeaux, formando uma espécie de promontório desenhado por três vales pitorescos. A importância que essa cidade tinha na época das guerras religiosas é atestada por suas muralhas, por suas portas e pelos restos de uma fortaleza instalada no alto do rochedo. Outrora, sua localização a tornava um ponto estratégico igualmente precioso para os católicos e os calvinistas; mas sua força de antigamente constitui, hoje, sua fraqueza: impedindo-a de se estender pela margem do Charente, suas muralhas e a ladeira muito íngreme do rochedo a condenaram ao mais funesto imobilismo. Na época em que esta história se passa, o governo tentava empurrar a cidade na direção do Périgord, construindo ao longo da colina o palácio da prefeitura, uma escola de marinha e estabelecimentos militares, e abrindo estradas. Mas o comércio tomara a dianteira em outros locais. Fazia muito tempo que o burgo de L'Houmeau crescera como cogumelo de estufa, ao pé do rochedo e às margens do rio ao longo do qual passa a estrada principal de Paris a Bordeaux. Ninguém ignora a celebridade das fábricas de papel de Angoulême, que há três séculos se estabeleceram, forçosamente, à beira do Charente e de seus afluentes, onde encontravam quedas-

-d'água. O Estado instalara em Ruelle sua mais considerável fundição de canhões para a Marinha. As empresas de transporte, a posta, as estalagens, o fabrico de carroças, as firmas de carros públicos, todas as indústrias que vivem da estrada e do rio se agruparam na planície de Angoulême para evitar as dificuldades que seus arredores apresentam. Naturalmente, os curtumes, as lavanderias, todos os comércios aquáticos ficaram ao alcance do Charente; e depois, os armazéns de aguardentes, os depósitos de todas as matérias-primas transportadas pelo rio, enfim, todo esse tráfico instalou seus estabelecimentos nas margens do Charente. O arrabalde de L'Houmeau tornou-se, assim, uma vila industriosa e rica, uma segunda Angoulême que invejou a cidade alta onde permaneceram o governo, o bispado, a justiça, a aristocracia. Assim, L'Houmeau, apesar de sua força ativa e crescente, não passou de um anexo de Angoulême. No alto, a Nobreza e o Poder, embaixo, o Comércio e o Dinheiro; duas zonas sociais constantemente inimigas, em todos os lugares; por isso é difícil adivinhar qual das duas cidades mais odeia a rival. Fazia nove anos que a Restauração agravara essa situação bastante calma sob o Império. A maioria das casas da alta Angoulême é habitada por famílias nobres ou por antigas famílias burguesas que vivem de rendas e compõem uma espécie de nação autóctone na qual os estrangeiros nunca são recebidos. Mal e mal se, depois de duzentos anos de residência, depois de uma aliança com uma das famílias primordiais, uma família vinda de alguma província vizinha é adotada; aos olhos dos nativos, ela parece ter chegado ontem à cidade. Os prefeitos, os recebedores gerais, as administrações que se sucederam há quarenta anos tentaram civilizar aquelas velhas famílias encarapitadas em seu rochedo como corvos desconfiados: as famílias aceitaram ir às suas festas e aos seus jantares, mas, quanto a admitir as outras em casa, sempre se recusaram. Zombeteiras, difamadoras, ciumentas, avarentas, elas se casam entre si, formam um batalhão cerrado para não deixar ninguém sair nem entrar; as criações do luxo moderno, ignoram-nas. Para elas, enviar um filho para Paris é querer perdê-lo. Essa prudência bem descreve os usos e costumes atrasados daquelas casas que sofrem de um monarquismo ininteligente, são mais tremendamente devotas do que religiosas, e que, todas, vivem imóveis como sua cidade e seu rochedo. Angoulême goza, porém, de grande reputação nas províncias adjacentes pela educação que ali se ministra. As cidades vizinhas para lá enviam suas filhas, para pensionatos e conventos. É fácil imaginar como o espírito de casta influi nos sentimentos que dividem Angoulême e L'Houmeau. O Comércio é rico, a Nobreza geralmente é pobre; um se vinga da outra por um desprezo que é igual dos dois lados. A burguesia de Angoulême assume essa querela. O comerciante da cidade alta diz de um negociante do arrabalde: "É um homem de L'Houmeau!".

Ao delinear a posição da nobreza na França e lhe dar esperanças que não podiam se realizar a não ser em meio a um transtorno geral, a Restauração aumentou a distância moral que separava, ainda mais fortemente que a distância local, Angoulême e L'Houmeau. A sociedade nobre, unida então ao governo, ali se tornou mais exclusiva que em qualquer outro lugar da França. O habitante de L'Houmeau parecia praticamente um pária. Daí vinham esses ódios surdos e profundos que deram uma assustadora unanimidade à insurreição de 1830 e destruíram os elementos de um duradouro Estado social na França. A arrogância da nobreza da corte fez a nobreza da província perder a afeição pelo trono, tanto quanto esta perdeu a afeição da burguesia ao ferir todas as suas vaidades. Um homem de L'Houmeau, filho de um farmacêutico, introduzido na casa da sra. de Bargeton, era, portanto, uma pequena revolução. Quais eram seus autores? Lamartine e Victor Hugo, Casimir Delavigne e Canalis, Béranger e Chateaubriand, Villemain e Aignan, Soumet e Tissot, Étienne e D'Avrigny, Benjamin Constant e La Mennais, Cousin e Michaud, enfim, as velhas, tanto quanto as jovens ilustrações literárias, tanto os liberais como os monarquistas. A sra. de Bargeton amava as artes e as letras, gosto extravagante, mania altamente deplorada em Angoulême, mas que se deve justificar esboçando a vida dessa mulher nascida para ser famosa, mantida na obscuridade por circunstâncias fatais, e cuja influência determinou o destino de Lucien.

O sr. de Bargeton era bisneto de um magistrado de Bordeaux, chamado Mirault, enobrecido por Luís XIII em seguida a uma longa permanência no cargo. Na época de Luís XIV, seu filho, já Mirault de Bargeton, foi oficial das Guardas da Porta, e fez um casamento de interesses tão importante que, sob Luís XV, seu filho foi chamado, pura e simplesmente, de sr. de Bargeton. Esse sr. de Bargeton, neto do sr. Mirault-o-magistrado, fez tanta questão de se comportar como um perfeito fidalgo que dilapidou todos os bens da família e deu um fim à sua fortuna. Dois de seus irmãos, tios-avós do Bargeton atual, voltaram a ser negociantes, de modo que há alguns Mirault no comércio de Bordeaux. Como as terras de Bargeton, situadas no Angoumois, nas dependências do feudo de La Rochefoucauld, estavam submetidas a fideicomisso, assim como uma casa de Angoulême, chamada Palacete de Bargeton, o neto do sr. de Bargeton-o-dilapidador herdou esses dois bens. Em 1789, porém, perdeu seu usufruto, e ficou apenas com o rendimento da terra, que valia cerca de dez mil libras de renda. Se seu avô tivesse seguido os gloriosos exemplos de Bargeton I e de Bargeton II, o Bargeton V, que pode ser apelidado de O Mudo, teria sido marquês de Bargeton; teria se aliado a alguma grande família, teria virado duque e par, como tantos outros. Mas, em 1805, ficou muito lisonjeado por se casar com a srta. Marie-Louise-Anaïs de Nègrepelisse, filha de um fidalgo há muito esquecido em sua propriedade, embora pertencesse ao ramo mais novo de uma das mais antigas famílias do sul da França. Houve uma Nègrepelisse entre os reféns de são Luís, mas o chefe do ramo mais velho porta o ilustre nome de D'Espard, adquirido na época de Henrique IV por um casamento com a herdeira dessa família. Esse fidalgo, filho não primogênito de outro filho não primogênito, vivia na propriedade da mulher, uma terra pequena perto de Barbezieux, que ele explorava maravilhosamente bem indo vender seu trigo no mercado, destilando ele mesmo seu conhaque e pouco ligando para as caçoadas, contanto que acumulasse os escudos e de vez em quando conseguisse ampliar seu domínio.

Circunstâncias um tanto raras nos confins das províncias tinham inspirado à sra. de Bargeton o gosto pela música e pela literatura. Durante a Revolução, um certo padre Niollant, o melhor aluno do padre Roze, escondeu-se no pequeno castelo de L'Escarbas, levando para lá sua bagagem de compositor. Pagou amplamente a hospitalidade do velho fidalgo ocupando-se da educação de sua filha, Anaïs, chamada Naïs por abreviação, e que sem essa aventura teria ficado abandonada a si mesma, ou, por alguma infelicidade maior, a uma nociva camareira. O padre não só era músico, como possuía extensos conhecimentos de literatura, e sabia italiano e alemão. Portanto, ensinou essas duas línguas e o contraponto à srta. de Nègrepelisse; explicou-lhe as grandes obras literárias da França, da Itália e da Alemanha, decifrando com ela a música de todos os mestres. Por fim, para combater o ócio da profunda solidão a que os condenavam os acontecimentos políticos, ensinou-lhe grego e latim e deu a ela algumas tinturas de ciências naturais. A presença da mãe em nada modificou essa educação masculina dada a uma jovem criatura já muito inclinada à independência em virtude da vida no campo. O padre Niollant, alma entusiasta e poética, era notável sobretudo por esse espírito peculiar aos artistas, que comporta várias qualidades apreciáveis mas se eleva acima das ideias burguesas pela liberdade de julgamento e pela amplidão das opiniões. Se em sociedade esse espírito se faz perdoar suas imprudências por sua profundidade original, na vida particular pode parecer nocivo pelos desvios que inspira. Não faltava coragem ao padre, e suas ideias foram, portanto, contagiosas para uma mocinha em quem a exaltação natural das jovens criaturas era corroborada pela solidão do campo. O padre Niollant transmitiu à aluna sua intrepidez de opiniões e sua facilidade de julgamento, sem pensar que essas qualidades, tão necessárias num homem, se tornam defeitos numa mulher destinada aos humildes afazeres de mãe de família. Embora o padre recomendasse continuamente à aluna ser tanto mais graciosa e modesta quanto seu saber era mais extenso, a srta. de Nègrepelisse ficou com excelente opinião de si mesma e criou um sólido desprezo pela humanidade. Como só via a seu redor pessoas inferiores e solícitas em lhe obedecer, teve a altivez das grandes damas sem ter as doces astúcias de sua polidez. Afagada em todas as suas vaidades por um pobre padre que nela se admirava como um autor em sua própria obra, teve a desgraça de não encontrar nenhum ponto de comparação que a ajudasse a se julgar. A falta de companhia é um dos maiores inconvenientes da vida no campo. Não se podendo confrontar com outros os pequenos sacrifícios exigidos pela boa apresentação e pela aparência pessoal, perde-se o hábito de se incomodar com os outros. Então, tudo em nós se vicia, a forma e o espírito. Não sendo reprimida pelo convívio em sociedade, a ousadia das ideias da srta. de Nègrepelisse passou para suas maneiras, para seu olhar; ela ficou com esse ar impertinente que, à primeira vista, parece original mas só cai bem nas mulheres de vida aventurosa. Assim, essa educação, cujas asperezas seriam polidas nas altas esferas sociais, iria torná-la ridícula em Angoulême, tão logo seus adoradores deixassem de divinizar erros que só eram graciosos durante a juventude. Quanto ao sr. de Nègrepelisse, teria dado todos os livros da filha para salvar um boi doente, pois era tão avarento que não teria lhe concedido dois vinténs acima da renda a que ela tinha direito, nem mesmo se fosse o caso de lhe comprar a ninharia mais necessária à sua educação. O padre morreu em 1802, antes do casamento de sua querida menina, casamento que sem dúvida teria desaconselhado. O velho fidalgo se viu um tanto embaraçado com sua filha quando o padre morreu. Sentiu-se fraco demais para aguentar a luta que se travaria entre sua avareza e o espírito independente da filha ociosa. Como todas as jovens criaturas saídas do caminho traçado em que as mulheres devem caminhar, Naïs prejulgara o casamento e pouco se preocupava com ele. Repugnava-a submeter sua inteligência e sua pessoa aos homens sem valor e sem grandeza pessoal que ela pôde encontrar. Queria mandar, e devia obedecer. Entre obedecer a caprichos grosseiros, a espíritos sem indulgência por seus gostos, e fugir com um amante que lhe agradasse, não hesitaria. O sr. de Nègrepelisse ainda era suficientemente fidalgo para temer um casamento desigual. Como muitos pais, decidiu casar a filha, menos por ela do que por sua própria tranquilidade. Ela precisava de um nobre ou de um fidalgo não muito inteligente, incapaz de chicanear a respeito da conta de tutela* que ele queria devolver à filha, bastante nulo de espírito e de vontade para que Naïs pudesse se comportar segundo sua própria fantasia, bastante desinteresseiro para se casar com ela sem dote. Mas como encontrar um genro que conviesse igualmente ao pai e à filha? Um homem desses era o fênix dos genros. Com esse duplo interesse, o sr. de Nègrepelisse estudou os homens da província, e o sr. de Bargeton lhe pareceu o único que correspondia a seu projeto.

O sr. de Bargeton, quarentão muito deteriorado pelas dissipações da juventude, era acusado de ter uma notável incapacidade intelectual, mas lhe restava, justamente, bastante bom senso para administrar sua fortuna e suficientes boas maneiras para se manter na sociedade de Angoulême sem cometer trapalhadas ou tolices. O sr. de Nègrepelisse explicou bem cruamente à filha o valor negativo do marido modelo que lhe propunha e a fez perceber o partido que disso poderia tirar para sua própria felicidade: ela desposaria armas já velhas de duzentos anos, e era bom saber que os Bargeton *esquartelam de ouro com três massacres de veado de goles, dois e um, cruzados de três encontros*

* Documento jurídico que prova como o pai administrou a parte de herança da filha menor de idade.

de boi de sable, um e dois, e faixado de blau e de prata em seis peças, sendo o blau carregado de seis conchas de ouro, três, dois e um. Munida de um protetor, ela cuidaria como quisesse da própria fortuna, ao abrigo de uma convenção social, e com a ajuda das relações que sua inteligência e beleza lhe proporcionariam em Paris. Naïs ficou seduzida com a perspectiva de tal liberdade. O sr. de Bargeton julgou fazer um casamento brilhante, considerando que seu sogro não tardaria a lhe deixar as terras que ele ia estendendo amorosamente; mas naquele momento o sr. de Nègrepelisse poderia ter de escrever o epitáfio do genro.

A sra. de Bargeton estava, nessa época, com trinta e seis anos, e o marido tinha cinquenta e oito. Essa disparidade chocava mais ainda porque o sr. de Bargeton parecia ter setenta, enquanto sua mulher podia impunemente posar de mocinha, vestir-se de cor-de-rosa ou se pentear como criança. Embora a fortuna deles não ultrapassasse doze mil libras de renda, classificava-se entre as seis fortunas mais consideráveis da cidade velha, com exceção dos administradores e negociantes. A necessidade de cultivar a relação com o pai, cuja herança a sra. de Bargeton aguardava a fim de ir para Paris, e que fez o genro esperar tão bem que acabou morrendo antes do sogro, obrigou o sr. e a sra. de Bargeton a morarem em Angoulême, onde as brilhantes qualidades de espírito e as riquezas brutas escondidas no coração de Naïs deveriam se perder sem fruto e se transformar, com o tempo, em ridículas. De fato, nossos ridículos são em grande parte causados por um belo sentimento, por virtudes ou por faculdades levadas ao extremo. O orgulho que o convívio com a alta sociedade não modifica acaba se tornando rigidez, que se exibe em pequenas coisas em vez de nos engrandecer num círculo de sentimentos elevados. A exaltação, essa virtude dentro da virtude, que pode transformar as mulheres em santas, que inspira devoções ocultas e fulgurantes poesias, se torna presunção ao agarrar-se às mesquinharias da província. Longe do centro onde brilham os grandes espíritos, onde o ar é carregado de pensamentos, onde tudo se renova, a instrução envelhece, o gosto se corrompe como uma água estagnada. Por falta de exercício, as paixões encolhem ampliando as coisas mínimas. Aí mora a razão da avareza e dos mexericos que empesteiam a vida na província. A imitação das ideias estreitas e das maneiras mesquinhas não demora a se apoderar da pessoa mais distinta. Assim perecem homens nascidos grandes, mulheres que, disciplinadas pelos ensinamentos do mundo e formadas por espíritos superiores, teriam sido encantadoras. A sra. de Bargeton tocava a lira a propósito da menor bagatela, sem distinguir as poesias de inspiração pessoal das poesias para consumo público. De fato, há sensações incompreendidas que devemos guardar para nós mesmos. Sem dúvida, um pôr de sol é um grande poema, mas uma mulher não fica ridícula ao pintá-lo com palavras grandiloquentes diante de pessoas materialistas? Há certas volúpias que só podem ser saboreadas a dois, de poeta para poeta, de coração para coração. Tinha ela o defeito de empregar essas imensas frases recheadas de palavras enfáticas, tão engenhosamente chamadas de *enche linguiça* na gíria do jornalismo, que toda manhã confecciona algumas delas para seus assinantes, bem pouco digeríveis e que no entanto eles engolem. Prodigalizava ao extremo superlativos que sobrecarregavam sua conversa, na qual as menores coisas tomavam proporções gigantescas. Desde essa época ela começava a tudo *tipizar*, *individualizar*, *sintetizar*, *dramatizar*, *superiorizar*, *analisar*, *poetizar*, *prosaicisar*, *colossifizar*, *angelizar*, *neologizar* e *tragicar*; pois só mesmo violentando por instantes a língua é que se consegue descrever as novas excentricidades que certas damas compartilham. Aliás, seu corpo se inflamava tanto como sua linguagem. O ditirambo estava em seu coração e em seus lábios. Tinha palpitações, entrava em êxtase, entusiasmava-se com qualquer acontecimento: com a devoção de uma irmã de caridade e com a execução dos irmãos Faucher, com o *Ipsiboé* do sr. d'Arlincourt e com o *L'Anaconda* de Lewis, com a fuga de Lavalette e com uma de suas amigas que pusera os ladrões para correr falando com voz grossa. Para ela, tudo era sublime, extraordinário, estranho, divino, maravilhoso. Animava-se, enfurecia-se, jogava-se sobre si mesma, exaltava-se, recaía, olhava o céu e a terra e seus olhos se enchiam de lágrimas. Gastava a vida em perpétuas admirações e se consumia em estranhos desdéns. Aceitava o Paxá de Ioannina,* gostaria de lutar com ele em seu serralho, e achava algo de grandioso em ser costurada dentro de um saco e jogada na água. Invejava lady Esther Stanhope, essa pedante do deserto. Dava-lhe vontade de se tornar freira da Ordem de Santa Camila e ir morrer de febre amarela em Barcelona cuidando dos doentes: aí estava um grande, um nobre destino! Em suma, tinha sede de tudo o que não era a água clara de sua vida, escondida entre as plantas. Adorava Lord Byron, Jean-Jacques Rousseau, todas as existências poéticas e dramáticas. Tinha lágrimas para todas as desgraças e fanfarras para todas as vitórias. Simpatizava com Napoleão vencido, simpatizava com Mehemet Ali massacrando os tiranos do Egito. Enfim, revestia de uma auréola as pessoas de gênio, e acreditava que viviam de perfumes e luz. Para muita gente ela parecia uma louca cuja loucura não era perigosa; mas, decerto, para um observador perspicaz essas coisas lembravam os destroços de um magnífico amor que desabou assim que foi construído, os restos de uma Jerusalém celeste, em suma, o amor sem o amante. E era verdade. A história dos dezoito primeiros anos do casamento da sra. de Bargeton pode ser escrita em poucas palavras. Viveu por algum tempo de sua própria substância e de esperanças longínquas. Em seguida, depois de admitir que a vida de Paris, à qual aspirava, lhe era proibida pela mediocridade de sua fortuna, pôs-se a examinar as pessoas que a cercavam e estremeceu com a própria solidão. Não havia ao seu redor nenhum homem capaz de lhe

* Ali de Tebelen (1741-1822), paxá desde 1788, fez de Ioannina, na Grécia, um reino poderoso que ameaçou o sultão de Constantinopla. Suas histórias cruéis foram retratadas por Alexandre Dumas.

inspirar uma dessas loucuras às quais as mulheres se entregam, levadas pelo desespero que lhes causa uma vida sem saída, sem acontecimentos, sem interesse. Não podia contar com coisa nenhuma, nem mesmo com o acaso, pois há vidas sem acaso. No tempo em que o Império brilhava em toda a sua glória, por ocasião da passagem de Napoleão pela Espanha, para onde ele enviava a nata de suas tropas, as esperanças dessa mulher, até então frustradas, despertaram. A curiosidade a levou naturalmente a contemplar aqueles heróis que conquistavam a Europa a partir de uma palavra incluída na ordem do dia e que renovavam as fabulosas proezas da cavalaria. As cidades mais avarentas e as mais refratárias eram obrigadas a festejar a Guarda Imperial, perante a qual se apresentavam os *maires* e os prefeitos com uma arenga nos lábios, como se festejassem a realeza. Tendo ido a um baile oferecido na cidade por um regimento, a sra. de Bargeton se enamorou de um fidalgo, um simples subtenente a quem o astuto Napoleão acenara com o bastão de marechal da França. Essa paixão contida, nobre, grande, e que contrastava com as paixões na época tão facilmente feitas e desfeitas, foi castamente consagrada pela mão da morte. Em Wagram, uma bala de canhão esmagou no coração do marquês de Cante-Croix o único retrato que atestava a beleza da sra. de Bargeton. Ela chorou muito tempo por esse belo rapaz, que em duas campanhas se tornara coronel, animado pela glória, pelo amor, e que punha uma carta de Naïs acima das distinções imperiais. A dor jogou um véu de tristeza sobre o rosto daquela mulher. Essa nuvem só se dissipou na idade terrível em que a mulher começa a lamentar os belos anos passados sem que os tenha desfrutado, em que vê suas rosas murcharem, em que os desejos de amor renascem junto com a vontade de prolongar os últimos suspiros da juventude. Todas as suas superioridades lhe abriram feridas na alma no instante em que o frio da província a agarrou. Como o arminho, ela teria morrido de tristeza se, por acaso, tivesse se conspurcado ao contato com homens que só pensavam em jogar uns trocados à noite, depois de terem jantado bem. Seu orgulho a preservou dos tristes amores de província. Entre a nulidade dos homens que a cercavam e o nada, uma mulher tão superior teve de preferir o nada. Portanto, o casamento e o mundo foram para ela um mosteiro. Viveu para a poesia, como a carmelita vive para a religião. As obras dos ilustres estrangeiros até então desconhecidos que se publicaram de 1815 a 1821, os grandes tratados do sr. de Bonald e os do sr. de Maistre, essas duas águias do pensamento, e por fim as obras menos grandiosas da literatura francesa cujos primeiros ramos nasceram tão vigorosamente, embelezaram-lhe a solidão mas não suavizaram seu espírito nem sua pessoa. Continuou a ser reta e forte como uma árvore que suportou o golpe de um raio sem ser abatida. Sua dignidade se empertigou, sua realeza a tornou preciosa e elevada à quinta-essência. Como todos os que se deixam adorar por uns cortesãos quaisquer, ela imperava com seus defeitos. Esse é o passado da sra. de Bargeton, fria história, que precisa ser contada para que se compreenda sua ligação com Lucien, introduzido em sua casa de modo muito singular. Durante aquele último inverno, chegara à cidade uma pessoa que animaria a vida monótona levada pela sra. de Bargeton. Quando o cargo de diretor dos impostos indiretos vagou, o sr. de Barante enviou para ocupá-lo um homem cujo destino aventureiro depunha um bocado em seu favor para que a curiosidade feminina lhe servisse de passaporte junto à rainha da sociedade de Angoulême.

O sr. du Châtelet, que viera ao mundo como Sixte Châtelet simplesmente, mas que desde 1804 tivera a esperteza de se enobrecer, era um desses jovens agradáveis que, na época de Napoleão, escaparam de todos os alistamentos permanecendo junto ao sol imperial. Começara a carreira no posto de secretário particular de uma princesa imperial. O sr. du Châtelet possuía todas as incapacidades exigidas por seu posto. Bem-apessoado, homem bonito, bom dançarino, que sabia jogar bilhar, jeitoso em todos os exercícios, medíocre ator em sociedade, cantor de romanças, aplaudidor das boas tiradas, disposto a tudo, flexível, invejoso, sabia e ignorava tudo. Desconhecendo a música, acompanhava ao piano, mal ou bem, e por condescendência, uma mulher que queria cantar uma romança aprendida com mil esforços durante um mês. Incapaz de sentir a poesia, pedia corajosamente licença para passear por uns dez minutos antes de fazer um poema de improviso, alguma quadrinha de uma platitude ímpar e na qual a rima substituía a ideia. O sr. du Châtelet também era dotado do talento de completar a tapeçaria cujas flores tinham sido começadas pela princesa; segurava com graça infinita as meadas de seda que ela ia desenrolando, dizendo-lhe umas bobagenzinhas em que a licenciosidade se escondia sob uma gaze mais ou menos esburacada. Ignorante em pintura, sabia copiar uma paisagem, desenhar a lápis um perfil, esboçar uma indumentária e colori-la. Em suma, tinha todos esses pequenos talentos que eram tão grandes veículos da fortuna numa época em que as mulheres tiveram mais influência nos negócios do que se crê. Pretendia ser entendido em diplomacia, a ciência dos que não têm nenhuma e que são profundos por serem tão vazios; ciência, de resto, muito cômoda, no sentido de que é demonstrada pelo exercício mesmo de seus altos empregos; de que, querendo homens discretos, permite aos ignorantes não dizer nada, entrincheirarem-se em misteriosos acenos de cabeça; e de que, por fim, o homem mais competente nessa ciência é aquele que nada mantendo a cabeça fora d'água no rio de acontecimentos que ele então parece conduzir, o que se torna uma questão específica de leveza. Aí, como nas artes, encontram-se mil mediocridades para um homem genial. Apesar de seu serviço ordinário e extraordinário junto à Alteza Imperial, a boa reputação de sua protetora não conseguira designá-lo para o Conselho do Estado: não que ele não pudesse dar um delicioso referendário como tantos outros, mas a princesa o considerava mais bem situado perto dela do que em qualquer outro lugar. No entanto, foi nomeado barão, foi a Kassel como enviado extraordinário e ali pareceu, de fato, muito extraordinário. Em outras palavras, Napoleão se serviu dele no meio de uma crise, como de um correio diplomático. Quando o Império caiu, o barão du Châtelet tinha a promessa de ser nomeado ministro na Westfália, junto a Jerônimo. Depois de ter perdido o que ele chamava uma embaixada de família, caiu em desespero e fez uma viagem ao Egito com o general Armand de Montriveau. Separado de seu companheiro por estranhos acontecimentos, perambulara por dois anos de deserto em deserto, de tribo em tribo, cativo dos árabes que o revendiam uns aos outros sem conseguir tirar o menor proveito de seus talentos. Por fim, alcançou as possessões do imã de Mascate, enquanto Montriveau se dirigia para Tânger; mas teve a felicidade de encontrar em Mascate um barco inglês que se fazia à vela, e conseguiu voltar a Paris um ano antes de seu companheiro de viagem. Suas desventuras recentes, certas relações dos velhos tempos, serviços prestados a personalidades então bem-vistas, o recomendaram ao presidente do Conselho, que o colocou perto do sr. de Barante, esperando a primeira direção que vagasse. O papel desempenhado pelo sr. du Châtelet junto à Alteza Imperial, sua reputação de homem de sorte, os acontecimentos singulares de sua viagem, seus sofrimentos, tudo excitou a curiosidade das mulheres de Angoulême. Tendo aprendido os costumes da cidade alta, o sr. barão Sixte du Châtelet se conduziu de acordo com eles. Fez-se de doente, bancou o homem desgostoso, indiferente. Por qualquer pretexto segurava a cabeça como se seus sofrimentos não lhe dessem um minuto de sossego, pequena manobra que lembrava sua viagem e o tornava interessante. Foi ver as autoridades superiores, o General, o Prefeito, o Recebedor Geral e o Bispo, mas em todo canto mostrou-se polido, frio, levemente desdenhoso como os homens que não estão no lugar certo e esperam os favores do poder. Deixou que adivinhassem seus talentos em sociedade, que ganharam em não ser conhecidos; em seguida, depois de ter se feito desejar, sem esgotar a curiosidade, depois de ter reconhecido a nulidade dos homens e examinado sabiamente as mulheres durante vários domingos na catedral, identificou na sra. de Bargeton a pessoa cuja intimidade lhe convinha. Contava com a música para abrir as portas daquele palacete impenetrável aos forasteiros. Conseguiu secretamente uma missa de Miroir, estudou-a ao piano; depois, num belo domingo em que toda a sociedade de Angoulême estava na missa, extasiou os ignaros tocando órgão e despertou o interesse que se fixara em sua pessoa fazendo indiscretamente circular seu nome pelas pessoas do baixo clero. Ao sair da igreja, a sra. de Bargeton o cumprimentou, lamentou não ter a ocasião de tocar música com ele; durante esse encontro procurado, a ele foi oferecido, naturalmente, o passaporte que não teria obtido se tivesse solicitado. O hábil barão foi à casa da rainha de Angoulême, à qual dedicou atenções comprometedoras. Esse velho frajola, pois tinha quarenta e cinco anos, reconheceu naquela mulher toda uma juventude a ser reanimada, tesouros a valorizar, talvez uma viúva rica e esperançosa com quem se casar, em suma, uma aliança com a família dos Nègrepelisse, que lhe permitiria abordar em Paris a marquesa d'Espard, cujo crédito poderia lhe reabrir a carreira política. Apesar do visgo escuro e luxuriante que estragava aquela bonita árvore, decidiu prender-se a ela, podá-la, cultivá-la, obter seus belos frutos. A Angoulême nobre gritou contra a introdução de um infiel na Casbá, pois o salão da sra. de Bargeton era o cenáculo de uma sociedade pura de qualquer mistura. Só o Bispo ia lá habitualmente, o Prefeito era recebido duas ou três vezes por ano; o Recebedor Geral ali jamais penetrava. A sra. de Bargeton ia aos seus saraus, aos seus concertos, mas nunca jantava na casa dele. Não admitir o Recebedor Geral e aceitar um simples Diretor dos Impostos Indiretos, essa inversão da hierarquia pareceu inconcebível às autoridades desprezadas.

Os que conseguem ter uma ideia dessas mesquinharias que, aliás, existem em qualquer esfera social, devem compreender como o Palacete de Bargeton era imponente para a burguesia de Angoulême. Para L'Houmeau, as grandezas daquele Louvre em miniatura, a glória daquele palácio de

Rambouillet angoulemense brilhava a uma distância solar. Todos os que ali se reuniam eram os espíritos mais dignos de pena, as inteligências mais mesquinhas, os mais pobres senhores em vinte léguas ao redor. A política ali se alastrava em banalidades verbosas e apaixonadas: ali o *La Quotidienne** parecia morno, Luís XVIII era tratado de jacobino. Quanto às mulheres, quase todas bobinhas e sem graça, vestiam-se mal, e todas tinham alguma imperfeição que as deformava, nada nelas era completo, nem a conversa nem a toalete, nem o espírito nem a carne. Sem seus projetos a respeito da sra. de Bargeton, Châtelet não teria aguentado. No entanto, ali os bons modos e o espírito de casta, o ar fidalgo, o orgulho do nobre de pequeno castelo, o conhecimento das leis da boa educação enchiam todo esse vazio. A nobreza dos sentimentos era muito mais real que no círculo das grandezas parisienses; ali brilhava, *apesar dos pesares*, um respeitável apego aos Bourbon. Aquela sociedade podia se comparar, se essa imagem é admissível, a uma prataria de velho estilo, enegrecida mas pesada. O imobilismo de suas opiniões políticas parecia fidelidade. A distância que havia entre ela e a burguesia, e a dificuldade de se chegar a ela simulavam uma espécie de elevação e lhe davam um valor convencional. Para os moradores, cada um daqueles nobres tinha seu preço, assim como o caurim representa o dinheiro entre os negros de Bambarra. Várias mulheres, aduladas pelo sr. du Châtelet e reconhecendo-lhe superioridades que faltavam aos homens de sua sociedade, acalmaram a insurreição do amor-próprio: todas esperavam se apropriar da herança da Alteza Imperial. Os puristas pensaram que se veria o intruso na casa da sra. de Bargeton mas que ele não seria recebido em nenhuma outra casa. Du Châtelet suportou várias impertinências mas se manteve em sua posição cultivando o clero. Depois, afagou os defeitos que a província dera à rainha de Angoulême, levou-lhe todos os livros novos, leu-lhe as poesias

* Jornal dos ultramonarquistas.

que apareciam. Juntos, extasiaram-se com as obras dos jovens poetas, ela de boa-fé, ele se entediando, mas tendo paciência com os poetas românticos, que, como homem da escola imperial, pouco compreendia. A sra. de Bargeton, entusiasmada com o renascimento decorrente da influência da flor de lis,* gostava do sr. de Chateaubriand pelo fato de ter ele chamado Victor Hugo de *criança sublime*. Triste por só conhecer de longe aquele gênio, ela suspirava por Paris, onde viviam os grandes homens. O sr. du Châtelet pensou então em maravilhá-la contando-lhe que existia em Angoulême *um outro menino sublime*, um jovem poeta que, sem o saber, superava em brilho o nascer sideral das constelações parisienses. Um futuro grande homem nascera em L'Houmeau! O diretor do liceu mostrara ao barão suas admiráveis composições em verso. Pobre e modesto, o menino era um Chatterton sem a covardia política, sem o ódio feroz contra as grandezas sociais que levou o poeta inglês a escrever panfletos atacando seus benfeitores. Dentre as cinco ou seis pessoas que compartilhavam seu gosto pelas artes e letras, este porque arranhava um violino, aquele porque borrava mais ou menos o papel branco com algum sépia, um em sua condição de presidente da Sociedade de Agricultura, o outro em virtude de uma voz de baixo que lhe permitia cantar à maneira de um halali o *Se fiato in corpo avete*;** dentre essas figuras fantásticas a sra. de Bargeton se via como um faminto diante de um jantar de teatro cujas iguarias são de papelão. Assim, nada poderia descrever sua alegria no momento em que soube dessa notícia. Quis ver o poeta, aquele anjo!, ficou louca por ele, entusiasmou-se, falou dele por horas inteiras. Dois dias depois, o antigo correio diplomático negociava, por meio do diretor do liceu, a apresentação de Lucien na casa da sra. de Bargeton.

* O emblema da monarquia francesa.

** "Se tendes fôlego no corpo", ária da ópera *O casamento secreto*, de Cimarosa.

Só vocês, pobres ilotas de província para quem as distâncias sociais são mais longas a percorrer do que para os parisienses, aos olhos de quem elas encurtam dia a dia, só vocês, sobre quem pesam tão duramente as grades entre as quais cada mundo anatematiza e grita *Raca** para os outros mundos, só vocês compreenderão a perturbação que trabalhou o cérebro e o coração de Lucien Chardon quando seu imponente diretor de liceu lhe disse que as portas do Palacete de Bargeton iam se abrir para ele! A glória as fizera girar sobre os próprios gonzos! Ele seria bem acolhido naquela casa cujas velhas empenas atraíam seu olhar quando, à noite, passeava em Beaulieu com David, pensando que seus nomes talvez jamais chegariam àqueles ouvidos surdos à ciência quando ela vinha de muito baixo. Sua irmã foi a única iniciada nesse segredo. Como boa dona de casa, como divina adivinha, Ève tirou uns luíses do tesouro e foi comprar na melhor sapataria de Angoulême calçados finos para Lucien, e uma roupa nova no mais famoso alfaiate. Guarneceu sua melhor camisa com um jabô que ela mesma engomou e plissou. Que alegria, quando o viu vestido assim! Como estava orgulhosa do irmão! Quantas recomendações! Adivinhou mil pequenos detalhes. A prática da meditação dera a Lucien o hábito de encostar os cotovelos na mesa assim que se sentava, e chegava ao ponto de puxar uma mesa só para apoiá-los. Ève o proibiu de fazer naquele santuário aristocrático esses gestos sem cerimônia. Acompanhou-o até a Porta Saint-Pierre, chegou quase defronte da catedral, olhou-o pegando a rua de Beaulieu para ir pelo passeio, onde o esperava o sr. du Châtelet. Depois, pobre moça, ficou toda comovida como se um grande acontecimento tivesse ocorrido. Lucien na casa da sra. de Bargeton era para Ève a aurora da fortuna. A santa criatura ignorava que ali onde começa a ambição terminam os sentimentos ingênuos.

* Injúria de origem siríaca que significa "cabeça sem cérebro", imbecil, insignificante.

Ao chegar à rua du Minage, as aparências externas não espantaram Lucien. Aquele Louvre tão exagerado em sua imaginação era uma casa construída com a pedra de cantaria peculiar da região, e dourada pelo tempo. O aspecto, bastante triste visto da rua, era no interior muito simples: um pátio de província, frio e limpinho; uma arquitetura sóbria, quase monástica, bem conservada. Lucien subiu por uma velha escadaria de balaústres de castanheira cujos degraus eram de pedra só até o primeiro andar. Depois de atravessar uma saleta acanhada, um grande salão pouco iluminado, encontrou a soberana num salãozinho de lambris de madeira trabalhados ao gosto do século passado e pintados de cinza. O alto das portas era pintado em *camaïeu*. Um antigo adamascado vermelho, pobremente lavrado, decorava os painéis. Os móveis de velho estilo se escondiam miseravelmente sob capas de xadrez vermelho e branco. O poeta viu a sra. de Bargeton sentada num canapé com um estofado não muito grosso, diante de uma mesa redonda coberta por uma tapeçaria verde, iluminada por um candelabro de velho estilo, com duas velas e quebra-luz. A rainha não se levantou, contorceu-se um tanto agradavelmente em seu assento, sorrindo para o poeta, que muito se comoveu com esse saracoteio serpentino, achando-o até mesmo distinto.

A extrema beleza de Lucien, a timidez de suas maneiras, sua voz, tudo nele impressionou a sra. de Bargeton. O próprio poeta já era a poesia. O rapaz examinou, com discretas olhadelas, aquela mulher que lhe pareceu em harmonia com seu renome; não desmentia nenhuma de suas ideias sobre a grande dama. A sra. de Bargeton vestia, seguindo a nova moda, uma boina de veludo preto. Esse arranjo trazia uma reminiscência da Idade Média, que impunha ao rapaz, ampliando, por assim dizer, a imagem da mulher; da boina escapava uma imensa cabeleira loura avermelhada, dourada diante da luz, ardente no contorno dos cachos. A nobre dama tinha a pele luminosa que, numa mulher, resgata os pretensos inconvenientes daquela cor fulva. Seus olhos cinzentos brilhavam, sua fronte já com algumas rugas os coroava lindamente com sua extensão branca ousadamente talhada; eram rodeados por uma faixa nacarada em que, de cada lado do nariz, duas veias azuis realçavam a brancura da delicada moldura. O nariz oferecia uma curva burboniana, que aumentava o fogo de um rosto comprido, apresentando como que um ponto brilhante a esboçar o arrebatamento régio dos Condé. Os cabelos não escondiam inteiramente o pescoço. O vestido, displicentemente trespassado, deixava ver um colo de neve, em que o olhar pressentia um busto intacto e bem firme. Com seus dedos afilados e cuidados, mas um pouco secos, a sra. de Bargeton fez ao jovem poeta um gesto simpático para lhe indicar a cadeira que estava perto de si. O sr. du Châtelet sentou-se numa poltrona. Então Lucien percebeu que estavam a sós.

A conversa da sra. de Bargeton inebriou o poeta de L'Houmeau. As três horas passadas ao lado dela foram para Lucien um desses sonhos que gostaríamos de eternizar. Achou aquela mulher mais esbelta que magra, amorosa sem amor, doentia apesar de sua força; seus defeitos, que suas maneiras exageravam, lhe agradaram pois os jovens começam por amar o exagero, essa mentira das belas almas. Não reparou que as faces avermelhadas nos pômulos, às quais as contrariedades e certos sofrimentos tinham conferido tons de tijolo, eram um pouco murchas. Sua imaginação apoderou-se primeiro daqueles olhos de fogo, daqueles cachos elegantes em que resplandecia a luz, daquela deslumbrante brancura, pontos luminosos aos quais se prendeu como uma borboleta é atraída pelas velas. Ademais, aquela alma falou muito à sua para que ele conseguisse julgar a mulher. A vivacidade daquela exaltação feminina, a verve das frases um pouco velhas que desde muito tempo a sra. de Bargeton repetia, mas que lhe pareceram novas, o fascinaram mais ainda porque ele queria achar tudo perfeito. Não levara poesia para ler, mas não se falou disso: esquecera seus versos para ter o direito de voltar; a sra. de Bargeton não cogitara do assunto, a fim de incitá-lo a lhe fazer uma leitura em outro dia. Não era aquele um primeiro entendimento? O sr. Sixte du Châtelet ficou descontente com essa recepção. Percebeu tardiamente um rival no belo rapaz, que acompanhou até a curva da primeira ladeira abaixo de Beaulieu, com o objetivo de submetê-lo à sua diplomacia. Não foi pequeno o espanto de Lucien ao ouvir o diretor dos impostos indiretos gabar-se de tê-lo introduzido na casa e, a esse título, lhe dar conselhos.

"Prouvesse a Deus que Lucien fosse mais bem tratado que ele", pensava o sr. du Châtelet. A corte era menos impertinente que essa sociedade de palermas. Ali se recebiam ferimentos mortais, suportavam-se horrendos desdéns. A revolução de 1789 recomeçaria se aquelas pessoas não se emendassem. Quanto a ele, se continuava a ir àquela casa era por gostar da sra. de Bargeton, a única mulher relativamente correta que havia em Angoulême, a quem cortejara por falta do que fazer e por quem ficara loucamente apaixonado. Tudo levava a supor que em breve iria possuí-la, e que era amado. A submissão da rainha orgulhosa seria a única vingança que tiraria daquela tola malta de fidalgotes.

Châtelet expressou sua paixão como homem capaz de matar um rival se encontrasse algum. A velha borboleta imperial caiu com todo o seu peso sobre o pobre poeta, tentando esmagá-lo sob sua importância e amedrontá-lo. Engrandeceu-se contando os perigos de sua viagem, exagerando-os; porém, se se impôs à imaginação do poeta, não assustou o enamorado.

Depois daquela noite, não obstante o velho enfatuado, e apesar de suas ameaças e de sua atitude de espadachim burguês, Lucien voltara à casa da sra. de Bargeton, primeiro com a discrição de um homem de L'Houmeau, depois logo familiarizado com o que lhe pareceu, de início, um enorme favor. E foi vê-la cada vez mais amiúde. As pessoas daquela sociedade tomaram o filho de um farmacêutico por uma criatura insignificante. Nos primeiros tempos, se algum fidalgo ou certas mulheres de visita à casa de Naïs encontravam Lucien, todos tinham com ele a opressora polidez que as pessoas bem-nascidas demonstram com seus inferiores. Primeiro Lucien achou esse mundo muito gracioso, porém mais tarde identificou o sentimento que gerava aqueles olhares falaciosos. Não demorou a flagrar certos ares protetores que reviraram sua bílis e confirmaram suas odiosas ideias republicanas, pelas quais muitos dos futuros patrícios se iniciavam na alta sociedade. Mas quantos sofrimentos não suportaria por Naïs, a quem ouvia chamarem assim, pois entre eles, os íntimos daquele clã, tal como entre os grandes da Espanha e os personagens da *nata* de Viena, chamavam-se, homens e mulheres, por seus apelidos, última sutileza inventada para criar uma distinção no coração da aristocracia angoulemense!

Naïs foi amada como todo rapaz ama a primeira mulher que o adula, pois ela prognosticava um grande futuro, uma glória imensa para Lucien. A sra. de Bargeton usou toda a habilidade para que seu poeta se fixasse em sua casa: não só o exaltava exageradamente, como o representava como um menino sem fortuna que ela queria ajudar; tornava-o mais criança a fim de cuidar dele; transformava-o em seu leitor, seu secretário, mas o amava mais do que imaginava poder amá-lo depois da horrenda desgraça que lhe acontecera. Interiormente, recriminava-se muito, pensava que seria uma loucura amar um jovem rapaz de vinte anos, que por sua posição já estava tão longe dela. Suas familiaridades eram caprichosamente desmentidas pelo orgulho que seus escrúpulos inspiravam. Mostrava-se sucessivamente altiva e protetora, carinhosa e lisonjeira. De início, intimidado pela alta posição daquela mulher, Lucien sentiu, portanto, todos os terrores, esperanças e desesperanças que martelam o primeiro amor e o instalam tão profundo no coração graças aos golpes dados alternadamente pela dor e pelo prazer. Durante dois meses viu nela uma benfeitora que iria cuidar dele maternalmente. Mas começaram as confidências. A sra. de Bargeton chamou seu poeta de querido Lucien; depois, de querido, somente. O poeta, atrevendo-se, chamou de Naïs a grande dama. Ao ouvi-lo chamá-la por esse nome, ela sentiu uma dessas raivas que tanto seduzem uma criança; criticou-o por chamá-la pelo nome que todos usavam. A orgulhosa e nobre Nègrepelisse ofereceu ao belo anjo um de seus nomes, quis ser Louise para ele. Lucien alcançou o terceiro céu do amor. Uma tarde, tendo Lucien entrado enquanto Louise contemplava um retrato que prontamente guardou, ele quis vê-lo. Para acalmar o desespero de um primeiro ataque de ciúme, Louise mostrou o retrato do jovem Cante-Croix e contou, não sem lágrimas, a dolorosa história de seus amores, tão puros e tão cruelmente sufocados. Estaria ensaiando alguma infidelidade à morte dele ou inventara criar com o retrato um rival para Lucien? Lucien era jovem demais para analisar sua amada, desesperou-se ingenuamente pois ela inaugurara a campanha durante a qual as mulheres fazem ataques de canhão a escrúpulos mais ou menos engenhosamente fortificados. Suas discussões sobre os deveres, sobre as conveniências, sobre a religião são como praças-fortes que elas gostam de ver sendo tomadas de assalto. O inocente Lucien não precisava dessas faceirices femininas, teria guerreado com a maior naturalidade.

— Eu não morrerei, eu viverei para você — disse o audacioso Lucien numa noite em que quis se livrar do senhor de Cante-Croix e lançou para Louise um olhar em que se delineava uma paixão que chegara ao auge.

Assustada com os avanços que aquele novo amor fazia dentro de si e de seu poeta, ela lhe pediu os versos prometidos para a primeira página de seu álbum, buscando um pretexto de briga no tempo que ele demorava para fazê-los. Como terá se sentido ao ler as duas estâncias seguintes, que naturalmente achou mais belas que as melhores de Canalis, o poeta da aristocracia?

O mágico pincel, as musas mentirosas
Nem sempre ornarão de minhas folhas vaporosas
O fiel velino;

E o lápis furtivo de minha bela amada
Muitas vezes me confiará sua alegria dissimulada
Ou seu mudo desatino.

Ah! Quando às minhas páginas fanadas seus dedos mais franzinos
Pedirem satisfação dos ricos destinos
Que o futuro lhe prediz;
Queira então o Amor que a fecunda lembrança
Dessa viagem feliz
Seja doce de contemplar como um céu de bem-aventurança!

— Fui eu mesma que os ditei a você? — ela perguntou.

Essa desconfiança, inspirada pelo charme de uma mulher que gostava de brincar com o fogo, fez brotar uma lágrima nos olhos de Lucien; ela o acalmou beijando-o na fronte pela primeira vez. Decididamente, Lucien era o grande homem que ela queria formar; imaginou ensinar a ele italiano e alemão, aperfeiçoar suas maneiras; encontrou pretextos para tê-lo sempre em sua casa, nas barbas de seus maçantes cortesãos. Que interesse em sua vida! Dedicou-se de novo à música, para seu poeta, a quem revelou o mundo musical, tocou para ele belos trechos de Beethoven e o deixou radiante; feliz com sua alegria, disse-lhe hipocritamente ao vê-lo quase desfalecido:

— Não podemos nos contentar com essa felicidade?

O pobre poeta fez a bobagem de responder:

— Sim.

Em suma, as coisas chegaram a tal ponto que Louise, na semana anterior, fez Lucien jantar com ela e uma terceira pessoa, o sr. de Bargeton. Apesar dessa precaução, toda a cidade soube do fato e o considerou tão exorbitante que todos se perguntaram se era verdade. Foi uma boataria terrível. Para muitos, a sociedade pareceu às vésperas de um tumulto. Outros exclamaram: “Eis o fruto das doutrinas liberais”. O ciumento Du Châtelet soube, então, que a sra. Charlotte, que cuidava das parturientes, era na verdade a sra. Chardon, mãe do Chateaubriand de L'Houmeau, como ele dizia. Essa expressão foi vista como uma boa tirada. A sra. de Chandour foi a primeira a acorrer à casa da sra. de Bargeton.

— Sabe, cara Naïs, do que toda Angoulême fala? — perguntou-lhe — A mãe desse poetastrozinho é a senhora Charlotte, que há dois meses cuidou de minha cunhada, quando deu à luz.

— Minha cara — disse a sra. de Bargeton assumindo um ar perfeitamente monárquico —, o que há de extraordinário nisso? Ela não é a viúva de um boticário? Pobre destino para uma senhorita de Rubempré. Imaginemo-nos sem um tostão furado!... Que faríamos, nós, para viver? Como você alimentaria seus filhos?

O sangue-frio da sra. de Bargeton matou as lamentações da nobreza. As grandes almas estão sempre dispostas a fazer da desgraça uma virtude. Além disso, encontramos invencíveis atrativos na persistência de fazer um bem que incriminamos: a inocência tem o sabor picante do vício. À noite, o salão da sra. de Bargeton ficou repleto de seus amigos, que foram lhe fazer certas admoestações. Mas ela exibiu toda a causticidade de seu espírito: disse que, se os fidalgos não conseguiam ser Molière, nem Racine, nem Rousseau, nem Voltaire, nem Massillon, nem Beaumarchais, nem Diderot, o jeito era aceitar os tapeceiros, os relojoeiros, os cuteleiros, cujos filhos se tornavam grandes homens. Disse que o gênio era sempre nobre. Repreendeu os fidalgotes pelo pouco entendimento que têm de seus verdadeiros interesses. Em suma, disse muitas tolices que teriam esclarecido pessoas menos bobas, mas pelo menos essas pessoas honraram sua originalidade. E, assim, conjurou a tempestade com tiros de canhão. Quando Lucien, convocado por ela, entrou pela primeira vez no velho salão desbotado no qual se jogava uíste em quatro mesas, ela lhe fez uma graciosa acolhida e o apresentou, como rainha que queria ser obedecida. Chamou o diretor dos impostos indiretos de *monsieur* Châtelet e o petrificou dando-lhe a entender que conhecia o acréscimo ilegal do *du* indicativo de nobreza. A partir dessa noite, Lucien foi abruptamente introduzido na sociedade da sra. de Bargeton; mas foi aceito como uma substância venenosa que todos prometeram expulsar submetendo-a aos reagentes da impertinência. Apesar desse triunfo, Naïs perdeu seu império: houve dissidentes que tentaram emigrar. A conselho do sr. Châtelet, Amélie, que era a sra. de Chandour, resolveu erguer altar contra altar, recebendo em sua casa às quartas-feiras. A sra. de Bargeton abria seu salão todas as noites, e as pessoas que iam à sua casa eram tão rotineiras, já tão habituadas a se encontrar diante dos mesmos tapetes, a jogar os mesmos gamões, a ver as pessoas, os candelabros, a pôr seus sobretudos, suas galochas, seus chapéus no mesmo corredor, que gostavam dos degraus da escada tanto quanto da dona de casa. Todos se resignaram a suportar o pintassilgo* do bosque sagrado, disse Alexandre de Brébian, com outra tirada espirituosa. Por fim, o presidente da Sociedade de Agricultura acalmou a sedição com uma observação magistral:

— Antes da revolução — disse —, os maiores aristocratas recebiam Duclos, Grimm, Crébillon, todos eles criaturas que, como esse poetinha de L'Houmeau, eram insignificantes; mas jamais admitiram os recebedores de impostos, o que, afinal de contas, é Châtelet.

Du Châtelet pagou por Chardon, e todos lhe demonstraram frieza. Sentindo-se atacado, o diretor dos impostos, que, desde o momento em que a sra. de Bargeton o chamara, jurara a si mesmo possuí-la, acatou os caprichos da dona da casa; apoiou o jovem poeta. Esse grande diplomata, de quem o Imperador, tão desastradamente, se privara, adulou Lucien e se disse seu amigo. Para lançar o poeta, deu um jantar em que se encontraram o Prefeito, o Recebedor Geral, o coronel do regimento da guarnição, o Diretor da Escola de Marinha, o Presidente do Tribunal, em suma, todas as sumidades administrativas. O pobre poeta foi tão imensamente

* Em francês: *chardonneret*, trocadilho com Chardon, o sobrenome de Lucien, e que aparecerá mais adiante.

festejado que qualquer outro que não fosse um rapaz de vinte e dois anos teria desconfiado, com toda a veemência, ser mistificação os elogios com que o embaíram. À sobremesa, Châtelet fez seu rival recitar uma ode a *Sardanápalo moribundo*, a obra-prima do momento. Ao ouvi-lo, o diretor do liceu, homem fleumático, bateu palmas dizendo que Jean-Baptiste Rousseau não teria feito melhor. O barão Sixte Châtelet pensou que o pequeno versejador rebentaria mais cedo ou mais tarde na estufa quente dos louvores, ou que, na embriaguez de sua glória antecipada, se permitiria certas impertinências que o fariam entrar em sua obscuridade primitiva. À espera da morte desse gênio, pareceu imolar suas pretensões aos pés da sra. de Bargeton, mas, com a habilidade dos matreiros, deteve seu plano e acompanhou com atenção estratégica a marcha dos dois amantes, à espreita da ocasião de exterminar Lucien. A partir daí se elevou em Angoulême e nos arredores um rumor surdo que proclamava a existência de um grande homem no Angoumois. A sra. de Bargeton era, em geral, elogiada pelos cuidados que prodigalizava àquela jovem águia. Uma vez aprovado seu comportamento, ela quis obter uma sanção geral. Trombeteou em todo o departamento um sarau com sorvetes, doces e chá, grande inovação numa cidade onde o chá ainda era vendido nos boticários como uma droga empregada contra as indigestões. A flor da aristocracia foi convidada para ouvir uma grande obra, a ser lida por Lucien.

Louise escondera do amigo as dificuldades vencidas, mas lhe segredou algumas palavras da conjuração armada contra ele pela sociedade, pois não queria que ignorasse os perigos da carreira que os homens de gênio devem percorrer, e na qual há obstáculos intransponíveis para as coragens medíocres. Fez dessa vitória um ensinamento. Com suas brancas mãos, mostrou-lhe a glória comprada por contínuos suplícios, falou-lhe da fogueira dos mártires a ser atravessada, e lhe serviu tudo isso regado com o molho de suas platitudes e as misturando com suas expressões mais pomposas. Foi uma contrafação dos improvisos que enfeiam o romance

Corinne.* Louise achou-se tão grande em sua eloquência que amou ainda mais o Benjamin que lhe inspirava; aconselhou-o a repudiar audaciosamente o pai, adotando o sobrenome nobre De Rubempré, sem se preocupar com a gritaria causada por uma troca que, aliás, o rei legitimaria. Aparentada da marquesa d'Espard, uma srta. de Blamont-Chauvry, muito prestigiada na corte, ela se encarregaria de obter esse favor. Diante dessas palavras — o rei, a marquesa d'Espard, a corte —, Lucien viu como que um fogo de artifício e lhe ficou provada a necessidade desse batismo.

— Querido menino! — disse-lhe Louise com voz meigamente debochada —, quanto mais rápido isso se fizer, mais depressa será sancionado.

Levantou, uma depois da outra, as camadas sucessivas do Estado Social, e fez o poeta contar os degraus que subiria repentinamente graças a essa hábil determinação. Num instante fez Lucien abjurar suas ideias típicas do populacho a respeito da quimérica igualdade de 1793, despertou-lhe a sede das distinções que a fria razão de David aplacara, mostrou-lhe a alta sociedade como o único teatro no qual devia se apresentar. O desdenhoso liberal tornou-se monárquico *in petto*. Lucien mordeu a maçã do luxo aristocrático e da glória. Jurou levar aos pés de sua dama uma coroa, ainda que ensanguentada; ele a conquistaria a todo custo, *quibuscumque viis*.** Para provar sua coragem, contou seus sofrimentos atuais, que tinha escondido de Louise, aconselhado por esse pudor indefinível ligado aos primeiros sentimentos e que proíbe ao rapaz exibir suas grandezas, de tal forma ele gosta de ver sua alma apreciada *incognito*. Descreveu os apertos de uma miséria suportada com orgulho, os trabalhos com David, as noites dedicadas ao estudo. Esse jovem ardor lembrou à sra. de Bargeton o coronel de vinte e seis anos, e seu olhar se enterneceu. Ao ver sua imponente amada sendo atingida pela fraqueza,

* *Corinne* é a poeta romântica protagonista do romance homônimo (1807) de Madame de Staël.

** Por todos os meios.

Lucien pegou a mão que ela o deixou pegar e a beijou com a fúria do poeta, do rapaz, do amante. Louise chegou a permitir que o filho do boticário alcançasse sua fronte e a marcasse com seus lábios palpitantes.

— Menino! Menino! Se nos vissem, eu me sentiria um tanto ridícula — disse, despertando de um torpor extático.

Durante essa noite, o espírito da sra. de Bargeton fez grandes estragos naquilo que ela chamava de preconceitos de Lucien. A seu ver, os homens de gênio não tinham irmãos nem irmãs, nem pais nem mães; as grandes obras que deviam edificar lhes impunham um aparente egoísmo, obrigando-os a tudo sacrificar à própria grandeza. Se primeiro a família sofria com as devoradoras extorsões cobradas por um cérebro gigantesco, mais tarde receberia ao cêntuplo o preço dos sacrifícios de todo tipo exigidos pelas primeiras lutas de uma realeza contrariada, dividindo os frutos da vitória. O gênio só dependia de si mesmo, era o único juiz de seus meios, pois só ele conhecia o objetivo: portanto, devia se pôr acima das leis, pois era chamado a refazê-las; aliás, quem se apodera de seu século pode pegar tudo, arriscar tudo, pois tudo é seu. Ela citava o começo da vida de Bernard de Palissy, de Luís XI, de Fox, de Napoleão, de Cristóvão Colombo, de César, de todos os ilustres jogadores, primeiro crivados de dívidas ou miseráveis, incompreendidos, considerados loucos, maus filhos, maus pais, maus irmãos, mas que mais tarde se tornavam o orgulho da família, do país, do mundo. Esses argumentos combinavam com os vícios secretos de Lucien e aprofundavam a corrupção de seu coração; pois no ardor de seus desejos ele admitia os meios *a priori*. Mas não ter êxito é um crime de lesa-majestade social. Um vencido não terá então assassinado todas as virtudes burguesas sobre as quais repousa a sociedade que expulsa com horror os Mários* sentados

* General (157-86 a.C.) do império romano, derrotado quando Sila invadiu Roma. Refugiou-se na África, onde se deparou com as ruínas de Cartago.

diante de suas ruínas? Lucien não se imaginava entre a infâmia dos galés e as palmas do gênio. Pairava sobre o Sinai dos profetas sem compreender que, embaixo, se estendia um mar Morto, o horrível sudário de Gomorra.

Louise libertou tão bem o coração e o espírito de seu poeta das faixas com que o envolvera a vida interiorana que Lucien quis testar a sra. de Bargeton a fim de saber se podia, sem sofrer a vergonha de uma recusa, conquistar essa alta presa. A noite anunciada lhe deu a ocasião de tentar essa prova. A ambição misturava-se a seu amor. Ele amava e queria se elevar, duplo desejo tão natural nas jovens criaturas que têm um coração a satisfazer e a indigência a combater. Hoje em dia, ao convidar todos os seus filhos para um mesmo festim, a sociedade desperta-lhes as ambições desde a manhã da vida. Destitui a juventude de suas graças e vicia a maioria de seus sentimentos generosos, a eles misturando os cálculos. A poesia preferiria que fosse diferente, mas a ficção em que gostaríamos de acreditar não raro é desmentida pela realidade, e assim não podemos nos permitir representar os jovens de outra forma, diferente da que eles têm no século XIX. Lucien sentiu que o cálculo que fazia era motivado por um nobre sentimento, sua amizade por David.

Lucien escreveu uma longa carta à sua Louise, pois se considerou mais ousado com a pena na mão do que com a palavra nos lábios. Em doze páginas três vezes recopiadas, contou o gênio de seu pai, suas esperanças perdidas e a terrível miséria de que era vítima. Pintou sua querida irmã como um anjo, David como um futuro Cuvier, que antes de ser um grande homem era um pai, um irmão, um amigo para ele; se julgaria indigno de ser amado por Louise, sua primeira glória, se não lhe pedisse para fazer por David o que fazia por ele mesmo. Renunciaria a tudo antes de trair David Séchard, queria que David assistisse a seu êxito. Escreveu uma dessas cartas alucinadas em que os jovens contrapõem a pistola a uma recusa, em que reaparece a casuística da imaturidade, em que fala a lógica insensata das belas almas; delicioso palavrório bordado por essas declarações ingênuas que escapam do coração contra a vontade do escritor, e que as mulheres tanto amam. Depois de entregar a carta à camareira, Lucien fora passar o dia corrigindo provas, dirigindo alguns trabalhos, pondo ordem nos pequenos negócios da tipografia, sem nada dizer a David. Nos dias em que o coração ainda é criança, os jovens têm dessas sublimes discrições. Aliás, talvez Lucien começasse a temer a acha de Fócion,* que David sabia manejar; talvez temesse a claridade de um olhar que ia ao fundo de sua alma. Depois da leitura de Chénier, seu segredo passara do coração para os lábios, atingido por uma crítica que ele sentiu como o dedo posto por um médico numa ferida.

Agora compreendam os pensamentos que devem ter assaltado Lucien enquanto descia de Angoulême a L'Houmeau. Aquela grande dama teria se aborrecido? Iria receber David em casa? O ambicioso não seria atirado em seu buraco em L'Houmeau? Embora antes de beijar Louise na fronte Lucien tivesse conseguido medir a distância que separa uma rainha e seu favorito, não pensou que seria impossível para David transpor, num piscar de olhos, o espaço que ele mesmo levara cinco meses para percorrer. Ignorando como era absoluto o ostracismo proferido contra as pessoas de baixo, não sabia que uma segunda tentativa desse tipo seria a perda da sra. de Bargeton. Atingida e convencida de ter se vulgarizado, Louise seria obrigada a deixar a cidade, onde sua casta fugiria dela como na Idade Média se fugia de um leproso. O clã da fina aristocracia e o próprio clero defenderiam Naïs contra todos, caso ela se permitisse um erro, mas o crime de ter má companhia jamais lhe seria perdoado, pois, se os erros do poderoso são desculpados, ele é condenado depois de sua abdicação. Ora, receber David não seria abdicar? Se Lucien não com-

* Fócion (c. 402-318 a.C.), político e estrategista ateniense, cujos discursos concisos e duros foram chamados por Diógenes de "achas".

preendia esse lado da questão, seu instinto aristocrático o fazia pressentir muitas outras dificuldades que o apavoravam. A nobreza de sentimentos não resulta inevitavelmente em nobreza das maneiras. Se Racine tinha ares do mais nobre cortesão, Corneille muito se parecia com um vendedor de bois. Descartes tinha o jeito de um bom negociante holandês. Volta e meia, ao encontrarem Montesquieu com seu ancinho no ombro, e na cabeça a touca de dormir, os visitantes de La Brède o tomavam por um vulgar jardineiro. O convívio com o mundo, quando não é um dom de alto berço, uma ciência chupada junto com o leite ou transmitida pelo sangue, constitui uma educação que o acaso deve auxiliar por certa elegância de formas, por uma distinção nos traços, por um timbre de voz. Todas essas grandes pequenas coisas faltavam em David, ao passo que delas a natureza dotara seu amigo. Fidalgo pela mãe, Lucien tinha até mesmo o pé alto e curvado dos francos, ao passo que David Séchard tinha os pés chatos dos forasteiros e o pescoço do pai, o impressor. Lucien ouvia as troças que choveriam sobre David, parecia-lhe ver o sorriso que a sra. de Bargeton reprimiria. Enfim, sem ter propriamente vergonha de seu "irmão", ele prometeu a si mesmo não mais dar ouvidos ao primeiro impulso e discuti-lo no futuro.

Portanto, depois da hora da poesia e da devoção, depois de uma leitura que acabava de mostrar aos dois amigos os prados literários iluminados por um novo sol, soava para Lucien a hora da política e dos cálculos. Ao voltar para L'Houmeau, arrependeu-se da carta, gostaria de pegá-la de volta, pois percebia num lampejo as impiedosas leis da sociedade. Pressentindo o quanto a vantagem que adquirira favorecia sua ambição, custava-lhe tirar o pé do primeiro degrau da escada pela qual devia subir ao assalto das grandezas. Além disso, as imagens de sua vida simples e sossegada, enfeitada pelas mais lindas flores do sentimento, aquele David cheio de gênio que tão nobremente o ajudara, que se necessário lhe daria sua vida; sua mãe, tão grande dama em seu rebaixamento, e que o julgava tão bom quanto inteligente; sua irmã, essa moça tão graciosa em sua resignação, sua infância tão pura e sua consciência ainda alva; as esperanças, que ainda nenhuma ventania desfolhara, tudo isso refloria em sua lembrança. Pensava então que era mais bonito atravessar os batalhões cerrados da turba aristocrática ou burguesa a golpes de êxitos do que triunfar pelos favores de uma mulher. Mais cedo ou mais tarde seu gênio brilharia, como o de tantos homens, seus predecessores, que haviam domado a sociedade; e aí, as mulheres o amariam! O exemplo de Napoleão, tão funesto no século XIX pelas pretensões que inspira a tanta gente medíocre, apareceu para Lucien, que se recriminou por seus cálculos e os jogou ao vento. Assim era feito Lucien, ele ia do mal ao bem, do bem ao mal com idêntica facilidade. Fazia um mês que, em vez do amor que o erudito sente por sua reclusão, Lucien sentia uma espécie de vergonha ao avistar a loja em que se lia, em letras amarelas contra um fundo verde:

FARMÁCIA DE POSTEL, SUCESSOR DE CHARDON

O nome de seu pai, escrito assim num lugar por onde passavam todas as carruagens, feriu-lhe a vista. Na noite em que cruzou sua porta adornada por uma gradezinha de barras de mau gosto, para se apresentar em Beaulieu entre os jovens mais elegantes da cidade alta, dando o braço à sra. de Bargeton, ele estranhamente deplorou a incompatibilidade que admitiu existir entre aquela habitação e sua boa sorte.

"Amar a senhora de Bargeton, talvez brevemente possuí-la, e morar neste ninho de ratos!", pensou ao passar pelo corredor e desembocar no pequeno pátio onde vários pacotes de ervas fervidas estavam espalhados ao longo dos muros, onde o aprendiz areava os caldeirões do laboratório, onde o senhor Postel, vestindo um avental de preparador, com uma retorta na mão, examinava um produto químico enquanto ficava de olho na farmácia; e, embora observasse muito atentamente sua droga, não tirava os ouvidos da campainha. O cheiro das camomilas, das hortelãs, das várias plantas destiladas enchia o pátio e o modesto apartamento para onde se subia por uma dessas escadas estreitas chamadas escadas de moleiro, sem outra rampa além de duas cordas. Acima ficava o único quarto da mansarda, onde morava Lucien.

— Bom-dia, meu filhinho — dizia-lhe o sr. Postel, o verdadeiro tipo de comerciante de província. — Como vai nossa saúde? Acabo de fazer uma experiência com o melaço, mas só mesmo seu pai encontraria o que procuro. Era um homem notável, esse aí! Se eu tivesse conhecido seu segredo contra a gota, hoje nós dois nadaríamos em dinheiro!

Não se passava semana sem que o farmacêutico, tão tolo quanto bom homem, não desse uma punhalada em Lucien, lhe falando da discrição fatal que seu pai mantivera sobre sua descoberta.

— É uma grande desgraça — respondeu sumariamente Lucien, que começava a achar o aluno do pai prodigiosamente banal, depois de tê-lo abençoado muitas vezes, pois em mais de uma ocasião o honesto Postel socorrera a viúva e os filhos do patrão.

— Mas o que você tem? — perguntou o sr. Postel pondo a proveta sobre a mesa do laboratório.

— Chegou alguma carta para mim?

— Chegou, uma que cheira como bálsamo! Está ao lado de minha escrivaninha, em cima do balcão.

A carta da sra. de Bargeton misturada entre os frascos da farmácia! Lucien despencou para a farmácia.

— Apresse-se, Lucien! Seu jantar o está esperando há uma hora, vai esfriar — gritou suavemente uma linda voz por uma janela entreaberta, e que Lucien não ouviu.

— Esse seu irmão não está batendo bem, senhorita — disse Postel levantando o nariz.

O solteirão, muito parecido com um pequeno tonel de aguardente, sobre o qual a fantasia de um pintor teria posto um gordo rosto bexiguento e avermelhado, assumiu, ao olhar para Ève, um jeito cerimonioso e amável que provava que ele pensava em se casar com a filha de seu predecessor, sem ter conseguido concluir a luta que o amor e o interesse travavam em seu coração. Por isso, costumava dizer a Lucien, sorrindo, a frase que tornou a dizer quando o rapaz passou de novo perto dele:

— Sua irmã é danada de bonita! Você também não é tão mau assim! Seu pai fazia tudo muito bem.

Ève era uma morena alta, de cabelo preto e olhos azuis. Conquanto demonstrasse os indícios de um temperamento viril, era doce, meiga e dedicada. Sua candura, sua ingenuidade, sua tranquila resignação a uma vida de trabalho, sua castidade que nenhuma maledicência atacava, deviam ter seduzido David Séchard. Assim, desde a primeira conversa entre eles, uma paixão surda e simples se instalara nos dois, à alemã,* sem manifestações ruidosas nem declarações apressadas. Cada um pensava secretamente no outro, como se tivessem sido separados por um marido ciumento e ofendido por esse sentimento. Ambos se escondiam de Lucien, a quem talvez pensassem de certo modo prejudicar. David tinha medo de não agradar a Ève, que, de seu lado, se deixava levar pela timidez da indigência. Uma verdadeira operária teria tido a ousadia, mas uma menina bem-educada e sem posses se conformava com sua triste sina. De aparência modesta, mas na verdade orgulhosa, Ève não queria correr atrás de um homem que passava por rico. Nessa altura, as pessoas inteiradas do valor crescente das propriedades avaliavam em mais de oitenta mil francos o domínio de Marsac, sem contar as terras que o velho Séchard, rico em economias, feliz na colheita, hábil na venda, devia somar a isso, à espreita das oportunidades. David talvez fosse a única pessoa que nada soubesse da fortuna do pai. Para ele, Marsac era uma espelunca comprada em 1810 por quinze ou dezesseis mil francos, aonde ele ia uma vez por ano na época das vindimas, e onde o pai o levava para passear pelas vinhas, gabando-se das colheitas que o impressor jamais via e com as quais pouco se preocupava. O amor de um erudito acostu-

* Uma paixão séria e moderada, segundo o clichê dos românticos.

mado com a solidão, e que aumenta ainda mais os próprios sentimentos ao exagerar suas dificuldades, devia ser encorajado, pois, para David, Ève era uma mulher mais imponente do que é uma grande dama para um simples escrevente. Desajeitado e irrequieto quando estava perto de seu ídolo, tão apressado para ir embora quanto para chegar, o impressor continha sua paixão, em vez de expressá-la. Não raro, à noite, depois de inventar uma desculpa para ir consultar Lucien, descia da praça du Mûrier até L'Houmeau, pela Porta Palet; mas, ao chegar à porta verde de grades de ferro, fugia, temendo ser tarde demais ou parecer importuno para Ève, que decerto estaria deitada. Embora esse grande amor só se revelasse em pequenas coisas, Ève o compreendeu; estava lisonjeada, mas sem orgulho, por ser alvo do profundo respeito que marcava os olhares, as palavras, as maneiras de David; porém, o que mais a seduzia no impressor era seu fanatismo por Lucien: ele adivinhara a melhor maneira de agradar a Ève. Para dizer em que medida as delícias mudas desse amor se diferenciavam das paixões tumultuosas, seria preciso compará-lo às flores campestres opostas às deslumbrantes flores dos canteiros. Eram olhares suaves e delicados como os lótus-azuis que nadam sobre as águas, expressões fugazes como os fracos perfumes das rosas silvestres, melancolias suaves como o veludo dos musgos; flores de duas belas almas que nascem de uma terra rica, fecunda, imutável. Já várias vezes Ève pressentira a força escondida sob aquela fraqueza; tinha tanta consideração por tudo o que David não ousava, que o mais leve incidente poderia levar a uma união mais íntima de suas almas.

Lucien encontrou a porta aberta por Ève, e se sentou, sem nada lhe dizer, diante de uma mesinha apoiada sobre um cavalete em X, sem toalha, onde seu lugar estava posto. O pobre pequeno lar só possuía três talheres de prata, Ève usava todos eles para o irmão querido.

— Então, o que está lendo aí? — ela perguntou, depois de pôr à mesa um prato que retirou do fogo, o qual cobriu com o abafador, para apagá-lo.

Lucien não respondeu. Ève pegou um pratinho lindamente decorado com folhas de vinha e o pôs à mesa, junto com uma tigela cheia de creme.

— Tome, Lucien, catei morangos para você.

Lucien prestava tanta atenção à leitura que não ouviu. Então, Ève foi se sentar perto dele, sem deixar escapar um murmúrio, pois no sentimento de uma irmã pelo irmão figura o enorme prazer em ser tratada sem cerimônia.

— Mas, afinal, o que você tem? — exclamou, vendo brilharem lágrimas nos olhos do irmão.

— Nada, nada, Ève — disse ele pegando-a pela cintura, puxando-a para si, beijando-lhe a fronte e o cabelo, e depois o pescoço, com surpreendente efervescência.

— Você está escondendo algo de mim.

— Pois é, ela me ama!

— Eu sabia direitinho que não era a mim que você beijava — disse num tom amuado a pobre irmã, corando.

— Todos nós seremos felizes — exclamou Lucien engolindo a sopa a grandes colheradas.

— Nós? — repetiu Ève. Inspirada pelo mesmo pressentimento que tomara conta de David, ela acrescentou: — Você vai gostar menos de nós!

— Como pode acreditar nisso? Você não me conhece?

Ève lhe estendeu a mão para apertar a dele, depois retirou o prato vazio, a sopeira de barro marrom, e avançou o prato que tinha preparado. Em vez de comer, Lucien releu a carta da sra. de Bargeton, que a discreta Ève não pediu para ver, tamanho o respeito que tinha pelo irmão: se ele quisesse comunicá-la, ela devia esperar, e, se não quisesse, ela poderia exigir? Esperou. Eis a carta.

Meu amigo,
por que eu recusaria a seu irmão em ciência o apoio que lhe prestei? A meu ver, os talentos têm direitos iguais; mas você ignora os preconceitos das pessoas que compõem minha sociedade. Não conseguiremos que aqueles que são a aristocracia da ignorância reconheçam o enobrecimento do espírito.

Se eu não for poderosa o suficiente para lhes impor o senhor David Séchard, de bom grado hei de lhe sacrificar essas pobres pessoas. Será como uma hecatombe da Antiguidade. Mas, caro amigo, você decerto não quererá me fazer aceitar a companhia de uma pessoa cujo espírito ou cujas maneiras poderiam não me agradar. Suas lisonjas me ensinaram como a amizade pode facilmente cegar! Você vai me querer mal se eu impuser uma restrição a meu consentimento? Quero ver seu amigo, julgá-lo, saber por mim mesma, no interesse de seu futuro, se você não se engana. Não é um desses cuidados maternais que deve ter por você, meu querido poeta,
LOUISE DE NÈGREPELISSE?

Lucien desconhecia com que arte se emprega, na alta sociedade, o "sim" para se chegar ao "não", e o "não" para se chegar ao "sim". Essa carta foi um triunfo para ele. David iria à casa da sra. de Bargeton, onde brilharia com a majestade do gênio. Na embriaguez que lhe causava uma vitória que o levou a crer na força de sua ascendência sobre os homens, ele assumiu uma atitude tão orgulhosa, tantas esperanças se refletiram em seu rosto, produzindo um brilho tão radioso, que sua irmã não pôde deixar de lhe dizer como ele era bonito.

— Se essa mulher for inteligente, deve amá-lo! E então, esta noite se entristecerá porque todas as mulheres lhe farão mil galanteios. Você vai ficar muito bonito ao ler seu *São João em Patmos*! Gostaria de ser um ratinho para me esgueirar por ali! Venha, preparei sua roupa, no quarto de mamãe.

O quarto era de uma miséria decente. Ali havia uma cama de nogueira, guarnecida de cortinas brancas, ao pé da qual se estendia um ralo tapete verde. Uma cômoda com tampo de madeira, enfeitada por um espelho, e cadeiras de nogueira completavam a mobília. Sobre a lareira, um relógio lembrava os dias da antiga riqueza desaparecida. A janela tinha cortinas brancas. As paredes eram cobertas por um papel cinza de flores cinzentas. O chão ladrilhado, desencardido e encerado por Ève, brilhava de limpeza. No centro do quarto havia uma mesinha na qual, sobre uma bandeja vermelha de rosáceas douradas, se viam três xícaras e um açucareiro de porcelana de Limoges. Ève dormia num quartinho contíguo que tinha uma cama estreita, uma velha bergère e uma mesa de costura perto da janela. A exiguidade daquela cabine de marinheiro exigia que a porta envidraçada ficasse sempre aberta, a fim de ventilar. Apesar da pobreza que se revelava nas coisas, transpirava-se a modéstia de uma vida estudiosa. Para os que conheciam a mãe e seus dois filhos, o espetáculo oferecia harmonias comoventes.

Lucien estava pondo a gravata quando ouviram os passos de David na pequena área, e o impressor logo apareceu, com seu andar e suas maneiras de homem apressado para chegar.

— Pois é, David — exclamou o ambicioso —, triunfamos! Ela me ama! Você irá.

— Não — disse o impressor todo encabulado —, venho lhe agradecer essa prova de amizade que me levou a fazer sérias reflexões. Minha vida, Lucien, está decidida. Sou David Séchard, impressor do rei em Angoulême e cujo nome se lê em todos os muros, embaixo dos cartazes. Para as pessoas dessa casta, sou um artesão, um negociante, se preferir, mas um industrial estabelecido com uma loja, na rua de Beaulieu, esquina com a praça du Mûrier. Ainda não tenho a fortuna de um Keller nem o renome de um Desplein, duas espécies de poder que os nobres ainda tentam negar, mas que — e nisso concordo com eles — não são nada sem a civilidade e as maneiras de um fidalgo. Como posso legitimar essa súbita ascensão? Zombariam de mim, tanto os burgueses como os nobres. Você está em situação diferente. Um chefe de oficina não tem nenhum compromisso. Você trabalha a fim de adquirir conhecimentos indispensáveis para ter êxito, pode explicar seus afazeres atuais pelo seu futuro. Aliás, amanhã pode fazer outra coisa, estudar direito, diplomacia, entrar para a administração. Em suma, não está rotulado nem classificado. Aproveite sua virgindade social, ande sozinho e passe a mão nas honrarias! Saboreie alegremente todos os prazeres, até os proporcionados pela vaidade. Seja feliz, desfrutarei seus êxitos, você será um segundo eu mesmo. Sim, meu pensamento me permitirá viver da sua vida. Para você as festas, o brilho do mundo e as rápidas engrenagens de suas intrigas. Para mim, a vida sóbria, laboriosa do comerciante, e os lentos afazeres da ciência. Você será nossa aristocracia — disse olhando para Ève. — Quando cambalear, encontrará meu braço para apoiá-lo. Se tiver de se queixar de alguma traição, poderá se refugiar em nossos corações, em que encontrará um amor inalterável. A proteção, o favor, o beneplácito das pessoas, se divididos sobre duas cabeças, poderiam esmorecer e nós dois nos prejudicaríamos; ande na frente, você me rebocará, se necessário. Longe de invejá-lo, dedico-me a você. O que acaba de fazer por mim, arriscando-se a perder sua benfeitora, talvez sua amante, em vez de me abandonar, de me renegar, essa coisa simples e tão grande, pois bem, Lucien, ela haveria de me ligar a você para sempre se já não fôssemos como dois irmãos! Não sinta remorso nem preocupação por parecer pegar a maior parte. Essa partilha à Montgommery* faz parte de meus gostos. Em suma, mesmo se você me causasse alguns tormentos, quem pode garantir se ainda assim eu não seria sempre grato a você?

Ao dizer essas palavras, desviou o mais tímido olhar para Ève, que estava com os olhos cheios de lágrimas, pois adivinhara tudo.

— Enfim — disse ele a Lucien, espantado —, você é bem-apessoado, tem um belo porte, veste bem suas roupas, tem ares de fidalgo dentro de sua casaca azul de botões amarelos e uma calça simples de nanquim; eu ficaria com ares de operário no meio dessa sociedade, iria me sentir sem jeito, encabulado, diria bobagens ou não diria rigorosamente nada; você pode, para obedecer ao preconceito dos nomes, pegar o de sua mãe, ser chamado de Lucien de

* Partilha desigual. Alusão a um senhor da família de Montgommery (século XI), uma das mais ricas da Normandia, que ao morrer deixou praticamente tudo para um filho e nada para o outro.

Rubempré; eu, sou e serei sempre David Séchard. Tudo lhe serve e tudo me prejudica no mundo para onde você vai. Você está feito para ali triunfar. As mulheres adorarão seu rosto de anjo. Não é mesmo, Ève?

Lucien pulou no pescoço de David e o beijou. Essa modéstia eliminava de vez muitas dúvidas, muitas dificuldades. Como não redobrar de ternura por um homem que chegava a fazer, por amizade, as mesmas reflexões que ele acabava de fazer por ambição? O ambicioso e o apaixonado sentiram a estrada aplainada, o coração do jovem e do amigo desabrochou. Foi um desses momentos raros na vida, em que todas as forças estão suavemente retesadas, em que todas as cordas vibram produzindo sons plenos. Mas aquela sabedoria de uma bela alma ainda despertava em Lucien a tendência que incita o homem a ver tudo em termos pessoais. Nós todos dizemos, mais ou menos, como Luís XIV: "O Estado sou eu!". E a ternura exclusiva de sua mãe e de sua irmã, a dedicação de David e o fato de estar habituado a ser o objeto dos esforços secretos dessas três criaturas lhe davam os vícios do rapaz de família, geravam esse egoísmo que devora o nobre e que a sra. de Bargeton apreciava, incitando-o a esquecer suas obrigações com a irmã, a mãe e David. Ele ainda não estava nesse ponto, mas acaso não era de temer que, estendendo ao seu redor o círculo de sua ambição, Lucien fosse obrigado a só pensar em si mesmo para ali se manter?

Passada essa emoção, David observou a Lucien que seu poema *São João em Patmos* talvez fosse bíblico demais para ser lido diante de uma sociedade que devia ter pouca familiaridade com a poesia apocalíptica. Lucien, que se apresentava diante do público mais difícil da região de Charente, pareceu inquieto. David o aconselhou a levar André Chénier e trocar um prazer duvidoso por um prazer certo. Lucien lia à perfeição, necessariamente agradaria e mostraria uma modéstia que com certeza lhe serviria. Como a maioria dos jovens, ele atribuía às pessoas da sociedade sua inteligência e suas virtudes. Se a juventude, que ainda não errou, é sem indulgência com os erros dos outros, também lhes atribui suas magníficas crenças. De fato, precisa-se de muita experiência de vida até reconhecer que, segundo uma bela frase de Rafael, compreender os outros é se igualar a eles. Em geral, o sentimento necessário à compreensão da poesia é raro na França, onde o espírito seca prontamente a fonte das santas lágrimas do êxtase, onde ninguém quer se dar ao trabalho de desbravar o sublime, de sondá-lo para perceber seu infinito. Lucien iria fazer sua primeira experiência das ignorâncias e friezas mundanas! Passou na casa de David para pegar o livro de poesia.

Quando os namorados ficaram a sós, David se sentiu mais encabulado que em qualquer outro momento de sua vida. Às voltas com mil terrores, queria e temia um elogio, desejava fugir, pois o pudor também tem sua vaidade! O pobre apaixonado não se atrevia a dizer uma palavra, pois pareceria esmolar um agradecimento; achava comprometedoras todas as palavras e se calava, mantendo uma atitude de criminoso. Ève, que adivinhava as torturas dessa modéstia, se deliciou em desfrutar esse silêncio, mas, quando David ficou torcendo o chapéu como quem vai embora, sorriu.

— Senhor David — disse-lhe —, se não passar esta noite na casa da senhora de Bargeton, podemos passá-la juntos. Faz um lindo tempo, não quer ir passear ao longo do Charente? Conversaremos sobre Lucien.

David teve vontade de se prosternar diante dessa moça deliciosa. Ève pusera no tom de sua voz recompensas inesperadas; pela ternura da entonação, solucionara as dificuldades daquele momento, e sua proposta era mais que um elogio, era o primeiro obséquio do amor.

— Só — disse diante de um gesto feito por David — me dê uns instantes para eu me vestir.

David, que em sua vida nunca soube o que era uma melodia, saiu cantarolando, o que surpreendeu o honesto Postel e lhe deu violentas suspeitas sobre as relações entre Ève e o impressor.

3

UMA NOITE NUM SALÃO, UMA NOITE À BEIRA D'ÁGUA

As menores circunstâncias daquela noite agiram sobre Lucien, cujo temperamento o levava a dar ouvidos às primeiras impressões. Como todos os apaixonados inexperientes, chegou tão cedo que Louise ainda não estava no salão. O sr. de Bargeton ali estava, sozinho. Lucien já iniciara o aprendizado das pequenas covardias com que o amante de uma mulher casada compra a felicidade, e que dão às mulheres uma ideia do que podem exigir; mas ainda não tinha se visto frente a frente com o sr. de Bargeton.

O fidalgo era um desses espíritos retraídos suavemente instalados entre a nulidade inofensiva que ainda tem lampejos de compreensão e a altiva estupidez que nada quer aceitar nem ceder. Imbuído de seus deveres com a sociedade e se esforçando para lhe ser agradável, adotara como única linguagem o sorriso dos bailarinos. Contente ou descontente, ele sorria. Sorria diante de uma notícia desastrosa e também diante do anúncio de um feliz acontecimento. Esse sorriso a tudo respondia graças às expressões que o sr. de Bargeton lhe dava. Se uma aprovação direta fosse absolutamente necessária, reforçava o sorriso com um riso condescendente, só dizendo alguma palavra no extremo limite. Ficar frente a frente com alguém o levava a sentir o único embaraço que complicava sua vida vegetativa, pois então era obrigado a procurar alguma coisa na imensidão de seu vazio interior. Quase sempre se livrava do constrangimento retomando os costumes ingênuos de sua infância: pensava em voz alta, iniciava os outros nos menores detalhes de sua vida, expressava-lhes suas necessidades, as pequenas sensações que, para ele, se assemelhavam a ideias. Não falava da chuva nem do bom tempo; não caía nos lugares-comuns da conversa por onde os imbecis se salvam, mas se dirigia aos mais íntimos interesses da vida. "Por condescendência com a senhora de Bargeton hoje de manhã comi vitela, que ela adora, e meu estômago está me fazendo sofrer um bocado", dizia. "Eu sei disso e sempre fico assim! Quem pode me explicar a razão?" Ou: "Vou pedir um copo de água com açúcar, quer um também?". Ou então: "Amanhã montarei a cavalo, vou ver meu sogro". Essas pequenas frases, que não admitiam discussão, arrancavam um não ou um sim do interlocutor e a conversa caía no vazio. Então o sr. de Bargeton implorava a assistência de seu visitante, entortando para um lado o nariz de velho buldogue ofegante; olhava para o interlocutor com seus grandes olhos, cada um de uma cor, com jeito de quem pensava: *O que estava mesmo dizendo*? Adorava os maçantes empenhados em falar de si mesmos, escutava-os com uma atenção honesta e delicada que o tornava preciosíssimo para eles, a ponto de os tagarelas de Angoulême lhe atribuírem uma inteligência dissimulada e pretenderem que ele era mal interpretado. Por isso, quando essas pessoas não tinham mais ouvintes, iam concluir seus relatos ou seus raciocínios junto ao fidalgo, certas de encontrar seu sorriso elogioso. Como o salão de sua mulher vivia cheio, era ali que ele costumava se sentir à vontade. Cuidava dos menores detalhes: olhava quem entrava, cumprimentava sorrindo e conduzia à mulher o recém-chegado; espiava os que iam embora e os acompanhava, recebendo suas despedidas com seu eterno sorriso. Quando a noite estava animada e ele via cada conviva entretido em conversas, o feliz mudo ficava plantado sobre as duas pernas compridas tal como uma cegonha sobre as patas, com cara de quem escuta uma conversa política; ou ia estudar as cartas de um jogador, sem entender nada, pois não sabia nenhum jogo; ou passeava, cheirando seu rapé e eructando sua digestão. Anaïs era o lado bonito de sua vida, dava-lhe infinitas fruições. Quando ela desempenhava seu papel de dona de casa, ele se estendia numa bergère, admirando-a, pois ela falava por ele. Ademais, para ele era um prazer buscar o espírito de suas frases, e como só costumava compreendê-las muito depois de serem ditas, permitia-se sorrisos que partiam como balas de canhão enterradas que explodem. De resto, seu respeito pela mulher ia às raias da adoração. Acaso uma adoração qualquer não basta para a felicidade de uma vida? Como pessoa espirituosa e generosa, Anaïs não abusara de suas vantagens, reconhecendo no marido o temperamento fácil de uma criança que nada mais pedia além de ser governada. Cuidara dele como se cuida de um sobretudo; mantinha-o limpo, escovava-o, resguardava-o, poupava-o; e sentindo-se poupado, escovado, cuidado, o sr. de Bargeton contraíra pela mulher uma afeição canina. É tão fácil dar uma felicidade que não custa nada! Como a sra. de Bargeton não conhecia nenhum outro prazer do marido além da boa mesa, preparava-lhe excelentes jantares. Tinha pena dele, de quem nunca se queixara, e certas pessoas que não compreendiam o silêncio de sua altivez atribuíam ao sr. de Bargeton virtudes ocultas. Aliás, ela o disciplinara militarmente, e a obediência daquele homem às vontades da mulher era passiva. Ela lhe dizia: "Faça uma visita ao senhor fulano ou à senhora fulana", e lá ia ele, como um soldado para a ronda. Assim, diante dela ele se mantinha em posição de sentido e imóvel. Nesse momento, tratava-se de chamar aquele homem mudo que fora eleito deputado.

Lucien não frequentava a casa a tempo suficiente para ter levantado o véu sob o qual se escondia esse temperamento inimaginável. O sr. de Bargeton enterrado em sua bergère, parecendo ver tudo e compreender tudo, fazendo de seu silêncio uma dignidade, lhe pareceu prodigiosamente imponente. Em vez de considerá-lo um marco de granito, Lucien fez do fidalgo uma esfinge terrível, devido a essa tendência dos homens imaginativos a tudo engrandecer ou a atribuir uma alma a todas as formas, e julgou necessário bajulá-lo.

— Sou o primeiro a chegar — disse, cumprimentando-o com um pouco mais de respeito do que se demonstrava por esse velhote.

— É muito natural — respondeu o sr. de Bargeton.

Lucien considerou essas palavras como o epigrama de um marido ciumento, enrubesceu e se olhou no espelho procurando uma pose.

— O senhor mora em L'Houmeau — disse o sr. de Bargeton —, as pessoas que moram longe sempre chegam antes das que moram perto.

— A que se deve isso? — perguntou Lucien, tentando ser afável.

— Não sei — respondeu o sr. de Bargeton, entrando em seu imobilismo.

— O senhor não quis procurar! — continuou Lucien. — Um homem capaz de fazer uma observação dessas consegue encontrar a causa.

— Ah — disse o sr. de Bargeton —, as causas finais! Ha, ha!...

Lucien deu tratos à bola para reanimar a conversa, que morreu ali.

— A senhora de Bargeton está se vestindo, provavelmente? — disse, estremecendo com a bobagem da pergunta.

— É, está se vestindo — respondeu naturalmente o marido.

Lucien levantou os olhos para observar as duas vigas salientes, pintadas de cinza, e o teto entre ambas, que era de estuque, e não encontrou uma frase para prosseguir, mas então viu, não sem terror, o pequeno lustre de velhos pingentes de cristal, despojado de sua gaze e guarnecido de velas. As capas dos móveis tinham sido retiradas e o brocado vermelho mostrava suas flores murchas. Esses preparativos anunciavam uma reunião extraordinária. O poeta teve dúvidas sobre a conveniência de seu traje, pois estava de botas. Foi olhar, com o torpor da apreensão, um vaso do Japão que enfeitava um console de guirlandas da época de Luís XV; depois temeu desagradar o marido por não cortejá-lo, e resolveu indagar se o velho teria uma mania que ele pudesse alimentar.

— Raramente sai da cidade? — perguntou ao sr. de Bargeton, para junto do qual voltara.

— Raramente.

Fez-se novo silêncio. O sr. de Bargeton espiou, como uma gata desconfiada, os menores gestos de Lucien, que perturbava seu repouso. Cada um tinha medo do outro. "Teria ele tido suspeitas sobre minha assiduidade?", pensou Lucien. "Ele me parece um tanto hostil!"

Nesse instante, felizmente para Lucien, muito constrangido por sustentar os olhares inquietos com que o sr. de Bargeton o examinava, indo e vindo, o velho doméstico, que pusera uma libré, anunciou Du Châtelet. O barão entrou muito à vontade, cumprimentou o amigo Bargeton e fez para Lucien uma pequena inclinação de cabeça que então estava na moda, mas que o poeta achou tremendamente impertinente. Sixte du Châtelet vestia calças de uma brancura deslumbrante, com presilhas internas que lhes mantinham as pregas. Usava sapatos finos e meias de fio de escócia. Sobre o colete branco balançava a fita preta de seu lorgnon. Por fim, a casaca preta se recomendava pelo corte e pelo estilo parisienses. Era, de fato, o janota que seus antecedentes anunciavam, mas a idade já o havia dotado de uma barriguinha redonda um bocado difícil de conter nos limites da elegância. Tingia os cabelos e as suíças, embranquecidos pelos sofrimentos da viagem, o que lhe dava um ar duro. Sua pele, outrora muito delicada, tomara o tom acobreado das pessoas que voltam das Índias; mas sua aparência, embora ridícula pelas pretensões que ele conservava, revelava o afável secretário particular de uma alteza imperial. Pegou o lorgnon, olhou para as calças de nanquim, as botas, o colete e a casaca azul de Lucien, feita em Angoulême, em suma, para todo o seu rival. Depois enfiou friamente o lorgnon no bolso do colete como se dissesse: "Estou satisfeito". Já esmagado pela elegância do financista, Lucien pensou que iria à forra quando mostrasse à assembleia seu rosto animado pela poesia, mas mesmo assim sentiu um profundo sofrimento, que prolongou o mal-estar interior causado pela pretensa hostilidade do sr. de Bargeton. O barão parecia jogar sobre Lucien todo o peso de sua fortuna para melhor humilhar aquela miséria. O sr. de Bargeton, que esperava não ter mais nada a dizer, ficou consternado com o silêncio que os dois rivais mantiveram ao se examinar; mas sempre que chegava ao fim de seus esforços tinha uma pergunta que se reservava, como último trunfo, para o que desse e viesse, e julgou necessário fazê-la assumindo ares atarefados:

— Muito bem, cavalheiro — disse a Du Châtelet —, o que há de novo? O que anda se dizendo?

— Mas — respondeu, maldoso, o diretor dos impostos — o novo é o senhor Chardon. Dirija-se a ele. Está nos trazendo algum bonito poema? — perguntou o buliçoso barão endireitando numa das têmporas o cacho maior, que lhe pareceu desarrumado.

— Para saber se fui bem-sucedido, eu deveria tê-lo consultado — respondeu Lucien. — O senhor praticou a poesia antes de mim.

— Ora! Uns vaudeviles um tanto agradáveis feitos a pedidos, canções ocasionais, romanças que a música valoriza, uma grande epístola que escrevi a uma irmã de Buonaparte (que ingratidão se referir a Napoleão por este nome!) não são títulos para a posteridade!

Nesse instante a sra. de Bargeton se mostrou em todo o esplendor de uma toalete estudada. Usava um turbante judaico enfeitado com um broche oriental. Uma echarpe de gaze sob a qual brilhavam os camafeus de um colar estava graciosamente enrolada em seu pescoço. O vestido de musselina pintada, de mangas curtas, lhe permitia mostrar várias pulseiras enfileiradas em seus belos braços brancos. Aquela traje teatral encantou Lucien. Galante, o sr. du Châtelet dirigiu à rainha cumprimentos nauseabundos que a fizeram sorrir de prazer, de tal forma ficou feliz ao ser elogiada na frente de Lucien. Trocou um só olhar com seu querido poeta e respondeu ao diretor dos impostos mortificando-o com uma polidez que o excluía de sua intimidade.

Nessa altura, os convidados começaram a chegar. Em primeiro lugar apareceram o Bispo e seu Vigário-geral, duas figuras dignas e solenes, mas que formavam um violento contraste: o Monsenhor era alto e magro; seu acólito, baixo e gordo. Ambos tinham olhos brilhantes, mas o Bispo era pálido e o Vigário-geral exibia um rosto púrpura da mais perfeita saúde. Num e noutro os gestos e movimentos eram raros. Ambos pareciam prudentes, sua reserva e seu silêncio intimidavam, e passavam por ter muito espírito.

Os dois padres foram seguidos pela sra. de Chandour e seu marido, personagens extraordinários que um desconhecedor da província seria tentado a pensar se tratar de uma fantasia. O marido de Amélie, a mulher que posava de antagonista da sra. de Bargeton, era o sr. de Chandour, que se chamava Stanislas; um jovem nobre ainda magro aos quarenta e cinco anos, e cujo rosto parecia um crivo. Sua gravata era sempre atada de modo a apresentar duas pontas ameaçadoras, uma na altura da orelha direita, a outra abaixada na direção da fita vermelha de sua condecoração. As abas da casaca estavam violentamente viradas. Seu colete muito aberto deixava ver uma camisa bufante, engomada, fechada por alfinetes sobrecarregados de trabalhos de ourivesaria. Em suma, todo o seu traje tinha um aspecto exagerado que lhe dava tamanha semelhança com as caricaturas que, ao vê-lo, os estranhos não podiam deixar de sorrir. Stanislas se olhava continuamente de alto a baixo, com uma espécie de satisfação, verificando o número dos botões do colete, seguindo as linhas ondulosas que sua calça colante desenhava, acariciando as pernas com um olhar amoroso que parava nos bicos das botas. Quando deixava de se contemplar assim, seus olhos buscavam um espelho, no qual examinava se o cabelo conservava a frisagem; interrogava as mulheres com o olhar feliz, enfiando um dedo no bolso do colete, inclinando-se para trás e pondo-se de três quartos, provocações de galo que lhe caíam bem na sociedade aristocrática da qual era o bonitão. Quase sempre seus discursos comportavam sem-vergonhices como as que se diziam no século XVIII. Esse detestável tipo de conversa lhe proporcionava certos êxitos junto às mulheres, as quais ele fazia rir. O sr. du Châtelet começava a deixá-lo preocupado. De fato, intrigadas com o desprezo do enfatuado dos impostos indiretos, estimuladas por sua afetação quando ele pretendia que nada seria capaz de tirá-lo de seu marasmo e excitadas com seu tom de voz de sultão entediado, as mulheres o procuravam ainda mais do que quando ele chegara, sobretudo depois que a sra. de Bargeton se apaixonara pelo Byron de Angoulême. Amélie era uma mulherzinha desastrosamente histriônica, gorda, branca, de cabelo preto, exagerando tudo, falando alto, balançando a cabeça carregada de plumas no verão e de flores no inverno; ótima conversadora, mas incapaz de terminar as frases sem lhes dar como acompanhamento assobios de uma asma inconfessada.

O sr. de Saintot, chamado Astolphe, presidente da Sociedade de Agricultura, homem exuberante, alto e gordo, apareceu rebocado pela mulher, figura muito parecida com uma samambaia seca, a quem chamavam Lili, abreviação de Elisa. Esse nome, sugestivo de algo infantil na pessoa que o carregava, destoava do temperamento e das maneiras da sra. de Saintot, mulher solene, extremamente piedosa, jogadora difícil e implicante. Astolphe passava por ser um sábio de alto nível. Burro como uma porta, ainda assim escrevera os verbetes "açúcar" e "aguardente" de um *Dicionário de Agricultura*, dois textos pilhados, nos menores detalhes, de todos os artigos de jornais e de todos os antigos livros que tratavam desses dois produtos. Todo o departamento do Charente acreditava que ele andava ocupado com um *Tratado sobre a cultura moderna*. Embora ficasse trancado a manhã inteira em seu gabinete, ainda não tinha escrito duas páginas nos últimos doze anos. Se alguém ia vê-lo, se deixava flagrar misturando papéis, procurando uma nota perdida ou aparando sua pena, mas empregava em ninharias todo o tempo passado no gabinete: lia por muito tempo o jornal, esculpia rolhas com o canivete, traçava desenhos fantásticos sobre a folha de mata-borrão, folheava Cícero para pinçar ao acaso uma frase ou trechos cujo significado podia se aplicar aos acontecimentos do dia; depois, à noite, se esforçava em encaminhar a conversa para um assunto que lhe permitisse dizer: "Em Cícero encontra-se uma página que parece ter sido escrita para o que acontece hoje em dia". Então, recitava seu trecho, para grande surpresa dos ouvintes, que diziam entre si, mais uma vez: "Realmente, Astolphe é um poço de sabedoria". Esse fato curioso era contado por toda a cidade e a entretinha em suas lisonjeiras crenças sobre o sr. de Saintot.

Depois desse casal, chegou o sr. de Bartas, chamado Adrien, o homem que cantava árias de barítono e tinha enormes pretensões musicais. O amor-próprio o levara a dominar o solfejo: começara por admirar a si mesmo cantando, depois se pusera a falar de música, e terminara se ocupando exclusivamente dela. Para ele a arte musical passou a ser como que uma monomania; só se animava falando de música, sofria num sarau até que lhe pedissem para cantar. Depois de bramir uma de suas árias, sua vida começava: exibia-se, erguia-se sobre os calcanhares ao receber os cumprimentos, fazia-se de modesto mas ia de grupo em grupo recolher os elogios; depois, quando tudo estava dito, voltava para a música iniciando uma discussão a respeito das dificuldades de sua ária ou elogiando o compositor.

O sr. Alexandre de Brebian, o herói da sépia, o desenhista que infestava os quartos dos amigos com produções extravagantes e estragava todos os álbuns do departamento, acompanhava o sr. de Bartas. Cada um deles dava o braço à esposa do outro. Pelo que dizia a crônica escandalosa, essa transposição era completa. As duas mulheres, Lolotte (sra. Charlotte de Brebian) e Fifine (sra. Joséphine de Bartas), igualmente preocupadas com um fichu, com um adereço, com a combinação de certas cores disparatadas, eram devoradas pelo desejo de parecer parisienses e descuidavam de suas casas, onde tudo funcionava mal. Se as duas mulheres, apertadas como bonecas dentro dos vestidos feitos com muita economia, ofereciam em si mesmas uma exposição de cores ultrajantemente excêntricas, os maridos se permitiam, em sua condição de artistas, um desleixo de província que os tornava tipos curiosos de se ver. Suas casacas amarrotadas lhes davam ares de figurantes que, nos pequenos teatros, representam a alta sociedade convidada para os casamentos.

Entre as figuras que chegaram ao salão, uma das mais originais foi a do sr. conde de Sénonches, aristocraticamente chamado Jacques, grande caçador, altivo, seco, de rosto bronzeado, amável como um javali, desconfiado como um veneziano, ciumento como um mouro, e vivendo em excelente entendimento com o sr. du Hautoy, em outras palavras, Francis, o amigo da casa.

A sra. de Sénonches (Zéphirine) era alta e bonita, mas já com a pele avermelhada por um certa ardência no fígado que lhe dava fama de mulher exigente. A cintura fina, as proporções delicadas lhe permitiam ter maneiras langorosas que cheiravam a afetação, mas descreviam a paixão e os caprichos sempre satisfeitos de uma pessoa que é amada.

Francis era um homem muito distinto, que abandonara o consulado de Valência e suas esperanças na diplomacia para ir viver em Angoulême ao lado de Zéphirine, também chamada de Zizine. O ex-cônsul tomava conta da casa, cuidava da educação dos filhos, ensinava-lhes as línguas estrangeiras e dirigia a fortuna do casal de Sénonches com absoluta dedicação. A Angoulême nobre, a Angoulême administrativa, a Angoulême burguesa tinham por muito tempo glosado a respeito da perfeita unidade daquele casal de três pessoas; mas, com o tempo, o mistério da trindade conjugal pareceu tão raro e tão bonito que o sr. du Hautoy teria se mostrado prodigiosamente imoral se houvesse pensado em se casar. Aliás, todos começavam a desconfiar de inquietantes mistérios no apego extremo da sra. de Sénonches por uma afilhada chamada srta. de La Haye, que lhe servia de dama de companhia; e apesar de certa aparente impossibilidade cronológica, achavam semelhanças impressionantes entre a srta. Françoise de la Haye e Francis du Hautoy. Quando Jacques caçava nas redondezas, todos lhe pediam notícias de Francis, e ele contava os menores achaques de seu intendente voluntário, dando-lhe assim prioridade em relação à própria mulher. Essa cegueira parecia tão curiosa num homem ciumento que seus melhores amigos se divertiam em provocá-lo e revelavam o mistério aos que não o conheciam, a fim de que pudessem achar graça da situação. O sr. du Hautoy era um precioso dândi cujos pequenos cuidados pessoais tinham resvalado para a pieguice e a infantilidade. Cuidava de sua tosse, de seu sono, de sua digestão e de sua comida. Zéphirine levara seu factótum a bancar o homem de saúde frágil: ela como que o agasalhava, paparicava, medicava; empanturrava-o de iguarias escolhidas como para um cãozinho de marquesa; ordenava-lhe ou lhe proibia de comer este ou aquele alimento; bordava-lhe coletes, pontas de gravatas e lenços; acabara por habituá-lo a usar coisas tão bonitas que o metamorfoseara numa espécie de ídolo japonês. O entendimento entre eles, aliás, não deixava dúvidas: Zizine olhava para Francis por qualquer motivo, e Francis parecia pegar suas ideias nos olhos de Zizine. Criticavam e sorriam juntos, e pareciam se consultar para dizer o mais simples bom-dia.

O mais rico proprietário das redondezas, o homem invejado por todos, o sr. marquês de Pimentel e sua senhora, que, juntos, tinham quarenta mil libras de rendas e passavam o inverno em Paris, chegaram do campo, vindos de caleça junto com seus vizinhos, o sr. barão e a sra. baronesa de Rastignac, acompanhados pela tia da baronesa e suas filhas, duas jovens criaturas encantadoras, bem-educadas, pobres, mas vestidas com essa simplicidade que tanto valoriza as belezas naturais. Essas pessoas, que sem dúvida eram a elite do grupo, foram recebidas por um frio silêncio e um respeito cheio de inveja, sobretudo quando todos viram a distinta acolhida que lhes fez a sra. de Bargeton. As duas famílias pertenciam a essa minoria que, nas províncias, se mantém acima dos mexericos, não se mistura com nenhuma sociedade, vive numa reclusão silenciosa e conserva uma imponente dignidade. O sr. de Pimentel e o sr. de Rastignac eram chamados por seus títulos; nenhuma familiaridade misturava suas mulheres ou suas filhas com a alta camarilha de Angoulême, pois eram demasiado próximos da nobreza da corte para se comprometerem com as parvoíces da província.

O Prefeito e o General foram os últimos a chegar, acompanhados pelo sr. de Séverac, o fidalgo rural que, de manhã, levara a David sua dissertação sobre os bichos-da-seda. Tratava-se, com certeza, do *maire* de algum cantão recomendável pelas belas propriedades, mas seu jeito e sua roupa traíam uma completa falta de traquejo social: estava acanhado dentro de suas roupas, não sabia onde pôr as mãos, ao falar ficava rodando em volta do interlocutor, se levantava e sentava de novo para responder a quem falava com ele, parecia prestes a fazer um serviço doméstico; mostrava-se sucessivamente obsequioso, inquieto, grave, apressava-se em rir de um gracejo, ouvia de um jeito solícito, e às vezes assumia um ar dissimulado, pensando que estavam zombando dele. Várias vezes naquela noite, atormentado com sua dissertação, tentou falar do bicho-da-seda, mas o desditoso sr. de Séverac topou com o sr. de Bartas, que lhe respondeu com música, e com o sr. de Saintot, que lhe citou Cícero. Pelo meio da noite, o pobre *maire* acabou se entendendo com uma viúva e sua filha, a sra. e a srta. du Brossard, que não eram as duas figuras menos interessantes daquela sociedade. Uma só frase dirá tudo: eram tão pobres como nobres. Suas toaletes tinham essa pretensão a enfeites que revela uma secreta miséria. A sra. du Brossard elogiava, muito sem jeito, e por qualquer motivo, a filha alta e gorda, de vinte e sete anos, que passava por ser ótima no piano; fazia-a partilhar oficialmente todos os gostos dos homens casadouros, e em seu desejo de encontrar uma colocação para a querida Camille pretendera, numa mesma noite, que a moça amava a vida errante das guarnições e a vida sossegada dos proprietários que cultivam suas terras. Uma e outra tinham a dignidade despeitada e agridoce das pessoas que todos adoram lastimar, pelas quais nos interessamos por puro egoísmo, e que conheceram o vazio das frases de consolo com que a sociedade gosta de acolher os desafortunados. O sr. de Séverac tinha cinquenta e nove anos, era viúvo e sem filhos; portanto, mãe e filha escutaram com devota admiração os detalhes de suas criações de bichos-da-seda.

— Minha filha sempre gostou de bichos — disse a mãe.

— Por isso, como a seda feita por esses bichinhos interessa as mulheres, vou lhe pedir licença para ir a Séverac mostrar à minha Camille como isso se colhe. Camille é tão inteligente que entenderá na mesma hora tudo o que o senhor lhe disser. Ela não compreendeu um dia a razão inversa do quadrado das distâncias?

Essa frase concluiu gloriosamente a conversa entre o sr. de Séverac e a sra. du Brossard, depois da leitura de Lucien.

Alguns mais íntimos se esgueiraram familiarmente na reunião, como dois ou três filhos de família, tímidos, calados, enfeitados como relicários, felizes de terem sido convidados para aquela solenidade literária, e o mais ousado deles conversou muito com a srta. de La Haye. Todas as mulheres se puseram, sérias, numa roda atrás da qual os homens ficaram em pé. Essa assembleia de personagens esquisitos, com roupas heterogêneas, rostos pintados, pareceu muito imponente para Lucien, cujo coração palpitou quando se viu alvo de todos os olhares. Por mais ousado que fosse, não foi fácil aguentar essa primeira prova, apesar dos estímulos de sua amada, que exibiu o fausto de suas reverências e de suas graças mais preciosas ao receber as ilustres sumidades do Angoumois. O mal-estar que ele sentia se prolongou devido a uma circunstância fácil de prever, mas que iria amedrontar um jovem ainda pouco familiarizado com a tática da sociedade. Lucien, todo ouvidos e todo olhos, escutava ser chamado de "sr. de Rubempré" por Louise, pelo sr. de Bargeton, pelo Bispo e por alguns que eram condescendentes com a dona da casa, e de "sr. Chardon" pela maioria daquele público temido. Intimidado com as olhadelas interrogativas dos curiosos, pressentia seu sobrenome burguês só pelo movimento dos lábios; adivinhava os julgamentos antecipados que faziam dele com franqueza provinciana, não raro um pouco perto demais da falta de educação. As contínuas alfinetadas inesperadas o deixaram ainda mais constrangido. Esperou com impaciência o momento de começar a leitura, a fim de tomar uma atitude que fizesse cessar seu suplício interior, mas Jacques contava sua última caçada à sra. de Pimentel; Adrien se entretinha sobre Rossini, o novo astro musical, com a srta. Laure de Rastignac; Astolphe, que aprendera de cor, num jornal, a descrição de uma nova charrua, falava disso com o barão. Lucien, o pobre poeta, não sabia que nenhuma daquelas inteligências, exceto a da sra. de Bargeton, era capaz de compreender a poesia. Toda aquela gente, privada de emoções, tinha acorrido mas enganava a si mesma sobre a natureza do espetáculo que a esperava. Há palavras que, semelhantes a trombetas, címbalos, ao grande tambor dos saltimbancos, sempre atraem o público. As palavras beleza, glória, poesia têm sortilégios que seduzem os espíritos mais grosseiros.

Quando todos chegaram, quando as conversas pararam, não sem mil advertências feitas aos tagarelas pelo sr. de Bargeton, despachado pela esposa como um guarda suíço que na igreja faz ressoar o bastão nas lajes, Lucien se pôs à mesa redonda, perto da sra. de Bargeton, sentindo um violento solavanco na alma. Anunciou com voz comovida que, para não frustrar as expectativas de ninguém, ia ler as obras-primas de um grande poeta desconhecido, recém-encontradas. Embora as poesias de André Chénier tivessem sido publicadas desde 1819, ninguém em Angoulême já ouvira falar dele. Todos quiseram ver nessa declaração uma evasiva encontrada pela sra. de Bargeton para preservar o amor-próprio do poeta e deixar os ouvintes à vontade. Lucien leu, primeiro, *O jovem doente*, que foi recebido por murmúrios lisonjeiros; depois, *O cego*, poema que aqueles espíritos medíocres acharam longo. Durante a leitura, Lucien enfrentou um desses sofrimentos infernais que só podem ser perfeitamente compreendidos por artistas eminentes ou por aqueles que o entusiasmo e uma alta inteligência situam no nível deles. Para ser traduzida pela voz, assim como para ser captada, a poesia exige uma sagrada atenção. Entre o leitor e a plateia deve se criar uma aliança íntima, sem a qual as comunicações elétricas dos sentimentos deixam de ocorrer. Se faltar essa coesão das almas, o poeta se verá então como um anjo tentando cantar um hino celeste em meio aos escárnios do inferno. Ora, na esfera em que se desenvolvem suas faculdades, os homens inteligentes possuem a visão circular do caracol, o faro do cachorro e o ouvido da toupeira; veem, cheiram, ouvem tudo ao redor. O músico e o poeta também sabem prontamente se são admirados ou incompreendidos, assim como uma planta seca se reaviva numa atmosfera amiga ou inimiga. Os sussurros dos homens que só tinham ido lá por suas mulheres, e que conversavam sobre seus negócios, ressoaram nos ouvidos de Lucien pelas leis dessa acústica particular, da mesma forma que ele via os hiatos contagiosos de certos maxilares violentamente entreabertos, e cujos dentes pareciam zombar dele. Quando, parecendo a pomba do dilúvio, ele procurava um canto favorável no qual seu olhar conseguisse se deter, encontrava os olhos impacientes de pessoas que pensavam, evidentemente, em aproveitar aquela reunião para trocar ideias sobre assuntos de interesse mútuo. Com exceção de Laure de Rastignac, de dois ou três jovens e do Bispo, todos os assistentes se entediavam. De fato, os que compreendem a poesia procuram desenvolver na alma aquilo que o autor pôs em gestação em seus versos, mas aqueles ouvintes gélidos, longe de absorver a alma do poeta, não ouviam nem sequer suas entonações. Portanto, Lucien sentiu um desânimo tão profundo que um suor frio molhou sua camisa. Um olhar de fogo lançado por Louise, para quem ele se virou, lhe deu coragem para concluir, mas seu coração de poeta sangrava com mil feridas.

— Acha isso divertido, Fifine? — perguntou à sua vizinha a seca Lili, que talvez estivesse esperando alguns passes de mágica.

— Não peça minha opinião, minha cara, meus olhos se fecham assim que ouço ler.

— Espero que Naïs não se acostume a nos dar versos à noite — disse Francis. — Quando ouço lerem depois de jantar, a atenção que sou obrigado a ter perturba minha digestão.

— Pobre gatinho — disse Zéphirine em voz baixa —, beba um copo de água com açúcar.

— É muito bem recitado — disse Alexandre —, mas prefiro o uíste.

Ao ouvir essa resposta, que pareceu espirituosa por causa do significado inglês da palavra,* algumas jogadoras alegaram que o declamador precisava de descanso. Com essa desculpa, um ou dois casais se esquivaram para o boudoir. Lucien, a pedido de Louise, da encantadora Laure de Rastignac e do Bispo, despertou de novo a atenção graças à verve contrarrevolucionária dos *Iambos*, que várias pessoas, levadas pelo calor da declamação, aplaudiram sem compreender. Essas pessoas são influenciáveis pela vociferação assim como os palatos grosseiros são excitados pelos licores fortes. Enquanto os sorvetes iam sendo servidos, Zéphirine mandou Francis ir ver o livro e disse à sua vizinha Amélie que os versos lidos por Lucien estavam impressos.

— Mas — respondeu Amélie com visível felicidade — é muito simples, o senhor de Rubempré trabalha com um impressor. É — disse olhando para Lolotte — como se uma mulher bonita fizesse ela mesma seus vestidos.

— Ele mesmo imprimiu suas poesias — disseram as mulheres.

— Então, por que se chama senhor de Rubempré? — perguntou Jacques. — Quando um nobre trabalha com as mãos, deve abandonar seu sobrenome.

— De fato, abandonou o dele, que era plebeu — disse Zizine —, mas para pegar o da mãe, que é nobre.

* Trocadilho entre *whist* (uíste) e *whisth* (psiu).

— Já que os versos dele são impressos, nós mesmos podemos lê-los — disse Astolphe.

Essa estupidez complicou a questão, até que Sixte du Châtelet se dignasse a dizer à ignorante assembleia que a revelação feita por Lucien não era uma precaução oratória e que aquelas lindas poesias eram do irmão monarquista do revolucionário Marie-Joseph Chénier. A sociedade de Angoulême, com exceção do Bispo, da sra. de Rastignac e de suas duas filhas, que essa grande poesia impressionara, se considerou mistificada e se ofendeu com a trapaça. Elevou-se um murmúrio surdo, mas Lucien não o ouviu. Isolado daquele mundo odioso pela embriaguez produzida por uma melodia interior, esforçou-se em repeti-la e viu os rostos como se através de uma nuvem. Leu a sombria elegia sobre o suicídio, aquela em que uma sublime melancolia é expressa no estilo da Antiguidade, e depois aquela que contém o verso:

Teus versos são doces, gosto de repeti-los.

Finalmente, terminou com o suave idílio intitulado *Neera*.

Mergulhada num delicioso devaneio, com os olhos distraídos, uma das mãos em seus cachos que ela desfrisara sem se dar conta, e a outra caída, e sozinha no meio de seu salão, a sra. de Bargeton se sentiu pela primeira vez na vida transportada para a esfera que lhe era própria. Imaginem como foi desagradável para ela quando Amélie a trouxe de novo para a realidade, encarregada de lhe comunicar o pedido de todos.

— Naïs, viemos para ouvir as poesias do senhor Chardon e você nos oferece versos impressos. Embora esses trechos sejam muito bonitos, por bairrismo estas senhoras prefeririam o vinho da terra.

— Não acha que a língua francesa se presta pouco à poesia? — perguntou Astolphe ao diretor dos impostos. — Considero a prosa de Cícero mil vezes mais poética.

— A verdadeira poesia francesa é a poesia leve, é a canção — respondeu Du Châtelet.

— A canção prova que nossa língua é muito musical — disse Adrien.

— Eu adoraria conhecer os versos que causaram a perda de Naïs — disse Zéphirine —, mas do jeito que ela recebe o pedido de Amélie não está disposta a nos dar uma amostra.

— Ela se impõe a obrigação de fazer com que ele recite — respondeu Francis —, pois o gênio desse rapazinho é sua justificativa.

— Que o senhor, que esteve na diplomacia, nos consiga isso — disse Amélie ao sr. du Châtelet.

— Nada mais fácil — respondeu o barão.

O antigo secretário particular da Alteza Imperial, acostumado com essas pequenas artimanhas, foi falar com o Bispo e soube pô-lo à frente da manobra. Solicitada pelo monsenhor, Naïs foi obrigada a pedir a Lucien que recitasse um trecho que soubesse de cor. O pronto sucesso do barão nessa negociação lhe valeu um langoroso sorriso de Amélie.

— Decididamente, esse barão é um muito espirituoso — ela disse a Lolotte.

Lolotte se lembrava das palavras agridoces de Amélie sobre as mulheres que faziam os próprios vestidos.

— Desde quando você reconhece os barões do Império? — ela lhe perguntou, sorrindo.

Lucien tentara deificar sua amante numa ode que lhe era dirigida sob um título que todos os jovens inventam ao saírem do colégio. Essa ode, tão indulgentemente afagada, embelezada por todo o amor que ele sentia no coração, lhe pareceu a única obra capaz de rivalizar com a poesia de Chénier. Ele olhou de um jeito levemente enfatuado para a sra. de Bargeton e disse: "A ELA!". Depois, fez uma pose orgulhosa para declamar esse poema ambicioso, pois seu amor-próprio de autor se sentiu à vontade atrás das saias da sra. de Bargeton.

Nesse momento, Naïs deixou que seu segredo ficasse patente para as mulheres. Embora acostumada a dominar aquele mundo do alto de toda a sua inteligência, não conseguiu deixar de tremer por conta de Lucien. Sua atitude demonstrava constrangimento, seus olhares pediram, de certa forma, indulgência; depois, foi obrigada a ficar de olhos baixos e a esconder seu contentamento à medida que se desenvolveram as seguintes estrofes:

A ELA

Do seio de glória e de luz dessas torrentes,
Onde em sistros de ouro os anjos atentos,
Aos pés de Jeová repetem o lamento,
De nossos astros plangentes;

Não raro um louro querubim aparece,
Sombreando o brilho de Deus em sua fronte fixado,
Deixa no adro dos céus seu penacho prateado,
E sobre o mundo desce.

Compreendeu de Deus o olhar de tolerância;
Do gênio perseguido ele adormece a provação,
Qual moça adorada, embala o ancião
Nas flores da infância.

Os remorsos tardios dos maus ele inclui,
Espera!, diz em sonho à mãe em tormento,
E, coração cheio de alegria, colhe o lamento
Que da miséria aflui.

Dos belos mensageiros entre nós só um está presente,
Que a terra amorosa detém em seu trajeto,
Mas ele chora, e persegue com olhar suave e inquieto
A paternal abóbada existente.

Não foi de sua fronte a brancura sobrenatural
Que me contou o segredo de sua nobre ascendência,
Nem o brilho de seus olhos, nem a fecunda ardência
De sua virtude divinal.

Mas meu amor cego com tamanho clarão
Tentou se unir à sua santa criatura,
E na impenetrável armadura
Do terrível arcanjo ele bateu então.

Ah! Evitem, evitem deixá-lo reavistar
O serafim brilhante que para os céus revoa;
Cedo demais ele saberia a mágica palavra que ecoa
E à noite há de cantar!

Então o veriam, das noites os véus trespassando,
Como um raio da aurora, as estrelas alcançando
Por um voo fraterno;
E o marinheiro que vela, um presságio esperando,
Com seus pés luminosos o mostraria passando,
Como um farol eterno.

— Compreendeu essa charada? — perguntou Amélie ao sr. du Châtelet, dirigindo-lhe um olhar de sedução.

— São versos como todos nós mais ou menos fizemos ao sair do colégio — respondeu o barão com ar entediado, para corroborar seu papel de juiz que não se espantava com coisa nenhuma. — Antigamente caíamos nas brumas ossiânicas.* Eram Malvina, Fingal, aparições nebulosas, guerreiros que saíam dos túmulos com estrelas no alto de suas cabeças. Hoje, essa velharia poética é substituída por Jeová, pelos sistros, pelos anjos, pelas penas dos serafins, por todo o guarda-roupa do paraíso renovado pelas palavras "imenso", "infinito", "solidão", "inteligência". São lagos, são palavras de Deus, uma espécie de panteísmo cristianizado, enriquecido por rimas raras, procuradas a duras penas, como esmeralda e grinalda, assírio e delírio etc. Em suma, mudamos de latitude: em vez de estarmos

* Alusão aos poemas românticos escritos por James Macpherson, no século XVIII, e atribuídos ao guerreiro e poeta irlandês Ossian, que teria vivido no século III.

no Norte, estamos no Oriente; mas ali as trevas são igualmente espessas.

— Se a ode é obscura — diz Zéphirine —, a declaração me parece claríssima.

— E a armadura do arcanjo é um vestido de musselina muito leve — disse Francis.

Embora a boa educação exigisse que ostensivamente achassem a ode encantadora, por causa da sra. de Bargeton, as mulheres, furiosas por não terem poeta a seu serviço para tratá-las de anjos, se levantaram como que enfadadas, murmurando com ar glacial: *muito bem*, *bonito*, *perfeito*.

— Se você me ama, não cumprimente o autor nem seu anjo — disse Lolotte a seu querido Adrien, de um jeito despótico a que ele teve de obedecer.

— Afinal de contas, são frases — disse Zéphirine a Francis —, e o amor é uma poesia em ação.

— Você disse aí, Zizine, uma coisa que eu pensava mas não teria expressado com tanta perspicácia — retrucou Stanislas, examinando-se da cabeça as pés com um olhar de afago.

— Não sei o que daria — disse Amélie a Du Châtelet — para ver rebaixado o orgulho de Naïs, que se faz chamar de arcanjo como se fosse mais que nós, e que nos achincalha com o filho de um farmacêutico e de uma enfermeira, cuja irmã é uma operariazinha, e que trabalha com um impressor.

— Já que o pai vendia biscoitos contra vermes — disse Jacques —, deveria ter feito o filho comê-los.

— Ele continua a profissão do pai, pois o que acaba de nos dar me parece uma droga — disse Stanislas fazendo uma de suas poses mais irritantes. — Droga por droga, prefiro outra coisa.

A certa altura, todos se puseram de acordo para humilhar Lucien com alguma palavra de ironia aristocrática. Lili, a mulher piedosa, viu nisso uma ação caridosa, dizendo que era hora de esclarecer Naïs, bem prestes a cometer uma loucura. Francis, o diplomata, se encarregou de armar essa tola conspiração pela qual todos aqueles espíritos tacanhos se interessaram como pelo desfecho de um drama, e em que viram uma aventura para contar no dia seguinte.

O ex-cônsul, pouco preocupado em ter de se bater contra um jovem poeta que, diante dos olhos da amada, se enfureceria com uma palavra insultante, compreendeu que era preciso assassinar Lucien com uma espada sagrada contra a qual a vingança fosse impossível. Seguiu o exemplo que lhe dera o engenhoso Du Châtelet quando tratou de pedir a Lucien que recitasse seus versos. Foi conversar com o Bispo, fingindo dividir o entusiasmo que a ode de Lucien inspirara à Sua Eminência; depois o mistificou, levando-o a acreditar que a mãe de Lucien era uma mulher superior e de extrema modéstia, que fornecia ao filho os assuntos de todas as suas composições. Lucien, ele disse, adorava a mãe, e seu maior prazer era ver lhe fazerem justiça. Uma vez essa ideia inculcada no Bispo, Francis voltou aos acasos da conversa para provocar a frase ferina que pensara em conseguir que o monsenhor dissesse.

Quando Francis e o Bispo voltaram para a roda no centro da qual estava Lucien, as pessoas, que já o faziam beber cicuta aos golinhos, redobraram de atenção. Totalmente alheio às manhas dos salões, o pobre poeta só sabia olhar para a sra. de Bargeton e responder desajeitado às desajeitadas perguntas que lhe eram dirigidas. Desconhecia os nomes e as qualificações da maioria dos presentes e não sabia qual conversa manter com mulheres que lhe diziam bobagens que o envergonhavam. Aliás, sentia-se a mil léguas daquelas divindades angoulemenses, ouvindo ser chamado ora de sr. Chardon, ora de sr. de Rubempré, enquanto elas se chamavam Lolotte, Adrien, Astolphe, Lili, Fifine. Seu embaraço chegou ao auge quando, tendo pensado que Lili era um nome de homem, chamou de sr. Lili ao brutal sr. de Sénonches. O Nemrod interrompeu Lucien com um: "Senhor Lulu?", que fez a sra. de Bargeton enrubescer até as orelhas.

— Só mesmo sendo muito cego para nos apresentar esse sujeitinho e admiti-lo aqui — ele disse em meia-voz.

— Senhora marquesa — disse Zéphirine à sra. de Pimentel em voz baixa mas de modo a ser ouvida —, não acha uma grande semelhança entre o senhor Chardon e o senhor de Cante-Croix?

— Uma semelhança ideal — respondeu sorrindo a sra. de Pimentel.

— A glória tem seduções que não há vergonha em admitir — disse a sra. de Bargeton à marquesa. — Há mulheres que se apaixonam pela grandeza, assim como outras pela pequenez — acrescentou, olhando para Francis.

Zéphirine não entendeu, pois achava seu cônsul muito grande, mas a marquesa ficou do lado de Naïs e começou a rir.

— O senhor é muito feliz — disse a Lucien o sr. de Pimentel, que se corrigiu e o chamou de sr. de Rubempré, depois de chamá-lo de Chardon —, será que nunca se aborrece?

— E o senhor trabalha depressa? — perguntou-lhe Lolotte, com o ar com que diria a um marceneiro: "Leva muito tempo para fazer uma caixa?".

Lucien ficou completamente tonto com essa bordoada, mas levantou a cabeça ao ouvir a sra. de Bargeton responder sorrindo:

— Minha cara, a poesia não cresce na cabeça do senhor de Rubempré como o capim em nossos quintais.

— Minha senhora — disse o Bispo a Lolotte —, deveríamos ter muito respeito pelos nobres espíritos em quem Deus lança um de seus raios. Sim, a poesia é coisa santa. Quem diz poesia diz sofrimento. Quantas noites silenciosas não exigiram as estrofes que a senhora admira! Cumprimente com amor o poeta que quase sempre leva uma vida infeliz, e a quem, com toda certeza, Deus reserva um lugar no céu, entre seus profetas. Este rapaz é um poeta — acrescentou, pondo a mão na cabeça de Lucien —, não vê como que certa fatalidade impressa nesta bela fronte?

Feliz por ser tão nobremente defendido, Lucien saudou o Bispo com um olhar suave, sem saber que o digno prelado haveria de ser seu carrasco. A sra. de Bargeton lançou para o círculo inimigo olhares cheios de triunfo que se enfiaram, como outros tantos dardos, no coração de suas rivais, cuja raiva redobrou.

— Ah, monsenhor — respondeu o poeta, esperando atingir com seu cetro de ouro aquelas cabeças imbecis —, o vulgo não possui seu espírito nem sua caridade! Nossas dores são ignoradas, ninguém conhece nossos trabalhos. O mineiro tem menos trabalho em extrair ouro da mina do que nós temos em arrancar nossas imagens das entranhas da mais ingrata das línguas. Se o objetivo da poesia é pôr as ideias no ponto exato em que todos possam vê-las e senti-las, o poeta deve incessantemente percorrer a escala das inteligências humanas a fim de satisfazer a todas; deve esconder sob as cores mais vivas a lógica e o sentimento, duas forças inimigas; deve encerrar todo um mundo de pensamentos numa só palavra, resumir filosofias inteiras por uma pintura; em suma, seus versos são grãos cujas flores devem eclodir nos corações, ali procurando os sulcos abertos pelos sentimentos pessoais. Não deve ele ter sentido tudo, para tudo transmitir? E sentir profundamente não é sofrer? Assim, as poesias só são geradas depois de penosas viagens feitas pelas vastas regiões do pensamento e da sociedade. Acaso não são trabalhos imortais esses aos quais devemos criaturas cuja vida se torna mais autêntica que a dos seres que viveram de verdade, como a Clarissa de Richardson, a Camille de Chénier, a Délia de Tibulo, a Angélica de Ariosto, a Francesca de Dante, a Alceste de Molière, o Figaro de Beaumarchais, a Rebecca de Walter Scott, o Dom Quixote de Cervantes?

— E o que criará para nós? — perguntou Du Châtelet.

— Anunciar tais concepções — respondeu Lucien — não é outorgar a si mesmo uma patente de homem de gênio? Aliás, esses partos sublimes exigem uma longa experiência do mundo, um estudo das paixões e dos interesses humanos que eu não poderia ter feito; mas começo — disse com amargura, lançando um olhar vingativo para aquele círculo. — O cérebro leva muito tempo...

— Seu parto será laborioso — disse o sr. du Hautoy, interrompendo-o.

— Sua excelente mãe poderá ajudá-lo — disse o Bispo.

Essa frase tão habilmente preparada, essa vingança esperada acendeu em todos os olhos um clarão de alegria. Por todas as bocas correu um sorriso de satisfação aristocrático, ampliado pela imbecilidade do sr. de Bargeton, que começou a rir com atraso.

— Vossa Reverendíssima está sendo um pouco espirituoso demais para nós neste momento, estas senhoras não o compreendem — disse a sra. de Bargeton, que só com essa frase paralisou os risos e atraiu para si os olhares espantados. — Um poeta que tira todas as suas inspirações da Bíblia tem na Igreja uma verdadeira mãe. Senhor de Rubempré, recite-nos *São João em Patmos,* ou *O festim de Baltazar*, para mostrar ao monsenhor que Roma continua a ser a *Magna parens** de Virgílio.

As mulheres trocaram um sorriso ao ouvirem Naïs dizer as duas palavras latinas.

No começo da vida, mesmo a coragem mais orgulhosa não está isenta de abatimento. De início, esse golpe enviou Lucien para o fundo da água, mas ele bateu os pés e voltou à tona, jurando a si mesmo dominar esse mundo. Como o touro picado por mil flechas, levantou-se furioso. Ia obedecer à voz de Louise, declamando *São João em Patmos*, mas a maioria das mesas de jogo tinha atraído os jogadores, que recaíam em seus hábitos rotineiros nos quais encontravam um prazer que a poesia não lhes dera.

Além disso, a vingança de tantos amores-próprios irritados não teria sido completa sem o negativo desprezo que demonstraram pela poesia indígena, abandonando Lucien e a sra. de Bargeton. Todos pareciam preocupados: este foi conversar com o prefeito sobre um caminho vicinal, aquela falou de variar os prazeres da festa fazendo um pouco de música. A alta sociedade de Angoulême, sentindo-se má

* A grande mãe.

juíza em matéria de poesia, estava sobretudo curiosa para conhecer a opinião dos Rastignac e dos Pimentel sobre Lucien, e várias pessoas foram se postar em torno deles. A grande influência que essas duas famílias exerciam no departamento era sempre reconhecida nas ocasiões importantes; todos as invejavam e as cortejavam, pois todo mundo previa precisar de sua proteção.

— O que achou de nosso poeta e de sua poesia? — perguntou Jacques à marquesa em cuja propriedade caçava.

— Bem, para versos de província — ela disse sorrindo —, não são maus; aliás, um poeta tão belo não pode fazer nada mal.

Todos acharam adorável esse veredicto e foram repeti-lo pondo-lhe mais maldade do que a marquesa tencionava pôr.

Então, Du Châtelet foi convidado a acompanhar o sr. de Bartas, que massacrou a grande ária de Figaro. Uma vez aberta a porta à música, tiveram de escutar a romança cavalheiresca feita na época do Império por Chateaubriand, e cantada por Châtelet. Depois vieram as peças a quatro mãos, executadas pelas mocinhas, e exigidas pela sra. du Brossard, que queria que o talento de sua querida Camille brilhasse aos olhos do sr. de Séverac.

A sra. de Bargeton, ferida pelo desprezo que todos manifestaram a seu poeta, rebateu o desdém com desdém e foi para seu boudoir, ali ficando enquanto durou a música. Foi seguida pelo Bispo, a quem o Vigário-geral explicara a profunda ironia de seu sarcasmo involuntário, e que queria vê-lo perdoado. A srta. de Rastignac, que se seduzira com a poesia, insinuou-se no boudoir, sem que sua mãe percebesse. Ao sentar em seu canapé estofado para onde arrastou Lucien, Louise pôde, sem ser ouvida nem vista, lhe dizer ao ouvido: "Querido anjo, eles não te compreenderam, mas... *Teus versos são doces, gosto de repeti-los*".

Lucien, consolado por essa lisonja, esqueceu por um instante suas dores.

— Não há glória barata — disse-lhe a sra. de Bargeton, pegando sua mão e apertando-a. — Sofra, sofra, meu amigo, você será grande, suas dores são o preço de sua imortalidade. Bem que eu gostaria de suportar os esforços de uma luta. Deus o livre de uma vida atônica e sem combates, em que as asas da águia não encontram espaço suficiente. Invejo seus sofrimentos, pois você, pelo menos, vive! Mostrará suas forças, esperará uma vitória! Sua luta será gloriosa. Quando tiver chegado à esfera imperial em que reinam as grandes inteligências, lembre-se das pobres criaturas deserdadas pela sorte, cuja inteligência se aniquila sob a opressão de um veneno moral e que perecem depois de ter sabido constantemente o que era a vida sem poder viver, e que tiveram olhos penetrantes e nada viram, e cujo olfato era delicado e só cheiraram flores empestadas. Então, cante a planta que resseca no fundo de uma floresta, sufocada pelos cipós, pelas vegetações gulosas e frondosas, sem ter sido amada pelo sol, e que morre sem ter florescido! Não seria este um poema de terrível melancolia, um tema fantástico? Que composição sublime seria a pintura de uma moça nascida sob os céus da Ásia, ou de uma moça qualquer do deserto transportada para um país frio do Ocidente, clamando por seu sol bem-amado, morrendo de dores incompreendidas, igualmente prostrada pelo frio e pelo amor! Seria o retrato de muitas existências.

— Você pintaria assim a alma que se lembra do céu — disse o Bispo —, um poema que deve ter sido feito outrora, e do qual tive o prazer de ver um fragmento no Cântico dos Cânticos.

— Escreva-o — disse Laure de Rastignac, expressando uma crença ingênua no gênio de Lucien.

— Falta à França um grande poema sacro — disse o Bispo. — Acredite, a glória e a fortuna pertencerão ao homem de talento que trabalhar para a religião.

— Ele o fará, monsenhor — disse com ênfase a sra. de Bargeton. — Não está vendo a ideia do poema já despontando como uma chama da aurora em seus olhos?

— Naïs nos trata muito mal — dizia Fifine. — Mas o que ela está fazendo?

— Não a está ouvindo? — respondeu Stanislas. — Está cavalgando sobre suas palavras eloquentes sem pé nem cabeça.

Amélie, Fifine, Adrien e Francis apareceram na porta do boudoir, acompanhando a sra. de Rastignac que ia buscar a filha para irem embora.

— Naïs — disseram as duas mulheres encantadas em perturbar a intimidade do boudoir —, você seria muito amável se nos tocasse uma música.

— Minha querida — respondeu a sra. de Bargeton —, o senhor de Rubempré vai nos recitar seu *São João em Patmos*, um magnífico poema bíblico.

— Bíblico! — repetiu Fifine, espantada.

Amélie e Fifine voltaram para o salão, levando essa palavra como mote para o deboche. Lucien se desculpou por não poder recitar o poema, objetando sua falta de memória. Quando reapareceu, já não despertou o menor interesse. Todos conversavam ou jogavam. O poeta fora despojado de todos os seus raios, os proprietários de terras não viam nele nada muito útil, os pretensiosos o temiam como a um poder hostil para suas ignorâncias; as mulheres ciumentas da sra. de Bargeton, a Beatriz daquele novo Dante, segundo o Vigário-geral, lançavam-lhe olhares friamente desdenhosos.

"Então é isto a sociedade!", pensou Lucien ao descer para L'Houmeau pelas ladeiras de Beaulieu, pois há instantes na vida em que gostamos de pegar o caminho mais longo, a fim de entretermos pela marcha o movimento de ideias em que estamos e a cuja torrente queremos nos entregar. Longe de desanimá-lo, a raiva do ambicioso rejeitado dava a Lucien novas forças. Como todas as pessoas guiadas pelo instinto a uma esfera elevada aonde chegam antes de conseguir se manter ali dentro, ele prometia a si mesmo tudo sacrificar para permanecer na alta sociedade. Enquanto ia andando, arrancava um a um os dardos envenenados que recebera, falava alto consigo mesmo, repreendia os parvos com quem tratara; encontrava respostas finas para as perguntas tolas que lhe fizeram e se desesperava por ter assim tanto espírito, mas tarde demais. Ao chegar à estrada de Bordeaux que serpenteia o sopé da montanha e ladeia as margens do Charente, teve a impressão de ver, ao luar, Ève e David sentados numa viga na beira do rio, perto de uma fábrica, e desceu até eles por uma trilha.

Enquanto Lucien corria para sua tortura na casa da sra. de Bargeton, a irmã pusera um vestido de percalina rosa listradinho, o chapéu de palha trançada e um xalezinho de seda; roupa simples que fazia pensar que ela estava bem-vestida, como acontece com todas as pessoas em quem uma grandeza natural realça os menores acessórios. Assim, quando despia seu uniforme de operária, ela intimidava tremendamente David. Embora o impressor estivesse decidido a falar de si próprio, não encontrou mais nada a dizer quando deu o braço à bela Ève para atravessar L'Houmeau. O amor se apraz nesses terrores respeitosos, parecidos com aqueles que a glória de Deus provoca nos fiéis. Os dois namorados andaram em silêncio até a ponte Sainte-Anne a fim de chegar à margem esquerda do Charente. Ève, que achou aquele silêncio constrangedor, parou no meio da ponte para contemplar o rio que dali até o lugar onde se construía a fábrica de pólvora forma uma longa extensão em que o sol se pondo lançava um alegre rastro de luz.

— Que bela tarde! — ela disse, buscando um assunto de conversa —, o ar está ao mesmo tempo morno e fresco, as flores estão cheirando bem, o céu está magnífico.

— Tudo fala ao coração — David respondeu, tentando chegar por analogia ao seu amor. — Há para as pessoas que amam um prazer infinito em encontrar nos acidentes da paisagem, na transparência do ar, nos perfumes da terra, a poesia que têm na alma. A natureza fala por elas.

— E também lhes solta a língua — disse Ève rindo. — Você estava um tanto calado ao atravessar L'Houmeau. Sabe que me senti constrangida...

— Eu a achava tão bela que fiquei embargado — respondeu David, ingênuo.

— Então sou menos bela agora? — ela perguntou.

— Não, mas estou tão feliz de passear sozinho com você que...

Parou, todo interdito, e olhou para as colinas por onde desce a estrada de Saintes.

— Se encontrar algum prazer neste passeio, ficarei radiante, pois me sinto obrigada a lhe dar uma noite em troca daquela que você sacrificou por mim. Ao se recusar a ir à casa da senhora de Bargeton, você foi tão generoso como foi Lucien quando se arriscou a aborrecê-la com o pedido dele.

— Não generoso, mas prudente — respondeu David. — Já que estamos sozinhos sob o céu, sem outras testemunhas além dos caniços e das moitas que beiram o Charente, permita-me, querida Ève, lhe expressar certas inquietações que o atual comportamento de Lucien me causa. Depois do que acabo de dizer a ele, meus temores vão lhe parecer, espero, um requinte de amizade. Você e sua mãe, vocês tudo fizeram para situá-lo acima de sua posição; mas lhe excitando a ambição não o teriam fadado, imprudentemente, a grandes sofrimentos? Como ele se sustentará no mundo para onde o levam seus gostos? Eu o conheço! Ele é, por natureza, de amar as colheitas sem o trabalho de semeadura. Os deveres da sociedade devorarão seu tempo, e o tempo é o único capital das pessoas cuja única fortuna é a inteligência; ele gosta de brilhar, o mundo inflamará seus desejos que nenhuma quantia poderá satisfazer, ele gastará dinheiro e não ganhará; em suma, vocês o habituaram a pensar que é grande, mas antes de reconhecer uma superioridade qualquer o mundo exige triunfos deslumbrantes. Ora, os triunfos literários não se conquistam a não ser na solidão e com um obstinado trabalho. O que dará a senhora de Bargeton a seu irmão em troca de tantos dias passados a seus pés? Lucien é orgulhoso demais para aceitar o auxílio dela, e sabemos que ainda é pobre demais para continuar a viver em sua sociedade, que é duplamente ruinosa. Mais cedo ou mais tarde essa mulher abandonará nosso querido irmão depois de lhe ter feito perder o gosto pelo trabalho, depois de ter desenvolvido nele o gosto pelo luxo, o desprezo por nossa vida sóbria, o amor das fruições, a propensão à ociosidade, esse vício das almas poéticas. Sim, tremo ao pensar que essa grande dama se diverte com Lucien como com um brinquedo: ou o ama sinceramente e o fará tudo esquecer ou não o ama e o tornará infeliz, pois ele está louco por ela.

— Você gela meu coração — disse Ève, parando na barragem do Charente. — Mas, enquanto minha mãe tiver força para exercer seu penoso ofício e enquanto eu viver, os frutos de nosso trabalho bastarão talvez para as despesas de Lucien e lhe permitirão esperar pelo momento em que sua fortuna começará. Nunca me faltará coragem, pois a ideia de trabalhar para uma pessoa amada — disse Ève, animando-se — tira do trabalho todo o seu amargor e os aborrecimentos. Fico feliz pensando naquele por quem tanto padeço, se todavia for um padecimento. Sim, não tema nada, ganharemos dinheiro suficiente para que Lucien possa frequentar a alta sociedade. Lá está sua fortuna.

— Lá também estará sua perda — recomeçou David. — Escute-me, querida Ève. A lenta realização das obras de um gênio exige uma fortuna considerável já existente, ou o sublime cinismo de uma vida pobre. Acredite em mim! Lucien tem um horror tão grande às privações da miséria, saboreou com tanta indulgência o aroma dos festins, a fumaça dos triunfos, seu amor-próprio cresceu tão bem dentro do boudoir da senhora de Bargeton que ele tudo tentará, até decair, e os frutos do trabalho de vocês jamais poderão se comparar com as necessidades dele.

— Então você não passa de um falso amigo! — exclamou Ève, desesperada. — Do contrário não nos desencorajaria assim.

— Ève! Ève! — respondeu David. — Eu gostaria de ser irmão de Lucien. Só você pode me dar este título, que lhe permitiria tudo aceitar de mim, que me daria o direito de me dedicar a ele com o santo amor que vocês depositam em seus sacrifícios, mas a ele levando o discernimento de quem sabe calcular as coisas. Ève, querida menina amada, faça com que Lucien tenha um tesouro a que possa recorrer sem vergonha! A bolsa de um irmão não será como se fosse a dele mesma? Se soubesse todas as reflexões que me sugeriram a nova situação de Lucien! Se ele quer ir à casa da senhora de Bargeton, não deve mais ser meu chefe de oficina, não deve mais morar em L'Houmeau, você não deve mais continuar a ser operária, sua mãe não deve mais exercer aquela ocupação. Se aceitasse tornar-se minha mulher, tudo entraria nos eixos: Lucien poderia morar no segundo andar, em minha casa, enquanto eu lhe construísse um apartamento em cima do alpendre no fundo do pátio, a menos que meu pai queira construir um segundo andar. Nós lhe arrumaríamos assim uma vida sem preocupações, uma vida independente. Meu desejo de ajudar Lucien me dará, para enriquecer, uma coragem que eu não teria se só se tratasse de mim, mas depende de você autorizar minha dedicação. Talvez um dia ele vá para Paris, único teatro onde pode se apresentar, e onde seus talentos serão apreciados e retribuídos. A vida em Paris é cara e nós três não seremos demais para mantê-lo por lá. Aliás, tanto você como sua mãe não precisariam de um apoio? Querida Ève, case-se comigo, por amor a Lucien. Mais tarde você me amará talvez, vendo os esforços que farei para servi-lo e torná-la feliz. Nós dois somos igualmente modestos em nossos gostos, precisaremos de pouca coisa; a felicidade de Lucien será nosso grande negócio e seu coração será o tesouro em que poderemos ter fortuna, sentimentos, sensações, tudo!

— As convenções nos separam — disse Ève, emocionada ao ver como aquele grande amor se mostrava pequeno. — Você é rico e eu sou pobre. É preciso amar muito para passar por cima de tal dificuldade.

— Então ainda não me ama o suficiente? — exclamou David, arrasado.

— Mas seu pai talvez se opusesse...

— Bem, bem — respondeu David —, se só há meu pai a ser consultado, você será minha mulher. Ève, minha querida Ève! Num instante você acaba de me tornar a vida muito fácil de levar. Eu estava, infelizmente, com o coração bem pesado de sentimentos que não podia nem sabia expressar. Diga-me somente que me ama um pouco, terei a coragem necessária para lhe falar de todo o resto.

— Na verdade — disse ela — você me deixa toda envergonhada, mas, já que estamos nos confiando nossos sentimentos, vou lhe dizer que nunca na vida pensei em outro senão em você. Vi em você um desses homens a quem uma mulher pode se achar orgulhosa de pertencer, e não ousava esperar para mim, pobre operária sem futuro, um destino tão grande.

— Basta, basta — ele disse, sentando-se na mureta da barragem para perto da qual tinham voltado, pois iam e vinham como loucos, percorrendo o mesmo espaço.

— O que você tem? — ela perguntou, expressando pela primeira vez essa inquietação tão graciosa que as mulheres sentem por um ser que lhes pertence.

— Só coisa boa — ele disse. — Ao perceber toda uma vida feliz, o espírito como que se ofusca, a alma se comprime. Por que sou o mais feliz? — perguntou com uma expressão de melancolia. — Mas eu sei.

Ève olhou para David com ar faceiro e dubitativo, que pedia uma explicação.

— Querida Ève, recebo mais do que dou. Assim hei de amá-la cada dia mais do que você me amar, porque tenho mais razões para amá-la: você é um anjo e eu sou um homem.

— Não sou tão culta — respondeu Ève, sorrindo. — Mas o amo bastante...

— Tanto quanto ama Lucien? — ele disse, interrompendo-a.

— Bastante para ser sua mulher, para me dedicar a você e tentar não lhe dar nenhuma tristeza na vida, de início um pouco penosa, que levaremos.

— Percebeu, Ève, que a amei desde o primeiro dia em que a vi?

— Qual é a mulher que não se sente amada? — ela perguntou.

— Então me deixe dissipar os escrúpulos que minha pretensa fortuna lhe causa. Sou pobre, minha querida Ève. Sim, meu pai sentiu prazer em me arruinar, especulou com meu trabalho, fez como muitos pretensos benfeitores com seus protegidos. Se eu enriquecer, será por você. Isso não é uma frase de amante, mas uma reflexão de pensador. Devo reconhecer meus defeitos, que são enormes para um homem obrigado a fazer fortuna. Meu caráter, meus hábitos, as ocupações que me agradam tornam-me inadequado para tudo o que é comércio e especulação, e no entanto só podemos enriquecer pelo exercício de alguma indústria. Se sou capaz de descobrir uma mina de ouro, sou singularmente inábil para explorá-la. Mas você, que por amor a seu irmão desceu aos menores detalhes, que tem o gênio da economia, a paciente atenção do verdadeiro comerciante, você colherá a safra que eu tiver semeado. Nossa situação, pois há muito tempo me pus no seio de sua família, me oprime tão forte o coração que consumi meus dias e noites em busca de uma oportunidade de fazer fortuna. Meus conhecimentos de química e a observação das necessidades do comércio me puseram no caminho de uma descoberta lucrativa. Ainda não posso lhe dizer nada, prevejo um caminho muito lento. Sofreremos talvez por alguns anos, mas acabarei descobrindo os processos industriais em cuja pista estou há alguns dias, e que hão de nos proporcionar uma grande fortuna. Não disse nada a Lucien, pois seu temperamento inflamado estragaria tudo, ele converteria minhas esperanças em realidades, viveria como um grande aristocrata e talvez se endividasse. Portanto, guarde-me o segredo. Só sua doce e querida companhia poderá me consolar durante essas longas provações, assim como o desejo de enriquecer a você e a Lucien me dará a constância e a tenacidade...

— Eu também tinha pressentido — disse-lhe Ève, interrompendo-o — que você era um desses inventores que precisam, como meu pobre pai, de uma mulher que tome conta deles.

— Então você me ama? Ah! Diga sem medo, para mim, que vi em seu nome um símbolo de meu amor. Ève era a única mulher que havia no mundo, e o que era materialmente verdade para Adão é moralmente para mim. Meu Deus! Você me ama?

— Sim — disse ela, alongando essa simples sílaba ao pronunciá-la como para pintar a extensão de seus sentimentos.

— Pois bem, vamos nos sentar ali — ele disse, conduzindo Ève pela mão até um barrote comprido que havia debaixo das rodas de uma fábrica de papel. — Deixe-me respirar o ar da noite, ouvir o coaxar das rãs, admirar os raios da lua que tremem sobre as águas; deixe-me apossar-me desta natureza na qual imagino ver minha felicidade escrita em cada coisa, e que pela primeira vez me aparece em seu esplendor, iluminada pelo amor, embelezada por você. Ève, amada querida! Eis o primeiro momento de alegria pura que a sorte me deu! Duvido que Lucien seja tão feliz como eu!

Sentindo a mão úmida e trêmula de Ève dentro da sua, David deixou cair uma lágrima.

— Não posso saber o segredo?... — disse Ève com voz carinhosa.

— Você tem direito, pois seu pai cuidou dessa questão, que vai se tornar grave. Eis a razão. A queda do Império vai praticamente generalizar o uso do tecido de algodão, porque essa matéria é barata relativamente ao tecido de linho. Neste momento o papel ainda é feito com fibras de cânhamo e linho, mas esse ingrediente é caro e seu preço alto retarda a grande expansão que a imprensa francesa necessariamente conhecerá. Ora, não se força a produção de trapos. Os trapos são resultado do uso de roupa de baixo, e dela a população de um país só gera determinada quantidade. Essa quantidade não pode crescer senão por um aumento do número de nascimentos. Para operar uma mudança sensível em sua população, um país leva um quarto de século e precisa de grandes revoluções nos costumes, no comércio ou na agricultura. Portanto, se as necessidades das fábricas de papel passarem a ser superiores ao que a

França produz em matéria de fibras, seja o duplo ou o triplo, será necessário, para manter o baixo preço do papel, introduzir em sua fabricação um elemento além das fibras. Esse raciocínio se baseia num fato que acontece aqui. As fábricas de papel de Angoulême, as últimas em que se fabricarão papéis com fibras de linho, veem o algodão invadindo a polpa numa progressão assustadora.

A uma pergunta da jovem operária, que não sabia o que queria dizer essa "polpa", David lhe deu sobre a fabrico de papel informações que não ficarão deslocadas numa obra cuja existência material se deve tanto ao Papel quanto à Imprensa, mas com certeza esse longo parêntese entre um apaixonado e sua amada ganhará em ser, primeiramente, resumido.

O papel, produto tão maravilhoso quanto a impressão a que serve de base, existia há muito tempo na China quando, pelos meandros subterrâneos do comércio, chegou à Ásia Menor, onde por volta do ano 750, segundo certas tradições, se usava um papel de algodão triturado e reduzido a pasta. A necessidade de substituir o pergaminho, cujo preço era exorbitante, fez com que se encontrasse, por uma imitação do *papel bombyx* (esse foi o nome do papel de algodão no Oriente), o papel de trapo, dizem uns na Basileia, em 1170, graças a gregos refugiados; outros dizem em Pádua, em 1301, graças a um italiano chamado Pax. Assim o papel se aperfeiçoou lenta e obscuramente, mas é certo que já na época de Carlos VI se fabricava em Paris a pasta das cartas de jogar. Quando os imortais Fust, Coster e Gutenberg inventaram O LIVRO, artesãos, desconhecidos como tantos grandes artistas dessa época, adaptaram a fabricação de papel às necessidades da tipografia. Nesse século XV tão vigoroso e tão ingênuo, os nomes dos diferentes formatos de papel, assim como os nomes dados aos caracteres, trouxeram a marca da ingenuidade da época. Desse modo, o *raisin*, o *Jesus*, o *colombier*, o papel *pot*, o *écu*, o *coquille*, o *couronne* foram assim chamados por causa do cacho de uva, da imagem de Nosso Senhor, da coroa, do pote, do escudo, enfim, da filigrana marcada no meio da folha, como mais tarde, na época de Napoleão, ali puseram uma águia: daí o papel chamado de *grand-aigle*. Da mesma maneira, chamaram os caracteres de Cícero, santo Agostinho, Gros-Canon, de acordo com os livros de liturgia e dos tratados de Cícero que empregaram pela primeira vez esses caracteres. O *itálico* foi inventado pelos Aldi, em Veneza: daí seu nome. Antes da invenção do papel mecânico, cujo comprimento não tem limites, os maiores formatos eram o *Grand-Jésus* ou o *Grand-Colombier*; ainda assim, este último só servia para os atlas ou para as gravuras. Na verdade, as dimensões do papel de impressão tinham de corresponder às platinas das prensas. Na época em que David falava, a existência do papel em bobinas parecia uma quimera na França, embora Denis Robert d'Essonne já tivesse, por volta de 1799, inventado para fabricá-lo uma máquina que, depois, Didot-Saint-Léger tentou aperfeiçoar. O papel velino, inventado por Ambroise Didot, data apenas de 1780. Esse rápido panorama demonstra indubitavelmente que todas as grandes aquisições da indústria e da inteligência se fizeram com extrema lentidão e por acréscimos imperceptíveis, tal como procede a Natureza. Para chegar à sua perfeição, a escrita, a linguagem talvez..., passaram pelos mesmos tateios que a tipografia e a indústria do papel.

— Em toda a Europa os trapeiros recolhem os trapos, as roupas velhas, e compram retalhos de tecidos de toda espécie — disse o impressor, terminando. — Esses retalhos, selecionados por tipos, são armazenados pelos atacadistas de trapos, que os fornecem às fábricas de papel. Para lhe dar uma ideia desse comércio, saiba, senhorita, que em 1814 o banqueiro Cardon, proprietário das cubas de Buges e de Langlée, onde Léorier de l'Isle testou já em 1776 a solução do problema de que seu pai tratou, fez um processo contra um certo senhor Proust por causa de um erro de dois milhões de libras-peso de trapos, numa conta de dez milhões de libras, cerca de quatro milhões de francos. O fabricante lava os trapos e os reduz a uma polpa clara que é passada, exatamente como uma cozinheira passa um molho na peneira, para um caixilho de ferro chamado *fôrma*, e cujo interior é enchido por um tecido metálico no meio do qual está a filigrana que dá seu nome ao papel. Então, o tamanho do papel depende do tamanho da *fôrma*. Na época em que eu estava com os senhores Didot, eles já tratavam dessa questão e ainda tratam; pois o aperfeiçoamento buscado por seu pai é uma das necessidades mais imperiosas destes tempos. E aqui está a razão: embora a duração do linho, comparada com a do algodão, o torne, em última instância, mais barato que o algodão, quando os pobres têm de tirar do bolso uma quantia qualquer, como sempre preferem dar menos que mais, e sofrem, em virtude do *vae victis*!,* prejuízos enormes. A classe burguesa age igual ao pobre. Portanto, falta roupa de linho. Na Inglaterra, onde o algodão substituiu o linho junto a quatro quintos da população, já não se fabrica senão papel de algodão. Esse papel, que, primeiro, tem o inconveniente de se rasgar e quebrar, desmancha na água tão facilmente que um livro de papel de algodão viraria uma papa se ficasse ali quinze minutos, ao passo que um velho livro não se perderia se ali ficasse duas horas. Seria possível secar o velho livro e, embora amarelado, apagado, o texto ainda seria legível, a obra não seria destruída. Estamos chegando a uma época em que, como as fortunas vão se igualando e portanto diminuindo, tudo empobrecerá: queremos roupa de baixo e livros baratos, assim como começamos a querer quadros pequenos, por falta de espaço para pendurar os grandes. Só que as camisas e os livros não durarão, é isso! A solidez dos produtos vai desaparecendo em todo lugar. Assim, o problema a resolver é da maior importância para a literatura, as ciências e a política. Um dia, houve em meu gabinete uma viva discussão sobre os ingredientes que se usam na China para fabricar o papel. Ali, graças às matérias-primas, a fabricação do papel atingiu, desde a origem, uma perfeição que falta à nossa. Então, falávamos muito do papel da China,

* Ai dos vencidos!

cuja leveza e finura o tornam bem superior ao nosso, pois essas preciosas qualidades não o impedem de ser consistente; e, por mais fino que seja, não tem a menor transparência. Um revisor muito instruído (em Paris, há eruditos entre os revisores: Fourier e Pierre Leroux são atualmente revisores na casa Lachevardière!...); portanto, o conde de Saint-Simon, por ora revisor, veio nos ver no meio da discussão. Disse-nos então que, segundo Kempfer e Du Halde, a *broussonatia** fornecia aos chineses a matéria de seu papel totalmente vegetal, como o nosso aliás. Outro revisor afirmou que o papel da China se fabricava principalmente com uma matéria animal, junto com a seda, tão abundante na China. Fizeram uma aposta, na minha frente. Como os senhores Didot são os impressores do Institut de France, naturalmente o debate foi submetido aos membros dessa assembleia de sábios. O senhor Marcel, ex-diretor da Imprensa Imperial, designado como árbitro, remeteu os dois revisores ao padre Grozier, bibliotecário no Arsenal. Pelo julgamento do padre Grozier, os dois revisores perderam a aposta. O papel da China não é fabricado com seda nem com a *broussonatia*; sua polpa vem das fibras de bambu trituradas. O padre Grozier possuía um livro chinês, obra a um só tempo iconográfica e tecnológica, no qual havia inúmeras figuras representando a fabricação de papel em todas as suas fases, e ele nos mostrou as hastes de bambu pintadas e amontoadas no canto de uma oficina de papel fantasticamente desenhada. Quando Lucien me disse que o pai de vocês, por uma espécie de intuição peculiar aos homens de talento, entrevira o meio de substituir os retalhos de pano por uma matéria vegetal muito conhecida, extraída diretamente da produção local, como fazem os chineses se servindo das hastes fibrosas, cataloguei todas as experiências tentadas por meus predecessores e me pus, enfim, a estudar a questão. O bambu é um caniço: naturalmente pensei nos caniços de nossa terra. A mão de obra

* Gênero de amoreira.

não vale nada na China; ali uma jornada vale três vinténs, e assim os chineses podem pôr seu papel, folha a folha, ao sair da fôrma, entre as lâminas de porcelana branca aquecidas, por meio das quais o prensam e lhe dão esse brilho, essa consistência, essa leveza, essa suavidade de cetim que o tornam o primeiro papel do mundo. Pois bem! É preciso substituir o processo chinês por uma máquina. Com as máquinas chegaremos a resolver o problema do baixo custo que a China consegue por conta do baixo preço de sua mão de obra. Se conseguíssemos fabricar bem barato um papel de qualidade semelhante ao da China, diminuiríamos em mais da metade o peso e a espessura dos livros. Um Voltaire encadernado, que nos nossos papéis velinos pesa duzentas e cinquenta libras, não pesaria cinquenta em papel da China. E aí está, sem dúvida, uma conquista. O espaço necessário para as bibliotecas será um problema cada vez mais difícil de resolver numa época em que o encolhimento geral das coisas e dos homens atinge tudo, até mesmo suas casas. Em Paris, as grandes mansões, os grandes aposentos serão mais cedo ou mais tarde demolidos; em breve não haverá mais fortunas capazes de arcar com as construções de nossos pais. Que vergonha para nossa época fabricar livros que não duram! Mais dez anos e o papel da Holanda, isto é, o papel feito de trapos de linho, será completamente impraticável. Ora, seu generoso irmão me comunicou a ideia que seu pai tivera de empregar certas plantas fibrosas na fabricação do papel: como vê, se eu tiver sucesso vocês terão direito a...

Nesse momento Lucien se acercou da irmã e interrompeu a generosa proposta de David.

— Não sei — disse ele — se vocês tiveram uma bela noite, mas para mim ela foi cruel.

— Mas, meu pobre Lucien, o que lhe aconteceu? — perguntou Ève, observando a excitação do rosto do irmão.

O poeta irritado contou suas angústias, despejando naqueles corações amigos as ondas de pensamentos que o assaltavam. Ève e David ouviram calados Lucien, aflitos ao verem passar aquela torrente de dores que revelava tanta grandeza quanto pequenez.

— O senhor de Bargeton — disse Lucien, concluindo — é um velho que com certeza será brevemente levado por uma indigestão; pois bem, dominarei aquele mundo orgulhoso, casarei com a senhora de Bargeton! Li em seus olhos, esta noite, um amor igual ao meu. Sim, minhas feridas, ela as sentiu; meus sofrimentos, ela os acalmou; é tão grande e nobre como é bela e graciosa! Não, jamais me trairá!

— Já não é tempo de lhe dar uma existência tranquila? — disse David a Ève, baixinho.

Calada, Ève apertou o braço de David, que, compreendendo seus pensamentos, se apressou em contar a Lucien os projetos em que havia meditado. Os namorados também estavam tão concentrados em seus assuntos quanto Lucien nos dele, de modo que Ève e David, loucos para ver aprovada sua felicidade, quase não perceberam o gesto de surpresa que o apaixonado pela sra. de Bargeton deixou escapar ao ser informado do casamento de sua irmã com David. Lucien, que sonhava em levar a irmã a fazer uma bela aliança quando tivesse alcançado uma alta posição, a fim de respaldar sua ambição com a importância que lhe daria uma família poderosa, ficou consternado ao ver nessa união um obstáculo a mais para seus triunfos na alta sociedade.

"Se a senhora de Bargeton aceitar se tornar senhora de Rubempré, jamais quererá ser cunhada de David Séchard!" Esta frase é a expressão clara e exata das ideias que atazanaram o coração de Lucien. "Louise tem razão! As pessoas de futuro nunca são compreendidas por suas famílias", pensou com amargura.

Se essa união lhe tivesse sido comunicada num momento em que ele não houvesse tão fantasticamente imaginado a morte do sr. de Bargeton, com certeza ele teria explodido na mais profunda alegria. Refletindo em sua situação atual, interrogando o destino de Ève Chardon, moça bela e sem fortuna, ele teria visto esse casamento como uma felicidade inesperada. Mas Lucien habitava num desses sonhos dourados em que os jovens, trotando sobre um *se*, transpõem todas as barreiras. Acabava de se ver dominando a sociedade, e dentro de si mesmo o poeta sofria por cair tão depressa na realidade. Ève e David pensaram que o irmão se calava por estar perplexo com tanta generosidade. Para essas duas belas almas, uma aceitação silenciosa provava uma amizade verdadeira. O impressor começou a pintar com uma doce e cordial eloquência a felicidade que os esperava, aos quatro. Apesar das interjeições de Ève, ele mobiliou o primeiro andar com o luxo de um apaixonado; com ingênua boa-fé, construiu o segundo andar para Lucien e o piso acima do alpendre para a sra. Chardon, a quem queria demonstrar todos os cuidados de uma solicitude filial. Finalmente, pintou uma família tão feliz e seu cunhado tão independente que Lucien, encantado com a voz de David e os carinhos de Ève, esqueceu sob as sombras do caminho, ao longo do Charente calmo e brilhante, sob o céu estrelado e no ar tépido da noite, a dolorosa coroa de espinhos que a Sociedade lhe pusera na cabeça. Em suma, o sr. de Rubempré reconheceu David. Seu caráter volúvel logo o atirou na vida pura, trabalhadora e burguesa que ele levara; viu-a embelezada e sem preocupações. O ruído do mundo aristocrático se afastou cada vez mais. Por fim, quando chegou às calçadas de L'Houmeau, o ambicioso apertou a mão do futuro cunhado e se pôs em uníssono com os dois felizes namorados.

— Tomara que seu pai não contrarie este casamento! — disse a David.

— Você sabe como ele se preocupa comigo! O homenzinho vive para si, mas amanhã irei vê-lo em Marsac, ao menos para conseguir que faça as obras de que precisamos.

David acompanhou o irmão e a irmã até a casa da sra. Chardon, a quem pediu a mão de Ève, com a solicitude de um homem que não desejava nenhuma demora. A mãe pegou a mão da filha, enfiou-a dentro da mão de David, com alegria, e o ousado apaixonado beijou na fronte sua bela prometida, que lhe sorriu enrubescendo.

— Estes são os esponsais das pessoas pobres — disse a mãe, erguendo os olhos como para implorar a bênção de Deus. — Você tem coragem, meu filho — disse a David —, pois estamos na desgraça e tremo ao pensar que possa ser contagiosa.

— Seremos ricos e felizes — disse David, grave. — Para começar, a senhora não vai mais exercer seu trabalho de enfermeira, e virá morar com sua filha e Lucien em Angoulême.

Então, os três jovens se apressaram em contar à mãe espantada seu projeto encantador, entregando-se a uma dessas loucas conversas de família em que gostamos de armazenar todas as sementes, de saborear de antemão todas as alegrias. Foi preciso conduzir David à porta; ele gostaria que essa noite fosse eterna. Batera uma da manhã quando Lucien reconduziu o futuro cunhado até a Porta Palet. O honesto Postel, aflito com aquela movimentação extraordinária, estava de pé, atrás da persiana; abrira a janela e pensava, ao ver luz àquela hora na casa de Ève: "Mas o que está acontecendo na casa dos Chardon?".

— Meu filhinho — ele disse, ao ver Lucien voltar —, mas o que é que está acontecendo com você? Estaria precisando de mim?

— Não, senhor — respondeu o poeta —, mas, como é nosso amigo, posso lhe contar a história: minha mãe acaba de dar a mão de minha irmã a David Séchard.

Como única resposta, Postel fechou abruptamente a janela, de desespero por não ter pedido a srta. Chardon em casamento.

Em vez de voltar para Angoulême, David pegou o caminho de Marsac. Foi passeando até a casa do pai e chegou ao cercado vizinho à casa na hora em que o sol nascia. O apaixonado avistou sob uma amendoeira a cabeça do velho Urso que se erguia acima de uma cerca.

— Bom-dia, meu pai — disse-lhe David.

— Puxa, é você, meu filho? Por qual acaso está na estrada a essa hora? Entre por ali — disse o viticultor, indicando ao filho uma portinha envidraçada. — Todas as minhas videiras estão frutificando, não há uma cepa congelada! Este ano renderão mais de vinte barris por acre; mas, também, como foram estrumadas!

— Meu pai, venho lhe falar de um negócio importante.

— Muito bem! Como vão nossas prensas? Você deve estar ganhando um dinheiro gordo igual a você?

— Ganharei, meu pai, mas por ora não sou rico.

— Todos aqui me criticam por adubar tremendamente — o pai respondeu. — Os burgueses, quer dizer, o senhor marquês, o senhor conde, os senhores isso e aquilo alegam que prejudico a qualidade do vinho. Para que serve a educação? Para confundir o entendimento. Ouça! Esses senhores colhem sete, às vezes oito barris por acre, e os vendem a sessenta francos o barril, o que perfaz no máximo quatrocentos francos por acre, nos bons anos. Eu colhi vinte barris e os vendo por trinta francos, total de seiscentos francos! Onde estão os bobos? Qualidade! Qualidade! O que tenho a ver com a qualidade? Que fiquem com ela, os senhores marqueses! Para mim, qualidade são os escudos. O que você disse?...

— Meu pai, vou me casar, venho lhe pedir...

— Pedir-me? O quê? Rigorosamente nada, meu filho. Case-se, eu consinto; mas para lhe dar alguma coisa! Estou sem um tostão. Os gastos com as vinhas me arruinaram! Há dois anos estou pagando os amanhos, os impostos, despesas de toda ordem; o governo pega tudo, a maior parte vai para o governo! Eis que há dois anos os pobres viticultores não lucram nada. Este ano não se apresenta mal, pois é, mas meus barris, esses bandidos, já estão custando onze francos! O tanoeiro é que vai ficar com o que colhermos. Por que se casar antes das vindimas?...

— Meu pai, venho apenas pedir seu consentimento.

— Ah, isso é uma outra história! Sem querer ser curioso, com quem se casa?

— Caso-me com a senhorita Ève Chardon.

— Que diacho é isso? De onde ela apareceu?

— É a filha do falecido senhor Chardon, o farmacêutico de L'Houmeau.

— Você se casa com uma moça de L'Houmeau, você, um burguês? Você, o impressor do rei em Angoulême? Aí estão os frutos da educação! Nisso é que dá mandar os filhos para o colégio! Ah, essa! Então ela é muito rica, meu filho? — perguntou o viticultor, aproximando-se todo afetuoso do filho. — Pois, para você se casar com uma moça de L'Houmeau, ela deve valer centenas e milhares! Bem! Você me pagará meus aluguéis. Sabe, meu filho, que lá se vão dois anos e três meses de aluguéis que você me deve, o que perfaz dois mil e setecentos francos, e que me seriam muito bem-vindos para pagar o tanoeiro? Fosse qualquer outro que não meu filho, eu estaria no direito de exigir juros; pois, afinal de contas, negócios são negócios; mas vou dispensá-los. Pois bem, o que ela possui?

— O mesmo que possuía minha mãe.

O velho viticultor ia dizer: "Então só tem dez mil francos!". Mas se lembrou de ter se recusado a mostrar as contas ao filho, e exclamou:

— Ela não tem nada!

— A fortuna de minha mãe era sua inteligência e sua beleza.

— Pois vá à feira com isso e vai ver o que lhe dão! Com os diabos, como os pais são infelizes com os filhos! David, quando me casei tinha, como toda fortuna, um boné de papel na cabeça e meus dois braços, eu era um pobre Urso; mas com a bela tipografia que *eu lhe dei*, com sua habilidade e seus conhecimentos, você deve se casar com uma burguesa da cidade, uma mulher rica, de trinta a quarenta mil francos. Largue sua paixão e eu vou casá-lo! Temos a uma légua daqui uma viúva de trinta e dois anos, moleira, que tem cem mil francos de bens imóveis; um bom negócio para você. Você pode juntar os bens dela com os de Marsac, são limítrofes! Ah! Que bela propriedade nós teríamos, e como eu a administraria! Dizem que ela vai se casar com Courtois, seu primeiro capataz, mas você ainda vale mais que ele! Eu tomaria conta do moinho, enquanto ela ficaria saracoteando em Angoulême.

— Meu pai, estou comprometido...

— David, você não entende nada de negócios, já o vejo arruinado. Sim, se se casar com essa moça de L'Houmeau, vou acertar as contas com você, vou intimá-lo a me pagar meus aluguéis, pois não prevejo nada de bom. Ai, minhas pobres prensas! Minhas prensas! Vocês precisariam de dinheiro para ser lubrificadas, para se manterem e para rodarem! Só mesmo um bom ano poderá me consolar disso.

— Meu pai, me parece que até agora lhe causei pouco desgosto...

— E pagou pouquíssimos aluguéis — respondeu o viticultor.

— Eu vinha lhe pedir, além de seu consentimento para meu casamento, que me deixe levantar um segundo andar em sua casa e construir um aposento acima do alpendre.

— Nada feito, não tenho um tostão, você bem sabe. Aliás, seria dinheiro jogado no lixo, o que é que eu lucraria com isso? Ah, você se levanta de manhã cedinho para vir me pedir obras que arruinariam um rei. Embora o tenhamos chamado de David, não possuo os tesouros de Salomão. Mas você está louco? Trocaram-me de filho quando ele estava com a ama de leite! Mas olhe ali uma que vai dar uvas! — disse, interrompendo-se, para mostrar uma cepa a David. — Taí uns filhos que não frustram as esperanças dos pais: você aduba, eles nos retribuem. E eu, que o matriculei no liceu, paguei quantias exorbitantes para fazer de você um sábio, que foi estudar com os Didot! E todos esses mimos terminam me dando como nora uma moça de L'Houmeau, sem um tostão de dote! Se você não tivesse estudado, se tivesse ficado sob minhas asas, teria se comportado de acordo com minhas fantasias e hoje se casaria com uma moleira de cem mil francos, sem contar o moinho. Ah, sua inteligência lhe serve para acreditar que vou recompensá-lo por esse belo sentimento mandando construir palácios para você?... Mas até parece que há duzentos anos a casa em que você vive só alojou porcos, e que sua moça de L'Houmeau não pode se deitar ali dentro!? Ah, essa aí! Por acaso é a rainha da França?

— Pois então, meu pai, construirei o segundo andar às minhas custas, e o filho é que enriquecerá o pai. Embora isso seja o mundo às avessas, de vez em quando é algo que acontece.

— Como, meu rapaz, você tem dinheiro para construir e não tem para pagar seus aluguéis? Espertinho, hein? Está cheio de artimanhas com seu pai!

A questão assim formulada se tornou difícil de resolver, pois o velhote estava maravilhado em pôr o filho numa situação que lhe permitisse nada lhe dar, embora parecendo paternal. Portanto, David só conseguiu do pai a permissão pura e simples para o casamento e a autorização para fazer por sua conta, na casa paterna, todas as obras necessárias. O velho Urso, esse modelo de pais conservadores, fez ao filho o favor de não exigir os aluguéis e não lhe tirar as economias que ele tivera a imprudência de exibir. David voltou triste: compreendeu que, na desgraça, não poderia contar com o socorro do pai.

4

CATÁSTROFES DO AMOR PROVINCIANO

Em Angoulême não se falou em outra coisa a não ser na frase do Bispo e na resposta da sra. de Bargeton. Os menores fatos foram tão bem desnaturados, aumentados, embelezados, que o poeta se tornou o herói do momento. Da esfera superior de onde ribombou essa tempestade de mexericos caíram algumas gotas em cima da burguesia. Quando Lucien passou por Beaulieu para ir à casa da sra. de Bargeton, percebeu a atenção invejosa com que vários jovens olharam para ele e captou certas frases que o encheram de orgulho.

— Ali vai um jovem feliz — disse o ajudante de um advogado, um jovem feio chamado Petit-Claud e colega de liceu de Lucien, que assumia com ele certos ares protetores.

— É, sem dúvida, é um rapaz bonito, tem talento, e a senhora de Bargeton está louca por ele! — respondeu um filho de família que assistira à leitura.

Lucien esperara impaciente a hora em que sabia que encontraria Louise sozinha, precisava que aquela mulher, agora juíza de seus destinos, aceitasse o casamento de sua irmã. Depois da noitada da véspera, Louise talvez fosse mais carinhosa, e essa ternura poderia render um momento de felicidade. Não se enganara: a sra. de Bargeton o recebeu com uma efusão de sentimentos que pareceu, para esse noviço em amor, um tocante progresso na paixão. Ela abandonou seus belos cabelos dourados, suas mãos, sua cabeça aos beijos inflamados do poeta que, na véspera, tanto sofrera!

— Se você tivesse visto seu rosto enquanto estava lendo — disse ela, pois na véspera haviam chegado ao tratamento mais íntimo, a essa carícia da linguagem, enquanto em cima do sofá Louise enxugara com a mão branca as gotas de suor que antecipadamente punham pérolas na fronte em que ela depositava uma coroa. — De seus belos olhos escapavam faíscas! Eu via sair de seus lábios as correntes de ouro que deixam os corações suspensos à boca dos poetas. Você me lerá todo Chénier, é o poeta dos amantes. E não mais sofrerá, não quero! Sim, querido anjo, farei de você um oásis onde viverá toda a sua vida de poeta, sucessivamente ativa, lânguida, indolente, laboriosa, pensativa; mas nunca esqueça que seus louros se devem a mim, e que virá para mim a nobre indenização pelos sofrimentos que me advierem. Pobre querido, este mundo não me poupará, assim como tampouco o poupará, ele se vinga de todas as felicidades de que não compartilha. Sim, serei sempre invejada, não viu ontem? Essas moscas sugadoras de sangue não acorreram bem depressa para se saciar nas picadas que fizeram? Mas eu estava feliz! Vivia! Há tanto tempo todas as cordas do meu coração não ressoavam!

Lágrimas correram nas faces de Louise, Lucien pegou uma de suas mãos e, como única resposta, a beijou longamente. As vaidades desse poeta foram, assim, afagadas por aquela mulher como o tinham sido por sua mãe, sua irmã e David. Em torno dele, todos continuavam a erguer o pedestal imaginário sobre o qual ele se instalava. Entretido por todos, por seus amigos e pela raiva de seus inimigos, em suas crenças ambiciosas, ele andava numa atmosfera cheia de miragens. As jovens imaginações são tão naturalmente cúmplices desses elogios e dessas ideias, tudo contribui tanto para ajudar um rapaz bonito e cheio de futuro, que é preciso mais de uma lição amarga e fria para dissipar tais ilusões.

— Então, minha bela Louise, quer ser minha Beatriz, mas uma Beatriz que se deixa amar?

Ela ergueu seus belos olhos, até então cabisbaixos, e disse, desmentindo suas palavras com um sorriso angelical:

— Se você o merecer... mais tarde! Não está feliz? Ter um coração para si! Poder dizer tudo com a certeza de ser compreendido não é a felicidade?

— É — ele respondeu, fazendo um muxoxo de amoroso contrariado.

— Criança! — ela disse, debochando. — Então, não tem nada para me dizer? Você entrou todo preocupado, meu Lucien.

Timidamente Lucien contou à bem-amada o amor de David por sua irmã, o de sua irmã por David, e o casamento planejado.

— Pobre Lucien — ela disse —, tem medo de apanhar, de ser repreendido, como se fosse ele que se casasse! Mas onde está o mal? — continuou, passando as mãos nos cabelos de Lucien. — Pouco me importa sua família, na qual você é uma exceção! Se meu pai se casasse com sua criada, você ficaria muito preocupado? Menino querido, os amantes são por si sós toda a sua família. Tenho eu no mundo outro interesse além de meu Lucien? Seja grande, saiba conquistar a glória, são esses os nossos assuntos!

Essa resposta egoísta fez de Lucien o homem mais feliz do mundo. No momento em que ouvia os loucos motivos com que Louise lhe provou que estavam sozinhos do mundo, o sr. de Bargeton entrou. Lucien franziu o cenho e pareceu perturbado, Louise lhe fez um sinal e insistiu que ficasse para jantar com eles, pedindo-lhe para ler André Chénier até que os jogadores e os mais assíduos chegassem.

— Não dará prazer somente a ela — disse o sr. de Bargeton —, mas a mim também. Nada me agrada mais do que ouvir alguém lendo depois de meu jantar.

Afagado pelo sr. de Bargeton, afagado por Louise, servido pelos domésticos com o respeito que têm pelos favoritos dos patrões, Lucien ficou no Palacete de Bargeton, identificando-se com todas as delícias de uma fortuna cujo usufruto lhe era entregue. Quando o salão ficou repleto, sentiu-se tão seguro diante das tolices do sr. de Bargeton e do amor de Louise que assumiu ares dominadores, encorajados por sua bela amante. Saboreou os prazeres do despotismo conquistado por Naïs e que ela gostava de fazê-lo compartilhar. Finalmente, tentou naquela noite representar o papel de um herói de cidade pequena. Ao verem a nova atitude de Lucien, certas pessoas pensaram que ele, segundo uma expressão do tempo antigo, estava como que unha e carne com a sra. de Bargeton. Amélie, que chegara com o sr. du Châtelet, afirmava essa grande desgraça num canto do salão onde se reuniram os ciumentos e os invejosos.

— Não responsabilizem Naïs pela vaidade de um rapazinho todo orgulhoso de estar numa sociedade que jamais pensava poder frequentar — disse Châtelet. — Não estão vendo que esse Chardon pensa que as frases graciosas de uma mulher são concessões? Ainda não sabe distinguir o silêncio mantido pela paixão verdadeira e a linguagem protetora que merecem sua beleza, sua juventude e seu talento! As mulheres seriam extremamente dignas de pena se fossem culpadas por todos os desejos que nos inspiram. Ele está certamente apaixonado, mas quanto a Naïs...

— Oh! Naïs — repetiu a pérfida Amélie —, Naïs está muito feliz com essa paixão. Na idade dela, o amor de um rapaz oferece tantas seduções! Ficamos jovens perto dele, bancamos as mocinhas, assumimos escrúpulos, trejeitos, e não pensamos no ridículo... Vejam só! O filho de um farmacêutico se dando ares de dono da casa da senhora de Bargeton.

— O amor não conhece essas distâncias — cantarolou Adrien.

No dia seguinte, não houve uma só casa em Angoulême em que não se tenha discutido o grau de intimidade em que estavam o sr. Chardon, vulgo De Rubempré, e a sra. de Bargeton: apenas culpados por alguns beijos, o mundo já os acusava da mais criminosa felicidade. A sra. de Bargeton carregava o desgosto de sua realeza. Entre as esquisitices da sociedade, vocês não notaram os caprichos de seus julgamentos e a loucura de suas exigências? Há pessoas para quem tudo é permitido: podem fazer as coisas mais insensatas; nelas tudo é decente, e todos à porfia justificarão suas ações. Mas há outras para quem o mundo é de inacreditável severidade; estas devem fazer tudo bem, jamais se enganar nem falhar, nem mesmo deixar escapar uma bobagem; pareceriam estátuas admiradas que são tiradas do pedestal tão logo o inverno lhes fez cair um dedo ou um nariz quebrados; não lhes permitem nada de humano, têm a obrigação de ser sempre divinas e perfeitas. Um único olhar da sra. de Bargeton para Lucien equivalia aos doze anos de felicidade de Zizine e Francis. Um aperto de mão entre os dois amantes iria atrair sobre eles todos os raios do departamento do Charente.

David trouxera de Paris um pecúlio secreto que destinava às despesas necessárias para o casamento e para a construção do segundo andar da casa paterna. Aumentar aquela casa não era trabalhar para si mesmo? Mais cedo ou mais tarde ela lhe caberia, seu pai estava com setenta e oito anos. Portanto, o impressor mandou construir o apartamento de Lucien com argamassa e vigas aparentes, a fim de não sobrecarregar os velhos muros da casa cheia de rachaduras. Divertiu-se em decorar, mobiliar galantemente o apartamento do primeiro andar, onde a linda Ève deveria passar sua vida. Para os dois amigos foi um tempo de alegria e felicidade pura. Embora enfastiado das dimensões tacanhas da vida na província, e cansado daquela sórdida economia que fazia com que uma moeda de cem vinténs fosse uma quantia enorme, Lucien aguentou sem se queixar os cálculos da miséria e suas privações. Sua sombria melancolia dera lugar à radiosa expressão da esperança. Via brilhar uma estrela acima de sua cabeça, sonhava com uma bela vida, assentando a felicidade sobre o túmulo do sr. de Bargeton, o qual, de vez em quando, tinha digestões difíceis e a feliz mania de ver a indigestão de seu jantar como uma doença que deveria se curar com a da ceia.

Por volta do início de setembro, Lucien não era mais chefe de oficina, era o sr. de Rubempré, magnificamente alojado em comparação com a miserável mansarda de lucarnas onde o pequeno Chardon morava em L'Houmeau; não era mais um homem de L'Houmeau, agora morava no alto Angoulême, e jantava cerca de quatro vezes por semana com a sra. de Bargeton. Tendo conquistado a amizade do monsenhor, era admitido no Bispado. Suas ocupações o classificavam entre as pessoas mais bem situadas. Afinal, deveria se instalar um dia entre os ilustres da França. Sem dúvida, ao percorrer um belo salão, um quarto encantador e um gabinete de muito bom gosto, ele podia se consolar por tirar trinta francos por mês dos salários tão penosamente ganhos por sua irmã e sua mãe; pois entrevia o dia em que o romance histórico em que trabalhava fazia dois anos, *O arqueiro de Carlos IX*, e um volume de poesias intituladas *As margaridas*, difundiriam seu nome no mundo literário, dando-lhe dinheiro suficiente para reembolsar a mãe, a irmã e David. Assim, pensando estar engrandecido, prestando atenção na repercussão de seu nome no futuro, ele agora aceitava esses sacrifícios com uma nobre segurança: sorria de sua desgraça, deliciava-se com suas últimas misérias. Ève e David tinham deixado a felicidade do irmão passar na frente da própria felicidade deles. O casamento fora adiado pelo tempo que os operários pediam para terminar os móveis, as pinturas, os papéis destinados ao primeiro andar, pois os negócios de Lucien tiveram a primazia. Ninguém que conhecesse Lucien teria se espantado com essa dedicação que demonstravam por ele: era tão sedutor! Seus modos eram tão meigos! Expressava sua impaciência e seus desejos tão graciosamente! Sempre ganhava sua causa, antes mesmo de abrir a boca! Esse privilégio fatal põe a perder, mais do que salva, as jovens criaturas. Habituadas às afabilidades inspiradas por uma linda juventude, felizes com essa proteção egoísta que o mundo confere a uma criatura que lhe agrada, assim como dá esmola ao mendigo que desperta um sentimento e lhe causa emoção, muitas dessas crianças grandes gozam desse favor, em vez de explorá-lo. Enganadas sobre o significado e a motivação das relações sociais, sempre acreditam encontrar sorrisos lisonjeadores, mas chega o momento em que o Mundo as descarta na porta de um salão ou no canto de uma rua, nuas, calvas, despojadas, sem valor nem fortuna, como velhas coquetes e velhos andrajosos. Ève, aliás, desejara esse atraso, pois queria satisfazer às necessidades de um jovem casal da maneira mais econômica possível. O que podiam recusar dois amantes a um irmão que, vendo a irmã trabalhar, dizia num tom vindo do coração: "Eu gostaria de saber costurar!"? Além disso, o grave e observador David tinha sido cúmplice dessa dedicação. Entretanto, desde o triunfo de Lucien na casa da sra. de Bargeton, ele temeu a transformação que se operava no amigo; receou vê-lo desprezar os costumes burgueses. No afã de pôr o cunhado à prova, David algumas vezes lhe pediu para optar entre as alegrias patriarcais da família e os prazeres da alta sociedade, e, ao ver Lucien lhes sacrificar suas vaidosas fruições, exclamara: "Não vão corrompê-lo!". Várias vezes os três amigos e a sra. Chardon fizeram passeios alegres como os que se fazem na província: iam passear nos bosques vizinhos de Angoulême e à beira do Charente; jantavam na relva os pratos que o aprendiz de David levava até certo local a uma hora combinada; depois, voltavam à noite, um pouco cansados, não tendo gasto nem três francos. Nas grandes ocasiões, quando jantavam naquilo que se chama um *restaurât*, espécie de restaurante campestre a meio caminho do *bouchon* das províncias e da *guinguette* de Paris, iam até cem vinténs, divididos entre David e os Chardon. David era infinitamente grato a Lucien por esquecer, nesses dias campestres, as satisfações que encontrava na casa da sra. de Bargeton e os suntuosos jantares em sociedade. Então, todos queriam festejar o grande homem de Angoulême.

Nessa conjuntura, quando já não faltava quase nada para o futuro casal, durante uma viagem que David fez a Marsac para conseguir que o pai fosse assistir a seu casamento, esperando que o velhinho, seduzido pela nora, contribuísse para o pagamento das enormes despesas necessárias aos arranjos da casa, ocorreu um desses acontecimentos que, numa cidade pequena, mudam inteiramente a face das coisas.

Lucien e Louise tinham em Du Châtelet um espião íntimo que espreitava com a persistência de um ódio misturado à paixão e à avareza a ocasião em que estouraria um escândalo. Sixte queria forçar a sra. de Bargeton a se declarar tão abertamente a Lucien que passasse a ser o que se chama de *perdida*. Oferecera-se como um humilde confidente da sra. de Bargeton, mas, se na rua du Minage admirava Lucien, o demolia em todos os outros lugares. Insensivelmente conquistara o direito de fazer visitinhas a Naïs, que já não desconfiava de seu velho admirador; mas ele desconfiava demais dos dois amantes, cujo amor continuava a ser platônico, para grande desespero de Louise e Lucien. De fato, há paixões que se lançam bem ou se lançam mal, como se preferir. Duas pessoas fazem do sentimento uma tática, falam em vez de agir, e lutam em campo raso em vez de fazer um cerco. Então, volta e meia sentem tédio de si mesmas, porque seus desejos se cansam no vazio. Dois amantes se dão, assim, o tempo de refletir, de se julgar. As paixões que entram em campanha com os estandartes desfraldados, garbosas, com um ardor capaz de tudo derrubar, costumam acabar voltando para casa sem vitória, envergonhadas, desarmadas, tolas em seu vão espalhafato. Às vezes essas fatalidades são explicáveis pela timidez da juventude e pelas contemporizações em que se comprazem as mulheres iniciantes, pois esse tipo de engano mútuo não ocorre com os presunçosos que conhecem a prática nem com as coquetes acostumadas às manobras da paixão.

Aliás, a vida na província é singularmente contrária às satisfações do amor, e favorece os debates intelectuais da paixão; e, da mesma maneira, os obstáculos que ela opõe ao doce comércio que une tantos amantes jogam as almas inflamadas em lances extremos. Essa vida é baseada numa espionagem tão meticulosa, numa transparência tão grande dos interiores, admite tão pouco a intimidade que consola sem ofender a virtude, as relações mais puras aí são tão insensatamente incriminadas que muitas mulheres são difamadas apesar de sua inocência. Então, algumas se recriminam por não ter provado todas as felicidades de um deslize cujas desgraças as esmagam. Portanto, a sociedade que repreende ou critica sem nenhum exame sério os fatos patentes pelos quais se terminam longas lutas secretas é originalmente cúmplice desses escândalos; mas a maioria dos que deblateram contra os pretensos escândalos provocados por certas mulheres caluniadas sem razão nunca pensou nas causas que as levaram a se exibir em público. A sra. de Bargeton ia se ver nessa estranha situação em que se viram muitas mulheres que só se perderam depois de ter sido injustamente acusadas.

No início da paixão, os obstáculos assustam as pessoas inexperientes; e os que os dois amantes encontravam lembravam muito os laços com que os liliputianos amarraram Gulliver. Era uma profusão de trivialidades que impossibilitavam qualquer movimento e anulavam os mais violentos desejos. Assim, a sra. de Bargeton devia ficar sempre visível. Se mandasse fechar a porta nas horas em que Lucien lá estava, tudo estaria dito, seria o mesmo que fugir com ele. Na verdade, ela o recebia no boudoir a que ele se acostumara tanto que pensava ser seu proprietário; mas as portas continuavam conscienciosamente abertas. Tudo se passava da forma mais virtuosa do mundo. O sr. de Bargeton andava pela casa como um besouro, sem acreditar que a mulher quisesse estar sozinha com Lucien. Se ele fosse o único obstáculo, Naïs poderia muito bem despachá-lo ou ocupá-lo, mas ela vivia cercada de visitas, e havia mais visitantes ainda na medida em que a curiosidade ia sendo despertada. Os provincianos são naturalmente impertinentes, gostam de contrariar as paixões nascentes. Os domésticos iam e vinham pela casa sem ser chamados e sem avisar que estavam chegando, em virtude dos velhos hábitos que uma mulher que nada tinha a esconder os deixara adquirir. Mudar os hábitos domésticos não seria confessar o amor de que toda Angoulême ainda duvidava? A sra. de Bargeton não podia pôr os pés fora de casa sem que a cidade soubesse aonde ia. Passear sozinha com Lucien fora da cidade era uma atitude decisiva: seria menos perigoso trancar-se em casa com ele. Se Lucien tivesse ficado depois de meia-noite com a sra. de Bargeton, sem a presença de alguma companhia, no dia seguinte já o teriam criticado. Assim, tanto dentro como fora a sra. de Bargeton vivia sempre em público. Esses detalhes pintam toda a província: ali os erros são confessos ou impossíveis.

Como todas as mulheres arrastadas por uma paixão mas sem experiência, Louise identificava, uma a uma, as dificuldades de sua situação, e se assustava. Então, seu pavor reagia naquelas discussões amorosas que ocupam as mais belas horas em que dois amantes estão a sós. A sra. de Bargeton não tinha terras aonde pudesse levar seu querido poeta, como fazem certas mulheres que, com um pretexto habilmente forjado, vão se enterrar no campo. Cansada de viver em público, levada ao extremo por essa tirania da qual o jugo era mais duro que a doçura de seus prazeres, ela pensava em L'Escarbas e meditava em ir até lá ver seu velho pai, de tal forma se irritava com esses miseráveis obstáculos.

Châtelet não acreditava em tamanha inocência. Espreitava as horas em que Lucien chegava à casa da sra. de Bargeton e ia lá instantes depois, sempre se fazendo acompanhar pelo sr. de Chandour, o homem mais indiscreto do grupo, e a quem cedia o passo para entrar, sempre esperando uma surpresa ao procurar com tanta obstinação um acaso. Seu papel e o triunfo de seu plano eram ainda mais difíceis porque ele devia permanecer neutro, a fim de dirigir todos os atores do drama que queria representar. Por isso, a fim de sossegar Lucien, que ele bajulava, e a sra. de Bargeton, que não carecia de perspicácia, ele se ligara, para disfarçar, à ciumenta Amélie. Para melhor espionar Louise e Lucien, conseguira de uns dias para cá criar com o sr. de Chandour uma controvérsia a respeito dos dois apaixonados. Du Châtelet pretendia que a sra. de Bargeton debochava de Lucien, pois era orgulhosa demais, bem-nascida demais para descer até o filho de um farmacêutico. Esse papel de incrédulo combinava com o plano que traçara, pois desejava se passar pelo defensor da sra. de Bargeton.

Stanislas afirmava que Lucien não era um amante infeliz. Amélie estimulava a discussão, querendo saber a verdade. Todos apresentavam suas razões. Como acontece nas cidades pequenas, os poucos íntimos da casa Chandour costumavam chegar no meio de uma conversa em que Châtelet e Stanislas justificavam à porfia suas opiniões graças a excelentes observações. Era muito difícil que cada adversário não buscasse partidários perguntando ao vizinho: "E você, qual é sua opinião?". Essa controvérsia deixava a sra. de Bargeton e Lucien em constante vigilância. Por fim, certo dia Du Châtelet observou que toda vez que o sr. de Chandour e ele se apresentavam à casa da sra. de Bargeton e que Lucien lá estava, nenhum indício traía relações suspeitas: a porta do boudoir estava aberta, as pessoas iam e vinham, nada de misterioso anunciava os lindos crimes do amor etc. Stanislas, a quem não faltava uma certa dose de tolice, prometeu a si mesmo chegar, no dia seguinte, na ponta dos pés, o que a pérfida Amélie o incitou fortemente a fazer.

Esse dia seguinte foi para Lucien um desses dias em que os jovens arrancam alguns cabelos, jurando a si mesmos não prosseguirem no tolo ofício de pretendente. Acostumara-se a essa situação. O poeta que tão timidamente conquistara um lugar no boudoir sagrado da rainha de Angoulême se metamorfoseara em apaixonado exigente. Bastaram seis meses para que pensasse ser igual a Louise, e agora queria ser seu dono. Saiu de casa prometendo a si mesmo ser perfeitamente insensato, pôr sua vida em jogo, empregar todos os recursos de uma eloquência inflamada, dizer que tinha perdido a cabeça, que era incapaz de ter um pensamento ou escrever uma linha. Existe em certas mulheres um horror aos preconceitos, o que honra seus escrúpulos, pois gostam de ceder a um impulso e não a convenções. Em geral, ninguém deseja um prazer imposto. A sra. de Bargeton observou na fronte de Lucien, em seus olhos, em sua fisionomia e em suas maneiras o *ar agitado* que trai uma firme resolução: propôs-se, decidida, a frustrá-la, um pouco por espírito de contradição mas também por um nobre entendimento do amor. Como mulher exagerada, exagerava o valor de sua pessoa. A seu ver, a sra. de Bargeton era uma soberana, uma Beatriz, uma Laura. Sentava-se, como na Idade Média, sob o pálio do torneio literário, e Lucien devia merecê-la depois de várias vitórias, devia superar a *criança sublime*, Lamartine, Walter Scott, Byron. A nobre criatura considerava seu amor um princípio generoso: os desejos que inspirava a Lucien deviam ser motivo de glória para ele. Esse *quixotismo* feminino é um sentimento que dá ao amor respeitável consagração, utiliza-o, engrandece-o, honra-o. Obstinada em representar o papel de Dulcineia na vida de Lucien durante sete ou oito anos, a sra. de Bargeton queria, como muitas mulheres da província, fazer com que sua pessoa fosse comprada em troca de uma espécie de servidão, por um período de constância que lhe permitisse julgar seu amado.

Quando Lucien se meteu na luta, apelando para um desses fortes amuos de que se riem as mulheres ainda donas de si mesmas e que entristecem as mulheres que sabem o que é o amor, Louise assumiu um ar digno e começou um de seus longos discursos recheados de palavras pomposas.

— É isso o que você tinha me prometido, Lucien? — disse, em conclusão. — Não ponha num presente tão doce remorsos que mais tarde envenenariam minha vida. Não estrague o futuro! E — digo isso com orgulho — não estrague o presente! Meu coração não é todo seu? De que mais precisa? Seu amor se deixaria influenciar pelos sentidos, quando na verdade o mais belo privilégio de uma mulher amada é lhes impor silêncio? Mas por quem você me toma? Então não sou mais sua Beatriz? Se não sou para você alguma coisa a mais que uma mulher, sou menos que uma mulher.

— Você não diria outra coisa a um homem que não amasse — exclamou Lucien, furioso.

— Se não sente tudo o que há de verdadeiro amor em meus pensamentos, jamais será digno de mim.

— Você põe em dúvida meu amor para evitar responder a ele — disse Lucien, jogando-se a seus pés e chorando.

O pobre rapaz chorou copiosamente ao se ver por tanto tempo à porta do paraíso. Foram lágrimas de poeta que se considerava humilhado em sua força, lágrimas de criança em desespero por se ver recusar o brinquedo que pede.

— Você nunca me amou— ele exclamou.

— Você não acredita no que diz — ela respondeu, lisonjeada com essa violência.

— Então me prove que é minha — disse Lucien, descabelado.

Nesse momento, Stanislas chegou sem ser ouvido, viu Lucien quase caído, lágrimas nos olhos e cabeça apoiada nos joelhos de Louise. Satisfeito com esse quadro para lá de suspeito, Stanislas se virou abruptamente para Du Châtelet, que estava na porta do salão. A sra. de Bargeton saiu correndo, mas não alcançou os dois espiões, que se retiraram às pressas como importunos.

— Mas quem veio aqui? — ela perguntou a seus criados.

— Os senhores de Chandour e du Châtelet — respondeu Gentil, seu velho camareiro.

Ela voltou, pálida e trêmula, para o boudoir.

— Se eles o viram assim, estou perdida — disse a Lucien.

— Antes isso! — exclamou o poeta.

Ela sorriu diante desse grito de egoísmo repleto de amor. Na província, uma aventura semelhante se agrava pelo modo como é contada.

A certa altura, todos souberam que Lucien tinha sido flagrado aos pés de Naïs. O sr. de Chandour, feliz com a importância que esse caso lhe dava, foi, primeiro, contar o grande acontecimento no Círculo, depois, de casa em casa. Du Châtelet tratou de espalhar por toda parte que não tinha visto nada, mas, pondo-se assim longe do acontecimento, excitava Stanislas a falar, e o fazia exagerar nos detalhes; e Stanislas, achando-se espirituoso, acrescentava novos detalhes a cada relato. Mais tarde, a sociedade afluiu à casa de Amélie, pois à noite as versões mais exageradas circulavam na Angoulême nobre, onde cada morador imitara Stanislas. Mulheres e homens estavam loucos para conhecer a verdade. As mulheres que se cobriam a face horrorizadas mas espalhavam mais ainda o escândalo, a perversidade, eram justamente Amélie, Zéphirine, Fifine, Lolotte, que, todas, viviam mais ou menos envolvidas em felicidades ilícitas. O tema cruel tinha variações em todos os tons.

— Pois é — dizia uma —, essa pobre Naïs, sabem? Eu, de meu lado, não acredito, ela tem atrás de si toda uma vida irrepreensível; é orgulhosa demais para ser mais que protetora do senhor Chardon. Mas, se for isso mesmo, fico com pena dela, de todo coração.

— Ela é mais ainda digna de pena porque está sendo de um ridículo atroz, pois podia ser mãe do senhor Lulu, como Jacques o chamava. Esse poetinha tem no máximo vinte e dois anos, e Naïs, cá entre nós, tem bem uns quarenta.

— Eu — dizia Châtelet —, eu acho que a própria situação em que estava o senhor de Rubempré prova a inocência de Naïs. Ninguém se põe de joelhos para pedir novamente o que já teve.

— Isso depende! — disse Francis, com um ar malicioso que lhe valeu de Zéphirine uma olhadela de reprovação.

— Mas, afinal, diga-nos o que está mesmo acontecendo — pediam a Stanislas, formando um comitê secreto num canto do salão.

Stanislas acabou por compor uma historieta cheia de indecências, e a acompanhava com gestos e poses que incriminavam prodigiosamente seus atores.

— É inacreditável — repetiam.

— Ao meio-dia — dizia uma.

— Naïs seria a última de quem eu desconfiaria.

— O que ela vai fazer?

Depois, comentários, infinitas suposições!... Du Châtelet defendia a sra. de Bargeton, mas a defendia tão canhestro que atiçava o fogo dos mexericos em vez de apagá-lo. Lili, desconsolada com a queda do mais belo anjo do Olimpo de Angoulême, foi aos prantos levar a notícia ao Bispado. Quando toda a cidade ficou inteiramente tomada pelos boatos, o feliz Du Châtelet foi à casa da sra. de Bargeton, onde, coitado, só havia uma mesa de uíste! Pediu diplomaticamente a Naïs que fosse conversar com ele no boudoir. Os dois se sentaram no sofazinho.

— Certamente sabe — disse Du Châtelet bem baixinho — do que toda Angoulême está falando...

— Não — ela disse.

— Pois bem — recomeçou —, considero-me muito seu amigo para que permaneça na ignorância. Devo deixá-la em condições de fazer cessar essas calúnias com toda certeza inventadas por Amélie, que tem a petulância de se crer sua rival. Eu vinha hoje de manhã vê-la, junto com esse macaco do Stanislas, que me precedia de alguns passos, quando, chegando aqui — disse apontando para a porta do boudoir —, ele alega tê-la *visto* com o senhor de Rubempré numa situação que não lhe permitia entrar; voltou até mim, todo apavorado, arrastou-me, sem me dar tempo de entender; e já estávamos em Beaulieu quando me disse a razão de sua saída. Se eu tivesse sabido, não teria arredado pé desta casa, a fim de esclarecer esta história em seu favor, mas voltar à sua casa depois de ter saído não provava mais nada. Agora, que Stanislas tenha visto mal, ou que tenha razão, *ele deve estar equivocado*. Querida Naïs, não deixe sua vida, sua honra, seu futuro serem postos em jogo por causa de um néscio; imponha-lhe silêncio, imediatamente. Conhece minha situação aqui? Embora eu precise de todo mundo, sou inteiramente dedicado a você. Disponha de uma vida que lhe pertence. Apesar de você ter rejeitado minhas súplicas, meu coração será sempre seu, e em qualquer ocasião hei de lhe provar como a amo. Sim, velarei por si como um servidor fiel, sem esperança de recompensa, unicamente pelo prazer que sinto em servi-la, mesmo contra sua vontade. Hoje de manhã, disse por toda parte que estava na porta do salão e que não vi nada. Se lhe perguntarem quem lhe contou as histórias que circulam a seu respeito, sirva-se de mim. Para mim seria uma glória ser seu defensor confesso; mas, cá entre nós, o senhor de Bargeton é o único que pode pedir satisfação a Stanislas... Se esse pequeno Rubempré tivesse cometido uma loucura, a honra de uma mulher não deveria ficar à mercê do primeiro estouvado que se põe a seus pés. É o que tenho a dizer.

Naïs agradeceu a Du Châtelet com um aceno de cabeça, e ficou pensativa. Estava cansada, quase enojada, da vida provinciana. À primeira palavra de Du Châtelet, ela desviara os olhos para Paris. O silêncio da sra. de Bargeton punha seu sábio adorador numa situação constrangedora.

— Disponha de mim — ele disse —, repito.

— Obrigada — ela respondeu.

— O que conta fazer?

— Verei.

Longo silêncio.

— Então, ama tanto assim esse pequeno Rubempré?

Ela deixou escapar um soberbo sorriso e cruzou os braços, olhando para as cortinas do boudoir. Du Châtelet saiu sem ter conseguido decifrar aquele coração de mulher altiva. Quando Lucien e os quatro velhotes fiéis, que tinham ido fazer seu joguinho sem se comover com os mexericos problemáticos, partiram, a sra. de Bargeton parou o marido, que se preparava para ir se deitar e abria a boca para desejar boa-noite à mulher.

— Venha por aqui, meu caro, tenho de lhe falar — disse com certa solenidade.

O sr. de Bargeton seguiu a mulher até o boudoir.

— Meu senhor — disse-lhe —, talvez eu tenha errado em dar a meus cuidados protetores com o senhor de Rubempré um calor tão mal compreendido pelas pessoas estúpidas desta cidade quanto por ele mesmo. Hoje de manhã, Lucien se jogou a meus pés, aí, fazendo-me uma declaração de amor. Stanislas entrou na hora em que eu levantava essa criança. Desprezando os deveres que a cortesia impõe a um fidalgo diante de uma mulher em qualquer circunstância, pretendeu ter me flagrado em situação equívoca com esse rapaz, que eu tratava como ele merece. Se esse jovem desmiolado soubesse das calúnias que sua loucura provoca, eu o conheço, ele iria insultar Stanislas e o obrigaria a duelar.

Essa ação seria como uma confissão pública de seu amor. Não preciso lhe dizer que sua mulher é pura, mas convenha que há algo de desonroso para si e para mim no fato de que ela seja defendida pelo senhor de Rubempré. Vá agora mesmo à casa de Stanislas e lhe peça seriamente satisfação sobre as palavras insultantes que ele disse a meu respeito; pense que não deve tolerar que esse caso seja esquecido, a não ser que ele se retrate em presença de numerosas e importantes testemunhas. Assim você conquistará a estima de todas as pessoas honradas; e se conduzirá como homem de espírito, como homem galante, e fará jus à minha estima. Vou mandar Gentil ir a cavalo até L'Escarbas, meu pai deve ser sua testemunha; apesar da idade dele, sei que é homem para pisotear essa espécie de boneca que denigre a reputação de uma Nègrepelisse. Você tem a escolha das armas, lute com a pistola, pois atira maravilhosamente bem.

— Irei — retrucou o sr. de Bargeton, pegando a bengala e o chapéu.

— Muito bem, meu amigo — disse sua mulher, emocionada —, assim é que eu gosto dos homens. Você é um fidalgo.

Apresentou-lhe a fronte para ser beijada, e o velhote a beijou todo feliz e orgulhoso. A mulher, que dedicava uma espécie de sentimento materno por aquela criança grande, não conseguiu segurar uma lágrima ao ouvir bater o portão que se fechou atrás dele.

— Como ele me ama! — pensou. — O pobre homem é apegado à vida mas, sem remorso, a perderia por mim.

O sr. de Bargeton não se preocupava por ter de se postar, no dia seguinte, na frente de um homem, olhando friamente a boca de uma pistola apontada para ele; não, só estava acabrunhado com uma coisa, e por isso tremia enquanto ia à casa do sr. de Chandour: "O que vou dizer?", pensava. "Naïs bem que poderia ter me sugerido um assunto!", e quebrava a cabeça a fim de formular algumas frases que não fossem muito ridículas.

Mas as pessoas que vivem, como vivia o sr. de Bargeton, num silêncio imposto pela estreiteza do espírito e seu pouco alcance, têm, nas grandes circunstâncias da vida, uma solenidade toda preparada. Falando pouco, naturalmente lhes escapam poucas tolices; depois, refletindo muito no que devem dizer, a extrema desconfiança que têm de si mesmas as leva a estudar tão bem seu discurso que se expressam às maravilhas, por um fenômeno parecido com o que soltou a língua da jumenta de Balaão. Portanto, o sr. de Bargeton se comportou como um homem superior. Justificou a opinião dos que o olhavam como a um filósofo da escola de Pitágoras. Entrou na casa de Stanislas às onze da noite e ali encontrou muita gente. Calado, foi cumprimentar Amélie e ofereceu a cada um seu sorriso bobo, que nas circunstâncias presentes pareceu profundamente irônico. Fez-se então um grande silêncio, assim como na natureza quando se aproxima uma tempestade. Châtelet, que já estava de volta, olhou de um jeito muito significativo, ora para o sr. de Bargeton, ora para Stanislas, que o marido ofendido cumprimentou educadamente. Du Châtelet compreendeu o significado de uma visita feita a uma hora em que o velhote já estava sempre deitado: Naïs, evidentemente, movia aquele braço fraco, e como sua posição junto a Amélie lhe dava o direito de se meter nos assuntos do casal, ele se levantou, levou o sr. de Bargeton a um canto e lhe disse:

— Quer falar com Stanislas?

— Quero — disse o homenzinho, feliz por ter um intermediário que talvez tomasse a palavra em seu lugar.

— Pois bem, vá ao quarto de dormir de Amélie — respondeu-lhe o diretor dos impostos, feliz com esse duelo que poderia enviuvar a sra. de Bargeton, impedindo-a de se casar com Lucien, a causa do duelo.

— Stanislas — disse Du Châtelet ao sr. de Chandour —, com toda certeza Bargeton vem lhe pedir satisfação sobre os comentários que você fez a respeito de Naïs. Vá aos aposentos de sua mulher e comportem-se, vocês dois, como fidalgos. Não façam barulho, finjam muito boa educação, tenham, em suma, toda a frieza de uma dignidade britânica.

Prontamente Stanislas e Du Châtelet foram encontrar Bargeton.

— O senhor — disse o marido ofendido — alega ter encontrado a senhora de Bargeton numa situação equívoca com o senhor de Rubempré?

— Com o senhor Chardon — retrucou, irônico, Stanislas, que não acreditava que Bargeton fosse um homem forte.

— Vá lá, que seja! — retrucou o marido. — Se não desmentir essa declaração em presença da sociedade que está na sua casa neste momento, peço-lhe para pegar uma testemunha. Meu sogro, o senhor de Nègrepelisse, virá buscá-lo às quatro da manhã. Façamos cada um de nós nossas disposições, pois o caso só pode se resolver da maneira que acabo de indicar. Eu escolho a pistola, sou o ofendido.

No caminho, o sr. de Bargeton ruminara esse discurso, o mais longo que fez em sua vida, e o proferiu sem paixão e com o ar mais simples do mundo. Stanislas empalideceu e pensou consigo mesmo: "O que eu vi, afinal de contas?". Mas, entre a vergonha de desmentir seus comentários diante de toda a cidade, em presença daquele mudo que parecia não querer ouvir gracejos, e o medo, o pavoroso medo que lhe apertava o pescoço com suas mãos escaldantes, escolheu o perigo mais afastado.

— Está bem. Até amanhã — disse ao sr. de Bargeton, pensando que o caso poderia se resolver.

Os três homens voltaram e todos estudaram sua fisionomia: Du Châtelet sorria, o sr. de Bargeton estava exatamente como se estivesse em casa; mas Stanislas estava pálido. Diante desse aspecto certas mulheres adivinharam o motivo da conversa. As palavras "Eles vão duelar!" circularam de boca em boca. A metade da assembleia pensou que Stanislas estava errado, sua palidez e seu jeito acusavam uma mentira; a outra metade admirou a conduta do sr. de Bargeton. Du Châtelet bancou o grave e o misterioso. Depois de ficar uns instantes a examinar os rostos, o sr. de Bargeton se retirou.

— Tem pistolas? — perguntou Du Châtelet ao ouvido de Stanislas, que se arrepiou dos pés à cabeça.

Amélie compreendeu tudo e passou mal, as mulheres se apressaram em levá-la para o quarto. Houve um rumor horrível, todos falavam ao mesmo tempo. Os homens permaneceram no salão e declararam com voz unânime que o sr. de Bargeton estava em seu direito.

— Pensava que o homenzinho era capaz de se comportar assim? — perguntou o sr. de Saintot.

— Mas — disse o implacável Jacques — na juventude ele era um dos mais competentes com as armas. Várias vezes meu pai me falou das façanhas de Bargeton.

— Ora! Ponha-os a vinte passos e errarão os tiros se usarem pistolas de cavalaria — disse Francis a Châtelet.

Quando todos foram embora, Châtelet tranquilizou Stanislas e a mulher explicando-lhes que correria tudo bem, e que num duelo entre um homem de sessenta anos e um homem de trinta e seis, este levava toda a vantagem.

Na manhã seguinte, quando Lucien almoçava com David, que voltara de Marsac sem seu pai, a sra. Chardon entrou toda espantada.

— Ei, Lucien, sabe a notícia que se conta até na feira? O senhor de Bargeton quase matou o senhor de Chandour, hoje às cinco da manhã, no prado do senhor Tulloye, um nome que dá margem a trocadilhos.* Parece que o senhor de Chandour disse ontem que tinha flagrado você com a senhora de Bargeton.

— É mentira! A senhora de Bargeton é inocente — exclamou Lucien.

— Um camponês, que ouvi contando esses detalhes, viu tudo do alto de sua charrete. O senhor de Nègrepelisse chegou às três da madrugada para assistir ao senhor de Bargeton; disse ao senhor de Chandour que, se acontecesse alguma desgraça com seu genro, ele se encarregaria de vingá-lo. Um oficial do regimento de cavalaria emprestou suas pistolas, que foram testadas várias vezes pelo senhor de Nègrepelisse. O senhor du Châtelet se opunha a que experimentassem as pistolas, mas o oficial que escolheram para árbitro disse que, a não ser que quisessem se comportar como

* Tulloye: *tue l'oie*, mata o ganso.

crianças, deveriam se servir das armas nas condições em que estavam. As testemunhas dispuseram os dois adversários a vinte e cinco passos um do outro. O senhor de Bargeton, que estava ali como quem passeasse, foi o primeiro a atirar, e acertou uma bala no pescoço do senhor de Chandour, que caiu sem conseguir revidar. O cirurgião do hospital declarou há pouco que o senhor de Chandour vai ficar com o pescoço torto para o resto de seus dias. Vim lhe contar o desfecho desse duelo para que você não vá à casa da senhora de Bargeton e não se mostre em Angoulême, pois alguns amigos do senhor de Chandour poderiam provocá-lo.

Nesse instante, Gentil, o mordomo do sr. de Bargeton, entrou, levado pelo aprendiz da tipografia, e entregou a Lucien uma carta de Louise:

> Com certeza você soube, meu amigo, do desfecho do duelo entre Chandour e meu marido. Hoje não receberemos ninguém; seja prudente, não se mostre, peço-lhe isso em nome do afeto que tem por mim. Não acha que o melhor emprego deste triste dia é vir escutar sua Beatriz, cuja vida mudou totalmente com esse acontecimento e tem mil coisas a lhe dizer?

— Felizmente — disse David — meu casamento está marcado para depois de amanhã; você terá uma desculpa para ir menos à casa da senhora de Bargeton.

— Querido David — respondeu Lucien —, ela me pede para ir vê-la hoje, creio que devo obedecer, ela saberá melhor que nós como devo me comportar nas circunstâncias atuais.

— Então, está tudo pronto aqui? — perguntou a sra. Chardon.

— Venha ver — exclamou David, feliz de mostrar a transformação que sofrera o apartamento do primeiro andar, onde tudo estava fresco e novo.

Ali se respirava a doce atmosfera que reina nos jovens lares onde as flores de laranjeira e o véu da noiva ainda coroam a vida interior, onde a primavera do amor se reflete nas coisas, onde tudo é branco, limpo e florido.

— Ève ficará como uma princesa — disse a mãe —; mas você gastou dinheiro demais, fez loucuras!

David sorriu sem nada responder, pois a sra. Chardon pusera o dedo numa ferida secreta que fazia o pobre amante sofrer cruelmente: suas previsões tinham sido ultrapassadas em tão larga escala com as obras que lhe era impossível construir em cima do alpendre. Sua sogra não poderia ter nem tão cedo o apartamento que ele queria lhe dar. Os espíritos generosos sentem as mais vivas dores por descumprirem promessas desse tipo, que são de certa forma as pequenas vaidades da ternura. David escondia zelosamente seu embaraço, a fim de poupar o coração de Lucien, que poderia se sentir arrasado com os sacrifícios feitos por ele.

— Ève e as amigas, de seu lado, trabalharam bem — dizia a sra. Chardon. — O enxoval, a roupa de casa, está tudo pronto. Essas senhoritas gostam tanto de Ève que, sem que ela soubesse de nada, cobriram os colchões com fustão branco e bordados com debruns cor-de-rosa. Está lindo! Dá vontade de casar.

Mãe e filha tinham empregado todas as suas economias em prover a casa de David com as coisas em que os jovens jamais pensam. Sabendo como ele fazia tudo com luxo, pois havia um serviço de porcelana encomendado em Limoges, tentaram harmonizar as coisas que traziam e as que David comprava. Essa pequena luta de amor e generosidade iria levar os noivos a se sentirem constrangidos desde o início do casamento, em meio a todos os indícios de um conforto burguês que, numa cidade atrasada como era então Angoulême, podia ser confundido com luxo.

Quando Lucien viu sua mãe e David passando para o quarto de dormir que tinha com forro azul e branco, e cuja linda mobília lhe era desconhecida, esquivou-se e foi para a casa da sra. de Bargeton. Encontrou Naïs almoçando com o marido, que, agora com apetite por conta do passeio matinal, comia sem a menor preocupação com o que havia acontecido. O velho fidalgo do campo, sr. de Nègrepelisse, essa imponente figura, resto da velha nobreza francesa, estava perto da filha. Quando Gentil anunciou o sr. de Rubempré, o velho de cabeça branca lhe atirou o olhar inquisitivo de um pai apressado em julgar o homem que sua filha distinguiu. A extrema beleza de Lucien o impressionou tão profundamente que não conseguiu conter um olhar de aprovação, mas parecia ver na ligação da filha uma paixoneta e não tanto uma paixão, um capricho e não tanto um interesse duradouro. O almoço terminava, Louise pôde se levantar, deixar o pai e o sr. de Bargeton, e fazer sinal a Lucien para segui-la.

— Meu amigo — disse num tom de voz triste e alegre ao mesmo tempo —, vou para Paris e meu pai levará Bargeton para L'Escarbas, onde ficará durante minha ausência. A senhora d'Espard, uma dama de Blamont-Chauvry, a quem somos ligados pelos D'Espard, o tronco mais velho da família dos Nègrepelisse, é atualmente muito influente, por si mesma e por seus parentes. Se ela se dignar a nos admitir, quero frequentá-la muito: poderá nos obter, com sua boa reputação, um lugar para Bargeton. Minhas solicitações poderão levar a corte a desejá-lo como deputado da Charente, o que ajudará a nomeação dele aqui. A deputação poderá, mais tarde, favorecer minhas diligências em Paris. Foi você, meu menino querido, que me inspirou essa mudança de vida. O duelo desta manhã me obriga a fechar minha casa por algum tempo, pois haverá quem tome partido pelos Chandour e contra nós. Na situação em que estamos, e numa cidade pequena, uma ausência é sempre necessária para deixar aos ódios o tempo de se aplacarem. Mas, ou triunfarei e não mais verei Angoulême, ou não triunfarei, e quero esperar em Paris o momento em que poderei passar todos os verões em L'Escarbas e os invernos em Paris. É a única vida possível para uma mulher que se preza, demorei demais em assumi-la. Bastará um dia para todos os nossos preparativos, partirei amanhã à noite e você me acompanhará, não é? Você irá na frente. Entre Mansle e Ruffec, vou pegá-lo em meu carro e logo estaremos em Paris. Lá, querido, é a vida das pessoas superiores. Só nos sentimos à vontade entre nossos pares, em qualquer outro lugar sofremos. Aliás, Paris, capital do mundo intelectual, é o teatro de seus sucessos! Transponha depressa o espaço que o separa de Paris! Não deixe suas ideias ficarem rançosas na província, comunique-se prontamente com os grandes homens que representarão o século XIX. Aproxime-se da corte e do poder. Nem as distinções nem as honrarias vêm encontrar o talento que se estiola numa cidade pequena. Aliás, cite-me as belas obras realizadas na província! Veja, ao contrário, o sublime e pobre Jean-Jacques invencivelmente atraído por esse sol moral, que cria as glórias quando aquece os espíritos com o roçar das rivalidades. Você não deve se apressar para tomar logo seu lugar na plêiade que se produz em cada época? Nem imagina como é útil para um jovem talento ser posto em foco pela alta sociedade! Pedirei à senhora d'Espard que o receba; ninguém entra facilmente em seu salão, onde você encontrará todas as grandes personalidades, ministros, embaixadores, oradores da Câmara, os pares mais influentes, gente rica ou famosa. Quando alguém é belo, jovem e com tanto gênio, só mesmo sendo muito inábil para não excitar o interesse deles. Os grandes talentos não são mesquinhos, hão de apoiá-lo. Quando souberem que você está bem situado, suas obras adquirirão imenso valor. Para os artistas, o grande problema a resolver é se pôr em evidência. Portanto, lá você encontrará mil ocasiões de fortuna, sinecuras, uma pensão do Tesouro. Os Bourbon gostam tanto de favorecer as letras e as artes! Por isso, seja a um só tempo poeta religioso e poeta monarquista. Não só isso será bom, mas você fará fortuna. Acaso é a Oposição, é o liberalismo que distribui os cargos, as recompensas, e que faz a fortuna dos escritores? Portanto, pegue a estrada certa e vá para onde vão todos os homens de gênio. Você conhece meu segredo, guarde-o no mais profundo silêncio, e disponha-se a me seguir. Não quer? — ela acrescentou, espantada com a atitude silenciosa de seu amante.

Lucien, perplexo com o rápido vislumbre que teve de Paris ao ouvir aquelas palavras sedutoras, pensou que até então só tinha explorado a metade de seu cérebro; pareceu-lhe que a outra metade se revelava, de tal forma suas ideias se ampliaram: viu-se, em Angoulême, como a rã sob um seixo no fundo de um pântano. Paris e seus esplendores, Paris, que surge em todas as imaginações de província como um Eldorado, apareceu-lhe com seu vestido de ouro, a cabeça cingida por pedrarias régias, os braços abertos aos talentos. As pessoas ilustres iam lhe dar o abraço fraterno. Ali tudo sorria ao gênio. Ali, nem fidalgotes ciumentos que lançam palavras ferinas para humilhar o escritor, nem a tola indiferença pela poesia. Lá brotavam as obras dos poetas, lá elas eram pagas e postas em evidência. Depois de terem lido as primeiras páginas de *O arqueiro de Carlos IX*, os livreiros abririam suas caixas e lhe diriam: "Quanto quer?". Aliás, compreendia que depois de uma viagem em que estariam casados pelas circunstâncias, a sra. de Bargeton seria inteiramente dele, e viveriam juntos. Diante das palavras: "Não quer?", respondeu com uma lágrima, pegou Louise pela cintura, apertou-a contra seu coração e jaspeou-lhe o pescoço com beijos violentos. Em seguida, parou de repente, como que tocado por uma lembrança, e exclamou:

— Meu Deus, minha irmã se casa depois de amanhã!

Esse grito foi o último suspiro da criança nobre e pura. Os laços tão fortes que ligam os jovens corações à família, ao primeiro amigo, a todos os sentimentos primitivos, iriam receber um terrível golpe de machado.

— Ora essa! — exclamou a altiva Nègrepelisse —, o que têm em comum o casamento de sua irmã e a marcha de nosso amor? Você faz tanta questão de ser o corifeu dessas núpcias de burgueses e operários a ponto de não poder me sacrificar suas nobres alegrias? Belo sacrifício! — disse com desprezo. — Mandei meu marido duelar esta manhã por sua causa! Ande, cavalheiro, deixe-me! Enganei-me.

Caiu desfalecida no sofá. Lucien a seguiu pedindo perdão, amaldiçoando sua família, David e sua irmã.

— Eu acreditava tanto em você! — ela disse. — O senhor de Cante-Croix idolatrava a mãe, mas, para conseguir uma carta em que eu lhe dizia "Estou contente!", morreu no meio do fogo. E você, quando se trata de viajar comigo, não sabe renunciar a um banquete de casamento!

Lucien quis se matar e seu desespero foi tão verdadeiro, tão profundo, que Louise perdoou, mas fazendo Lucien sentir que teria de expiar aquele erro.

— Vá, então — disse afinal —, seja discreto e esteja amanhã à meia-noite a uma centena de passos depois de Mansle.

Lucien sentiu a terra pequena sob seus pés, voltou para a casa de David acompanhado por suas esperanças, assim como Orestes o era por suas fúrias, pois entrevia mil dificuldades que se resumiam nesta frase terrível: "E o dinheiro?". A perspicácia de David o apavorava tanto que ele se trancou em seu lindo gabinete para se refazer do atordoamento que lhe causava sua nova situação. Portanto, precisava abandonar aquele apartamento feito com tantas despesas, inutilizar tantos sacrifícios! Lucien pensou que sua mãe poderia se instalar ali, assim David pouparia a custosa construção que projetara fazer no fundo do pátio. Sua partida deveria arranjar a família, e ele encontrou mil razões peremptórias para a fuga, pois nada é mais jesuítico que um desejo. Logo correu a L'Houmeau para ver a irmã, para lhe contar seu novo destino e chegar a um acordo com ela. Quando estava defronte da farmácia de Postel, pensou que se não houvesse outro jeito pediria emprestado ao sucessor de seu pai a quantia necessária para sua temporada de um ano.

"Se eu viver com Louise, um escudo por dia será para mim uma fortuna, e isso dá apenas mil francos para o ano inteiro", pensou. "Ora, em seis meses serei rico!"

Ève e sua mãe ouviram, contra a promessa de absoluto segredo, as confidências de Lucien. Ambas choraram ao escutarem o ambicioso; e quando ele quis saber a razão daquela tristeza, contaram-lhe que tudo o que possuíam fora absorvido pela roupa de cama e mesa, pelo enxoval de Ève, por uma profusão de compras em que David não tinha pensado, e que estavam felizes de tê-las feito pois o impressor reconhecia em Ève um dote de dez mil francos. Então Lucien lhes comunicou sua ideia do empréstimo e a sra. Chardon se encarregou de ir pedir a Postel mil francos por um ano.

— Mas, Lucien — disse Ève com um aperto no coração —, então não assistirá ao meu casamento? Oh, volte, esperarei uns dias! Ela o deixará voltar daqui a quinze dias, desde que a tenha acompanhado! Ela nos dará oito dias, a nós, que o educamos para ela! Nossa união não vai dar certo se você não estiver... Mas mil francos serão suficientes? — disse, interrompendo-se de repente. — Embora sua casaca lhe vá divinamente, você só tem uma! Tem apenas duas camisas finas, as outras seis são de tecido grosseiro. Só tem três gravatas de batista, as outras três são de cassa comum; e além do mais, seus lenços não são bonitos. Você encontrará em Paris uma irmã para lavar sua roupa no mesmo dia em que precisar usá-la? Vai precisar de mais. Só tem uma calça de nanquim feita este ano, as do ano passado estão justas, portanto terá de se vestir em Paris, e os preços de Paris não são os de Angoulême. Só tem dois coletes brancos usáveis, já cerzi os outros. Aconselho-o a levar dois mil francos, sabe.

Nesse momento, entrou David, que parecia ter ouvido essas últimas palavras, pois examinou o irmão e a irmã, mantendo-se calado.

— Não me escondam nada — disse.

— Pois é! — exclamou Ève. — Ele vai partir com ela.

— Postel — disse a sra. Chardon voltando, sem ver David — aceita emprestar os mil francos, mas por seis meses apenas, e quer uma letra de câmbio sua abonada por seu cunhado, pois diz que você não oferece nenhuma garantia.

A mãe se virou, viu o genro, e aquelas quatro pessoas guardaram um profundo silêncio. A família Chardon sentiu a que ponto tinha abusado de David. Todos estavam envergonhados. Uma lágrima rolou nos olhos do impressor.

— Então você não estará no meu casamento? — perguntou. — Então não ficará conosco? E eu, que dissipei tudo o que tinha! Ah, Lucien, eu, que estou trazendo para

Ève suas pobres joias de noiva, não sabia — disse, enxugando os olhos e tirando estojos do bolso — que iria me arrepender de tê-las comprado.

Depositou sobre a mesa, diante da sogra, várias caixas forradas de marroquim.

— Por que pensa tanto em mim? — perguntou Ève com um sorriso de anjo que corrigia suas palavras.

— Querida mamãe — disse o impressor —, vá dizer ao senhor Postel que consinto em dar minha assinatura, pois vejo em seu rosto, Lucien, que está bem decidido a partir.

Lucien inclinou mole e tristemente a cabeça, acrescentando um instante depois:

— Não me julguem mal, meus anjos amados.

Pegou Ève e David, beijou-os, puxou-os contra si, abraçou-os dizendo:

— Esperem os resultados e saberão como os amo. David, de que serviriam nossos elevados pensamentos se não nos permitissem abstrair as pequenas cerimônias em que as leis enviesam os sentimentos? Apesar da distância, minha alma não estará aqui? O pensamento não nos unirá? Não tenho um destino a cumprir? Os livreiros virão aqui buscar meu *Arqueiro de Carlos IX*, e *As margaridas*? Mais cedo ou mais tarde não terei de fazer o que faço hoje? Posso algum dia encontrar circunstâncias mais favoráveis? Não será toda a minha fortuna entrar, à guisa de estreia em Paris, no salão da marquesa d'Espard?

— Ele tem razão — disse Ève. — Você mesmo não me dizia que ele devia ir logo para Paris?

David pegou Ève pela mão, levou-a para aquele estreito gabinete onde ela dormia fazia sete anos, e lhe disse ao ouvido:

— Você disse, meu amor, que ele precisa de dois mil francos? Postel só empresta mil.

Ève olhou para o noivo com um olhar de pavor, que expressava todos os seus sofrimentos.

— Escute, minha Ève adorada, vamos começar mal a vida. Sim, minhas despesas absorveram tudo o que eu possuía. Só me restam dois mil francos, e a metade é indispensável para fazer a tipografia funcionar. Dar mil francos a seu irmão é dar nosso pão, comprometer nossa tranquilidade. Se eu estivesse sozinho, sei o que faria; mas somos dois. Decida.

Ève, desvairada, jogou-se nos braços de seu apaixonado, beijou-o ternamente e lhe disse ao ouvido, em prantos:

— Faça como se estivesse sozinho, trabalharei para ganhar de novo essa quantia!

Apesar do mais ardente beijo que os noivos jamais trocaram, David deixou Ève abatida e voltou para perto de Lucien.

— Não se entristeça — disse-lhe —, você terá seus dois mil francos.

— Vá ver Postel — disse a sra. Chardon —, pois vocês dois devem assinar o documento.

Quando os dois amigos subiram, flagraram Ève e a mãe ajoelhadas, rezando a Deus. Se sabiam quantas esperanças o regresso de Lucien deveria materializar, sentiam naquele momento tudo o que perdiam nesse adeus; pois achavam que o preço da felicidade futura seria alto demais: uma ausência que haveria de destruir suas vidas e jogá-las nos mil temores sobre o destino de Lucien.

— Se algum dia você se esquecer desta cena — disse David ao ouvido de Lucien —, será o último dos homens.

Com certeza o impressor julgou necessário dizer essas palavras graves, pois a influência da sra. de Bargeton o assustava tanto quanto o funesto caráter volúvel de Lucien que poderia igualmente jogá-lo num caminho certo ou num caminho errado. Logo Ève fez os pacotes de Lucien. Aquele Hernán Cortez literário levava pouca coisa. Vestiu sua melhor sobrecasaca, seu melhor colete e uma de suas duas camisas finas. Toda a sua roupa, a famosa casaca, os pertences e manuscritos formaram um embrulho tão mirrado que, para escondê-lo dos olhares da sra. de Bargeton, David propôs enviar pela diligência a seu correspondente, um negociante de papel a quem escreveria pedindo que o mantivesse à disposição de Lucien.

Apesar das precauções tomadas pela sra. de Bargeton para esconder sua partida, o sr. du Châtelet ficou inteirado e quis saber se ela faria a viagem só ou acompanhada por Lucien; enviou seu criado a Ruffec, com a missão de examinar todos os carros que se revezassem na posta.

"Se ela levar seu poeta", pensou, "será minha."

Lucien partiu no dia seguinte cedinho, acompanhado por David, que conseguira um cabriolé e um cavalo, anunciando que iria tratar de negócios com o pai, pequena mentira que nas circunstâncias atuais era provável. Os dois amigos foram a Marsac, onde passaram parte do dia com o velho Urso; depois, à noite foram mais para lá de Mansle esperar pela sra. de Bargeton, que chegou de manhãzinha. Ao avistar a velha caleça sexagenária que ele vira tantas vezes na cocheira, Lucien se jogou nos braços de David, que lhe disse:

— Queira Deus que seja para seu bem!

O impressor subiu de novo em seu cabriolé velho e desapareceu, com o coração apertado: tinha horríveis pressentimentos sobre os destinos de Lucien em Paris.

PARTE 2

Um grande homem de província em Paris

5*

AS PRIMÍCIAS DE PARIS

Nem Lucien, nem a sra. de Bargeton, nem Gentil, nem Albertine, a camareira, jamais falaram sobre os acontecimentos dessa viagem; mas é de crer que a presença contínua desses criados a tenha tornado muito maçante para um apaixonado que esperava por todos os prazeres de um rapto. Lucien, que pela primeira vez na vida viajava de diligência, ficou muito espantado ao ver se dissipar na estrada de Angoulême a Paris quase toda a verba que ele destinava à sua vida durante um ano. Como os homens que unem as graças da infância à força do talento, ele cometeu o erro de expressar seus espantos ingênuos diante das coisas novas para ele. Um homem deve estudar bem uma mulher antes de deixá-la entrever como se produzem suas emoções e seus pensamentos. Uma amante tão meiga quanto generosa sorri das criancices e as compreende; mas, basta que tenha um pouco de vaidade, não perdoa ao amante ter tido um comportamento de criança, vão ou trivial. Muitas mulheres exageram tanto seu culto ao amor que querem sempre encontrar um deus em seu ídolo; ao passo que aquelas que amam um homem por si mesmo antes de amá-lo por elas adoram tanto suas medio-

* Aqui terminava, no final do capítulo 5, o romance *Ilusões perdidas* publicado em 1837. Em 1843 Balzac dá novo formato às três partes do romance, publicando a edição definitiva de *Ilusões perdidas*. Conservou-se a numeração original, daí o próximo capítulo ser o 1.

cridades como suas grandezas. Lucien ainda não tinha percebido que para a sra. de Bargeton o amor estava enxertado no orgulho. Cometeu o erro de não explicar a si mesmo certos sorrisos que escaparam a Louise nessa viagem, quando, em vez de contê-los, ele se deixava levar por suas gentilezas como um ratinho recém-saído da toca.

Os viajantes chegaram antes do amanhecer ao hotel du Gaillard-Bois, na rua de l'Échelle. Os dois amantes estavam tão cansados que, antes de tudo, Louise quis se deitar e se deitou, não sem ter mandado Lucien pegar um quarto acima de seu apartamento. Lucien dormiu até as quatro da tarde. A sra. de Bargeton mandou acordá-lo para jantar, ele se vestiu às pressas ao saber a hora e encontrou Louise num desses quartos ignóbeis que são a vergonha de Paris, onde, apesar de tantas pretensões à elegância, ainda não existe um só hotel em que qualquer viajante rico possa se sentir como em casa. Embora ainda tivesse nos olhos essas nuvens deixadas por um despertar abrupto, Lucien não reconheceu sua Louise naquele quarto frio, sem sol, de cortinas velhas, cujo assoalho estragado parecia miserável, cuja mobília era gasta, de mau gosto, velha ou de segunda mão. De fato, há certas pessoas que já não têm o mesmo aspecto nem o mesmo valor quando ficam separadas das figuras, das coisas, dos lugares que lhes servem de moldura. As fisionomias vivas têm uma espécie de atmosfera que lhes é própria, assim como o claro-escuro dos quadros flamengos é necessário à vida dos rostos ali inseridos pelo gênio dos pintores. As pessoas da província são quase todas assim. Depois, a sra. de Bargeton apareceu mais digna, mais pensativa do que devia ser num momento em que se iniciava uma felicidade sem obstáculos. Lucien não podia se queixar: Gentil e Albertine os serviam. O jantar não tinha mais esse toque de abundância e de bondade essencial que distingue a vida na província. Os pratos, racionados pela especulação, vinham de um restaurante vizinho, eram parcamente servidos, cheiravam a porções diminutas. Paris não é bonita nessas pequenas coisas a que são condenadas as pessoas de fortuna medíocre. Lucien esperou o fim do jantar para interrogar Louise, cuja mudança lhe parecia inexplicável. Não se enganava. Um fato grave, pois as reflexões são os fatos da vida moral, ocorrera durante seu sono.

Por volta das duas da tarde, Sixte du Châtelet se apresentara no hotel, mandara acordar Albertine, manifestara o desejo de falar com sua patroa, e voltara mais tarde, depois de mal e mal dar tempo à sra. de Bargeton para se arrumar. Anaïs, cuja curiosidade foi excitada por essa aparição singular do sr. du Châtelet, ela que se imaginava tão bem escondida, o recebeu lá pelas três da tarde.

— Segui-a, arriscando-me a levar uma reprimenda da Administração — ele disse ao cumprimentá-la —, pois previa o que está acontecendo. Mas, ainda que perdesse meu emprego, pelo menos você não se perderá!

— O que quer dizer? — exclamou a sra. de Bargeton.

— Bem vejo que ama Lucien — ele recomeçou com ar ternamente resignado —, pois só mesmo amando um homem para não refletir em nada, para esquecer todas as conveniências, você, que tão bem as conhece! Então acredita, querida Naïs adorada, que será recebida pela senhora d'Espard ou em qualquer salão parisiense, quando souberem que fugiu de Angoulême com um rapaz, e sobretudo depois do duelo do senhor de Bargeton e do senhor Chandour? A permanência de seu marido em L'Escarbas tem jeito de uma separação. Num caso desses, as pessoas de bem começam por se duelar por causa de suas mulheres e depois as deixam livres. Ame o senhor de Rubempré, proteja-o, faça dele tudo o que quiser, mas não fiquem juntos! Se alguém aqui soubesse que fizeram a viagem no mesmo carro, seriam postos no índex pela sociedade que querem frequentar. De resto, Naïs, não faça mais sacrifícios por um rapaz que você ainda não comparou com ninguém, que não foi submetido a nenhuma prova e que pode esquecê-la por uma parisiense, imaginando que ela é mais necessária que você para as ambições dele. Não quero prejudicar quem você ama, mas me permita pôr seus interesses na frente dos dele e lhe dizer: "Estude-o! Avalie bem toda a importância de sua decisão". Se encontrar as portas fechadas, se as mulheres se recusarem a recebê-la, ao menos não tenha nenhum arrependimento por tantos sacrifícios, pensando que aquele por quem os faz sempre será digno deles e os compreenderá. A senhora d'Espard é mais recatada e severa na medida em que ela mesma é separada do marido, sem que a sociedade tenha conseguido desvendar o motivo dessa desunião; mas os Navarreins, os Blamont-Chauvry, os Lenoncourt, todos os parentes a cercaram, as mulheres mais preconceituosas vão à casa dela e a recebem com respeito, de sorte que o marquês d'Espard é que está errado. Desde a primeira visita que você lhe fizer, reconhecerá a exatidão de minhas opiniões. Eu, que conheço Paris, sem a menor dúvida posso lhe prever o seguinte: ao entrar na casa da marquesa você ficaria desesperada se ela soubesse que está no hotel du Gaillard-Bois com o filho de um boticário, por mais *monsieur de Rubempré* que ele queira ser. Aqui terá rivais bem mais astuciosas e espertas que Amélie, não deixarão de saber quem você é, onde está, de onde vem e o que faz. Você contou com o anonimato, estou vendo, mas é dessas pessoas para quem o anonimato não existe. Acaso não encontrará Angoulême por toda parte? São os deputados da Charente que vêm para a abertura das Câmaras; é o general que está em Paris de licença; e bastará que um só habitante de Angoulême a aviste para que sua vida seja tolhida de estranha maneira: você seria apenas a amante de Lucien. Se precisar de mim para o que for, estou na casa do Recebedor Geral, na rua du Faubourg Saint-Honoré, a dois passos da casa da senhora d'Espard. Conheço bastante a esposa do marechal de Carigliano, a senhora de Sérizy e o Presidente do Conselho para apresentá-los a você, que verá tanta gente na casa da senhora d'Espard que não precisará de mim. Longe de desejar ir a este ou àquele salão, você será desejada em todos os salões.

Du Châtelet conseguiu falar sem que a sra. de Bargeton o interrompesse: ela estava impressionada com a exatidão das observações. De fato, a rainha de Angoulême contara com o anonimato.

— Tem razão, caro amigo, mas como fazer? — perguntou.

— Deixe-me — respondeu Châtelet — lhe procurar um apartamento todo mobiliado, adequado; assim levará uma vida mais barata que a vida dos hotéis e se sentirá em casa, e, se acreditar em mim, dormirá num desses esta noite.

— Mas como soube meu endereço? — perguntou.

— Era fácil reconhecer seu carro e, aliás, a segui. Em Sèvres, o postilhão que a levou deu seu endereço ao meu. Permita-me ser seu quartel-mestre? Breve lhe escreverei para dizer onde a instalarei.

— Muito bem, faça-o — ela disse.

Essas palavras nada pareciam e eram tudo. O barão du Châtelet falara na língua do mundo com uma mulher do mundo. Mostrara-se em toda a elegância de um traje parisiense; um lindo cabriolé bem atrelado o levara. Por acaso, a sra. de Bargeton se pôs à janela para refletir sobre sua situação e viu o velho dândi ir embora. Instantes depois, Lucien, abruptamente desperto, abruptamente vestido, apareceu diante de seus olhos, dentro da calça de nanquim do ano passado, e com seu feio redingotezinho. Era bonito, mas estava ridiculamente vestido. Vistam o Apolo de Belvedere ou o Antínoo como aguadeiro: neles reconhecerão a divina criação do cinzel grego ou romano? Os olhos costumam fazer comparações antes que o coração retifique esse rápido julgamento mecânico. O contraste entre Lucien e Châtelet foi brusco demais para não impressionar os olhos de Louise. Quando, por volta das seis horas, terminou o jantar, a sra. de Bargeton fez um sinal a Lucien para ir para perto dela, num feio sofá de percalina vermelha com flores amarelas, onde ela se sentara.

— Meu Lucien — disse —, não acha que, se cometemos uma loucura que mata igualmente a nós dois, é razoável que a reparemos? Não devemos, criança querida, ficar juntos em Paris nem deixar que suspeitem que viemos juntos para cá. Seu futuro depende muito de minha posição e não devo estragá-la de maneira nenhuma. Portanto, já esta noite vou me instalar a poucos passos daqui; mas você ficará neste hotel e poderemos nos ver todos os dias sem que ninguém encontre nada para dizer.

Louise explicou as leis da sociedade a Lucien, que arregalou os olhos. Sem saber que as mulheres que voltam atrás em suas loucuras voltam atrás em seu amor, compreendeu que não era mais o Lucien de Angoulême. Louise só lhe falava de si mesma, de seus interesses, de sua reputação, da sociedade; e para desculpar seu egoísmo tentava fazê-lo crer que se tratava dele. Lucien não tinha nenhum direito sobre Louise, que tão prontamente voltara a ser a sra. de Bargeton; e, coisa mais grave, não tinha nenhum poder! Assim, não conseguiu conter as grandes lágrimas que rolaram de seus olhos.

— Se eu sou sua glória, você é ainda mais para mim, você é minha única esperança e todo o meu futuro. Compreendi que, se você desposasse meus triunfos, deveria desposar meu infortúnio, e eis que já nos separamos.

— Você está julgando meu comportamento — ela disse —, e já não me ama.

Lucien olhou para ela com uma expressão tão dolorosa que ela não se conteve e lhe disse:

— Meu pequeno querido, ficarei se você quiser, nós nos perderemos e perderemos apoios. Mas, quando formos igualmente miseráveis e ambos rejeitados, quando o fracasso, pois é preciso tudo prever, nos tiver jogado em L'Escarbas, lembre-se, meu amor, de que terei previsto este fim e lhe terei proposto, primeiro, triunfar segundo as leis da sociedade, obedecendo a elas.

— Louise — ele respondeu, beijando-a —, estou assustado ao vê-la tão comportada. Pense que sou uma criança, que me entreguei inteiramente à sua querida vontade. Eu queria triunfar contra os homens e as coisas com toda a minha força, mas, se posso chegar mais depressa com sua ajuda que sozinho, serei muito feliz de lhe dever todas as minhas fortunas. Perdoe-me! Apostei demais em você para não temer tudo agora. Para mim, uma separação é o prenúncio do abandono; e o abandono é a morte.

— Mas, criança querida, a sociedade lhe pede pouco —

ela respondeu. — Trata-se somente de dormir aqui, e você ficará o dia todo em minha casa sem que encontrem nada a dizer.

Algumas carícias acalmaram de vez Lucien. Uma hora depois, Gentil trouxe um recado de Châtelet, informando à sra. de Bargeton que encontrara um apartamento na rua Neuve--du-Luxembourg.* Explicaram-lhe onde ficava essa rua, que não era muito longe da rua de l'Échelle, e ela disse a Lucien:

— Somos vizinhos.

Duas horas depois, Louise subiu numa carruagem que Du Châtelet lhe enviava e foi para a nova casa. O apartamento, um desses que os tapeceiros enchem de móveis e alugam a ricos deputados ou a personalidades vindas a Paris por pouco tempo, era suntuoso mas desconfortável. Lucien voltou lá pelas onze horas para seu hotelzinho du Gaillard--Bois, não tendo visto ainda de Paris mais que o trecho da rua Saint-Honoré que fica entre a rua Neuve-du-Luxembourg e a rua de l'Echelle. Deitou-se em seu miserável quartinho, que não pôde deixar de comparar ao magnífico apartamento de Louise. Na hora em que saíra da casa da sra. de Bargeton, o barão Châtelet estava chegando, no esplendor de um traje de gala, vindo da casa do ministro das Relações Exteriores. Ia prestar contas de todas as providências que tomara para a sra. de Bargeton. Louise estava inquieta, aquele luxo a assustava. Os costumes da província tinham acabado por agir sobre ela, que se tornara meticulosa em suas contas; era tão ordenada que, em Paris, passaria por avarenta. Trouxera cerca de vinte mil francos na forma de um vale da Recebedoria Geral, destinando essa quantia a cobrir o excedente de suas despesas durante quatro anos; já temia não ter o suficiente e contrair dívidas. Châtelet lhe informou que seu apartamento só lhe custaria seiscentos francos por mês.

— Uma miséria — disse, vendo o susto que Naïs levou. — Você terá às suas ordens um carro por cinquenta francos por mês, o que perfaz um total de cinquenta luíses. Bastará

* Atual rua Cambon.

apenas pensar em suas toaletes. Uma mulher que frequenta a alta sociedade não pode se arranjar de outra forma. Se quer fazer do senhor de Bargeton um Recebedor Geral ou lhe obter um posto na Casa do Rei, não deve ter uma aparência miserável. Aqui só se dá aos ricos. É uma grande felicidade — disse — que tenha Gentil para acompanhá-la, e Albertine para vesti-la, pois os domésticos em Paris são uma desgraça. Lançando-se na sociedade como pretende, raramente comerá em casa.

A sra. de Bargeton e o barão conversaram sobre Paris. Du Châtelet contou as novidades do dia, as mil trivialidades que uma pessoa deve saber sob pena de não ser de Paris. Logo deu a Naïs conselhos sobre as lojas em que deveria se abastecer: indicou-lhe Herbault para os gorros, Juliette para os chapéus e bonés; deu-lhe o endereço da modista que podia substituir Victorine, em suma, a fez sentir a necessidade de se *desangoulêmar*. Depois, foi embora, com a última tirada espirituosa que teve a felicidade de encontrar.

— Amanhã — disse, displicente — terei com certeza um camarote para algum espetáculo, virei pegá-la, a você e ao senhor de Rubempré, pois me permita que eu faça a vocês dois as honras de Paris.

"Ele tem mais generosidade de caráter do que eu pensava", meditou a sra. de Bargeton ao vê-lo convidar Lucien.

No mês de junho, os ministros não sabem o que fazer com seus camarotes nos teatros: os deputados ministeriais e seus grandes eleitores estão fazendo suas vindimas ou cuidando de suas colheitas, e seus conhecidos mais exigentes estão no campo ou de viagem; assim, nessa época os mais belos camarotes dos teatros de Paris recebem hóspedes heterogêneos que os frequentadores assíduos não tornam a ver e que dão ao público o ar de uma tapeçaria gasta. Du Châtelet já tinha pensado que, graças a essa circunstância, poderia, sem gastar muito dinheiro, proporcionar a Naïs os divertimentos que os provincianos mais apreciavam. No dia seguinte, na primeira vez em que foi vê-la, Lucien não encontrou Louise. A sra. de Bargeton tinha saído para umas comprinhas indispensáveis.

Fora se aconselhar com as graves e ilustres autoridades em matéria de toalete feminina que Châtelet lhe citara, pois ela escrevera sobre sua chegada à marquesa d'Espard. Embora a sra. de Bargeton tivesse essa autoconfiança resultante de um longo costume de dominar, temia singularmente parecer provinciana. Tinha tato suficiente para saber como as relações entre mulheres dependem das primeiras impressões; e se bem que soubesse ter força para se situar prontamente no nível das mulheres superiores como a sra. d'Espard, sentia precisar de indulgência no início, e queria sobretudo não dispensar nenhum elemento para o sucesso. Assim, ficou infinitamente grata a Châtelet por ter lhe indicado os meios de se pôr em uníssono com a alta roda parisiense. Por um acaso singular a marquesa estava numa situação em que adoraria prestar serviço a uma pessoa da família do marido. Sem causa aparente, o marquês d'Espard se retirara do mundo; não cuidava mais de seus negócios nem dos negócios políticos, nem de sua família nem de sua mulher. Transformada assim em dona de si mesma, a marquesa sentia a necessidade de ser aprovada pela sociedade; portanto, estava feliz de substituir o marquês nessa circunstância, tornando-se a protetora de sua família. Tencionava dar ostentação a essa proteção, a fim de evidenciar mais ainda os erros do marido. No mesmo dia escreveu à *Madame de Bargeton, née Nègrepelisse*, um desses bilhetes deliciosos em que a forma é tão bonita que levamos muito tempo até reconhecer a ausência de fundo.

Escreveu que "estava feliz com uma circunstância que aproximava da família uma pessoa de quem ouvira falar e que desejava conhecer, pois as amizades de Paris não eram tão sólidas a ponto de não desejar ter mais alguém de quem gostar nesta terra; e, se isso não devesse acontecer, seria apenas uma ilusão a sepultar, junto com as outras". Punha-se inteiramente à disposição de sua prima, que teria ido ver, não fosse uma indisposição que a prendia em casa; mas já se considerava grata por ter a prima pensado nela.

Durante seu primeiro passeio perambulando pelos bulevares e pela rua de la Paix, Lucien, como todos os recém-

-chegados, se interessou muito mais pelas coisas que pelas pessoas. Em Paris, os padrões urbanos é que primeiro conquistam a atenção: o luxo das lojas, a altura das casas, a afluência dos carros, as constantes oposições que apresentam um luxo extremo e uma miséria extrema impressionam antes de qualquer outra coisa. Surpreso com a multidão à qual era alheio, aquele homem imaginativo sentiu-se imensamente diminuído. Quem na província goza de uma consideração qualquer e encontra a cada passo uma prova de sua importância não se acostuma com a perda total e súbita do próprio valor. Ser alguém em sua terra e não ser ninguém em Paris são dois estados que demandam transições; e os que passam muito abruptamente de um a outro caem numa espécie de aniquilamento.

Para um jovem poeta que encontrava eco para todos os seus sentimentos, um confidente para todas as ideias, uma alma para dividir suas menores sensações, Paris seria um tenebroso deserto. Lucien não fora buscar sua bela casaca azul, de modo que ficou constrangido com a mediocridade, para não dizer o estado lastimável de sua roupa ao ir à casa da sra. de Bargeton na hora em que ela deveria ter voltado; lá encontrou o barão du Châtelet, que levou os dois para jantar no Rocher de Cancale. Lucien, atordoado com a rapidez do redemoinho parisiense, não podia dizer nada a Louise, pois estavam os três na carruagem; mas apertou sua mão e ela respondeu amicalmente a todos os pensamentos que assim ele expressava. Depois do jantar, Châtelet conduziu os dois convivas ao Vaudeville. Lucien sentia um secreto descontentamento com a presença de du Châtelet, amaldiçoava o acaso que o levara a Paris. O diretor dos impostos atribuiu o motivo de sua viagem à sua própria ambição: esperava ser nomeado Secretário-geral de uma repartição pública e entrar para o Conselho de Estado como Referendário; vinha cobrar as promessas que lhe tinham sido feitas, pois um homem como ele não podia permanecer como mero Diretor dos Impostos; preferia não ser nada, tornar-se deputado, voltar à diplomacia. Ele se engrandecia, e Lucien vagamente reconheceu naquele velho frajola a superioridade do mundano enfronhado na vida parisiense; estava, sobretudo, envergonhado de lhe dever seus prazeres. Se o poeta estava inquieto e constrangido, o antigo secretário de uma Alteza Imperial se sentia como peixe na água. Du Châtelet sorria das hesitações, dos espantos, das perguntas, dos pequenos erros que a falta de traquejo arrancava de seu rival, assim como os velhos lobos do mar zombam dos noviços que não têm pé de marinheiro. O prazer que Lucien sentia ao ver pela primeira vez o espetáculo de Paris compensou o desprazer que lhe causavam suas gafes. Aquela noite foi notável pelo secreto repúdio a uma profusão de ideias que ele alimentava sobre a vida na província. O círculo se alargava, a sociedade assumia outras proporções. A vizinhança com várias parisienses lindas e tão elegantemente, tão faceiramente vestidas, o levou a observar como era antiquada a toalete da sra. de Bargeton, conquanto bem ambiciosa: nem os tecidos, nem os feitios, nem as cores estavam na moda. O penteado que em Angoulême tanto o seduzia lhe pareceu de um gosto horroroso comparado com as delicadas invenções com que se apresentava cada mulher. "Será que ela vai continuar assim?", pensava, sem saber que o dia fora dedicado a preparar uma transformação. Na província não há opção nem comparação a fazer: o hábito de ver as outras fisionomias lhes dá uma beleza convencional. Transportada para Paris, uma mulher que na província passa por bonita não consegue atrair a menor atenção, pois só é bela pela aplicação do provérbio: *Em terra de cego quem tem um olho é rei*. Os olhos de Lucien faziam a comparação que a sra. de Bargeton fizera na véspera entre ele e Châtelet. De seu lado, a sra. de Bargeton se permitia estranhas reflexões sobre seu amante. Apesar de sua rara beleza, o pobre poeta não tinha distinção. Sua sobrecasaca, cujas mangas eram muito curtas, suas feias luvas de província, seu colete justo, o tornavam prodigiosamente ridículo ao lado dos jovens que estavam no balcão: a sra. de Bargeton achava seu jeito lastimável. Châtelet, despretensiosamente entretido com ela, vigiando-a com um cuidado que traía uma paixão profunda; Châtelet, elegante e à vontade como um ator que reencontra o palco de seu teatro, ganhara de novo em dois dias todo o terreno que perdera em seis meses. Se bem que o vulgo não admita que os sentimentos mudem abruptamente, é certo que dois amantes costumam se separar mais depressa do que se uniram. Preparava-se na sra. de Bargeton e em Lucien um desencanto com eles mesmos cuja causa era Paris. Aos olhos do poeta, a vida ali se ampliava, assim como aos olhos de Louise a sociedade assumia um novo semblante. Para um e outro, não era preciso mais que um acidente para cortar os laços que os uniam. Essa machadada, terrível para Lucien, não demorou a chegar. A sra. de Bargeton deixou o poeta em seu hotel e voltou para casa acompanhada de Du Châtelet, o que desagradou terrivelmente ao pobre apaixonado. "O que vão dizer de mim?", pensava ao subir para seu triste quarto.

— Esse pobre rapaz é singularmente maçante — disse Du Châtelet, sorrindo quando a portinhola se fechou.

— É assim com todos os que têm um mundo de pensamentos no coração e no cérebro. Os homens que têm tantas coisas a expressar em belas obras por muito tempo sonhadas professam certo desprezo pela conversa, esse comércio em que a inteligência fica diminuta para que possa haver uma troca — disse a orgulhosa Nègrepelisse, que ainda teve a coragem de defender Lucien, menos por Lucien que por ela mesma.

— De bom grado concordo com isso, mas vivemos com as pessoas e não com os livros — disse o barão. — Sabe, querida Naïs, estou vendo que ainda não existe nada entre vocês, o que me deixa radiante. Se resolver ter em sua vida um interesse que até agora lhe faltou, suplico que não seja por esse pretenso gênio. E se você se enganasse? E se daqui a uns dias, comparando-o com os verdadeiros talentos, com os homens verdadeiramente notáveis que conhecerá, se admitisse, minha querida e bela sereia, ter carregado em suas costas deslumbrantes e conduzido ao porto não um poeta com sua lira, mas um macaquinho sem modos, sem relevância, bobo e presunçoso, que pode ser inteligente em L'Houmeau mas em Paris se torna um rapaz extremamente banal? Afinal de contas, aqui se publicam por semana coletâneas de poemas das quais a menor ainda vale mais que toda a poesia do senhor Chardon. Por favor, espere e compare! Amanhã, sexta-feira, tem ópera — disse quando viu o carro entrando na rua Neuve-du-Luxembourg —, a senhora d'Espard dispõe do camarote dos Primeiros Gentis-homens da Câmara e com certeza a convidará. Para vê-la em sua glória, irei para o camarote da senhora de Sérizy. Vão representar *As danaides*.

— Adeus — ela disse.

No dia seguinte, a sra. de Bargeton tentou arrumar um traje matinal adequado para ir ver a prima, a sra. d'Espard. Fazia um pouco de frio, ela não achou nada melhor em suas velharias de Angoulême do que um certo vestido de veludo verde, com enfeites um tanto extravagantes. De seu lado, Lucien sentiu necessidade de ir buscar sua famosa casaca azul, pois tomara horror de sua sobrecasaca apertada e queria se mostrar sempre bem-vestido, imaginando que poderia encontrar a marquesa d'Espard ou ir à casa dela de improviso. Subiu num fiacre a fim de trazer imediatamente o pacote. Em duas horas, gastou três ou quatro francos, o que lhe deu muito o que pensar sobre as dimensões financeiras da vida parisiense. Depois de se vestir com a máxima elegância possível, foi à rua Neuve-du-Luxembourg onde, na soleira da porta, encontrou Gentil em companhia de um moço de recados magnificamente emplumado.

— Eu ia à sua casa; a senhora me mandou lhe entregar este bilhetinho — disse Gentil, que não conhecia as respeitosas fórmulas parisienses, habituado que estava com o estilo direto dos costumes provincianos.

O moço de recados pensou que o poeta era um doméstico. Lucien quebrou o lacre do bilhete e ficou sabendo que a sra. de Bargeton passaria o dia na casa da marquesa d'Espard e à noite iria à Ópera, mas pedia a Lucien para estar lá pois sua prima lhe permitia oferecer um lugar em seu camarote ao jovem poeta. A marquesa estava encantada de lhe proporcionar esse prazer.

"Então ela me ama! Meus temores são absurdos!", pensou Lucien, "ela vai me apresentar à prima já esta noite."

Pulou de satisfação e quis passar alegremente o tempo que o separava daquela noite feliz. Lançou-se na direção das Tuileries sonhando em passear por ali até a hora de ir jantar no Véry. Eis que Lucien brincando, saltitando, leve de felicidade, foi dar no terraço dos Feuillants e o percorreu examinando os passantes, as lindas mulheres com seus admiradores, os elegantes, dois a dois, de braços dados, cumprimentando-se uns aos outros, de passagem, com uma olhadela. Que diferença entre aquele terraço e Beaulieu! Os pássaros daquele magnífico poleiro eram muito mais bonitos que os de Angoulême! Era todo o luxo de cores que brilham nas famílias ornitológicas das Índias ou da América, comparado com as cores cinzentas dos pássaros da Europa. Lucien passou duas horas cruéis nas Tuileries: voltou-se violentamente para si mesmo e se julgou. Primeiro, não viu uma só casaca entre aqueles jovens elegantes. Se avistava um homem de casaca, era um velho fora de moda, algum pobre-diabo, um rentista que viera do Marais ou um escriturário. Depois de reconhecer que havia um traje para as manhãs e um traje para a noite, o poeta das emoções vivas, do olhar penetrante, admitiu a feiura de seus andrajos, os defeitos que tornavam ridícula sua casaca cujo corte passara de moda, cujo azul era desbotado, cuja gola era ultrajantemente sem graça, cujas abas da frente, usadas por muito tempo, pendiam uma para a outra; os botões estavam avermelhados, as dobras desenhavam linhas brancas fatais. Além disso, seu colete era curto demais e o feitio era tão grotescamente provinciano que, para escondê-lo, abotoou de repente toda a casaca. Finalmente, só via calças de nanquim nas pessoas do povo. As pessoas de bem usavam deliciosos tecidos de fantasia ou o branco, sempre impecável! Aliás, todas as calças tinham presilhas, e a dele combinava muito mal com os saltos das botas, pelos quais as barras do tecido amarrotado manifestavam violenta antipatia. Usava uma gravata branca de pontas bordadas por sua irmã que, depois de ter visto umas parecidas no sr. du Hautoy e no sr. de Chandour, tratara de fazer algo semelhante para o irmão. Não só ninguém usava gravata branca de manhã, com exceção das pessoas circunspectas, alguns velhos financistas e certos administradores severos, mas ainda o pobre Lucien viu passar do outro lado das grades, na calçada da rua de Rivoli, um caixeiro de armazém carregando uma cesta na cabeça, e em quem o homem de Angoulême flagrou duas pontas de gravata bordadas pela mão de alguma costureirinha adorada. Ao ver isso, Lucien recebeu um golpe no peito, nesse órgão ainda mal definido em que se refugia nossa sensibilidade, e ao qual, desde que existem sentimentos, os homens levam a mão, tanto nas alegrias como nas dores extremas. Não tachem este relato de infantilidade! Sem dúvida, para os ricos que jamais conheceram sofrimentos dessa espécie, aqui existe algo de mesquinho e de inacreditável, mas as angústias dos infelizes merecem tanta atenção como as crises que revolucionam a vida dos poderosos e privilegiados da Terra. Além disso, não se encontra tanta dor de um lado como de outro? O sofrimento tudo amplia. Por fim, troquem os termos: em vez de uma roupa mais ou menos bonita, ponham uma medalha, uma distinção, um título! Essas aparentes pequenas coisas não atormentaram brilhantes existências? A questão da indumentária é, aliás, de enorme importância para os que querem parecer ter aquilo que não têm, pois esta costuma ser a melhor maneira de possuí-lo, mais tarde. Lucien sentiu um suor frio pensando que à noite ia comparecer, assim vestido, diante da marquesa d'Espard, a parente de um Primeiro Gentil-homem da Câmara do Rei, diante de uma mulher que recebia em casa ilustres de todos os tipos, ilustres escolhidos.

"Tenho jeito de filho de boticário, de verdadeiro caixeiro de loja!", pensou consigo mesmo, zangado ao ver passarem os graciosos, os faceiros, os elegantes jovens das famílias do Faubourg Saint-Germain,* todos com um jeitinho próprio que os deixava semelhantes pela delicadeza dos perfis, pela nobreza da vestimenta, pelo aspecto do rosto; e todos diferentes pela moldura que cada um escolhera para se valorizar. Todos realçavam suas vantagens com uma espécie de *mise-en-scène* que os rapazes em Paris compreendem tão bem quanto as mulheres. Lucien herdara da mãe preciosos traços físicos que eram um privilégio e cujo brilho saltava aos olhos; mas esse ouro estava em sua ganga, e não tinha sido trabalhado. Seus cabelos estavam mal cortados. Em vez de manter o rosto alto graças a barbatanas flexíveis, ele se sentia enterrado dentro de um colarinho ordinário; e, por não oferecer resistência, sua gravata o deixava inclinar a cabeça entristecida. Qual mulher adivinharia que dentro da bota ignóbil que ele trouxera de Angoulême havia pés bonitos? Qual rapaz invejaria seu belo talhe disfarçado pelo saco azul que até então ele pensara ser uma casaca? Via botões lindos nas camisas deslumbrantes de brancura, e a sua era parda! Todos aqueles fidalgos elegantes estavam maravilhosamente enluvados, e ele tinha luvas de policial! Este brincava com uma bengala deliciosamente engastada. Aquele usava uma camisa de punhos presos por lindas abotoaduras de ouro. Um deles falava com uma mulher, enquanto torcia o chicote encantador, e as pregas abundantes de sua calça manchada de pingos de lama, suas esporas que retiniam, sua pequena sobrecasaca apertada mostravam que ele ia novamente montar num dos dois cavalos mantidos por um criadinho gordo e baixote. Outro tirava do bolso do colete um relógio chato como uma moeda de cem vinténs e olhava a hora como quem estivesse adiantado ou tivesse perdido a hora de um encontro. Ao olhar para essas lindas bagatelas de que ele nem desconfiava, Lucien descobriu o mundo dos supérfluos necessários e estremeceu ao pensar que precisaria de um enorme capital para exercer seu ofício de rapaz bonito! Quanto mais admirava os jo-

* Bairro onde morava a alta aristocracia.

vens de ar feliz e desembaraçado, mais tinha consciência de seu ar estranho, o ar de um homem que ignora onde termina o caminho que está seguindo, que não sabe onde fica o Palais-Royal nem mesmo quando está em frente a ele e que pergunta onde fica o Louvre a um passante que responde: "O senhor está dentro dele". Lucien se via separado daquele mundo por um abismo, conjecturava por quais meios conseguiria transpô-lo, pois queria ser parecido com a esbelta e delicada juventude parisiense. Todos aqueles aristocratas cumprimentavam mulheres divinamente vestidas e divinamente belas, mulheres pelas quais Lucien teria se deixado cortar em pedacinhos em troca de um só beijo, como o pajem da condessa de Koenigsmarck. Nas trevas de sua memória, Louise, comparada com aquelas soberanas, se delineou como uma mulher velha. Ele encontrou várias dessas mulheres de quem se falará na história do século XIX, de quem o espírito, a beleza, os amores serão tão célebres como os das rainhas de antigamente. Viu passar uma moça sublime, a srta. des Touches, tão conhecida pelo nome de Camille Maupin,* escritora eminente, tão notável por sua beleza como pelo espírito superior, e cujo nome foi repetido baixinho pelos passantes e pelas mulheres.

"Ah!" pensou, "aí está a poesia."

O que era a sra. de Bargeton ao lado daquele anjo brilhante de juventude, esperança, futuro, com doce sorriso e cujos olhos negros eram vastos como o céu, ardentes como o sol! Ela ria, conversando com a sra. Firmiani, uma das mulheres mais encantadoras de Paris. Uma voz lhe gritava: "A inteligência é a alavanca com que se move o mundo". Mas outra voz lhe gritou que o ponto de apoio da inteligência era o dinheiro. Ele não quis ficar no meio de suas ruínas e no teatro de sua derrota, pegou o caminho do Palais-Royal, depois de perguntar onde ficava, pois ainda não conhecia a topografia de seu bairro. Entrou no Véry,

* Personagem que teria sido inspirado na escritora George Sand (1804-76).

pediu, para se iniciar nos prazeres de Paris, um jantar que o consolou de seu desespero. Uma garrafa de vinho de Bordeaux, ostras de Ostende, um peixe, uma perdiz, um prato de *macaroni** e frutas foram o *nec plus ultra* de seus desejos. Saboreou essa pequena orgia pensando em dar naquela noite provas de espírito à marquesa d'Espard, e em redimir a mesquinharia de seu bizarro vestuário pela exibição de suas riquezas intelectuais. Foi arrancado de seus sonhos pela nota da refeição, que lhe levou os cinquenta francos com que imaginava chegar muito longe em Paris. O jantar custara um mês de sua existência em Angoulême. Assim, fechou respeitosamente a porta daquele palácio pensando que nunca mais poria os pés ali.

"Ève tinha razão", pensou, andando pela Galeria de Pedra até chegar em casa, onde pegou mais dinheiro, "os preços de Paris não são os de L'Houmeau."

No caminho, admirou as lojas dos alfaiates, pensando nas roupas que tinha visto de manhã. "Não", exclamou, "não aparecerei diante da senhora d'Espard mal-ajambrado como estou." Correu numa velocidade de corça até o hotel du Gaillard-Bois, subiu ao quarto, pegou cem escudos e voltou ao Palais-Royal para se vestir dos pés à cabeça. Tinha visto sapateiros, camiseiros, coleteiros, cabeleireiros no Palais-Royal, onde sua futura elegância estava espalhada por dez lojas. O primeiro alfaiate que foi ver o fez experimentar tantas casacas quantas ele quisesse vestir e o convenceu de que todas estavam na última moda. Lucien saiu possuindo uma casaca verde, uma calça branca e um colete de fantasia, pela quantia de duzentos francos. Logo encontrou um par de botas muito elegantes e na medida do seu pé. Por fim, depois de comprar tudo o que lhe era necessário, chamou o cabeleireiro no hotel, para onde cada fornecedor levou sua mercadoria. Às sete da noite subiu num fiacre e foi levado à Ópera, frisado como um são João de procissão, bem encoletado, bem engravatado, mas

* Espécie de torta folheada de macarrão com trufas.

meio sem jeito dentro daquela espécie de estojo em que se via pela primeira vez. Seguindo a recomendação da sra. de Bargeton, perguntou pelo camarote dos Primeiros Gentis-homens da Câmara. Diante daquele homem cuja elegância canhestra o deixava parecido com um padrinho de casamento, o bilheteiro lhe pediu para mostrar a entrada.

— Não tenho.

— Então não pode entrar — respondeu-lhe secamente.

— Mas sou do círculo da senhora d'Espard — disse.

— Não temos obrigação de saber — disse o empregado, que não pôde deixar de trocar um sorriso imperceptível com seus colegas da bilheteria.

Nesse instante um carro parou sob o peristilo. Um lacaio, que Lucien não reconheceu, desdobrou o estribo de um cupê de onde saíram duas mulheres enfeitadas. Lucien, que não admitiu receber do porteiro um aviso impertinente para se afastar, deu passagem às duas mulheres.

— Mas essa senhora é a marquesa d'Espard, que o senhor alega conhecer — disse ironicamente o bilheteiro a Lucien.

Lucien ficou mais perplexo ainda porque a sra. de Bargeton não parecia reconhecê-lo dentro de sua nova plumagem; mas, quando a abordou, ela lhe sorriu e disse:

— Está tudo às mil maravilhas, venha!

Os empregados da bilheteria ficaram novamente sérios. Lucien seguiu a sra. de Bargeton, que, enquanto subia a vasta escadaria da Ópera, apresentou seu Rubempré à prima. O camarote dos Primeiros Gentis-homens é aquele que fica numa das duas paredes salientes no fundo da sala: ali se é visto e se vê de todos os lados. Lucien se pôs atrás da prima de Anaïs, numa cadeira, feliz de estar na sombra.

— Senhor de Rubempré — disse a marquesa em tom lisonjeiro —, como vem pela primeira vez à Ópera, ponha-se de modo a ter uma boa visão de todos os lados, pegue esta cadeira e instale-se na frente, nós permitimos.

Lucien obedeceu, o primeiro ato da ópera estava terminando.

— Você empregou bem seu tempo — disse-lhe Louise

ao ouvido, no primeiro momento de surpresa que lhe causou a mudança de Lucien.

Louise continuava a mesma. A proximidade de uma mulher na moda, a marquesa d'Espard, prejudicava muito aquela sra. de Bargeton de Paris! A brilhante parisiense realçava tão bem as imperfeições da mulher da província que Lucien, duplamente iluminado pelo *beau monde* daquele teatro pomposo e por uma mulher eminente, viu enfim na pobre Anaïs de Nègrepelisse a mulher real, a mulher que as pessoas de Paris viam: uma mulher alta, seca, de pele avermelhada, sem viço, ruiva demais, angulosa, afetada, metida, pretensiosa, provinciana ao falar, mal-arrumada sobretudo! Na verdade, as pregas de um velho vestido de Paris ainda atestam o gosto, é explicável, adivinhamos o que ele foi, mas um velho vestido de província é inexplicável, é risível. O vestido e a mulher eram sem graça e sem frescor, o veludo era lustroso como a tez. Lucien, com vergonha de ter amado aquele verdadeiro osso de siba, prometeu a si mesmo aproveitar o primeiro acesso de virtude de sua Louise para deixá-la. Sua visão excelente lhe permitia ver os binóculos assestados no camarote aristocrático por excelência. Com certeza as mulheres mais elegantes examinavam a sra. de Bargeton, pois todas sorriam enquanto falavam. Se a sra. d'Espard percebeu, pelos gestos e sorrisos femininos, a causa dos sarcasmos, foi totalmente insensível a eles. Em primeiro lugar, todos deviam ter reconhecido que ela estava em companhia de uma pobre parente da província, o que pode afligir qualquer família parisiense. Depois, Louise tinha falado de roupas com sua prima, manifestando-lhe certo temor; a marquesa a tranquilizara, percebendo que Anaïs, quando estivesse bem-vestida, logo adotaria as maneiras parisienses. Se a sra. de Bargeton não tinha traquejo social, tinha a arrogância nativa de uma mulher nobre e esse *não sei quê* que se pode chamar de *berço*. Portanto, na segunda-feira seguinte ela iria à forra. Aliás, a marquesa estava certa de que, quando o público soubesse que aquela mulher era sua prima, cessaria essas galhofas e aguardaria um novo exame antes de julgá-la. Lucien não adivinhava a mudança que causariam na pessoa de Louise uma echarpe enrolada no pescoço, um lindo vestido, um penteado elegante e os conselhos da sra. d'Espard. Ao subir a escada, a marquesa já tinha dito à prima que não segurasse na mão o lencinho aberto. O bom ou o mau gosto decorrem de mil pequenos detalhes desse tipo, que uma mulher inteligente capta prontamente e que certas mulheres jamais compreenderão. A sra. de Bargeton, já cheia de boa vontade, era mais inteligente que o necessário para reconhecer suas deficiências. A sra. d'Espard, certa de que sua discípula a honraria, não se negara a formá-la. Em suma, firmara-se entre as duas mulheres um pacto cimentado no interesse mútuo. A sra. de Bargeton dedicara rapidamente um culto ao ídolo do dia cujas maneiras, cujo espírito e cujo círculo a haviam seduzido, deslumbrado, fascinado. Reconhecera na sra. d'Espard o poder oculto da grande dama ambiciosa, e pensara que triunfaria ao se tornar o satélite daquele astro: daí a franca admiração que sentiu por ela. A marquesa foi sensível a essa adoração ingênua, interessou-se pela prima, achando-a fraca e pobre; depois, arranjou-se bastante bem para ter uma aluna e fazer escola, e não pedia mais nada além de transformar a sra. de Bargeton numa espécie de açafata, uma escrava que cantaria seus louvores, tesouro ainda mais raro entre as mulheres de Paris do que um crítico devotado entre a casta literária. No entanto, a onda de curiosidade se tornou visível demais para que a recém-chegada não se desse conta, e a sra. d'Espard quis, polidamente, enganá-la a respeito daquele alvoroço.

— Se tivermos visitas — disse-lhe —, saberemos talvez a que devemos a honra de essas damas se interessarem tanto por nós...

— Desconfio muito de meu velho vestido de veludo e de estar divertindo as parisienses com meu jeito de Angoulême — disse rindo a sra. de Bargeton.

— Não, não é você, tem algo que me escapa — ela acrescentou, olhando para o poeta, a quem observou pela primeira vez, parecendo achá-lo singularmente vestido.

— Lá está o senhor du Châtelet — disse Lucien nesse instante, levantando o dedo para apontar o camarote da sra. de Sérizy onde o velho frajola passado a limpo acabava de entrar.

Diante desse gesto, a sra. de Bargeton mordeu os lábios, envergonhada, pois a marquesa não conseguiu controlar um olhar e um sorriso de espanto, que significava tão desdenhosamente: "De onde saiu este rapaz?". Louise se sentiu humilhada em seu amor, a sensação mais ferina para uma francesa, e que ela não perdoou ao amante ter lhe causado. Nesse mundo em que as pequenas coisas se tornam grandes, um gesto, uma palavra põem a perder um novato. O mérito principal das belas maneiras e do bom-tom da alta sociedade é oferecer um conjunto harmonioso em que tudo está tão bem mesclado que nada choca. Aqueles mesmos que, seja por ignorância, seja por um arrebatamento qualquer do pensamento, não observam as leis dessa ciência, hão de compreender que, nesse quesito, uma só dissonância é, como na música, uma negação completa da própria arte, cujas regras devem ser todas cumpridas nas menores coisas, sob pena de não existir.

— Quem é aquele cavalheiro? — perguntou a marquesa, mostrando Châtelet. — Então você já conhece a senhora de Sérizy?

— Ah! Aquela é a famosa senhora de Sérizy, que teve tantas aventuras e no entanto é recebida por toda parte?

— Uma coisa inacreditável, minha querida — respondeu a marquesa —, há uma explicação, mas a coisa ficou inexplicada! Os homens mais terríveis são amigos dela, e por quê? Ninguém se atreve a sondar esse mistério. Então aquele cavalheiro é o Leão* de Angoulême?

— Mas o barão du Châtelet — disse Anaïs, que, por vaidade, em Paris restituiu o título que contestava em seu adorador — é um homem que deu muito o que falar. É o companheiro de viagens do senhor de Montriveau...

— Ah! — disse a marquesa. — Nunca ouço esse nome sem pensar na pobre duquesa de Langeais, que desapareceu como uma estrela cadente. Lá estão — disse apontando para

* Homem elegante e famoso.

um camarote — o senhor de Rastignac e a senhora de Nucingen, mulher de um fornecedor da Corte, banqueiro, homem de negócios, antiquário dos grandes, um homem que se impõe à sociedade de Paris por sua fortuna, e que dizem ser pouco escrupuloso quanto aos meios de aumentá-la; ele tem a maior dificuldade para que se acredite em sua dedicação aos Bourbon, já tentou vir à minha casa. A mulher dele pegou o camarote da senhora de Langeais, pensando que também teria as graças, o espírito e o êxito dela! É sempre a fábula do gaio que pega as plumas do pavão!

— Como fazem o senhor e a senhora de Rastignac, que sabemos que não têm nem mil escudos de renda, para sustentar o filho em Paris? — perguntou Lucien à sra. de Bargeton, espantando-se com a elegância e o luxo que revelava o traje daquele rapaz.

— Logo se vê que você vem de Angoulême — respondeu a marquesa um tanto irônica, sem largar o binóculo.

Lucien não entendeu, estava absolutamente fixado no ambiente dos camarotes, onde pressentia os julgamentos que ali se faziam sobre a sra. de Bargeton e a curiosidade de que ele era alvo. Louise, de seu lado, estava singularmente mortificada com o pouco interesse que a marquesa demonstrava pela beleza de Lucien. “Então ele não é tão bonito como eu imaginava!”, pensou. Daí a achá-lo menos inteligente só havia um passo. O pano baixara. Châtelet, que fora fazer uma visita à duquesa de Carigliano, cujo camarote era vizinho ao da sra. d’Espard, cumprimentou a sra. de Bargeton, que respondeu com um aceno de cabeça. Uma mulher da alta roda vê tudo, e a marquesa observou o porte superior de Du Châtelet. Nesse instante, quatro pessoas entraram, uma depois da outra, no camarote da marquesa, quatro celebridades parisienses.

O primeiro foi o sr. de Marsay, homem famoso pelas paixões que inspirava, notável sobretudo por uma beleza de moça, beleza mole, efeminada, mas corrigida por um olhar fixo, calmo, fulvo e duro como o de um tigre: era amado, mas assustava. Lucien era tão bonito quanto ele, mas seu olhar era tão doce, seus olhos azuis eram tão límpidos, que não parecia capaz de ter aquela força e aquele poderio a que as mulheres tanto se apegam. Aliás, por ora nada valorizava o poeta, ao passo que De Marsay tinha uma vivacidade de espírito, uma certeza de agradar, uma toalete apropriada à sua natureza que esmagava ao redor todos os rivais. Com essa vizinhança, imaginem que impressão poderia causar Lucien, empertigado, engomado, rígido e novo como suas roupas! De Marsay conquistara o direito de dizer impertinências, pois lhes conferia muito espírito e as acompanhava com graciosos trejeitos. A acolhida da marquesa logo indicou à sra. de Bargeton a força do personagem.

O segundo era um dos dois Vandenesse, aquele que causara o escândalo de lady Dudley, rapaz doce e espirituoso, modesto, e que triunfava por qualidades totalmente opostas às que faziam a glória de De Marsay e que a prima da marquesa, sra. de Mortsauf, lhe havia recomendado calorosamente. O terceiro era o general Montriveau, autor da perdição da duquesa de Langeais. O quarto era o sr. de Canalis, um dos mais ilustres poetas da época, um rapaz que estava apenas na aurora de sua glória e que, mais orgulhoso de ser fidalgo que de ter talento, posava de servidor atencioso da sra. d'Espard para esconder sua paixão pela duquesa de Chaulieu. Adivinhava-se, apesar de suas graças já manchadas pela afetação, a imensa ambição que mais tarde o lançaria nas tormentas da política. Sua beleza quase dengosa, suas maneiras lisonjeiras mal disfarçavam um profundo egoísmo e os cálculos eternos de uma vida então problemática; mas a escolha que fizera da sra. de Chaulieu, mulher de quarenta anos passados, lhe valia então os benefícios da Corte, os aplausos do Faubourg Saint-Germain e as injúrias dos liberais que o chamavam de poeta de sacristia.

Vendo essas quatro figuras tão notáveis, a sra. de Bargeton compreendeu a pouca atenção que a marquesa dava a Lucien. Depois, quando a conversa retomou, quando cada um daqueles espíritos tão finos, tão delicados, se revelou por tiradas divertidas que tinham mais sentido e profundidade que tudo o que Anaïs ouvia durante um mês na província; quando, sobretudo, o grande poeta proferiu palavras vibrantes em que se via o aspecto positivo daquela época, mas redourado de poesia, Louise compreendeu o que Du Châtelet lhe dissera na véspera: e Lucien não foi mais nada. Todos olhavam para o pobre desconhecido com uma indiferença tão cruel, e ali ele estava tão bem como um estrangeiro que não conhecesse a língua, que a marquesa teve pena dele.

— Permita-me, cavalheiro — disse a Canalis —, apresentar-lhe o senhor de Rubempré. O senhor ocupa uma posição muito alta no mundo literário para não acolher um estreante. O senhor de Rubempré está chegando de Angoulême, certamente precisará de sua proteção junto aos que, aqui, põem o gênio em evidência. Ainda não tem inimigos que possam triunfar atacando-o. Fazer com que ele consiga pela amizade o que o senhor consegue pelo ódio não seria uma empreitada bastante original que o senhor devia tentar?

Então, os quatro personagens olharam para Lucien, enquanto a marquesa falava. Embora a dois passos do recém-chegado, De Marsay pegou o monóculo para vê-lo; seu olhar ia de Lucien à sra. de Bargeton, e da sra. de Bargeton a Lucien, emparelhando-os com um pensamento zombeteiro que os mortificou cruelmente, tanto um quanto outro; examinava-os como a dois bichos curiosos, e sorria. Esse sorriso foi uma punhalada para o grande homem de província. Félix de Vandenesse fez um ar de compaixão. Montriveau jogou sobre Lucien um olhar que o sondaria até o âmago.

— Senhora — disse o sr. de Canalis, inclinando-se —, vou lhe obedecer, apesar do interesse pessoal que nos leva a não favorecer nossos rivais; mas a senhora nos acostumou aos milagres.

— Muito bem. Dê-me o prazer de vir jantar na segunda-feira, junto com o senhor de Rubempré, conversarão mais à vontade sobre os assuntos literários; tentarei atrair alguns dos tiranos da literatura e as celebridades que a protegem, a autora de *Ourika** e alguns jovens poetas bem pensantes.

— Se a senhora marquesa — disse De Marsay — patrocinar o cavalheiro por seu espírito, eu o protegerei por sua beleza; hei de lhe dar conselhos que o tornarão o dândi mais feliz de Paris. Depois disso, será poeta, se quiser.

A sra. de Bargeton agradeceu à prima com um olhar cheio de gratidão.

— Não sabia que você tinha ciúme das pessoas inteligentes — disse Montriveau a De Marsay. — A felicidade mata os poetas.

— Será por isso que você pensa em se casar? — retrucou o dândi, dirigindo-se a Canalis, a fim de ver se a sra. d'Espard seria atingida por essa frase.

Canalis deu de ombros e a sra. d'Espard, amiga da sra. de Chaulieu, começou a rir.

Lucien, que se sentia dentro de suas roupas como uma estátua egípcia dentro de seu sarcófago, estava envergonhado de nada responder. Afinal, disse à marquesa com sua voz meiga:

— Suas bondades, senhora, me condenam a ter apenas êxitos.

Nesse momento entrou Du Châtelet, agarrando pelos cabelos a ocasião de conseguir o apoio da marquesa por intermédio de Montriveau, um dos reis de Paris. Cumprimentou a sra. de Bargeton e pediu à sra. d'Espard que lhe perdoasse a liberdade que tomava de invadir seu camarote: fazia tanto tempo que estava separado de seu companheiro de viagem! Montriveau e ele se reviam pela primeira vez depois de terem se deixado no meio do deserto.

— Separar-se no deserto e reencontrar-se na Ópera! — disse Lucien.

* Famoso romance (1823) de Claire Louisa Lechal de Kersaint, duquesa de Duras, sobre uma moça negra que vive na França desde criança mas não consegue se casar com o jovem branco por quem se apaixona.

— É um verdadeiro desfecho teatral — observou Canalis.

Montriveau apresentou o barão du Châtelet à marquesa, e a marquesa recebeu o antigo secretário particular da Alteza Imperial de forma ainda mais lisonjeira não só porque já o tinha visto ser bem recebido em três camarotes, como porque a sra. de Sérizy não admitia senão pessoas bem situadas, e enfim porque ele era o companheiro de Montriveau. Este último título tinha um valor tão grande que a sra. de Bargeton pôde observar no tom, nos olhares e nas maneiras dos quatro personagens que eles reconheciam, sem discussão, Du Châtelet como sendo um dos seus. De súbito, Naïs entendia o comportamento sultanesco de Du Châtelet na província. Finalmente, Du Châtelet viu Lucien e lhe fez um desses pequenos acenos secos e frios com que um homem desconsidera outro, indicando às pessoas da sociedade o lugar ínfimo que ele ocupa no mundo. Acompanhou o aceno um ar sardônico que parecia dizer: por que cargas d'água ele se encontra aqui? Du Châtelet foi bem compreendido, pois De Marsay se inclinou para Montriveau e lhe disse ao ouvido, de modo a ser escutado pelo barão: "Mas pergunte a ele quem é esse rapaz singular que tem ares de manequim vestido na porta de um alfaiate!".

Du Châtelet cochichou por uns instantes ao ouvido de seu companheiro, com jeito de quem está renovando uma amizade, e com toda certeza cortou o rival em pedacinhos. Surpreso com a presença de espírito, com a finura daqueles homens ao formularem suas respostas, Lucien estava atordoado com o que se chama um dito, uma *boutade*, e sobretudo com a desenvoltura das palavras e o desembaraço das maneiras. O luxo das coisas, que o assustara de manhã, ele o reencontrava nas ideias. Pôs-se a pensar por qual mistério aquela gente encontrava à queima-roupa reflexões ferinas, réplicas que ele só teria imaginado depois de longas meditações. Além disso, os cinco homens se sentiam à vontade não só com as palavras, mas também dentro de suas roupas: não tinham nada de novo nem nada de velho. Neles nada brilhava e tudo atraía o olhar. Seu luxo de hoje era o de ontem, devia ser o de amanhã. Lucien pressentiu que estava parecendo um homem que se vestia pela primeira vez na vida.

— Meu caro — dizia De Marsay a Félix de Vandenesse —, aquele pequeno Rastignac se lança no ar como um papagaio de papel! Ei-lo com a marquesa de Listomère! Está progredindo, e nos espia com a luneta! Talvez conheça o senhor? — prosseguiu o dândi, dirigindo-se a Lucien mas sem olhar para ele.

— É difícil — respondeu a sra. de Bargeton — que o nome do grande homem de quem nos orgulhamos não tenha chegado a ele; recentemente a irmã dele ouviu o senhor de Rubempré nos recitar versos lindíssimos.

Félix de Vandenesse e De Marsay cumprimentaram a marquesa e foram para o camarote da sra. de Listomère. Começou o segundo ato e todos deixaram sozinhos a sra. d'Espard, a prima e Lucien; uns, para irem explicar quem era a sra. de Bargeton às mulheres intrigadas com sua presença, outros para contar a chegada do poeta e debochar de sua roupa; Canalis voltou para o camarote da duquesa de Chaulieu e não mais regressou. Lucien ficou feliz com a diversão que o espetáculo proporcionava. Todos os temores da sra. de Bargeton relativos a Lucien aumentaram com a atenção que sua prima dera ao barão du Châtelet, o que tinha um caráter bem diferente da polidez protetora que demonstrara com Lucien. Durante o segundo ato, o camarote da sra. de Listomère ficou cheio de gente e pareceu alvoroçado por uma conversa em torno da sra. de Bargeton e de Lucien. O jovem Rastignac era evidentemente o *brincalhão* daquele camarote, estimulando esse riso parisiense que, ao se fixar cada dia num novo pasto, se apressa em esgotar o assunto presente transformando-o num instante em algo velho e gasto. A sra. d'Espard ficou preocupada, mas pressentia os costumes parisienses e sabia que não se deixa na ignorância de uma maledicência os que foram feridos por ela: esperou o fim do ato. Quando os sentimentos se voltam para si mesmos, como foi o caso de Lucien e da sra. de Bargeton, em pouco tempo acontecem muitas coisas estranhas: as leis que operam as revoluções morais têm efeito rápido. Louise tinha presentes na memória as palavras sábias e políticas que Du Châtelet lhe dissera sobre Lucien ao voltarem do Vaudeville; cada frase era uma profecia e Lucien se encarregou de cumprir todas elas. Ao perder suas ilusões a respeito da sra. de Bargeton, assim como a sra. de Bargeton perdia as suas a respeito dele, a pobre criança, cuja destino lembrava um pouco o de Jean-Jacques Rousseau, o imitou a tal ponto que ficou fascinado pela sra. d'Espard, de quem logo se enamorou. Os rapazes ou os homens que se lembram de suas emoções de juventude compreenderão que essa paixão era extremamente provável e natural. As lindas maneiras, aquele falar delicado, aquele tom de voz fino, aquela mulher franzina, tão nobre, tão altamente situada, tão invejada, aquela rainha aparecia ao poeta como a sra. de Bargeton lhe aparecera em Angoulême. A volubilidade de seu temperamento o levou prontamente a desejar sua alta proteção; o meio mais seguro era possuir a mulher, pois então teria tudo! Conseguira em Angoulême, por que não conseguiria em Paris? Involuntariamente, e apesar das magias da Ópera, todas novas para ele, seu olhar, atraído por aquela magnífica Célimène, se esgueirava a todo instante para ela; e, quanto mais a via, mais tinha vontade de vê-la! A sra. de Bargeton flagrou um desses olhares efervescentes de Lucien; observou-o e o viu mais fixado na marquesa que no espetáculo. De bom grado se resignaria a ser preterida pelas cinquenta filhas de Danaus, mas quando um olhar mais ambicioso, mais esfogueado, mais significativo que os outros lhe explicou o que se passava no coração de Lucien, sentiu ciúme, menos pelo futuro que pelo passado. "Ele nunca me olhou assim", pensou. "Meu Deus, Châtelet tinha razão!" Então, reconheceu o erro de seu amor. Quando uma mulher chega a se arrepender de suas fraquezas, passa como uma esponja em sua vida, a fim de apagar tudo. Embora cada olhar de Lucien a enfurecesse, ela permaneceu calma.

De Marsay voltou, no intervalo, trazendo o sr. de Listomère. O homem circunspecto e o jovem enfatuado logo contaram à altiva marquesa que o padrinho de casamento endomingado que ela tivera a infelicidade de admitir em seu camarote se chamava tão sr. de Rubempré como um judeu tem nome de batismo. Lucien era filho de um boticário chamado Chardon. O sr. de Rastignac, muito versado nos assuntos de Angoulême, já fizera dois camarotes rirem à custa daquela espécie de múmia que a marquesa chamava de prima, e da precaução que essa dama tomava para ter perto de si um farmacêutico que talvez mantivesse pelas drogas sua vida artificial. Por fim, De Marsay contou alguns dos mil gracejos a que se entregam, num abrir e fechar de olhos, os parisienses e que são tão prontamente esquecidos quanto ditos, mas por trás dos quais estava Châtelet, o artífice daquela traição cartaginense.

— Minha querida — disse atrás do leque a sra. d'Espard à sra. de Bargeton —, por favor, diga-me se seu protegido se chama realmente senhor de Rubempré!

— Ele pegou o sobrenome da mãe — disse Anaïs, embaraçada.

— Mas qual é o sobrenome do pai dele?

— Chardon.

— E o que fazia esse Chardon?

— Era farmacêutico.

— Eu tinha certeza, minha querida amiga, de que toda Paris não poderia zombar de uma mulher que eu adoto. Não me preocupo com esses engraçadinhos que vêm aqui e se deliciam em me flagrar com o filho de um boticário; mas, se confia em mim, vamos sair daqui juntas, e agora mesmo.

A sra. d'Espard fez uma cara um tanto impertinente, sem que Lucien conseguisse adivinhar por que ele ocasionara essa mudança de fisionomia. Pensou que seu colete era de mau gosto, o que era verdade; que o feitio de sua casaca era de um estilo exagerado, o que também era verdade. Reconheceu com secreta amargura que precisava se vestir com um alfaiate hábil, e prometeu a si mesmo ir ver, no dia seguinte, o mais famoso deles para que pudesse, na próxima segunda-feira, rivalizar com os homens que encontraria na casa da marquesa. Embora perdido nessas reflexões, seus olhos, atentos ao terceiro ato, não se desviaram do palco. Enquanto observava as pompas daquele espetáculo único, entregava-se a seu sonho com a sra. d'Espard. Ficou desesperado com aquela súbita frieza que contrariava estranhamente o ardor intelectual que ele conferia a seu novo amor, sem se preocupar com as dificuldades imensas que percebia e prometia vencer. Saiu dessa profunda contemplação para rever seu novo ídolo, mas ao virar a cabeça viu-se sozinho; ouvira um leve ruído, a porta se fechara, a sra. d'Espard arrastara a prima. Lucien ficou extremamente surpreso com esse brusco abandono mas logo o esqueceu, justamente porque o achava inexplicável.

Quando as duas mulheres subiram na carruagem, que saiu pela rua de Richelieu em direção do Faubourg Saint-Honoré, a marquesa disse em tom de cólera disfarçada:

— Minha querida menina, em que está pensando? Mas, então, espere que o filho de um boticário seja realmente famoso antes de se interessar por ele! Não é seu filho nem seu amante, não é mesmo? — disse essa mulher altiva, lançando para a prima um olhar inquisitivo e claro.

"Que felicidade ter mantido esse fedelho à distância e não ter lhe concedido nada!", pensou a sra. de Bargeton.

— Pois é — continuou a marquesa, considerando como resposta a expressão dos olhos da prima —, deixe-o ali, eu lhe peço. Arrogar-se um nome ilustre?... Mas é uma audácia que a sociedade pune. Admito que seja o sobrenome da mãe dele, mas pense, minha querida, que só ao rei cabe o direito de conferir, por decreto, o sobrenome De Rubempré ao filho de uma dama dessa casa; e se ela fez um mau casamento, esse favor é enorme. Para obtê-lo, é preciso ter uma imensa fortuna, serviços prestados, altíssimas proteções. Aquela roupa de vendedor de loja endomingado prova que o rapaz não é rico nem fidalgo; seu rosto é belo mas me parece muito bobo, não sabe se comportar nem falar; em suma, não é *educado*. Por qual motivo você o protege?

A sra. de Bargeton renegou Lucien, assim como Lucien a renegara dentro de si; teve um medo horrível de que a prima ficasse sabendo da verdade sobre sua viagem.

— Mas, querida prima, estou desesperada por tê-la comprometido.

— Não me comprometem — disse, sorrindo, a sra. d'Espard. — Só estou pensando em você.

— Mas o convidou para ir jantar na segunda-feira.

— Ficarei doente — respondeu, veemente, a marquesa —, você vai preveni-lo e deixarei seu duplo nome com meu porteiro.

Durante o intervalo, Lucien pensou em passear pelo foyer, vendo que todos iam para lá. Primeiro, ninguém que tinha ido ao camarote da sra. d'Espard o cumprimentou nem pareceu lhe prestar atenção, algo extraordinário para o poeta de província. Depois, Du Châtelet, em quem tentou se agarrar, o espiava de canto de olho e o evitou constantemente. Vendo os homens que perambulavam pelo foyer, Lucien se convenceu de que sua roupa era um tanto ridícula. Foi se postar novamente no canto de seu camarote e ficou o resto da representação absorto ora pelo pomposo espetáculo do balé do quinto ato, tão famoso por seu *Inferno*, ora pelo aspecto do teatro, em que seu olhar ia de camarote em camarote, ora por suas próprias reflexões, que foram profundas em presença da sociedade parisiense. "É este o meu reino!", pensou, "é este o mundo que devo domar."

Voltou a pé para casa pensando em tudo o que tinham dito as personalidades que foram cortejar a sra. d'Espard; suas maneiras, seus gestos, o modo de entrar e de sair, tudo voltou à sua memória com espantosa fidelidade. No dia seguinte, em torno do meio-dia, sua primeira tarefa foi passar na loja de Staub, o alfaiate mais famoso da época. Conseguiu, a pedidos, e pela virtude do dinheiro vivo, que suas roupas fossem feitas para a famosa segunda-feira. Staub chegou até a lhe prometer uma deliciosa sobrecasaca, um colete e umas calças para o dia decisivo. Lucien encomendou camisas, lenços, em suma, todo um pequeno enxoval, numa costureira, e tirou as medidas para sapatos e botas num sapateiro famoso. Comprou uma linda bengala na Verdier, luvas e abotoaduras com Madame Irlande; em suma, tentou se pôr à altura dos dândis. Quando satisfez suas fantasias, foi à rua Neuve-du-Luxembourg e soube que Louise tinha saído.

— Ela vai jantar na casa da senhora marquesa d'Espard e voltará tarde — disse-lhe Albertine.

Lucien foi jantar num restaurante de quarenta vinténs, no Palais-Royal, e dormiu cedo. No domingo, às onze horas foi ver Louise, que ainda não tinha se levantado. Voltou às duas horas.

— A senhora ainda não está recebendo — disse-lhe Albertine —, mas me deu um bilhetinho para o senhor.

— Ela ainda não está recebendo — repetiu Lucien. — Mas eu não sou um qualquer...

— Não sei — disse Albertine de um jeito muito impertinente.

Lucien, menos surpreso com a resposta de Albertine que com a carta da sra. de Bargeton, pegou o bilhete e leu na rua estas linhas desesperadoras:

> A senhora d'Espard está indisposta, não poderá recebê-lo na segunda-feira; eu mesma não estou bem, e no entanto vou me vestir para fazer companhia a ela. Estou desesperada com essa pequena contrariedade; mas seus talentos me tranquilizam, e você vencerá sem charlatanismo.

"E sem assinatura!", pensou Lucien, que se viu nas Tuileries sem perceber ter andado tanto. O dom de vidência que as pessoas de talento possuem o fez desconfiar da catástrofe anunciada por aquele frio bilhete. Ele ia perdido em seus pensamentos, ia em frente, olhando os monumentos da praça Louis XV.* Fazia bom tempo. Lindos carros

* Atual Praça de la Concorde.

passavam incessantemente diante de seus olhos dirigindo-se para a grande avenida dos Champs-Elysées. Ele seguia a multidão dos passantes e viu então os três ou quatro mil carros que, nos belos domingos, afluem a esse lugar e improvisam um desfile típico de Longchamp. Atordoado com o luxo dos cavalos, das toaletes e dos librés, foi caminhando e chegou diante do Arco do Triunfo, cuja construção já fora iniciada. Qual não foi seu espanto quando, ao voltar, viu chegarem em sua direção a sra. d'Espard e a sra. de Bargeton, numa caleça admiravelmente atrelada, atrás da qual ondulavam as plumas do lacaio cuja casaca verde bordada a ouro o levou a reconhecer as duas mulheres. A fila parou, devido a um congestionamento. Lucien pôde ver Louise depois de sua transformação, estava irreconhecível: as cores da roupa eram escolhidas de modo a valorizar a pele; o vestido era delicioso, os cabelos arrumados graciosamente lhe caíam bem, e o chapéu, de um gosto requintado, era uma maravilha mesmo ao lado do chapéu da sra. d'Espard, que imperava na moda. Há uma maneira indefinível de se usar um chapéu: ponha o chapéu um pouco mais para trás, e ficará com um jeito atrevido; ponha-o muito para a frente, e ficará com um jeito sonso; de lado, o jeito é impertinente. As mulheres *comme il faut* colocam os chapéus como querem e sempre acertam. A sra. de Bargeton resolvera de imediato esse estranho problema. Uma bela cintura desenhava seu porte esbelto. Adotara os gestos e os modos da prima; sentada da mesma maneira, brincava com um elegante vidrinho de perfume preso por uma correntinha a um dos dedos da mão direita e mostrava, assim, sua mão fina e bem enluvada sem dar a impressão de querer mostrá-la. Em suma, ficara semelhante à sra. d'Espard sem macaqueá-la; era a digna prima da marquesa, que parecia estar orgulhosa da discípula. As mulheres e os homens que passeavam na calçada observavam a brilhante carruagem com as armas dos D'Espard e dos Blamont-Chauvry, cujos dois brasões estavam lado a lado. Lucien se espantou com a quantidade de gente que cumprimentava as duas primas; ignorava que toda aquela Paris, que consiste em vinte salões, já sabia do parentesco da sra. de Bargeton com a sra. d'Espard. Jovens a cavalo, entre os quais Lucien observou De Marsay e Rastignac, se juntaram à caleça para conduzir as primas ao bosque. Lucien percebeu facilmente, pelos gestos que faziam, que os dois presunçosos cumprimentavam a sra. de Bargeton por sua metamorfose. A sra. d'Espard cintilava de graça e saúde: assim, sua indisposição era um pretexto para não receber Lucien, já que não adiava o jantar para outra noite. O poeta furioso se aproximou da caleça, andando devagar, e, quando ficou em frente às duas mulheres, saudou-as: a sra. de Bargeton não quis vê-lo, a marquesa o olhou pelo monóculo e não respondeu ao cumprimento. A reprovação da aristocracia parisiense não era como a dos soberanos de Angoulême: esforçando-se em ferir Lucien, os fidalgotes admitiam seu poder e o consideravam um homem; ao passo que, para a sra. d'Espard, ele sequer existia. Não era uma sentença, era uma recusa de julgamento. Um frio mortal agarrou o pobre poeta quando De Marsay o observou pelo monóculo; o elegante parisiense deixou cair o monóculo tão singularmente que Lucien achou que fosse a lâmina da guilhotina. A caleça passou. A raiva, o desejo de vingança se apoderaram daquele homem desprezado: se tivesse agarrado a sra. de Bargeton, certamente a teria estrangulado; viu-se como um Fouquier-Tinville* que poderia se dar ao deleite de mandar a sra. d'Espard para o cadafalso, e conseguiria que De Marsay sofresse um desses suplícios sofisticados que os selvagens inventaram.

Viu Canalis passar a cavalo, elegante, como se não fosse sublime, e cumprimentando as mulheres mais bonitas.

"Meu Deus! Preciso de ouro, custe o que custar!", pensou Lucien, "o ouro é o único poder diante do qual o

* Antoine Fouquier-Tinville (1746-95), advogado francês e presidente do Tribunal Revolucionário de Paris instalado pela Revolução e mantido pelo Terror.

mundo se ajoelha". "Não!", gritou-lhe sua consciência, "é a glória, e a glória é o trabalho! O trabalho! É a ordem de David! Meu Deus! Por que estou aqui? Mas hei de triunfar! Passarei nesta avenida de carruagem, com um lacaio! Terei marquesas D'Espard!"

Estava no Hurbain, jantando por quarenta vinténs, quando disse essas palavras furiosas. No dia seguinte, às nove horas, foi ver Louise com a intenção de criticar sua barbárie: não só a sra. de Bargeton não estava para ele, mas ainda o porteiro não o deixou subir: ficou na rua, à espreita, até meio-dia. Ao meio-dia, Du Châtelet saiu da casa da sra. de Bargeton, viu o poeta, de canto de olho, e o evitou. Lucien, com o amor-próprio ferido, perseguiu o rival; Du Châtelet, sentindo-se acuado, virou-se e o cumprimentou com a evidente intenção de passar ao largo depois dessa cortesia.

— Por favor — disse Lucien —, conceda-me um segundo, tenho umas palavrinhas a lhe dizer. O senhor me demonstrou amizade, invoco-a para pedir o mais insignificante favor. Como está saindo da casa da senhora de Bargeton, explique-me a razão de minha desgraça junto a ela e à senhora d'Espard!

— Senhor Chardon — respondeu Du Châtelet com falsa bonomia —, sabe por que essas damas o abandonaram na Ópera?

— Não — disse o pobre poeta.

— Pois bem, o senhor foi prejudicado desde o início pelo senhor de Rastignac. O jovem dândi, questionado a seu respeito, disse pura e simplesmente que o senhor se chamava Chardon e não De Rubempré; que sua mãe cuidava das parturientes, que seu pai era, quando vivo, boticário em L'Houmeau, subúrbio de Angoulême; que sua irmã era uma moça encantadora que passava admiravelmente bem as camisas e ia se casar com um impressor de Angoulême chamado Séchard. O mundo é isto! Alguém se põe em evidência? O mundo o discute! De Marsay veio rir do senhor junto com a senhora d'Espard, e logo as duas senhoras fugiram, acreditando estar comprometidas ao seu lado. Não tente ir à casa de uma ou de outra. A senhora de Bargeton não seria recebida pela prima se continuasse a vê-lo. O senhor tem gênio, trate de ir à forra. O mundo o desdenha, desdenhe o mundo. Refugie-se numa mansarda, faça ali obras-primas, agarre um poder qualquer e verá o mundo a seus pés; e então lhe retribuirá as contusões que ele lhe terá causado ali onde as tiver causado. Quanto maior foi a amizade que a senhora de Bargeton lhe manifestou, mais ela se afastará do senhor. Assim são os sentimentos femininos. Mas neste momento não se trata de reconquistar a amizade de Anaïs, trata-se de não tê-la como inimiga, e vou lhe indicar uma maneira de consegui-lo. Ela lhe escreveu, então lhe devolva todas as cartas, ela será sensível a essa atitude de fidalgo; mais tarde, se precisar dela, não lhe será hostil. Quanto a mim, tenho uma opinião tão alta do seu futuro que o defendi em todo lugar, e desde agora, se posso aqui fazer alguma coisa pelo senhor, há de me encontrar sempre pronto a lhe prestar um serviço.

Lucien estava tão sombrio, tão pálido, tão desmilinguido, que não retribuiu ao velho frajola, remoçado pelos ares parisienses, o cumprimento secamente polido que recebeu. Voltou para o hotel, onde encontrou Staub em pessoa, que viera menos para provar suas roupas, as quais provou, do que para saber da hoteleira do Gaillard-Bois quais eram as condições financeiras de seu cliente desconhecido. Lucien chegara de diligência, a sra. de Bargeton o havia trazido do Vaudeville de carruagem na última quinta-feira. Essas informações eram boas. Staub chamou Lucien de sr. conde e o fez ver com que talento valorizara suas formas encantadoras.

— Um homem assim vestido — disse-lhe — pode ir passear nas Tuileries; e se casará com uma inglesa rica quinze dias depois.

Esse gracejo de alfaiate alemão e a perfeição de suas roupas, a delicadeza do tecido, a graça que descobria em si mesmo ao se olhar no espelho, essas pequenas coisas deixaram Lucien menos triste. Pensou vagamente que Paris era a capital do acaso, e por um instante acreditou no acaso.

Não tinha ele um livro de poesias e um magnífico romance manuscrito, *O arqueiro de Carlos IX*? Teve esperança em seu destino. Staub lhe prometeu a sobrecasaca e o resto das roupas para o dia seguinte.

No dia seguinte, o sapateiro das botas, a costureira e o alfaiate voltaram, todos munidos de suas faturas. Sem saber como despachá-los, Lucien, ainda sob o feitiço dos costumes da província, pagou-lhes; mas, depois de pagar, só lhe restaram trezentos e sessenta francos, dos dois mil que trouxera para Paris, onde estava fazia uma semana! No entanto, vestiu-se e foi dar uma volta no terraço dos Feuillants. Ali teve sua desforra. Estava tão bem-vestido, tão gracioso, tão bonito, que várias mulheres o olharam, e duas ou três ficaram bastante impressionadas com sua beleza a ponto de se virarem. Lucien estudou o andar e os modos dos rapazes e fez seu curso de belas maneiras enquanto pensava em seus trezentos e sessenta francos.

À noite, sozinho no quarto, veio-lhe a ideia de resolver o problema de sua vida no próprio hotel du Gaillard-Bois, onde almoçava os pratos mais simples, pensando em economizar. Pediu a nota, como um hóspede que quisesse se mudar, e viu-se devedor de uma centena de francos. No dia seguinte, correu ao Quartier Latin, que David lhe recomendara por ser barato. Depois de procurar muito tempo, acabou encontrando na rua de Cluny,* perto da Sorbonne, um miserável hotel mobiliado, onde pegou um quarto pelo preço que queria pagar. Logo em seguida pagou à hoteleira do Gaillard-Bois e foi, naquele mesmo dia, se instalar na rua de Cluny. Sua mudança só lhe custou uma corrida de fiacre. Depois de tomar posse de seu pobre quarto, reuniu todas as cartas da sra. de Bargeton, fez um pacote, o colocou sobre a mesa e, antes de lhe escrever, se pôs a pensar naquela funesta semana. Não pensou que ele mesmo fora o primeiro, levianamente, a renegar seu amor, sem saber o que seria de sua Louise em Paris; não enxergou os próprios

* Atual rua Victor-Cousin.

erros, viu sua situação atual; acusou a sra. de Bargeton: em vez de orientá-lo, ela o havia perdido. Enfureceu-se, encheu-se de orgulho e começou a escrever a seguinte carta, no paroxismo da raiva.

O que a senhora diria de uma mulher que tivesse se interessado por um pobre menino tímido, cheio dessas crenças nobres a que mais tarde o homem chama de ilusões, e que tivesse empregado as graças de seu coquetismo, os requintes de seu espírito e os mais belos semblantes do amor materno para desviar essa criança? Nem as promessas mais lisonjeiras, nem os castelos de cartas com que ele se maravilha, nada lhe custam; ela o leva, apodera-se dele, ora o repreende por sua pouca confiança, ora o afaga; quando a criança abandona sua família e a acompanha cegamente, ela o conduz à beira de um mar imenso, o faz entrar, com um sorriso, num frágil esquife e o lança sozinho, sem socorro, nas tormentas; depois, do rochedo no qual permanece, começa a rir e lhe deseja boa sorte. Essa mulher é a senhora, essa criança sou eu. Nas mãos dessa criança se encontra uma lembrança que poderia trair os crimes de sua beneficência e os favores de seu abandono. A senhora poderia ter motivos para enrubescer ao encontrar a criança às voltas com as ondas, se pensasse que a mantivera contra seu seio. Quando ler esta carta, terá essa lembrança em seu poder. Sinta-se livre para tudo esquecer. Depois das belas esperanças que seu dedo me mostrou no céu, avisto as realidades da miséria na lama de Paris. Enquanto a senhora irá, brilhante e adorada, pelas grandezas deste mundo a cujo limiar me trouxe, estarei tiritando no miserável sótão onde me jogou. Mas talvez um remorso venha agarrá-la no meio das festas e dos prazeres, talvez a senhora pense na criança que afundou num abismo. Pois bem, senhora, pense nisso sem remorso! Do fundo de sua miséria, esta criança lhe oferece a única coisa que lhe resta, seu perdão, num derradeiro olhar. Sim, graças à senhora não me resta mais nada. Nada? Não foi isso que serviu para fazer o mundo? O gênio deve imitar a Deus: começo por ter a clemência d'Ele, sem saber se d'Ele terei a força. A senhora só haveria de tremer se eu andasse mal; seria cúmplice de meus erros. Infelizmente, apiedo-me pelo fato de a senhora não poder ser mais nada na glória para a qual hei de me encaminhar, conduzido pelo trabalho.

Depois de escrever essa carta enfática, mas cheia dessa obscura dignidade que o artista de vinte e um anos costuma exagerar, Lucien se reportou em pensamento à sua família: reviu o lindo apartamento que David lhe decorara sacrificando parte de sua fortuna, teve uma visão das alegrias tranquilas, modestas, burguesas que ele provara; as sombras de sua irmã, de sua mãe, de David vieram ao seu redor, ouviu de novo as lágrimas que derramara na hora da partida e chorou, pois estava sozinho em Paris, sem amigos, sem protetores.

I

UMA CARTA

Dias depois, eis o que Lucien escreveu à irmã:

> Minha querida Ève,
> As irmãs têm o triste privilégio de esposar mais tristezas que alegrias, dividindo a existência de irmãos dedicados à Arte, e começo a temer vir a ser uma carga para você. Já não abusei de todos vocês, que se sacrificaram por mim? Essa lembrança de meu passado, tão repleto de alegrias da família, me sustentou contra a solidão de meu presente. Com que rapidez de águia voltando ao ninho não cruzei a distância que nos separa a fim de me encontrar numa esfera de afeições verdadeiras, depois de ter sofrido as primeiras misérias e as primeiras decepções do mundo parisiense! As luzes de vocês não faiscaram? Os tições de sua lareira rolaram? Ouviram zumbidos em seus ouvidos? Minha mãe disse: "Lucien pensa em nós"? David respondeu: "'Ele se debate com os homens e as coisas"? Minha Ève, escrevo esta carta só a você. Só a você ousarei confiar o bem e o mal que me acontecerem, enrubescendo com um e com outro, pois aqui o bem é tão raro quanto deveria ser o mal. Você saberá muitas coisas em poucas palavras: a senhora de Bargeton teve vergonha de mim, renegou-me, despachou-me, repudiou-me no nono dia depois de minha chegada. Ao me ver, desviou o olhar, e eu, para segui-la no mundo em que ela queria me lançar, gastei mil setecentos e sessenta francos dos dois mil trazidos de Angoulême e tão arduamente conseguidos. Em quê?,

você perguntará. Minha pobre irmã, Paris é um estranho sorvedouro: é possível se jantar por dezoito vinténs, e o mais simples jantar num *restaurât* elegante custa cinquenta francos; há coletes e calças de quatro francos e quarenta vinténs, os alfaiates da moda não os fazem por menos de cem francos. Dá-se um vintém para pular as valetas das ruas quando chove. Enfim, a menor corrida de carro custa trinta e dois vinténs. Depois de ter morado no bairro elegante, estou hoje no Hotel de Cluny, na rua de Cluny, uma das mais pobres e mais escuras ruelas de Paris, apertada entre três igrejas e os velhos prédios da Sorbonne. Ocupo um quartinho mobiliado no quarto andar desse hotel e, embora muito sujo e pobre, ainda pago por ele quinze francos por mês. Almoço um pãozinho de dois vinténs e um vintém de leite, mas janto muito bem por vinte e dois vinténs no *restaurât* de um tal de Flicoteaux, que fica na própria praça da Sorbonne. Até o inverno minha despesa não excederá sessenta francos por mês, tudo incluído, ao menos assim espero. Desse modo, meus duzentos e quarenta francos bastarão para os primeiros quatro meses. Daqui até lá, com certeza terei vendido *O arqueiro de Carlos IX* e *As margaridas*. Portanto, não tenha nenhuma preocupação a meu respeito. Se o presente é frio, nu, mesquinho, o futuro é azul, rico e esplêndido. A maioria dos grandes homens passou pelas vicissitudes que me afetam sem me abater. Plauto, um grande poeta cômico, foi moleiro. Maquiavel escrevia *O príncipe* à noite, depois de ter sido confundido com os operários durante o dia. Enfim, o grande Cervantes, que perdera o braço na batalha de Lepanto, contribuindo para a vitória daquele famoso dia, chamado de *velho* e *ignóbil maneta* pelos escrevinhadores de seu tempo, levou, por falta de livreiro, dez anos entre a primeira e a segunda parte de seu sublime *Dom Quixote*. Hoje não estamos mais nesse nível. As tristezas e a miséria só podem atingir os talentos desconhecidos, mas os escritores, quando são revelados, enriquecem, e eu serei rico. Aliás, vivo pelo pensamento, passo a metade do dia na biblioteca Sainte-Geneviève, onde adquiro a instrução que me falta e sem a qual não irei longe. Hoje me encontro, portanto, quase feliz. Em poucos dias conformei-me alegremente com minha situação. Dedico-me desde a manhã a um trabalho que amo; a vida material está garantida; medito muito, estudo, não vejo onde, agora, posso ser ferido, depois de ter renunciado ao mundo em que minha vaidade poderia sofrer a todo instante. Os homens ilustres de uma época são obrigados a viver isolados. Não são eles os pássaros da floresta? Cantam, encantam a natureza, e ninguém deve avistá-los. Assim farei, se é que conseguirei realizar os planos ambiciosos de meu espírito. Não lamento ter conhecido a senhora de Bargeton. Uma mulher que se comporta assim não merece qualquer lembrança. Tampouco lamento ter saído de Angoulême. Essa mulher tinha razão de me jogar em Paris, aqui me abandonando às minhas próprias forças. Esta terra é a dos escritores, dos pensadores, dos poetas. Só aqui se cultiva a glória, e conheço as belas colheitas que hoje ela produz. Só aqui os escritores podem encontrar, nos museus e nas coleções, as obras vivas dos gênios do passado que aquecem as imaginações e as estimulam. Só aqui imensas bibliotecas abertas permanentemente oferecem ao espírito informações e alimento. Por fim, em Paris há no ar e nos menores detalhes um espírito que se respira e se imprime nas criações literárias. Aprende-se mais coisas conversando no café, no teatro por meia hora que na província em dez anos. Aqui, realmente, tudo é espetáculo, comparação e instrução. Tudo extremamente barato, tudo extremamente caro, isso é Paris, onde toda abelha encontra seu alvéolo, onde toda alma assimila o que lhe é próprio. Portanto, se neste momento estou sofrendo, não me arrependo de nada. Ao contrário, um belo futuro se desdobra e alegra meu coração por um instante dolorido. Adeus, minha querida irmã, não espere receber regularmente cartas minhas: uma das particularidades de Paris é que realmente não se sabe como o tempo passa. A vida aqui é de uma assustadora rapidez. Beijo minha mãe, David, e a você, mais ternamente que nunca. Adeus, pois. Seu irmão que a ama, Lucien.

2

FLICOTEAUX

Flicoteaux é um nome inscrito em muitas memórias. Há poucos estudantes instalados no Quartier Latin durante os doze primeiros anos da Restauração que não tenham frequentado esse templo da fome e da miséria. O jantar, composto de três pratos, custava dezoito vinténs, com uma jarrinha de vinho ou uma garrafa de cerveja, e vinte e dois vinténs com uma garrafa de vinho. O que, sem a menor dúvida, impediu a esse amigo da juventude fazer uma fortuna colossal é um item de seu programa, também impresso em letras grandes nos cartazes de seus concorrentes, e assim concebido: PÃO À DISCRIÇÃO, isto é, até a indiscrição. Muitos homens gloriosos tiveram Flicoteaux como pai de criação. Na verdade, o coração de mais de um homem célebre deve sentir o deleite de mil lembranças indizíveis diante da fachada de pequenos ladrilhos dando para a praça da Sorbonne e para a rua Neuve-de-Richelieu,* que Flicoteaux II ou III ainda respeitaram, antes dos dias da Revolução de Julho de 1830, deixando-lhes aqueles tons amarronzados, aquele ar antigo e respeitável que anunciava um profundo desprezo pelo charlatanismo das aparências externas, essa espécie de anúncio feito para os olhos em detrimento do ventre por quase todos os restaurantes de hoje. Em vez das profusões de cabeças de caça empalhadas, destinadas a jamais ser cozinhadas, em vez desses peixes fantásticos que

* Rua hoje desaparecida.

justificam a expressão do saltimbanco: "Vi uma bela carpa, penso em comprá-la daqui a oito dias"; em vez dessas primícias de frutas, que deveriam se chamar "postmícias", expostas em bancadas falaciosas para o prazer dos soldados e de suas namoradinhas, o honesto Flicoteaux expunha compoteiras guarnecidas de muitos modos, nas quais montes de ameixas pretas cozidas alegravam os olhos do consumidor, certo de que essa palavra, *sobremesa*, muito prodigalizada em outros cartazes, não era uma balela. Os pães de seis libras, cortados em quatro pedaços, consubstanciavam a promessa de pão à discrição. Este era o luxo de um estabelecimento que, em sua época, Molière teria celebrado, de tal forma eram divertidas as implicações do nome. Flicoteaux subsiste, viverá enquanto os estudantes quiserem viver. Ali se come, nada menos, nada mais; mas se come como se trabalha, com uma atividade sombria ou alegre, dependendo dos temperamentos ou das circunstâncias. Esse famoso estabelecimento consistia, na época, em duas salas dispostas em esquadro, compridas, estreitas e baixas, iluminadas, uma para a praça da Sorbonne, a outra para a rua Neuve-de-Richelieu; ambas mobiliadas com mesas vindas de algum refeitório abacial, pois seu cumprimento tinha algo de monástico, e os talheres ali eram postos junto com os guardanapos de cada freguês regular, passados em argolas numeradas de metal furta-cor. Flicoteaux I só mudava as toalhas aos domingos; mas Flicoteaux II as trocava, dizem, duas vezes por semana, depois que a concorrência ameaçou sua dinastia. Esse restaurante é uma oficina com seus utensílios, e não a sala de banquetes com sua elegância e seus prazeres: dali todos saem prontamente. Dentro, os gestos são rápidos. Os garçons vão e vêm sem perder tempo, todos estão ocupados, todos são necessários. Os pratos são pouco variados. A batata é eterna e, se não houvesse uma só batata na Irlanda, se estivesse faltando por todo lado, no Flicoteaux se encontraria. Ali faz trinta anos que ela se apresenta sob aquela cor loura que Ticiano amava, salpicada de hortaliças picadinhas, e goza de um privilégio invejado pelas mulheres: tal como você a viu em 1814, assim a encontrará em 1840. As costeletas de carneiro, o filé de boi são, para o cardápio desse estabelecimento, o que os tetrazes e os filés de esturjão são para o Véry, pratos extraordinários que exigem ser encomendados desde a manhã. Ali a fêmea do boi domina, e seu filho abunda sob os aspectos mais engenhosos. Quando a pescada e as cavalas dão à costa no oceano, elas pululam no Flicoteaux. Ali tudo está ligado às vicissitudes da agricultura e aos caprichos das estações do ano na França. Ali se aprendem coisas de que não desconfiam os ricos, os ociosos, os indiferentes às fases da natureza. O estudante instalado no Quartier Latin tem ali o conhecimento mais exato dos Tempos: sabe quando a colheita dos feijões e das ervilhas deu certo, quando o mercado transborda de repolhos, qual é a salada da estação e se anda faltando beterraba. Uma velha calúnia, repetida na época em que Lucien ia lá, consistia em atribuir o aparecimento dos bifes a uma mortandade qualquer dos cavalos.

Poucos restaurantes parisienses oferecem tão belo espetáculo. Ali se encontram apenas juventude e fé, só miséria alegremente suportada, embora não faltem, porém, os rostos calorosos e graves, sombrios e inquietos. As roupas são, em geral, desleixadas. Assim, notam-se os fregueses que chegam bem vestidos. Todos sabem o que aquele traje extraordinário significa: uma amante esperada, uma ida ao espetáculo ou uma visita aos círculos superiores. Ali se formaram, dizem, certas amizades entre vários estudantes que mais tarde ficaram famosos, como veremos nesta história. No entanto, exceto os rapazes da mesma região, reunidos na mesma ponta da mesa, em geral os fregueses têm uma gravidade que dificilmente se descontrai, talvez porque o vinho seja batizado, o que se opõe a qualquer efusão. Os que cultivaram o Flicoteaux podem se lembrar de vários personagens sombrios e misteriosos, envoltos nas brumas da mais fria miséria, que lá conseguiram jantar durante dois anos e desaparecer sem que nenhuma luz tenha iluminado esses duendes parisienses aos olhos dos fregueses mais curiosos. As amizades esboçadas no Flicoteaux se selavam nos cafés vizinhos sob as chamas de um ponche licoroso, ou ao calor de uma meia xícara de café abençoada por uma aguardente qualquer.

Durante os primeiros dias de sua hospedagem no Hotel de Cluny, Lucien, como qualquer neófito, teve um comportamento tímido e convencional. Depois da triste experiência da vida elegante que acabava de absorver seu capital, atirou-se no trabalho com esse primeiro ardor tão rapidamente dissipado pelas dificuldades e pelas diversões que Paris oferece a todas as existências, tanto às mais luxuosas como às mais pobres, e que, para ser domadas, exigem a selvagem energia do verdadeiro talento ou o sombrio desejo de ambição. Lucien caía no Flicoteaux lá pelas quatro e meia, depois de ter reparado na vantagem de ser um dos primeiros a chegar; os pratos eram então mais variados, aquele que se preferia ainda não tinha acabado. Como todos os espíritos poéticos, ele se apegara a um lugar, e sua escolha traduzia bastante discernimento. Desde o primeiro dia em que entrou no Flicoteaux, distinguira, perto do balcão, uma mesa na qual as fisionomias dos fregueses, tanto quanto suas conversas, que ele captava ao léu, lhe denunciaram companheiros literários. Aliás, uma espécie de instinto o levou a adivinhar que, se postando perto do balcão, poderia parlamentar com os donos do restaurante. Com o tempo, o conhecimento se estabeleceria e no dia das desgraças financeiras ele sem dúvida conseguiria o necessário crédito. Portanto, sentara-se a uma mesinha quadrada ao lado do balcão, onde viu apenas dois talheres acompanhados de dois guardanapos brancos sem argola, e destinados provavelmente aos que iam e vinham. O freguês em frente de Lucien era um rapaz magro e pálido, tudo indicava que tão pobre quanto ele, e cujo belo rosto já emaciado prenunciava que as esperanças frustradas tinham lhe cansado a fronte e deixado na alma os sulcos em que os grãos semeados já não germinavam. Lucien se sentiu atraído pelo desconhecido por esses vestígios de poesia e por um irresistível impulso de simpatia.

Esse rapaz, o primeiro com quem o poeta de Angoulême conseguiu trocar umas palavras, ao fim de uma semana de pequenas gentilezas, palavrinhas e observações feitas, se chamava Étienne Lousteau. Como Lucien, Étienne deixara sua província, uma cidade do Berry, havia dois anos. Seus gestos animados, seu olhar brilhante, sua fala breve por instantes, traíam um amargo conhecimento da vida literária. Étienne viera de Sancerre, com sua tragédia no bolso, atraído pelo que pungia Lucien: a glória, o poder e o dinheiro. Esse rapaz, que de início jantou vários dias seguidos, logo só apareceu ocasionalmente. Depois de cinco ou seis dias de ausência, Lucien reencontrou uma vez seu poeta e esperava revê-lo no dia seguinte; mas no dia seguinte o lugar estava ocupado por um desconhecido. Entre jovens, quando eles se viram na véspera o fogo da conversa de ontem se reflete na de hoje; mas esses intervalos obrigavam Lucien a, toda vez, quebrar o gelo, e adiavam igualmente uma intimidade que, nas primeiras semanas, fez poucos avanços. Depois de interrogar a senhora do balcão, Lucien ficou sabendo que seu futuro amigo era redator de um jornaleco, no qual escrevia artigos sobre os livros novos e críticas das peças levadas no L'Ambigu-Comique, no La Gaieté e no Panorama-Dramatique. De repente, esse rapaz se tornou uma personalidade aos olhos de Lucien, que contou poder entabular conversa com ele de um modo um pouco mais íntimo e fazer certos sacrifícios em troca de uma amizade tão necessária a um estreante. O jornalista ficou quinze dias ausente. Lucien ainda não sabia que Étienne só jantava no Flicoteaux quando estava sem dinheiro, o que lhe dava aquele ar sombrio e desencantado, aquela frieza à qual Lucien contrapunha sorrisos lisonjeiros e palavras suaves. No entanto, essa relação exigia reflexões amadurecidas, pois o jornalista obscuro parecia levar uma vida cara, mesclada de aperitivos, xícaras de café, taças de ponche, espetáculos e ceias. Ora, durante os primeiros dias de sua instalação no bairro, o comportamento de Lucien foi o de uma pobre criança aturdida com a primeira experiência da vida parisiense. Assim, depois de estudar o preço das bebidas e sopesar sua bolsa, Lucien não ousou assumir a pose de Étienne, temendo recomeçar os equívocos de que ainda se arrependia. Sempre sob o jugo das religiões da província, seus dois anjos da guarda, Ève e David, se erguiam diante do menor mau pensamento e lhe lembravam as esperanças postas nele, a felicidade que devia à sua velha mãe e todas as promessas de seu gênio. Ele passava as manhãs na biblioteca Sainte-Geneviève, estudando história. Suas primeiras pesquisas o levaram a perceber erros horrorosos em seu romance sobre *O arqueiro de Carlos IX*. Fechada a biblioteca, ia para o quarto úmido e frio corrigir sua obra, reescrevê-la, suprimir capítulos inteiros. Depois de jantar no Flicoteaux, descia até a Cour du Commerce, lia no gabinete literário de Blosse as obras de literatura contemporânea, os jornais, as coleções periódicas, os livros de poesia para se inteirar do movimento intelectual, e voltava para seu miserável hotel por volta de meia-noite sem ter gasto lenha nem luz. Essas leituras mudavam tão imensamente suas ideias que ele reviu a coletânea de sonetos sobre as flores, suas queridas *Margaridas*, e os retrabalhou tão bem que não restaram nem cem versos intactos. Portanto, primeiro Lucien levou a vida inocente e pura dos pobres meninos de província que acham o Flicoteaux um luxo, em comparação com a comida corrente da casa paterna, que se divertem nos vagarosos passeios pelas alamedas do Luxembourg, observando com olhar oblíquo e o peito cheio de sangue as mulheres bonitas, e que não saem do bairro e se dedicam santamente ao trabalho, pensando no futuro. Mas Lucien, nascido poeta, em breve submetido a imensos desejos, se viu sem forças contra as seduções dos cartazes dos espetáculos. O Théâtre-Français, o Vaudeville, o Variétés, o Opéra-Comique, onde ele comprava os lugares mais baratos, subtraíram-lhe uns sessenta francos. Qual estudante podia resistir à felicidade de ver Talma nos papéis que ele tornou ilustres? O teatro, esse primeiro amor de todos os espíritos poéticos, fascinou Lucien. Os atores e as atrizes lhe pareciam personagens imponentes; não acreditava na possibilidade de subir à coxia e vê-los com familiaridade. Aqueles autores de seus prazeres eram para ele criaturas maravilhosas que os jornais tratavam como os grandes interesses do Estado. Ser autor dramático, ser representado, que sonho afagado! Esse sonho, alguns audaciosos como Casimir Delavigne realizavam!

Esses pensamentos fecundos, esses momentos de crença em si, seguidos de desespero, agitaram Lucien e o mantiveram na via sacra do trabalho e da economia, apesar dos roncos surdos de mais de um fanático desejo. Por excesso de sensatez, ele se proibiu de entrar no Palais-Royal, aquele lugar de perdição onde, num só dia, gastara cinquenta francos no Véry e quase quinhentos em roupas. Assim, quando cedia à tentação de ver Fleury, Talma, os dois Baptiste ou Michot, não ia mais longe que à obscura galeria onde se fazia fila desde as cinco e meia da tarde e onde os retardatários eram obrigados a comprar por dez vinténs um lugar quase no corredor. Volta e meia, depois de terem passado duas horas ali, as palavras "Os ingressos acabaram!" retiniam no ouvido de mais de um estudante desapontado. Depois do espetáculo, Lucien voltava cabisbaixo, praticamente não olhando para as ruas, então povoadas de seduções vivas. Talvez lhe tenha acontecido algumas dessas aventuras de extrema simplicidade mas que ocupam um lugar imenso nas jovens imaginações timoratas. Assustado com a baixa de seus capitais, um dia em que contou seus escudos Lucien teve suores frios pensando na necessidade de procurar um livreiro e buscar alguns trabalhos pagos. O jovem jornalista de quem, sem depender de ninguém, tinha se tornado amigo não ia mais ao Flicoteaux. Lucien esperava um acaso, que não se apresentava. Em Paris, só há acaso para as pessoas extremamente relacionadas; o número das relações aumenta as chances de êxitos de todo tipo, e o acaso também está do lado dos grandes batalhões. Como homem em quem a previdência dos interioranos ainda subsistia, Lucien não quis chegar ao ponto de não ter mais que uns poucos escudos: resolveu enfrentar os livreiros.

3

DOIS TIPOS DE LIVREIROS

Numa manhã bem fria de setembro, ele desceu pela rua de la Harpe, com seus dois manuscritos debaixo do braço. Caminhou até o Quai des Augustins, passeou pela calçada, olhando alternadamente para a água do Sena e as lojas dos livreiros, como se um bom gênio o aconselhasse a se jogar na água em vez de se jogar na literatura. Depois de pungentes hesitações, depois de um exame aprofundado das figuras mais ou menos afetuosas, engraçadas, carrancudas, alegres ou tristes que ele observava através das vidraças ou na soleira das portas, avistou uma casa diante da qual caixeiros apressados embalavam livros. Ali se faziam expedições, as paredes estavam cobertas de cartazes.

À VENDA
Le Solitaire, do sr. Visconde d'Arlincourt.
Terceira edição.
Léonide, de Victor Ducange, cinco volumes in-12
impressos em papel fino. Preço: doze francos.
Inductions morales, de Kératry.

"Esses aí são felizes!", pensava Lucien.

O cartaz, criação nova e original do famoso Ladvocat, florescia então pela primeira vez nas paredes. Logo Paris foi colorida pelos imitadores desse método de reclames, fonte de uma das rendas públicas. Por fim, com o coração latejando de sangue e aflição, Lucien, outrora tão grande em Angoulême e agora tão pequeno em Paris, se esgueirou ao longo das casas e, com a cara e a coragem, entrou naquela loja abarrotada de caixeiros, fregueses, livreiros! "E talvez autores", pensou Lucien.

— Gostaria de falar com o senhor Vidal ou com o senhor Porchon — disse a um caixeiro.

Tinha lido na tabuleta em letras grandes:

VIDAL E PORCHON
LIVREIROS DISTRIBUIDORES PARA
A FRANÇA E O ESTRANGEIRO

— Esses dois senhores estão tratando de negócios — respondeu um caixeiro atarefado.

— Esperarei.

Deixaram-no na loja, onde examinou os pacotes; ficou duas horas olhando os títulos, abrindo os livros, lendo páginas aqui e ali. Lucien acabou encostando o ombro numa vidraça guarnecida de cortininhas verdes, atrás da qual desconfiou que estava Vidal ou Porchon, e ouviu a seguinte conversa:

— Quer ficar com quinhentos exemplares? Então os passo a cinco francos e lhe dou dois grátis para cada doze vendidos.

— A que preço ficariam?

— Dezesseis vinténs a menos.

— Quatro francos e quatro vinténs — disse Vidal ou Porchon àquele que oferecia seus livros.

— Está bem — respondeu o vendedor.

— Abro-lhe um crédito? — perguntou o comprador.

— Velho galhofeiro! E me pagaria daqui a dezoito meses, com promissórias para um ano?

— Não, pagas imediatamente — respondeu Vidal ou Porchon.

— Em que prazo, nove meses? — perguntou o livreiro ou o autor que, sem dúvida, oferecia um livro.

— Não, meu caro, um ano — respondeu um dos livreiros distribuidores.

Houve um momento de silêncio.

— Você está me enforcando! — exclamou o desconhecido.

— Mas será que teremos escoado em um ano quinhentos exemplares de *Léonide*? — perguntou o livreiro distribuidor ao editor de Victor Ducange. — Se os livros saíssem segundo o desejo dos editores, seríamos milionários, meu querido mestre; mas saem segundo a vontade do público. Damos os romances de Walter Scott por dezoito vinténs o volume, três livros por doze vinténs o exemplar, e quer que eu venda seus livros mais caro? Se quiser que eu dê um empurrão neste romance, apresente-me vantagens. Vidal!

Um homem gordo saiu da caixa e apareceu, com uma pluma passada entre a orelha e a cabeça.

— Em sua última viagem, quantos Ducange você escoou? — perguntou-lhe Porchon.

— Fiz duzentos *Petit vieillard de Calais*, mas para colocá-los tive de baixar o preço de duas outras obras sobre as quais não nos davam descontos tão grandes, e que se tornaram uns lindos *rouxinóis*.

Mais tarde Lucien aprendeu que esse apelido de rouxinol era dado pelos livreiros às obras que ficam empoleiradas nas prateleiras, nas profundas solidões de seus depósitos.

— Aliás, você sabe — prosseguiu Vidal — que Picard anda preparando romances. Prometem-nos vinte por cento de desconto sobre o preço corrente de livraria, a fim de promovermos um lançamento de sucesso em torno deles.

— Está bem! A um ano — respondeu tristemente o editor fulminado pela última observação confidencial de Vidal a Porchon.

— Combinado? — perguntou claramente Porchon ao desconhecido.

— Sim.

O livreiro saiu. Lucien ouviu Porchon dizer a Vidal:

— Temos trezentos exemplares pedidos, protelaremos o pagamento a ele, venderemos os *Léonide* por cem vinténs a unidade, então os faremos pagar com seis meses de prazo, e...

— E — disse Vidal —, aí estão mil e quinhentos francos ganhos.

— Ah, bem que eu vi que ele andava em apuros.

— Ele está se afundando! Paga quatro mil francos a Ducange por dois mil exemplares.

Lucien parou Vidal, que fechava a portinha daquele cubículo.

— Senhores — disse aos dois sócios —, tenho a honra de cumprimentá-los.

Os livreiros mal o saudaram.

— Sou autor de um romance sobre a história da França, no estilo de Walter Scott e cujo título é *O arqueiro de Carlos IX*; proponho-lhes que me comprem?

Porchon deu a Lucien um olhar sem calor, pondo sua pluma em cima da mesa.

Vidal, de seu lado, olhou para o autor de um jeito brutal e respondeu:

— Cavalheiro, não somos livreiros editores, somos livreiros distribuidores. Quando fazemos livros por nossa conta, trata-se de operações que então empreendemos com *nomes feitos*. Aliás, só compramos livros sérios, histórias, resumos.

— Mas meu livro é muito sério, pois pinta sob seu verdadeiro enfoque a luta dos católicos, que eram a favor do governo absoluto, contra os protestantes, que queriam estabelecer a república.

— Senhor Vidal! — gritou um caixeiro.

Vidal se esquivou.

— Não lhe digo, meu senhor, que seu livro não seja uma obra-prima — recomeçou Porchon fazendo um gesto indelicado —, mas só cuidamos de livros já fabricados. Vá ver os que compram manuscritos, como o *seu* Doguereau, na rua du Coq,* perto do Louvre, ele é um dos que trabalham com romances. Se tivesse falado mais cedo... pois acabamos de ver Pollet, o concorrente de Doguereau e dos livreiros das Galerias de Madeira.

* Atual rua Marengo.

— Tenho, senhor, uma coletânea de poesia...

— Senhor Porchon! — gritaram.

— Poesia — exclamou Porchon, furioso. — E quem pensa que eu sou? — acrescentou, rindo na cara dele e desaparecendo no fundo da loja.

Lucien atravessou a Pont-Neuf, às voltas com mil reflexões. O que ele compreendera desse jargão comercial o fez adivinhar que, para aqueles livreiros, os livros eram como os bonés de algodão para os chapeleiros, uma mercadoria para se vender caro e se comprar barato.

"Enganei-me", pensou, impressionado porém com o aspecto brutal e material que a literatura assumia.

Avistou na rua du Coq uma loja modesta em frente da qual já tinha passado, e em que estavam pintadas em letras amarelas, contra um fundo verde, estas palavras: DOGUEREAU, LIVREIRO. Lembrou-se de ter visto aquelas palavras repetidas no frontispício de vários romances que lera no gabinete literário de Blosse. Entrou, não sem essa trepidação íntima causada em todos os homens imaginativos pela certeza de uma luta. Encontrou na loja um velhinho singular, uma das figuras originais da livraria na época do Império. Doguereau usava uma casaca preta de grandes abas quadradas, quando então a moda talhava os fraques com a chamada cauda de bacalhau. Vestia um colete de pano comum, de xadrez de várias cores, de onde pendiam, no lugar do bolso do relógio, uma corrente de aço e uma chave de cobre que balançavam sobre uma ampla calça preta. O relógio devia ter o tamanho de uma cebola. Essa roupa era completada por meias de lã, cor cinza chumbo, e sapatos enfeitados com fivelas de prata. O velhote estava de cabeça nua, decorada de cabelos grisalhos espalhados um tanto poeticamente. O *seu* Doguereau, como o chamara Porchon, lembrava, pela casaca, pela calça e pelos sapatos, um professor de belas letras, e um comerciante pelo colete, o relógio e as meias. Sua fisionomia não desmentia a singular aliança: tinha o ar magistral e dogmático, o rosto encovado do professor de retórica, e os olhos vivos, a boca desconfiada, a vaga inquietação do livreiro.

— Senhor Doguereau? — perguntou Lucien.

— Sou eu, sim, senhor....

— Sou autor de um romance — disse Lucien.

— O senhor é muito moço — disse o livreiro.

— Mas minha idade não tem nada a ver com a história.

— É verdade — disse o velho livreiro pegando o manuscrito. — Ah, diachos! *O arqueiro de Carlos IX*, um bom título. Vejamos, meu jovem, conte-me seu tema, em duas palavras.

— É uma obra histórica no gênero de Walter Scott, em que o caráter da luta entre os protestantes e os católicos é apresentado como um combate entre dois sistemas de governo, e em que o trono estava seriamente ameaçado. Tomei o partido dos católicos.

— Ei! Mas, meu jovem, quantas ideias. Pois bem, lerei sua obra, prometo. Teria preferido um romance no gênero da senhora Radcliffe, mas, se você é trabalhador, se tiver um pouco de estilo, concepção, ideias, a arte da encenação, não peço mais nada para lhe ser útil. De que precisamos?... De bons manuscritos.

— Quando poderei vir?

— Vou à noite para o campo, estarei de volta depois de amanhã, terei lido sua obra e, se me convier, poderemos tratar no próprio dia.

Lucien, vendo-o tão bonzinho, teve a ideia funesta de tirar o manuscrito de *As margaridas*.

— Também tenho uma coletânea de versos, senhor....

— Ah! Você é poeta, então não quero mais seu romance — disse o velhinho, entregando-lhe o manuscrito. — Os versejadores fracassam quando querem fazer prosa. Na prosa não tem conversa fiada, é absolutamente necessário dizer alguma coisa.

— Mas, meu senhor, Walter Scott também fez versos.

— É verdade — disse Doguereau, que amansou, adivinhou a penúria do rapaz e ficou com o manuscrito. — Onde mora? Irei vê-lo.

Lucien deu o endereço, sem desconfiar que o velhote teria segundas intenções; não reconhecia nele o livreiro da velha escola, um homem da época em que os livreiros desejavam manter num sótão, e a sete chaves, Voltaire e Montesquieu morrendo de fome.

— Eu venho justamente pelo Quartier Latin — disse-lhe o velho livreiro depois de ler o endereço.

"Que homem bom!", pensou Lucien ao cumprimentar o livreiro. "Então encontrei um amigo da juventude, um conhecedor que sabe alguma coisa. Que me falem de homens assim! Eu bem que dizia a David: em Paris o talento triunfa facilmente."

Lucien voltou feliz e leve, sonhava com a glória. Sem mais pensar nas palavras sinistras que acabavam de martelar em seus ouvidos no balcão de Vidal e Porchon, via-se rico com pelo menos mil e duzentos francos. Mil e duzentos francos representavam um ano de permanência em Paris, um ano durante o qual prepararia novas obras. Quantos projetos construídos sobre essa esperança? Quantos doces devaneios ao ver sua vida assentada sobre o trabalho? Sentiu-se firme, com a vida arrumada, faltou pouco para que não fizesse umas compras. E tapeou sua impaciência com as leituras constantes no gabinete de Blosse. Dois dias depois, o velho Doguereau, surpreso com o estilo que Lucien exibira em sua primeira obra, encantado com o exagero dos caracteres, permitido na época em que se desenrolava o drama, impressionado com os arroubos imaginativos com que um jovem autor sempre esboça seu primeiro plano — não era difícil agradar o *seu* Doguereau! —, foi ao hotel onde morava aquele Walter Scott em gestação. Estava decidido a pagar mil francos pela propriedade integral de *O arqueiro de Carlos IX*, e a prender Lucien por um contrato para várias obras. Ao ver o hotel, a velha raposa voltou atrás: "um rapaz instalado aqui tem gostos modestos, ama o estudo, o trabalho; posso lhe dar apenas oitocentos francos". A hoteleira, a quem perguntou pelo sr. Lucien de Rubempré, lhe respondeu:

— Quarto andar!

O livreiro levantou o nariz e viu apenas céu acima do quarto andar. "Esse jovem", pensou, "é rapaz bonito, é mesmo muito bonito; se ganhasse dinheiro demais, se dissiparia, não trabalharia mais. Em nosso interesse comum, vou lhe oferecer seiscentos francos; mas em prata, e não em cédulas". Subiu a escada, bateu três vezes à porta de Lucien, que foi abrir. O quarto era desesperadamente despojado. Havia sobre a mesa uma tigela de leite e uma bisnaga de dois vinténs. Essa miséria do gênio impressionou o bom Doguereau. "Que ele conserve", pensou, "esses costumes simples, essa frugalidade, essas necessidades modestas."

— Que prazer vê-lo — disse a Lucien. — Era assim que vivia Jean-Jacques, com quem você deve ter mais de um ponto em comum. Nestes alojamentos brilha o fogo do gênio e se escrevem as grandes obras. Assim é que deveriam viver os literatos, em vez de fazer farras nos cafés, nos restaurantes, onde perdem seu tempo, seu talento e nosso dinheiro.

Sentou-se.

— Jovem, seu romance não é mau. Fui professor de retórica, conheço a história da França; há excelentes coisas. Enfim, você tem futuro.

— Ah, senhor!

— Pois é, estou lhe dizendo, podemos fazer negócios juntos. Compro seu romance...

O coração de Lucien se dilatou, palpitou de satisfação, ele ia entrar no mundo literário, seria afinal publicado.

— Compro-o por quatrocentos francos — disse Doguereau num tom melífluo e olhando Lucien de um jeito que parecia anunciar um esforço de generosidade.

— Por volume? — perguntou Lucien.

— Pelo romance — disse Doguereau, sem se espantar com a surpresa de Lucien. — Mas será à vista. Você se comprometerá a me fazer dois por ano, durante seis anos. Se o primeiro esgotar em seis meses, pago-lhe pelos seguintes seiscentos francos. Assim, a dois por ano, terá cem francos por mês, terá sua vida assegurada, será feliz. Tenho autores a quem só pago trezentos francos por romance. Dou duzentos francos por uma tradução do inglês. Antigamente, esse preço seria exorbitante.

— Meu senhor, não poderemos nos entender, peço-lhe que me devolva meu manuscrito — disse Lucien, glacial.

— Aqui está — disse o velho livreiro. — Você não conhece os negócios. Publicando o primeiro romance de um autor, um editor deve arriscar mil e seiscentos francos de impressão e papel. É mais fácil fazer um romance que encontrar uma soma dessas. Tenho cem manuscritos de romances em casa, e não tenho cento e sessenta mil francos em caixa. Infelizmente, não ganhei essa quantia nos vinte anos em que sou livreiro! Portanto, não se faz fortuna no ofício de imprimir romances. Vidal e Porchon só nos pegam os romances em condições que se tornam cada dia mais onerosas para nós. Se você arrisca seu tempo, eu devo, de meu lado, desembolsar dois mil francos. Se nos enganamos, pois *habent sua fata libelli*,* perco dois mil francos; quanto a você, basta lançar uma ode contra a estupidez pública. Depois de ter meditado sobre o que tenho a honra de lhe dizer, você irá me ver de novo. Voltará a mim — repetiu o livreiro com autoridade, para responder a um gesto cheio de soberbia que Lucien deixou escapar. — Longe de encontrar um livreiro que queira arriscar dois mil francos num jovem desconhecido, você não encontrará um só caixeiro que se dê ao trabalho de ler suas garatujas. Eu, que as li, posso lhe assinalar vários erros de francês. Você pôs *observer* em vez de *faire observer*, e *malgré que*. Ora, *malgré* pede regência direta.

Lucien pareceu humilhado.

— Quando nos revirmos, terá perdido cem francos — acrescentou —, pois então não lhe darei mais que cem escudos.

Levantou-se, cumprimentou, mas na soleira da porta disse:

— Se não tivesse talento, futuro, se eu não me interessasse pelos jovens estudiosos, não teria lhe proposto tão belas condições. Cem francos por mês! Pense nisso. Afinal

* Os livros têm seu destino.

de contas, um romance dentro de uma gaveta não é como um cavalo na cavalariça: ele não precisa de comida. Mas, na verdade, também não rende nada!

Lucien pegou o manuscrito, jogou-o no chão exclamando:

— Prefiro queimá-lo, senhor!

— Você tem uma cabeça de poeta — disse o velhote.

Lucien devorou o pãozinho, bebeu o leite e desceu. Seu quarto não era espaçoso o suficiente, se ficasse ali acabaria rodando sobre si mesmo como um leão na jaula do Jardin des Plantes.

4

UM PRIMEIRO AMIGO

Na biblioteca Sainte-Geneviève, aonde Lucien contava ir, ele sempre observara no mesmo canto um rapaz de uns vinte e cinco anos que trabalhava com essa aplicação constante que nada distrai nem perturba, e pela qual se reconheciam os verdadeiros operários literários. Com certeza fazia muito tempo que o rapaz ia lá, pois os empregados e o próprio bibliotecário tinham com ele certas indulgências; o bibliotecário o deixava levar livros que Lucien via no dia seguinte o estudioso desconhecido trazer de volta, e nele reconhecia um irmão de miséria e esperança. Baixo, magro e pálido, esse trabalhador escondia uma bela fronte sob uma basta cabeleira preta muito maltratada, tinha belas mãos, atraía o olhar dos indiferentes por uma vaga semelhança com o retrato de Bonaparte gravado por Robert Lefèvre. Essa gravura é todo um poema de inflamada melancolia, ambição contida, atividade oculta. Examinem-na bem! Aí encontrarão gênio e discrição, delicadeza e grandeza. Os olhos têm inteligência, como olhos de mulher. O olhar é ávido de espaço e desejoso de dificuldades a superar. Se o nome de Bonaparte não estivesse escrito ali, vocês a contemplariam da mesma maneira, longamente. O rapaz que encarnava essa gravura vestia ordinariamente uma calça com presilha dentro de sapatos de solado grosso, uma sobrecasaca de pano comum, uma gravata preta, um colete de lã cinza mesclada de branco, abotoado até o alto, e um chapéu barato. Seu desprezo por qualquer detalhe inútil era visível. Lucien encontrava esse misterioso desconhecido, marcado pela chancela que o gênio imprime na fronte de seus escravos, no Flicoteaux como o mais regular de todos os fregueses habituais; comia ali para se sustentar, sem prestar atenção aos alimentos com os quais parecia familiarizado, e bebia água. Fosse na biblioteca, fosse no Flicoteaux, exibia em tudo uma espécie de dignidade que, com toda certeza, vinha da consciência de uma vida ocupada por alguma coisa de grande, e que o tornava inabordável. Seu olhar era pensativo. A meditação habitava sua bela fronte nobremente talhada. Seus olhos pretos e vivos, que viam bem e prontamente, anunciavam o hábito de ir ao fundo das coisas. Simples nos gestos, tinha um jeito grave. Lucien sentia por ele um respeito involuntário. Já várias vezes um e outro haviam se entreolhado como querendo se falar, na entrada ou na saída da biblioteca ou do restaurante, mas nem um nem outro tinha ousado. O rapaz calado ia para o fundo da sala, no ângulo que dava para a praça da Sorbonne. Portanto, Lucien não conseguira se ligar a ele, embora se sentisse empolgado com aquele jovem trabalhador que traía os sintomas indizíveis da superioridade. Um e outro, como admitiram mais tarde, eram duas naturezas virgens e tímidas, dadas a todos os medos cujas emoções agradam aos homens solitários. Sem o súbito encontro no momento do desastre que acabava de acontecer com Lucien, talvez jamais tivessem entrado em contato. Mas, ao entrar na rua des Grès,* Lucien avistou o jovem desconhecido que voltava da Saint-Geneviève.

— A biblioteca está fechada, não sei por quê — disse-lhe.

Nesse instante Lucien tinha lágrimas nos olhos, e agradeceu ao desconhecido com um desses gestos que são mais eloquentes que o discurso, e que, de rapaz para rapaz, logo abrem os corações. Ambos desceram a rua des Grès se dirigindo para a rua de La Harpe.

— Então vou passear no Luxembourg — disse Lucien. — Quando a gente já saiu, é difícil voltar para trabalhar.

* Início da atual rua Cujas.

— Já perdemos o fio das ideias necessárias — retrucou o desconhecido. — Você parece triste?

— Acaba de me acontecer uma aventura singular — disse Lucien.

Contou suas andanças pelo cais, depois a visita ao velho livreiro e as propostas que acabava de receber; disse seu nome e explicou brevemente sua situação. Mais ou menos no último mês gastara sessenta francos para viver, trinta francos de hotel, vinte francos de teatro, dez francos de gabinete literário, ao todo cento e vinte francos; só lhe restavam cento e vinte.

— Sua história — disse-lhe o desconhecido — é a minha e a de mil a mil e duzentos jovens que, todo ano, vêm da província para Paris. Ainda não somos os mais infelizes. Está vendo esse teatro? — perguntou, mostrando-lhe o cocuruto do Odéon. — Um dia, foi morar numa das casas que existem naquela praça um homem de talento que tinha rolado pelos abismos da miséria; casado, o que é uma desgraça adicional que ainda não nos aflige a um nem a outro, com uma mulher que amava; com a bênção, ou a maldição, como preferir, de ter dois filhos; crivado de dívidas, mas confiante em sua pluma. Ele ofereceu ao Odéon uma comédia em cinco atos, que foi aceita e obteve prioridade na lista de espera; os atores a ensaiaram e o diretor acelerou os ensaios. Essas cinco felicidades constituíram cinco dramas, ainda mais difíceis de se realizar do que os cinco atos a ser escritos. O pobre autor, instalado num sótão que se pode ver daqui, esgotou os últimos recursos para sobreviver, durante a encenação de sua peça; a mulher pôs as roupas no prego e a família passou a só comer pão. No dia do último ensaio, véspera da estreia, o casal devia cinquenta francos no bairro, ao padeiro, à leiteira, ao porteiro. O poeta conservara o estrito necessário: uma casaca, uma camisa, uma calça, um colete e um par de botas. Certo do sucesso, foi beijar sua mulher e lhe anunciar o fim dos infortúnios. “Finalmente não há mais nada contra nós!”, exclamou. “Há o fogo, olhe, o Odéon está ardendo.” Sim, senhor, o Odéon ardia. Portanto, não se queixe. Tem roupas, não tem mulher nem filhos, tem por sorte cento e vinte francos no bolso e não deve nada a ninguém. A peça teve cinquenta representações no Teatro Louvois. O rei deu uma pensão ao autor. Buffon disse que o gênio é a paciência. A paciência é, de fato, o que no homem mais se parece com o processo que a natureza emprega em suas criações. O que é a arte, cavalheiro? É a natureza concentrada.

Os dois rapazes estavam andando pelo Luxembourg. Lucien logo soube o nome, que mais tarde seria famoso, do desconhecido que se esforçava em consolá-lo. Esse rapaz era Daniel d'Arthez, hoje um dos mais ilustres escritores de nossa época, e uma das raras pessoas que, segundo o lindo pensamento de um poeta, oferecem "a combinação de um belo talento e de um belo caráter".

— Custa muito ser um grande homem — disse-lhe Daniel com sua voz suave. — O gênio rega suas obras com as lágrimas. O talento é uma criatura moral que tem, como todas as criaturas, uma infância sujeita a doenças. A Sociedade rejeita os talentos incompletos assim como a Natureza leva embora as criaturas fracas ou malconformadas. Quem quer se elevar acima dos homens deve se preparar para uma luta, não recuar diante de nenhuma dificuldade. Um grande escritor é um mártir que não morrerá, só isso. Você tem na fronte a marca do gênio — disse D'Arthez a Lucien, dando-lhe um olhar que o envolveu —; se no coração não tiver a mesma vontade do gênio, se dele não tiver a paciência angélica, se a certa distância do objetivo que lhe impõem as extravagâncias do destino você não retomar o caminho do seu infinito, assim como as tartarugas, em qualquer país que estejam, tomam o caminho de seu querido oceano, renuncie desde hoje.

— Mas então você espera sofrer alguns suplícios? — indagou Lucien.

— Provações de todo tipo, calúnia, traição, injustiça de meus rivais; desaforos, astúcias, a aspereza do comércio — respondeu o rapaz num tom resignado. — Se sua obra for bela, pouco importa um primeiro revés...

— Quer ler e julgar a minha? — perguntou Lucien.

— Está bem — disse D'Arthez. — Moro na rua des Quatre-Vents, numa casa onde um dos homens mais ilustres, um dos mais belos gênios de nosso tempo, um fenômeno da ciência, Desplein, o maior cirurgião que se conhece, sofreu seu primeiro martírio se debatendo com as primeiras dificuldades da vida e da glória em Paris. Essa lembrança me dá toda noite a dose de coragem de que preciso toda manhã. Estou no quarto em que ele costumava comer, como Rousseau, pão e cerejas, mas sem Thérèse. Venha daqui a uma hora, estarei lá.

Os dois poetas se separaram apertando-se a mão com inefável efusão de melancólica ternura. Lucien foi pegar seu manuscrito. Daniel d'Arthez foi pôr no prego seu relógio para poder comprar dois feixes grandes de lenha, a fim de que o novo amigo encontrasse uma lareira acesa na casa dele, pois fazia frio. Lucien foi pontual e viu, primeiro, um prédio menos decente que seu hotel, e depois uma alameda sombria no fundo da qual havia uma escada escura. O quarto de Daniel d'Arthez, no quinto andar, tinha duas pequenas janelas entre as quais havia uma estante de madeira preta, cheia de caixas de papelão etiquetadas. Uma caminha estreita de madeira pintada, lembrando as caminhas de colégio, uma mesa de cabeceira comprada de segunda mão, e duas poltronas estofadas de crina ocupavam o fundo desse aposento forrado com um papel xadrez envernizado pela fumaça e pelo tempo. Uma mesa comprida coberta de papéis estava colocada entre a lareira e uma das janelas. Defronte dessa lareira, havia uma cômoda velha de mogno. Um tapete de segunda mão cobria inteiramente o soalho. Esse luxo necessário evitava a calefação. Diante da mesa, uma vulgar cadeira de escritório, de couro vermelho mas desbotado pelo uso, e mais seis cadeiras velhas completavam a mobília. Em cima da lareira, Lucien avistou um velho castiçal de mesa de jogo, coberto com uma cúpula, munido de quatro velas. Quando Lucien perguntou a razão das velas de cera, reconhecendo em todas as coisas os sintomas de uma negra miséria, D'Arthez respondeu que lhe era impossível suportar o cheiro das velas feitas de sebo. Essa peculiaridade indicava uma grande delicadeza sensitiva, indício de uma sensibilidade refinada.

A leitura durou sete horas. Daniel escutou religiosamente, sem dizer uma palavra nem fazer uma observação, uma das mais raras provas de bom gosto que um autor pode dar a outro.

— Pois é isso! — disse Lucien a Daniel, pondo o manuscrito sobre a lareira.

— Você está no belo e bom caminho — respondeu gravemente o rapaz —, mas sua obra deve ser remanejada. Se não quiser macaquear Walter Scott, tem de criar um estilo diferente, e você o imitou. Como ele, começa por longas conversas para apresentar seus personagens; quando eles terminam de conversar, você introduz a descrição e a ação. Esse antagonismo necessário a qualquer obra dramática vem por último. Inverta-me os termos do problema. Substitua essas conversas difusas, magníficas em Scott, mas sem cor no seu texto, por descrições às quais nossa língua se presta tão bem. Que em seu livro o diálogo seja a consequência esperada que coroe os preparativos. Entre, em primeiro lugar, na ação. Pegue seu assunto ora de lado, ora pelo fim; por último, varie seus planos, para jamais ser o mesmo. Será algo novo, mesmo adaptando à história da França a forma do drama dialogado do escocês. Walter Scott não tem paixão, algo que ele ignora, ou talvez ela lhe seja proibida pelos costumes hipócritas de seu país. Para ele, a mulher é o dever encarnado. Com raras exceções, suas heroínas são absolutamente as mesmas, para elas só houve um único decalque, segundo a expressão dos pintores. Todas procedem de Clarissa Harlowe; reduzindo-as todas a uma única ideia, ele só podia acabar tirando cópias de um mesmo tipo, variando-as com um colorido mais ou menos intenso. É pela paixão que a mulher leva a desordem à sociedade. A paixão tem acidentes infinitos. Portanto, pinte as paixões e terá os recursos imensos de que se privou esse grande gênio para ser lido em todas as famílias da puritana Inglaterra. Na França, encontrará os pecados deliciosos e os brilhantes costumes do catolicismo para contrapor às figuras sombrias do calvinismo durante o período mais apaixonante de nossa história. Cada reino autêntico, a partir de Carlos Magno, exigirá pelo menos uma obra, e às vezes quatro ou cinco, como para Luís XIV, Henrique IV, Francisco I. Assim você fará uma história da França pitoresca na qual pintará os costumes, os móveis, as casas, os interiores, a vida privada, dando-lhe paralelamente o espírito do tempo, em vez de narrar a duras penas fatos conhecidos. Você tem uma maneira de ser original salientando os erros populares que desfiguram a maioria de nossos reis. Em sua primeira obra, ouse restabelecer a grande e magnífica figura de Catarina, que você sacrificou aos preconceitos que ainda pairam sobre ela. Por fim, pinte Carlos IX como ele era, e não como o fizeram os escritores protestantes. Ao final de dez anos de persistência, você terá glória e fortuna.

Eram nove horas. Lucien imitou a secreta generosidade de seu futuro amigo e lhe ofereceu um jantar no Edon, onde gastou doze francos. Durante esse jantar, Daniel contou a Lucien o segredo de suas esperanças e de seus estudos. D'Arthez não admitia talento excepcional sem profundos conhecimentos metafísicos. Naquele momento, dedicava-se ao escrutínio de todas as riquezas filosóficas dos tempos antigos e modernos, para assimilá-las. Queria, como Molière, ser um profundo filósofo antes de fazer comédias. Estudava o mundo escrito e o mundo vivo, o pensamento e o fato. Tinha como amigos sábios naturalistas, jovens médicos, escritores políticos e artistas, sociedade de gente estudiosa, séria, cheia de futuro. Vivia de artigos conscienciosos e mal pagos, escritos para dicionários biográficos, enciclopédicos ou de ciências naturais; só escrevia, nem mais nem menos, o que era suficiente para viver e poder dar prosseguimento às suas ideias. D'Arthez tinha uma obra de ficção, empreendida unicamente para estudar os recursos da língua. Ele guardava esse livro, ainda inacabado, tomado e retomado por capricho, para os dias de grande prostração. Era uma obra psicológica e de grande alcance, na forma de romance. Embora Daniel se revelasse modestamente, para Lucien ele pareceu gigantesco. Ao sair do restaurante, às onze horas, Lucien tinha se tomado de profunda amizade por aquele homem de virtudes tão pouco enfatizadas, por aquela natureza que era sublime sem o saber. O poeta não discutiu os conselhos de Daniel, seguiu-os ao pé da letra. Aquele belo talento já amadurecido pelo pensamento e por uma crítica solitária, inédita, feita para ele mesmo e não para outros, lhe empurrara de repente a porta dos mais magníficos palácios da fantasia. Os lábios do provinciano tinham sido tocados por um carvão ardente, e as palavras do trabalhador parisiense encontraram no cérebro do poeta de Angoulême uma terra preparada. Lucien começou a remodelar sua obra.

5

O CENÁCULO

Feliz de ter encontrado no deserto de Paris um coração em que abundavam sentimentos generosos em harmonia com os seus, o grande homem da província fez o que fazem todos os jovens famintos de afeto: agarrou-se como uma doença crônica a D'Arthez, foi buscá-lo para ir à biblioteca, passeou ao lado dele pelo Luxembourg nos dias bonitos, acompanhou-o todas as noites até seu pobre quarto, depois de ter jantado perto dele no Flicoteaux, em suma, grudou-se nele como um soldado se grudava no vizinho nas planícies geladas da Rússia. Durante os primeiros dias de convívio com Daniel, Lucien notou, não sem tristeza, um certo constrangimento causado por sua presença quando os amigos íntimos se reuniam. Os discursos daquelas criaturas superiores, das quais D'Arthez lhe falava com um entusiasmo concentrado, se mantinham nos limites de uma reserva em desacordo com os testemunhos visíveis da profunda amizade que havia entre eles. Então, Lucien saía discretamente, sentindo uma espécie de pesar causado pelo ostracismo de que era alvo e pela curiosidade que aqueles personagens desconhecidos lhe despertavam; pois todos se chamavam pelos nomes de batismo. Todos traziam na fronte, como D'Arthez, a marca de um gênio especial. Depois de secretas oposições combatidas, sem que ele soubesse, por Daniel, Lucien foi finalmente julgado digno de entrar naquele Cenáculo de grandes espíritos. A partir de então, Lucien pôde conhecer aquelas pessoas unidas pelas mais vivas simpatias, pela seriedade de suas vidas intelectuais, e que se reuniam quase toda noite na casa de D'Arthez. Todos pressentiam nele o grande escritor: olhavam-no como a um chefe, desde que tinham perdido um dos espíritos mais extraordinários daquele tempo, um gênio místico, o primeiro líder deles, que por motivos inúteis de relatar regressara para sua província, e de quem Lucien volta e meia os ouvia falar chamando-o de Louis. Há de se compreender facilmente como esses personagens deviam despertar o interesse e a curiosidade de um poeta, quando se souber algo daqueles que, desde então, conquistaram, como D'Arthez, toda a sua glória; pois muitos sucumbiram. Entre os que ainda vivem havia Horace Bianchon, na época interno no hospital Hôtel-Dieu, que se tornou depois um dos luminares da Escola de Paris, e agora é por demais conhecido para que seja necessário pintar sua pessoa ou explicar seu caráter e a natureza de seu espírito. Depois vinha Léon Giraud, esse filósofo profundo, esse teórico arrojado que remexe todos os sistemas, julga-os, expressa-os, formula-os e arrasta-os aos pés de seu ídolo, a HUMANIDADE; sempre grande, mesmo em seus erros, enobrecidos por sua boa-fé. Esse trabalhador intrépido, esse sábio consciencioso se tornou chefe de uma escola moral e política cujo mérito só o tempo poderá julgar. Se suas convicções lhe criaram um destino em paragens alheias àquelas em que seus companheiros se lançaram, nem por isso deixou de ser o amigo fiel deles. A Arte estava representada por Joseph Bridau, um dos melhores pintores da nova escola. Sem as desgraças secretas a que o condenava uma natureza muito impressionável, Joseph, sobre quem, aliás, ainda não se disse a última palavra, poderia ter continuado o trabalho dos grandes mestres da escola italiana: tem o desenho de Roma e a cor de Veneza, mas o amor o mata e não lhe trespassa apenas o coração: o amor lhe lança flechas no cérebro, atrapalha sua vida e o leva a fazer os mais estranhos zigue-zagues. Se sua amante efêmera o tornar muito feliz ou muito desgraçado, Joseph enviará para a exposição ora esboços em que a cor empasta o desenho, ora quadros que quis terminar sob o peso de tristezas imaginárias, e nestes o desenho o preocupou tanto que a cor, com a qual faz o que quer, está ausente. Ele engana permanentemente tanto o público como seus amigos. Hoffman o adoraria por suas estocadas audaciosas no campo das artes, por seus caprichos, por sua fantasia. Quando está em boa forma, excita a admiração, saboreia-a e então se assusta por não mais receber elogios pelas obras fracassadas em que os olhos de sua alma veem tudo o que está ausente para os olhos do público. Fantasioso no mais alto grau, seus amigos o viram destruir um quadro terminado mas que ele achava estar correto demais. "Está benfeito demais, é de um principiante", dizia. Original e às vezes sublime, tem todas as infelicidades e todas as felicidades dos organismos nervosos, nos quais a perfeição vira uma doença. Seu espírito é irmão daquele de Sterne, mas sem o trabalho literário. Suas palavras, seus pensamentos jorrando têm um sabor inefável. É eloquente e sabe amar, mas com seus caprichos, que transfere tanto para os sentimentos como para seu *fazer* pictórico. Era querido no Cenáculo justamente pelo que o mundo burguês chamaria de seus defeitos. Por último, Fulgence Ridal, um dos autores de nosso tempo com mais verve cômica, um poeta despreocupado com a glória, que só leva ao teatro suas produções mais vulgares e guarda no serralho de seu cérebro, para ele e para os amigos, as cenas mais bonitas; que só pede ao público o dinheiro necessário para sua independência e cai na ociosidade assim que o obtém. Preguiçoso e fecundo como Rossini, obrigado, como os grandes poetas cômicos, como Molière e Rabelais, a considerar qualquer coisa pelo avesso e pelo direito, pelos prós e contras, era cético, podia rir e ria de tudo. Fulgence Ridal é um grande filósofo prático. Sua ciência do mundo, seu gênio de observação, seu desprezo pela glória, que ele chama de exibição, não lhe ressecaram o coração. Tão ativo para os outros como é indiferente a seus próprios interesses, se ele se mexe é por algum amigo. Para não desmentir sua máscara verdadeiramente rabelaisiana, não odeia a boa comida mas não a procura, e é a um só tempo melancólico e alegre. Seus amigos o chamam *o cão do regimento*, nada o descreve melhor que esse apelido. Três outros, ao menos tão superiores quanto esses quatro amigos pintados de perfil, iriam morrer, um após outro: primeiro, Meyraux, que morreu depois de incitar a famosa disputa entre Cuvier e Geoffroy Saint-Hilaire, grande questão que dividiria o mundo científico entre esses dois gênios iguais, meses antes da morte do primeiro, que defendia uma ciência estreita e analítica contra o panteísta que ainda vive e que a Alemanha reverencia. Meyraux era amigo daquele Louis que uma morte prematura em breve arrebataria do mundo intelectual. A esses dois homens, ambos marcados pela morte, ambos hoje obscuros apesar do imenso alcance de seu saber e de seu gênio, há que se juntar Michel Chrestien, republicano de alta projeção que sonhava com a federação da Europa e teve muito a ver, em 1830, com o movimento moral dos saint-simonianos. Político do calibre de Saint-Just ou de Danton, mas simples e suave como uma moça, cheio de ilusões e de amor, dotado de uma voz melodiosa que encantaria Mozart, Weber ou Rossini, e cantando certas músicas de Béranger de inebriar o coração com poesia, amor ou esperança, Michel Chrestien, pobre como Lucien, como Daniel, como todos os seus amigos, ganhava a vida com uma despreocupação típica de Diógenes. Fazia índices para livros importantes, prospectos para os livreiros, mudo, aliás, a respeito de suas doutrinas, assim como um túmulo é mudo a respeito dos segredos da morte. Esse alegre boêmio da vida intelectual, esse grande homem de Estado, que talvez tivesse mudado a face do mundo, morreu no claustro Saint-Merry como um simples soldado. A bala de algum negociante matou ali uma das mais nobres criaturas que pisaram o solo francês. Michel Chrestien morreu por outras doutrinas que não as suas. Sua federação ameaçava a aristocracia europeia muito mais que a propaganda republicana; era mais racional e menos louca que as pavorosas ideias de liberdade ilimitada proclamadas pelos jovens insensatos que se apresentam como herdeiros da Convenção. Esse nobre plebeu foi pranteado por todos os que o conheciam; não há nenhum que não pense, e com frequência, nesse grande político desconhecido.

Essas nove pessoas compunham um Cenáculo em que a estima e a amizade faziam reinar a paz entre as ideias e as doutrinas mais opostas. Daniel d'Arthez, fidalgo da Picardia, defendia a monarquia com uma convicção igual à que levava Michel Chrestien a defender seu federalismo europeu. Fulgence Ridal zombava das doutrinas filosóficas de Léon Giraud, que por sua vez previa para D'Arthez o fim do cristianismo e da Família. Michel Chrestien, que acreditava na religião de Cristo, o divino legislador da Igualdade, defendia a imortalidade da alma contra o escalpelo de Bianchon, o analista por excelência. Todos conversavam sem brigar. Não tinham grandes vaidades, sendo eles mesmos o auditório. Comunicavam uns aos outros seus trabalhos e se consultavam com a adorável boa-fé da juventude. Tratava-se de um assunto sério? O opositor abandonava sua opinião para entrar nas ideias do amigo, tanto mais apto a ajudá-lo por ser imparcial numa causa ou numa obra afastada de suas ideias. Quase todos tinham o espírito suave e tolerante, duas qualidades que provavam sua superioridade. A Inveja, esse horrível tesouro de nossas esperanças frustradas, de nossos talentos abortados, de nossos sucessos fracassados, de nossas pretensões feridas, era-lhes desconhecida. Aliás, todos trilhavam vias diferentes. Assim, os que foram admitidos, como Lucien, na sociedade deles se sentiam à vontade. O verdadeiro talento é sempre simples e cândido, aberto, nada afetado; nele o epigrama conforta a sagacidade e jamais visa o amor-próprio. Uma vez dissipada a primeira emoção causada pelo respeito, sentiam-se doçuras infinitas entre aqueles jovens de escol. A familiaridade não excluía a consciência que todos tinham do próprio valor, e cada um sentia profunda estima pelo vizinho; em suma, como cada um se sentia forçado a ser, por sua vez, o benfeitor ou o beneficiado, todos aceitavam tudo sem cerimônia. As conversas encantadoras e incansáveis abarcavam os assuntos mais variados. Leves como flechas, as palavras iam fundo e eram céleres. A grande miséria exterior e o esplendor das riquezas intelectuais produziam um contraste singular. Ali, ninguém pensava nas realidades da vida senão como pretexto para brincadeiras amistosas. Num dia em que o frio se fez sentir prematuramente, cinco dos amigos de D'Arthez chegaram com o mesmo pensamento: todos levavam lenha debaixo do sobretudo, como nessas refeições campestres em que cada convidado deve levar um prato e todo mundo leva um empadão. Sendo todos dotados dessa beleza moral que age sobre a forma, e que, tanto quanto o trabalho e as vigílias, doura os jovens rostos de um tom divino, exibiam essas feições meio atormentadas que a pureza da vida e a chama do pensamento regularizam e purificam. Suas frontes evocavam uma vastidão poética. Seus olhos vivos e brilhantes testemunhavam uma vida sem manchas. Os sofrimentos da miséria, quando se faziam sentir, eram tão alegremente suportados, assumidos com tamanho ardor por todos, que não alteravam a serenidade especial dos rostos de jovens ainda isentos de faltas graves e que não se apequenaram em nenhuma das covardes transações a que arrastam a miséria mal suportada, a vontade de triunfar a qualquer preço e a complacência fácil com que os homens de letras aceitam ou perdoam as traições. O que torna as amizades indissolúveis e duplica seu encanto é um sentimento que falta no amor: a certeza. Aqueles rapazes tinham confiança em si mesmos: o inimigo de um se tornava o inimigo de todos, eles deixariam seus interesses mais urgentes para obedecer à sagrada solidariedade de seus corações. Todos incapazes de uma covardia, podiam opor um formidável *não* a qualquer acusação e se defender mutuamente com segurança. Igualmente nobres de coração e igualmente fortes em suas convicções, podiam tudo pensar e tudo se dizer no terreno do conhecimento e da inteligência; daí a inocência das relações entre eles, a alegria de suas palavras. Certos de se compreenderem, o espírito de todos divagava à vontade; assim, não faziam cerimônia, confiavam-se seus pesares e suas alegrias, pensavam e sofriam de peito aberto. Neles, eram habituais as delicadezas encantadoras que fazem da fábula *Os dois amigos* um tesouro para as grandes almas. É de imaginar como eram rigorosos para admitir em seu círculo um novo membro. Tinham demasiada consciência da própria grandeza e de sua felicidade para perturbá-las deixando entrar elementos novos e desconhecidos.

Essa federação de sentimentos e interesses durou sem embates nem desilusões por vinte anos. Só a morte, que lhes levou Louis Lambert, Meyraux e Michel Chrestien, conseguiu diminuir essa nobre plêiade. Quando, em 1832, este último sucumbiu, Horace Bianchon, Daniel d'Arthez, Léon Giraud, Joseph Bridau, Fulgence Ridal foram, apesar do perigo da providência, retirar seu corpo de Saint-Merry, para lhe prestar as últimas homenagens diante do fanatismo da política. Acompanharam aqueles restos queridos até o cemitério de Père-Lachaise durante a noite. Horace Bianchon enfrentou todas as dificuldades da empreitada e não recuou diante de nenhuma; solicitou os ministros, confessando-lhes sua velha amizade com o falecido federalista. Foi uma cena tocante gravada na memória dos poucos amigos que acompanharam os cinco homens célebres. Se vocês passearem por esse elegante cemitério, verão num terreno comprado a perpetuidade de um túmulo feito de relva e uma cruz de madeira preta em que estão gravadas em letras vermelhas estes dois nomes: MICHEL CHRESTIEN. É o único monumento que existe nesse estilo. Os cinco amigos pensaram que deviam prestar homenagem àquele homem simples com essa simplicidade.

Naquela fria mansarda se realizaram, pois, os mais belos sonhos dos sentimentos. Ali, irmãos igualmente competentes em distintos ramos da ciência se iluminavam uns aos outros com boa-fé, dizendo-se tudo, mesmo os maus pensamentos, todos imensamente instruídos e provados no crisol da miséria. Uma vez admitido entre aqueles seres de elite e considerado um igual, Lucien ali representou a Poesia e a Beleza. Leu sonetos que foram admirados. Pediam-lhe um soneto, assim como ele pedia a Michel Chrestien que lhe cantasse uma canção. No deserto de Paris, Lucien encontrou, portanto, um oásis na rua des Quatre-Vents.

6

AS FLORES DA MISÉRIA

No início do mês de outubro, Lucien, depois de empregar o resto de seu dinheiro para conseguir um pouco de lenha, ficou sem recursos em meio ao mais ardoroso trabalho, o de remanejamento de sua obra. Daniel d'Arthez, de seu lado, queimava torrões de turfa e suportava heroicamente a miséria: não se queixava, era organizado como uma solteirona e parecia um avaro, de tão metódico. Essa coragem estimulava a de Lucien que, recém-chegado ao Cenáculo, sentia invencível repugnância em falar de sua miséria. Uma manhã, foi até a rua du Coq para vender *O arqueiro de Carlos IX* a Doguereau, mas não o encontrou. Lucien ignorava como os grandes espíritos são indulgentes. Todos os seus amigos admitiam as fraquezas peculiares aos poetas, os abatimentos que se seguiam aos esforços da alma sobre-excitada pelas contemplações da natureza que eles têm como missão reproduzir. Aqueles homens tão fortes contra seus próprios males eram ternos com as dores de Lucien. Tinham compreendido sua falta de dinheiro. Portanto, o Cenáculo coroou as doces noitadas de conversas, meditações profundas, poesias, confidências, corridas de asas abertas pelos campos da inteligência, pelo futuro das nações e pelos domínios da história, com um gesto que provava como Lucien compreendera pouco seus novos amigos.

— Lucien, meu amigo — disse-lhe Daniel —, você não foi jantar ontem no Flicoteaux, e nós sabemos por quê.

Lucien não conseguiu conter as lágrimas que correram por suas faces.

— Você não teve confiança em nós — disse-lhe Michel Chrestien —, faremos uma cruzinha na lareira, e quando chegarmos a dez...

— Todos nós — disse Bianchon — conseguimos desencavar um trabalho extra: eu, de meu lado, cuidei a pedido de Desplein de um doente rico, D'Arthez fez um artigo para a *Revue Encyclopédique*, Chrestien quis ir cantar uma noite nos Champs-Elysées com um lenço e quatro velas, mas encontrou um panfleto a escrever para um homem que quer se tornar político, e ele lhe deu seiscentos francos de Maquiavel; Léon Giraud pediu emprestados a seu livreiro cinquenta francos, Joseph vendeu croquis e Fulgence apresentou sua peça no domingo e teve sala cheia.

— Aqui estão duzentos francos — disse Daniel —, aceite-os, e que nunca mais nos apronte outra.

— Ora, e será que não vai nos abraçar, como se tivéssemos feito algo extraordinário? — disse Chrestien.

Para explicar as delícias que Lucien sentia junto àquela enciclopédia viva de espíritos angélicos, jovens impregnados de originalidades diversas derivadas da ciência que cada um cultivava, bastará registrar as respostas que Lucien recebeu, no dia seguinte, a uma carta escrita à sua família, obra-prima de sensibilidade e boas intenções, um terrível grito que seu desespero lhe arrancara.

DAVID SÉCHARD A LUCIEN

Meu querido Lucien, você encontrará em anexo uma promissória de duzentos francos, para noventa dias e em seu nome. Poderá negociá-la com o senhor Métivier, negociante de papel, nosso correspondente em Paris, na rua Serpente. Meu bom Lucien, não temos absolutamente nada. Minha mulher começou a dirigir a tipografia e se desincumbe da tarefa com uma dedicação, uma paciência, uma atividade que me fazem abençoar os céus por terem me dado como esposa um anjo desses. Ela mesma constatou a impossibilidade em que estamos de lhe enviar o mais leve socorro. Mas, meu amigo, creio

que você está num caminho tão bonito, acompanhado por corações tão grandes e tão nobres, que não irá falhar em seu belo destino sendo ajudado pelas inteligências quase divinas dos senhores Daniel d'Arthez, Michel Chrestien e Léon Giraud, aconselhado pelos senhores Meyraux, Bianchon e Ridal, que sua querida carta nos fez conhecer. Sem que Ève saiba, subscrevi-lhe, portanto, essa letra, que darei um jeito de saldar no vencimento. Não saia de seu caminho: ele é rude mas será glorioso. Eu preferiria sofrer mil males à ideia de saber que você caiu em um dos atoleiros de Paris, onde vi tantos caírem. Tenha a coragem de evitar, como faz, os lugares perniciosos, as pessoas más, os doidivanas e certos literatos que aprendi a avaliar por seu justo valor durante minha temporada em Paris. Enfim, seja o digno êmulo desses espíritos celestes que você me tornou tão queridos. Sua conduta breve será recompensada. Adeus, meu irmão bem-amado, você deixou meu coração radiante, eu não esperava tanta coragem.
DAVID

ÈVE SÉCHARD A LUCIEN CHARDON
Meu querido, sua carta nos fez chorar a todos. Que esses nobres corações para os quais seu bom anjo o guia o saibam: sua mãe e uma pobre jovem rezarão a Deus manhã e noite por eles; e, se as preces mais fervorosas subirem até Seu trono, conseguirão alguns favores para todos vocês. Sim, meu irmão, os nomes deles estão gravados em meu coração. Ah! Hei de vê-los um dia. Irei, ainda que deva percorrer a estrada a pé, lhes agradecer por sua amizade por você, pois ela espalhou como que um bálsamo em minhas feridas vivas. Aqui, meu amigo, trabalhamos como pobres operários. Meu marido, esse grande homem desconhecido que amo cada dia mais, descobrindo de vez em quando novas riquezas em seu coração, abandona sua tipografia e adivinho por quê: a sua miséria, a nossa, a de nossa mãe o assassinam.

Nosso adorado David é como Prometeu devorado por um abutre amarelo de bico pontudo. Quanto a ele, o nobre homem, não pensa muito nisso, tem a esperança de amealhar uma fortuna. Passa todos os dias fazendo experiências sobre a fabricação do papel; pediu-me para cuidar, em seu lugar, dos negócios, nos quais me ajuda tanto quanto lhe permite sua preocupação. Infelizmente, estou grávida! Esse acontecimento, que teria me deixado radiante, me entristece na situação em que todos nós estamos. Minha pobre mãe voltou a ser jovem, reencontrou forças para seu cansativo ofício de cuidar dos doentes. Não fossem as preocupações com dinheiro, seríamos felizes. O velho pai Séchard não quer dar um tostão ao filho; David foi vê-lo para lhe pedir emprestado uns cobres a fim de socorrer a você, pois sua carta o deixou desesperado. "Conheço Lucien, ele perderá a cabeça e fará bobagens", ele dizia. Passei-lhe um bom carão. "Meu irmão, desrespeitar o que quer que seja?", respondi. "Lucien sabe que eu morreria de dor." Minha mãe e eu, sem que David desconfie, empenhamos uns objetos; minha mãe os retirará assim que conseguir algum dinheiro. Conseguimos juntar assim cem francos que lhe envio pelo correio. Se não respondi à sua primeira carta, não fique zangado comigo, meu querido. Estávamos numa situação de varar a noite, eu trabalhava como um homem. Ah, não sabia que tinha tanta força! A senhora de Bargeton é uma mulher sem alma nem coração; devia, mesmo não o amando mais, protegê-lo e ajudá-lo depois de tê-lo arrancado de nossos braços para jogá-lo nesse tenebroso mar parisiense onde é preciso ter uma bênção de Deus para encontrar amizades verdadeiras entre essas ondas de homens e de interesses. Ela não deixa saudades. Eu gostaria que você tivesse ao seu lado uma mulher dedicada, uma segunda eu mesma; mas agora que sei que você tem amigos que prolongam nossos sentimentos, eis-me sossegada. Abra suas asas, meu belo gênio amado! Você será nossa glória, como já é nosso amor.

ÈVE

Meu filho querido, só posso abençoá-lo depois do que lhe disse sua irmã e garantir-lhe que minhas orações e meus pensamentos estão, infelizmente, repletos apenas de você, em detrimento daqueles que vejo; pois há corações em que os ausentes estão sempre em seu direito, e é assim no coração de

SUA MÃE.

Portanto, dois dias depois Lucien pôde pagar aos amigos o empréstimo tão generosamente oferecido. Talvez jamais a vida tenha lhe parecido tão bela, mas seu gesto de amor-próprio não escapou aos olhares profundos de seus amigos e à sua delicada sensibilidade.

— Parece que tem medo de nos dever alguma coisa — exclamou Fulgence.

— Ah, o prazer que ele manifesta é, a meu ver, muito grave! — disse Michel Chrestien. — Confirma as observações que fiz: Lucien é vaidoso.

— Ele é poeta — disse D'Arthez.

— Vocês me querem mal por causa de um sentimento tão natural como o meu?

— É preciso ter em conta que ele não o escondeu de nós — disse Léon Giraud —, ainda é franco; mas meu receio é que mais tarde acabe com medo de nós.

— E por quê? — perguntou Lucien.

— Estamos lendo em seu coração — respondeu Joseph Bridau.

— Há em você — disse-lhe Michel Chrestien — um espírito diabólico que o levará a justificar a seus próprios olhos as coisas mais contrárias aos nossos princípios: em vez de ser um sofista de ideias, será um sofista da ação.

— Ah! Disso eu tenho medo — disse D'Arthez. — Lucien, você travará em si mesmo discussões admiráveis que o farão se sentir grande, mas que terminarão em atos criticáveis... Jamais você estará de acordo consigo mesmo.

— Mas em que apoiam seu requisitório? — perguntou Lucien.

— Sua vaidade, meu caro poeta, é tão grande que você a utiliza até na amizade! — exclamou Fulgence. — Toda vaidade desse tipo revela um egoísmo pavoroso, e o egoísmo é o veneno da amizade.

— Oh, meu Deus! — exclamou Lucien. — Então não sabem como os amo.

— Se gostasse como gostamos de você, teria posto tanto empenho e tanta ênfase em nos devolver o que tivemos tanto prazer em lhe dar?

— Aqui não emprestamos nada, damos — disse-lhe brutalmente Joseph Bridau.

— Não creia que somos rudes, meu caro menino — disse-lhe Michel Chrestien —, somos previdentes. Temos medo de vê-lo um dia preferindo as alegrias de uma pequena vingança às alegrias de nossa amizade pura. Leia o *Tasso*, de Goethe, a maior obra desse belo gênio, e verá que o poeta ama os tecidos brilhantes, os festins, os triunfos, o brilho. Pois bem! Seja o *Tasso* sem sua loucura. O mundo e seus prazeres o chamarão?... Fique aqui. Transporte para a região das ideias tudo o que pede às suas vaidades. Loucura por loucura, ponha a virtude em suas ações e o vício em suas ideias, em vez de, como lhe dizia D'Arthez, pensar bem e se conduzir mal.

Lucien baixou a cabeça: os amigos tinham razão.

— Confesso que não sou tão forte como vocês — disse, dando-lhes um adorável olhar. — Não tenho costas nem ombros para sustentar Paris, para lutar com coragem. A natureza nos deu temperamentos e faculdades diferentes e vocês conhecem melhor que ninguém o avesso dos vícios e das virtudes. Já estou cansado, confesso.

— Nós o escoraremos — disse D'Arthez —, justamente para isso é que servem as amizades fiéis.

— O socorro que acabo de receber é precário e nós todos somos tão pobres uns quanto os outros; em breve a necessidade me perseguirá. Chrestien, contratado pelo primeiro que aparece, nada pode nas livrarias. Bianchon está fora desse círculo de negócios. D'Arthez só conhece livreiros de ciência ou de especialidades, que não têm nenhuma influência sobre os editores de novidades. Horace, Fulgence Ridal e Bridau trabalham numa ordem de ideias que os situa a cem léguas dos livreiros. Devo tomar um partido.

— Fique então com o nosso: sofrer! — disse Bianchon —, sofrer corajosamente e se fiar no trabalho!

— Mas o que para vocês é apenas sofrimento para mim é a morte — disse, veemente, Lucien.

— Antes que o galo tiver cantado três vezes — disse Léon Giraud sorrindo —, este homem terá traído a causa do trabalho pela da preguiça e dos vícios de Paris.

— Aonde o trabalho os levou? — perguntou Lucien, rindo.

— Quando se parte de Paris para a Itália, não se encontra Roma no meio do caminho — disse Joseph Bridau. — Para você, as ervilhas deveriam nascer já preparadas na manteiga.

— Não é assim que elas crescem, a não ser para os primogênitos dos pares de França — disse Michel Chrestien. — Mas nós aqui as semeamos, nós as regamos e as achamos melhores.

A conversa ficou divertida e mudaram de assunto. Aqueles espíritos perspicazes, aqueles corações delicados procuraram fazer Lucien tentar esquecer essa pequena disputa, e a partir daí ele compreendeu como era difícil enganá-los. Logo chegou a um desespero interior que escondeu com cuidado dos amigos, julgando-os mentores implacáveis. Seu espírito meridional, que percorria tão facilmente o teclado dos sentimentos, o levava a tomar as decisões mais contraditórias.

Várias vezes falou em mergulhar no jornalismo e sempre seus amigos lhe disseram: "Abstenha-se disso".

— Aí estaria o túmulo do belo, do suave Lucien que estimamos e conhecemos — disse D'Arthez.

— Você não resistiria à constante oposição entre prazer e trabalho que existe na vida dos jornalistas; e resistir é a base da virtude. Ficaria tão encantado em exercer o poder, em ter direito de vida e morte sobre as obras do pensamento, que se tornaria um jornalista em dois meses. Ser jornalista é passar a procônsul na república das letras. Quem pode tudo dizer acaba por fazer tudo! Essa máxima é de Napoleão e é fácil de compreender.

— Vocês não estarão a meu lado? — perguntou Lucien.

— Não estaremos mais — exclamou Fulgence. — Jornalista, você pensaria tanto em nós como uma corista da Ópera, brilhante e adorada, pensa, dentro de seu carro forrado de seda, na sua aldeia, nas suas vacas, nos seus tamancos. Você já tem muitas qualidades do jornalista: o brilho e a instantaneidade do pensamento. Jamais se negaria a um gracejo, ainda que ele fizesse seu amigo chorar. Vejo os jornalistas nos foyers de teatro, eles me dão horror. O jornalismo é um inferno, um abismo de iniquidades, mentiras, traições, que não se pode atravessar e de onde não se pode sair puro senão protegido como Dante pelos divinos louros de Virgílio.

Quanto mais o Cenáculo barrava esse caminho de Lucien, mais seu desejo de conhecer o perigo o convidava a se arriscar, e ele começava a discutir dentro de si: não era ridículo se deixar mais uma vez flagrar pela miséria sem nada ter feito contra ela? Vendo o insucesso de suas iniciativas acerca de seu primeiro romance, Lucien estava pouco tentado a escrever um segundo. Aliás, de que viveria enquanto o escrevesse? Esgotara sua dose de paciência durante um mês de privações. Não poderia fazer com nobreza o que os jornalistas faziam sem consciência nem dignidade? Seus amigos o insultavam com suas desconfianças, queria lhes provar sua força de espírito. Talvez os ajudasse um dia, seria o arauto de suas glórias!

— Aliás, o que é, afinal, uma amizade que recua diante da cumplicidade? — perguntou uma noite a Michel Chrestien, que ele acompanhara até em casa, junto com Léon Giraud.

— Não recuamos diante de nada — respondeu Michel Chrestien. — Se você tivesse a infelicidade de matar sua amante, eu o ajudaria a esconder seu crime e ainda poderia estimá-lo; mas, caso se tornasse espião, eu fugiria horrorizado pois você estaria adotando a covardia e a infâmia como sistema de vida. Em poucas palavras, é isso o jornalismo. A amizade perdoa o erro, o movimento irrefletido da paixão; mas deve ser implacável com a decisão premeditada de traficar com sua alma, seu espírito e seu pensamento.

— Não posso me tornar jornalista para vender minha coletânea de poesias e meu romance, e abandonar em seguida o jornal?

— Maquiavel se comportaria assim, mas não Lucien de Rubempré — disse Léon Giraud.

— Pois bem! — exclamou Lucien. — Vou provar a vocês que valho tanto quanto Maquiavel.

— Ah! — exclamou Michel apertando a mão de Léon. — Você acaba de perdê-lo. Lucien — disse —, você tem trezentos francos, com o que viver durante três meses comodamente. Pois bem! Trabalhe, escreva um segundo romance, D'Arthez e Fulgence o ajudarão para o plano, você crescerá, será um romancista. Eu, de meu lado, penetrarei num desses lupanares do pensamento, serei jornalista por três meses, venderei seus livros a algum livreiro cujas publicações atacarei, escreverei os artigos, conseguirei uns para você; nós organizaremos um triunfo, você será um grande homem e continuará a ser nosso Lucien.

— Então você me despreza um bocado pensando que eu morreria ali onde você se salvará! — disse o poeta.

— Perdoai-lhe, meu Deus, é uma criança! — exclamou Michel Chrestien.

7

UM JORNAL VISTO DE FORA

Depois de desentorpecer o espírito durante as noites passadas com D'Arthez, Lucien estudara as anedotas e os artigos dos *petits journaux*.* Com a certeza de ser ao menos igual aos redatores mais espirituosos, exercitou-se secretamente nessa ginástica do pensamento e saiu, certa manhã, com a triunfante ideia de ir pedir emprego a algum coronel dessas tropas ligeiras da imprensa. Envergou seu traje mais distinto e cruzou as pontes do Sena pensando que autores, jornalistas, escritores, em suma, seus futuros irmãos teriam um pouco mais de ternura e desinteresse do que os dois gêneros de livreiros em que suas esperanças tinham esbarrado. Encontraria simpatias, alguma boa e doce afeição como a que encontrava no Cenáculo da rua des Quatre-Vents. Às voltas com as emoções do pressentimento escutado e combatido, que os homens de imaginação tanto amam, chegou à rua Saint-Fiacre, perto do bulevar Montmartre, defronte do prédio onde ficavam as salas do *petit journal* e cujo aspecto o fez sentir as palpitações do rapaz entrando num lugar mal-afamado. No entanto, subiu até as salas que ficavam no entressolo. Na primeira delas, dividida ao meio por um tabique que até a metade era de madeira e depois

* Os *petits journaux*, assim chamados por serem em formato menor, proliferaram em Paris depois da queda do Império, quando houve relativa liberdade de imprensa. Dedicavam-se a sátiras e ataques pessoais, sendo quase jornais de oposição.

de grades até o teto, encontrou um inválido maneta que com sua única mão segurava várias resmas de papel sobre a cabeça e levava entre os dentes a caderneta exigida pela Administração do Selo.* O pobre homem, cujo rosto tinha um tom amarelado e era salpicado de bolhas vermelhas, o que lhe valia o apelido de *Coloquíntida*, lhe mostrou atrás da grade o cérbero do jornal. Esse personagem era um velho oficial condecorado, com o nariz envolto em bigodes cinza, um boné de seda preta na cabeça e enterrado dentro de um ampla sobrecasaca azul, como uma tartaruga dentro de sua carapaça.

— A partir de que dia o senhor quer que se inicie a assinatura? — perguntou-lhe o oficial do Império.

— Não venho para uma assinatura — respondeu Lucien. O poeta olhou, no alto da porta por onde entrara, uma tabuleta em que se liam as palavras: "SALA DA REDAÇÃO", e, em cima: *Entrada proibida ao público.*

— Uma reclamação, talvez? — recomeçou o soldado de Napoleão. — Ah! Sim, fomos duros com Mariette. Mas o que o senhor quer, ainda não sei a razão! Mas se vem tomar satisfações, estou pronto — acrescentou, olhando, num canto, o conjunto de floretes e as pistolas, a panóplia moderna.

— Menos ainda, senhor. Venho falar com o redator chefe.

— Nunca tem ninguém aqui antes das quatro horas.

— Sabe, meu velho Giroudeau, contei onze colunas, as quais, a cem vinténs cada uma, fazem cinquenta e cinco francos; recebi quarenta, portanto você ainda me deve quinze francos, como eu lhe dizia...

Essas palavras partiam de uma carinha matreira, branca como uma clara de ovo malcozido, perfurada por dois olhos azuis-claros mas assustadores de malícia, e que pertencia a um rapaz magro, escondido atrás do corpo opaco

* Repartição pública que cobrava um imposto indireto dos jornais, obrigando-os a só usar o papel com o selo do Fisco. O imposto, proporcional ao formato, representava uma despesa elevada e explica a vida efêmera de muitos pequenos jornais.

do ex-militar. Essa voz gelou Lucien, pois lembrava o miado dos gatos e a sufocação asmática da hiena.

— É, meu pequeno miliciano — respondeu o oficial reformado —, mas você está contando os títulos e os espaços em branco, e tenho ordem de Finot para somar o total das linhas e dividi-las pelo número requerido por cada coluna. Depois de praticar essa operação estrangulatória em seu texto, encontramos três colunas a menos.

— Ele não paga os brancos, esse velho pão-duro! E os cobra do sócio no preço total do exemplar. Vou falar com Étienne Lousteau, com Vernou...

— Não posso infringir a ordem, meu filho — disse o oficial. — Como é que você, por quinze francos, reclama contra seu sustento, você que faz artigos tão facilmente como eu fumo um charuto? Ora!! Você pagará uma caneca de ponche a menos para seus amigos, ou ganhará uma partida de bilhar a mais, e estará tudo resolvido!

— Finot faz economias que lhe custarão bem caro — respondeu o redator, que se levantou e foi embora.

— Não parece que ele é Voltaire e Rousseau ao mesmo tempo? — disse consigo mesmo o caixa, olhando para o poeta da província.

— Meu senhor — recomeçou Lucien —, voltarei por volta das quatro horas.

Durante a discussão, Lucien tinha visto nas paredes os retratos de Benjamin Constant, do general Foy, dos dezessete oradores ilustres do partido liberal, misturados com caricaturas contra o governo. Vira, sobretudo, a porta do santuário onde devia se elaborar a folha espirituosa que o divertia diariamente e que gozava do direito de ridicularizar os reis, os acontecimentos mais graves, em suma, de tudo questionar por meio de uma boa piada. Lucien foi bater perna nos bulevares, prazer novíssimo para ele, mas tão atraente que viu os ponteiros dos pêndulos nas relojoarias marcarem quatro horas sem se dar conta de que não tinha almoçado. O poeta se desviou prontamente para a rua Saint-Fiacre, subiu a escada, abriu a porta, não encontrou mais o velho militar e viu o inválido sentado sobre seu papel timbrado, comendo uma casca de pão e guardando o posto com ar resignado, habituado ao jornal como outrora à corveia, e o compreendendo tão pouco quanto conhecia a razão das marchas rápidas ordenadas pelo Imperador. Lucien teve a ousada ideia de enganar esse temível funcionário; passou de chapéu na cabeça e abriu, como se fosse da casa, a porta do santuário. A sala de redação ofereceu a seus olhos ávidos uma mesa redonda coberta por um pano verde e seis cadeiras de cerejeira guarnecidas de palha ainda nova. O chão ladrilhado da sala, pintado, ainda não tinha sido esfregado mas estava limpo, o que anunciava uma frequentação pública um tanto rara. Sobre a lareira, um espelho, um relógio ordinário coberto de poeira, dois castiçais em que duas velas tinham sido desajeitadamente enfiadas e, por fim, cartões de visita esparsos. Em cima da mesa havia velhos jornais amassados em volta de um tinteiro cuja tinta seca parecia laca e era decorado com plumas tortas em círculos. Ele leu em tiras de papel ordinário alguns artigos escritos com letra ilegível e quase hieroglífica, rasgadas no alto pelos tipógrafos, para quem essa marca serve para reconhecer os artigos já compostos. Depois, aqui e ali, em papéis cinza, admirou caricaturas desenhadas com muito espírito por gente que, na certa, tentara matar o tempo matando alguma coisa, para ocupar a mão. No papelzinho de parede verde-água viu, presos com alfinetes, nove desenhos diferentes feitos à pena e atacando *Le Solitaire*,* livro que, na época, era um sucesso sem precedentes na Europa e que devia agastar os jornalistas:

— Na província, *Le Solitaire* aparecendo, as mulheres espanta. — Num castelo, o *Le Solitaire*, lido. — *Le Solitaire*, efeito sobre os animais domésticos. — Entre os selvagens, *Le Solitaire* explicado, o maior sucesso brilhante

* O romance *Le Solitaire* (1821) foi escrito pelo visconde Prévost d'Arlincourt, que tinha a mania das inversões estilísticas, daí seu apelido Inversivo Visconde.

obtém. — *Le Solitaire* em chinês traduzido e apresentado, pelo autor, de Pequim ao imperador. — Pelo Monte-Selvagem, Élodie violada.

Lucien achou essa caricatura muito impudica, mas riu.

— Pelos jornais, *Le Solitaire* sob um pálio, levado em procissão. — *Le Solitaire*, fazendo estourar um prelo, os Ursos fere. — Às avessas lido, espanta *Le Solitaire* os acadêmicos por superiores belezas.

Lucien avistou numa tira de jornal um desenho representando um redator que estendia o chapéu, e embaixo: *Finot, meus cem francos?*, assinado por um nome que ficou famoso mas jamais será ilustre. Entre a lareira e a janela havia uma escrivaninha, uma poltrona de mogno, uma cesta de papéis e um tapete oblongo chamado *frente de lareira*; tudo isso, coberto por uma grossa camada de poeira. As janelas tinham apenas umas cortininhas. Sobre a escrivaninha, havia cerca de vinte livros entregues durante o dia, gravuras, folhas de música, tabaqueiras com a Carta de 1814 inscrita na tampa, um exemplar da nona edição de *Le Solitaire*, ainda a grande galhofa do momento, e uma dezena de cartas lacradas. Quando Lucien acabou de inventariar aquele estranho mobiliário, de fazer reflexões a perder de vista, e bateram cinco horas, voltou para perto do inválido a fim de interrogá-lo. Coloquíntida acabava sua côdea e esperava com paciência de sentinela o militar condecorado que talvez estivesse passeando no bulevar. Nesse momento, apareceu na soleira da porta uma mulher, depois de fazer ouvir o murmúrio de seu vestido pela escada e com aquele passo leve feminino tão fácil de se reconhecer. Era muito bonita.

— Cavalheiro — disse a Lucien —, sei por que tanto elogia os chapéus da senhorita Virginie, e venho lhe pedir, primeiro, uma assinatura de um ano; mas me diga suas condições...

— Minha senhora, não sou do jornal.

— Ah!

— Uma assinatura a partir de outubro? — perguntou o inválido.

— O que a senhora está pedindo? — disse o velho militar, reaparecendo.

O velho oficial puxou conversa com a bela comerciante de artigos de moda. Quando Lucien, impaciente de esperar, entrou na primeira sala, ouviu essa frase final:

— Mas ficarei muito encantada, cavalheiro. A senhorita Florentine poderá vir à minha loja e escolher o que quiser. Sou a melhor do ramo. Então, está tudo combinado: o senhor não falará mais de Virginie, uma remendona incapaz de inventar um modelo, ao passo que eu, eu os invento!

Lucien ouviu cair um certo número de escudos na caixa. Depois o militar começou a fazer sua conta diária.

— Estou aqui há uma hora, senhor — disse o poeta com ares bem aborrecidos.

— *Eles* não vieram — disse o veterano de Napoleão, manifestando indignação por mera polidez. — Isso não me espanta. Faz algum tempo que não *os* vejo mais. Estamos no meio do mês, sabe. Esses espertinhos só vêm quando pagamos, entre 29 e 30.

— E o senhor Finot? — perguntou Lucien, que guardara o nome do diretor.

— Está em casa, na rua Feydeau. Coloquíntida, meu velho, leve à casa dele tudo o que chegou hoje, quando for levar o papel até a tipografia.

— Mas então onde se imprime o jornal? — perguntou Lucien falando consigo mesmo.

— O jornal? — respondeu o empregado, que recebeu de Coloquíntida o resto do dinheiro do selo — O jornal?... hrrum! hrrum! Meu velho, esteja amanhã às seis horas na gráfica para ver os jornaleiros saindo em disparada. O jornal, cavalheiro, se faz na rua, na casa dos colaboradores, na gráfica, entre onze horas e meia-noite. Na época do Imperador, cavalheiro, não se conheciam esses depósitos de papel desperdiçado. Ah! Ele teria mandado quatro homens e um caporal sacudirem tudo isso, e não se azucrinaria, como esses de agora, só por causa de umas frases. Mas já falei demais. Se meu sobrinho está se dando bem com isto aqui, e que essa gente escreve para o filho do *outro*,* hrrum!, hrrum!, não é um mal. Ah, isso aí! Os assinantes não estão com cara de que vão chegar em colunas cerradas: vou abandonar o posto.

— O senhor não parece entender muito de uma redação de jornal.

— Quanto ao aspecto financeiro, hrrum! hrrum! — disse o soldado, engolindo o pigarro que tinha na garganta. — Dependendo dos talentos, são cem vinténs ou três francos por coluna, cinquenta linhas de sessenta caracteres sem espaço, é isso. Quanto aos redatores, são uns rematados pilantras, uns rapazinhos que eu não gostaria de ter como soldados de comboio, e que, só porque põem umas garatujas no papel branco, ficam desprezando um velho comandante dos dragões da Guarda Imperial, reformado como chefe de batalhão, e que entrou em todas as capitais da Europa junto com Napoleão...

Lucien, empurrado para a porta pelo soldado de Napoleão, que escovava a sobrecasaca azul e manifestava intenção de ir embora, teve a coragem de se pôr atravessado.

— Venho para ser redator — disse — e juro que tenho todo o respeito por um comandante da Guarda Imperial, homens de bronze...

— Bem dito, meu paisaninho — retrucou o oficial, batendo na barriga de Lucien. — Mas em que classe de redatores quer entrar? — prosseguiu o mercenário, roçando na barriga de Lucien e descendo a escada. Só parou para acender o charuto, com o porteiro.

— Mãe Chollet, se chegarem assinaturas, receba-as e anote-as. Sempre as assinaturas, só entendo de assinaturas — continuou, e se virou para Lucien, que o seguira. — Finot é meu sobrinho, o único da família que tem me facilitado as

* O "outro" é Napoleão, que morre em 1821 e deixa o filho Napoleão II, de dez anos de idade, vivendo na Áustria. Muitos membros do partido liberal, como o dono desse jornal, eram bonapartistas como forma de fazer oposição ao rei.

coisas, na minha situação. Portanto, qualquer um que buscar briga com Finot encontrará pela frente o velho Giroudeau, comandante dos dragões, que começou como simples cavaleiro do exército do Sambre-et-Meuse e foi cinco anos mestre de armas no primeiro dos hussardos, exército da Itália! Um, dois, e o queixoso ficará à sombra! — acrescentou, imitando o gesto de um esgrimista. — Ora, pois é, meu filho, temos diferentes corpos de redatores: há o redator que redige e tem seu soldo, o redator que redige e não tem nada: é o que chamamos de voluntário; por último, o redator que não redige nada, e que não é o mais bobo, pois esse aí não comete erros, gaba-se de ser um homem de espírito, pertence ao jornal, paga-nos jantares, perambula pelos teatros, sustenta uma atriz e é felicíssimo. O que o senhor quer ser?

— Um redator, ora essa, trabalhando bem, e portanto bem pago.

— Aí está o senhor, igual a todos os conscritos que querem ser marechais da França! Acredite no velho Giroudeau, esquerda volver, passo acelerado, vá catar pregos no riacho como aquele bravo homem ali: ele já serviu, logo se vê pelo jeito dele. Não é um escândalo que um velho soldado que foi mil vezes jogado na goela do canhão cate pregos em Paris? Meu Deus do céu, você não passa de um velhaco, não apoiou o Imperador! Bem, meu filho, aquele civil que você viu de manhã ganhou quarenta francos no mês passado. Você fará melhor? E dizem que ele é o mais inteligente.

— Quando o senhor foi para a batalha do Sambre-et--Meuse, disseram-lhe que havia perigo?

— Por Deus!

— E então?

— E então? Vá ver meu sobrinho Finot, um bom rapaz, o rapaz mais leal que você encontrará, se conseguir encontrá-lo, pois ele se mexe como um peixe. Na profissão dele, não se trata de escrever, sabe, mas de fazer os outros escreverem. Parece que os camaradas preferem se deliciar com as atrizes a rabiscar papel. Oh, são uns tipos esquisitos! Muito honrado por tê-lo conhecido.

O caixa mexeu sua temível bengala chumbada, que fizera um bom trabalho na estreia de *Germanicus*, e deixou Lucien no bulevar, tão estupefato com aquela visão da redação quanto ficara com os resultados finais da literatura na livraria de Vidal e Porchon. Lucien correu dez vezes à casa de Andoche Finot, diretor do jornal, na rua Feydeau, sem jamais encontrá-lo. Bem de manhãzinha, Finot não tinha chegado. Na hora do almoço, Finot estava na rua: almoçando, diziam, em tal café. Lucien ia ao café, perguntava à dona por Finot, superando repugnâncias inauditas: Finot acabava de sair. Por fim, Lucien, cansado, já olhava para Finot como para um personagem hipotético e fabuloso, e achou mais simples ficar à espreita de Étienne Lousteau, no Flicoteaux. Esse jovem jornalista decerto explicaria o mistério que pairava sobre a vida do jornal a que estava ligado.

8

OS SONETOS

Depois do dia cem vezes abençoado em que Lucien conheceu Daniel d'Arthez, ele mudara de lugar no Flicoteaux: os dois amigos jantavam lado a lado e conversavam em voz baixa sobre alta literatura, os assuntos a tratar, o modo de apresentá-los, de iniciá-los, de terminá-los. Nessa altura, Daniel d'Arthez estudava o manuscrito de *O arqueiro de Carlos IX*, refazia capítulos, escrevia as belas páginas que lá se encontram e ainda tinha pela frente uns dias de correções. E terminava o prefácio magnífico que domina talvez o livro e que jogou tantas luzes sobre a nova literatura. Um dia, quando Lucien estava se sentando ao lado de Daniel, que o esperava e cuja mão já estava dentro da sua, viu Étienne Lousteau rodando o puxador da porta. Lucien largou abruptamente a mão de Daniel e disse ao garçom que queria jantar em seu antigo lugar, perto do balcão. D'Arthez lançou para Lucien um desses olhares angélicos em que o perdão envolve a repreensão, e que atingiu tão profundamente o terno coração do poeta que ele pegou de novo a mão de Daniel para reapertá-la.

— É um negócio importante para mim, depois lhe conto — disse.

Lucien estava em seu antigo lugar quando Lousteau se sentou; foi o primeiro a cumprimentá-lo, e logo se iniciou uma conversa entre eles, e foi tão animada que Lucien saiu para buscar o manuscrito de *As margaridas* enquanto Lousteau acabava de jantar. Conseguira submeter seus sonetos ao jornalista e contava com sua aparente benevolência para ter um editor ou entrar para o jornal. Ao voltar, Lucien viu, num canto do restaurante, Daniel tristemente acotovelado na mesa, olhando para ele de um jeito melancólico; porém, devorado pela miséria e impelido pela ambição, fingiu não ver seu irmão do Cenáculo e seguiu Lousteau. Antes do fim do dia, o jornalista e o neófito foram se sentar sob as árvores daquela parte do Luxembourg que vai da grande avenida de l'Observatoire até a rua de l'Ouest.* Essa rua era, na época, um longo lamaçal, ladeado de tábuas e valas, onde só havia casas quando se chegava perto da rua de Vaugirard. Era uma passagem tão pouco frequentada que, na hora em que Paris janta, dois amantes podiam brigar por ali e se reconciliar sem medo de ser vistos. O único desmancha-prazeres possível era o veterano sentinela no portãozinho que dava para a rua de l'Ouest, caso esse venerável soldado resolvesse aumentar o número de passos que compõem seu monótono passeio. Foi nessa alameda, num banco de madeira, entre duas tílias, que Étienne escutou os sonetos escolhidos como amostra de *As margaridas*. Étienne Lousteau, que depois de dois anos de aprendizagem estava com o pé no estribo no ofício de redator, e que contava com algumas amizades entre as celebridades da época, era, aos olhos de Lucien, uma imponente personalidade. Assim, enquanto tirava o barbante que amarrava o manuscrito de *As margaridas*, o poeta da província julgou necessário fazer uma espécie de prefácio.

— O soneto, senhor, é uma das obras mais difíceis da poesia. Esse pequeno poema em geral tem sido abandonado. Ninguém na França conseguiu rivalizar com Petrarca, cuja língua, infinitamente mais flexível que a nossa, admite jogos de pensamentos rejeitados por nosso *positivismo* (desculpe-me a palavra). Portanto, pareceu-me original estrear com uma coletânea de sonetos. Victor Hugo pegou a ode, Canalis envereda pela poesia fugidia, Béranger mono-

* Trecho da atual rua d'Assas.

poliza a canção, Casimir Delavigne monopoliza a tragédia, e Lamartine, a meditação.

— Você é clássico ou romântico? — perguntou Lousteau.

O ar espantado de Lucien denotava uma tão completa ignorância do estado das coisas na República das Letras que Lousteau achou necessário esclarecê-lo.

— Meu caro, você está chegando no meio de uma batalha feroz, deve se decidir prontamente. A literatura está dividida, primeiro, em várias zonas, mas nossas sumidades estão repartidas em dois campos. Os escritores monarquistas são românticos, os liberais são clássicos. A divergência das opiniões literárias junta-se à divergência das opiniões políticas, e segue-se uma guerra com todas as armas, torrentes de tintas, sarcasmos a ferro afiado, calúnias pontiagudas, apelidos sangrentos, entre as glórias nascentes e as glórias decadentes. Por uma singular anomalia, os monarquistas românticos pedem a liberdade literária e a revogação das leis que dão formas convencionais à nossa literatura; ao passo que os liberais querem manter as unidades, o ritmo do alexandrino e as formas clássicas. Portanto, as opiniões literárias estão em desacordo, em cada campo, com as opiniões políticas. Se você for eclético, não terá ninguém ao seu lado. De que lado se coloca?

— Quais são os mais fortes?

— Os jornais liberais têm muito mais assinantes que os jornais partidários da realeza e dos ministros; entretanto, Canalis avança, embora monarquista e religioso, embora protegido pela corte e pelo clero. Bah! Os sonetos são a literatura anterior a Boileau — disse Étienne ao ver Lucien apavorado por ter de escolher entre duas bandeiras. — Seja romântico. Os românticos se compõem de gente jovem, e os clássicos são *perucas*: os românticos vencerão.

A palavra *peruca* era o último epíteto inventado pelo jornalismo romântico para rotular e adornar os clássicos.

— A MARGARIDA! — anunciou Lucien, escolhendo o primeiro dos dois sonetos que justificavam o título e serviam de abertura.

Margaridas dos prados, vossas variadas cores
Nem sempre brilham para os olhos alegrar;
Nossos votos mais queridos também hão de expressar
Num poema em que o homem aprende seus amores.

Engastados em prata, vossos estames de ouro
Revelam os tesouros que ele há de idolatrar;
E vossos veios, por onde o sangue misterioso vai passar,
Revelam quanto custa um triunfo em sofrimento duradouro!

Será por ter eclodido no dia em que do sepulcro
Jesus, ressuscitando num mundo mais pulcro,
Sacudiu suas asas e fez chover virtudes?

E quando vossas curtas pétalas brancas o outono há de rever
É para falar aos nossos olhares do infiel prazer
Ou para nos lembrar a flor de nossas juventudes?

Lucien ficou melindrado com a perfeita imobilidade de Lousteau enquanto escutava esse soneto; ainda não conhecia a desconcertante impassibilidade criada pelo hábito da crítica e que distingue os jornalistas cansados de prosa, de dramas e de versos. Acostumado a receber aplausos, o poeta engoliu o desapontamento; leu o soneto preferido da sra. de Bargeton e de alguns de seus amigos do Cenáculo. "Este lhe arrancará talvez uma palavra", pensou.

Segundo soneto
O MALMEQUER

Eu sou o malmequer, nome mais belo da flora
Que recamava de estrelas a relva de veludo,
Feliz, procurado por minha beleza, que era tudo,
E meus dias se deleitavam numa eterna aurora.

Contra meu desejo, ai de mim, uma virtude inaugural
Despejou sobre minha fronte sua fatal claridade;
A sorte condenou-me ao dom da verdade,
E eu sofro e eu morro: a ciência é mortal.

Já não tenho paz, já não tenho o silêncio puro
Pois vem o amor me arrancar em duas palavras o futuro,
E dilacera-me o coração com o malmequer, bem-me-quer.

Sou a única flor sem piedade despetalada,
De seu branco diadema minha fronte é despojada,
E serei pisoteada assim que meu segredo se souber.

Quando terminou, o poeta olhou para seu Aristarco. Étienne Lousteau contemplava as árvores do viveiro de plantas.

— E então? — perguntou Lucien.

— E então? Continue, meu caro! Não o estou escutando? Em Paris, escutar sem dizer uma palavra é um elogio.

— Está farto? — perguntou Lucien.

— Continue — respondeu o jornalista, um tanto brusco.

Lucien leu o soneto seguinte; mas o leu com o coração mortificado, e o impenetrável sangue-frio de Lousteau lhe gelou a cadência. Se tivesse mais tarimba da vida literária, saberia que, nos autores, o silêncio e a brusquidão em tais circunstâncias traem a inveja causada por uma bela obra, assim como a admiração anuncia a felicidade que sentem diante de uma obra medíocre que tranquiliza o amor-próprio deles.

Trigésimo soneto

A CAMÉLIA

Cada flor lê uma palavra do livro da natureza:
A rosa é para o amor, e da beleza é a pintura,
A violeta exala uma alma afável e pura,
E o lírio resplandece em sua lhaneza.

Mas a camélia, monstro da cultura,
Rosa sem ambrosia e lírio sem majestade,
Parece desabrochar, na estação da frialdade,
Para os langores da virgindade em sua doçura.

Entretanto, no parapeito das frisas de teatro,
Amo ver, abrindo suas pétalas de alabastro,
Camélias brancas, qual coroa de pudor

Entre os cabelos negros das mulheres belas
Que sabem inspirar às almas o amor pelas donzelas,
Como os mármores gregos de Fídias, o escultor.

— O que acha de meus pobres sonetos? — perguntou, formal, Lucien.

— Quer mesmo a verdade? — perguntou Lousteau.

— Ainda sou bastante moço para amá-la, e quero muito triunfar a ponto de não ouvi-la sem me aborrecer, mas não sem desespero — respondeu Lucien.

— Pois bem, meu caro, o preciosismo do primeiro anuncia uma obra feita em Angoulême à qual certamente lhe custou muito renunciar; o segundo e o terceiro já cheiram a Paris; mas me leia mais um? — acrescentou, fazendo um gesto que, para o grande homem da província, pareceu encantador.

Encorajado por esse pedido, Lucien leu com mais confiança o soneto preferido de D'Arthez e Bridau, talvez por causa de seu colorido.

Quinquagésimo soneto
A TULIPA

Eu sou a tulipa, uma flor da Holanda;
E tamanha é minha beleza que os flamengos avaros
Pagam por um de meus bulbos mais que aos diamantes caros,
Se minhas origens forem puras, se eu for reta, grande e branda.

Meu porte é feudal, e como uma Iolanda,
Com sua ampla saia de armação e longos pregueados,
Trago em minha vestimenta brasões pintados,
Goles com feixes de prata, ouro e púrpura em banda;

O jardineiro divino com seus dedos foi tecendo,
Com os raios do sol e a púrpura dos reis foi fazendo
Para mim um vestido de trama suave e fina.

Nenhuma flor do jardim iguala meu esplendor,
Mas a natureza, ai!, não derramou um odor
No meu cálice que é como um vaso da China.

— E então? — perguntou Lucien depois de um momento de silêncio que lhe pareceu exageradamente longo.

9

UM BOM CONSELHO

— Meu caro — disse, grave, Étienne Lousteau ao ver a ponta das botas que Lucien trouxera de Angoulême e que estava usando até acabar —, aconselho-o a escurecer as botas com sua tinta a fim de economizar graxa, a fazer palitos com suas penas para, ao passear pela bela alameda deste jardim, dar a impressão de ter jantado no Flicoteaux, e a procurar um emprego qualquer. Torne-se escrevente auxiliar de um oficial de justiça se tiver disposição, caixeiro se tiver chumbo no lombo, ou soldado se gostar de música militar. Você tem o estofo de três poetas, mas antes de conseguir avançar tem tempo para morrer seis vezes de fome se contar com o produto de sua poesia para viver. Ora, suas intenções são, segundo suas observações um tanto jovens, cunhar moeda com o próprio tinteiro. Não julgo sua poesia, ela é muito superior a todos os poemas que abarrotam os depósitos das livrarias. Esses elegantes "rouxinóis", vendidos um pouco mais caro que os outros por causa do papel velino, vão quase todos pousar nas margens do Sena, aonde você pode ir estudar seus cantos, se um dia quiser fazer uma peregrinação instrutiva pelos cais de Paris, desde a barraca do pai Jérôme, na Ponte Notre-Dame, até a Pont-Royal. Aí encontrará todos os *Essais poétiques*, as *Inspirations*, *Elévations*, os *Hymnes*, *Chants*, as *Ballades*, as *Odes*, em suma, todas as ninhadas que eclodiram nestes sete anos, musas cobertas de poeira, salpicadas de lama pelos fiacres, violentadas por todos os passantes que querem ver a vinheta do título. Você não conhece ninguém, não tem acesso a nenhum jornal, suas *Margaridas* permanecerão castamente fechadas como você as mantém: jamais desabrocharão ao sol da publicidade no prado das margens grandes, esmaltado pelos florões prodigalizados pelo ilustre Dauriat, o livreiro das celebridades, o rei das Galerias de Madeira. Meu pobre menino, aqui cheguei, como você, com o coração cheio de ilusões, impelido pelo amor à Arte, levado em direção da glória por invencíveis impulsos: encontrei as realidades da profissão, as dificuldades de ser publicado e o aspecto positivo da miséria. Minha exaltação, agora esvaziada, minha efervescência inicial me escondiam o mecanismo do mundo; foi preciso vê-lo, bater em todas as engrenagens, esbarrar em seus eixos, engraxar-me com os óleos, ouvir o rangido das correntes e dos volantes. Como eu, você vai saber que, sob todas essas belas coisas sonhadas, se agitam homens, paixões e necessidades. Você vai se misturar necessariamente a lutas horríveis, de obra a obra, de homem a homem, de partido a partido, em que é preciso lutar sistematicamente para não ser abandonado pelos seus. Esses combates ignóbeis desencantam a alma, depravam o coração e cansam inutilmente, pois seus esforços costumam servir para coroar um homem que você odeia, um talento secundário apresentado, apesar de você, como um gênio. A vida literária tem seus bastidores. Os sucessos inesperados ou merecidos, eis o que a plateia aplaude; os truques, sempre odiosos, os figurantes embriagados, as claques e os empregados subalternos, é disso que os bastidores estão cheios. Você ainda está na plateia. Ainda é tempo, abdique antes de pôr um pé no primeiro degrau do trono disputado por tantas ambições, e não se desonre como eu para viver. (Uma lágrima molhou os olhos de Étienne Lousteau.) Sabe como eu vivo? — continuou, com um toque de raiva. — O pouco dinheiro que minha família podia me dar foi logo devorado. Vi-me sem recursos depois de ter tido uma peça aceita no Théâtre-Français. Ali, a proteção de um príncipe ou de um Primeiro Gentil-homem da Câmara do Rei não basta para conseguir um favor: os atores não cedem, a não ser aos que ameaçam seu amor-próprio. Se você tivesse o poder para que alguém dissesse que o *jeune premier* tem asma, que a *jeune première* tem uma fístula onde você quiser, que a criadinha tem bafo de onça, seria representado no dia seguinte. Não sei se daqui a dois anos estarei, eu que lhe falo, em condições de obter tal poder: precisaria de muitos amigos. Onde, como e de que maneira ganhar meu pão foi uma pergunta que me fiz ao sentir os estragos da fome. Depois de muitas tentativas, depois de ter escrito um romance anônimo por duzentos francos pagos por Doguereau, que não ganhou grande coisa, ficou provado para mim que só o jornalismo poderia me alimentar. Mas como entrar nessas espeluncas? Não vou lhe contar minhas iniciativas e minhas solicitações inúteis, nem os seis meses trabalhando como extranumerário e ouvindo que eu assustava o assinante, quando, ao contrário, o atraía. Passemos por cima dessas afrontas. Hoje faço críticas, quase de graça, dos teatros do bulevar para o jornal que pertence a Finot, esse rapaz gordo que ainda almoça duas ou três vezes por mês no Café Voltaire (um lugar ao qual você não pode ir!). Finot é redator chefe. Eu me sustento vendendo os ingressos que os diretores desses teatros me dão para comprar minha benevolência no jornal, os livros que os livreiros me enviam e dos quais devo falar. Por fim, quando Finot se dá por satisfeito, eu trafico as contribuições em espécie enviadas pelas indústrias a favor das quais ou contra as quais ele me permite escrever artigos. Os fabricantes da *Água carminativa*, da *Pasta dos sultões*, do *Óleo cefálico* e da *Mistura brasileira** pagam vinte ou trinta francos por um artigo chistoso. Sou forçado a ladrar atrás do livreiro que dá poucos exemplares ao jornal: o jornal fica com dois,

* Os nomes dos três primeiros artigos são inventados, mas havia na época uma *Mixture brésilienne* vendida como remédio contra as doenças venéreas, cujo prospecto publicitário Balzac imprimiu em 1826.

que Finot vende, e eu preciso de dois para vender. Mesmo se publicar uma obra-prima, o livreiro avaro de exemplares é derrubado. É ignóbil, mas eu vivo dessa profissão, eu e cem outros! Não creia que o mundo político é muito mais bonito que esse mundo literário: nos dois mundos tudo é corrupção. Aí cada homem é corruptor ou corrompido. Quando se trata de uma iniciativa editorial mais considerável, o livreiro me paga, com medo de ser atacado. Assim, meus rendimentos têm relação direta com os prospectos sobre os livros a serem publicados. Quando um prospecto explode como brotoejas, o dinheiro entra a rodo no meu bolso, e aí ofereço um jantar aos meus amigos. Mas, sem negócios na livraria, vou jantar no Flicoteaux. As atrizes também pagam pelos elogios, embora as mais hábeis paguem só pelas críticas, pois o silêncio é o que elas mais temem. Por isso, uma crítica, feita para ser rebatida em outro jornal, vale mais e é mais bem paga que um elogio seco, esquecido no dia seguinte. A polêmica, meu caro, é o pedestal das celebridades. Nessa profissão de espadachim das ideias e das reputações industriais, literárias e dramáticas, ganho cinquenta escudos por mês, posso vender um romance por quinhentos francos, e começo a ter fama de um homem temível. Quando, em vez de viver na casa de Florine, à custa de um droguista que se dá ares de milorde, eu me instalar com meus móveis, quando passar para um grande jornal em que assinarei um rodapé literário, nesse dia, meu caro, Florine se tornará uma grande atriz; quanto a mim, não sei o que então poderei ser: ministro ou homem honesto, tudo ainda é possível. (Levantou a cabeça humilhada, lançou para a folhagem um olhar de desespero acusador e terrível.) E tenho uma bela tragédia que foi aceita! E tenho em meus papéis um poema que morrerá em minhas mãos! E eu era bom! E tinha o coração puro! Agora minha amante é uma atriz do Panorama-Dramatique: eu, que sonhava com belos amores entre as mulheres mais distintas da alta sociedade! E finalmente, por causa de um exemplar que o livreiro recusa ao meu jornal, falo mal de um livro que acho bonito!

Lucien, emocionado até as lágrimas, apertou a mão de Étienne.

— Fora do mundo literário — disse o jornalista se levantando e se dirigindo para a grande avenida de l'Observatoire, onde os dois poetas passearam como para ter mais ar nos pulmões — não existe uma só pessoa que conheça a terrível odisseia pela qual se chega ao que se deve chamar, dependendo dos talentos, a popularidade, a moda, a fama, a reputação, a celebridade, a simpatia pública, esses diferentes níveis que levam à gloria e que jamais a substituem. Esse fenômeno edificante, tão brilhante, se compõe de mil acasos que variam com tanta rapidez que não há exemplo de dois homens que lá tenham chegado por um mesmo caminho. Canalis e Nathan são dois casos dessemelhantes e que não se renovarão. D'Arthez, que se mata de tanto trabalhar, há de se tornar famoso por um outro acaso. Essa reputação tão desejada é quase sempre uma prostituta coroada. Sim, para as baixas obras da literatura, ela representa a pobre moça que fica congelando nas esquinas das ruas; para a literatura de segunda categoria, é a mulher manteúda que saiu direto dos lugares depravados do jornalismo e a quem eu sirvo de cafetão; para a literatura bem-sucedida, ela é a brilhante cortesã insolente, que tem móveis, paga seus impostos ao Estado, recebe os grandes senhores, trata-os bem ou os maltrata, tem sua criadagem de libré, sua carruagem, e pode deixar esperando seus credores sedentos. Ah! Esses para quem ela é, como para mim outrora, para você hoje, um anjo de asas irisadas, vestindo sua túnica branca, mostrando uma palma verde na mão, uma flamejante espada na outra, parecendo a um só tempo a abstração mitológica que vive no fundo de um poço e a pobre moça virtuosa exilada num subúrbio, só enriquecendo graças às claridades da virtude e aos esforços de uma nobre coragem, e voando de novo pelos céus com seu caráter imaculado, quando não morre conspurcada, apalpada, violentada, esquecida, dentro da carroça dos pobres; esses homens com o cérebro cingido de bronze, com os corações ainda quentes sob as pancadas de neve da experiência, são raros nesta terra que você vê a nossos pés — disse, mostrando a grande cidade que fumegava ao cair do dia.

Uma visão do Cenáculo passou célere diante dos olhos de Lucien e o comoveu, mas ele foi arrastado por Lousteau, que prosseguiu sua tenebrosa lamentação.

— Eles são raros e esparsos nessa cuba em fermentação, raros como os verdadeiros amantes no mundo amoroso, raros como as fortunas honestas no mundo financeiro, raros como um homem puro no jornalismo. A experiência do primeiro que me disse o que estou lhe dizendo foi perdida, assim como a minha provavelmente será inútil para você. Um idêntico ardor sempre precipita a cada ano, da província para cá, um número igual, para não dizer crescente, de ambições imberbes que se lançam de cabeça erguida, coração altivo, ao assalto da Moda, essa espécie de princesa Turandot de *Os mil e um dias*, de quem todos querem ser o príncipe Calaf! Mas nenhum adivinha o enigma. Todos caem no fosso da desgraça, na lama do jornal, nos pântanos da livraria. Esses mendigos catam artigos biográficos, textos verborrágicos, notinhas sobre Paris nos jornais, ou livros encomendados por perspicazes negociantes de papel impresso que preferem uma bobagem que se esgota em quinze dias a uma obra-prima que leva tempo para ser vendida. Essas lagartas, esmagadas antes de virar borboletas, vivem de vergonha e infâmia, prestes a morder ou a elogiar um talento nascente, por ordem de um paxá do *Le Constitutionnel*, do *La Quotidienne*, do *Journal des Débats*, bastando um sinal dos livreiros, um pedido de um camarada invejoso, e volta e meia em troca de um jantar. Os que superam os obstáculos esquecem as misérias de seu início. Eu, que aqui lhe falo, durante seis meses escrevi artigos em que pus a flor de meu espírito a serviço de um miserável que dizia que os artigos eram dele, e que com essas amostras passou para redator de um rodapé: não me pegou como colaborador, nem sequer me deu cem vinténs, e sou obrigado a lhe estender a mão e apertar a dele.

— E por quê? — perguntou, orgulhoso, Lucien.

— Posso precisar pôr dez linhas no rodapé — respondeu friamente Lousteau. — Enfim, meu caro, trabalhar não é o segredo da fortuna em literatura, trata-se de explorar o trabalho dos outros. Os donos de jornais são empreiteiros, nós somos pedreiros. Por isso, quanto mais medíocre é um homem, mais prontamente triunfa; ele pode engolir sapos vivos, resignar-se a tudo, adular as pequenas paixões baixas dos sultões literários, como um recém-chegado de Limoges, Hector Merlin, que já escreve sobre política num jornal de centro-direita e trabalha em nosso pequeno jornal: eu o vi apanhar o chapéu que caíra de um redator chefe. Não ofuscando ninguém, esse rapaz passará entre as ambições rivais que estarão lutando entre si. Você me dá pena. Vejo-me em você tal como eu era, e tenho certeza de que será, daqui a um ou dois anos, tal como eu sou. Pensará que nestes conselhos amargos há alguma inveja secreta, algum interesse pessoal, mas eles são ditados pelo desespero do condenado que não pode mais sair do inferno. Ninguém ousa dizer o que lhe grito com a dor do homem atingido no coração e como um segundo Jó sobre o monturo: "Aqui estão minhas úlceras!".

— Lutar neste campo ou em outro, mas devo lutar — disse Lucien.

— Então, que saiba! — continuou Lousteau. — Essa luta será sem tréguas se você tiver talento, pois sua melhor chance seria não tê-lo. A austeridade de sua consciência, hoje pura, vai se curvar diante daqueles em cujas mãos você verá que seu futuro repousa, daqueles que, com uma palavra, podem lhe dar a vida, mas que não quererão pronunciá-la, pois, creia-me, o escritor na moda é mais insolente, mais duro com os recém-chegados do que é o mais brutal livreiro. Onde o livreiro vê apenas um prejuízo, o autor teme um rival: um o despacha, o outro o esmaga. Para fazer belas obras, meu pobre menino, você extrairá de seu coração, com penadas de tinta, a ternura, a seiva, a energia, e tudo estenderá em paixões, em sentimentos, em frases! Sim, escreverá em vez de agir, cantará em vez de combater, amará, odiará, viverá em seus livros, mas, quando tiver reservado suas riquezas para seu estilo, seu ouro e sua púrpura para seus personagens, quando passear aos farrapos pelas ruas de Paris, feliz de ter lançado, rivalizando com o Registro Civil, seres chamados Adolphe, Corinne, Clarissa ou Manon, quando tiver estragado sua vida e seu estômago para dar vida a essa criação, há de vê-la caluniada, traída, vendida, deportada para as lagunas do esquecimento pelos jornalistas, enterrada por seus melhores amigos. Conseguirá esperar o dia em que sua criatura se lançar acordada — por quem? Quando? Como? Existe um livro magnífico, *Obermann*, o *pianto* da incredulidade, que passeia solitário pelo deserto dos depósitos e desde então os livreiros chamam ironicamente de "rouxinol": quando a Páscoa chegará para ele? Ninguém sabe. Antes de tudo, tente encontrar um livreiro bastante ousado para publicar *As margaridas*! Não se trata de ser pago por elas, mas de imprimi-las. E então verá cenas curiosas.

Essa fala dura, proferida nos diversos tons das paixões que expressava, caiu como uma avalanche de neve no coração de Lucien, pondo-lhe um frio glacial. Ele permaneceu de pé e calado por um instante. Afinal, seu coração, como estimulado pela terrível poesia das dificuldades, explodiu. Lucien apertou a mão de Lousteau e gritou:

— Triunfarei!

— Bem — disse o jornalista —, mais um cristão que desce à arena para se entregar às feras. Meu caro, hoje à noite há uma primeira representação no Panorama-Dramatique, que só começará às oito horas; são seis, vá pôr sua melhor casaca, quer dizer, fique apresentável. Venha me pegar. Moro na rua de La Harpe, em cima do Café Servel, no quarto andar. Passaremos primeiro na casa de Dauriat. Você persiste, não é? Pois bem, vou lhe apresentar esta noite um dos reis da edição e alguns jornalistas. Depois do espetáculo, cearemos na casa de minha amante, com amigos, pois nosso jantar não pode ser considerado uma refeição.

Lá encontrará Finot, o redator chefe e dono de meu jornal. Conhece a frase de Minette, do Vaudeville, aprimorando um velho provérbio: *O tempo que se perde não se volta mais a achar*? Pois é, para nós a sorte também se perde, é preciso tentá-la!

— Nunca esquecerei este dia — disse Lucien.

— Muna-se de seu manuscrito e esteja bem-vestido, menos por causa de Florine que do livreiro.

A bondade de companheiro, que sucedia ao grito violento do poeta pintando a guerra literária, tocou Lucien tão profundamente quanto outrora ele fora tocado, no mesmo local, pelas palavras graves e religiosas de D'Arthez. Animado com a perspectiva de uma luta imediata entre os homens e ele, o inexperiente rapaz não desconfiou da realidade das desgraças morais que o jornalista lhe denunciava. Não sabia que teria de escolher entre dois caminhos distintos, entre dois sistemas representados pelo Cenáculo e pelo Jornalismo, dos quais um era longo, honrado, seguro, o outro, semeado de escolhos e perigoso, cheio de riachos barrentos onde sua consciência iria se conspurcar. Seu temperamento o levava a pegar o caminho mais curto, aparentemente o mais agradável, a agarrar os meios decisivos e rápidos. Naquele momento não viu nenhuma diferença entre a nobre amizade de D'Arthez e a camaradagem fácil de Lousteau. Esse espírito volúvel percebeu no jornalismo uma arma a seu alcance, sentia-se hábil para manejá-la, quis pegá-la. Deslumbrado com as ofertas do novo amigo, cuja mão bateu na sua com uma displicência que lhe pareceu graciosa, poderia ele saber que, no exército da Imprensa, todos precisam de amigos, assim como os generais precisam de soldados? Vendo nele resolução, Lousteau o aliciava, esperando prendê-lo. O jornalista estava em seu primeiro amigo, assim como Lucien estava em seu primeiro protetor: um queria passar a caporal, o outro queria ser soldado.

10

TERCEIRA VARIEDADE DE LIVREIRO

Lucien voltou alegremente para o hotel, onde escolheu uma toalete tão cuidada como a do dia nefasto em que quis se produzir para o camarote da marquesa d'Espard, na Ópera. Mas suas roupas já lhe caíam melhor, ele se apropriara delas. Pôs sua bela calça justa clara, bonitas botas com borlas que lhe haviam custado quarenta francos, e a casaca de baile. Os cabelos louros finos e abundantes, mandou frisar, perfumar, caírem em cachos brilhantes. Em sua fronte surgiu uma audácia vinda do sentimento do próprio valor e de seu futuro. As mãos femininas foram cuidadas, as unhas em forma de amêndoa foram polidas e ficaram rosadas. Sobre o colarinho de cetim preto, brilhou o branco arredondado de seu queixo. Nunca um rapaz tão bonito descera a montanha do Quartier Latin.

Lucien estava belo como um deus grego. Pegou um fiacre e às quinze para as sete chegava à porta do prédio do Café Servel. A porteira o convidou a subir quatro andares, dando-lhe noções topográficas um tanto complicadas. Armado dessas informações, ele encontrou, não sem dificuldade, uma porta aberta no fundo de um longo corredor escuro e reconheceu o quarto clássico do Quartier Latin. A miséria dos jovens o perseguia ali como, na rue de Cluny, a de D'Arthez, de Chrestien, e em toda parte! Mas em toda parte ela se apresenta com a marca que lhe dá o temperamento da vítima. Ali, a miséria era sinistra. Uma cama de nogueira, sem cortinado, embaixo da qual havia um tapete amarrotado de segunda mão; nas janelas, cortinas amareladas pela fumaça de uma lareira que não funcionava e pela do charuto; sobre a lareira, uma lamparina Carcel dada por Florine e ainda a salvo da casa de penhores; depois, uma cômoda de mogno descorada, uma mesa coberta de papéis, duas ou três penas entortadas ali em cima, nenhum outro livro além dos trazidos na véspera ou durante o dia: essa era a mobília daquele quarto privado de objetos de valor, mas que oferecia um ignóbil conjunto de botas ordinárias bocejando num canto e velhas meias já parecendo renda; em outro canto, charutos esmagados, lenços sujos, camisas que pareciam em dois volumes, gravatas que tinham chegado à terceira edição. Era, em suma, um acampamento literário mobiliado de objetos indescritíveis e da mais estranha nudez que se possa imaginar. Sobre a mesa de cabeceira, abarrotada de livros lidos durante a manhã, brilhava o globo vermelho de uma caixa de pavios Fumade. Sobre o pano da lareira vagavam uma navalha, um par de pistolas, uma cigarreira. Num painel, Lucien viu floretes cruzados debaixo de uma máscara. Três cadeiras e duas poltronas, dignas apenas da mais ordinária pensão daquela rua, completavam a mobília. O quarto, tão sujo como triste, anunciava uma vida sem descanso e sem dignidade: ali se dormia, trabalhava-se às pressas, e o quarto era habitado por necessidade, sentia-se a vontade de seu hóspede de abandoná-lo. Que diferença entre aquela desordem cínica e a miséria limpa, decente de D'Arthez!... Lucien não escutou esse conselho que vinha envolto numa lembrança, pois Étienne lhe fez um gracejo para mascarar a nudez do vício.

— Este aqui é meu canil, meu grande palco fica na rua de Bondy,* no novo apartamento que nosso droguista mobiliou para Florine e que inauguraremos esta noite.

Étienne Lousteau usava calça preta, botas bem engraxadas, uma casaca abotoada até o pescoço; sua camisa,

* Atual rua René-Boulanger.

que Florine certamente iria trocar, estava escondida por um colarinho de veludo, e ele escovava o chapéu para lhe dar aparência de novo.

— Vamos — disse Lucien.

— Ainda não, estou esperando um livreiro para ter uns trocados, talvez a gente vá jogar. Não tenho um centavo, e, aliás, preciso de luvas.

Nesse instante os dois novos amigos ouviram os passos de um homem no corredor.

— É ele — disse Lousteau. — Você vai ver, meu caro, os ares que a Providência assume quando se manifesta aos poetas. Antes de contemplar em toda a sua glória Dauriat, o livreiro *fashionable*, você terá visto o livreiro do Quai des Augustins, o livreiro agiota, o negociante de ferro-velho literário, o normando ex-vendedor de verduras. Mas venha, velho tártaro! — gritou Lousteau.

— Aqui estou — disse uma voz de taquara rachada, como a de um sino quebrado.

— Com dinheiro?

— Dinheiro? Não há mais na livraria — respondeu um rapaz que entrou olhando para Lucien com ar curioso.

— Para início de conversa, você me deve cinquenta francos — retrucou Lousteau. — Depois, aqui estão dois exemplares de um *Viagem ao Egito* que dizem ser uma maravilha, repleto de gravuras, vai vender: Finot foi pago pelos dois artigos que eu devo escrever. *Item*, dois dos últimos romances de Victor Ducange, um autor ilustre no bairro do Marais. *Item*, dois exemplares da segunda obra de um estreante, Paul de Kock, que escreve no mesmo gênero. *Item*, dois de *Yseult de Dôle*, uma linda obra da província. Ao todo, cem francos, pelo preço de catálogo. Portanto, você me deve cem francos, meu pequeno Barbet.

Barbet olhou para os livros, examinando cuidadosamente as bordas e as capas.

— Ah, estão em perfeito estado de conservação — exclamou Lousteau. — O *Viagem* não está cortado, nem o Paul de Kock, nem o Ducange, nem aquele lá em cima da lareira, *Considerações sobre o simbólico*, que lhe dou de brinde, pois o que ele traça é tão maçante que prefiro dá-lo para não ver saírem do livro milhares de traças.

— Mas então — perguntou Lucien —, como você vai escrever seus artigos?

Barbet olhou para Lucien com profundo espanto e virou os olhos para Étienne, irônico:

— Vê-se que o cavalheiro não tem a infelicidade de ser um homem de letras.

— Não, Barbet, não. O cavalheiro é um poeta, um grande poeta que enterrará Canalis, Béranger e Delavigne. Ele vai longe, a não ser que se jogue no rio, e mesmo nesse caso iria até Saint-Cloud.*

— Se eu tivesse um conselho a dar ao cavalheiro — disse Barbet —, seria deixar os versos e meter-se na prosa. Os livreiros do cais já não querem mais versos.

Barbet usava uma sobrecasaca velha abotoada por um só botão e com a gola engordurada; não tirava o chapéu da cabeça e calçava sapatos;** seu colete entreaberto deixava ver uma boa camisa grossa de pano resistente. Seu rosto redondo, perfurado por dois olhos ávidos, mostrava certa bonomia, mas tinha no olhar a vaga inquietação das pessoas acostumadas a ouvir pedidos de dinheiro — e que o têm. Parecia sincero e de trato afável, de tal forma sua astúcia era arredondada por umas gordurinhas. Depois de ter sido caixeiro, pegara, dois anos antes, uma lojinha miserável no cais, de onde se lançava para a casa dos jornalistas, autores e impressores, deles comprando por uma miséria os livros que recebiam, e ganhando assim uns dez ou vinte francos por dia. Rico por conta de suas economias, farejava as necessidades de cada um, espreitava algum bom negócio, descontava à

* Dizia-se que em Saint-Cloud, subúrbio parisiense, havia uma rede dentro do Sena para pegar os cadáveres levados pela corrente e ali resgatados pela polícia.

** Calçar sapatos de laços, e não botas, era sinal de pertencer às classes populares.

taxa de quinze ou vinte por cento, para os autores em dificuldades, as promissórias dos livreiros dos quais no dia seguinte ia comprar, por preços discutidos na base de pagamento à vista, alguns bons livros já encomendados; depois lhes pagava com suas próprias promissórias em vez de dinheiro. Tinha feito estudos e sua instrução lhe servia para evitar cuidadosamente a poesia e os romances modernos. Gostava das pequenas aventuras, dos livros úteis cujos direitos podia comprar integralmente por mil francos e depois explorar à vontade, tais como *História da França ao alcance das crianças*, ou *Como aprender contabilidade em vinte lições*, ou *Botânica para moças*. Já deixara escapar dois ou três bons livros, depois de ter feito os autores voltarem à sua casa umas vinte vezes, sem se decidir sobre a compra dos manuscritos. Quando lhe criticavam sua falta de coragem, mostrava o relato de um famoso processo cujo manuscrito, tirado dos jornais, não lhe custara nada e lhe rendera dois ou três mil francos.

Barbet era o livreiro medroso, que vive de nozes e pão, assina poucas duplicatas, manipula as faturas e as reduz, vende ele mesmo seus livros não se sabe onde, mas os escoa e é pago por eles. Era o terror dos impressores, que não sabiam como agarrá-lo: exigia-lhes um desconto e cortava aqui e ali nas faturas a pagar, adivinhando suas necessidades urgentes; depois, não fazia mais pedidos àqueles que tinha esfolado, temendo uma cilada.

— E então? Continuamos nossos negócios? — perguntou Lousteau.

— Ei, meu garoto — disse Barbet com intimidade —, tenho na minha loja seis mil volumes para vender. Ora, como dizia um velho livreiro, *livros* não são *libras*. A livraria vai mal.

— Se você fosse à loja dele, meu caro Lucien — disse Étienne —, encontraria sobre um balcão de carvalho, que vem do leilão judicial de algum falido comerciante de vinho, uma vela ainda não espevitada, que assim se consome mais devagar. Iluminado apenas por esse clarão duvidoso, você avistaria as prateleiras vazias. Para conservar esse estoque inexistente, um rapazinho de jaleco azul sopra os dedos de tanto frio, bate os pés no chão para se esquentar ou fica balançando os braços como um cocheiro de fiacre em sua boleia. Veja! Lá não tem mais livros do que tenho aqui. Ninguém consegue adivinhar o comércio que ali se faz.

— Aqui está uma promissória de cem francos para três meses — disse Barbet, que não pôde deixar de sorrir ao tirar do bolso um papel timbrado. — Levarei seus livros. Não posso mais dar dinheiro à vista, sabe, as vendas andam muito difíceis. Pensei que você precisasse de mim; eu estava sem um tostão, assinei essa promissória para lhe ser gentil, pois não gosto de dar minha assinatura.

— Com que então ainda deseja minha estima e meus agradecimentos? — perguntou Lousteau.

— Embora não se paguem letras com sentimentos, mesmo assim os aceitarei — respondeu Barbet.

— Mas eu preciso de luvas, e os luveiros terão a vilania de recusar sua letra — disse Lousteau. — Veja, ali, na primeira gaveta da cômoda, há uma gravura fantástica, vale oitenta francos, é uma prova tirada antes da impressão do título, mas posterior ao artigo, pois fiz um artigo sobre ela, muito debochado. Ela me deu o mote para malhar o *Hipócrates recusando os presentes de Artaxerxes*, de Girodet. Que tal? Esta bela prancha convém a todos os médicos que recusam os presentes exagerados dos sátrapas parisienses. Você ainda encontrará sob a gravura umas trinta romanças. Vamos, pegue tudo e me dê quarenta francos.

— Quarenta francos! — disse o livreiro, dando um grito de galinha assustada. — No máximo vinte. E ainda posso perdê-los — acrescentou Barbet.

— Onde estão os vinte francos? — perguntou Lousteau.

— Não sei se os tenho, palavra de honra — disse Barbet remexendo nos bolsos. — Aqui estão. Você me despoja, tem sobre mim uma ascendência…

— Vamos, vamos embora — disse Lousteau, que pegou o manuscrito de Lucien e fez um traço de tinta debaixo do barbante.

— Tem mais alguma coisa? — perguntou Barbet.

— Nada, meu pequeno Shylock. Vou lhe conseguir um excelente negócio — disse Étienne. — No qual você vai perder mil escudos, para aprender a não me roubar assim — disse baixinho, virando-se para Lucien.

— E seus artigos? — perguntou Lucien enquanto iam de carro para o Palais-Royal.

— Ora! Você nem imagina como eles são feitos às pressas! Quanto ao *Viagem ao Egito*, abri o livro e li trechos aqui e ali, sem cortar as folhas, e descobri onze erros de francês. Escreverei uma coluna dizendo que, se o autor aprendeu a linguagem das balelas gravadas nas pedras egípcias chamadas obeliscos, não conhece sua própria língua, o que lhe provarei. Direi que, em vez de nos falar de história natural e de antiguidades, deveria ter tratado apenas do futuro do Egito, do progresso da civilização, dos meios de ligar o Egito à França, que, depois de tê-lo conquistado e perdido, ainda pode atraí-lo por sua ascendência moral. Em cima disso, um lero-lero patriótico, e tudo isso entremeado de trechos sobre Marseille, sobre o Levante, sobre o nosso comércio.

— Mas se ele tivesse feito isso, o que você diria?

— Pois bem, eu diria que em vez de nos atazanar com a política, ele deveria ter se ocupado da arte, pintado o país em seu aspecto pitoresco e territorial. Depois, como crítico, eu cairia na lamentação. A política, diria, nos ultrapassa e nos aborrece, nós a encontramos em todo lugar. Eu lamentaria que ele não falasse daquelas viagens encantadoras em que nos explicavam as dificuldades da navegação, do charme das saídas da barra, das delícias da passagem pelo equador, em resumo, daquilo que precisam saber os que jamais viajarão. Mesmo os aprovando, a gente debocha dos viajantes que celebram como grandes acontecimentos um pássaro que passa, um peixe-voador, uma pescaria, os pontos geográficos que eles localizam, os fundos do mar que reconheceram. As pessoas exigem essas coisas científicas perfeitamente ininteligíveis, que fascinam como tudo o que é profundo, misterioso, incompreensível. O assinante ri, está servido. Quanto aos romances, Florine é a maior leitora de romances que há no mundo, ela os analisa e eu rabisco meu artigo segundo a opinião dela: quando se aborrece com o que chama de *as frases do autor*, passo a ter mais consideração pelo livro e peço outro exemplar ao livreiro, que o envia, maravilhado em ter um artigo favorável.

— Meu Deus! Mas a crítica, a santa crítica! — disse Lucien, imbuído das doutrinas de seu Cenáculo.

— Meu caro — disse Lousteau —, a crítica é uma escova que não pode ser usada sobre os tecidos vaporosos, pois arranca tudo. Escute aqui, deixemos esse ofício para lá. Está vendo esta marca? — perguntou, mostrando-lhe o manuscrito de *As margaridas*. — Marquei com um pouco de tinta o lugar do barbante no papel. Se Dauriat ler seu manuscrito, com toda certeza lhe será impossível recolocar o barbante no lugar exato. Assim seu manuscrito está como que lacrado. Isso não é inútil para a experiência que você deseja fazer. Note ainda que não chegará àquela livraria sozinho e sem padrinho, como esses rapazinhos que se apresentam a dez livreiros até encontrar um que lhes ofereça uma cadeira...

Lucien já tinha enfrentado a verdade desse detalhe. Lousteau pagou ao moço do fiacre, dando-lhe três francos, para grande espanto de Lucien, surpreso com a prodigalidade que se seguia a tanta miséria. Depois os dois amigos entraram nas Galerias de Madeira, onde na época reinavam as chamadas Livrarias das Novidades.

II

AS GALERIAS DE MADEIRA

Nessa época, as Galerias de Madeira constituíam uma das mais ilustres curiosidades parisienses. Não é inútil pintar esse bazar ignóbil, pois durante trinta e seis anos ele desempenhou na vida parisiense um papel tão grande que há poucos homens de quarenta anos para quem essa descrição, inacreditável para os jovens, ainda não dê prazer. No lugar da fria, alta e larga Galeria d'Orléans, espécie de estufa sem flores, havia barracas ou, para ser mais exato, casebres de tábuas, um tanto mal cobertos, pequenos, mal iluminados na frente e nos fundos, por pequenas frestas chamadas janelas, mas que pareciam as mais sujas claraboias das tabernas fora das portas da cidade. Uma tripla fileira de lojas formava duas galerias, com cerca de doze pés de altura. As lojas que ficavam no meio davam para as duas galerias, cuja atmosfera as impregnava de um ar mefítico, e cujo teto deixava passar um pouco de luz por vidraças sempre sujas. Esses alvéolos tinham adquirido tamanho valor, devido à grande afluência mundana, que apesar da exiguidade de alguns, mal e mal com seis pés de largura e oito a dez de comprimento, o aluguel anual chegava a três mil francos. As lojas iluminadas na frente e nos fundos eram protegidas por pequenos gradeados verdes, talvez para impedir que a multidão demolisse, pelo contato, as paredes de argamassa ordinária que formavam os fundos das lojas. Ali, portanto, havia um espaço de dois ou três pés em que vegetavam os produtos mais esquisitos de uma botânica desconhecida pela ciência, misturados com os produtos de diversas indústrias não menos florescentes. Uma maculatura servia de chapéu a uma roseira, de modo que as flores da retórica eram perfumadas pelas flores abortadas daquele jardim malcuidado mas fetidamente regado. Fitas de todas as cores ou prospectos floriam entre as folhagens. Os restos dos artigos do ramo da moda abafavam a vegetação: a gente encontrava um laço de fitas em cima de um tufo de verdura, e se decepcionava com a flor que ia admirar, descobrindo que o que imaginava ser uma dália era um coque de cetim. Tanto na frente como nos fundos, o aspecto desse palácio fantástico oferecia tudo o que a imundície parisiense produziu de mais bizarro: restos de caiações desbotadas, caliças reutilizadas, velhas pinturas, tabuletas fantásticas. Para completar, o público parisiense sujava imensamente as grades verdes, que davam tanto para o jardim como para o pátio. Assim, dos dois lados uma franja infame e nauseabunda parecia impedir que as pessoas delicadas se aproximassem das Galerias, mas as pessoas delicadas recuavam tanto diante daquelas coisas horrorosas quanto os príncipes dos contos de fadas recuam diante dos dragões e dos obstáculos interpostos por um gênio malvado entre eles e as princesas. Essas Galerias eram, como hoje, perfuradas no meio por uma passagem, e, como hoje, ali ainda se entrava pelos dois peristilos atuais, iniciados antes da Revolução e abandonados por falta de dinheiro. A bela galeria de pedra que leva ao Théâtre-Français formava na época uma passagem estreita de uma altura descomunal e tão mal coberta que ali costumava chover. Era chamada de Galeria Envidraçada, para diferenciá-la das Galerias de Madeira. Aliás, os telhados dessas espeluncas estavam todos em tão mal estado que a Casa de Orléans foi processada por um famoso negociante de casimiras e tecidos que, certa noite, encontrou as mercadorias estragadas e perdeu uma quantia considerável. O comerciante teve ganho de causa. Em certos lugares uma tela dupla coberta de alcatrão servia de telhado. O chão da Galeria Envidraçada, onde Chevet começou sua fortuna, e o das Galerias de Madeira eram o solo natural de Paris, alteado pelo solo artificial formado pelas botas e sapatos dos passantes. Em todas as estações do ano os pés batiam em montanhas e vales de lama endurecida, incessantemente varridos pelos comerciantes, e que exigiam dos recém-chegados certa habilidade para andar por ali.

O sinistro amontoado de imundícies, as vidraças engorduradas pela chuva e pela poeira, as cabanas achatadas e cobertas de trapos por fora, a sujeira das paredes não terminadas, o conjunto de coisas que parecia um acampamento de ciganos, barracas de uma feira, construções provisórias com que se cercam em Paris os monumentos que não são construídos, a fisionomia careteira daquilo tudo combinava admiravelmente bem com os diferentes comércios que fervilhavam sob aquele hangar impudico, descarado, cheio de sussurros e de uma louca alegria, onde, desde a Revolução de 1789 até a Revolução de 1830, se fizeram imensos negócios. Durante vinte anos, a Bolsa funcionou ali em frente, no térreo do Palais. Assim, a opinião pública e as reputações ali se faziam e se desfaziam, tanto quanto os negócios políticos e financeiros. Marcavam-se encontros nessas galerias, antes e depois do funcionamento da Bolsa. A Paris dos banqueiros e dos comerciantes costumava abarrotar o pátio do Palais-Royal e refluía sob esses abrigos em época de chuva. A natureza da construção, surgida naquele ponto não se sabia como, lhe dava uma estranha sonoridade. As risadas ali se multiplicavam. Não se travava uma discussão numa ponta sem que na outra não se soubesse do que se tratava. Ali só havia livreiros, poesia, política e prosa, comerciantes de modas, e, enfim, moças de vida fácil, que só apareciam à noite. Ali floresciam as notícias e os livros, as jovens e as velhas glórias, as conspirações do Parlamento e as mentiras dos livreiros. Ali se vendiam as novidades ao público, que se obstinava em só comprá-las por lá. Ali se venderam numa só noite vários milhares deste ou daquele panfleto de Paul-Louis Courier, ou as *Aventuras da filha de um rei*, primeiro tiro dado pela casa de Orléans na Constituição de Luís XVIII. Na época em que Lucien frequentava o local, certas lojas tinham vitrines e portas de vidro muito elegantes, mas essas lojas ficavam nas fileiras que davam para o jardim ou para o pátio. Até o dia em que morreu essa estranha colônia, sob o martelo do arquiteto Fontaine, as lojas que ficavam entre as duas galerias eram inteiramente abertas, sustentadas por estacas como as barracas das feiras do interior, e os olhos mergulhavam nas duas galerias através das mercadorias ou das portas envidraçadas. Como era impossível acender fogo ali, os comerciantes só tinham uns pequenos braseiros e faziam eles mesmos o policiamento do fogo, pois uma imprudência poderia incendiar em quinze minutos aquela república de tábuas ressecadas pelo sol e como que já incendiadas pela prostituição, atulhadas de gaze, musselina, papéis, e às vezes ventiladas por correntezas. As lojas das modistas eram repletas de chapéus inconcebíveis, que pareciam estar ali mais para ser exibidos que vendidos, todos pendurados às centenas em espetos de ferro terminados por uma bola, e embandeirando as galerias com suas mil cores. Durante vinte anos todos os passantes se perguntaram em que cabeças aqueles chapéus poeirentos terminavam a carreira. Operárias geralmente feias mas galhofeiras atraíam as mulheres com palavras astuciosas, seguindo os costumes e a linguagem do mercado central. Uma costureirinha, cuja língua era tão solta como seus olhos eram vivos, subia num tamborete e atormentava os passantes: "Vai comprar um chapéu bonito, minha senhora? Mas me deixe lhe vender alguma coisa, cavalheiro?". O vocabulário delas, fecundo e pitoresco, ficava mais variado com as inflexões de voz, os olhares e as críticas feitas aos passantes. Os livreiros e as modistas viviam em bom entendimento. Na passagem tão pomposamente chamada de Galeria Envidraçada ficavam os comércios mais singulares. Ali se instalavam os ventríloquos, os charlatães de todo tipo, os espetáculos em que não se vê nada e aqueles em que nos mostravam o mundo inteiro. Ali se instalou pela primeira vez um homem que ganhou setecentos ou oitocentos mil francos percorrendo feiras. Seu reclame era um sol girando dentro de um quadro negro, em torno do qual se sobressaíam estas palavras escritas em vermelho: *Aqui o homem vê o que Deus não consegue ver. Preço: dois vinténs*. O aliciador jamais admitia alguém sozinho, nem nunca mais de duas pessoas. Entrando no espaço, você se via cara a cara com um grande espelho. De repente, uma voz, que teria apavorado Hoffmann, o Berlinense, deslanchava como um mecanismo cuja mola é esticada: "Vedes aqui, senhores, aquilo que em toda a eternidade Deus não conseguiria ver, isto é, vosso semelhante. Deus não tem seu semelhante!". E você ia embora envergonhado, sem ousar confessar sua estupidez. De todas as portinhas saíam vozes semelhantes, que exaltavam cosmoramas, vistas de Constantinopla, espetáculos de marionetes, autômatos que jogavam xadrez, cães que distinguiam a mais bela mulher da plateia. O ventríloquo Fitz-James floresceu ali, no Café Borel, antes de ir morrer em Montmartre, misturado com os alunos da Escola Politécnica. Havia as vendedoras de frutas e de buquês, um famoso alfaiate cujos bordados militares reluziam à noite como sóis. De manhã, e até duas da tarde, as Galerias de Madeira eram mudas, escuras e desertas. Os comerciantes conversavam como se estivessem em casa. O encontro marcado pela população parisiense só começava por volta das três, hora da Bolsa. Assim que chegava a multidão, praticavam-se leituras gratuitas nas bancadas dos livreiros, feitas pelos jovens famintos de literatura e desprovidos de dinheiro. Os caixeiros encarregados de vigiar os livros expostos deixavam, caridosos, os pobres folhearem as páginas. Quando se tratava de um in-12 de duzentas páginas, como *Smarra*, *Peter Schlemilh*, *Jean Sbogar* ou *Jocko*, em duas sessões era devorado. Naquele tempo ainda não existiam os gabinetes de leitura, era preciso comprar um livro para lê-lo; assim, na época os romances se vendiam em quantidades que hoje pareceriam fabulosas. Havia, portanto, um não sei quê de francês naquela esmola feita à inteligência jovem, ávida e pobre. A poesia daquele terrível bazar explodia ao cair da tarde. Por todas as ruas adjacentes ia e vinha uma profusão de prostitutas que eram autorizadas a passear por ali sem pagamento. De todos os pontos de Paris, as moças de vida fácil acorriam para *fazer o Palais-Royal*. As Galerias de Pedra pertenciam a estabelecimentos privilegiados que pagavam pelo direito de expor criaturas vestidas como princesas, entre esta ou aquela arcada e no local correspondente no jardim, ao passo que as Galerias de Madeira eram para a prostituição um terreno público, o Palais por excelência, palavra que na época significava o templo da prostituição. Uma mulher podia ir lá, sair acompanhada por sua presa e levá-la aonde bem entendesse. Assim, à noite essas mulheres atraíam para as Galerias de Madeira uma multidão tão considerável que ali se andava a passo, como na procissão ou no baile de máscaras. A lentidão, que não incomodava ninguém, servia para o exame. As mulheres usavam uns trajes que não existem mais; a maneira como se mostravam com decotes até o meio das costas e muito profundo também na frente; seus penteados esquisitos inventados para atrair os olhares: esta como normanda, aquela como espanhola, uma cacheada como um cãozinho, outra com bandós lisos; suas pernas apertadas por meias brancas e mostradas não se sabe como, mas sempre a propósito, toda essa poesia infame se perdeu. A licenciosidade das perguntas e das respostas, esse cinismo público em harmonia com o lugar não mais se encontra nem no baile de máscaras nem nos bailes tão famosos que se dão hoje. Era horrível e alegre. A carne lustrosa dos ombros e dos colos brilhava no meio das roupas masculinas quase sempre escuras, e produzia os mais magníficos contrastes. O bruaá das vozes e o ruído do passeio formavam um murmúrio que se ouvia desde o meio do jardim, como um baixo contínuo ornado de risadas das moças ou dos gritos de alguma rara disputa. As pessoas distintas, os homens mais marcantes ali estavam lado a lado com as pessoas de rosto patibular. Essas monstruosas combinações tinham um não sei quê de picante, os homens mais insensíveis ficavam comovidos. Assim, toda Paris lá esteve, até o último momento; ali passeou sobre o chão de tábuas que o arquiteto montou acima dos porões, enquanto os construía. Saudades imensas e unânimes acompanharam a queda daqueles ignóbeis pedaços de madeira.

O livreiro Ladvocat se instalara, fazia poucos dias, na esquina da passagem que cortava ao meio essas galerias, em frente a Dauriat, rapaz agora esquecido mas audacioso, e que desbravou o caminho onde depois brilhou seu concorrente. A loja de Dauriat ficava numa das fileiras que davam para o jardim, enquanto a de Ladvocat dava para o pátio. Dividida em duas partes, a loja de Dauriat oferecia um vasto espaço para a livraria, e a outra parte lhe servia de escritório. Lucien, que ia lá pela primeira vez à noite, ficou atordoado com o local, a que não resistiam os provincianos nem a gente jovem. Logo perdeu seu guia.

— Se você fosse bonito como aquele rapaz, eu retribuiria seu amor — disse uma criatura a um velho, mostrando-lhe Lucien.

Lucien ficou envergonhado como o cão de um cego, seguiu a torrente num estado de perplexidade e excitação difícil de descrever. Assediado pelos olhares das mulheres, solicitado pelas corpulências brancas, pelos colos audaciosos que o deslumbravam, ele se agarrava a seu manuscrito, apertando-o para que não o roubassem: pobre inocente!

— Que é isso, senhor! — gritou, sentindo-se preso por um braço e acreditando que sua poesia tinha atraído algum autor.

Reconheceu o amigo Lousteau, que lhe disse:

— Eu bem sabia que você acabaria passando por aqui!

12

ASPECTO DE UMA LIVRARIA NAS GALERIAS DE MADEIRA

Lousteau fez o poeta entrar na loja, cheia de gente esperando a hora de falar com o sultão da livraria. Os impressores, os fabricantes de papel e os desenhistas, reunidos em torno dos caixeiros, os interrogavam sobre os negócios em andamento ou cogitados.

— Olhe, lá está Finot, diretor do meu jornal; está conversando com um rapaz que tem talento, Félicien Vernou, um espertinho ruim como uma doença secreta.

— Então, você tem uma estreia hoje, meu velho? — disse Finot, indo com Vernou para perto de Lousteau. — Eu dispus do camarote.

— Vendeu-o a Braulard?

— Isso mesmo, e daí? Você achará um lugar. O que vem pedir a Dauriat? Ah, está combinado que vamos ajudar Paul de Kock, Dauriat pegou duzentos exemplares, pois Victor Ducange lhe recusou um romance. Dauriat quer — disse ele — criar um novo autor no mesmo gênero. Você porá Paul de Kock acima de Ducange.

— Mas tenho uma peça com Ducange, no Gaîté — disse Lousteau.

— Muito bem, você lhe dirá que o artigo é meu, que supostamente o terei feito atroz, e você o terá atenuado: assim ele lhe deverá um agradecimento.

— Não poderia me conseguir descontar esta promissoriazinha de cem francos com o caixa de Dauriat? —

perguntou Étienne a Finot. — Como sabe, vamos cear juntos para inaugurar o novo apartamento de Florine.

— Ah, sim, você nos recebe — disse Finot, com jeito de quem faz um esforço de memória. — Muito bem, Gabusson — disse Finot pegando a promissória de Barbet e a apresentando ao caixa —, dê noventa francos por mim a este homem. Endosse a promissória, meu velho!

Lousteau pegou a pena do caixa, enquanto ele contava o dinheiro, e assinou. Lucien, todo ouvidos e todo olhos, não perdeu uma sílaba dessa conversa.

— E não é só isso, meu caro amigo — prosseguiu Étienne —, não lhe digo obrigado porque entre nós é para a vida e para a morte. Mas devo apresentar este cavalheiro a Dauriat, e você deveria dispô-lo a nos escutar.

— De que se trata? — perguntou Finot.

— De uma coletânea de poesias — respondeu Lucien.

— Ah! — disse Finot, tendo um sobressalto.

— Este senhor — disse Vernou olhando para Lucien — há muito tempo não frequenta livrarias, do contrário já teria trancado seu manuscrito nos recantos mais remotos de seu domicílio.

Nessa altura, um belo rapaz, Emile Blondet, que acabava de estrear no *Journal des Débats* com artigos da maior repercussão, entrou, deu a mão a Finot, a Lousteau, e cumprimentou vagamente Vernou.

— Venha cear conosco, à meia-noite, na casa de Florine — disse-lhe Lousteau.

— Lá estarei — disse o rapaz. — Mas quem irá?

— Ah, irão Florine e Matifat, o droguista — disse Lousteau —, Du Bruel, autor que deu um papel a Florine para sua estreia, um velhote, o *seu* Cardot, e o genro Camusot, e depois, Finot...

— Seu droguista faz as coisas decentemente?

— Ele não nos dará drogas — disse Lucien.

— Este senhor tem muito espírito — disse a sério Blondet, olhando para Lucien. — Ele estará na ceia, Lousteau?

— Sim.

— Vamos rir para valer.

Lucien enrubesceu até as orelhas.

— Ainda vai demorar muito, Dauriat? — perguntou Blondet batendo na vidraça que havia acima da mesa de Dauriat.

— Meu amigo, sou todo seu.

— Muito bem — disse Lousteau a seu protegido. — Este rapaz, quase tão jovem quanto você, está no *Journal des Débats*. É um dos príncipes da crítica: é temido, Dauriat virá afagá-lo, e poderemos então contar nosso negócio ao Paxá das vinhetas e da tipografia. Do contrário, às onze horas ainda não terá chegado nossa vez. A assistência vai aumentando a todo instante.

Então, Lucien e Lousteau se aproximaram de Blondet, de Finot, de Vernou, e foram formar um grupo no fundo da loja.

— O que ele está fazendo? — perguntou Blondet a Gabusson, o primeiro caixeiro que se levantou para ir cumprimentá-lo.

— Está comprando um jornal semanal que quer relançar, a fim de contrapô-lo à influência de *La Minerve*, que serve quase que exclusivamente a Eymery, e do *Conservateur*, que é cegamente romântico.

— Vai pagar bem?

— Ora, como sempre... demais! — disse o caixa.

Nesse instante, entrou um jovem que acabava de publicar um magnífico romance, vendido depressa e coroado pelo mais belo sucesso, um romance cuja segunda edição era impressa por Dauriat. O rapaz, dotado desse jeito extraordinário e estranho que assinala as naturezas de artistas, impressionou profundamente Lucien.

— Este é Nathan — disse Lousteau ao ouvido do poeta da província.

Nathan, apesar do selvagem orgulho de sua fisionomia, então em plena juventude, se aproximou dos jornalistas de chapéu na mão e se apresentou quase humilde diante de Blondet, que na época ele só conhecia de vista. Blondet e Finot mantiveram o chapéu na cabeça.

— Estou feliz com a ocasião que o acaso me apresenta...

— Está tão perturbado que comete um pleonasmo — disse Félicien a Lousteau.

—... de lhe expressar meu reconhecimento pelo belo artigo que teve a gentileza de me escrever no *Journal des Débats*. O senhor é responsável pela metade do êxito de meu livro.

— Não, meu caro, não — disse Blondet com um ar em que a proteção se escondia sob a bonomia. — Que o diabo me carregue se você não tiver talento, e fico encantado em conhecê-lo!

— Como seu artigo já foi publicado, não parecerei estar bajulando o poder: agora podemos ficar à vontade um em frente do outro. Quer me dar a honra e o prazer de jantar comigo amanhã? Finot estará presente. Lousteau, meu velho, você não recusará? — acrescentou Nathan, trocando um aperto de mão com Étienne. — Ah, o senhor está num belo caminho — disse a Blondet —, está continuando os Dussault, os Fiévée, os Geoffroy! Hoffmann falou a seu respeito com Claude Vignon, aluno dele, amigo meu, e lhe disse que morreria tranquilo, pois o *Journal des Débats* viveria eternamente. Devem pagá-lo uma fortuna?

— Cem francos a coluna — continuou Blondet. — Esse valor é pouca coisa quando somos obrigados a ler os livros, ler cem para encontrar um do qual tratar, como o seu. Sua obra me deu prazer, palavra de honra.

— E rendeu a ele mil e quinhentos francos — disse Lousteau a Lucien.

— Mas o senhor faz política? — recomeçou Nathan.

— Faço, aqui e acolá — respondeu Blondet.

Lucien, que se encontrava ali como um embrião, admirara o livro de Nathan, reverenciava o autor como se fosse um Deus, e ficou embasbacado com todo aquele servilismo diante do crítico cujo nome e cuja influência lhe eram desconhecidos. "Algum dia me comportarei assim? Então é preciso abdicar da própria dignidade?", pensou. "Mas ponha seu chapéu, Nathan! Você escreveu um belo livro e o crítico apenas fez um artigo." Esses pensamentos fustigavam o sangue em suas veias. Ele avistava, de hora em hora, jovens tímidos, autores necessitados que pediam para falar com Dauriat mas que, vendo a livraria cheia, se desesperavam para ter uma audiência e diziam ao sair: "Voltarei". Dois ou três políticos conversavam sobre a convocação das Câmaras e os negócios públicos, no meio de um grupo composto por celebridades políticas. O jornal semanal de que tratava Dauriat tinha o direito de escrever sobre política. Naquele tempo, as tribunas em jornais com o selo do fisco tornavam-se raras.* Um jornal era um privilégio tão concorrido como o de um teatro. Um dos acionistas mais influentes do *Le Constitutionnel* estava no meio do grupo de políticos. Lousteau se saía maravilhosamente bem em seu ofício de cicerone. Assim, de frase em frase, Dauriat ia crescendo no espírito de Lucien, que via a política e a literatura convergindo naquela livraria. Ao ver um poeta eminente ali prostituindo a musa por conta de um jornalista, ali humilhando a Arte, assim como a mulher era humilhada e prostituída debaixo daquelas galerias ignóbeis, o grande homem da província recebeu ensinamentos terríveis. Dinheiro! Era a palavra que desvendava qualquer enigma. Lucien se sentia só, desconhecido, ligado pelo fio de uma amizade duvidosa ao êxito e à fortuna. Acusava seus afetuosos, seus verdadeiros amigos do Cenáculo de lhe terem pintado o mundo sob falsas cores, de tê-lo impedido de se jogar naquela peleja, de pluma na mão. "Eu já seria Blondet", exclamou dentro de si. Lousteau, que acabava de dar aqueles gritos nos cumes do Luxembourg como uma águia ferida, e que lhe parecera tão grande, assumiu então proporções mínimas. Ali, o livreiro *fashionable*, o centro de todas aquelas existências, lhe pareceu ser o homem importante. Com seu manuscrito na mão, o poeta sentiu uma

* Pela recente legislação repressiva, um novo jornal precisava de autorização para circular, daí o interesse de Dauriat de comprar um periódico já existente.

trepidação que lembrava o medo. No meio da loja, sobre pedestais de madeira pintada imitando mármore, ele viu bustos, o de Byron, o de Goethe e o do sr. de Canalis, de quem Dauriat esperava obter um livro, e que, no dia em que foi àquela livraria, pudera medir a altura em que os livreiros o situavam. Involuntariamente, Lucien perdia seu próprio valor, sua coragem enfraquecia, ele entrevia a influência de Dauriat sobre seu destino e esperava impacientemente a aparição dele.

13

QUARTA VARIEDADE DE LIVREIRO

— Pois é, meus filhos — disse um homenzinho gordo e parrudo, de rosto muito parecido com o de um procônsul romano, mas suavizado por um ar bonachão ao qual se agarravam as pessoas superficiais. — Eis-me proprietário do único jornal semanal que pôde ser comprado e que tem dois mil assinantes.

— Farsante! A Administração do Selo registra setecentos, e já é bem bom — disse Blondet.

— Dou minha palavra de honra mais sagrada, são mil e duzentos. Eu disse dois mil — acrescentou baixinho — por causa dos fabricantes de papel e dos tipógrafos, que estão aqui. Achei que você tinha mais tato, meu filho — continuou, em voz alta.

— Vai pegar sócios? — perguntou Finot.

— Depende — disse Dauriat. — Quer um terço por quarenta mil francos?

— Tudo bem, se aceitar como redatores Emile Blondet, que aqui está, Claude Vignon, Scribe, Théodore Leclercq, Félicien Vernou, Jay, Jouy, Lousteau...

— E por que não Lucien de Rubempré? — disse, astuto, o poeta da província, interrompendo Finot.

— E Nathan? — disse Finot, concluindo.

— E por que não as pessoas que passam? — indagou o livreiro, franzindo o cenho e se virando para o autor de *As margaridas*. — Com quem tenho a honra de falar? — perguntou, olhando com impertinência para Lucien.

— Um momento, Dauriat — respondeu Lousteau. — Sou eu que lhe trago este rapaz. Enquanto Finot reflete em sua proposta, escute-me.

Lucien ficou com a camisa molhada nas costas ao ver o ar frio e descontente daquele temível vizir da livraria, que tratava Finot de "você", embora Finot o tratasse de "senhor", que chamava o temível Blondet de *meu filho* e que estendera regiamente a mão a Nathan lhe fazendo um sinal de familiaridade.

— Um novo negócio, meu filho! — exclamou Dauriat. — Mas, você sabe, tenho mil e cem manuscritos! Sim, cavalheiros — gritou —, ofereceram-me mil e cem manuscritos, perguntem a Gabusson! Em suma, logo precisarei de uma administração para gerenciar o depósito dos manuscritos, uma sala de leitura para examiná-los; haverá sessões para votar sobre seu mérito, com jetons de presença, e um secretário perpétuo para me apresentar relatórios. Será a sucursal da Academia Francesa, e os acadêmicos serão mais bem pagos nas Galerias de Madeira que no Institut de France.

— É uma ideia — disse Blondet.

— Uma má ideia — revidou Dauriat. — Meu negócio não é proceder ao escrutínio das elucubrações dos que, entre vocês, se metem a literatos quando não conseguem ser capitalistas, nem fabricante de botas, nem caporais, nem domésticos, nem administradores, nem porteiros! Só se entra aqui com uma reputação feita! Tornem-se famosos e aqui encontrarão rios de dinheiro. Eis três grandes homens feitos por mim, fiz três ingratos! Nathan fala de seis mil francos para a segunda edição de seu livro, que me custou três mil francos de artigos e não me rendeu nem mil francos. Os dois artigos de Blondet, paguei por eles mil francos e um jantar de quinhentos francos...

— Mas se todos os livreiros dizem o que o senhor diz, como é possível publicar um primeiro livro? — perguntou Lucien, aos olhos de quem Blondet perdeu imensamente valor quando ele soube a quantia que Dauriat pagava pelos artigos no *Journal des Débats*.

— Isso não é comigo — disse Dauriat, cravando um olhar assassino no belo Lucien, que o olhou de um jeito afável. — Não me divirto em publicar um livro, em arriscar dois mil francos para ganhar dois mil; em literatura, faço especulações: publico quarenta volumes a dez mil exemplares, como fazem Panckoucke e os Baudoin. Meu poder e os artigos que consigo favorecem um negócio de cem mil escudos em vez de favorecer um livro de dois mil francos. Dá tanto trabalho conseguir impor um novo nome, um autor e seu livro, quanto conseguir que tenham êxito os *Teatros estrangeiros*, as *Vitórias e conquistas* ou as *Memórias da Revolução*, que rendem uma fortuna.* Não estou aqui para ser o degrau das glórias futuras, mas para ganhar dinheiro e dar dinheiro aos homens famosos. O manuscrito que compro por cem mil francos é mais barato que o de um autor desconhecido que me pede seiscentos francos! Se não sou totalmente um mecenas, tenho direito ao reconhecimento da literatura: já fiz o preço dos manuscritos mais que dobrar! Dou-lhe estas razões porque você é amigo de Lousteau, meu filho — disse Dauriat ao poeta, batendo em seu ombro com um gesto de revoltante intimidade. — Se eu conversasse com todos os autores que querem que eu seja seu editor, teria de fechar minha loja, pois passaria o tempo em conversas extremamente agradáveis mas muito caras. Ainda não sou rico o suficiente para escutar os monólogos de cada amor-próprio. Isso só se vê no teatro, nas tragédias clássicas.

O luxo da roupa do terrível Dauriat amparava, aos olhos do poeta da província, esse discurso cruelmente lógico.

— O que é isto? — perguntou ele a Lousteau.

* Na década de 1820, o editor Ladvocat, que inspirou o personagem Dauriat, publicou 25 volumes das obras-primas do teatro estrangeiro. Louis Panckoucke (1780-1844) editou 25 volumes de *Vitórias e conquistas dos franceses*, grande sucesso de livraria. Alexandre Baudoin (1791-1854) e seu filho Charles editaram 55 volumes de *Mémoires relatifs à la Révolution française*.

— Uma magnífica antologia de versos.

Ao ouvir essa palavra, Dauriat se virou para Gabusson com um gesto digno do ator Talma:

— Gabusson, meu amigo, a contar de hoje, qualquer um que vier aqui para me propor manuscritos... Vocês aí estão ouvindo isto? — perguntou, dirigindo-se a três caixeiros que saíram debaixo de pilhas de livros ao escutarem a voz colérica do patrão, que olhava para as próprias unhas e para a bela mão. — A qualquer um que me trouxer manuscritos, vocês perguntarão se são versos ou prosa. Em caso de versos, despachem-no de imediato. Os versos devorarão os livreiros.

— Bravo! Muito bem dito, Dauriat — gritaram os jornalistas.

— É verdade — exclamou o livreiro, andando pela loja com o manuscrito de Lucien na mão —; os senhores não sabem o mal que os sucessos de Lord Byron, Lamartine, Victor Hugo, Casimir Delavigne, Canalis e Béranger causaram. A glória deles nos vale uma invasão de bárbaros. Tenho certeza de que há neste momento nas livrarias mil volumes de versos propostos que começam com histórias interrompidas, e sem pé nem cabeça, imitando o *Corsário* e *Lara*. Com a desculpa da originalidade, os moços se entregam a estrofes incompreensíveis, a poemas descritivos em que a jovem escola se acha nova inventando Delille! Há dois anos os poetas pulularam como besouros. No ano passado, perdi nisso vinte mil francos! Perguntem a Gabusson! Pode ser que haja no mundo poetas imortais, conheço alguns que são rosados e viçosos e que ainda não fazem barba — ele disse a Lucien —, mas nas livrarias, jovem, há apenas quatro poetas: Béranger, Casimir Delavigne, Lamartine e Victor Hugo, pois Canalis... é um poeta feito a golpes de artigos!

Lucien não sentiu coragem de se reaprumar e bancar o orgulhoso diante daqueles homens influentes que riam de bom grado. Compreendeu que o ridículo o perderia, mas sentia tremenda vontade de pular no pescoço do livreiro, de desmanchar a insultante harmonia de seu nó de gravata, de arrebentar a corrente de ouro que brilhava sobre seu peito, de pisotear seu relógio e rasgar suas roupas. O amor-próprio ofendido abriu a porta para a vingança, ele jurou um ódio mortal àquele livreiro para quem sorria.

— A poesia é como o sol que faz brotarem as florestas eternas e engendra os mosquitos, as varejeiras e as moscas — disse Blondet. — Não há uma virtude que não seja acompanhada por um vício. A literatura engendra os livreiros.

— E os jornalistas! — disse Lousteau.

Dauriat soltou uma gargalhada.

— O que é isto, afinal? — perguntou, apontando para o manuscrito.

— Uma coletânea de sonetos de envergonhar Petrarca — disse Lousteau.

— O que você entende por isso? — perguntou Dauriat.

— O que todo mundo entende — disse Lousteau, que viu um sorrisinho em todos os lábios.

Lucien não podia se aborrecer, mas suava dentro de sua armadura.

— Pois bem, vou lê-lo — disse Dauriat fazendo um gesto régio que mostrava todo o alcance dessa concessão. — Se seus sonetos estiverem à altura do século XIX, farei de você, meu filho, um grande poeta.

— Se ele tem tanto espírito como tem beleza, o senhor não corre grandes riscos — disse um dos mais famosos oradores da Câmara, que conversava com um dos redatores de *Le Constitutionnel* e o diretor de *La Minerve*.

— General — disse Dauriat —, a glória são doze mil francos de artigos e mil escudos de jantares, pergunte ao autor de *Le Solitaire*! Se o senhor Benjamin Constant quiser fazer um artigo sobre este jovem poeta, não demorarei muito para fechar o negócio.

Diante da palavra "general" e ao ouvir o nome do ilustre Benjamin Constant, a livraria assumiu, aos olhos do grande homem da província, as proporções do Olimpo.

— Lousteau, preciso falar com você — disse Finot —;

mas vou encontrá-lo no teatro. Dauriat, faço o negócio, mas com condições. Entremos em sua sala.

— Venha, meu filho! — disse Dauriat, deixando Finot passar na sua frente e fazendo um gesto de homem ocupado para as dez pessoas que aguardavam; ele ia desaparecer quando Lucien, impaciente, o deteve.

— O senhor fica com meu manuscrito, e para quando a resposta?

— Mas, meu pequeno poeta, volte daqui a três ou quatro dias, veremos.

Lucien foi arrastado por Lousteau, que não lhe deu tempo de cumprimentar Vernou, nem Blondet, nem Raoul Nathan, nem o general Foy, nem Benjamin Constant, cujo livro sobre os Cem Dias acabava de ser lançado. Lucien apenas entreviu aquela cabeça loura e fina, o rosto oblongo, os olhos espirituosos, a boca afável, em suma, o homem que durante vinte anos tinha sido o Potemkin* da sra. de Staël, e que fazia a guerra aos Bourbon depois de tê-la feito a Napoleão, mas que iria morrer aterrado por sua vitória.

* Alusão ao príncipe Grigory Potemkin (1739-91) ministro e favorito de Catarina II da Rússia, assim como Constant foi amante da sra. de Staël. Constant morreu em dezembro de 1830, "aterrado", diz Balzac, porque a Revolução de Julho não restabeleceu a república mas pôs no poder um novo rei.

14

OS BASTIDORES

— Que livraria! — exclamou Lucien quando sentou num cabriolé de praça, ao lado de Lousteau.

— Para o Panorama-Dramatique, depressa! Dou-lhe trinta vinténs pela corrida — disse Étienne ao cocheiro. — Dauriat é um espertalhão que vende um milhão e meio ou um milhão e seiscentos livros por ano, é como um ministro da literatura — respondeu Lousteau, com o amor-próprio agradavelmente lisonjeado e agindo como um professor diante de Lucien. — Sua avidez, tão grande como a de Barbet, se exerce sobre as massas. Dauriat tem princípios, é generoso, mas é pretensioso; quanto à sua inteligência, é composta de tudo o que ouve dizer em torno de si; sua livraria é um excelente lugar para se frequentar. Podemos conversar ali com as pessoas superiores desta época. Ali, meu caro, um rapaz aprende mais em uma hora do que se ficar empalidecendo em cima dos livros durante dez anos. Ali se discutem artigos, abarcam-se todos os assuntos, ali nos ligamos a gente famosa ou influente que pode ser útil. Hoje, para triunfar, é preciso ter relações. Tudo é acaso, como você vê. O que há de mais perigoso é ter inteligência mas viver sozinho em seu canto.

— Mas que impertinência! — disse Lucien.

— Ora! Nós todos debochamos de Dauriat — respondeu Étienne. — Se você precisa dele, ele o pisoteia; se ele precisa do *Journal des Débats*, Emile Blondet o faz rodar como um pião. Ah! Se você entrar para a literatura, verá muitos outros assim! Pois é, eu não lhe dizia?

— É, tem razão — respondeu Lucien. — Nessa livraria sofri ainda mais cruelmente do que esperava, conforme você havia previsto.

— E por que se entregar ao sofrimento? Aquilo que nossa vida nos custa, aquele assunto que durante noites de estudo estragou o nosso cérebro, todas aquelas corridas pelos campos do pensamento, o nosso monumento construído com nosso sangue, tudo isso se torna para os editores um bom ou um mau negócio. Os livreiros venderão ou não venderão o seu manuscrito, para eles todo o problema é este. Um livro, para eles, representa capitais a arriscar. Quanto mais bonito o livro, menores as chances de ser vendido. Todo homem superior se eleva acima das massas, portanto seu êxito está na razão direta do tempo necessário para se apreciar a obra. Nenhum livreiro quer esperar. O livro de hoje deve ser vendido amanhã. Nesse sistema, os livreiros recusam livros substanciais para os quais precisam de altas e lentas aprovações.

— D'Arthez tem razão — exclamou Lucien.

— Conhece D'Arthez? — perguntou Lousteau. — Não há nada mais perigoso do que os espíritos solitários que pensam, como esse rapaz, em poder atrair o mundo para si. Fanatizando as jovens imaginações com uma crença que afaga a força imensa que sentimos primeiro em nós mesmos, essas pessoas de glória póstuma as impedem de se mexer na idade em que o movimento é possível e proveitoso. Sou a favor do sistema de Maomé, que, depois de ter mandado a montanha ir a ele, exclamou: "Se não vieres a mim, então irei a ti!".

Essa tirada, em que a razão assumia uma forma incisiva, era bem do gênero de fazer Lucien hesitar entre o sistema de pobreza submissa que o Cenáculo pregava e a doutrina militante que Lousteau lhe expunha. Assim sendo, o poeta de Angoulême ficou calado até o bulevar du Temple.

O Panorama-Dramatique, hoje substituído por uma casa, era uma deliciosa sala de espetáculos defronte da rua Charlot, no bulevar du Temple, e na qual duas administrações sucumbiram sem conseguir um só sucesso, embora Bouffé, um dos atores que dividiram o espólio de Potier, tenha estreado ali, assim como Florine, atriz que, cinco anos depois, se tornaria tão famosa. Os teatros, como os homens, são submetidos a fatalidades. O Panorama-Dramatique tinha de concorrer com o Ambigu, o Gaîté, o Porte-Saint-Martin e os teatros de vaudevile; não conseguiu resistir às manobras deles, às restrições de seu privilégio legal e à falta de boas peças. Os autores não quiseram brigar com os teatros existentes por um teatro cuja vida parecia problemática. No entanto, a administração contava com uma nova peça, espécie de melodrama cômico de um jovem autor, colaborador de certas celebridades, chamado Du Bruel, e que dizia tê-la escrito sozinho. Essa peça tinha sido montada para a estreia de Florine, até então figurante no Gaîté, onde fazia um ano que representava pequenos papéis em que se fizera notar, sem conseguir assinar um contrato, de sorte que o Panorama a sequestrara do teatro vizinho. Coralie, outra atriz, também deveria estrear ali. Quando os dois amigos chegaram, Lucien ficou estupefato com o exercício do poder da imprensa.

— Este senhor está comigo — disse Étienne ao bilheteiro, que se inclinou todo obsequioso.

— Dificilmente o senhor encontrará lugar — disse o bilheteiro chefe. — Só resta disponível o camarote do diretor.

Étienne e Lucien perderam algum tempo andando pelos corredores e parlamentando com as moças que indicavam os lugares.

— Vamos para a sala, falaremos com o diretor, que nos pegará em seu camarote. Aliás, vou apresentá-lo à heroína da noite, Florine.

A um sinal de Lousteau, o porteiro da plateia pegou uma chavezinha e abriu uma porta perdida numa parede grossa. Lucien seguiu o amigo e de repente passou do corredor iluminado para um buraco negro que, em quase todos os teatros, serve de comunicação entre a sala e os bastidores. Depois, subindo uns degraus úmidos, o poeta de província chegou aos bastidores, onde o esperava o espetáculo mais estranho. A estreiteza das armações de madeira que sustentavam os cenários, a altura do teatro, as escadas para as luzes, as decorações tão horrorosas quando vistas de perto, os atores cobertos de gesso, seus figurinos tão esquisitos e feitos de panos tão grosseiros, os empregados de aventais engordurados, as cordas que pendem, o contrarregra que passa de chapéu na cabeça, os figurantes sentados, os panos de fundo suspensos, os bombeiros, esse conjunto de coisas engraçadas, tristes, sujas, horrorosas, deslumbrantes parecia tão pouco com o que Lucien tinha visto de seu lugar no teatro que seu espanto não teve limites. Acabavam de encenar um bom e grande melodrama intitulado *Bertram*, peça imitada de uma tragédia de Maturin infinitamente estimada por Nodier, Lord Byron e Walter Scott, mas que não obteve o menor êxito em Paris.

— Não largue meu braço se não quiser cair num alçapão, receber uma floresta na cabeça, derrubar um palácio ou agarrar uma cabana — disse Étienne a Lucien. — Florine está no camarim, minha joia? — perguntou a uma atriz que se preparava para entrar em cena, escutando os atores.

— Está, meu amor. Agradeço-lhe pelo que disse de mim. Você foi mais gentil ainda porque Florine estava entrando aqui.

— Ora, não perca sua fala, minha pequena — disse Lousteau. — Vá correndo, de nariz empinado! E diga direitinho "Pare, desgraçado!", pois há dois mil francos de receita.

Pasmo, Lucien viu a atriz se compondo e exclamando: "Pare, desgraçado!", de modo a gelá-lo de pavor. Não era mais a mesma mulher.

"Então é isso o teatro", pensou.

— É como a livraria das Galerias de Madeira e como um jornal de literatura, uma verdadeira cozinha — respondeu-lhe seu novo amigo.

Nathan apareceu.

— Por quem você vem hoje aqui? — perguntou-lhe Lousteau.

— Eu cubro os pequenos teatros para a *Gazette*, à espera de algo melhor — respondeu Nathan.

— Ei! Então ceie conosco esta noite e trate bem de Florine, à guisa de desforra — disse-lhe Lousteau.

— Inteiramente às suas ordens — respondeu Nathan.

— Agora ela está morando na rua de Bondy, sabe?

— Mas quem é esse belo rapaz com quem você está, meu Lousteauzinho? — perguntou a atriz ao voltar do palco para os bastidores.

— Ah, minha querida, um grande poeta, um homem que será famoso. Como vocês devem cear juntos, senhor Nathan, apresento-lhe o senhor Lucien de Rubempré.

— O senhor tem um belo nome — disse Raoul a Lucien.

— Lucien? Este é o senhor Raoul Nathan — disse Étienne a seu novo amigo.

— Palavra, cavalheiro, dois dias atrás eu o estava lendo e não imaginei, quando falaram do seu livro e da sua coletânea de poesias, que fosse tão humilde diante de um jornalista.

— Espero vê-lo quando publicar seu primeiro livro — respondeu Nathan, deixando escapar um sorrisinho.

— Ora, ora, com que então os ultras e os liberais trocam apertos de mão — exclamou Vernou ao ver aquele trio.

— De manhã sigo as opiniões de meu jornal — disse Nathan —, mas à noite penso o que quero, *à noite todos os redatores são pardos*.

— Étienne — disse Félicien, dirigindo-se a Lousteau —, Finot veio comigo, está à sua procura. E... ei-lo.

— Ah, essa não! Então não tem mais um lugar? — perguntou Finot.

— Você sempre terá um em nossos corações — disse a atriz, que lhe dirigiu o mais agradável sorriso.

— Olá, minha pequena Florville, ei-la já curada de seu amor! Diziam que você tinha sido sequestrada por um príncipe russo.

— E sequestram mulheres hoje em dia? — perguntou Florville, que era a atriz do "Pare, desgraçado". — Ficamos dez dias em Saint-Mandé, meu príncipe ficou quite com a administração do teatro, pagando uma indenização. O diretor — continuou Florville, rindo — vai pedir a Deus que venham muitos príncipes russos, pois as indenizações que eles pagam lhe representariam receitas sem despesas.

— E você, pequena — perguntou Finot a uma linda camponesa que os escutava —, de onde roubou os botões de diamantes que tem nas orelhas? Fisgou um príncipe indiano?

— Não, um vendedor de graxas de sapatos, um inglês que já foi embora! Não é qualquer uma que, como Florine e Coralie, quer negociantes milionários entediados em seus lares: será que elas são felizes?

— Você vai perder sua entrada, Florville — exclamou Lousteau —, a graxa de sua amiga lhe subiu à cabeça.

— Se quiser ter sucesso — disse-lhe Nathan —, em vez de gritar como uma fúria: "Ele está salvo!", entre bem simplesmente, vá até a ribalta e diga com voz de peito: "Ele está salvo", assim como La Pasta* diz: "*O Patria*!", em *Tancredo*. Vá, ande! — acrescentou, empurrando-a.

— Não dá mais tempo, perdeu sua fala! — disse Vernou.

— O que ela fez? A plateia está aplaudindo furiosamente — disse Lousteau.

— Ela mostrou os seios ao se ajoelhar, é seu grande truque — disse a atriz viúva da graxa.

— O diretor nos dá seu camarote, você me encontrará lá — disse Finot a Étienne.

Então Lousteau levou Lucien para os fundos do teatro através do dédalo dos bastidores, corredores e escadas, até o terceiro andar, a um quartinho aonde chegaram seguidos por Nathan e Félicien Vernou.

— Bom-dia ou boa-noite, senhores — disse Florine. — Estes cavalheiros são os árbitros de meu destino, meu futuro está nas mãos deles — continuou, virando-se para um homem gordo e baixo que se mantinha num canto —, mas estarão, espero, debaixo de nossa mesa amanhã de manhã, se o senhor Lousteau não se esqueceu de nada...

* Giuditta Pasta (1797-1865), grande cantora italiana famosa pelo recitativo "*O patria, ingrata patria*" na ópera *Tancredo*, de Rossini.

— Como?! Você terá Blondet, do *Journal des Débats* — disse-lhe Étienne —, o verdadeiro Blondet, Blondet em pessoa, Blondet, em suma.

— Ah, meu Lousteauzinho, venha, preciso lhe dar um beijo — ela disse, pulando em seu pescoço.

Diante dessa demonstração, Matifat, o homem gordo, fechou a cara. Aos dezesseis anos, Florine era magra. Sua beleza, como um botão de flor cheio de promessas, só podia agradar aos artistas que preferem os esboços aos quadros. Essa atriz encantadora tinha nas feições toda a delicadeza que a caracteriza e lembrava, nessa época, a Mignon de Goethe. Matifat, rico droguista da rua des Lombards, pensara que uma atrizinha dos bulevares seria pouco dispendiosa, mas em onze meses Florine lhe custara cem mil francos. Nada pareceu mais extraordinário para Lucien do que aquele honrado e probo negociante pousado ali como um deus Termo num canto daquele reduto de dez pés quadrados, forrado de um bonito papel, decorado com uma penteadeira de espelhos, um sofá, duas cadeiras, um tapete, uma lareira, e cheio de armários. Uma camareira acabava de vestir a atriz como espanhola. A peça era um imbróglio em que Florine fazia o papel de uma condessa.

— Esta criatura será daqui a cinco anos a mais bela atriz de Paris — disse Nathan a Félicien.

— Ah, isso, meus amores — disse Florine, virando-se para os três jornalistas —, se cuidarem de mim amanhã: primeiro, encomendei carros para esta noite, porque os mandarei para casa bêbados como numa terça-feira gorda. Matifat conseguiu vinhos, oh!, vinhos dignos de Luís XVIII, e pegou o cozinheiro do ministro da Prússia.

— Basta olhar este senhor para pensarmos em coisas gigantescas — disse Nathan.

— Mas ele sabe que está tratando com os homens mais perigosos de Paris — respondeu Florine.

Matifat olhava para Lucien com ar inquieto, pois a grande beleza do rapaz açulava seu ciúme.

— Mas aí está alguém que eu não conheço? — perguntou Florine ao ver Lucien. — Quem de vocês trouxe de Florença o Apolo do Belvedere? O cavalheiro é formoso como uma figura de Girodet.

— Senhorita — disse Lousteau —, o cavalheiro é um poeta de província que esqueci de lhe apresentar. Você está tão bela esta noite que é impossível pensar nas civilidades pueris e triviais...

— Ele é rico, já que faz poesia? — perguntou Florine.

— Pobre como Jó — respondeu Lucien.

— Isso é muito tentador para nós — disse a atriz.

Du Bruel, o autor da peça, um rapaz de sobrecasaca, baixo, perspicaz, parecendo a um só tempo burocrata, proprietário e agente de câmbio, entrou de repente.

— Minha pequena Florine, você sabe direitinho seu papel, não sabe? Nada de falha de memória! Cuide da cena do segundo ato, da mordacidade, da sutileza! Diga bem claro: "Não te amo", conforme combinamos.

— Por que você pega papéis com frases assim? — perguntou Matifat a Florine.

Um riso generalizado acolheu a observação do droguista.

— O que isso lhe importa — ela respondeu —, já que não é para você que eu falo isso, seu animal tolinho? Oh! Fico na maior alegria com as bobagens dele — acrescentou olhando para os autores. — Palavra de moça honesta, eu lhe pagaria um tanto por besteira se isso não me arruinasse.

— É, mas você olhará para mim ao dizer isso, assim como quando ensaia seu papel, e isso me dá medo — respondeu o droguista.

— Pois então, olharei para meu Lousteauzinho — ela respondeu.

Uma campainha soou nos corredores.

— Vão todos embora — disse Florine —, deixem-me reler meu papel e tentar entendê-lo.

Lucien e Lousteau foram os últimos a sair. Lousteau beijou os ombros de Florine e Lucien ouviu a atriz dizendo: "Impossível esta noite. Esse velho idiota disse à mulher que ia para o campo".

— Achou-a simpática? — perguntou Étienne a Lucien.

— Mas, meu caro, esse Matifat... — exclamou Lucien.

— É, meu filho, você ainda não sabe nada da vida parisiense — respondeu Lousteau. — Há certos imperativos que a gente tem de aguentar! É como se você amasse uma mulher casada, só isso. A gente se conforma.

15

A UTILIDADE DOS DROGUISTAS

Étienne e Lucien entraram num camarote perto do proscênio, no térreo, onde encontraram o diretor do teatro e Finot. Matifat estava no camarote em frente, com um amigo chamado Camusot, um comerciante de sedas que protegia Coralie, e acompanhado por um velhinho honesto, seu sogro. Esses três burgueses limpavam a lente dos binóculos, olhando para a plateia cujo alvoroço os inquietava. Os camarotes exibiam a sociedade extravagante das estreias: jornalistas e suas amantes, mulheres manteúdas e seus amantes, alguns velhos habitués dos teatros, ávidos pelas primeiras apresentações, pessoas da alta roda que adoravam emoções dessa espécie. Num primeiro camarote estava o Diretor-geral com a família; ele pusera Du Bruel numa repartição financeira onde o fazedor de vaudeviles recebia os vencimentos de uma sinecura. Lucien, desde o jantar, viajava de espanto em espanto. A vida literária, que a seu ver nesses dois meses fora tão pobre, tão desinteressante, tão horrível no quarto de Lousteau, tão humilde e tão insolente ao mesmo tempo na Galerias de Madeira, se desenrolava com estranhas magnificências e sob aspectos singulares. Essa mistura de altos e baixos, de compromissos com a consciência, de supremacias e pusilanimidades, de traições e prazeres, de grandezas e servidões, deixava-o embasbacado como a um homem atento a um espetáculo inaudito.

— Pensa que a peça de Du Bruel vai lhe dar dinheiro? — perguntou Finot ao diretor.

— A peça é uma intriga em que Du Bruel quis se fazer de Beaumarchais. O público dos bulevares não gosta desse gênero, quer ser empanturrado de emoções. Aqui, a inteligência não é apreciada. Nesta noite, tudo depende de Florine e de Coralie, que são encantadoras de tanta graça, de tanta beleza. As duas criaturas usam saias muito curtas, dançam um número espanhol, podem arrebatar o público. Essa estreia é uma cartada. Se os jornais fizerem uns artigos espirituosos, em caso de sucesso, posso ganhar cem mil escudos.

— É, estou vendo, a peça não terá mais que uma boa acolhida — disse Finot.

— Há uma cabala montada pelos três teatros vizinhos, vão vaiar de qualquer maneira, mas tomei minhas precauções para frustrar essas más intenções. Paguei mais aos chefes da claque enviados contra mim, eles vaiarão meio sem jeito. Ali estão dois negociantes que, para proporcionarem um triunfo a Coralie e Florine, compraram cada um cem ingressos e os deram a conhecidos capazes de pôr a cabala na rua. A cabala, paga duas vezes, vai se deixar expulsar, e essa manobra sempre deixa o público bem disposto.

— Duzentas entradas! Que aliados preciosos! — exclamou Finot.

— Sim! Com duas outras lindas atrizes tão ricamente mantidas quanto Florine e Coralie, eu me sairia muito bem.

Fazia duas horas que, aos ouvidos de Lucien, tudo se resolvia pelo dinheiro. No Teatro como na Livraria, na Livraria como no Jornal, da arte e da glória não se falava. Essas pancadas do grande pêndulo da Moeda, repetidas na sua cabeça e no seu coração, lhe martelavam. Enquanto a orquestra tocava a abertura, ele não pôde deixar de contrapor os aplausos e as vaias da plateia em alvoroço às cenas de poesia calma e pura que saboreara na tipografia de David, quando os dois viam as maravilhas da arte, os nobres triunfos do gênio, a glória de asas brancas. Lembrando-se das noites do Cenáculo, uma lágrima brilhou nos olhos do poeta.

— O que você tem? — perguntou-lhe Étienne Lousteau.

— Vejo a poesia num atoleiro — respondeu.

— É, meu caro, você ainda tem ilusões.

— Mas então é preciso rastejar e aturar aqui esses gordos Matifat e Camusot, assim como as atrizes aturam os jornalistas, como nós aturamos os livreiros?

— Meu filho — disse-lhe ao ouvido Étienne, mostrando-lhe Finot —, está vendo aquele rapaz pesado, sem espírito nem talento, mas ávido, querendo a fortuna a qualquer preço e hábil nos negócios, que, na livraria de Dauriat, me pegou quarenta por cento com ares de quem me faz um favor?... Pois bem, ele tem umas cartas em que vários gênios em gestação se ajoelham na frente dele por cem francos.

Uma contração causada pela repugnância apertou o coração de Lucien, que se lembrou do "Finot, e meus cem francos?", naquele desenho deixado sobre o pano verde, na redação.

— Melhor morrer — ele disse.

— Melhor viver — respondeu Étienne.

Na hora em que o pano levantou, o diretor saiu e foi para os bastidores, para dar algumas ordens.

— Meu caro — disse então Finot a Étienne —, tenho a palavra de Dauriat, um terço da propriedade do jornal semanal será meu. Tratei por trinta mil francos à vista, contanto que me torne redator chefe e diretor. É um negócio esplêndido. Blondet me disse que se preparam leis restritivas contra a imprensa, só os jornais existentes serão mantidos. Em seis meses, vai se precisar de um milhão para fazer um novo jornal. Portanto, fechei o negócio sem ter de meu mais de dez mil francos. Escute-me. Se você conseguir que Matifat compre a metade de minha parte, um sexto, por trinta mil francos, eu lhe darei a chefia de redação de meu pequeno jornal, com duzentos e cinquenta francos por mês. Você será meu testa de ferro. Quero poder continuar a dirigir a redação, manter ali todos os meus interesses e dar a impressão de que não me meto em nada. Todos os artigos lhe serão pagos à razão de cem vinténs a coluna; assim você pode conseguir uma bonificação de quinze francos por dia, pagando por eles só três francos e se aproveitando da redação gratuita.* São mais quatrocentos e cinquenta francos por mês. Mas quero ficar livre para mandar atacar ou defender no jornal os homens e os negócios como eu bem entender, embora deixando que você satisfaça os ódios e as amizades que não atrapalharem minha política. Talvez eu fique com o partido ministerial ou com o ultra, ainda não sei, mas quero manter, por baixo do pano, minhas relações liberais. Estou lhe contando tudo, a você que é um bom menino. Talvez o faça ficar com as Câmaras no jornal em que sou o responsável por elas, pois provavelmente não poderei mantê-las. Portanto, empregue Florine nessa maquinaçãozinha, diga-lhe para dar um bom aperto no droguista: só tenho quarenta e oito horas para voltar atrás, caso não possa pagar. Dauriat vendeu o outro terço por trinta mil francos a seu impressor e a seu fornecedor de papel. Quanto a ele, fica com seu terço, de graça, e ganha dez mil francos, já que o total só lhe custa cinquenta mil francos. Mas daqui a um ano esse pacote valerá duzentos mil francos, a ser vendido à Corte, se ela tiver, como se anda dizendo, o bom senso de amortizar os jornais.

— Isso é que é felicidade — exclamou Lousteau.

— Se você tivesse passado pelos dias de miséria que enfrentei, não diria essa palavra. Mas ultimamente, sabe, tenho padecido de uma infelicidade sem remédio: sou filho de um chapeleiro que ainda vende chapéus na rua du Coq. Só mesmo uma revolução é que poderá me levar a ter sucesso; e, na falta dessa agitação social, preciso ter milhões. Não sei se, dessas duas coisas, a revolução não é a mais fácil. Se eu carregasse o nome do seu amigo, estaria num bela situação. Silêncio, olhe o diretor. Até logo — disse Finot, levantando-se. — Vou à Ópera, pois talvez tenha um duelo amanhã: escrevo e assino com um F um artigo fulminante contra duas bailarinas cujos amigos são generais. Ataco, e com dureza, a Ópera.

* Isto é, dos artigos que os autores costumavam escrever sobre a própria obra e que os jornalistas publicavam por condescendência, sem pagá-los.

— Ah, é mesmo? — perguntou o diretor.

— Sim, todos estão sendo mesquinhos comigo — respondeu Finot. — Este corta meus camarotes, aquele se recusa a me pegar cinquenta assinaturas. Dei meu ultimato à Ópera: agora quero cem assinaturas e quatro camarotes por mês. Se aceitarem, meu jornal terá oitocentos assinantes servidos e mil pagantes. Conheço os meios de ter mais duzentas outras assinaturas: em janeiro estaremos com mil e duzentas...

— Vocês acabarão por nos arruinar — disse o diretor.

— O senhor está bem mal das pernas, só com suas dez assinaturas. Mandei que lhe fizessem dois bons artigos em *Le Constitutionnel*.

— Ah, não me queixo do senhor — exclamou o diretor.

— Até amanhã à noite, Lousteau — disse Finot. — Você me dará a resposta no Théâtre-Français, onde há uma estreia; e, como não poderei fazer o artigo, você pegará meu lugar no jornal. Dou-lhe a preferência: você se esfalfou por mim, sou-lhe grato. Félicien Vernou me oferece um adiantamento dos vencimentos por um ano e me propõe vinte mil francos por um terço da propriedade do jornal, mas quero continuar a ser o dono absoluto. Adeus.

— Não é à toa que esse aí se chama Finot* — disse Lucien a Lousteau.

— Ora, é um enforcado que fará seu próprio caminho — respondeu Étienne, sem se preocupar de ser ou não ouvido pelo homem hábil que fechava a porta do camarote.

— Ele?... — disse o diretor. — Ele será milionário, gozará da consideração geral, e talvez terá amigos...

— Meu Deus! — disse Lucien — Que covil! E você vai fazer essa moça deliciosa cuidar de uma negociação dessas? — perguntou, apontando para Florine, que lhe lançava umas olhadelas.

— E ela conseguirá. Você não conhece a dedicação e a sutileza dessas queridas criaturas — respondeu Lousteau.

* O adjetivo *finaud*, homófono de *Finot*, significa finório, espertalhão.

— Elas resgatam todos os seus defeitos, apagam todos os seus erros pela extensão, pelo infinito de seu amor, quando amam — continuou o diretor. — A paixão de uma atriz é algo mais belo ainda porque produz um contraste mais violento com seu círculo.

— É encontrar na lama um diamante digno de ornamentar a coroa mais altiva — retrucou Lousteau.

— Mas — continuou o diretor — Coralie está distraída. Seu amigo está seduzindo Coralie, sem nem desconfiar, e vai fazê-la errar todas as falas: ela já não está ligada nas réplicas, eis que duas vezes não ouviu o ponto. Cavalheiro, por favor, ponha-se neste canto — ele disse a Lucien. — Se Coralie está apaixonada pelo senhor, vou lhe dizer que o senhor foi embora.

— Ei, não! — exclamou Lousteau —, diga-lhe que Lucien vai estar na ceia e que ela fará dele o que quiser, e ela então vai representar como mademoiselle Mars.*

O diretor se ausentou.

— Meu amigo — disse Lucien a Étienne —, como assim? Você não tem nenhum escrúpulo em pedir por intermédio da senhorita Florine trinta mil francos a esse droguista pela metade de uma coisa que Finot acaba de comprar por esse mesmo preço?

Lousteau não deu tempo para Lucien terminar o raciocínio.

— Mas afinal, de que país você vem, meu querido menino? Esse droguista não é um homem, é um cofre-forte que veio junto com o amor!

— Mas, e sua consciência?

— A consciência, meu caro, é uma dessas bengalas que cada um pega para bater no vizinho, e da qual jamais se serve para si mesmo. Ah, isso! Que diachos você tem? O acaso lhe faz num dia um milagre que, de meu lado, eu esperei durante dois anos, e você se diverte em discutir os meios? Como? Você, que me parece ser inteligente, que

* Na década de 1820, era a grande atriz da Comédie Française.

chegará à independência de ideias que devem ter os aventureiros intelectuais no mundo em que estamos, fica chafurdando nos escrúpulos de freira que se acusa de ter comido um ovo com concupiscência?... Se Florine for bem-sucedida, eu me torno redator chefe, ganho duzentos e cinquenta francos fixos, pego os grandes teatros, deixo para Vernou os teatros de vaudevile, você põe o pé no estribo me sucedendo em todos os teatros dos bulevares. Terá então três francos por coluna e escreverá uma por dia, trinta por mês, que lhe renderão noventa francos; terá algo como sessenta francos de livros para vender a Barbet; depois poderá pedir mensalmente aos seus teatros dez ingressos, ao todo quarenta ingressos, que venderá por quarenta francos ao Barbet dos teatros, um homem com quem o porei em contato. Assim, vejo-o com duzentos francos por mês. Você poderia, tornando-se útil para Finot, pôr um artigo de cem francos em seu novo jornal semanal, caso exiba um talento transcendente; pois ali se assina, e ali não se deve *dar* nada, ao contrário do jornaleco. Você teria então cem escudos por mês. Meu caro, há pessoas de talento, como esse pobre D'Arthez que janta toda noite no Flicoteaux, que levam dez anos até ganhar cem escudos. Com sua pluma você fará quatro mil francos por ano, sem contar os rendimentos dos livreiros, se escrever para eles. Ora, um subprefeito só tem mil escudos de vencimentos e em sua repartição se diverte tanto como uma perna de cadeira. Não lhe falo do prazer de ir ao espetáculo sem pagar, pois esse prazer logo o cansará, mas você terá suas entradas nos bastidores de quatro teatros. Seja duro e espirituoso durante um ou dois meses, e será coberto de convites, de programas com as atrizes; será cortejado pelos amantes delas; só jantará no Flicoteaux nos dias em que não tiver nem trinta vinténs no bolso, e nem um jantar fora. Às cinco horas, no Luxembourg, você não sabia para onde se virar, e está às vésperas de se tornar uma das cem pessoas privilegiadas que impõem opiniões à França. Daqui a três dias, se formos bem-sucedidos, poderá, com trinta boas tiradas impressas, na base de três por dia, fazer um homem amaldiçoar a vida; poderá criar rendas prazerosas junto a todas as atrizes de seus teatros, poderá destruir uma boa peça e fazer toda Paris acorrer a uma ruim. Se Dauriat se recusar a imprimir *As margaridas* sem lhe dar nada em troca, poderá fazê-lo ir à sua casa, humilde e submisso, para comprá-las por dois mil francos. Tenha talento e jogue em três jornais diferentes três artigos que ameacem matar certas especulações de Dauriat ou um livro com que ele conta, e há de vê-lo galgando até sua mansarda e ali se instalando como uma clematite. Por último, quanto a seu romance, os livreiros que neste momento o poriam, todos, no olho da rua, mais ou menos educadamente, farão fila diante de sua casa, e o manuscrito, que o *seu* Doguereau avaliaria em quatrocentos francos, terá seu lance coberto até quatro mil francos! Eis os benefícios da profissão de jornalista. Por isso, impedimos que todos os recém-chegados se aproximem dos jornais; para ali penetrar é necessário não só um imenso talento, mas também muita sorte. E você fica tergiversando sobre sua sorte!... Está vendo? Se não tivéssemos nos encontrado hoje no Flicoteaux, você ainda poderia ficar esperando sentado por três anos ou morrer de fome, como D'Arthez, num sótão. Quando D'Arthez tiver se tornado tão instruído como Bayle e tão grande escritor como Rousseau, teremos feito nossa fortuna, seremos donos da dele e de sua glória. Finot será deputado, dono de um grande jornal, e nós aqui seremos o que quisermos ser: pares de França ou presos por dívidas na prisão Sainte-Pélagie.

— E Finot venderá seu grande jornal aos ministros que lhe derem mais dinheiro, como vende seus elogios à senhora Bastienne denegrindo a senhorita Virginie, e provando que os chapéus da primeira são superiores aos que o jornal elogiava anteriormente! — exclamou Lucien, lembrando-se da cena que testemunhara.

— Você é um bobo, meu caro — respondeu Lousteau num tom seco. — Há três anos, Finot não tinha onde cair morto, jantava no Tabar por dezoito vinténs, rabiscava um prospecto por dez francos e sua roupa se mantinha no corpo por um mistério tão impenetrável como o da Imaculada Conceição: agora tem, sozinho, um jornal avaliado em cem mil francos; com as assinaturas pagas e não entregues, com as assinaturas reais e as contribuições indiretas arrecadadas pelo tio, ganha vinte mil francos por ano; tem todo dia os jantares mais suntuosos do mundo, há um mês tem um cabriolé; em suma, ei-lo amanhã à frente de um jornal semanal, dono de um sexto da publicação, de graça, com quinhentos francos por mês de ordenado, aos quais acrescentará mil francos de colaborações obtidas gratuitamente e que ele fará os sócios pagarem. Você é o primeiro que, se Finot aceitar lhe pagar cinquenta francos por folha, ficará muito feliz em entregar a ele três artigos de graça. Quando tiver ganhado cem mil francos, poderá julgar Finot: só podemos ser julgados por nossos pares. Não terá você um imenso futuro se obedecer cegamente aos ódios de seus superiores, se atacar quando Finot lhe disser: "Ataque!", se elogiar quando lhe disser: "Elogie!"? Quando tiver de executar uma vingança contra alguém, poderá surrar seu amigo ou seu inimigo com uma frase inserida toda manhã em nosso jornal, bastando me dizer: "Lousteau, vamos matar esse homem!". Assassinará mais uma vez sua vítima com um grande artigo no jornal semanal. Por fim, se para você for um negócio fundamental, Finot, para quem você terá se tornado necessário, o deixará dar uma última bordoada num grande jornal que terá dez ou doze mil assinantes.

— Quer dizer que você acredita que Florine poderá convencer o droguista a fechar o negócio? — perguntou Lucien, maravilhado.

— Acredito, sim. Eis o entreato, já vou lhe dizer duas palavrinhas, e o negócio se concluirá esta noite. Uma vez feita sua lição, Florine terá toda a minha inteligência a juntar-se à dela.

— E esse honesto negociante que lá está, de boca aberta, a admirar Florine, sem desconfiar que vão lhe surrupiar trinta mil francos!...

— Mais uma bobagem! Alguém está falando em roubá-lo? — exclamou Lousteau. — Mas meu caro, se o ministério comprar o jornal, em seis meses o droguista conseguirá talvez cinquenta mil francos pelos seus trinta mil. Além do mais, Matifat não se preocupará com o jornal, mas com os interesses de Florine. Quando se souber que Matifat e Camusot (pois dividirão o negócio) são proprietários de uma revista, haverá em todos os jornais artigos benevolentes para Florine e Coralie. Florine vai ficar famosa, talvez consiga um contrato de doze mil francos em outro teatro. Em suma, Matifat economizará os mil francos por mês que lhe custariam os presentes e os jantares para os jornalistas. Você não conhece os homens, nem os negócios.

— Pobre homem! — disse Lucien —, ele espera ter uma noite agradável.

— E — continuou Lousteau — ficará dividido entre mil argumentos até mostrar a Florine a aquisição da sexta parte, comprada de Finot. E eu, no dia seguinte, serei redator chefe e ganharei mil francos por mês. Aí está, portanto, o fim de minha miséria! — exclamou o amante de Florine.

Lousteau saiu, deixando Lucien perplexo, perdido num abismo de pensamentos, sobrevoando o mundo tal como ele é. Depois de ter visto nas Galerias de Madeira os cordões da Livraria e a cozinha da glória, depois de ter passeado pelos bastidores do teatro, o poeta percebia o avesso das consciências, o jogo das engrenagens da vida parisiense, o mecanismo de todas as coisas. Ao admirar Florine no palco invejara a felicidade de Lousteau. Por alguns instantes se esquecera de Matifat. Ali ficou por um tempo indefinível, talvez cinco minutos. Foi uma eternidade. Pensamentos ardorosos inflamavam sua alma, assim como seus sentidos estavam esfogueados com o espetáculo daquelas atrizes de olhos lascivos e realçados pelo vermelho, de seios deslumbrantes, vestidas com vasquinhas voluptuosas de pregas licenciosas, saias curtas, mostrando as pernas dentro de meias vermelhas de pontas verdes, calçadas de modo a deixar uma plateia em rebuliço. Duas corrupções andavam em linhas paralelas, como dois rios que, numa inundação, querem se juntar; elas devoravam o poeta acotovelado num canto do camarote, com o braço sobre o veludo vermelho do apoio, a mão pendurada, os olhos fixos no pano, e tanto mais acessível aos encantos daquela vida mesclada de raios e nuvens na medida em que ela brilhava como um fogo de artifício depois da noite profunda de sua vida trabalhosa, obscura, monótona.

16

CORALIE

De repente, a luz amorosa de um olhar, como que perfurando a cortina do teatro, foi bater nos olhos desatentos de Lucien. O poeta, despertando de seu entorpecimento, reconheceu o olhar de Coralie que o queimava; baixou a cabeça e olhou para Camusot, que então voltava para o camarote em frente ao seu.

Esse amante de teatro era um bom comerciante de sedas da rua des Bourdonnais, gordo e alto, juiz do Tribunal de Comércio, pai de quatro filhos, casado pela segunda vez, contando com a riqueza de oitenta mil libras de renda, mas com cinquenta e seis anos; tinha como que uma touca de cabelos grisalhos na cabeça, o jeito hipócrita de um homem que desfrutava de seus últimos momentos e não queria abandonar a vida sem sua cota de bons prazeres, depois de ter engolido os mil e um sapos do comércio. Aquela fronte cor de manteiga fresca, aquelas faces monásticas e floridas pareciam não ser largas o suficiente para conter a satisfação de um júbilo superlativo: Camusot estava sem a mulher e ouvia aplaudirem freneticamente Coralie. Ela significava todas as vaidades juntas desse rico burguês, que na casa de Coralie bancava o grande nobre de antigamente. Nesse momento, imaginava ser credor de metade de seu sucesso, e acreditava mais ainda nisso por tê-lo pago. Esse comportamento era sancionado pela presença do sogro de Camusot, um velhote de cabelos empoados, olhos maliciosos e muito digno. As repugnâncias de Lucien despertaram, pois se lembrou do amor puro e exaltado que sentira durante um ano pela sra. de Bargeton. Logo o amor dos poetas abriu suas asas brancas: mil lembranças envolveram com seus horizontes azulados o grande homem de Angoulême, que tornou a cair no devaneio. O pano subiu. Coralie e Florine estavam no palco.

— Minha querida, ele pensa em você como no grão-turco — disse Florine baixinho, enquanto Coralie soltava uma réplica.

Lucien não pôde deixar de rir, e olhou para Coralie. Essa mulher, uma das mais encantadoras e mais deliciosas atrizes de Paris, rival da sra. Perrin e da srta. Fleuriet, com as quais se parecia e cujo destino deveria ser o seu, era o tipo de moça que exerce um louco fascínio sobre os homens. Coralie exibia um sublime semblante judaico, aquele longo rosto oval de um tom de marfim alourado, boca vermelha como uma romã, queixo fino como a beira de uma taça. Sob as pálpebras quentes e como que queimadas por pupilas de azeviche, sob os cílios recurvos, pressentia-se um olhar lânguido em que cintilavam bem a propósito os ardores do deserto. Esses olhos eram assombreados por um círculo esverdeado, tendo ao alto sobrancelhas arqueadas e espessas. Sobre uma fronte morena, coroada por dois bandós de ébano em que brilhavam então as luzes como sobre verniz, reinava uma magnificência de pensamento que poderia fazer crer num gênio. Mas Coralie, parecida com muitas atrizes, não tinha inteligência, apesar de sua ironia nos bastidores, não tinha instrução, apesar de sua experiência de boudoir, tinha apenas a inteligência dos sentidos e a bondade das mulheres apaixonadas. Aliás, era possível pensar na moral quando ela ofuscava o olhar com seus braços roliços e lisos, seus dedos torneados como fusos, seus ombros dourados, os seios cantados pelo Cântico dos Cânticos, o pescoço flexível e curvo, as pernas de uma adorável elegância, e calçadas de meias de seda vermelha? Essas belezas de uma poesia realmente oriental eram ainda mais realçadas pelo figurino espanhol convencional em nossos teatros. Coralie fazia a alegria da sala, onde todos os olhos cingiam sua cintura bem apertada pela vasquinha e afagavam suas ancas andaluzas que imprimiam torsões lascivas à sua saia. A certa altura, Lucien, vendo aquela criatura representar só para ele, preocupando-se com Camusot tanto quanto o garoto do paraíso se preocupa com a casca de uma maçã, pôs o amor sensual acima do amor puro, o gozo acima do desejo, e o demônio da luxúria lhe soprou pensamentos atrozes. "Ignoro tudo do amor que se revolve na boa mesa, no vinho, nas alegrias da matéria", pensou. "Vivi mais ainda pelo Pensamento do que pelos Fatos. Um homem que quer pintar tudo deve conhecer tudo. Eis minha primeira ceia faustuosa, minha primeira orgia num mundo estranho, por que eu não provaria uma vez essas delícias tão famosas para as quais se precipitavam os grandes aristocratas do século passado, vivendo com mulheres impuras? Ainda que fosse só para transportá-las para as belas regiões do amor verdadeiro, não é preciso aprender as alegrias, as perfeições, os arrebatamentos, os recursos, as sutilezas do amor das cortesãs e das atrizes? Não é essa, afinal de contas, a poesia dos sentidos? Há dois meses, essas mulheres me pareciam divindades guardadas por dragões inabordáveis; aí está uma cuja beleza supera a de Florine, que eu invejava a Lousteau; por que não aproveitar sua fantasia, quando os maiores senhores compram com seus mais ricos tesouros uma noite com essas mulheres? Os embaixadores, quando põem o pé nesses abismos, não se preocupam com a véspera nem com o dia seguinte. Eu seria um tolo de ter mais delicadeza que os príncipes, sobretudo quando ainda não amo ninguém!" Lucien já não pensava em Camusot. Depois de manifestar a Lousteau a mais profunda repulsa pela mais odiosa partilha, caía naquele fosso, nadava num desejo, arrastado pelo jesuitismo da paixão.

— Coralie está louca por você — disse-lhe Lousteau ao voltar. — Sua beleza, digna dos mais ilustres mármores da Grécia, faz estragos incríveis nos bastidores. Você é que é feliz, meu caro. Coralie tem dezoito anos, e daqui a alguns dias poderá ter sessenta mil francos por conta da própria beleza. Ainda é muito bem-comportada. Foi vendida pela mãe, há três anos, por sessenta mil francos, mas até agora só teve tristezas e busca a felicidade. Entrou para o teatro por desespero, pois tinha horror a De Marsay, seu primeiro comprador; e ao sair desse inferno, pois em pouco tempo foi largada pelo rei de nossos dândis, encontrou esse bom Camusot, de quem não gosta muito; mas ele é como um pai para ela, que o tolera e se deixa amar. Já recusou as mais ricas propostas e se apega a Camusot, que não a atormenta. Portanto, você é seu primeiro amor. Ah! Ao vê-lo, ela recebeu como que um tiro de pistola no coração, e Florine foi ao camarim dela para chamá-la à razão, mas Coralie chora com sua frieza. A peça vai fracassar, Coralie não sabe mais seu papel, e adeus contrato no Gymnase, que Camusot lhe preparava!...

— Ah!... Pobre moça! — disse Lucien, que teve todas as suas vaidades afagadas por essas palavras e sentiu o coração inchado de amor-próprio. — Vivo, meu caro, numa só noite mais acontecimentos que nos dezoito primeiros anos de minha vida.

E Lucien contou seus amores com a sra. de Bargeton e seu ódio do barão Châtelet.

— Pois bem! O jornal está atualmente sem nenhum saco de pancada, vamos agarrá-lo. Esse barão é um velho elegante do Império, é do partido do governo, para nós cai muito bem, eu o vi várias vezes na Ópera. Agora percebo quem é sua grande dama, ela costuma ficar no camarote da marquesa d'Espard. O barão cortejou sua ex-amante, que me lembra um osso de siba. Espere! Finot acaba de enviar um mensageiro para me dizer que o jornal está sem *cópia*, por conta de um de nossos redatores que quer lhe pregar uma peça, um engraçadinho, o pequeno Hector Merlin, aquele de quem cortaram as linhas em branco. Finot, em desespero, está escrevendo às pressas um artigo contra as bailarinas e a Ópera. Pois bem, meu caro, escreva um artigo sobre esta peça, escute-a, pense nela. Vou para a sala do diretor, meditar sobre três colunas a respeito do seu homem e da sua beldade desdenhosa, que amanhã não vão estar muito dispostos a farrear...

— Mas então, eis como e onde se faz seu jornal! — disse Lucien.

— É sempre assim — respondeu Lousteau. — Há dez meses que lá estou, e o jornal está sempre sem *cópia* às oito horas da noite.

No jargão tipográfico, chama-se *cópia* o manuscrito a ser composto, decerto porque os autores devem, supostamente, enviar apenas a cópia de seus textos. Talvez também seja uma tradução irônica da palavra latina *copia* (abundância), pois sempre falta cópia!...

— O grande projeto que nunca se realizará é ter alguns números adiantados — continuou Lousteau. — Já são dez horas e não há uma linha. Vou dizer a Vernou e a Nathan que terminem brilhantemente o número, que nos passem uns vinte epigramas sobre os deputados, sobre o chanceler *Cruzoé*,* sobre os ministros e sobre nossos amigos, se necessário. Numa situação dessas, a gente massacraria o próprio pai, a gente fica igual a um corsário que carrega seus canhões com os escudos do próprio botim, para não morrer. Seja espirituoso em seu artigo e terá dado um grande passo na mente de Finot: ele agradece penhorado, por cálculo. Essa penhora que ele expressa é a melhor e a mais sólida, depois, porém, daquelas das casas de penhor.

— Mas que espécie de homens são vocês, os jornalistas?... — exclamou Lucien. — Como assim? É preciso se sentar a uma mesa e demonstrar espírito...?

— Sim, absolutamente, tal como se acende um candeeiro: você o queima... até que não haja mais óleo.

Quando Lousteau abria a porta do camarote, o diretor e Du Bruel entraram.

* Referência a Zoé du Cayla, confidente de Luís XVIII, o qual, certo dia, acreditou (*cru*) que ela era (*Zoé*) que entrava em sua sala, mas quem entrou foi o chanceler (ministro da Justiça) Charles-Henri Dambray, logo apelidado pelos jornais de *Cruzoé*.

— Cavalheiro — disse o autor da peça —, deixe-me dizer de sua parte à Coralie que o senhor irá embora com ela, depois de cear, do contrário minha peça vai fracassar. A pobre moça não sabe mais o que diz nem o que faz, vai chorar quando tiver de rir e rirá quando tiver de chorar. Já vaiaram. O senhor ainda pode salvar a peça. E leve em conta que não é uma infelicidade o prazer que o espera.

— Não tenho o hábito de tolerar rivais, meu senhor — disse Lucien.

— Não lhe diga isso — exclamou o diretor, olhando para Du Bruel —, Coralie é moça de jogar Camusot pela janela, de pô-lo na rua, e se arruinaria de vez. Esse digno proprietário do Cocon d'Or dá a Coralie dois mil francos por mês, paga todas as suas roupas e as suas claques.

— Como sua promessa não me obriga a nada, salve sua peça — disse Lucien, qual um sultão.

— Mas não faça de conta que vai rejeitar essa moça encantadora — disse o suplicante Du Bruel.

— Então muito bem, preciso escrever o artigo sobre sua peça e sorrir para sua *jeune première*, que seja! — exclamou o poeta.

O autor desapareceu, depois de ter feito um sinal a Coralie, que a partir de então representou maravilhosamente bem e fez a peça triunfar. Bouffé, que fazia o papel de um velho alcaide, no qual revelou pela primeira vez seu talento para se caracterizar de velho, foi dizer, no meio de uma chuva de aplausos: "Senhores, a peça que tivemos a honra de representar é dos senhores Raoul e De Cursy".*

— Ora veja. Nathan também tem a ver com a peça — disse Lousteau —, a presença dele aqui já não me espanta.

— Coralie! Coralie! — exclamou a plateia, arrebatada.

Do camarote em que estavam os dois negociantes, partiu uma voz de trovão que gritou: "E Florine!".

— Florine e Coralie! — repetiram então algumas vozes.

O pano subiu de novo, Bouffé reapareceu com as duas atri-

* Nome literário de Du Bruel.

zes, para quem Matifat e Camusot jogaram, cada um, uma coroa de flores. Coralie apanhou a sua e a entregou a Lucien. Para Lucien, essas duas horas passadas no teatro foram como um sonho. A coxia, apesar de seus horrores, tinha iniciado a obra dessa fascinação. O poeta, ainda inocente, ali respirara o vento da desordem e o ar da volúpia. Naqueles sujos corredores atulhados de máquinas e onde fumegavam candeeiros oleosos, ela reina como uma peste que devora a alma. Ali a vida não é mais santa nem real. Ali se ri de todas as coisas sérias, e as coisas impossíveis parecem verdadeiras. Para Lucien, foi como um narcótico, e Coralie acabou de mergulhá-lo numa alegre embriaguez. O lustre se apagou. Então, só ficaram na sala as funcionárias, que faziam um barulho singular retirando os banquinhos e fechando os camarotes. A ribalta, soprada como uma só vela, espalhou um cheiro infecto. O pano subiu. Uma lanterna desceu da armação. Os bombeiros começaram sua ronda, junto com os serventes de plantão. À fantasmagoria do palco, ao espetáculo dos camarotes cheios de mulheres bonitas, às luzes atordoantes, à esplêndida magia das decorações e dos figurinos novos, sucediam-se o frio, o horror, a escuridão, o vazio. Foi medonho.

Lucien estava numa surpresa indizível.

— E então, você vem, meu filho? — disse Lousteau, no palco. — Pule do camarote para cá — gritou-lhe o jornalista.

Num salto, Lucien foi parar no palco. Mal reconheceu Florine e Coralie sem seus figurinos, enroladas em mantos e dentro de seus agasalhos comuns, a cabeça coberta por chapéus de véus pretos, parecidas enfim com borboletas de novo em suas larvas.

— Vai me conceder a honra de me dar o braço? — perguntou-lhe Coralie, tremendo.

— Com prazer — disse Lucien, que sentiu o coração da atriz latejando junto ao seu, como o de um passarinho que ele tivesse agarrado.

A atriz, apertando-se contra o poeta, teve a volúpia de uma gata que se esfrega na perna do dono com um suave ardor.

— Então vamos cear juntos! — ela lhe disse.

Os quatro saíram e encontraram dois fiacres na saída dos artistas, que dava para a rua des Fossés-du-Temple.* Coralie fez Lucien subir no carro onde já estavam Camusot e seu sogro, o bom Cardot. Ela ofereceu o quarto lugar a Du Bruel. O diretor foi com Florine, Matifat e Lousteau.

— Esses fiacres são infames! — disse Coralie.

— Por que você não tem uma carruagem? — retrucou Du Bruel.

— Por quê? — ela exclamou com humor. — Não quero dizer na frente do senhor Cardot, que com certeza formou seu genro. Acredita que, pequeno e velho como é, o senhor Cardot dá apenas quinhentos francos por mês a Florentine, suficientes só para pagar o aluguel, a sopa e os tamancos? O velho marquês de Rochefide, que tem seiscentas mil libras de renda, há dois meses me oferece um cupê. Mas sou uma artista, e não uma rapariga.

— Você terá uma carruagem depois de amanhã — disse gravemente Camusot —, mas nunca tinha me pedido.

— E será que isso se pede? Como, quando se ama uma mulher, deixá-la patinhar nas imundícies e se arriscar a quebrar as pernas andando a pé? Só mesmo esses cavalheiros da Vara** para gostar de lama na barra de um vestido.

Ao dizer essas palavras com uma acrimônia que partiu o coração de Camusot, Coralie encontrou a perna de Lucien e a apertou entre as suas, e depois pegou sua mão e a estreitou. Então, calou-se e pareceu concentrada num desses regozijos infinitos que recompensam essas pobres criaturas por todas as suas tristezas passadas, por seus infortúnios, e que desenvolvem na alma uma poesia desconhecida das outras mulheres a quem faltam esses violentos contrastes, felizmente.

— Você acabou representando tão bem como mademoiselle Mars — disse Du Bruel a Coralie.

* Atual rua Amelot.

** A vara (1,20 metro) com que Camusot media os tecidos em sua loja.

— É — disse Camusot —, a senhorita sentiu alguma coisa, no início, que a contrariava; mas desde a metade do segundo ato foi um delírio. Ela é responsável pela metade do seu sucesso.

— E eu, pela metade do dela — disse Du Bruel.

— Vocês estão discutindo algo que lhes escapa — ela disse com voz alterada.

A atriz aproveitou um momento de escuridão para levar aos lábios a mão de Lucien, e a beijou, molhando-a de lágrimas. Então, Lucien ficou emocionado até a medula. A humildade da cortesã amorosa comporta magnificências morais que servem de exemplo aos anjos.

— Este senhor vai escrever o artigo — disse Du Bruel, falando com Lucien —, pode escrever um parágrafo maravilhoso sobre nossa querida Coralie.

— Ah, preste-nos este servicinho — disse Camusot com a voz de um homem de joelhos perante Lucien — e encontrará em mim um servidor à sua disposição, em qualquer circunstância!

— Mas deixe ao cavalheiro sua independência, ora essa! — gritou a atriz, furiosa. — Ele escreverá o que quiser, compre-me carruagens e não elogios.

— Você os terá por um preço muito baixo — respondeu Lucien, polidamente. — Nunca escrevi nada para os jornais, não estou a par dos costumes da imprensa, você terá a virgindade de minha pluma...

— Será engraçado — disse Du Bruel.

— Eis-nos na rua de Bondy — disse o velhinho Cardot, que ficara arrasado com a tirada de Coralie.

— Se eu tiver as primícias de sua pluma, você terá as de meu coração — disse Coralie no rápido instante em que ficou a sós com Lucien dentro do carro.

17

COMO SE FAZEM OS PEQUENOS JORNAIS

Coralie foi se juntar a Florine em seu quarto para pegar a roupa que mandara entregar lá. Lucien não conhecia o luxo que exibiam nas casas das atrizes ou das amantes os negociantes ricos que querem gozar a vida. Embora Matifat, que não possuía uma fortuna tão considerável como a do amigo Camusot, tivesse feito as coisas um tanto mesquinhamente, Lucien ficou surpreso ao ver uma sala de jantar artisticamente decorada, forrada de tecido verde guarnecido de tachas de cabeça dourada, iluminada por belos abajures, mobiliada com jardineiras cheias de flores, e um salão forrado de seda amarela realçada por ornatos marrons, onde resplandeciam os móveis então na moda, um lustre de Thomire, um tapete de motivos persas. O pêndulo, os candelabros, a lareira, tudo era de bom gosto. Matifat deixara tudo ser arrumado por Grindot, um jovem arquiteto que lhe construíra uma casa e que, sabendo o destino daquele apartamento, ali pôs um cuidado muito peculiar. Assim, Matifat, sempre negociante, era cauteloso ao tocar nas menores coisas, parecia ter o tempo todo diante de si o montante das faturas, e olhava para aquelas magnificências como para joias imprudentemente saídas de um estojo.

"Eis então o que serei obrigado a fazer para Florentine", era o pensamento que se lia nos olhos do velho Cardot.

Lucien compreendeu de súbito por que o estado do quarto onde Lousteau morava não inquietava o amado jornalista. Rei secreto daquelas festas, Étienne gozava de todas aquelas lindas coisas. Assim, ele se exibia como dono da casa, na frente da lareira, conversando com o diretor, que felicitava Du Bruel.

— A cópia! A cópia! — gritou Finot ao entrar. — Não há nada na caixa do jornal. Os tipógrafos estão com meu artigo e logo o terão composto.

— Estamos chegando — disse Étienne. — Vamos encontrar uma mesa e uma lareira no boudoir de Florine. Se o senhor Matifat quiser nos conseguir papel e tinta, rascunharemos o jornal enquanto Florine e Coralie se vestem.

Cardot, Camusot e Matifat desapareceram, apressados em procurar as plumas, os canivetes e todo o necessário para os dois escritores. Nesse instante, Tullia, uma das mais bonitas bailarinas daquele tempo, chegou correndo ao salão.

— Meu querido menino — disse a Finot —, vão lhe dar suas cem assinaturas, elas não custarão nada à direção; já estão devidamente atribuídas, ao Coro, à Orquestra e ao Corpo de Baile. Seu jornal é tão espirituoso que ninguém se queixará. Você terá seus camarotes. Em suma, aqui está o dinheiro para o primeiro trimestre — disse apresentando duas notas de banco. Portanto, não me desanque!

— Estou perdido — exclamou Finot. — Não tenho mais um artigo principal para este número, pois terei de suprimir minha infame diatribe...

— Que belo gesto, minha divina Laïs — exclamou Blondet, que seguia a bailarina junto com Nathan, Vernou e Claude Vignon, trazido por ele. — Você ficará para cear conosco, meu grande amor, ou a esmagarei, como a borboleta que você é. Em sua condição de bailarina, não excite aqui dentro nenhuma rivalidade de talentos. Quanto à beleza, todas vocês são muito inteligentes para serem ciumentas em público.

— Meu Deus! Meus amigos, Du Bruel, Nathan, Blondet, salvem-me — gritou Finot. — Preciso de cinco colunas.

— Farei duas sobre a peça — disse Lucien.

— Meu assunto renderá bem umas duas — disse Lousteau.

— Muito bem! Nathan, Vernou, Du Bruel, façam-me as piadinhas do final. Este bravo Blondet bem que poderá me dar as duas colunazinhas da primeira página. Corro à tipografia. Ainda bem, Tullia, que você veio em sua carruagem.

— É, mas o duque está lá dentro com um ministro alemão — ela disse.

— Convidemos o duque e o ministro — disse Nathan.

— Um alemão, isso aí bebe muito e ouve muito, nós o fuzilaremos com tantas insolências que ele escreverá à sua corte — exclamou Blondet.

— De nós todos, qual é o personagem bastante sério para descer e falar com ele? — perguntou Finot. — Vamos, Du Bruel, você é um burocrata, traga o duque de Rhétoré, o ministro, e dê o braço a Tullia. Meu Deus! Tullia está linda esta noite!...

— Seremos treze! — disse Matifat, empalidecendo.

— Não, catorze — exclamou Florentine ao chegar —, quero vigiar meu lorde Cardot!

— Aliás — disse Lousteau —, Blondet está acompanhado por Claude Vignon.

— Levei-o para beber — respondeu Blondet, pegando um tinteiro. — Ah! Vocês, por favor! Precisam de espírito para as cinquenta e seis garrafas de vinho que beberemos — disse a Nathan e a Vernou. — Sobretudo, estimulem Du Bruel, é um vaudevilista, é capaz de escrever umas frases maldosas, vocês o empurrem até que ele escreva umas boas tiradas.

Animado pelo desejo de dar provas diante de personalidades tão notáveis, Lucien escreveu seu primeiro artigo à mesa redonda do boudoir de Florine, à luz das velas rosas acendidas por Matifat.

PANORAMA-DRAMATIQUE

Primeira representação de O alcaide em apuros, *imbróglio em três atos. — Estreia da senhorita Florine. — Senhorita Coralie — Bouffé.*

Entram, saem, falam, passeiam, procuram alguma coisa e nada encontram, está tudo em rebuliço. O alcaide perdeu sua filha e encontra seu gorro, mas o gorro não lhe cabe, deve ser o gorro de um ladrão. Onde está o ladrão? Entram, saem, falam, passeiam, procuram o tempo todo. O alcaide acaba encontrando um homem sem sua filha, e sua filha sem um homem, o que é satisfatório para o magistrado, e não para o público. Restitui-se a calma, o alcaide quer interrogar o homem. Esse velho alcaide senta-se numa grande poltrona de alcaide, ajeitando suas mangas de alcaide. A Espanha é o único país onde há alcaides presos a grandes mangas, onde se veem em torno do pescoço dos alcaides esses colarinhos pregueados que, nos teatros de Paris, têm a metade de seu tamanho e de sua gravidade. Esse alcaide que tanto trotou com um passinho de velhote dispneico é Bouffé, Bouffé, o sucessor de Potier, um jovem ator que representa tão bem os velhos que faz rir os mais velhos velhotes. Há um futuro de cem velhos naquela fronte calva, naquela voz trêmula, naqueles gambitos trêmulos sob um corpo de Geronte. Esse jovem ator é tão velho que apavora, temos medo de que sua velhice se alastre, como uma doença contagiosa. E que admirável alcaide! Que sorriso encantador e inquieto, que importante palermice! Que dignidade estúpida! Que hesitação magistral! Como esse homem sabe tão bem que tudo pode se tornar alternadamente falso e verdadeiro! Como é digno de ser o ministro de um rei constitucional! A cada uma das perguntas do alcaide, o desconhecido o interroga; Bouffé responde, de modo que, questionado pela resposta, o alcaide esclarece tudo com suas próprias perguntas. Essa cena eminentemente cômica, em que se respira um perfume de Molière, deixou a plateia em júbilo. No palco, parece que todo mundo chegou a um acordo, mas não estou em condições de lhes dizer o que é claro e o que é obscuro: a filha do alcaide estava lá, representada por uma verdadeira andaluza, uma espanhola, de olhos espanhóis, tez espanhola, corpo de espanhola, porte de espanhola, uma espanhola dos pés à cabeça, com seu punhal na liga, seu amor no coração, seu crucifixo na ponta de uma fita, sobre o seio. No fim desse ato, alguém me perguntou como ia a peça, e respondi: "Ela tem meias vermelhas de pontas verdes, um pé grande assim, dentro de sapatos de verniz, e as mais belas pernas da Andaluzia!". Ah, essa filha de alcaide, ela faz vir o amor à boca, dá-nos desejos horríveis, temos vontade de pular para o palco e lhe oferecer nossa cabana e nosso coração, ou trinta mil libras de renda e nossa pluma. Essa andaluza é a mais bela atriz de Paris. Coralie, pois é preciso chamá-la por seu nome, é capaz de ser condessa ou costureirinha, não se sabe sob qual forma agradará mais. Será o que quiser ser, nasceu para fazer tudo, não é isso o que há de melhor para se dizer de uma atriz de bulevar?

No segundo ato, chegou uma espanhola de Paris, com seu rosto de camafeu e seus olhos assassinos. Por minha vez, perguntei de onde ela vinha e me responderam que saíra dos bastidores e se chamava senhorita Florine; mas, palavra, não acreditei em nada disso, tamanhos eram o fogo que tinha nos movimentos e a fúria em seu amor. Essa rival da filha do alcaide é a mulher de um senhor talhado no manto de Almaviva, no qual há pano para cem grandes senhores de bulevar. Se Florine não tinha meias vermelhas de pontas verdes nem sapatos de verniz, tinha uma mantilha, um véu de que se servia admiravelmente, sendo a grande dama que é! Demonstrou maravilhosamente que a tigresa pode se tornar uma gata. Compreendi que havia ali algum drama de ciúme, pelas palavras mordazes que essas duas espanholas se disseram. Depois, quando tudo ia se ajeitar, a tolice do alcaide embaralhou tudo de novo. Todo esse mundo de tochas, lanternas, criados, Fígaros, senhores, alcaides, moças e mulheres recomeçou a procurar, ir, vir, rodar. Então a intriga prosseguiu e deixei-a prosseguir, pois essas duas mulheres, Florine, a ciumenta, e a feliz Coralie, me enroscaram de novo nas pregas de suas vasquinhas, de suas mantilhas, e enfiaram seus pezinhos em meus olhos. Consegui chegar ao terceiro ato sem ter cometido nenhuma desgraça, sem ter precisado da intervenção do comissário de polícia nem escandalizado a sala, e creio desde então na força da moral pública e religiosa de que se fala na Câmara dos Deputados. Consegui compreender que se trata de um homem que ama duas mulheres sem ser amado, ou que é amado sem amá-las, que não ama os alcaides ou que os alcaides não amam; mas que, com toda certeza, é um bravo cavalheiro que ama alguém, a si mesmo ou a Deus, como pior hipótese, pois vira monge. Se quiserem saber mais, compareçam ao Panorama-Dramatique. Ei-los suficientemente prevenidos de que é preciso ir uma primeira vez para se habituar com aquelas triunfantes meias vermelhas de pontas verdes, com aquele pezinho cheio de promessas, aqueles olhos que filtram o sol, aquelas delicadezas de mulher parisiense disfarçada de andaluza, e de andaluza disfarçada de parisiense; depois, uma segunda vez, para desfrutar da peça que nos faz morrer de rir junto com o velho, e chorar junto com o senhor apaixonado. A peça foi um sucesso nos dois aspectos. O autor, que, dizem, tem como colaborador um de nossos grandes poetas, visou o sucesso com uma moça apaixonada em cada mão; assim, por pouco não matou de prazer sua plateia emocionada. As pernas dessas duas moças pareciam ter mais espírito que o autor. No entanto, quando as duas rivais se iam, encontrávamos o diálogo espirituoso, o que prova de um modo um tanto vitorioso a excelência da peça. O autor foi chamado em meio aos aplausos que provocaram inquietações no arquiteto da sala, mas, habituado com esses movimentos do Vesúvio embriagado que ferve sob o lustre, não tremia: é o senhor de Cursy. Quanto às duas atrizes, elas dançaram o famoso bolero de Sevilha, que outrora caiu nas graças dos padres do concílio, e que a censura permitiu, apesar da lascívia das poses. Basta esse bolero para atrair todos os idosos que não sabem o que fazer de seus restos de amor, e tenho a caridade de adverti-los que mantenham limpíssima a lente de seus binóculos.

Enquanto Lucien escrevia esse artigo, que causou uma revolução no jornalismo, pela revelação de um jeito novo e original, Lousteau escrevia um artigo, dito de costumes, intitulado *O ex-frajola* e que começava assim:

> O frajola do Império é sempre um homem alto e magro, bem conservado, que usa um colete e tem a cruz da Legião de Honra. Chama-se alguma coisa como Potelet; e para ficar bem afinado com a Corte de hoje, o barão do Império gratificou-se com um *du*: ele é Du Potelet, ainda que seja para voltar a ser Potelet em caso de revolução. Homem, aliás, com duas finalidades, assim como seu nome: ele faz a corte no Faubourg Saint-Germain, depois de ter sido o glorioso, o útil e o agradável caudatário de uma irmã desse homem que o pudor me proíbe mencionar. Se Du Potelet renega seu serviço junto à Alteza Imperial, ainda canta as romanças de sua benfeitora íntima...

O artigo consistia em apresentar um tecido de personalidades, como se fazia nessa época, um tanto tolas, pois esse gênero foi notavelmente aperfeiçoado desde então, em especial pelo *Figaro*. Ali havia entre a sra. de Bargeton, a quem o barão Châtelet cortejava, e um osso de siba um paralelo jocoso que agradava sem que ninguém precisasse conhecer as duas pessoas de quem se zombava. Châtelet era comparado a uma garça-real. Os amores dessa ave, incapaz de engolir a siba, que se quebrava em três quando ele a deixava cair, provocavam irresistivelmente o riso. Essa brincadeira, que se dividiu em vários artigos, teve, como se sabe, uma repercussão enorme no Faubourg Saint-Germain e foi uma das mil e uma causas dos rigores impostos à legislação de imprensa. Uma hora depois, Blondet, Lousteau e Lucien voltaram para o salão em que os convivas conversavam: o duque, o ministro e as quatro mulheres, os três negociantes, o diretor do teatro, Finot e os três escritores. Um aprendiz, tendo à cabeça seu boné de papel, já tinha chegado para buscar a cópia do jornal.

— Os operários vão embora se eu não lhes levar nada — ele disse.

— Tome, aí estão dez francos, e que eles esperem — respondeu Finot.

— Se eu lhes der isso, senhor, farão uma bebadografia, e adeus jornal.

— O bom senso desse menino me assusta — disse Finot.

Foi quando o ministro previa um brilhante futuro para aquele menino que os três escritores entraram. Blondet leu um artigo extremamente espirituoso contra os românticos. O artigo de Lousteau os fez rir. O duque de Rhétoré recomendou, para não indispor demais o Faubourg Saint-Germain, que se introduzisse um elogio indireto à sra. d'Espard.

— E você, leia-nos o que escreveu — disse Finot a Lucien.

Quando Lucien, que tremia de medo, terminou, o salão ressoou de aplausos, as atrizes beijaram o neófito, os três comerciantes o apertavam a ponto de sufocar, Du Bruel pegou sua mão e ficou com lágrimas nos olhos, e, por fim, o diretor o convidou a jantar.

— Não há mais crianças — disse Blondet. — Assim como o senhor de Chateaubriand criou a expressão *criança sublime* para Victor Hugo, sou obrigado a lhe dizer, simplesmente, que você é um homem de espírito, de sentimentos e de estilo.

— O cavalheiro é do jornal — disse Finot, agradecendo a Étienne e lhe lançando o olhar matreiro do explorador.

— Que textos vocês fizeram? — perguntou Lousteau a Blondet e Du Bruel.

— Aqui está o de Du Bruel — disse Nathan.

*** *Vendo como o senhor visconde d'A... prende a atenção do público, o senhor visconde Démosthène disse ontem: "Eles vão talvez me deixar em paz".*

*** *Uma senhora diz a um ultra, que criticava o discurso do senhor Pasquier, que a seu ver dava continuidade ao* *sistema de Decazes: "Sim, mas ele tem panturrilhas bem monárquicas".**

— Se isso começa assim, não lhes peço mais nada; vai tudo bem — disse Finot. — Corra e leve isto para eles — disse ao aprendiz. — O jornal está um pouco improvisado, mas é nosso melhor número — disse, virando-se para o grupo dos escritores, que já olhavam para Lucien meio sorrateiros.

— Tem espírito, esse rapaz — disse Blondet.

— O artigo dele é bom — disse Claude Vignon.

— O jantar está servido! — gritou Matifat.

O duque deu o braço a Florine, Coralie pegou o de Lucien, e a bailarina ficou de um lado com Blondet e, de outro, com o ministro alemão.

* O visconde A... é Charles d'Arlincourt, autor do sucesso editorial *Le Solitaire*. O visconde Démosthène (Sosthène de La Rochefoucauld, 1785-1864) era atacado por seu moralismo, que o levou a cobrir com folhas de parreira o sexo das estátuas do Louvre. O barão Pasquier (1767-1862), ministro das Relações Exteriores, era ridicularizado por seu físico, salientado pelas calças justas então usadas pela aristocracia. O duque Decazes (1780-1860), primeiro-ministro do rei Luís XVIII, era de linha liberal e aboliu a censura de imprensa.

18

A CEIA

— Não compreendo por que vocês atacam a senhora de Bargeton e o barão Châtelet, que, dizem, foi nomeado Prefeito da Charente e referendário.

— A senhora de Bargeton pôs Lucien na rua, como a um velhaco — disse Lousteau.

— Um rapaz tão bonito! — disse o ministro.

A ceia, servida em prataria nova, porcelana de Sèvres e linho adamascado, transpirava uma magnificência abastada. Chevet a preparara, os vinhos tinham sido escolhidos pelo mais famoso negociante do cais Saint-Bernard, amigo de Camusot, de Matifat e de Cardot. Lucien, que viu pela primeira vez o luxo parisiense funcionando, ia assim de surpresa em surpresa, e escondia seu espanto como homem de espírito, de sentimentos e de estilo que era, segundo a expressão de Blondet.

Ao atravessar o salão, Coralie dissera ao ouvido de Florine:

— Faça-me o favor de embriagar muito bem Camusot para que ele seja obrigado a ficar dormindo, em sua casa.

— Quer dizer então que você fisgou seu jornalista? — respondeu Florine, empregando uma palavra da linguagem peculiar a essas moças.

— Não, minha querida, eu o amo! — retrucou Coralie, fazendo um admirável e pequeno gesto de ombros.

Essas palavras ecoaram no ouvido de Lucien, levadas pelo quinto pecado capital. Coralie estava admiravelmente bem-vestida, e sua toalete realçava com sabedoria suas belezas especiais, pois toda mulher tem perfeições que lhe são próprias. O vestido, como o de Florine, tinha o mérito de ser de um delicioso tecido inédito, chamado *musselina de seda*, cujas primícias no mercado pertenciam por alguns dias a Camusot, um dos esteios parisienses das fábricas de tecidos de Lyon, em sua condição de dono do Cocon d'Or. Assim, o amor e a toalete, essa maquiagem e esse perfume das mulheres, realçavam as seduções da feliz Coralie. Um prazer esperado com sensação de certeza, e que não nos pode escapar, exerce imenso fascínio sobre as pessoas jovens. Talvez para elas essa certeza seja toda a atração dos lugares mal frequentados? Talvez seja ela o segredo das longas fidelidades? O amor puro, sincero, o primeiro amor, em suma, unido a um desses furores fantásticos que aguilhoam essas pobres criaturas, e também a admiração provocada pela grande beleza de Lucien, deram a Coralie a inteligência que vem do coração.

— Eu o amaria mesmo feio e doente! — ela disse ao ouvido de Lucien, sentando-se à mesa.

Que palavras para um poeta! Camusot desapareceu e Lucien, ao ver Coralie, não mais o viu. Acaso seria um homem todo desfrute e todo sensação, entediado com a monotonia da província, atraído pelos abismos de Paris, farto da miséria, assediado por sua continência forçada, cansado de sua vida monástica na rua de Cluny, de seus trabalhos sem resultado, que poderia se retirar daquele festim brilhante? Lucien já estava com um pé na cama de Coralie e outro no visco do jornalismo, a cujo encontro tanto correra sem conseguir agarrá-lo. Depois de tantas rondas feitas em vão na rua du Sentier, ele encontrava o jornalismo, sentado a uma mesa, bebendo descansado, alegre, bom moço. Acabava de ser vingado de todas as suas dores por um artigo que iria, já no dia seguinte, ferir dois corações ali onde ele desejara, mas em vão, despejar a raiva e a dor que o tinham feito beber. Ao olhar para Lousteau, pensou: "Aí está um amigo!", sem desconfiar que Lousteau já o temia como a um perigoso rival. Lucien cometera o erro de mostrar toda a sua inteligência: um artigo insosso o teria admiravelmente bem servido.

Blondet contrabalançou a inveja que devorava Lousteau, dizendo a Finot que era preciso capitular diante de um talento daquela força. Essa sentença ditou o comportamento de Lousteau, que resolveu continuar amigo de Lucien e se entender com Finot para explorar um recém-chegado tão perigoso, mantendo-o na necessidade. Foi uma decisão tomada rapidamente e compreendida em toda a sua extensão por aqueles dois homens, graças a duas frases ditas de ouvido a ouvido: "Ele tem talento. — Será exigente. — Oh! — Bem!".

— Jamais ceio sem medo com jornalistas franceses — disse o diplomata alemão com uma bonomia calma e digna, olhando para Blondet, que ele vira na casa da condessa de Montcornet. — Há uma expressão de Blücher que vocês são encarregados de concretizar.

— Qual expressão? — perguntou Nathan.

— Quando Blücher chegou com Saacken às alturas de Montmartre, em 1814, desculpem por reportá-los a esse dia fatal para os senhores, Saacken, que era brutal, disse: "Então vamos queimar Paris! — Evite fazer isso, a França só morrerá *daquilo*!", respondeu Blücher, apontando para aquele grande cancro que eles viam estendido a seus pés, ardendo e fumegando, no vale do Sena. Bendigo a Deus por não haver jornais em meu país — continuou o ministro depois de uma pausa. — Ainda não me recuperei do pavor que me causou esse rapazinho de chapéu de papel, que, aos dez anos, possui o raciocínio de um velho diplomata. Assim, esta noite, parece-me que ceio com leões e panteras que me fazem a honra de aveludar suas patas.

— Está claro — disse Blondet — que podemos dizer e provar à Europa que Vossa Excelência vomitou uma serpente esta noite, que ela por pouco não inoculou a senhorita Tullia, a mais linda de nossas bailarinas, e sobre isso fazer comentários a respeito de Eva, da Bíblia, do primeiro e do último pecado. Mas sossegue, o senhor é nosso convidado.

— Seria engraçado — disse Finot.

— Mandaríamos imprimir dissertações científicas sobre todas as serpentes encontradas no coração e no corpo humano antes que chegassem ao corpo diplomático — disse Lousteau.

— Poderíamos mostrar que há uma serpente qualquer neste frasco de cerejas em aguardente — disse Vernou.

— O senhor mesmo acabaria acreditando — disse Vignon ao diplomata.

— Senhores, não despertem suas garras que estão dormindo — exclamou o duque de Rhétoré.

— A influência e o poder de um jornal estão em sua aurora — disse Finot —, o jornalismo está na infância, ele crescerá. Tudo, daqui a dez anos, será submetido à publicidade. O pensamento iluminará tudo, ele...

— Tudo degradará — disse Blondet, interrompendo Finot.

— É uma boa frase — disse Claude Vignon.

— Fará reis — disse Lousteau.

— E desfará monarquias — disse o diplomata.

— Portanto — disse Blondet —, se a imprensa não existisse, seria preciso não inventá-la; mas ela existe, dela vivemos.

— Dela morrerão — disse o diplomata. — Não veem que a superioridade das massas, supondo que os senhores as esclareçam, tornará mais difícil a grandeza do indivíduo? Que, semeando o raciocínio no coração das classes baixas, os senhores colherão a revolta e serão suas primeiras vítimas? O que se quebra em Paris quando há um motim?

— Os lampiões de rua — disse Nathan —; mas nós somos muito modestos para ter esses medos, seremos apenas levemente rachados.

— Os senhores são um povo muito inteligente para permitir que um governo se firme — disse o ministro. — Sem isso, recomeçariam com suas plumas a conquista da Europa, que suas espadas não souberam conservar.

— Os jornais são um mal — disse Claude Vignon. — Seria possível utilizar esse mal, mas o governo quer combatê-lo. Há de se seguir uma luta. Quem sucumbirá? Eis a questão.

— O governo! — disse Blondet. — Estou me matando de tanto gritar isso. Na França, o espírito é mais forte que tudo, e os jornais têm algo a mais que o espírito de todos os homens espirituosos: a hipocrisia de Tartufo.

— Blondet! Blondet!— disse Finot. — Você vai longe demais: há assinantes aqui.

— Você é dono de um desses entrepostos de veneno, deve estar com medo, mas eu estou pouco ligando para todos esses seus armazéns, embora viva deles!

— Blondet tem razão — disse Claude Vignon. — O jornal, em vez de ser um sacerdócio, se tornou um meio para todos os partidos; de meio, virou comércio, e, como todos os comércios, não tem moral nem princípios. Todo jornal é, como diz Blondet, um armazém onde se vendem ao público palavras da cor que ele quiser. Se existisse um jornal dos corcundas, ele provaria dia e noite a beleza, a bondade, a necessidade dos corcundas. Um jornal não é mais feito para esclarecer, mas para adular as opiniões. Assim, todos os jornais serão, mais cedo ou mais tarde, covardes, hipócritas, infames, mentirosos, assassinos; matarão as ideias, os sistemas, os homens, e florescerão exatamente por isso. Terão o benefício de todos os seres da razão: o mal será feito sem que ninguém seja culpado por ele. Eu serei, eu, Vignon, vocês serão, você, Lousteau, você, Blondet, você, Finot, uns Aristides, uns Platões, uns Catões, homens de Plutarco; todos seremos inocentes, poderemos lavar as mãos de qualquer infâmia. Napoleão explicou a razão desse fenômeno moral ou imoral, como quiserem, numa expressão sublime que lhe ditaram seus estudos sobre a Convenção: "Os crimes coletivos não comprometem ninguém". O jornal pode se permitir o comportamento mais atroz, ninguém se considera aviltado pessoalmente por isso.

— Mas o poder fará leis repressivas — disse Du Bruel —, já as está preparando.

— Ora! O que pode a lei contra o espírito francês — disse Nathan —, o mais sutil de todos os dissolventes?

— As ideias só podem ser neutralizadas pelas ideias —

continuou Vignon. — Só o terror, o despotismo podem abafar o gênio francês, cuja língua se presta admiravelmente bem à alusão, ao duplo sentido. Quanto mais repressiva for a lei, mais o espírito explodirá, como o vapor dentro de um mecanismo a válvula. Portanto, o rei faz uma coisa boa, mas, se o jornal for contra ele, o ministro é que terá feito tudo, e vice-versa. Se o jornal inventa uma calúnia infame, foi alguém que lhe contou. Ao indivíduo que se queixa, ficará quite ao pedir desculpas pela grande liberdade que tomou. Se é arrastado perante os tribunais, queixa-se de que ninguém foi lhe pedir uma retificação; mas que alguém lhe peça, e ele a recusa, rindo, e trata seu crime de bagatela. Por fim, desrespeitará sua vítima quando ela triunfar. Se for punido, se tiver pesada multa a pagar, vai apontar o queixoso como um inimigo das liberdades, do país e das Luzes. Dirá que o senhor fulano de tal é um ladrão, explicando como ele é o homem mais honesto do reino. Portanto, seus crimes, bagatelas! Seus agressores, monstros! E pode, a certa altura, fazer crer o que quiser às pessoas que o leem diariamente. Depois, nada do que o desagrada será patriótico, e jamais ele estará errado. Há de se servir da religião contra a religião, da Carta contra o rei; há de ridicularizar a magistratura quando a magistratura o ofender; há de louvá-la quando ela tiver servido às paixões populares. Para ganhar assinantes, há de inventar as fábulas mais comoventes, exibir-se como Bobèche.* O jornal preferiria servir o próprio pai, cru, temperado só com o sal de suas piadas, a não interessar ou não divertir seu público. Será o ator pondo as cinzas do próprio filho na urna para chorar de verdade, a amante tudo sacrificando a seu amigo.

— É, em suma, o povo in-fólio — exclamou Blondet, interrompendo Vignon.

— Sim, mas um povo hipócrita e sem generosidade — continuou Vignon. — Que banirá de seu seio o talento, as-

* Jean Mandelart, chamado Bobèche, famoso ator que se apresentava ao ar livre, especialmente no bulevar du Temple.

sim como Atenas baniu Aristides. Veremos os jornais, dirigidos primeiro por homens honrados, caírem mais tarde sob o governo dos mais medíocres que tiverem a paciência e a maleabilidade da goma elástica que faltam aos belos gênios, ou dos quitandeiros que tiverem dinheiro para comprar os que escrevem. Já estamos vendo essas coisas! Mas, daqui a dez anos, o primeiro garoto saído do liceu se julgará um grande homem, subirá à coluna de um jornal para esbofetear seus predecessores e os puxará pelos pés para tomar seu lugar. Napoleão estava certíssimo ao amordaçar a imprensa. Eu apostaria que, num governo criado pelas próprias folhas da oposição, elas o atacariam pelas mesmas razões e com os mesmos artigos que hoje se escrevem contra o governo do rei, se esse mesmo governo lhes recusasse o que quer que fosse. Quanto mais concessões se fizerem aos jornalistas, mais exigentes serão os jornais. Os jornalistas *parvenus* serão substituídos por jornalistas famintos e pobres. A chaga é incurável, será cada vez mais maligna, cada vez mais insolente; e, quanto maior o mal, mais será tolerado, até o dia em que a confusão se instalar nos jornais pela sua abundância, como em Babel. Nós todos sabemos, tantos quantos somos, que os jornais irão mais longe que os reis na ingratidão, mais longe que o mais sujo comércio nas especulações e nos cálculos, e que devorarão nossas inteligências vendendo todas as manhãs sua aguardente cerebral; mas todos nós lá escreveremos, como essas pessoas que exploram uma mina de mercúrio sabendo que aí morrerão. Ali está, ao lado de Coralie, um rapaz... como é o nome dele? Lucien! É bonito, é poeta, e, o que é melhor para ele, inteligente; pois bem, entrará em um desses lugares mal-afamados do pensamento, chamados jornais, ali cometerá essas covardias anônimas que, na guerra das ideias, substituem os estratagemas, os saques, os incêndios, as mudanças de bordo na guerra dos *condottieri*. Quando ele tiver, como mil outros, gasto um belo talento em proveito dos acionistas, esses vendedores de veneno o deixarão morrer de fome, se tiver sede, e de sede, se tiver fome.

— Obrigado — disse Finot.

— Mas, meu Deus — disse Claude Vignon —, eu sabia disso, estou na mesma galé, e a chegada de um novo forçado me dá prazer. Blondet e eu somos melhores que os senhores isto e aquilo que especulam com nossos talentos, e no entanto seremos sempre explorados por eles. Debaixo de nossa inteligência temos coração, mas nos faltam as qualidades ferozes do explorador. Somos preguiçosos, contemplativos, meditativos, tudo julgamos: eles beberão nosso cérebro e nos acusarão de mau comportamento!

— Pensei que você fosse mais engraçado — exclamou Florine.

— Florine tem razão — disse Blondet —, deixemos a cura das doenças públicas para esses estadistas charlatães. Como diz Charlet: "Cuspir num bom vinho? Nunca!".

— Sabem que impressão me dá Vignon? — perguntou Lousteau, virando-se para Lucien. — De ser uma dessas mulheres gordas da rua du Pélican que diria a um colegial: "Meu filho, você ainda é muito criança para vir aqui...".

Riram dessa tirada, que agradou até mesmo a Coralie. Os negociantes bebiam e comiam, enquanto escutavam.

— Que nação é esta onde se encontram tanto bem e tanto mal! — disse o ministro ao duque de Rhétoré. — Os senhores são pródigos que não podem se arruinar.

Assim, pela bênção do acaso, nenhum ensinamento faltava a Lucien nessa ladeira do precipício onde ele deveria cair. D'Arthez pusera o poeta no nobre caminho do trabalho, despertando o sentimento sob o qual desaparecem os obstáculos. O próprio Lousteau tentara afastá-lo por um pensamento egoísta, pintando-lhe o jornalismo e a literatura com suas cores verdadeiras. Lucien não quis acreditar em tantas corrupções escondidas, mas finalmente ouvia jornalistas que alardeavam seu próprio mal, via-os trabalhando, desventrando sua nutriz para prever o futuro. Durante essa noite ele vira as coisas como elas são. Em vez de ficar transido de horror com o aspecto do próprio cerne dessa corrupção parisiense tão bem qualificada por

Blücher, desfrutava inebriado dessa sociedade inteligente. Achava que esses homens extraordinários, com a armadura damasquinada de seus vícios e o capacete brilhante de suas análises frias, eram superiores aos homens graves e sérios do Cenáculo. Além disso, saboreava as primeiras delícias da riqueza, estava sob o feitiço do luxo, sob o domínio da boa mesa; seus instintos caprichosos despertavam, pela primeira vez bebia vinhos de prestígio, travava conhecimento com os pratos requintados da alta gastronomia; via um ministro, um duque e sua bailarina misturados aos jornalistas, admirando-lhes o poder atroz; sentiu uma terrível vontade de dominar esse mundo de reis, julgou-se com a força de vencê-los. Enfim, essa Coralie que ele acabava de fazer feliz com algumas frases, examinara-a ao clarão das velas do banquete, através da fumaça dos pratos e da névoa da embriaguez, e ela lhe parecia sublime, o amor a tornava tão bela! Aliás, essa moça era a mais linda, a mais bela atriz de Paris. O Cenáculo, aquele céu da inteligência nobre, teve de sucumbir sob uma tentação tão completa. A vaidade peculiar aos escritores acabava de ser afagada em Lucien por gente que conhecia isso a fundo, ele fora elogiado por seus futuros rivais. O êxito de seu artigo e a conquista de Coralie eram dois triunfos a virar uma cabeça menos jovem que a sua. Durante aquela discussão, todo mundo comera admiravelmente, bebera superiormente. Lousteau, o vizinho de Camusot, lhe despejou kirsh duas ou três vezes no vinho, sem que ninguém prestasse atenção, e estimulou seu amor-próprio para levá-lo a beber. Essa manobra foi tão bem feita que o negociante nada percebeu, até porque se julgava, em seu gênero, tão malicioso como os jornalistas. As piadas acerbas começaram no momento em que circularam as guloseimas e os vinhos da sobremesa. O diplomata, como homem de muito espírito, fez um sinal ao duque e à bailarina tão logo ouviu grunhirem as besteiras que anunciaram naqueles homens de espírito as cenas grotescas com que se encerravam as orgias, e os três desapareceram. Assim que Camusot perdeu a noção das coisas, Coralie e

Lucien, que durante toda a ceia se comportaram como namorados de quinze anos, fugiram pelas escadas e se jogaram num fiacre. Como Camusot estava debaixo da mesa, Matifat pensou que ele tinha desaparecido em companhia da atriz; deixou seus hóspedes fumando, bebendo, rindo, brigando, e seguiu Florine quando ela foi se deitar. O dia surpreendeu os combatentes, ou melhor, Blondet, bebedor intrépido, o único que conseguia falar e propunha aos que dormiam um brinde à Aurora dos dedos de rosa.

19

A CASA DE UMA ATRIZ

Lucien não estava acostumado com as orgias parisienses; ainda estava em pleno uso da razão quando desceu as escadas, mas o ar livre acentuou sua hedionda embriaguez. Coralie e sua camareira foram obrigadas a subir com o poeta ao primeiro andar da bela casa onde morava a atriz, na rua de Vendôme.* Na escada, Lucien quase desmaiou e ficou ignobilmente enjoado.

— Depressa, Bérénice — exclamou Coralie —, um chá. Faça um chá!

— Não é nada, é o ar fresco — dizia Lucien. — E, além do mais, nunca bebi tanto.

— Pobre criança! É inocente como um cordeiro — disse Bérénice.

Bérénice era uma normanda gorda tão feia quanto Coralie era bonita.

Finalmente, Lucien foi posto, sem saber, na cama de Coralie. Ajudada por Bérénice, a atriz despira com o cuidado e o amor da mãe pelo bebê seu poeta, que continuava a dizer:

— Não é nada! É o ar livre. Obrigado, mamãe.

— Como ele diz "mamãe" bonitinho! — exclamou Coralie, beijando-o no cabelo.

— Que prazer amar um anjo desses, senhorita; onde o pescou? Eu não pensava que pudesse existir um homem tão bonito quanto a senhorita — disse Bérénice.

* Então paralela ao bulevar du Temple.

Lucien queria dormir, não sabia onde estava e não via nada. Coralie o fez engolir várias xícaras de chá, depois o deixou dormindo.

— Nem a porteira nem ninguém nos viu? — indagou Coralie.

— Não, eu a esperava.

— Victoire não sabe de nada!

— Nunca, jamais! — disse Bérénice.

Dez horas depois, por volta do meio-dia, Lucien acordou diante dos olhos de Coralie, que o observava dormindo! O poeta compreendeu isso. A atriz ainda estava com seu lindo vestido abominavelmente manchado e que ela iria transformar numa relíquia. Lucien reconheceu a dedicação, as delicadezas do amor verdadeiro que queria sua recompensa: olhou para Coralie. Ela se despiu num instante e se esgueirou como uma cobra para perto de Lucien. Às cinco horas, o poeta dormia ninado por divinas volúpias; entrevira o quarto da atriz, uma encantadora criação do luxo, toda branca e rosa, um mundo de maravilhas e graciosos requintes que ultrapassava o que Lucien já admirara na casa de Florine. Coralie estava em pé. Para representar seu papel de andaluza, devia chegar ao teatro às sete horas. Ainda havia contemplado seu poeta adormecido no prazer, inebriara-se sem poder se saciar com esse nobre amor, que reunia os sentimentos no coração e o coração nos sentimentos para exaltá-los juntos. Essa divinização que permite ser dois aqui na Terra para os sentimentos, e um só no céu para o amor, era sua absolvição. Aliás, a quem a beleza sobre-humana de Lucien não teria servido de desculpa? Ajoelhada diante da cama, feliz com o amor em si mesmo, a atriz se sentia santificada. Essas delícias foram perturbadas por Bérénice.

— O Camusot está aí, sabe que a senhorita está em casa — gritou.

Lucien se levantou, pensando com generosidade inata em não prejudicar Coralie. Bérénice levantou uma cortina. Lucien entrou num delicioso quarto de banho, para onde Bérénice e sua patroa levaram com inacreditável presteza as roupas de Lucien. Quando o negociante apareceu, as botas do poeta chamaram a atenção dos olhares de Coralie; Bérénice as pusera na frente da lareira para aquecê-las, depois de tê-las engraxado às escondidas. A criada e a patroa haviam esquecido as botas acusadoras. Bérénice foi embora depois de trocar um olhar aflito com a patroa. Coralie se afundou em sua conversadeira e disse a Camusot que se sentasse numa cadeira sem encosto em frente a ela. O pobre homem, que adorava Coralie, olhou para as botas e não se atreveu a levantar os olhos para a amante.

"Devo fechar a cara por causa desse par de botas e largar Coralie? Largá-la! Seria se zangar por pouca coisa. Há botas por todo lado. Estas estariam mais bem situadas na vitrine de um sapateiro, ou nos bulevares, passeando nas pernas de um homem. Mas, aqui, sem pernas, dizem muitas coisas contrárias à fidelidade. Tenho cinquenta anos, é verdade: devo ser cego como o amor."

Esse monólogo covarde não tinha desculpas. As botas não eram dessas semibotas hoje em uso, e que até certo ponto um homem distraído poderia não enxergar; eram como então a moda ordenava usá-las, botas inteiras, muito elegantes, e com borlas, que reluziam sobre as calças colantes quase sempre de cor clara, e nas quais se refletiam os objetos, como num espelho. Assim, as botas feriam os olhos do honesto comerciante de sedas e, digamo-lo, lhe feriam o coração.

— O que tem? — perguntou Coralie.

— Nada — ele disse.

— Toque a campainha — disse Coralie, sorrindo da moleza de Camusot. — Bérénice — disse à normanda assim que ela chegou —, traga-me logo as presilhas para que eu ponha de novo essas malditas botas. E não se esqueça de levá-las à noite para meu camarim.

— Como?... Suas botas?... — perguntou Camusot, que respirou mais aliviado.

— Ei! Mas o que é que você está pensando? — ela perguntou com ar altivo. — Seu bocó, não vá pensar que... Ah, ele pensaria! — disse a Bérénice. — Faço um papel de homem na peça do Como-é-o-nome-dele e nunca me vesti de homem. O sapateiro do teatro me trouxe essas botas aí mas sofri tanto que as tirei, e no entanto devo calçá-las de novo.

— Não as calce se machucam — disse Camusot, que ficara tão constrangido com as botas.

— Seria melhor assim — disse Bérénice —, em vez de se martirizar, como há pouco; ela chorava por causa disso, senhor! E, se eu fosse homem, nunca uma mulher que eu amasse choraria! Seria melhor que ela as usasse de marroquim bem macio. Mas a administração é tão pão-dura! O senhor deveria encomendá-las para ela...

— Sim, sim — disse o negociante. — Você está se levantando agora? — perguntou a Coralie.

— Nesse instante, só voltei para casa às seis horas, depois de tê-lo procurado por todo canto, você me fez manter meu fiacre por sete horas. É assim que cuida de mim! Esquecer-me em troca de garrafas. Tive de me cuidar, eu, que agora vou representar todas as noites, enquanto *O alcaide* der dinheiro. Não tenho a menor vontade de desmentir o artigo daquele rapaz!

— Aquele menino é bonito — disse Camusot.

— Acha? Não gosto desses homens, parecem demais com uma mulher; e além disso, não sabem amar como vocês, velhos animais do comércio, que acham a vida tão aborrecida!

— O senhor janta com a senhora? — perguntou Bérénice.

— Não, estou com a boca pastosa.

— Ontem você ficou lindamente bêbado. Ah, papai Camusot! Em primeiro lugar, não gosto dos homens que bebem...

— Imagino que você dará um presente a esse jovem — disse o negociante.

— Ah, de fato, prefiro pagá-los assim a fazer o que faz Florine. Bem, vamos, raça ruim que nós amamos, vá embora ou me dê minha carruagem para que eu vá correndo para o teatro.

— Você a terá amanhã, para jantar com seu diretor, no Rocher de Cancale; ele não apresentará a nova peça no domingo.

— Venha, vou jantar — disse Coralie, levando Camusot.

Uma hora depois, Lucien foi solto por Bérénice, amiga de infância de Coralie, uma criatura tão fina e de espírito tão desenvolto quanto era corpulenta.

— Fique aqui, Coralie voltará sozinha, ela pensa até mesmo em despachar Camusot se ele o incomodar — disse Bérénice a Lucien —; mas, querido menino do seu coração, o senhor é anjo demais para arruiná-la. Foi o que ela me disse, está decidida a largar tudo isso aí, a sair deste paraíso para ir viver em sua mansarda. Oh, os ciumentos, os invejosos explicaram a ela que o senhor não tinha eira nem beira, que vivia no Quartier Latin! Eu o seguiria, sabe, cuidaria da sua casa. Mas acabo de consolar a pobre criança. O senhor tem muita inteligência para fazer umas besteiras dessas, não é mesmo? Ah! O senhor vai ver que o outro gordo não tem mais nada além da carcaça, e que o senhor é o querido, o bem-amado, a divindade a quem a gente entrega a alma. Se soubesse como minha Coralie é boazinha quando a ponho para ensaiar seus papéis! Um amor de criança, sabe! Ela bem merecia que Deus lhe enviasse um de seus anjos, andava desgostosa da vida. Foi tão infeliz com a mãe, que lhe batia, que a vendeu! Sim, senhor, a mãe, e sua própria filha! Se eu tivesse uma filha, serviria a ela como à minha pequena Coralie, de quem fiz uma filha. Este é o primeiro bom momento que a vi passar, a primeira vez que ela foi muito aplaudida. Parece que, tendo em vista o que o senhor escreveu, montaram uma baita claque para a segunda apresentação. Enquanto o senhor dormia, Braulard veio trabalhar com ela.

— Quem! Braulard? — perguntou Lucien, que pensou já ter ouvido falar nesse nome.

— O chefe das claques, que de comum acordo com ela combinou as falas do papel em que ela será aplaudida. Embora Florine se diga amiga dela, poderia querer tapeá-la e pegar tudo para si. Todo o bulevar está em polvorosa por causa do seu artigo. Olhe o leito preparado para os amores de uma fada e de um príncipe!... — disse, levando para a cama uma coberta de renda, para os pés.

Acendeu as velas. Com as luzes, Lucien, atordoado, julgou-se de fato num conto do *Gabinete das Fadas*. Os mais ricos tecidos do Cocon d'Or tinham sido escolhidos por Camusot para servir de forro nas paredes e de cortinas nas janelas. O poeta andava sobre um tapete régio. Os móveis de jacarandá trabalhado fixavam nos entalhes da madeira frêmitos de luz que ali borboleteavam. A lareira de mármore branco resplandecia com os mais caros bibelôs. A colcha era de penas de cisne com aplicações de marta. Pantufas de veludo preto, forradas de seda púrpura, expressavam os prazeres que aguardavam o poeta de *As margaridas*. Um delicioso lustre pendia do teto forrado de seda. Por todo lado, jardineiras maravilhosas mostravam flores selecionadas, lindas urzes brancas, camélias sem perfume. Por todo lado surgiam as imagens da inocência. Era impossível imaginar ali uma atriz e os hábitos do teatro. Bérénice observou o espanto de Lucien.

— Não é lindo? — perguntou com voz meiga. — O senhor não estará melhor aqui, para amar, do que num sótão? Impeça a teimosia dela — recomeçou, levando para diante de Lucien uma magnífica mesinha carregada de iguarias trazidas do jantar de sua patroa, a fim de que a cozinheira não desconfiasse da presença de um amante. Lucien jantou muito bem, servido por Bérénice numa prataria lavrada, em pratos pintados pelo preço de um luís de ouro a peça. Esse luxo agia sobre sua alma como uma moça das ruas age sobre um colegial com suas carnes nuas e suas meias brancas bem esticadas.

— É feliz, esse Camusot! — ele exclamou.

— Feliz? — retrucou Bérénice. — Ah! Ele bem que daria sua fortuna para estar em seu lugar, e para trocar os velhos cabelos grisalhos por sua jovem cabeleira loura.

Ela exortou Lucien, a quem deu o mais delicioso vinho

que Bordeaux tivesse preparado para o inglês mais rico, a se deitar de novo, à espera de Coralie, a tirar uma soneca rápida, e de fato Lucien tinha vontade de se deitar naquela cama que ele admirava. Bérénice, que lera esse desejo nos olhos do poeta, estava feliz por sua patroa. Às dez e meia, Lucien acordou diante de um olhar encharcado de amor. Ali estava Coralie, dentro da mais voluptuosa toalete de noite. Lucien tinha dormido, Lucien já não estava embriagado, a não ser de amor. Bérénice se retirou, perguntando:

— A que horas amanhã?

— Onze horas, você nos trará o café da manhã na cama. Não estarei para ninguém antes das duas da tarde.

No dia seguinte, às duas da tarde, a atriz e seu amante estavam vestidos e conversando, como se o poeta tivesse ido fazer uma visita à sua protegida. Coralie tinha banhado, penteado, arrumado, vestido Lucien; mandara lhe buscar na loja Colliau doze belas camisas, doze gravatas, doze lenços, e uma dúzia de luvas dentro de uma caixa de cedro. Quando ouviu à sua porta o barulho de um carro, precipitou-se para a janela junto com Lucien. Ambos viram Camusot descendo de um cupê magnífico.

— Eu não acreditava — ela disse — que se pudesse odiar tanto um homem e o luxo...

— Sou pobre demais para consentir que você se arruíne — disse Lucien, passando assim sob as forcas caudinas...

— Pobre gatinho — ela disse apertando Lucien contra o peito —, então você me ama muito?

E, mostrando Lucien a Camusot:

— Pedi a este cavalheiro para vir me ver hoje de manhã, pensando que iríamos passear nos Champs-Elysées para experimentar a carruagem.

— Podem ir sozinhos — disse tristemente Camusot —, não jantarei com vocês, é aniversário de minha mulher, eu tinha esquecido.

— Pobre Musot! Como vai se aborrecer — ela disse pulando no pescoço do comerciante.

Estava inebriada de felicidade pensando que estrearia

sozinha com Lucien aquele belo cupê, que iria sozinha com ele ao Bois de Boulogne; e em seu acesso de alegria pareceu amar Camusot, em quem fez mil carícias.

— Gostaria de poder lhe dar um carro todos os dias — disse o pobre homem.

— Vamos, senhor, são duas horas — disse a atriz a Lucien, que ela viu estar envergonhado e a quem consolou com um gesto adorável.

Coralie despencou pelas escadas, arrastando Lucien, que ouviu o negociante se arrastar como uma foca atrás deles, sem conseguir alcançá-los. O poeta sentiu o mais inebriante regozijo: Coralie, que a felicidade tornava sublime, ofereceu a todos os olhares radiantes um traje cheio de gosto e elegância. A Paris dos Champs-Elysées admirou os dois amantes. Numa alameda do Bois de Boulogne, o cupê encontrou a caleça das senhoras d'Espard e de Bargeton, que olharam para Lucien com ar espantado, mas às quais ele deu a olhadela desdenhosa do poeta que pressente sua glória e vai usar seu poder. O momento em que ele conseguiu trocar com aquelas duas mulheres, num piscar de olhos, alguns dos pensamentos de vingança que elas tinham lhe posto no coração para corroê-lo, foi um dos mais doces de sua vida e talvez tenha decidido seu destino. Lucien foi novamente assaltado pelas Fúrias do orgulho: quis reaparecer na sociedade, ter uma espetacular desforra, e todas as mesquinharias sociais, outrora calcadas aos pés desse trabalhador, desse amigo do Cenáculo, entraram-lhe de novo na alma. Então compreendeu todo o alcance do ataque feito por Lousteau para ele: Lousteau acabava de servir às suas paixões, ao passo que o Cenáculo, esse mentor coletivo, parecia reprimi-las em benefício de virtudes maçantes e de trabalhos que Lucien começava a achar inúteis. Trabalhar! Não seria a morte, para as almas ávidas de regozijos? Assim, com que facilidade os escritores não deslizam para o *far niente*, para a boa mesa e para as delícias da vida luxuosa das atrizes e das mulheres fáceis! Lucien sentiu uma vontade irresistível de prolongar a vida desses dois dias alucinantes.

O jantar no Rocher de Cancale foi excelente. Lucien encontrou os convivas de Florine, menos o ministro, menos o duque e a bailarina, menos Camusot, substituídos por dois atores famosos e por Hector Merlin, acompanhado da amante, uma mulher deliciosa que se fazia chamar sra. du Val-Noble, a mais bela e mais elegante das mulheres que então compunham em Paris o mundo excepcional dessas que hoje são decentemente chamadas de *Lorettes*.* Lucien, que nas últimas quarenta e oito horas vivera num paraíso, ficou sabendo do sucesso de seu artigo. Vendo-se festejado, invejado, o poeta recuperou sua segurança: seu espírito cintilou, ele foi o Lucien de Rubempré que por vários meses brilharia na literatura e no mundo artístico. Finot, homem de incontestável habilidade para detectar talentos, dos quais faria grande consumo, e que o farejava assim como um ogro fareja a carne fresca, afagou Lucien tentando recrutá-lo para o batalhão de jornalistas que comandava, e Lucien mordeu a isca dessas adulações. Coralie observou a manobra desse consumidor de inteligências e quis pôr Lucien de sobreaviso contra ele.

— Não se comprometa, meu amor — disse a seu poeta —, espere, eles querem explorá-lo, conversaremos sobre isso à noite.

— Ora! — respondeu Lucien —, sinto-me bastante forte para ser tão mau e tão esperto como eles podem ser.

Finot, que certamente não estava brigado com Hector Merlin por causa das linhas em branco, apresentou Merlin a Lucien e Lucien a Merlin. Coralie e a sra. du Val-Noble confraternizaram, cobriram-se de afagos e amabilidades. A sra. du Val-Noble convidou Lucien e Coralie para jantar.

Hector Merlin, o mais perigoso de todos os jornalistas presentes ao jantar, era um homenzinho seco, de lábios apertados, alimentando uma ambição desmedida, um ciú-

* Apelido das numerosas cortesãs que moravam e exerciam seu ofício em torno da igreja Notre-Dame-de-Lorette, inaugurada em 1836.

me sem limites, feliz com todos os males que aconteciam ao seu redor, aproveitando-se das divisões que ele fomentava, tendo muito espírito e pouca vontade, mas substituindo a vontade pelo instinto que leva os *parvenus* aos lugares iluminados pelo ouro e pelo poder. Lucien e ele antipatizaram mutuamente. Não é difícil explicar por quê. Merlin teve a infelicidade de falar com Lucien em voz alta enquanto Lucien pensava baixinho. Na sobremesa, os laços da mais tocante amizade pareciam unir todos esses homens que, porém, se julgavam superiores uns aos outros. Lucien, o recém-chegado, era alvo das galanterias deles. Falavam de peito aberto. Só Hector Merlin não ria. Lucien lhe perguntou a razão de sua circunspecção.

— Bem, vejo-o entrando no mundo literário e jornalístico cheio de ilusões. Você acredita nos amigos. Somos todos amigos ou inimigos dependendo das circunstâncias. Somos os primeiros a nos atacar com a arma que só deveria servir para atacar os outros. Em pouco tempo você se dará conta de que nada obterá pelos belos sentimentos. Se for bom, faça-se de mau. Seja rabugento por cálculo. Se ninguém ainda lhe disse essa lei suprema, eu a confio a você, e não lhe terei feito uma confidência medíocre. Para ser amado, jamais se separe de sua amante sem tê-la feito chorar um pouco; para fazer fortuna na literatura, fira sempre todo mundo, mesmo os amigos, faça chorarem seus amores-próprios; todos o afagarão.

Hector Merlin ficou feliz ao ver, pelo jeito de Lucien, que suas palavras entravam no neófito como a lâmina de um punhal num coração. Jogaram. Lucien perdeu todo o seu dinheiro. Coralie o levou embora, e as delícias do amor o fizeram esquecer as terríveis emoções do jogo que, mais tarde, deveria fazer dele uma de suas vítimas. No dia seguinte, ao sair da casa dela e voltar para o Quartier Latin, encontrou dentro da bolsa o dinheiro que perdera. Essa atenção, primeiro o entristeceu, e ele quis voltar à casa da atriz e lhe devolver um presente que o humilhava; mas já estava na rua de La Harpe, continuou seu caminho para o Hotel Cluny.

Enquanto andava, pensou sobre essa atenção de Coralie, na qual viu uma prova do amor materno que as mulheres dessa espécie misturam às suas paixões. Nelas, a paixão comporta todos os sentimentos. De pensamento em pensamento, Lucien acabou por encontrar uma razão para aceitar, conjecturando consigo mesmo: “Eu a amo, viveremos juntos como marido e mulher e nunca a abandonarei!”.

20

ÚLTIMA VISITA AO CENÁCULO

Quem, a menos que seja Diógenes, não entenderia as sensações de Lucien ao subir a escada enlamaçada e fedorenta de seu hotel, ao ouvir a fechadura da porta ranger, ao rever o piso sujo e a miserável lareira de seu quarto horrível de miséria e nudez? Ele encontrou sobre a mesa o manuscrito de seu romance e este bilhete de Daniel d'Arthez:

> Nossos amigos estão quase satisfeitos com sua obra, querido poeta. Você poderá apresentá-la com mais confiança, dizem eles, a seus amigos e a seus inimigos. Lemos seu delicioso artigo sobre o Panorama-Dramatique, e você deve suscitar tanta inveja na literatura quanto desgosto em nós.
> DANIEL

"Desgosto? O que ele quer dizer?", exclamou Lucien, surpreso com o tom de amabilidade que havia no bilhete. Então ele era um estrangeiro para o Cenáculo? Depois de devorar as deliciosas frutas que lhe entregara sua Ève dos bastidores, ele ainda estava mais preso à estima e à amizade de seus amigos da rua des Quatre-Vents. Ficou por instantes mergulhado numa meditação em que abarcava seu presente naquele quarto e seu futuro no de Coralie. Hesitando entre pensamentos ora honrosos ora depravadores, sentou e começou a examinar o estado em que seus amigos lhe devolviam sua obra. Qual não foi seu espanto! De capítulo em capítulo, a pluma hábil e dedicada daqueles grandes homens ainda desconhecidos tinha transformado suas pobrezas em riquezas. Um diálogo pleno, denso, conciso, nervoso substituía suas conversas, que ele então compreendeu não passarem de tagarelices se comparadas com os discursos em que transpirava o espírito do tempo. Seus retratos, de esboço meio frouxo, tinham sido vigorosamente realçados e coloridos; todos se ligavam aos fenômenos curiosos da vida humana por observações fisiológicas, que sem dúvida eram da lavra de Bianchon, expressadas com fineza e lhes infundindo vida. Suas descrições verbosas tinham se tornado substanciais e vivas. Ele entregara uma criança malfeita e malvestida, e encontrava uma deliciosa menina de vestido branco, com cinto e echarpe cor-de-rosa, uma criação encantadora. A noite o surpreendeu com lágrimas nos olhos, aterrado diante daquela grandeza, sentindo o preço de uma lição dessas, admirando as correções que lhe ensinavam mais sobre literatura e arte do que seus quatro anos de trabalhos, leituras, comparações e estudos. A retificação de um desenho mal concebido, um traço magistral no modelo original sempre dizem mais que as teorias e as observações.

"Que amigos! Que corações! Como sou feliz!", exclamou, apertando o manuscrito.

Arrastado pelo ímpeto natural dos temperamentos poéticos e volúveis, correu à casa de Daniel. Ao subir a escada, julgou-se, porém, menos digno daqueles corações que nada conseguia desviar do caminho da honra. Uma voz lhe dizia que, se Daniel tivesse amado Coralie, não teria aceitado dividi-la com Camusot. Também conhecia o profundo horror do Cenáculo pelos jornalistas, e já se imaginava um pouco jornalista. Encontrou seus amigos, menos Meyraux, que acabava de sair, às voltas com um desespero que também estava estampado em todos os rostos.

— O que houve, meus amigos? — perguntou Lucien.

— Acabamos de saber de uma catástrofe terrível: a maior inteligência de nossa época, nosso amigo mais amado, aquele que por dois anos foi nossa luz...

— Louis Lambert? — perguntou Lucien.

— Ele está num estado de catalepsia que não deixa nenhuma esperança — disse Bianchon.

— Morrerá com o corpo insensível e a cabeça nos céus — acrescentou, solene, Michel Chrestien.

— Morrerá como viveu — disse D'Arthez.

— O amor, atirado como um fogo no vasto império de seu cérebro, o incendiou — disse Léon Giraud.

— Ou o exaltou a tal ponto que o perdemos de vista — disse Joseph Bridau.

— Nós é que devemos ser deplorados — disse Fulgence Ridal.

— Talvez ele se cure — exclamou Lucien.

— Pelo que nos disse Meyraux, a cura é impossível — respondeu Bianchon. — A cabeça dele é palco de fenômenos sobre os quais a medicina não tem nenhum poder.

— No entanto, existem agentes... — disse D'Arthez.

— Sim — disse Bianchon —, ele está apenas cataléptico, podemos torná-lo imbecil.

— Não poder oferecer ao gênio do mal uma cabeça em substituição a esta! Eu, eu daria a minha! — exclamou Michel Chrestien.

— E que fim levaria a federação europeia? — disse D'Arthez.

— Ah, é verdade! — retrucou Michel Chrestien —, antes de ser um homem pertencemos à humanidade.

— Vim aqui com o coração cheio de agradecimentos a todos vocês — disse Lucien. — Vocês transformaram minha moedinha de cobre em luís de ouro.

— Agradecimentos! Por quem nos toma? — disse Bianchon.

— O prazer foi nosso — continuou Fulgence.

— E então, ei-lo jornalista? — perguntou Léon Giraud. — A repercussão de sua estreia chegou ao Quartier Latin.

— Ainda não — respondeu Lucien.

— Ah, antes isso! — disse Michel Chrestien.

— Eu bem que lhe dizia — recomeçou D'Arthez. — Lucien é um desses corações que conhecem o preço de uma consciência pura. Acaso não é um viático fortificante recostar a cabeça no travesseiro, à noite, podendo pensar: "Não julguei as obras de outro, não causei aflição a ninguém; meu espírito não remexeu, como um punhal, a alma de nenhum inocente; minha brincadeira não imolou nenhuma felicidade, nem sequer perturbou as felizes bobagens; não cansou injustamente o gênio; desprezei os triunfos fáceis do epigrama; em suma, jamais menti para minhas convicções"?

— Mas — disse Lucien — creio que é possível ser assim até mesmo trabalhando num jornal. Se decididamente eu só tivesse esse meio de subsistência, teria de aceitá-lo.

— Oh! Oh! Oh! — disse Fulgence subindo um tom a cada exclamação. — Nós capitulamos.

— Ele será jornalista — disse, grave, Léon Giraud. — Ah, Lucien! Se quisesse sê-lo junto conosco, que vamos publicar um jornal em que a verdade e a justiça nunca serão ultrajadas, em que divulgaremos as doutrinas úteis à humanidade, talvez...

— Vocês não terão um assinante — retrucou, maquiavélico, Lucien, interrompendo Léon.

— Eles terão quinhentos, que valerão por quinhentos mil — respondeu Michel Chrestien.

— Precisarão de muito capital — retrucou Lucien.

— Não — disse D'Arthez —, mas de dedicação.

— Você está parecendo uma verdadeira perfumaria — disse Michel Chrestien, cheirando com um gesto cômico a cabeça de Lucien. — Viram-no numa carruagem fantasticamente lustrada, puxada por cavalos de dândis, com uma amante de príncipe, Coralie.

— E daí? — disse Lucien. — Há algum mal nisso?

— Você diz isso como se houvesse — gritou-lhe Bianchon.

— Para Lucien eu gostaria — disse D'Arthez — de uma Beatriz, de uma nobre mulher que o amparasse na vida...

— Mas, Daniel, será que o amor não é semelhante a si mesmo, em qualquer lugar? — perguntou o poeta.

— Ah! — disse o republicano —, nesse ponto eu sou aristocrata. Não conseguiria amar uma mulher que um ator beija na face diante do público, uma mulher tratada com intimidade nos bastidores, que se abaixa diante de uma plateia e lhe sorri, que dança seus passos levantando as saias e se veste de homem para mostrar aquilo que eu quero ser o único a ver. Ou, se amasse uma mulher dessas, ela abandonaria o teatro e eu a purificaria com meu amor.

— E se ela não pudesse abandonar o teatro?

— Eu morreria de tristeza, de ciúme, de mil males. Não se pode arrancar o amor do coração como se arranca um dente.

Lucien ficou sombrio e pensativo. "Quando souberem que tolero Camusot, vão me desprezar", pensou.

— Pois é — disse-lhe o selvagem republicano com uma bonomia terrível —, você poderá ser um grande escritor, mas será sempre apenas um pequeno farsante.

Ele pegou o chapéu e saiu.

— Michel Chrestien é duro — disse o poeta.

— Duro e salutar como o boticão do dentista — disse Bianchon. — Michel está vendo seu futuro, e talvez neste momento chore na rua por você.

D'Arthez foi suave e consolador, tentou animar Lucien. Uma hora depois o poeta saiu do Cenáculo, maltratado por sua consciência, que lhe gritava: "Serás jornalista!", como a feiticeira grita para Macbeth: "Serás rei".

Na rua, olhou para as janelas do paciente D'Arthez, iluminadas por uma luz fraca, e voltou para casa com o coração triste e a alma inquieta. Uma espécie de pressentimento lhe dizia que seus verdadeiros amigos o tinham apertado contra o peito pela última vez. Ao pegar a rua de Cluny pela praça de la Sorbonne, reconheceu o carro de Coralie. Para ir ver seu poeta por um instante, para lhe dar um simples boa-noite, a atriz cruzara a distância do bulevar du Temple até a Sorbonne. Lucien encontrou a amante aos prantos diante do aspecto de sua mansarda, ela queria ser tão miserável como seu amante, chorava ao arrumar as camisas, as luvas, as gravatas e os lenços na cômoda horrorosa do hotel. Esse desespero era tão verdadeiro, tão grande, expressava tanto amor, que Lucien, a quem haviam censurado por estar com uma atriz, viu em Coralie uma santa bem prestes a endossar o cilício da miséria. Para ir até lá, a adorável criatura se valera da desculpa de avisar ao amigo que a sociedade Camusot, Coralie e Lucien retribuiria à sociedade Matifat, Florine e Lousteau aquela ceia, e de perguntar a Lucien se ele tinha algum convite a fazer que pudesse lhe ser útil; Lucien respondeu que conversaria a respeito com Lousteau. A atriz, depois de algum tempo, foi embora, escondendo de Lucien que Camusot a esperava lá embaixo.

21

UMA VARIEDADE DE JORNALISTA

No dia seguinte, já às oito horas Lucien foi à casa de Étienne, não o encontrou e correu para a de Florine. O jornalista e a atriz receberam o amigo no lindo quarto onde estavam maritalmente instalados, e os três ali almoçaram esplendidamente.

— Mas, meu filho — disse-lhe Lousteau quando passaram à mesa e Lucien lhe falou da ceia que Coralie daria —, aconselho-o a vir comigo ver Félicien Vernou, a convidá-lo e a se ligar a ele tanto quanto é possível se ligar a um sujeito desses. Félicien talvez lhe dê acesso ao jornal político, em que ele cozinha o rodapé, e no qual você poderá florescer à vontade em grandes artigos no alto das páginas. Esse jornal, como o nosso, pertence ao partido liberal, você será liberal, é o partido popular; aliás, se quisesse passar para o lado favorável ao ministério, aí entraria com mais vantagens quanto mais temido fosse. Hector Merlin e sua senhora du Val-Noble, a cuja casa vão alguns aristocratas, os jovens dândis e os milionários, não pediram a você e Coralie para irem jantar com eles?

— Pediram — respondeu Lucien —, e você estará lá, com Florine.

Lucien e Lousteau, em sua embriaguez da sexta-feira e durante o jantar do domingo, tinham começado a se tratar com mais intimidade.

— Muito bem, encontraremos Merlin no jornal, é um sujeito que Finot seguirá de perto; ocupe-se dele, convide-o, a ele e à amante, para sua ceia: talvez ele lhe seja útil mais adiante, pois as pessoas odiosas precisam de todo mundo e ele lhe prestará favores se puder contar com sua pluma, caso necessário.

— Sua estreia fez muita sensação para que você não enfrente nenhum obstáculo — disse Florine a Lucien —, apresse-se em aproveitar, do contrário será logo esquecido.

— O negócio — continuou Lousteau —, o grande negócio foi consumado! Esse Finot, homem sem nenhum talento, é diretor e redator chefe do jornal semanal de Dauriat, dono de uma sexta parte que não lhe custou nada, e tem seiscentos francos mensais de vencimentos. Sou desde hoje, meu caro, redator chefe de nosso pequeno jornal. Tudo se passou como eu imaginava naquela noite: Florine foi fantástica, ela concederia uns pontos de vantagem até para o príncipe de Talleyrand.*

— Nós prendemos os homens pelo prazer — disse Florine —, os diplomatas só os prendem pelo amor-próprio; os diplomatas os veem fazer rapapés, nós os vemos fazer besteiras, portanto conseguimos resultados melhores.

— Concluindo — disse Lousteau —, Matifat perpetrou a única boa frase que pronunciará em sua vida de droguista: "Esse negócio", disse ele, " não sai do meu tipo de comércio!".

— Desconfio que foi Florine quem lhe soprou — exclamou Lucien.

— Quer dizer então, meu querido — continuou Lousteau —, que você está com o pé no estribo.

— Você nasceu empelicado — disse Florine. — Quantos rapazinhos vemos que ficam mofando em Paris anos a fio sem conseguir publicar um artigo num jornal! Com você acontecerá o mesmo que com Émile Blondet. Daqui a seis meses, já o vejo *todo cheio de vento* — acrescentou, usando uma expressão de sua gíria teatral e lhe dando um sorriso zombeteiro.

* Fazia pouco que Talleyrand morrera (em 1838), e Balzac várias vezes o cita em *A comédia humana* como exemplo de homem astucioso e dado a manobras.

— Pois não é que vivo em Paris há três anos — disse Lousteau —, e só desde ontem Finot me dá trezentos francos fixos por mês pela chefia de redação, paga-me cem vinténs por coluna e cem francos por folha em seu jornal semanal?

— E então? Não diz nada?... — exclamou Florine, olhando para Lucien.

— Veremos — disse Lucien.

— Meu caro — respondeu Lousteau com ar amuado —, arranjei tudo para você como se fosse meu irmão; mas não respondo por Finot. Ele será solicitado por sessenta malandros que, daqui a dois dias, irão lhe fazer propostas oferecendo um desconto. Prometi a você um emprego, mas você recusará, se quiser. Você nem desconfia da sua felicidade — prosseguiu o jornalista depois de uma pausa. — Vai fazer parte de uma turma de camaradas que atacam os inimigos em vários jornais e disso se servem mutuamente.

— Vamos primeiro ver Félicien Vernou — disse Lucien, que estava apressado para se ligar a essas temidas aves de rapina.

Lousteau mandou buscar um cabriolé e os dois amigos foram à rua Mandar, onde Vernou morava num prédio cuja entrada era por um corredor lateral, e ali ocupava um apartamento no segundo andar. Lucien ficou muito surpreso ao encontrar esse crítico acerbo, desdenhoso e presunçoso numa sala de jantar da pior vulgaridade, forrada com um papelzinho ordinário imitando tijolos e coberto de musgos a intervalos regulares, enfeitada com gravuras a água-tinta em molduras douradas, e ele sentado à mesa com uma mulher feia demais para não ser a legítima e duas crianças pequenas trepadas nessas cadeiras de pés muito altos e com uma proteção, destinadas a manter esses diabretes. Flagrado dentro de um roupão confeccionado com os restos de um vestido de chita da Índia de sua mulher, Félicien fez uma cara meio descontente.

— Já almoçou, Lousteau? — perguntou, oferecendo uma cadeira a Lucien.

— Estamos saindo da casa de Florine — disse Étienne —, onde almoçamos.

Lucien não parava de examinar a sra. Vernou, que parecia uma boa e gorda cozinheira, muito branca, mas superlativamente comum. A sra. Vernou usava um lenço por cima de uma touca de dormir com alças, das quais suas bochechas apertadas transbordavam. Seu roupão, sem cinto, preso no pescoço por um botão, descia em grandes pregas e a enrolava tão mal que era impossível não compará-la com um marco de pedra. Com uma saúde de dar desespero, tinha as faces quase violetas e mãos com dedos em forma de chouriços. Ao ver essa mulher Lucien compreendeu de repente o jeito acanhado de Vernou em sociedade. Tolerando aquele casamento, sem força para abandonar mulher e filhos, mas bastante poeta para sempre sofrer com eles, esse autor não devia perdoar a ninguém um êxito, devia estar descontente de tudo, sentindo-se sempre desgostoso consigo mesmo. Lucien compreendeu o ar azedo que gelava aquele rosto invejoso, a acrimônia das réplicas que o jornalista semeava na conversa, a aspereza de sua frase, sempre afiada e trabalhada como que com estilete.

— Passemos para meu escritório — disse Félicien, levantando-se —, trata-se com certeza de assuntos literários.

— Sim e não — respondeu Lousteau. — Trata-se, meu velho, de uma ceia.

— Eu vinha — disse Lucien — lhe pedir, em nome de Coralie...

Diante desse nome, a sra. Vernou levantou a cabeça.

—... para jantar conosco daqui a oito dias — disse Lucien, continuando. — Na casa dela estará o mesmo grupo que estava na de Florine, mais a senhora du Val-Noble, Merlin e alguns outros. Jogaremos.

— Mas, meu marido, nesse dia devemos ir à casa da senhora Mahoudeau — disse a mulher.

— Ora, e o que tem isso? — perguntou Vernou.

— Se não fôssemos, ela se chocaria, e você se julgue muito satisfeito por encontrá-la para descontar suas promissórias do livreiro.

— Meu caro, eis uma mulher que não entende que uma ceia que começa à meia-noite não impede de ir a um jantar que acaba às onze. E eu trabalho ao lado dela! — acrescentou.

— O senhor tem muita imaginação! — respondeu Lucien, que se tornou inimigo mortal de Vernou só por causa dessa frase.

— Está bem — recomeçou Lousteau —, você vem, mas não é só isso. O senhor de Rubempré está se tornando um dos nossos, portanto, dê-lhe um empurrãozinho em seu jornal; apresente-o como um sujeito capaz de fazer alta literatura, a fim de que ele possa publicar ao menos dois artigos por mês.

— Sim, se ele quiser ser dos nossos, atacar nossos inimigos como atacaremos os dele, e defender nossos amigos, falarei dele esta noite na Ópera — respondeu Vernou.

— Muito bem! Até amanhã, meu filho — disse Lousteau apertando a mão de Vernou com os sinais da mais profunda amizade. — Quando sai seu livro?

— Mas isso depende de Dauriat — disse o pai de família —, eu já o terminei.

— Está satisfeito?

— Bem, sim e não...

— Promoveremos seu sucesso — disse Lousteau, levantando-se e cumprimentando a mulher do colega.

Essa saída brusca foi necessária por causa da gritaria das duas crianças que brigavam e se davam colheradas, jogando papas uma no rosto da outra.

— Você acaba de ver, meu filho — disse Étienne a Lucien —, uma mulher que, sem saber, fará muitos estragos na literatura. Esse pobre Vernou não nos perdoa pela mulher que tem. Deveríamos livrá-lo dela, no interesse público, evidentemente. Evitaríamos um dilúvio de artigos atrozes, de epigramas contra todos os triunfos e contra todas as fortunas. O que se pode ser com uma mulher dessas, acompanhada por esses dois terríveis fedelhos? Você viu o Rigaudin de *La maison en loterie*, a peça de Picard... pois bem, assim como Rigaudin, Vernou não brigará, mas fará os outros brigarem; ele é capaz de furar o próprio olho para conseguir furar dois olhos do melhor amigo; você vai vê-lo pondo o pé sobre todos os cadáveres, sorrindo de todas as desgraças, atacando os príncipes, os duques, os marqueses, os nobres, porque ele é plebeu; atacando as celebridades solteiras por causa da própria mulher e falando sempre de moral, defendendo as alegrias domésticas e os deveres do cidadão. Em suma, esse crítico tão moral não será afável com ninguém, nem mesmo com as crianças. Vive na rua Mandar entre uma mulher que poderia fazer o Mamamouchi* do *Burguês gentil-homem*, e dois pequenos Vernou feios como a peste; quer debochar do Faubourg Saint-Germain, onde jamais porá os pés, e fará as duquesas falarem como fala sua mulher. Eis o homem que vai gritar contra os jesuítas, insultar a corte, atribuir-lhe a intenção de restabelecer os direitos feudais, o direito de primogenitura, e que pregará alguma cruzada em favor da igualdade, ele, que não se julga o igual de ninguém. Se fosse solteiro, se frequentasse a sociedade, se tivesse os mesmos ares dos poetas favoráveis ao rei e que recebem pensões, adornados pela cruz da Legião de Honra, seria um otimista. O jornalismo tem mil pontos de partida semelhantes. É uma grande catapulta posta em movimento pelos pequenos ódios. Você ainda tem vontade de se casar? Vernou não tem mais coração, o fel invadiu tudo. Assim é o jornalista por excelência, um tigre com duas patas que despedaçam tudo, como se suas plumas estivessem contaminadas pela raiva.

— Ele é misógino — disse Lucien. — Mas tem talento?

— Tem espírito, é um *articulista*. Vernou produz artigos, sempre fará artigos, e nada além de artigos. O trabalho mais obstinado jamais poderá enxertar um livro sobre a prosa dele. Félicien é incapaz de conceber uma obra, dispor seus elementos, reunir harmoniosamente os personagens num

* Provável associação entre o roupão ridículo da sra. Vernou e o traje igualmente ridículo de Mamamouchi, o falso dignitário turco da peça de Molière.

plano que comece, trame-se e caminhe para um fato capital; tem ideias mas não conhece a realidade, seus heróis serão utopias filosóficas ou liberais; resumindo, seu estilo é de uma originalidade rebuscada, sua frase empolada murcharia se a crítica lhe desse uma alfinetada. Por isso, teme imensamente os jornais, como todos os que precisam das bobagens e das mentiras do elogio para se manterem à tona.

— Que artigo você está fazendo! — exclamou Lucien.

— Estes, meu filho, a gente tem de dizê-los e jamais escrevê-los.

— Você se tornou redator chefe! — disse Lucien.

— Onde quer que o deixe? — perguntou Lousteau.

— Na casa de Coralie.

— Ah! Estamos apaixonados! — disse Lousteau. — Que erro! Faça de Coralie o que faço de Florine, uma dona de casa, mas guarde sua liberdade como se vivesse na montanha.

— Você levaria os santos à danação! — disse Lucien, rindo.

— Não se levam os demônios à danação — respondeu Lousteau.

O tom leve, brilhante de seu novo amigo, a maneira como encarava a vida, seus paradoxos misturados com máximas verdadeiras do maquiavelismo parisiense agiam sobre Lucien sem que ele se desse conta. Em teoria, o poeta reconhecia o perigo desses pensamentos, mas na prática os achava úteis. Ao chegarem ao bulevar du Temple, os dois amigos combinaram se encontrar, entre quatro e cinco da tarde, na redação do jornal, aonde com certeza Hector Merlin iria.

22

INFLUÊNCIA DAS BOTAS NA VIDA PARTICULAR

Lucien estava, de fato, dominado pelas volúpias do amor verdadeiro das cortesãs, que prendem suas gavinhas nos lugares mais macios da alma dobrando-se com uma inacreditável elasticidade a todos os desejos, favorecendo os hábitos frouxos de onde tiram sua força. Ele já sentia sede dos prazeres parisienses, amava a vida fácil, abundante e magnífica que lhe proporcionava a atriz na casa dela. Encontrou Coralie e Camusot radiantes de alegria. O Gymnase propunha para a próxima Páscoa um contrato cujas condições, formuladas claramente, ultrapassavam as esperanças de Coralie.

— Nós lhe devemos esse triunfo — disse Camusot.

— Ah, com certeza, sem ele *O alcaide* fracassaria — exclamou Coralie —, não haveria artigo e eu ainda ficaria no bulevar por seis anos.

Ela pulou em seu pescoço, na frente de Camusot. A efusão da atriz tinha um não sei quê de melífluo em sua rapidez, de suave em seu arrebatamento: ela amava! Como todos os homens em suas grandes dores, Camusot baixou os olhos para o chão e reconheceu, ao longo da costura das botas de Lucien, o fio de cor empregado pelos sapateiros famosos e que, amarelo-escuro, se delineava contra o preto brilhante do cano. A cor original daquele fio o preocupara durante seu monólogo a respeito da presença inexplicável de um par de botas diante da lareira de Coralie. Lera em letras pretas impressas no couro claro e macio do forro o endereço de um famoso sapateiro da época: Gay, rua de La Michodière.

— Suas botas são muito bonitas — disse a Lucien.

— Tudo nele é bonito — retrucou Coralie.

— Gostaria de virar freguês do seu sapateiro.

— Oh! — disse Coralie —, como é típico da rua des Bourdonnais* pedir os endereços dos fornecedores! Vai usar botas de rapaz? Ficaria muito engraçadinho! Guarde essas botas com virada, que convêm a um homem estabelecido, com mulher, filhos e amante.

— Mas, afinal, se quisesse tirar uma de suas botas, me faria um grande favor — disse o obstinado Camusot.

— Eu não conseguiria calçá-las de novo sem os ganchos — disse Lucien, enrubescendo.

— Bérénice irá buscá-los, não serão demais aqui — disse o comerciante, com ar tremendamente zombeteiro.

— Papai Camusot — disse Coralie dando-lhe um olhar impregnado de desprezo atroz —, assuma a coragem de sua covardia! Vamos, explicite todo o seu pensamento. Acha que as botas deste senhor se parecem com as minhas? Proíbo-o de tirar suas botas — ela disse a Lucien. — Sim, senhor Camusot, sim, estas botas são absolutamente iguais às que pareciam estar de braços cruzados defronte de minha lareira, outro dia, e este senhor, escondido no meu quarto de banho, as esperava, pois passara a noite aqui. É isso que você está pensando, hein? Pense, quero que pense. É a pura verdade. Eu o engano. E daí? Isso me agrada!

Ela se sentou, sem raiva e com o ar mais distante do mundo, olhando para Camusot e Lucien, que não ousavam se olhar.

— Só acreditarei naquilo em que você quiser que eu acredite — disse Camusot. — Não faça brincadeiras, eu estou errado.

— Sim, sou uma infame desavergonhada que num piscar de olhos se enrabichou por este senhor, ou sou uma pobre miserável criatura que sentiu pela primeira vez o ver-

* Endereço de Camusot, aqui visto como sinônimo de burguês e mesquinho.

dadeiro amor atrás do qual correm todas as mulheres. Nos dois casos, é preciso me abandonar ou me pegar como eu sou — disse fazendo um gesto de soberana, com o qual esmagou o comerciante.

— Será verdade? — perguntou Camusot, que viu pela atitude de Lucien que Coralie não estava brincando, e mendigou um engano.

— Amo a senhorita — disse Lucien.

Ao ouvir essa palavra dita por uma voz comovida, Coralie pulou no pescoço de seu poeta, apertou-o em seus braços e virou a cabeça para o comerciante de sedas, mostrando-lhe o admirável par amoroso que formava com Lucien.

— Pobre Musot, pegue de volta tudo o que me deu, não quero nada de você, amo alucinadamente esta criança, não por sua inteligência mas por sua beleza. Prefiro a miséria com ele aos milhões com você.

Camusot caiu numa poltrona, pôs a cabeça entre as mãos e ficou calado.

— Quer que a gente vá embora? — ela lhe perguntou com incrível ferocidade.

Lucien sentiu um frio na espinha ao se ver carregando uma mulher, uma atriz e um lar.

— Fique aqui, guarde tudo, Coralie — disse o comerciante com uma voz sumida e dolorosa que saía da alma —, não quero pegar nada. E olhe que há aqui sessenta mil francos de móveis, mas eu não conseguiria me habituar com a ideia de minha Coralie na miséria! E, no entanto, dentro de pouco tempo você estará na miséria. Por maiores que sejam os talentos deste senhor, eles não podem lhe dar um sustento. Eis o que nos espera, a todos nós, os velhos! Deixe-me ao menos, Coralie, o direito de vir vê-la de vez em quando: posso lhe ser útil. Aliás, confesso, seria impossível viver sem você.

A doçura desse pobre homem, despossuído de toda a sua felicidade no momento em que se julgava o mais feliz, tocou profundamente Lucien, mas não Coralie.

— Venha, meu pobre Musot, venha tanto quanto quiser — ela disse. — Gostarei mais de você não o enganando.

Camusot pareceu satisfeito por não ser expulso de seu paraíso terrestre, onde, com certeza, ele devia sofrer, mas onde esperou entrar mais tarde com todos os direitos, fiando-se nos acasos da vida parisiense e nas seduções que iriam cercar Lucien. O velho comerciante matreiro pensou que mais cedo ou mais tarde aquele belo rapaz se permitiria infidelidades, e para espioná-lo, para perdê-lo no espírito de Coralie, queria continuar amigo deles. Essa covardia da verdadeira paixão assustou Lucien. Camusot os convidou para jantar no Véry do Palais-Royal, e eles aceitaram.

— Que felicidade — gritou Coralie quando Camusot foi embora —, acabou-se a mansarda do Quartier Latin, você vai morar aqui, não nos deixaremos mais, você alugará, para manter as aparências, um apartamentinho na rua Charlot, e vamos em frente!

Ela começou a dançar seu número espanhol com um ímpeto que pintou sua indomável paixão.

— Posso ganhar quinhentos francos por mês trabalhando muito — disse Lucien.

— Tenho a mesma quantia no teatro, sem contar o extra por cada espetáculo. Camusot continuará a me vestir, ele me ama! Com mil e quinhentos francos por mês, viveremos como Cresos.

— E os cavalos, e o cocheiro, e o doméstico? — perguntou Bérénice.

— Farei dívidas — exclamou Coralie.

Ela recomeçou a dançar uma giga, junto com Lucien.

— É preciso aceitar desde agora as propostas de Finot — exclamou Lucien.

— Vamos — disse Coralie —, eu me visto e o levo para seu jornal, e o esperarei dentro do carro, no bulevar.

Lucien sentou num sofá, olhou para a atriz se arrumando e se entregou às mais graves reflexões. Preferiria deixar Coralie livre a ter se atirado em obrigações de um casamento desse tipo; mas a viu tão bonita, tão bem feita, tão atraente, que se deixou levar pelos aspectos pitorescos dessa vida de boêmio e atirou a luva na face da Fortuna. Bérénice recebeu ordens para cuidar da mudança e da instalação de Lucien. Depois, a triunfante, a bela, a feliz Coralie arrastou seu amante amado, seu poeta, e atravessou toda Paris para ir à rua Saint-Fiacre.

23

OS ARCANOS DO JORNAL

Lucien subiu ligeiro a escada e se apresentou na redação do jornal como se fosse seu dono. Coloquíntida, carregando sempre seu papel timbrado na cabeça, e o velho Giroudeau, lhe disseram mais uma vez, um tanto hipócritas, que ninguém tinha chegado.

— Mas os redatores devem se encontrar em algum lugar para combinarem como será o jornal — ele disse.

— Provavelmente, mas a redação não me diz respeito — disse o comandante da Guarda Imperial, que recomeçou a verificar suas tiras, fazendo seu eterno hrrum! hrrum!

Nesse momento, por um acaso — deve-se dizer feliz ou infeliz? —, Finot chegou para anunciar a Giroudeau sua falsa abdicação e lhe recomendar que cuidasse de seus interesses.

— Nada de diplomacia com este senhor, ele é do jornal — disse Finot ao tio, pegando a mão de Lucien e a apertando.

— Ah, o cavalheiro é do jornal — exclamou Giroudeau, surpreso com o gesto do sobrinho. — Pois é, o cavalheiro não teve dificuldades em entrar aqui.

— Quero preparar sua chegada aqui para que não seja tapeado por Étienne — disse Finot olhando para Lucien de um jeito manhoso. — Receberá três francos por coluna por tudo o que redigir, inclusive as críticas de teatro.

— Você nunca ofereceu essas condições a ninguém — disse Giroudeau, olhando para Lucien com espanto.

— Ele terá os quatro teatros do bulevar, e você tomará cuidado para que os camarotes dele não lhe sejam surripiados, e para que os ingressos lhe sejam entregues. Aconselho-o, contudo, a pedir que lhe enviem para sua casa — disse, virando-se para Lucien. — Este senhor se compromete a escrever, além da crítica, dez artigos de variedades de cerca de duas colunas por cinquenta francos por mês, durante um ano. Está bem assim?

— Está — disse Lucien, notando que o outro estava forçando a mão por conta das circunstâncias.

— Meu tio — disse Finot ao caixa —, você redigirá o contrato, que assinaremos ao descer.

— Quem é esse senhor? — perguntou Giroudeau, levantando-se e tirando o boné de seda preta.

— Senhor Lucien de Rubempré, autor do artigo sobre *O alcaide* — disse Finot.

— Meu jovem — exclamou o velho militar, batendo na testa de Lucien —, você tem aqui minas de ouro. Não sou um literato, mas seu artigo, esse eu li, e ele me deu prazer. Fale-me dessas coisas! Isso é que é alegria. Por isso pensei: "Isso nos trará assinantes!". E trouxe. Vendemos cinquenta números.

— Meu contrato com Étienne Lousteau está em duas cópias e pronto para ser assinado? — perguntou Finot ao tio.

— Está — disse Giroudeau.

— Nesse que vou assinar com este senhor ponha a data de ontem, a fim de que Lousteau fique sob a proteção dessas convenções. — Finot pegou o braço de seu novo redator com um jeito camarada que seduziu o poeta e o arrastou até a escada, dizendo-lhe: — Você tem assim uma situação estabelecida. Eu mesmo vou apresentá-lo aos *meus* redatores. Depois, à noite, Lousteau o apresentará nos teatros. Você pode ganhar cento e cinquenta francos por mês em nosso pequeno jornal que Lousteau vai dirigir; portanto, trate de conviver bem com ele. Já o malandro se zangará comigo por ter lhe atado as mãos, mas você tem muito talento e não quero que seja alvo dos caprichos de um redator chefe. Entre nós, pode me trazer até duas folhas por mês para minha revista semanal, pagarei por elas duzentos francos. Não fale desse arranjo com ninguém, pois eu teria de enfrentar a vingança de todos esses amores-próprios feridos com a sorte de um recém-chegado. Faça quatro artigos de duas páginas, assine-os, dois com seu nome e dois com pseudônimo, a fim de não ficar parecendo comer o pão dos outros. Você deve sua posição a Blondet e a Vignon, que acham que você tem futuro. Por isso, não ponha tudo a perder. E, antes de mais nada, desconfie de seus amigos. Quanto a nós dois, entendamo-nos sempre bem. Sirva-me, e o servirei. Você tem o equivalente a quarenta francos de camarotes e ingressos para vender, e sessenta francos de livros para *lavar*.* Isso, e a redação dos artigos, lhe darão quatrocentos e cinquenta francos por mês. Com inteligência, saberá tirar pelo menos duzentos francos a mais dos livreiros, que lhe pagarão por artigos e prospectos. Mas você é meu, está bem? Posso contar com você?

Lucien apertou a mão de Finot com um ímpeto de inaudita alegria.

— Não pareçamos estar de acordo — disse-lhe Finot ao ouvido, empurrando a porta de uma mansarda no quinto andar do prédio, no fundo de um longo corredor.

Então Lucien avistou Lousteau, Félicien Vernou, Hector Merlin e dois outros redatores que não conhecia, todos reunidos em torno de uma mesa coberta por um pano verde, diante de uma boa lareira, em cadeiras ou poltronas, fumando ou rindo. A mesa estava coberta de papéis, ali havia um tinteiro de verdade e cheio de tinta, plumas um bocado ruins, mas que serviam aos redatores. Ficou demonstrado para o novo jornalista que ali se elaborava a grande obra.

— Senhores — disse Finot —, o motivo da reunião é a instalação em meu lugar e minha sala de nosso querido Lousteau como redator chefe do jornal que sou obrigado a abandonar. Mas, embora minhas opiniões sofram uma transformação

* Vender os exemplares recebidos do serviço de divulgação.

necessária para que eu possa passar a redator chefe da revista cujos destinos lhes são conhecidos, minhas convicções são as mesmas e continuamos amigos. Sou todo de vocês, assim como vocês serão todos meus. As circunstâncias são variáveis, os princípios são fixos. Os princípios são o pivô sobre o qual giram os ponteiros do barômetro político.

Todos os redatores caíram na gargalhada.

— Quem lhe passou essas frases? — perguntou Lousteau.

— Blondet — respondeu Finot.

— Vento, chuvas, tempestades, tempo bom — disse Merlin —, enfrentaremos tudo juntos.

— Bem — continuou Finot —, não nos enrosquemos nas metáforas: todos os que tiverem artigos para me trazer encontrarão o mesmo Finot. Este senhor — disse apresentando Lucien — é um dos nossos. Já tratei com ele, Lousteau.

Todos cumprimentaram Finot por sua promoção e seus novos destinos.

— Ei-lo dividido entre nós e os outros — disse-lhe um dos redatores que Lucien desconhecia —, você se transformou em Jano...

— Contanto que não seja no palhaço Janot — disse Verdou.

— Você nos deixa atacar nossas vítimas?

— Tudo o que quiserem! — disse Finot.

— Ah! — disse Lousteau. — Mas o jornal não pode recuar. O senhor Châtelet se aborreceu, não vamos largá-lo durante uma semana.

— O que aconteceu? — perguntou Lucien.

— Ele veio pedir satisfações — disse Vernou. — O ex-frajola do Império encontrou o *seu* Giroudeau, que, com o maior sangue-frio do mundo, apontou Philippe Bridau como autor do artigo, e Philippe pediu ao barão que escolhesse suas armas e a hora. O negócio parou por aí. Estamos tentando apresentar desculpas ao barão no número de amanhã. Cada frase é uma punhalada.

— Mordam-no com vontade, ele virá me ver — disse Finot. — Assumirei ares de quem lhe presta um favor acalmando vocês. Ele faz questão do cargo no ministério e conseguiremos alguma coisa por lá, um lugar de professor substituto ou uma concessão para vender tabaco. Estamos felizes que ele tenha caído nessa. Quem quer fazer para meu novo jornal um artigo de fundo sobre Nathan?

— Dê a Lucien — disse Lousteau. — Hector e Vernou farão artigos em seus jornais respectivos...

— Adeus, senhores, nós nos reveremos a sós no Barbin* — disse Finot, rindo.

Lucien recebeu cumprimentos por sua admissão no temido corpo de jornalistas e Lousteau o apresentou como um homem com quem se podia contar.

— Lucien os convida em massa, senhores, a cear na casa da amante, a bela Coralie.

— Coralie vai para o Gymnase — disse Lucien a Étienne.

— Muito bem, está combinado, daremos um empurrãozinho em Coralie, hein? Em todos os seus jornais, ponham algumas linhas sobre essa contratação e falem do talento dela. Atribuam tato e habilidade à administração do Gymnase: podemos lhe dar também espírito?

— Vamos lhe dar espírito — respondeu Merlin —, Frédéric está escrevendo uma peça com Scribe.

— Ah! Então o diretor do Gymnase é o mais previdente e o mais perspicaz especulador — disse Vernou.

— Ah, pois é! Não escrevam seus artigos sobre o livro de Nathan sem que tenhamos combinado, vocês saberão por quê — disse Lousteau. — Devemos ser úteis ao nosso novo colega. Lucien tem dois livros para publicar, uma coletânea de sonetos e um romance. Pela virtude das notinhas, ele deve ser um grande poeta daqui a três meses! Vamos nos servir de suas *As margaridas* para rebaixar as *Odes*, as *Baladas*, as *Meditações*, toda a poesia romântica.

* Referência à frase "Pois bem, nós nos veremos a sós no [livreiro] Barbin", dita pelo poeta Trissotin ao também poeta Vadius, que o desafiara "em verso, prosa, nos gregos e nos latinos". *As sabichonas*, de Molière.

— Seria curioso se os sonetos não valessem nada — disse Vernou. — O que pensa de seus sonetos, Lucien?

— Sim, o que acha deles? — perguntou um dos redatores desconhecidos.

— Senhores, eles são bons — disse Lousteau —, palavra de honra.

— Muito bem, estou satisfeito — disse Vernou —, vou atirá-los nas pernas desses poetas de sacristia que me cansam.

— Se esta noite Dauriat não pegar *As margaridas*, nós lhe jogaremos artigo após artigo contra Nathan.

— E Nathan, o que dirá? — exclamou Lucien.

Os cinco redatores estouraram de rir.

— Ele vai adorar — disse Vernou. — Vocês verão como daremos um jeito nisso.

— Então, este senhor é um dos nossos? — perguntou um dos dois redatores que Lucien não conhecia.

— Sim, sim, Frédéric, nada de farsas. Está vendo, Lucien — disse Étienne ao neófito —, como agimos com você? Você não recuará quando a ocasião exigir. Todos nós gostamos de Nathan, e ainda assim vamos atacá-lo. Agora, dividamos o império de Alexandre. Frédéric, quer o Théâtre-Français e o Odéon?

— Se estes senhores consentem — disse Frédéric.

Todos inclinaram a cabeça, mas Lucien viu brilharem olhares de inveja.

— Fico com a Ópera, o Italiens e o Opéra-Comique — disse Vernou.

— Muito bem, Hector pegará os teatros de vaudevile — disse Lousteau.

— E eu, então, não tenho teatros? — exclamou o outro redator que Lucien não conhecia.

— Pois bem! Hector lhe deixará o Variétés, e Lucien, o Porte-Saint-Martin — disse Étienne. — Dê a ele o Porte-Saint-Martin, pois ele é louco por Fanny Beaupré — disse a Lucien —, você pegará o Cirque-Olympique em troca. Eu ficarei com o Bobino, o Funambules e o Madame Saqui. O que temos para o jornal de amanhã?

— Nada.

— Nada?

— Nada!

— Senhores, sejam brilhantes para meu primeiro número. O barão Châtelet e seu osso de siba não durarão oito dias. O autor de *Le solitaire* já está muito gasto.

— Sosthène-Démosthène já perdeu a graça — disse Vernou —, todo mundo em Paris o copiou de nós.

— Ah! Precisamos de novos mortos — disse Frédéric.

— Senhores, e se atribuíssemos situações ridículas aos homens virtuosos da direita? Se disséssemos que os pés do senhor de Bonald são fedorentos? — exclamou Lousteau.

— Iniciemos uma série de retratos dos oradores ministeriais! — disse Hector Merlin.

— Faça isso, meu filho — disse Lousteau —, você os conhece, eles são do seu partido, você poderá satisfazer alguns ódios intestinos pondo um contra o outro. Agarre Beugnot, Sirieys de Mayrinhac e outros. Os artigos podem ficar prontos com antecedência, não vamos ficar presos ao fechamento do jornal.

— E se inventássemos algumas recusas de sepultura* com circunstâncias mais ou menos agravantes? — perguntou Hector.

— Não vamos entrar em concorrência com os grandes jornais constitucionais que têm seus *arquivos de curas*** cheios de *canards* — respondeu Vernou.

— *Canards*? — indagou Lucien.

— Chamamos *canard* — respondeu Hector — um fato que parece verdadeiro mas que é inventado para apimentar os Fatos de Paris quando eles estão muito sem graça. O *canard* é um achado de Franklin, que inventou o para-raios, o *canard* e a república. Esse jornalista enganou tão bem

* Certos padres se recusavam a enterrar supostos inimigos da Igreja nos cemitérios religiosos.

** Arquivos do jornal *Le Constitutionnel* sobre os padres liberais importunados por recusar sepultura aos mortos do partido dos ultras.

os enciclopedistas com seus *canards* de ultramar que, na *Histoire philosophique des Indes*, Raynal apresentou dois desses *canards* como fatos autênticos.

— Eu não sabia disso — disse Vernou. — Quais são os dois *canards*?

— A história do inglês que vende a negra que o libertou, depois de tê-la feito mãe a fim de conseguir mais dinheiro por ela. E também o sublime discurso de uma moça grávida que fez sua própria defesa e ganhou sua causa. Quando Franklin veio a Paris, confessou seus *canards* na casa de Necker, para grande embaraço dos filósofos franceses. E eis como o Novo Mundo por duas vezes corrompeu o velho.

— O jornal — disse Lousteau — considera verdadeiro tudo o que é provável. Partimos daí.

— A justiça criminal não procede de outra forma — disse Vernou.

— Muito bem! Então até logo, nos vemos aqui às nove da noite — disse Merlin.

Todos se levantaram, cumprimentaram-se, e a sessão foi encerrada no meio dos testemunhos da mais tocante familiaridade.

— Mas o que fez com Finot — perguntou Étienne a Lucien, ao descerem — para que ele tenha feito um contrato com você? Você é o único a quem ele se ligou.

— Eu? Nada, foi ele que me propôs — disse Lucien.

— Bem, se fizesse uns arranjos com ele, eu adoraria, pois nós dois ficaríamos ainda mais fortes.

No térreo, Étienne e Lucien encontraram Finot, que pegou Lousteau à parte, no ostensivo escritório da redação.

— Assine seu contrato para que o novo diretor acredite que a coisa foi feita ontem — disse Giroudeau, que apresentava a Lucien dois papéis timbrados.

Enquanto lia esse contrato, Lucien ouviu Étienne e Finot tendo uma discussão um tanto áspera sobre os produtos em espécie que chegavam ao jornal. Étienne queria sua parte desses "impostos" arrecadados por Giroudeau. Houve com toda certeza uma transação entre Finot e Lousteau, pois os dois amigos saíram inteiramente de acordo.

— Às oito horas, nas Galerias de Madeira, na livraria de Dauriat — disse Étienne a Lucien.

Um rapaz se apresentou para ser redator com o ar tímido e inquieto que Lucien tinha no passado. Lucien viu com um prazer secreto Giroudeau praticando com o neófito as brincadeiras que o velho militar fizera para tapeá-lo; seus próprios interesses o levaram a entender perfeitamente a necessidade dessa manobra, que impunha barreiras quase intransponíveis entre os estreantes e a mansarda onde penetravam os eleitos.

— Já não tem muito dinheiro para os redatores — disse ele a Giroudeau.

— Se vocês fossem mais numerosos, cada um ficaria com menos ainda — respondeu o comandante. — Então...!

O ex-militar girou sua bengala de chumbo, saiu hrrum--hrrumando e pareceu estupefato ao ver Lucien subindo na bela carruagem que estava estacionada nos bulevares.

— Agora vocês são os militares, e nós somos os paisanos — disse-lhe o soldado.

24

RE-DAURIAT

— Palavra de honra, esses rapazes me parecem os melhores meninos do mundo — disse Lucien a Coralie. — Eis-me jornalista com a certeza de poder ganhar seiscentos francos por mês, trabalhando como um cavalo; mas publicarei meus dois livros e escreverei outros, pois meus amigos vão me organizar um triunfo! Portanto, digo como você, Coralie: vamos em frente.

— Você triunfará, meu amor; mas não seja tão bom quanto é bonito, pois se perderia. Seja mau com os homens, é um bom método.

Coralie e Lucien foram passear no Bois de Boulogne, onde encontraram de novo a marquesa d'Espard, a sra. de Bargeton e o barão Châtelet. A sra. de Bargeton olhou para Lucien com um ar sedutor que podia ser visto como um cumprimento. Camusot encomendara o melhor jantar do mundo. Coralie, sabendo estar livre dele, foi tão encantadora com o pobre comerciante de sedas que ele não se lembrou de tê-la visto tão graciosa nem tão atraente durante os catorze meses do romance que tiveram.

"Ora, fiquemos com ela, *apesar dos pesares*!", pensou.

Camusot propôs secretamente a Coralie conseguir-lhe seis mil libras de renda graças a investimentos nos títulos do Estado — que sua mulher não conhecia —, se ela quisesse continuar a ser sua amante, e ele aceitaria fechar os olhos para seus amores com Lucien.

— Trair um anjo desses?... Mas olhe para ele, pobre macaco, e olhe para você! — disse ela apontando para o poeta que Camusot atordoara ligeiramente fazendo-o beber.

Camusot resolveu esperar que a miséria lhe devolvesse a mulher que a miséria já lhe entregara.

— Então serei apenas seu amigo — disse, beijando-a na testa.

Lucien deixou Coralie e Camusot e foi para as Galerias de Madeira. Que mudança a iniciação nos mistérios do jornal produzira em seu espírito! Misturou-se sem medo à multidão que ondeava pelas Galerias, assumiu ares impertinentes porque tinha uma amante, entrou na livraria de Dauriat com desembaraço porque era jornalista. Ali encontrou muita gente, deu a mão a Blondet, a Nathan, a Finot, a toda a literatura com a qual confraternizara na última semana; pensou ser uma personalidade e se convenceu de que superava os companheiros; o leve toque de vinho que o animava lhe serviu maravilhosamente bem, foi espirituoso e mostrou que sabia uivar com os lobos. No entanto, Lucien não recolheu as aprovações tácitas, mudas ou faladas com que contava, e percebeu um primeiro gesto de ciúme entre aquele mundo, talvez mais curioso do que inquieto para saber qual lugar ocuparia uma nova sumidade e o que ela engoliria na partilha geral dos benefícios da imprensa. Finot, que via em Lucien uma mina a explorar, e Lousteau, que pensava ter direitos sobre ele, foram os únicos que o poeta viu sorridentes. Lousteau, que já assumira a pose de redator chefe, bateu com força nas vidraças do escritório de Dauriat.

— Um momento, meu amigo — respondeu-lhe o livreiro, levantando a cabeça acima das cortinas verdes e o reconhecendo.

O momento durou uma hora, e depois disso Lucien e o amigo entraram no santuário.

— E então, pensou no negócio de nosso amigo? — perguntou o novo redator chefe.

— Sem dúvida — disse Dauriat, recostando-se na poltrona como um sultão. — Percorri a coletânea, pedi a um homem de bom gosto, um bom juiz, que a lesse, pois não tenho a pretensão de conhecer o assunto. Eu, meu amigo, compro a glória já feita, como aquele inglês comprava o amor. Você é tão grande poeta como é bonito rapaz, meu filho — disse Dauriat. — Palavra de homem honesto, não digo de livreiro, repare bem! Seus sonetos são magníficos, não se sente que foram retrabalhados, o que é raro quando se tem inspiração e verve. Por fim, você sabe rimar, uma das qualidades da nova escola. Suas *Margaridas* são um belo livro, mas não são um negócio, e só posso cuidar de vastos empreendimentos. Por consciência, não quero pegar seus sonetos, pois me seria impossível promovê-los, não há como ganhar o suficiente com eles para custear as despesas de um sucesso. Aliás, você não continuará com a poesia, sua coletânea é um livro isolado. Você é muito moço, rapaz! Traz-me a eterna coletânea dos primeiros versos que fazem, ao sair do liceu, todos os literatos, e à qual a princípio eles se apegam mas da qual debocham mais tarde. Lousteau, seu amigo, deve ter um poema escondido dentro de suas velhas meias. Você não tem um poema, Lousteau? — perguntou Dauriat, lançando para Étienne um fino olhar de cumplicidade.

— Ah, como eu poderia escrever em prosa se não tivesse um? — disse Lousteau.

— Pois é, está vendo, ele nunca me falou disso; mas nosso amigo conhece os livreiros e os negócios — continuou Dauriat. — Para mim, a questão — disse, afagando Lucien — não é saber se você é um grande poeta; você tem muito, mas muito mérito; se eu estivesse começando como livreiro, cometeria o erro de editá-lo. Mas, primeiro, hoje meus comanditários e meus financiadores me cortariam o sustento; basta que eu tenha perdido vinte mil francos no ano passado para que não queiram ouvir falar de nenhuma poesia, e eles são meus chefes. No entanto, a questão não é essa. Admito que seja um grande poeta, mas será fecundo? Parirá regularmente sonetos? Produzirá dez volumes? Será um negócio? Pois bem, não, será um delicioso prosador; você tem muito espírito para estragá-lo com esses rípios em seus versos, pode ganhar trinta mil francos por ano nos jornais e não vai trocá-los por três mil francos que dificilmente lhe darão seus hemistíquios, suas estrofes e outras invencionices!

— Sabe, Dauriat, este senhor é do jornal — disse Lousteau.

— Sei — respondeu Dauriat —, li o artigo dele; e é no interesse dele que lhe recuso *As margaridas*! Sim, meu rapaz, daqui a seis meses você terá recebido mais dinheiro pelos artigos que vou lhe pedir do que por sua poesia invendável!

— E a glória? — exclamou Lucien.

Dauriat e Lousteau começaram a rir.

— Céus! — disse Lousteau. — Ele ainda tem ilusões.

— A glória — respondeu Dauriat — são dez anos de persistência e uma alternativa de cem mil francos de prejuízo ou lucro para a livraria. Se encontrar loucos que imprimam suas poesias, daqui a um ano terá estima por mim ao saber do resultado da operação.

— Está com o manuscrito aí? — disse Lucien, frio.

— Aqui está, meu amigo — respondeu Dauriat, cujo trato com Lucien já tinha singularmente adoçado.

Lucien pegou o pacote sem prestar atenção em como estava o barbante, de tal modo Dauriat dava a impressão de ter lido *As margaridas*. Saiu com Lousteau sem parecer consternado nem descontente. Dauriat acompanhou os dois amigos pela loja, falando de seu jornal e daquele de Lousteau. Lucien brincava displicentemente com o manuscrito de *As margaridas*.

— Acha que Dauriat leu ou mandou ler seus sonetos? — Étienne perguntou baixinho a Lucien.

— Acho — disse Lucien.

— Olhe para o barbante e para a marca.

Lucien percebeu que a tinta e o barbante estavam em perfeita conjunção.

— Qual soneto o senhor notou mais especialmente? — perguntou Lucien ao livreiro, empalidecendo de cólera e furor.

— São todos notáveis, meu amigo — respondeu Dauriat —, mas aquele sobre a margarida é delicioso, e termina com um pensamento fino e muito delicado. Foi aí que pressenti o sucesso eventual de sua prosa. Por isso o recomendei imediatamente a Finot. Faça artigos, pagaremos bem. Pensar na glória, sabe, é muito bonito, mas não se esqueça de manter os pés no chão, e agarre tudo o que aparecer. Quando for rico, fará versos.

O poeta saiu abruptamente para as Galerias a fim de não explodir. Estava furioso.

25

AS PRIMEIRAS ARMAS

— E então, menino — disse Lousteau, que o seguiu —, mas se acalme, aceite os homens como eles são: meios para um objetivo. Quer ir à forra?

— Custe o que custar — disse o poeta.

— Está aqui um exemplar do livro de Nathan que Dauriat acaba de me dar, e cuja segunda edição aparece amanhã; releia esta obra e faça um artigo que a destrua. Félicien Vernou não tolera Nathan, cujo sucesso prejudica, a seu ver, o futuro sucesso de sua própria obra. Uma das manias desses pequenos espíritos é imaginar que não há sob o sol lugar para dois triunfos. Por isso, ele mandará publicar seu artigo no grande jornal em que trabalha.

— Mas o que se pode dizer contra este livro? É bonito — exclamou Lucien.

— Humm, quanto a isso, meu caro, aprenda sua profissão — disse Lousteau sorrindo. — Mesmo se fosse uma obra-prima, o livro deve se tornar em sua pluma uma rematada bobagem, uma obra perigosa e malsã.

— Mas como?

— Você transformará as belezas em defeitos.

— Sou incapaz de operar uma metamorfose dessas.

— Eis, meu caro, a maneira de proceder numa ocasião dessas. Preste atenção, meu filho! Você vai começar achando a obra bonita e poderá então se divertir em escrever o que pensa. O público dirá: este crítico não é invejoso, certamente será imparcial. A partir daí o público considerará sua crítica consciênciosa. Depois de conquistar a estima do leitor, você lamentará ter de criticar o sistema em que livros semelhantes acabarão pondo a literatura francesa. A França, dirá, não governa a inteligência do mundo inteiro? Até hoje, de século em século, os escritores franceses mantinham a Europa no caminho da análise e do exame filosófico, pela força do estilo e pela forma original que davam às ideias. Aqui encaixe, para os burgueses, um elogio a Voltaire, Rousseau, Diderot, Montesquieu, Buffon. Explique como na França a língua é impiedosa, prove que ela é um verniz estendido sobre o pensamento. Solte axiomas, como: "Um grande escritor na França é sempre um grande homem, ele é obrigado, pela língua, a sempre pensar; não é assim nos outros países" etc. Demonstre sua proposição comparando Rabener, um moralista satírico alemão, com La Bruyère. Não há nada que firme tanto um crítico como falar de um autor estrangeiro desconhecido. Kant serviu de trampolim para Cousin. Uma vez nesse terreno, você lança uma frase que resume e explica aos néscios o método de nossos homens de gênio do século passado, ao chamarem sua literatura de *literatura de ideias*. Armado desta expressão, jogue todos os mortos ilustres na cabeça dos autores vivos. Explique então que nos dias de hoje se produz uma nova literatura em que se abusa do diálogo (a mais fácil das formas literárias) e das descrições que dispensam pensar. Contraponha os romances de Voltaire, Diderot, Sterne e Lesage, tão substanciais, tão incisivos, ao romance moderno em que tudo se traduz por imagens, e que Walter Scott *dramatizou* demais. Num gênero desses, não há lugar para o inventor. O romance à Walter Scott é um gênero e não um sistema, você dirá. Fulmine esse gênero funesto em que as ideias se dissolvem e são passadas pelo laminador, gênero acessível a todos os espíritos, gênero em que qualquer um pode se tornar um autor barato, gênero a que você chamará, enfim, de *literatura de imagens*. Faça com que essa argumentação caia sobre Nathan, demonstrando que ele é um imitador e só tem a aparência do talento. Falta ao livro dele o grande estilo compacto do século XVIII, e você provará que o autor substituiu os sentimentos pelos acontecimentos. A vida não é mero movimento, ideias não são meros quadros! Largue umas frases dessas, o público as repetirá. Então, apesar do mérito dessa obra, ela lhe parece fatal e perigosa, pois abre às massas as portas do Templo da Glória, e você deixará entrever ao longe um exército de autorezinhos apressados em imitar essa forma. A partir daí, pode se entregar a estrondosas lamentações sobre a decadência do gosto, e insinuar o elogio aos senhores Étienne, Jouy, Tissot, Gosse, Duval, Jay, Benjamin Constant, Aignan, Baour-Lormian, Villemain, os corifeus do partido liberal napoleônico, sob a proteção dos quais se encontra o jornal de Vernou. Mostre essa gloriosa falange resistindo à invasão dos românticos, lutando pela ideia e pelo estilo contra a imagem e a verbiagem, continuando a escola voltairiana e se opondo à escola inglesa e alemã, assim como os dezessete oradores da Esquerda combatem, em nome da nação, os ultras da Direita. Protegido por esses nomes reverenciados pela imensa maioria dos franceses, que serão sempre a favor da oposição da Esquerda, você pode esmagar Nathan, cuja obra, ainda que contendo belezas superiores, confere na França foros de cidadania a uma literatura sem ideias. A partir daí, já não se trata de Nathan nem de seu livro, compreende?, mas da glória da França. O dever dos escritores honestos e corajosos é se opor com veemência a essas importações estrangeiras. Com isso, você afaga o assinante. Para você, a França é uma comadre esperta, não é fácil surpreendê-la. Se o livreiro, por motivos que você prefere não expor, escamoteou um sucesso, o verdadeiro público logo fez justiça aos erros cometidos pelos quinhentos bobos que compõem a vanguarda do livreiro. Diga que, depois de ter tido a felicidade de vender uma edição desse livro, o livreiro é um tanto audacioso de fazer uma segunda, e lamente que um editor tão hábil conheça tão pouco os instintos do país. Aí estão seus argumentos. Salpique com espírito esses raciocínios, tempere-os com um filete de vinagre, e Dauriat estará frito na frigideira dos jornalistas. Mas não se esqueça de terminar parecendo lamentar em Nathan o erro de um homem a quem, se sair desse caminho, a literatura contemporânea deverá belas obras.

Lucien ficou pasmo ao ouvir Lousteau falar: as palavras do jornalista o faziam abrir o olho, descobrir verdades literárias de que nem sequer suspeitara.

— Mas você me diz — exclamou — algo cheio de razão e pertinência.

— Sem isso, será que você conseguiria atacar o livro de Nathan? — perguntou Lousteau. — Aí está, meu filho, uma primeira forma de artigo que se usa para demolir um livro. É a picareta do crítico. Mas há muitas outras fórmulas! Sua educação será feita. Quando for obrigado a falar em termos inqualificáveis de um homem que não apreciar, pois às vezes os donos e os redatores chefes de um jornal forçam a mão, você desenvolverá os lados negativos naquilo a que chamamos artigo de fundo. Você põe no cabeçalho do artigo o título do livro que deve resenhar; começa com considerações gerais em que pode falar dos gregos e dos romanos, e depois diz, no final: "essas considerações nos levam ao livro do senhor fulano de tal, que será tratado num segundo artigo". E o segundo artigo jamais aparece. Assim, sufoca-se o livro entre duas promessas. Aqui você não vai fazer um artigo contra Nathan, mas contra Dauriat; isso exige um golpe de picareta. Numa bela obra, a picareta nada destrói, mas num mau livro ela penetra até o coração: no primeiro caso, só fere o livreiro, no segundo, presta serviço ao público. Essas formas de crítica literária são empregadas igualmente na crítica política.

A cruel lição de Étienne abria clareiras na imaginação de Lucien, que compreendeu admiravelmente bem essa profissão.

— Vamos para o jornal — disse Lousteau —, lá encontraremos nossos amigos e combinaremos um ataque em regra contra Nathan, e eles vão achar graça, você vai ver.

Chegando à rua Saint-Fiacre, subiram juntos à mansarda

onde se fazia o jornal e Lucien ficou tão surpreso como radiante ao ver a alegria com que seus colegas combinaram demolir o livro de Nathan. Hector Merlin pegou um quadrado de papel e escreveu estas linhas, que foi levar para seu jornal:

> *Anuncia-se uma segunda edição do livro do sr. Nathan. Contávamos guardar silêncio sobre a obra, mas essa aparência de sucesso nos obriga a publicar um artigo, menos sobre a obra que sobre a tendência da jovem literatura.*

Para iniciar as piadinhas do número do dia seguinte, Lousteau pôs esta frase:

> **** O livreiro Dauriat publica uma segunda edição do livro do senhor Nathan? Então ele não conhece o provérbio do palácio:* NON BIS IN IDEM?* *Honra à coragem na desgraça!*

As palavras de Étienne foram como uma tocha para Lucien, em quem o desejo de se vingar de Dauriat fez as vezes de consciência e inspiração. Três dias depois, durante os quais ele não saiu do quarto de Coralie, onde trabalhava perto da lareira, servido por Bérénice e acariciado nos momentos de lassidão pela atenciosa e calada Coralie, Lucien passou a limpo um artigo crítico de cerca de três colunas, no qual se elevava a uma altura surpreendente. Correu ao jornal, eram nove da noite, lá encontrou os redatores e leu seu trabalho. Foi escutado com seriedade. Félicien não disse uma palavra, pegou o manuscrito e despencou pelas escadas.

— Que bicho lhe mordeu? — exclamou Lucien.

— Vai levar seu artigo para a tipografia! — disse Hector Merlin. — É uma obra-prima na qual não há uma palavra a cortar, nem uma linha a acrescentar.

— Basta lhe mostrar o caminho! — disse Lousteau.

— Eu gostaria de ver a cara de Nathan amanhã ao ler

* "Não se julga duas vezes o mesmo delito."

isso — disse outro redator, em cujo rosto brilhava uma doce satisfação.

— Convém ser amigo seu! — disse Hector Merlin.

— Então está bom? — perguntou Lucien, com vivacidade.

— Blondet e Vignon vão se roer de inveja! — disse Lousteau.

— Aqui está — continuou Lucien — um artiguinho que rabisquei para vocês, e que pode, caso gostem, fornecer uma série de composições semelhantes.

— Leia-nos isto — disse Lousteau.

Lucien leu então um desses deliciosos artigos que fizeram a fortuna desse jornaleco, e no qual em duas colunas ele pintava um detalhe íntimo da vida parisiense, um rosto, um tipo, um acontecimento normal, ou certas singularidades. A amostra, intitulada *Os passantes de Paris*, era escrita nesse modo novo e original em que o pensamento resultava do choque das palavras, em que o tilintar dos advérbios e adjetivos despertava a atenção. O artigo era tão diferente do texto grave e profundo sobre Nathan quanto *Cartas persas* eram diferentes de *O espírito das leis*.

— Você nasceu jornalista — disse-lhe Lousteau. — Isso sairá amanhã, escreva tantos quanto quiser.

— Ah, pois é! — disse Merlin. — Dauriat está furioso com os dois obuses que lançamos sobre a livraria dele. Venho agora de lá, ele fulminava imprecações, exaltava-se contra Finot, que lhe contava ter vendido a você o jornal. Eu o chamei à parte e lhe disse estas palavras ao ouvido: "*As margaridas* lhe custarão caro! Aparece-lhe um homem de talento e o senhor o manda passear, enquanto nós o acolhemos de braços abertos!".

— Dauriat será fulminado pelo artigo que acabamos de ouvir — disse Lousteau a Lucien. — Está vendo, meu filho, o que é jornal? Mas sua vingança está andando! O barão Châtelet veio hoje pedir seu endereço, saiu esta manhã um artigo atroz contra ele, o ex-frajola tem pavio curto, está desesperado. Não leu o jornal? O artigo é engraçado. Veja!

Enterro da Garça-real pranteado pelo Osso de siba. A senhora de Bargeton é, decididamente, chamada de *Osso de siba* na sociedade, e agora Châtelet só é chamado de *Barão Garça-real.*

Lucien pegou o jornal e não pôde deixar de rir ao ler aquela pequena obra-prima do sarcasmo, escrita por Vernou.

— Eles vão capitular — disse Hector Merlin.

Lucien contribuiu alegremente para certas piadas e tiradas com que eles terminavam o jornal, conversando e fumando, contando as aventuras do dia, salientando os aspectos ridículos dos companheiros ou alguns novos detalhes sobre as personalidades deles. Essa conversa eminentemente debochada, espirituosa, malvada, pôs Lucien a par dos costumes e das personalidades da literatura.

— Enquanto se compõe o jornal — disse Lousteau — vou dar uma volta com você, apresentá-lo a todas as bilheterias e a todos os bastidores dos teatros onde terá suas entradas; depois iremos encontrar Florine e Coralie no Panorama-Dramatique onde *enlouqueceremos* com elas em seus camarins.

Assim, os dois foram, de braços dados, de teatro em teatro, onde Lucien foi entronizado como redator, cumprimentado pelos diretores, espiado pelas atrizes; todos estavam sabendo da importância que um só artigo dele acabava de conferir a Coralie e a Florine, contratadas, uma pelo Gymnase a doze mil francos por ano, outra pelo Panorama, por oito mil francos. Ali houve outras tantas pequenas ovações que engrandeceram Lucien a seus próprios olhos e lhe deram a dimensão de sua força. Às onze horas, os dois amigos chegaram ao Panorama-Dramatique, onde Lucien assumiu ares desenvoltos que fizeram maravilhas. Nathan estava lá, estendeu a mão a Lucien, que a pegou e apertou.

— Ah, meus mestres — disse olhando para Lucien e Lousteau —, então querem me enterrar?

— Mas espere só amanhã, meu caro, e verá como Lucien o agarrou! Palavra de honra, você vai ficar contente. Quando a crítica é tão séria como esta, qualquer livro ganha.

Lucien estava rubro de vergonha.

— É dura? — perguntou Nathan.

— É grave — disse Lousteau.

— Então não haverá nada de mal? — continuou Nathan. — Hector Merlin dizia no foyer do Vaudeville que eu seria desancado.

— Deixe-o dizer e espere — exclamou Lucien, que se salvou no camarim de Coralie, seguindo a atriz no momento em que ela saía de cena dentro de seu atraente figurino.

26

O LIVREIRO NA CASA DO AUTOR

No dia seguinte, quando almoçava com Coralie, Lucien ouviu um cabriolé cujo ruído muito nítido em sua rua isolada anunciava um carro elegante, e cujo cavalo tinha esse andar solto e esse jeito de parar que traem a raça pura. De fato, da janela Lucien avistou o magnífico cavalo inglês de Dauriat, e Dauriat entregando as rédeas a seu cavalariço antes de descer.

— É o livreiro — gritou Lucien para a amante.

— Mande esperar — disse logo Coralie a Bérénice.

Lucien sorriu do atrevimento daquela moça que se identificava tão admiravelmente com seus interesses e voltou para beijá-la com uma efusão verdadeira: ela tivera presença de espírito. A presteza do impertinente livreiro e o rebaixamento sofrido por esse príncipe dos charlatães decorriam de circunstâncias quase de todo esquecidas, de tal forma o comércio da livraria se transformara violentamente em quinze anos. De 1816 a 1827, época em que os gabinetes literários, instalados de início para a leitura dos jornais, resolveram também oferecer a leitura dos livros novos, mediante pagamento, e em que a agravação das leis fiscais referentes à imprensa periódica levou à criação do anúncio, os livreiros não tinham outros meios de divulgação além dos artigos inseridos nos folhetins ou no corpo dos jornais. Até 1822, os jornais franceses apareciam em folhas de um formato tão insignificante que os grandes jornais mal ultrapassavam as dimensões dos pequenos jornais de hoje. Para resistir à tirania dos jornalistas, Dauriat e Ladvocat foram os primeiros a inventar esses cartazes com os quais chamaram a atenção de Paris, neles exibindo caracteres de fantasia, coloridos extravagantes, vinhetas e, mais tarde, litografias que fizeram do cartaz um poema para os olhos e, volta e meia, um prejuízo para o bolso dos amadores. Os cartazes se tornaram tão originais que um desses maníacos chamados *colecionadores* possui uma coleção completa dos cartazes parisienses. Esse processo de anunciar, primeiro restrito às vidraças das lojas e às vitrines dos bulevares, porém mais tarde estendido à França inteira, foi abandonado, em troca do anúncio. No entanto, o cartaz, que ainda atrai o olhar quando o anúncio, e quase sempre a obra, já estão esquecidos, subsistirá para sempre, sobretudo desde que se descobriu a maneira de pintá-lo nos muros. O anúncio, acessível a todos mediante pagamento, e que transformou a quarta página dos jornais em um campo tão fértil para o fisco quanto para os especuladores, nasceu sob os rigores do selo, do correio e das cauções.* Essas restrições inventadas na época do ministério do sr. de Villèle, que poderia então ter matado os jornais, banalizando-os, criaram ao contrário uma espécie de privilégio, tornando quase impossível a fundação de um jornal. Portanto, em 1821 os jornais exerciam direito de vida e de morte sobre as concepções do pensamento e os empreendimentos dos livreiros. Pagava-se uma fortuna por um anúncio de poucas linhas inserido na seção Fatos de Paris. Nas salas de redação, e à noite no campo de batalha das tipografias, na hora em que a *paginação* decidia aceitar ou rejeitar este ou aquele artigo, as intrigas se multiplicavam tanto que as livrarias tinham a seu soldo um literato para redigir esses pequenos artigos que deviam incluir muitas ideias em poucas palavras. Esses jornalistas

* Além do selo fiscal e das tarifas de envio pelo correio, aumentadas em março de 1827, os donos de jornais deviam pagar uma espécie de fiança se quisessem falar de política.

obscuros, pagos somente depois da publicação, costumavam passar a noite nas tipografias para ver entrar no prelo, fossem os grandes artigos, obtidos Deus sabe como, fossem essas poucas linhas que, depois, ficaram com o nome de *reclames*. Hoje, os costumes da literatura e dos livreiros mudaram tanto que muita gente consideraria fábulas os imensos esforços, as seduções, as covardias, as intrigas que a necessidade de obter os reclames inspirava nos livreiros, nos autores, nos mártires da glória, em todos os forçados condenados ao êxito perpétuo. Jantares, mimos, presentes, tudo era empregado com os jornalistas. A seguinte história explicará melhor que todas as asserções a estreita aliança entre a crítica e os livreiros.

Um eminente homem de letras, naquele tempo ainda moço, galante e redator de um grande jornal, e aspirando ser um homem de Estado, se tornou o bem-amado de uma famosa livraria. Um domingo, no campo, quando o opulento livreiro festejava os principais redatores dos jornais, a dona da casa, então jovem e bonita, levou para seu parque o ilustre escritor. O gerente da firma, alemão frio, grave e metódico, pensando só nos negócios, ali passeava ao lado de um folhetinista, conversando a respeito de uma iniciativa sobre a qual o consultava; a conversa os levou para fora do parque e chegaram ao bosque. No fundo de um matagal, o alemão vê alguma coisa que se assemelha com sua patroa; pega o monóculo, faz sinal ao jovem redator para se calar, para ir embora, e recua, voltando sobre seus passos. "O que o senhor viu?", perguntou-lhe o escritor. "Quase nada", respondeu. "Nosso grande artigo vai sair. Amanhã teremos pelo menos três colunas no *Journal des Débats*."

Outra história explicará esse poder dos artigos. Um livro do sr. de Chateaubriand sobre o último dos Stuart estava numa livraria, no estado de "rouxinol". Um só artigo escrito por um rapaz no *Journal des Débats* fez vender esse livro numa semana. Numa época em que, para ler um livro, era preciso comprá-lo e não alugá-lo, vendiam-se dez mil exemplares de certos livros liberais, elogiados por todas as folhas da Oposição; mas também ainda não existia a contrafação belga.*

Os ataques preparatórios dos amigos de Lucien e seu artigo tiveram a virtude de suspender a venda do livro de Nathan, que só sofria em seu amor-próprio, não tinha nada a perder, estava pago; mas Dauriat podia perder trinta mil francos. De fato, o comércio da chamada livraria de *novidades* se resume a este teorema comercial: uma resma de papel branco vale quinze francos; se impressa, vale, dependendo do êxito, cem vinténs ou cem escudos. Um artigo a favor ou contra, naquele tempo, costumava decidir esse problema financeiro. Portanto, Dauriat, que tinha quinhentas resmas a vender, acorria para capitular diante de Lucien. De sultão, o livreiro se transformara em escravo. Depois de esperar algum tempo murmurando, fazendo o máximo de barulho e conversando com Bérénice, conseguiu falar com Lucien. O orgulhoso livreiro assumiu o jeito risonho dos cortesãos quando entram na corte, mas mesclado de presunção e bonomia.

— Não se incomodem, meus amores queridos! — disse. — Como são gentis, esses dois pombinhos! De fato, vocês me dão a impressão de duas pombinhas! Quem diria, senhorita, que este homem, que tem um jeito de moça, é um tigre com garras de aço que rasgam uma reputação assim como devem rasgar seus penhoares quando a senhorita custa a tirá-los. — E começou a rir, sem terminar o gracejo. — Meu filhinho... — disse, sentando perto de Lucien —, senhorita, sou Dauriat — continuou, interrompendo-se.

O livreiro achou necessário disparar seu nome, como se fosse um tiro de pistola, pois não se considerou muito bem recebido por Coralie.

— Já almoçou? Quer nos fazer companhia? — perguntou a atriz.

* A partir de 1830 vários editores belgas se especializaram em publicar edições piratas das novidades francesas. Balzac lutou toda a vida contra essa pirataria.

— Mas claro, conversaremos melhor à mesa — respondeu Dauriat. — Aliás, aceitando almoçar ganho o direito de tê-la para jantar, junto com meu amigo Lucien, pois agora devemos ser amigos como a luva e a mão.

— Bérénice! As ostras, os limões, manteiga fresca e vinho de Champagne — disse Coralie.

— Você é homem de grande inteligência para não saber o que me traz aqui — disse Dauriat olhando para Lucien.

— Vem comprar minha coletânea de sonetos?

— Exatamente — respondeu Dauriat. — Antes de mais nada, deponhamos as armas de parte a parte.

Tirou do bolso uma elegante carteira, pegou três notas de mil francos, colocou-as sobre um prato e as ofereceu a Lucien com ares de cortesão, dizendo-lhe:

— Está satisfeito?

— Estou — disse o poeta, que diante daquela quantia inesperada se sentiu inundado por uma desconhecida beatitude.

Lucien se conteve mas sua vontade era cantar, pular; acreditava na Lâmpada Maravilhosa, nos Encantadores; acreditava, em suma, em seu gênio.

— Então, *As margaridas* são minhas? — perguntou o livreiro. — Mas jamais você atacará nenhuma de minhas publicações!

— *As margaridas* são suas mas não posso comprometer minha pluma, ela é de meus amigos, assim como a deles é minha.

— Mas, afinal, você se tornará um de meus autores. Todos os meus autores são meus amigos. Portanto, não prejudique meus negócios sem que eu seja avisado dos ataques, a fim de preveni-los.

— De acordo.

— À sua glória! — disse Dauriat, erguendo o copo.

— Bem vejo que leu *As margaridas* — disse Lucien.

Dauriat não se desconcertou:

— Meu filho, comprar *As margaridas* sem conhecê-las é a mais bela lisonja que um livreiro pode se permitir. Daqui a seis meses você será um grande poeta; terá artigos, será temido, não precisarei fazer nada para vender seu livro. Sou hoje o mesmo negociante de quatro dias atrás. Não fui eu que mudei, mas você: na semana passada, seus sonetos eram para mim como folhas de um jornaleco, hoje sua posição faz deles uns *Messéniennes*.*

— Pois bem — disse Lucien, que o prazer sultanesco de ter uma bela amante e a certeza do sucesso tornavam debochado e adoravelmente impertinente —, se não leu meus sonetos, leu meu artigo.

— Sim, meu amigo, sem isso eu teria vindo aqui tão depressa? Infelizmente esse terrível artigo é muito bonito. Ah! Você tem imenso talento, meu pequeno. Creia-me, aproveite a maré — disse com uma bondade que escondia a profunda impertinência da palavra. — Mas recebeu o jornal, e o leu?

— Ainda não — disse Lucien —, e olhe que é a primeira vez que publico um grande artigo em prosa; mas Hector o terá enviado para minha casa, na rua Charlot.

— Tome, leia — disse Dauriat, imitando Talma em *Mânlio*.

Lucien pegou a folha que Coralie lhe arrancou.

— São minhas as primícias de sua pena, você bem sabe — ela disse, rindo.

Dauriat foi estranhamente lisonjeiro e cortesão, temia Lucien, portanto o convidou, com Coralie, para um grande jantar que daria aos jornalistas no fim da semana. Levou o manuscrito de *As margaridas* dizendo a *seu* poeta que passasse quando quisesse nas Galerias de Madeira para assinar o contrato que estaria pronto. Sempre fiel aos modos imperiais com que tentava se impor às pessoas superficiais e mais parecer um Mecenas do que um livreiro, deixou os três mil francos sem pedir recibo, recusou a quitação oferecida por Lucien, com um gesto negligente, e foi embora, beijando a mão de Coralie.

* *Messéniennes*, de Casimir Delavigne, era a coletânea de poesias mais na moda nesse momento, tendo sido reeditada diversas vezes.

— Pois é, meu amor, você teria visto muitos desses papeizinhos aí se tivesse ficado em seu buraco na rua de Cluny a vasculhar coisas nos livros da biblioteca Sainte-Geneviève? — perguntou Coralie a Lucien, que lhe contara toda a sua vida. — Seus amiguinhos da rua des Quatre-Vents, sabe, me dão a impressão de ser uns grandes trouxas!

Seus irmãos do Cenáculo eram uns trouxas! Lucien ouviu rindo essa sentença. Lera seu artigo impresso, acabava de saborear essa inefável alegria dos escritores, esse primeiro prazer do amor-próprio que só acaricia o espírito uma única vez. Lendo e relendo seu artigo, sentia mais claramente seu alcance e dimensão. O impresso está para os manuscritos assim como o teatro está para as mulheres: ele ilumina as belezas e os defeitos; mata tão bem quanto faz viver; então um erro salta aos olhos tão nitidamente quanto os belos pensamentos. Inebriado, Lucien não pensava mais em Nathan, que era seu estribo; nadava na alegria, via-se rico. Para um menino que outrora descia modestamente as ladeiras de Beaulieu a Angoulême, voltava a L'Houmeau para o sótão de Postel onde toda a família vivia com mil e duzentos francos por ano, a quantia levada por Dauriat era o Potosí. Uma lembrança, ainda bem viva, mas que as contínuas delícias da vida parisiense iriam extinguir, o levou à praça du Mûrier. Lembrou-se de sua bela, de sua nobre irmã Ève, de seu David e de sua pobre mãe; logo mandou Bérénice trocar uma nota, e enquanto isso escreveu uma cartinha à família; depois despachou Bérénice à Posta, temendo, caso demorasse, não poder dar os quinhentos francos que enviava para a mãe. Para ele, para Coralie, essa restituição parecia uma boa ação. A atriz beijou Lucien, achou-o um modelo de filho e de irmão e o cobriu de carícias, pois essas características encantam as boas moças que, todas, têm o coração na mão.

— Agora temos — ela lhe disse — jantar todas as noites, durante uma semana, vamos fazer um pequeno carnaval, você trabalhou bastante.

Coralie, como mulher que queria desfrutar da beleza de um homem que todas as outras iam lhe invejar, levou-o ao

Staub, pois não achava Lucien bem-vestido o suficiente. De lá, os dois amantes foram ao Bois de Boulogne e voltaram para jantar com a sra. du Val-Noble, em cuja casa Lucien encontrou Rastignac, Bixiou, Des Lupeaulx, Finot, Blondet, Vignon, o barão de Nucingen, Beaudenord, Philippe Bridau, Conti, o grande músico, todo o mundo dos artistas, especuladores, gente que quer contrapor grandes emoções aos grandes trabalhos, e que, todos, receberam Lucien de braços abertos. Lucien, seguro de si, exibiu seu espírito como se disso não fizesse comércio e foi proclamado *homem forte*, elogio então na moda entre esses semicompanheiros.

— Oh! Ainda precisaremos ver o que ele tem nas tripas — disse Théodore Gaillard a um dos poetas protegidos pela corte, e que sonhava em fundar um pequeno jornal realista chamado mais tarde *Le Réveil.*

Depois do jantar, os dois jornalistas acompanharam suas amantes à Ópera, em que Merlin tinha um camarote e para onde foi todo o grupo. Assim, Lucien reapareceu triunfante ali onde, meses antes, caíra tão baixo. Apresentou-se no foyer dando o braço a Merlin e a Blondet, olhando de frente para os dândis que outrora o haviam mistificado. Tinha Châtelet a seus pés! De Marsay, Vandenesse, Manerville, os leões daquela época, trocaram então uns olhares insolentes com ele. Sem dúvida, falou-se do belo, do elegante Lucien no camarote da sra. d'Espard, ao qual Rastignac fez uma longa visita, pois a marquesa e a sra. de Bargeton olharam de binóculo para Coralie. Lucien provocaria algum arrependimento no coração da sra. de Bargeton? Esse pensamento preocupou o poeta: ao ver a *Corinne* de Angoulême, um desejo de vingança agitou seu coração como no dia em que sofreu o desprezo daquela mulher e de sua prima, nos Champs-Elysées.

27

UM ESTUDO SOBRE A ARTE DE CANTAR A PALINÓDIA

— Você veio da sua província com um amuleto? — perguntou Blondet a Lucien, que ainda não tinha se levantado quando o amigo chegou, alguns dias depois, à sua casa, por volta das onze horas. — A beleza dele — disse, apontando Lucien para Coralie, que ele beijou na testa — faz estragos do porão à mansarda, de alto a baixo. Venho requisitá-lo, meu caro — disse apertando a mão do poeta —, pois ontem, no Italiens, a senhora condessa de Montcornet quis ser apresentada a você. Você não vai recusar uma mulher encantadora, jovem, e em cuja casa encontrará a elite da alta roda!

— Se Lucien for bonzinho comigo — disse Coralie —, não irá à casa da sua condessa. Que necessidade ele tem de arrastar a gravata pela alta roda? Vai se entediar.

— Quer mantê-lo em cárcere privado? — perguntou Blondet. — Está com ciúme das mulheres distintas?

— Estou — exclamou Coralie —, elas são piores que nós.

— Como sabe, minha gatinha? — perguntou Blondet.

— Pelos maridos delas — respondeu. — Esquece que estive com De Marsay durante seis meses?

— Então você pensa, minha filha — disse Blondet —, que faço tanta questão de introduzir na casa da senhora de Montcornet um homem tão bonito como o seu? Se você se opuser, façamos de conta que eu não disse nada. Mas creio que se trata menos de mulher do que de obter a paz e a misericórdia de Lucien a respeito de um pobre-diabo, o saco de pancada do jornal dele. O barão Châtelet comete a bobagem de levar os artigos a sério. A marquesa d'Espard, a senhora de Bargeton e o salão da condessa de Montcornet se interessam pela Garça-real, e prometi reconciliar Laura e Petrarca, ou seja, a senhora de Bargeton e Lucien.

— Ah! — exclamou Lucien, cujas veias receberam um sangue mais fresco, levando-o a sentir o inebriante gozo da vingança satisfeita. — Então estou com o pé sobre o ventre deles! Você me faz adorar minha pluma, adorar meus amigos, adorar o jornal e o poder fatal do pensamento. Ainda não escrevi artigos sobre a Siba e a Garça-real. Irei, sim — disse, pegando Blondet pela cintura —, irei, mas quando essa dupla tiver sentido o peso desta coisa tão leve!

Pegou a pena com que tinha escrito o artigo sobre Nathan e a brandiu.

— Amanhã lhes lanço na cabeça duas colunazinhas. Depois, veremos. Não se aflija com coisa nenhuma, Coralie: não se trata de amor mas de vingança, e a quero completa — disse Lucien.

— Eis um homem! — disse Blondet. — Se soubesse, Lucien, como é raro encontrar uma explosão dessas no mundo blasé de Paris, poderia apreciar a si mesmo. Você vai ser um companheiro do barulho! — disse, usando uma expressão um pouco mais vigorosa —, está no caminho que leva ao poder.

— Chegará lá — disse Coralie.

— Mas já percorreu um bom pedaço em seis semanas.

— E quando mais nada o separar de um cetro a não ser a largura de um cadáver, poderá usar o corpo de Coralie como degrau. Vocês se amam como no tempo da Idade de Ouro — disse Blondet. — Parabéns por seu grande artigo — continuou, olhando para Lucien —, está cheio de coisas novas. Ei-lo já um mestre.

Lousteau foi, com Hector Merlin e Vernou, ver Lucien, que ficou tremendamente lisonjeado por ser alvo de suas atenções. Félicien trazia cem francos para Lucien, como pagamento a seu artigo. O jornal sentira que era necessário retribuir um trabalho tão bem feito, a fim de se ligar ao autor. Coralie, ao ver aquele Capítulo de jornalistas, mandou buscar um almoço no Cadran Bleu, o restaurante mais perto; convidou a todos para passarem à sua bela sala de jantar quando Bérénice foi lhe dizer que estava tudo pronto. No meio da refeição, quando o vinho de Champagne tinha subido a todas as cabeças, foi revelada a razão da visita que faziam a Lucien seus companheiros.

— Você não quer — disse-lhe Lousteau — fazer de Nathan um inimigo, não é mesmo? Nathan é jornalista, tem amigos, lhe faria alguma maldade em sua primeira publicação. Você não tem para vender *O arqueiro de Carlos IX*? Vimos Nathan hoje de manhã, está desesperado; mas você vai fazer um artigo em que lhe borrifará elogios na cara.

— Como!? Depois do meu artigo contra o livro dele, vocês querem... — perguntou Lucien.

Émile Blondet, Hector Merlin, Étienne Lousteau, Félicien Vernou, todos interromperam Lucien com uma gargalhada.

— Você o convidou para cear aqui depois de amanhã? — perguntou Blondet.

— Seu artigo — disse Lousteau — não está assinado. Félicien, que não é tão novato como você, não deixou de pôr embaixo um C., com o qual de agora em diante você poderá assinar os artigos no jornal dele, que é Esquerda pura. Nós todos somos da Oposição. Félicien teve a delicadeza de não comprometer suas futuras opiniões. No jornal de Hector, que é de Centro-direita, você poderá assinar com um L. Somos anônimos para o ataque mas assinamos muito bem os elogios.

— As assinaturas não me preocupam — disse Lucien —, mas não vejo nada a dizer a favor do livro.

— Então você pensava aquilo que escreveu? — perguntou Hector a Lucien.

— Sim.

— Ah! Meu filho — disse Blondet —, achei que você era mais forte! Não, palavra de honra, olhando para sua fronte eu o dotava de uma onipotência parecida com a dos grandes espíritos, todos poderosamente constituídos para considerar todas as coisas em seu duplo aspecto. Meu filho, em literatura cada ideia tem seu direito e seu avesso; e ninguém pode assumir a responsabilidade de afirmar qual é o avesso. Tudo é bilateral no campo do pensamento. As ideias são binárias. Jano é o mito da crítica e o símbolo do gênio. Só Deus é triangular! O que põe Molière e Corneille numa categoria à parte não é a facilidade de fazer Alceste dizer *sim* e Filinto, Otávio e Cinna, *não*? Rousseau, em *A nova Heloísa*, escreveu uma carta a favor e uma carta contra o duelo; você ousaria se responsabilizar pela verdadeira opinião dele? Quem de nós poderia se pronunciar entre Clarissa e Lovelace, entre Heitor e Aquiles? Qual é o herói de Homero? Qual foi a intenção de Richardson? A crítica deve contemplar as obras em todos os seus aspectos. Em suma, somos grandes relativistas.

— Então você dá importância ao que escreve? — perguntou-lhe Vernou de um jeito zombeteiro. — Mas nós somos mercadores de frases, e vivemos de nosso comércio. Quando quiser fazer uma grande e bela obra, um livro, enfim, poderá expressar seus pensamentos, sua alma, afeiçoar-se a ele, defendê-lo; mas artigos lidos hoje, esquecidos amanhã, a meu ver só valem o quanto se paga por eles. Se der importância a essas imbecilidades, então fará o sinal da cruz e invocará o Espírito Santo para escrever um prospecto!

Todos pareceram espantados ao descobrir escrúpulos em Lucien e acabaram de estraçalhar sua toga pretexta para lhe vestir a toga viril* dos jornalistas.

— Sabe com que palavras Nathan se consolou depois de ler seu artigo? — perguntou Lousteau.

— Como eu saberia?

— Nathan exclamou: "Os pequenos artigos passam, as grandes obras ficam!". Esse homem virá cear aqui depois

* A toga pretexta era usada até os dezesseis anos pelos jovens patrícios romanos destinados à magistratura; depois vestiam a toga viril, que simbolizava se tornar adulto e se juntar ao grupo dos poderosos.

de amanhã, ele deve se prostrar a seus pés, beijar suas esporas e lhe dizer que você é um grande homem.

— Seria engraçado — disse Lucien.

— Engraçado! — continuou Blondet. — É necessário.

— Meus amigos, aceito — disse Lucien um pouco tonto. — Mas como fazer?

— Pois bem — disse Lousteau —, escreva para o jornal de Merlin três belas colunas em que refutará a si mesmo! Depois de termos nos deliciado com a fúria de Nathan, acabamos de dizer a ele que em breve deverá nos agradecer pela polêmica cerrada graças à qual iremos fazer seu livro se esgotar daqui a uma semana. Neste momento, você é, para ele, um espião, um canalha, um malandro; depois de amanhã será um grande homem, uma cabeça sólida, um homem de Plutarco! Nathan o beijará como a seu melhor amigo. Dauriat veio aqui, você está com três notas de mil francos: o truque funcionou. Agora precisa da estima e da amizade de Nathan. Só o livreiro deve ser agarrado. Só devemos imolar e perseguir nossos inimigos. Se se tratasse de um homem que tivesse conquistado um nome sem nós, de um talento incômodo que fosse preciso anular, não faríamos uma réplica dessas; mas Nathan é um de nossos amigos, Blondet fez o *Mercure* atacá-lo para se dar o prazer de responder no *Journal des Débats*. Por isso é que a primeira edição do livro se vendeu rapidamente!

— Meus amigos, palavra de homem honesto, sou incapaz de escrever duas frases de elogio a este livro...

— Receberá mais cem francos — disse Merlin —, Nathan já lhe terá rendido dez luíses, sem contar um artigo que pode escrever para a revista de Finot, pelo qual Dauriat lhe pagará cem francos, e mais cem francos pela revista: total, vinte luíses!

— Mas o que dizer? — perguntou Lucien.

— Eis como você pode se safar, meu filho — respondeu Blondet, recolhido. — A inveja, que se liga a todas as belas obras, assim como o verme às belas e boas frutas, tentou morder este livro, você dirá. Para encontrar seus defeitos, a crítica foi obrigada a inventar teorias a respeito do livro, a distinguir duas literaturas: a que se entrega às ideias e a que se dedica às imagens. Aqui, meu filho, você dirá que o último grau da arte literária é imprimir a ideia na imagem. Tentando provar que a poesia consiste inteiramente em imagens, você se queixará da pouca poesia que nossa língua comporta, falará das críticas que os estrangeiros nos fazem sobre o *positivismo* de nosso estilo, e louvará o senhor de Canalis e Nathan pelos serviços que prestam à França *desprosaizando* sua linguagem. Destrua sua argumentação anterior fazendo ver que estamos progredindo em relação ao século XVIII. Invente o *Progresso* (uma adorável mistificação a ser feita para os burgueses)! Nossa jovem literatura procede por quadros em que se concentram todos os gêneros, a comédia e o drama, as descrições, os caracteres, o diálogo, engastados pelos laços brilhantes de uma intriga interessante. O romance, que demanda sentimento, estilo e imagem, é a mais fantástica criação moderna. Ele sucede à comédia, que com suas velhas leis já não é possível existir nos costumes modernos; ele abarca o fato e a ideia em suas invenções que exigem o espírito e a moral incisiva de La Bruyère, os personagens tratados como Molière entendia, as grandes máquinas de Shakespeare e a pintura dos matizes mais delicados da paixão, único tesouro que nos deixaram nossos antecessores. Por isso, o romance é bem superior à discussão fria e matemática, à análise seca do século XVIII. O romance, você dirá sentenciosamente, é uma epopeia divertida. Cite *Corinne*, apoie-se na senhora de Staël. O século XVIII questionou tudo, o XIX está encarregado de chegar às conclusões: portanto, ele conclui pelas realidades, mas por realidades que vivem e avançam; por último, ele encena a paixão, elemento desconhecido de Voltaire. Aqui, discurso contra Voltaire. Quanto a Rousseau, tudo o que fez foi vestir os raciocínios e os sistemas. Julie e Claire* são enteléquias, não têm carne nem osso. Você pode dedilhar esse tema e dizer que devemos

* Heroínas de *A nova Heloísa*, de Rousseau.

à paz e aos Bourbon uma literatura jovem e original, pois está escrevendo num jornal de Centro-direita. Zombe dos fazedores de sistemas. Por último, pode exclamar num belo gesto: "Aí estão os muitos erros, as muitas mentiras do artigo de nosso confrade! E para quê? Para depreciar uma bela obra, enganar o público e chegar a esta conclusão: um livro que se vende não se vende". *Proh pudor*!* Solte um *Proh pudor*! Essa honesta invectiva anima o leitor. Por fim, anuncie a decadência da crítica! Conclusão: só há uma literatura, a dos livros divertidos. Nathan entrou por um caminho novo, compreendeu sua época e responde às suas necessidades. A necessidade da época é o drama. O drama é o anseio do século em que a política é um mimodrama eterno. Afinal, não vimos em vinte anos, você dirá, quatro dramas com a Revolução, o Diretório, o Império e a Restauração? Daí você resvala para o ditirambo do elogio, e a segunda edição vai vender depressa. Veja como: no próximo sábado você fará uma página em nossa revista e assinará DE RUBEMPRÉ, com todas as letras. Neste último artigo, dirá: "É próprio das belas obras suscitar amplas discussões. Esta semana, tal jornal disse tal coisa sobre o livro de Nathan, tal outro lhe respondeu vigorosamente". Você critica os dois críticos, C. e L., diz, de passagem, uma gentileza a respeito de meu artigo no *Journal des Débats* e termina afirmando que a obra de Nathan é o mais belo livro deste momento. É como se não dissesse nada, pois se diz isso de todos os livros. Terá ganhado quatrocentos francos em sua semana, além do prazer de escrever a verdade em algum lugar. As pessoas sensatas darão razão a C. ou a L., ou a Rubempré, talvez aos três! A mitologia, que com certeza é uma das maiores invenções humanas, pôs a Verdade no fundo de um poço: não precisamos de baldes para tirá-la de lá? Você terá dado ao público três em vez de um! É isso, meu filho. Ande!

Lucien ficou atordoado, Blondet o beijou nas duas faces dizendo:

* "Que vergonha!"

— Vou para minha loja.

Todos foram para suas lojas; pois, para esses homens ousados, o jornal era uma loja. Todos deviam se rever à noite nas Galerias de Madeira, onde Lucien iria assinar seu contrato com Dauriat. Florine e Lousteau, Lucien e Coralie, Blondet e Finot jantariam no Palais-Royal, onde Du Bruel daria um banquete para o diretor do Panorama-Dramatique.

— Eles têm razão! — exclamou Lucien quando ficou a sós com Coralie —, os homens devem ser meios entre as mãos das pessoas competentes. Quatrocentos francos por três artigos! É o que Doguereau me daria apenas por um livro que me custou dois anos de trabalho.

— Escreva críticas — disse Coralie —, divirta-se com elas! Não estarei eu esta noite de andaluza, e amanhã não me porei como uma cigana, e um outro dia como homem? Faça como eu, ofereça-lhes caretas pelo dinheiro deles, e vivamos felizes.

Lucien, animado com o paradoxo, fez seu espírito montar nessa mula caprichosa, filha de Pégaso e da jumenta de Balaão. Pôs-se a galopar pelos campos do pensamento durante seu passeio pelo Bois de Boulogne e descobriu belezas originais na tese de Blondet. Jantou como jantam as pessoas felizes, assinou com Dauriat um contrato pelo qual lhe cedia a propriedade completa do manuscrito de *As margaridas*, sem nisso perceber nenhum inconveniente; depois, deu um pulo ao jornal, onde alinhavou duas colunas, e voltou para a rua de Vendôme. Ocorreu que, na manhã seguinte, as ideias da véspera tinham germinado em sua cabeça, como acontece com todos os espíritos cheios de seiva cujas faculdades ainda foram pouco exercitadas. Lucien sentiu prazer em meditar sobre esse novo artigo, e o encarou com ardor. Sob sua pena se encontraram as belezas que a contradição faz nascer. Foi inteligente e sarcástico, e até mesmo se alçou a novas considerações sobre o sentimento e a imagem em literatura. Engenhoso e fino, retomou, para elogiar Nathan, suas primeiras impressões da leitura do livro no gabinete literário da Cour du Commerce. De atroz e áspero crítico, de galhofeiro cômico, tornou-se poeta em certas frases finais que se balançaram majestosamente como um incensório carregado de perfumes diante do altar.

— Cem francos, Coralie! — disse, mostrando as oito laudas de papel escritas enquanto ela se vestia.

Na verve em que se encontrava, fez em poucas penadas o artigo terrível, prometido a Blondet, contra Châtelet e a sra. de Bargeton. Naquela manhã saboreou um dos mais vivos prazeres secretos dos jornalistas, o de aguçar o epigrama, o de polir sua lâmina fria que encontra a bainha no coração da vítima, o de lhe esculpir o cabo para deleite dos leitores. O público admira o trabalho intelectual dedicado à fabricação desse cabo de punhal, nele não vê malícia, ignora que o aço do dito espirituoso, alterado pela vingança, chafurda num amor-próprio remexido com sabedoria, ferido por mil golpes. Esse terrível prazer, sombrio e solitário, degustado sem testemunhas, é como um duelo com um ausente, morto à distância com a haste de uma pluma, como se o jornalista tivesse o poder fantástico conferido aos desejos dos que possuem talismãs nos contos árabes. O epigrama é o espírito do ódio, do ódio que é herdeiro de todas as paixões más do homem, assim como o amor concentra todas as suas boas qualidades. Portanto, não há homem que não seja espirituoso quando se vinga, pela mesma razão que não há um só que não sinta o gozo com o amor. Apesar da facilidade, da vulgaridade desse tipo de espírito na França, ele é sempre bem recebido. O artigo de Lucien devia pôr, e pôs, no ápice a fama de malícia e maldade do jornal; penetrou até o fundo de dois corações, feriu gravemente a sra. de Bargeton, sua ex-Laura, e o barão Châtelet, seu rival.

— Muito bem! Vamos dar uma volta pelo Bois, os cavalos estão atrelados e impacientes — disse-lhe Coralie. — Não é preciso se matar de trabalhar.

— Levemos o artigo sobre Nathan para Heitor. Decididamente, o jornal é como a lança de Aquiles que curava as feridas que ela mesma fizera — disse Lucien, corrigindo algumas expressões.

Os dois amantes partiram e se mostraram em seu esplendor para essa Paris que, outrora, renegara Lucien e agora começava a se ocupar dele. Atrair a atenção de Paris, quando se conhece a imensidão dessa cidade e a dificuldade de aí ser alguma coisa, causou inebriantes regozijos que entonteceram Lucien.

— Meu amor — disse a atriz —, passemos em seu alfaiate para apressar suas roupas ou prová-las, se estiverem prontas. Se for à casa de suas belas madames, quero que você supere esse monstro de De Marsay, o pequeno Rastignac, os Ajuda-Pinto, os Maxime de Trailles, os Vandenesse, em suma, todos os elegantes. Lembre-se de que sua amante é Coralie! Mas não fique debochando de mim, hein?

28

GRANDEZAS E SERVIDÕES DO JORNAL

Dois dias depois, na véspera da ceia oferecida por Lucien e Coralie a seus amigos, o Ambigu levava uma peça nova cuja crítica devia ser feita por Lucien. Depois de jantarem, Lucien e Coralie foram a pé da rua de Vendôme ao Panorama-Dramatique, pelo bulevar du Temple, do lado do Café Turc, que nessa época era um lugar de passeio na moda. Lucien ouviu elogiarem sua felicidade e a beleza de sua amante. Uns diziam que Coralie era a mulher mais bonita de Paris, outros achavam Lucien digno dela. O poeta se sentiu em seu ambiente. Essa vida era sua vida. O Cenáculo, ele mal o vislumbrava. Conjecturava se aqueles grandes espíritos que admirava tanto dois meses antes não eram um pouco bobos com suas ideias e seu puritanismo. O termo "trouxas", dito displicentemente por Coralie, germinara no espírito de Lucien e já dava frutos. Ele levou Coralie ao camarim e perambulou pelos bastidores do teatro, onde passeava como um sultão, onde todas as atrizes o acariciavam com olhares escaldantes e palavras lisonjeiras.

"Preciso ir ao Ambigu fazer meu trabalho", pensou.

No Ambigu, a sala estava lotada. Não encontraram lugar para Lucien, que foi para os bastidores e se queixou amargamente por não ter onde se sentar. O administrador, que ele ainda não conhecia, lhe disse que tinham enviado dois camarotes para seu jornal e o mandou passear.

— Falarei da peça dependendo do que tiver ouvido — disse Lucien, zangado.

— Você está maluco? — disse a *jeune première* ao administrador. — É o amante de Coralie!

O administrador logo se virou para Lucien e disse:

— Vou falar com o diretor, cavalheiro.

Assim, os menores detalhes provavam a Lucien a imensidão do poder do jornal e afagavam sua vaidade. O diretor veio e conseguiu que o duque de Rhétoré e Tullia, a segunda bailarina, que estavam num camarote no proscênio, recebessem Lucien entre eles. O duque aceitou, tendo reconhecido Lucien.

— O senhor levou duas pessoas ao desespero — disse-lhe o jovem, referindo-se ao barão de Châtelet e à sra. de Bargeton.

— Então, como se sentirão amanhã? — perguntou Lucien. — Até agora meus amigos se lançaram contra eles como soldados atiradores, mas esta noite eu atiro com balas de canhão incandescentes. Amanhã verá por que caçoamos de Potelet. O artigo se intitula: "Potelet de 1811 a Potelet de 1821". Châtelet será exposto como esses tipos que renegaram seu benfeitor, aliando-se aos Bourbon. Depois de fazê-los sentirem tudo de que sou capaz, irei ver a senhora de Montcornet.

Lucien teve com o jovem duque uma deslumbrante e inteligente conversa; estava louco para provar a esse grande aristocrata como as senhoras d'Espard e de Bargeton tinham se enganado redondamente ao desprezá-lo; mas se traiu ao tentar reivindicar seu direito de usar o sobrenome De Rubempré, quando por malícia o duque de Rhétoré o chamou de Chardon.

— Você devia — disse-lhe o duque — virar realista. Mostrou ser um homem de espírito, seja agora um homem de bom senso. A única maneira de conseguir um decreto do rei que lhe devolva o título e o sobrenome de seus ancestrais maternos é pedi-lo como recompensa aos serviços que prestar ao Palácio. Os Liberais jamais o farão conde! A Restauração, sabe, acabará por vencer a resistência da Imprensa, o único poder a temer. Já se esperou muito, ela deveria ser amordaçada. Aproveite esses últimos momentos de liberdade para se tornar um homem temido. Daqui a uns anos, um sobrenome e um título serão na França riquezas mais sólidas que o talento. Assim, você pode ter tudo: espírito, nobreza e beleza, e tudo alcançará. Portanto, neste momento seja liberal apenas para vender com vantagem sua simpatia pelo rei.

O duque pediu a Lucien que aceitasse o convite para jantar, que lhe seria enviado pelo ministro com quem ele ceara na casa de Florine. Num piscar de olhos Lucien ficou seduzido com as reflexões do aristocrata e encantado em ver se abrirem diante de si as portas dos salões de onde, meses antes, se julgava banido para sempre. Admirou o poder do pensamento. A Imprensa e o espírito eram, pois, os meios da sociedade presente. Lucien compreendeu que talvez Lousteau se arrependesse de ter lhe aberto as portas do templo e já sentia por conta própria a necessidade de erguer barreiras difíceis de transpor às ambições dos que se lançavam da província para Paris. Se um poeta tivesse ido a seu encontro assim como ele se jogara nos braços de Étienne, ele não ousava pensar que acolhida lhe faria. O jovem duque percebeu em Lucien traços de uma meditação profunda e não se enganou ao procurar a causa: ele revelara àquele ambicioso, instável em matéria de força de vontade mas com desejos ilimitados, todo o horizonte político, tal como os jornalistas tinham lhe mostrado do alto do Templo — assim como o demônio a Jesus — o mundo literário e suas riquezas. Lucien desconhecia a pequena conspiração urdida contra ele pelas pessoas que nesse momento o jornal feria e na qual o sr. de Rhétoré estava envolvido. O jovem duque assombrara o círculo da sra. d'Espard ao lhe falar da inteligência de Lucien. Encarregado pela sra. de Bargeton de sondar o jornalista, esperava encontrá-lo no Ambigu-Comique. Nem a alta sociedade nem os jornalistas eram profundos, portanto não se acredite em traições urdidas. Nem um nem outros tramam planos; o maquiavelismo deles circula, por assim dizer, no dia a dia e consiste em sempre estarem ali, prontos para o que der e vier, prestes a aproveitar tanto o mal como o bem, a espreitar os momentos em que a paixão lhes entrega um homem. Durante a ceia de Florine, o jovem duque conhecera a personalidade de Lucien; acabava de pegá-lo por suas vaidades e ensaiava com ele sua vocação de diplomata.

Peça terminada, Lucien correu à rua Saint-Fiacre para escrever o artigo a respeito. Por cálculo, sua crítica foi áspera e ferina, e ele se divertiu em exercer seu poder. O melodrama era melhor que o do Panorama-Dramatique, mas ele queria saber se podia, como tinham lhe dito, matar uma peça boa e fazer uma peça ruim ter sucesso. No dia seguinte, almoçando com Coralie, abriu o jornal, depois de lhe dizer que tinha arrasado com o Ambigu-Comique. Não foi pequeno seu espanto ao ler, depois de seu artigo sobre a sra. de Bargeton e Châtelet, uma crítica sobre o Ambigu tão bem edulcorada durante a noite que, mesmo conservando a análise espirituosa, terminava com uma conclusão favorável. A peça devia encher o caixa do teatro. Sua fúria foi indescritível; resolveu dizer umas palavrinhas a Lousteau. Já se julgava necessário e prometia a si mesmo não se deixar dominar, explorar como um idiota. Para estabelecer sua força de uma vez por todas, escreveu para a revista de Dauriat e de Finot o artigo em que resumia e contrabalançava todas as opiniões emitidas a respeito do livro de Nathan. Depois, já que estava embalado, rabiscou um de seus artigos *Variedades* que estava devendo ao pequeno jornal. Em sua efervescência inicial, os jovens jornalistas desovam artigos com muito amor e assim entregam, com grande imprudência, todas as suas flores.

O diretor do Panorama-Dramatique apresentava naquela noite a estreia de um vaudevile, a fim de deixar a Florine e Coralie sua noite de folga. Eles iriam jogar antes da ceia. Lousteau foi buscar o artigo de Lucien, escrito com antecedência, sobre essa pequena peça, a cujo ensaio geral ele assistira, a fim de não ter nenhuma preocupação com o fechamento do jornal. Quando Lucien leu um desses artiguinhos maravilhosos sobre as peculiaridades parisienses, que fizeram a fortuna do jornal, Étienne o beijou nos dois olhos e o chamou de Providência dos jornais.

— Mas por que você se diverte em mudar o espírito de meus textos? — perguntou Lucien, que só tinha feito aquele artigo brilhante para dar mais força às suas garras.

— Eu? — exclamou Lousteau.

— Bem, então quem mudou meu artigo?

— Meu caro — respondeu Étienne rindo —, você ainda não está por dentro dos negócios. O Ambigu nos pega vinte assinaturas, das quais só nove são entregues, ao diretor, ao maestro, ao administrador, às amantes deles e a três coproprietários do teatro. Cada teatro do bulevar paga, assim, oitocentos francos ao jornal. Ao todo, há igual quantia em camarotes dados a Finot, sem contar as assinaturas dos atores e dos autores. Portanto, o malandro consegue oito mil francos nos bulevares. Pelos pequenos teatros, julgue os grandes! Compreende? Somos obrigados a ter muita indulgência.

— Compreendo que não sou livre para escrever o que penso...

— E o que isso lhe importa, se vai ganhando seus trocados? — exclamou Lousteau. — Aliás, meu caro, que queixa tem contra o teatro? Você precisa de uma razão para desancar a peça de ontem. Desancar por desancar, nós comprometeríamos o jornal. E, quando o jornal fizesse ataques bem merecidos, não produziria mais nenhum resultado. O diretor o tratou mal?

— Não me reservou lugar.

— Bem — disse Lousteau. — Mostrarei seu artigo ao diretor, direi a ele que você está mais manso, e para você isso será melhor do que tê-lo publicado. Amanhã lhe peça ingressos, ele lhe assinará quarenta em branco todos os meses e eu o levarei a um homem com quem você se entenderá para repassá-los; ele comprará todos, pela metade do preço da bilheteria. Pratica-se com os ingressos de teatro o mesmo comércio que com os livros. Você verá um outro Barbet, um chefe de claque, que mora aqui perto; temos tempo, você vem?

— Mas, meu caro, Finot exerce uma profissão infame se arrecada assim esses impostos indiretos nos produtos do pensamento. Mais cedo ou mais tarde...

— Ah, essa não! De onde você vem? — exclamou Lousteau. — Quem você acha que é Finot? Sob sua falsa bonomia, sob esse ar de Turcaret,* sob sua ignorância e estupidez, há toda a esperteza do negociante de chapéus de quem ele descende. Não viu na gaiola dele, no escritório do jornal, um velho soldado do Império, tio de Finot? Esse tio não só é um homem honesto como tem a felicidade de passar por um tolo. É o homem envolvido em todas as transações pecuniárias. Em Paris, um ambicioso é muito rico quando tem perto de si uma criatura que consente em ser envolvida. Há, tanto na política como no jornalismo, uma multidão de casos em que os chefes jamais devem ser questionados. Se Finot se tornasse uma personalidade política, o tio seria seu secretário e receberia por conta própria as comissões sobre os grandes negócios, que se arrecadam nos escritórios. Giroudeau, que à primeira vista nos dá a impressão de ser um palerma, tem, justamente, bastante esperteza para ser um cúmplice indecifrável. Está de olho para que a gente não seja massacrado pelos escândalos, pelos iniciantes, pelas reclamações, e não creio que haja ninguém igual em outro jornal.

— Ele representa bem seu papel — disse Lucien —, eu o vi atuando.

* Herói da comédia homônima de Le Sage (1709), financista desonesto dado à arte de enganar os ingênuos.

29

O BANQUEIRO DOS AUTORES DRAMÁTICOS

Étienne e Lucien foram à rua du Faubourg-du-Temple, onde o redator chefe parou diante de uma casa de bela aparência.

— O senhor Braulard está? — perguntou ao porteiro.

— Como? *Senhor*? — perguntou Lucien. — Então o chefe da claque é um *senhor*?

— Meu caro, Braulard tem vinte mil libras de renda, tem a chancela dos autores dramáticos do bulevar, que todos têm uma conta-corrente com ele, como teriam com um banqueiro. Os ingressos dos autores e os de favor são vendidos. Braulard é quem cuida dessa mercadoria. Pense um pouco na estatística, ciência bastante útil quando não se abusa. A cinquenta ingressos de favor por noite em cada espetáculo, você tem duzentos e cinquenta ingressos por dia; se, um pelo outro, cada um vale quarenta vinténs, Braulard paga cento e vinte e cinco francos por dia aos autores e tem a oportunidade de ganhar outros tantos. Assim, só os ingressos dos autores lhe rendem perto de quatro mil francos por mês, ao todo quarenta e oito mil francos por ano. Imagine vinte mil de prejuízo, pois nem sempre consegue repassar os ingressos.

— Por quê?

— Ah, as pessoas que vão à bilheteria pagar por seus lugares fazem concorrência com os ingressos de favor, que não têm lugares marcados. Em suma, o teatro mantém seus direitos de reservação. Há os dias de bom tempo, e há os espetáculos ruins. Portanto, Braulard ganha talvez trinta mil francos por ano com essa mercadoria. Além disso, tem suas claques, outra indústria. Florine e Coralie são suas tributárias; se não o subvencionassem, não seriam muito aplaudidas em todas as entradas e saídas de cena.

Lousteau dava essa explicação em voz baixa, subindo a escada.

— Paris é uma terra singular — disse Lucien, que via interesses ocultos em todos os cantos.

Uma criada muito arrumadinha introduziu os dois jornalistas na casa do sr. Braulard. O comerciante de ingressos, sentado numa cadeira de escritório, defronte de uma grande escrivaninha de tampa cilíndrica, se levantou ao ver Lousteau. Braulard, enrolado numa sobrecasaca de baeta cinza, usava calças de presilha e pantufas vermelhas, qual um médico ou um advogado. Lucien viu nele um homem do povo que enriqueceu: rosto banal, olhos cinza cheios de astúcia, mãos de chefe de claque, uma tez pela qual as orgias passaram como a chuva pelos telhados, cabelos grisalhos e uma voz um tanto abafada.

— O senhor vem, com certeza, pela senhorita Florine, e o senhor, pela senhorita Coralie — ele disse —, conheço-as bem. Fique tranquilo, cavalheiro — disse a Lucien —, eu compro a clientela do Gymnase, cuidarei de sua amante e a avisarei das brincadeiras que quiserem lhe fazer.

— Não é de se recusar, meu caro Braulard — disse Lousteau. — Mas viemos por causa dos ingressos do jornal em todos os teatros dos bulevares: eu como redator chefe, este senhor como crítico de cada teatro.

— Ah, sim, Finot vendeu seu jornal. Soube do negócio. Ele vai bem, Finot. Dou-lhe um jantar no final da semana. Se quiserem me dar a honra e o prazer de vir, podem trazer suas esposas, haverá muita farra e festins, teremos Adèle Dupuis, Ducange, Frédéric Dupetit-Méré, a senhorita Millot, minha amante, e riremos um bocado! Beberemos mais ainda!

— Ducange deve estar constrangido, ele perdeu seu processo.

— Emprestei a ele dez mil francos, o sucesso de *Calas*

vai me devolver a quantia; também, como aqueci esse sucesso! Ducange é um homem inteligente, tem meios...

Lucien pensava estar sonhando ao ouvir esse homem apreciar os talentos dos autores.

— Coralie ganhou — disse-lhe Braulard com jeito de juiz competente. — Se for boa menina, vou apoiá-la secretamente contra a cabala em sua estreia no Gymnase. Escutem: para ela, terei homens bem-vestidos nas galerias que sorrirão e darão pequenos murmúrios de aprovação a fim de puxar os aplausos! É uma manobra que dá segurança a uma mulher. Gosto de Coralie, e o senhor deve estar satisfeito com ela, pois é moça de sentimentos. Ah! Posso derrubar quem eu quiser...

— Mas, e quanto aos ingressos? — perguntou Lousteau.

— Bem, irei pegá-los com este senhor, por volta dos primeiros dias de cada mês. Ele é seu amigo, vou tratá-lo como o trato. O senhor tem cinco teatros, vão lhe dar trinta ingressos; será algo como setenta e cinco francos por mês. Talvez deseje um adiantamento? — indagou o comerciante de ingressos, voltando à escrivaninha e pegando sua caixa cheia de escudos.

— Não, não — disse Lousteau —, guardaremos esse recurso para os maus dias...

— Cavalheiro — recomeçou Braulard, dirigindo-se a Lucien —, irei trabalhar com Coralie nesses dias e nos entenderemos bem.

Lucien observava não sem profundo espanto o escritório de Braulard, no qual via uma biblioteca, gravuras, móveis decentes. Passando pelo salão, observou o mobiliário distante tanto da mesquinharia como do grande luxo exagerado. A sala de jantar lhe pareceu o cômodo mais bem-arrumado, e fez uma brincadeira a respeito.

— Mas Braulard é um gastrônomo — disse Lousteau. — Seus jantares, citados na literatura dramática, estão em harmonia com sua caixa.

— Tenho bons vinhos — respondeu Braulard modestamente. — Vamos, aí estão meus instigadores — exclamou ao ouvir as vozes roucas e o curioso ruído de passos na escada.

Ao sair, Lucien viu desfilar diante de si o batalhão fedorento dos membros da claque e os vendedores de ingressos, todos de boné, calças surradas, sobrecasacas puídas, rostos patibulares, azulados, esverdeados, enlameados, mirrados, de barbas compridas, olhos ao mesmo tempo ferozes e bajuladores, patuleia horrorosa que vive e pulula nos bulevares de Paris, que, de manhã, vende correntes de segurança, joias de ouro por vinte e cinco vinténs e à noite bate palmas sob os lustres, e que se dobra, enfim, a todas as imundas necessidades de Paris.

— Aí estão os Romanos!* — disse Lousteau, rindo. — Aí está a glória das atrizes e dos autores dramáticos. Vista de perto, essa glória aí não é mais bonita que a nossa.

— É difícil — respondeu Lucien, quando voltavam para casa — ter ilusões sobre qualquer coisa em Paris. Aqui há impostos para tudo, vende-se tudo, fabrica-se tudo, até mesmo o sucesso.

* Alusão às primeiras claques, organizadas durante o Império Romano, por Nero e Calígula.

30

O BATISMO DO JORNALISTA

Os convivas de Lucien eram Dauriat, diretor do Panorama, Matifat e Florine, Camusot, Lousteau, Finot, Nathan, Hector Merlin e a sra. du Val-Noble, Félicien Vernou, Blondet, Vignon, Philippe Bridau, Mariette, Giroudeau, Cardot e Florentine, e Bixiou. Ele convidara seus amigos do Cenáculo. Tullia, a bailarina, que, diziam, não tinha propriamente aversão por Du Bruel, também estava na lista, mas sem seu duque, bem como os donos dos jornais onde trabalhavam Nathan, Merlin, Vignon e Vernou. Os convivas formavam um grupo de trinta pessoas, a sala de jantar de Coralie não podia receber mais.

Lá pelas oito, à luz dos lustres acesos, os móveis, as tapeçarias, as flores daquele lar ficaram com esse ar de festa que confere ao luxo parisiense a aparência de um sonho. Lucien sentiu o mais indefinível ímpeto de felicidade, de vaidade satisfeita e de esperança ao se ver como senhor daqueles aposentos, e já não explicava a si mesmo nem como nem por qual varinha de condão tinha sido tocado. Florine e Coralie, vestidas com o alucinante requinte e a magnificência artística das atrizes, sorriam para o poeta de província como dois anjos encarregados de lhe abrir as portas do palácio dos sonhos. Lucien praticamente sonhava. Em poucos meses sua vida mudara tão abruptamente, e ele passara tão depressa da extrema miséria à extrema opulência, que de vez em quando o invadiam inquietações, como as pessoas que, enquanto sonham, sabem que estão dormindo.

Diante daquela linda realidade, seus olhos expressavam, porém, uma confiança à qual os invejosos teriam dado o nome de fatuidade. Ele mesmo tinha mudado. Sendo agora feliz todos os dias, tinha perdido um pouco de suas cores, seu olhar estava banhado em úmidas expressões de languidez; em suma, conforme a expressão da sra. d'Espard, ele tinha *o ar amado*. Sua beleza ganhava com isso. A fisionomia iluminada pelo amor e pela experiência transpirava a consciência de seu poder e de sua força. Ele contemplava enfim, frente a frente, o mundo literário e a sociedade, pensando poder aí passear como dominador. Para esse poeta, que só conseguia refletir se estivesse sob o peso da desgraça, o presente não era motivo de preocupações. O êxito enfunava as velas de seu barquinho, ele tinha às suas ordens os instrumentos necessários a seus projetos: a casa montada, a amante que toda Paris lhe invejava, a carruagem, e, por fim, verbas incalculáveis em sua escrivaninha. Sua alma, seu coração e seu espírito tinham igualmente se metamorfoseado: ele não mais pensava em discutir os meios em presença de resultados tão bonitos. Esse padrão de vida pareceria tão corretamente suspeito para os economistas que frequentassem a vida parisiense que não é inútil mostrar a base, por mais frágil que fosse, sobre a qual se assentava a felicidade material da atriz e de seu poeta. Sem se comprometer, Camusot incitara os fornecedores de Coralie a lhe conceder crédito por pelo menos três meses. Assim, os cavalos, os empregados, tudo devia chegar como por encanto a essas duas crianças empenhadas em gozar, e que de fato gozavam, todas as delícias. Coralie foi pegar Lucien pela mão e o iniciou de antemão no espetáculo teatral da sala de jantar, enfeitada com a esplêndida baixela, os candelabros carregados de quarenta velas, os régios requintes da sobremesa, e o cardápio, obra de Chevet. Lucien beijou Coralie na testa, apertando-a contra o coração.

— Chegarei lá, minha menina — ele disse —, e a recompensarei por tanto amor e tanta dedicação.

— Humm! Está contente? — ela perguntou.

— Se não estivesse eu seria difícil de contentar.

— Pois é, esse sorriso paga tudo! — ela respondeu, levando com um gesto de serpente seus lábios aos lábios de Lucien.

Encontraram Florine, Lousteau, Matifat e Camusot arrumando as mesas de jogo. Os amigos de Lucien estavam chegando. Todas essas pessoas já se intitulavam amigos de Lucien. Jogaram das nove à meia-noite. Felizmente para ele, Lucien não sabia nenhum jogo, mas Lousteau perdeu mil francos e os pediu emprestados a Lucien, que pensou não poder deixar de emprestá-los, pois o amigo lhe pedia. Lá pelas dez horas, Michel, Fulgence e Joseph apareceram. Lucien foi conversar com eles num canto e achou seus rostos um tanto frios e sérios, para não dizer constrangidos. D'Arthez não pôde ir, estava terminando seu livro. Léon Giraud estava ocupado com a publicação do primeiro número de sua revista. O Cenáculo enviara seus três artistas que deveriam se sentir menos deslocados que os outros no meio de uma orgia.

— Muito bem, meus filhos — disse Lucien exibindo um tonzinho de superioridade —, vocês verão que o *pequeno farsante* pode se tornar um *grande político*.

— Nada mais peço senão ter me enganado — disse Michel.

— Você vive com Coralie, enquanto espera coisa melhor? — perguntou Fulgence.

— Vivo — respondeu Lucien com um ar que ele queria que fosse ingênuo. — Coralie tinha um pobre velho comerciante que a adorava, mas o pôs na rua. Sou mais feliz que seu irmão Philippe, que não sabe como governar Mariette — acrescentou, olhando para Joseph Bridau.

— Em suma — disse Fulgence —, você agora é um homem como qualquer um, e percorrerá seu caminho.

— Um homem que para vocês permanecerá o mesmo em qualquer situação em que estiver — respondeu Lucien.

Michel e Fulgence se olharam, trocando um sorriso irônico que Lucien viu e que o fez entender o ridículo da frase.

— Coralie é de fato admiravelmente bela — exclamou Joseph Bridau. — Que magnífico retrato a fazer!

— E boa — respondeu Lucien. — Palavra de honra, ela é angélica. Mas você fará o retrato dela; tome-a, se quiser, como modelo da sua veneziana que foi levada ao senador por uma velha.

— Todas as mulheres que amam são angélicas — disse Michel Chrestien.

Nesse momento Raoul Nathan se precipitou até Lucien com a fúria da amizade, pegou-lhe as mãos e apertou-as.

— Meu bom amigo, não só você é um grande homem mas também tem coração, o que hoje é mais raro que o gênio — disse. — É dedicado aos amigos. Em suma, estarei à sua disposição na vida e na morte e jamais esquecerei o que fez esta semana por mim.

Lucien, no auge da alegria ao se ver adulado por um homem de quem a Fama se ocupava, olhou para os três amigos do Cenáculo com uma espécie de superioridade. Essa entrada de Nathan decorria da informação que Merlin lhe dera sobre a prova do artigo a favor de seu livro, e que seria publicado no jornal do dia seguinte.

— Só aceitei escrever o ataque — respondeu Lucien ao ouvido de Nathan — com a condição de eu mesmo o responder. Sou dos seus.

Voltou a seus três amigos do Cenáculo, encantado com uma circunstância que justificava a frase da qual Fulgence rira.

— O livro de D'Arthez será publicado e estou em condições de lhe ser útil. Só essa ocasião já me obrigaria a continuar nos jornais.

— E neles você é livre? — perguntou Michel.

— Tanto quanto pode ser quem é indispensável — respondeu Lucien com falsa modéstia.

Por volta da meia-noite, os convivas passaram à mesa e a orgia começou. As conversas foram mais livres na casa de Lucien que na de Matifat, pois ninguém desconfiou da divergência de sentimentos que havia entre os três representantes do Cenáculo e os representantes dos jornais. Esses jovens espíritos, tão depravados pelo hábito do Pró e do Contra, entraram em choque e trocaram os mais terríveis axiomas da jurisprudência que na época o jornalismo gerava. Claude Vignon, que queria conservar para a crítica um caráter augusto, se elevou contra a tendência dos pequenos jornais aos ataques pessoais, dizendo que mais tarde os próprios escritores chegariam ao ponto de desacreditar uns aos outros. Então, Lousteau, Merlin e Finot tomaram abertamente a defesa desse sistema, chamado no jargão do jornalismo de *blague*, e afirmaram que seria como uma punção com que se marcaria o talento.

— Todos os que resistirem a essa prova serão homens realmente fortes — disse Lousteau.

— Aliás — exclamou Merlin —, durante as ovações aos grandes homens, é preciso haver um concerto de injúrias ao seu redor, como os triunfadores romanos.

— É — disse Lucien —, mas então todos aqueles de quem caçoarmos acreditarão no próprio triunfo!

— Parece que isso lhe diz respeito? — exclamou Finot.

— E nossos sonetos? — perguntou Michel Chrestien — Não nos valeriam a coroa de louros de Petrarca?

— A coroa de ouro já seria suficiente — disse Dauriat, cujo trocadilho provocou aclamações gerais.

— *Faciamus experimentum in anima vili** — respondeu Lucien sorrindo.

— Ai daqueles que o jornal não desafiar, e ai daqueles sobre quem jogar coroas quando forem iniciantes! Estes serão relegados como santos em seus nichos, e ninguém lhes prestará a menor atenção — disse Vernou.

— Dirão a eles, como Champcenetz ao marquês de Genlis, que olhava muito amorosamente para a mulher do outro: "Passe, homem, você já teve sua vez" — disse Blondet.

* "Façamos a experiência num ser vil", isto é: falemos de alguém que não seja eu.

— Na França, o sucesso mata — disse Finot. — Aqui somos muito invejosos uns dos outros para não querermos esquecer e fazer esquecer os triunfos alheios.

— De fato, a contradição é que dá vida à literatura — disse Claude Vignon.

— Como na natureza, em que ela resulta de dois princípios que se combatem — exclamou Fulgence. — O triunfo de um é a morte do outro.

— Como na política — acrescentou Michel Chrestien.

— Acabamos de prová-lo — disse Lousteau. — Dauriat venderá esta semana dois mil exemplares do livro de Nathan. Por quê? Porque o livro atacado será bem defendido.

— Como um artigo destes — disse Merlin, pegando a prova de seu jornal do dia seguinte — não esgotaria uma edição?

— Leia-me o artigo? — pediu Dauriat. — Sou livreiro em qualquer lugar, mesmo ceando.

Merlin leu o triunfante artigo de Lucien, que foi aplaudido por toda a assembleia.

— Este artigo poderia ter sido feito sem o primeiro? — perguntou Lousteau.

Dauriat tirou do bolso a prova do terceiro artigo e o leu. Finot seguiu com atenção a leitura desse artigo destinado ao segundo número de sua revista; e, em sua condição de redator chefe, exagerou o entusiasmo.

— Senhores — disse —, se Bossuet vivesse no nosso século, não teria escrito de outra forma.

— Acredito — disse Merlin —, hoje Bossuet seria jornalista.

— A Bossuet II! — disse Claude Vignon, erguendo o copo e saudando ironicamente Lucien.

— A meu Cristóvão Colombo! — respondeu Lucien, fazendo um brinde a Dauriat.

— Bravo!* — gritou Nathan.

* Bravo, em italiano, termo na época usado como sinônimo de capanga a serviço de um chefe de quadrilha.

— É um codinome? — perguntou, maldoso, Merlin, olhando ao mesmo tempo para Finot e Lucien.

— Se continuarem assim — disse Dauriat —, não poderemos acompanhá-los, e estes senhores — acrescentou, apontando para Matifat e Camusot — não os compreenderão. A zombaria é como o algodão que, fiado muito fino, arrebenta, disse Bonaparte.

— Senhores — disse Lousteau —, somos testemunhas de um fato grave, inaudito, surpreendentemente verdadeiro. Não admiram a rapidez com que nosso amigo se transformou de provinciano em jornalista?

— Ele nasceu jornalista — disse Dauriat.

— Meus filhos — disse então Finot, levantando-se e segurando uma garrafa de champanhe na mão —, nós todos protegemos e encorajamos o início de nosso anfitrião na carreira em que ele superou nossas expectativas. Em dois meses provou quem era, com os belos artigos que conhecemos: proponho batizá-lo como autêntico jornalista.

— Uma coroa de rosas a fim de atestar sua dupla vitória — gritou Bixiou, olhando para Coralie.

Coralie fez um sinal para Bérénice, que foi buscar velhas flores artificiais nas caixas da atriz. Uma coroa de rosas foi trançada logo que a gorda camareira trouxe as flores com que se enfeitaram grotescamente os que estavam mais bêbados. Finot, o grande sacerdote, derramou pingos de champanhe na bela cabeça loura de Lucien proferindo com deliciosa gravidade estas palavras sacramentais:

— Em nome do Selo, da Caução e da Multa, eu te batizo jornalista. Que teus artigos te sejam leves!

— E pagos sem dedução das linhas em branco! — disse Merlin.

Nesse momento Lucien viu os rostos entristecidos de Michel Chrestien, de Joseph Bridau e de Fulgence Ridal, que pegaram seus chapéus e saíram em meio a um hurra de imprecações.

— Ali estão singulares cristãos! — disse Merlin.

— Fulgence era um bom rapaz — continuou Lousteau —; mas *eles* o perverteram com a moral.

— Quem? — perguntou Claude Vignon.

— Uns rapazes austeros que se reúnem num sarau filosófico e religioso na rua des Quatre-Vents, onde se inquietam com o sentido geral da Humanidade... — respondeu Blondet.

— Oh! Oh! Oh!

—... e procuram saber se ela gira sobre si mesma — continuou Blondet — ou se está progredindo. Andavam muito embaraçados entre a linha reta e a linha curva, encontraram um contrassenso no triângulo bíblico, e então lhes apareceu não sei qual profeta que se pronunciou pela espiral.

— Homens reunidos podem inventar besteiras mais perigosas — exclamou Lucien, que quis defender o Cenáculo.

— Você toma essas teorias como se fossem palavras ocas — disse Félicien Vernou —, mas vem um momento em que elas se transformam em tiros de fuzil ou em guilhotina.

— Por ora — disse Bixiou — eles apenas estão procurando o pensamento providencial do vinho de Champanhe, o sentido humanitário das calças e o bichinho que faz o mundo andar. Recolhem os grandes homens caídos, como Vico, Saint-Simon, Fourier. Tenho muito medo de que virem a cabeça de meu pobre Joseph Bridau.

— São a causa — disse Lousteau — de Bianchon, meu conterrâneo e colega de escola, me tratar com frieza...

— Lá se ensinam a ginástica e a ortopedia dos espíritos? — perguntou Merlin.

— Pode ser que sim — respondeu Finot —, já que Bianchon é dado aos devaneios deles.

— Ora! Mesmo assim — disse Lousteau — será um grande médico.

— O chefe visível deles não é D'Arthez — disse Nathan —, um rapazinho que deve nos engolir a todos?

— É um homem de gênio! — exclamou Lucien.

— Prefiro um copo de xerez — disse Claude Vignon sorrindo.

Nessas alturas, cada um explicava o próprio temperamento ao vizinho. Quando as pessoas inteligentes chegam a querer se explicar a si mesmas, a dar a chave de seus corações, é certo que a Embriaguez as pegou na garupa. Uma hora depois, todos os convivas, transformados nos melhores amigos do mundo, se tratavam de grandes homens, de homens competentes, gente a quem o futuro pertencia. Lucien, na posição de dono da casa, mantivera certa lucidez de espírito: ouviu sofismas que o atingiram e terminaram a obra de sua desmoralização.

— Meus filhos — disse Finot —, o partido liberal é obrigado a reavivar sua polêmica, pois neste momento não tem nada a dizer contra o governo, e os senhores hão de compreender em que embaraço se encontra então a Oposição. Quem dos senhores quer escrever uma brochura para pedir o restabelecimento do direito de primogenitura, a fim de gritar contra os desígnios secretos da corte? A brochura será bem paga.

— Eu — disse Hector Merlin —, combina com minhas opiniões.

— Seu partido diria que você o compromete — retrucou Finot. — Félicien, encarregue-se dessa brochura, Dauriat a editará, manteremos o segredo.

— Quanto pagam? — perguntou Vernou.

— Seiscentos francos! Você assinará: Conde C...

— Está bem! — disse Vernou.

— Então vocês vão elevar o *canard* ao nível da política? — indagou Lousteau.

— É o caso de Chabot* transportado para a esfera das ideias — prosseguiu Finot. — Atribuem-se intenções ao governo e se desencadeia contra ele a opinião pública.

— Estarei sempre no mais profundo espanto ao ver um

* François Chabot (1756-94), ex-capuchinho libertino e de fortuna suspeita, foi deputado e se envolveu em vários escândalos de tráfico de influência e suborno aos cassinos e aos acionistas da Companhia das Índias.

governo abandonando a direção das ideias a malandros como nós — disse Claude Vignon.

— Se o Ministério cometer a bobagem de descer para a arena — continuou Finot —, vamos atacá-lo a toque de caixa; se ele se irritar, ou envenenar a questão, vamos fazer as massas perderem simpatia por ele. A Imprensa jamais corre algum risco ali onde o poder sempre tem tudo a perder.

— A França está anulada até o dia em que a Imprensa for posta fora da lei — recomeçou Claude Vignon. — Os senhores estão progredindo de hora em hora — disse a Finot. — Serão como os jesuítas, mas sem a fé, o pensamento estável, a disciplina e a união.

Todos voltaram para as mesas de jogo. Os clarões da aurora logo fizeram as velas empalidecer.

— Seus amigos da rua des Quatre-Vents estavam tristes como condenados à morte — disse Coralie a seu amante.

— Eram os juízes — respondeu o poeta.

— Os juízes são mais divertidos que isso — disse Coralie.

31

A SOCIEDADE

Durante um mês Lucien teve seu tempo ocupado pelas ceias, jantares, almoços, festas, e foi arrastado por uma corrente invencível num turbilhão de prazeres e trabalhos fáceis. Ele não calculava mais. O poder de calcular em meio às complicações da vida é a marca das grandes vontades que os poetas, as pessoas fracas ou puramente espirituais são incapazes de imitar. Como a maioria dos jornalistas, Lucien viveu no dia a dia, gastando dinheiro à medida que o ganhava, não mais pensando nas despesas rotineiras da vida parisiense, tão esmagadoras para os boêmios. Suas roupas e seu padrão de vida rivalizavam com os dos dândis mais famosos. Coralie adorava, como todos os loucamente apaixonados, enfeitar seu ídolo; arruinou-se para dar a seu querido poeta aquele refinado vestuário dos elegantes que ele tanto desejara durante seu primeiro passeio pelas Tuileries. Lucien teve, então, bengalas maravilhosas, um monóculo encantador, botões de diamantes, prendedores para suas gravatas usadas de manhã, anéis de brasão e coletes miríficos em quantidade bastante grande para poder combinar com as cores de suas roupas. Logo foi visto como um dândi. No dia em que atendeu ao convite do diplomata alemão, sua metamorfose provocou uma espécie de inveja contida entre os jovens que lá se encontravam, e que estavam em evidência no reino da moda, tais como De Marsay, Vandenesse, Ajuda-Pinto, Maxime de Trailles, Rastignac, o duque de Maufrigneuse, Beaudenord, Manerville etc.

Os homens mundanos são invejosos uns dos outros, como as mulheres. A condessa de Montcornet e a marquesa d'Espard, para quem se dava o jantar, ficaram com Lucien entre elas e o cobriram de atenções.

— Mas por que abandonou a sociedade? — perguntou-lhe a marquesa. — Ela estava tão bem disposta a recebê-lo bem, a festejá-lo. Tenho uma queixa a lhe fazer! Você me devia uma visita, e ainda a espero. Avistei-o outro dia na Ópera, você não se dignou vir me ver nem me cumprimentar.

— Sua prima, senhora, claramente me despachou...

— É porque não conhece as mulheres — respondeu a sra. d'Espard, interrompendo Lucien. — Você feriu o coração mais angelical e a alma mais nobre que conheço. Ignora tudo o que Louise queria fazer por você, e como punha delicadeza em seu plano. Oh! Ela teria tido êxito — disse diante de uma negação muda de Lucien. — O marido dela, que agora está morto, como deveria morrer, de uma indigestão, não iria lhe devolver, mais cedo ou mais tarde, sua liberdade? Acredita que ela quisesse ser a senhora Chardon? Valia muito a pena conquistar o título de condessa de Rubempré. O amor, sabe, é uma grande vaidade que deve combinar, sobretudo no casamento, com todas as outras vaidades. Por mais que eu o amasse loucamente, isto é, o suficiente para desposá-lo, seria muito duro chamar-me senhora Chardon. Concorda? Agora você viu as dificuldades da vida em Paris, sabe quantos desvios se devem fazer para se alcançar um objetivo, pois bem! Confesse que para um desconhecido sem fortuna, Louise aspirava a um favor quase impossível, portanto não podia descuidar de nada. Você é muito inteligente, mas quando amamos ainda somos mais que o homem mais inteligente. Minha prima queria empregar aquele ridículo Châtelet... Devo-lhe alguns prazeres, seus artigos contra ele me fizeram rir um bocado! — ela disse, calando-se.

Lucien já não sabia o que pensar. Iniciado nas traições e nas perfídias do jornalismo, ignorava as da sociedade; assim, apesar de sua perspicácia, devia receber duras lições.

— Como? A senhora — perguntou o poeta, cuja curiosidade despertou rapidamente — não protege a Garça-real?

— Mas em sociedade somos obrigados a fazer gentilezas aos nossos inimigos mais cruéis, a parecer se divertir com os enfadonhos, e volta e meia aparentemente sacrificamos os amigos para melhor servi-los. Você ainda é muito jovem! Como, você que quer escrever, ignora os embustes correntes da sociedade? Se minha prima pareceu sacrificá-lo à Garça-real, é porque isso era necessário para pôr essa influência a seu favor, pois aquele homem é muito bem-visto pelo ministério atual; portanto, demonstramos a ele que até certo ponto seus ataques lhe eram úteis, a fim de, um dia, podermos reconciliar vocês dois. Châtelet recebeu uma compensação pelas suas perseguições. Como dizia Des Lupeaulx aos ministros: "Enquanto os jornais põem Châtelet no ridículo, deixam o ministério em paz".

— O senhor Blondet me deu a esperança de ter o prazer de vê-lo em minha casa — disse a condessa de Montcornet enquanto a marquesa deixara Lucien entregue às próprias reflexões. — Lá encontrará alguns artistas, escritores e uma mulher que tem o mais profundo desejo de conhecê-lo, a senhorita des Touches, um desses talentos raros entre as pessoas de nosso sexo, e a cuja casa o senhor certamente irá. A senhorita des Touches — Camille Maupin, se preferir — tem um dos salões mais notáveis de Paris e é prodigiosamente rica; disseram-lhe que o senhor é tão belo quanto inteligente, ela morre de vontade de conhecê-lo.

Lucien não podia senão se desmanchar em agradecimentos, e lançou para Blondet um olhar de inveja. Havia tanta diferença entre uma mulher do gênero e da condição da condessa de Montcornet e Coralie quanto entre Coralie e uma moça das ruas. Essa condessa jovem, bela e inteligente tinha como beleza especial a brancura extrema das mulheres do Norte; sua mãe tinha nascido princesa Scherbellof; por isso, o ministro, antes do jantar, lhe prodigara suas mais respeitosas atenções. A marquesa tinha acabado de chupar desdenhosamente uma asa de frango.

— Minha pobre Louise — disse ela a Lucien — tinha tanto afeto por você! Eu era sua confidente sobre o belo futuro que ela sonhava para você: suportaria muitas coisas, mas que desprezo você lhe manifestou ao devolver suas cartas! Perdoamos as crueldades, pois quem nos fere ainda acredita em nós; mas a indiferença!... A indiferença é como o gelo dos polos, tudo destroi. Convenhamos, você perdeu tesouros por sua própria culpa! Mas, mesmo se tivesse sido desprezado, não tem uma fortuna a fazer, um nome a reconquistar? Louise pensava em tudo isso.

— Por que não me disse nada? — retrucou Lucien.

— Ai, meu Deus! Fui eu que dei a ela o conselho de não lhe fazer confidências. Cá entre nós, sabe, vendo-o com tão pouco traquejo na sociedade, eu temia: tinha medo que sua inexperiência, seu ardor irrefletido destruíssem ou atrapalhassem os cálculos dela e nossos planos. Você consegue hoje em dia se lembrar de como era? Confesse! Concordaria comigo ao ver, hoje, seu Sósia. Você não se parece mais com ele. Este é o único erro que cometemos. Mas, entre mil, encontra-se um homem que reúna tanto espírito com uma aptidão tão maravilhosa para se integrar? Não acreditei que você fosse uma exceção tão surpreendente. Você se metamorfoseou tão depressa, iniciou-se tão facilmente nas maneiras parisienses que não o reconheci no Bois de Boulogne, há um mês.

Lucien escutava essa grande dama com um prazer inexpressível: ela unia às palavras lisonjeiras um ar tão confiante, tão vivo, tão ingênuo; parecia se interessar por ele tão profundamente que Lucien pensou num prodígio semelhante àquele de sua primeira noite no Panorama-Dramatique. Desde essa noite feliz, todo mundo lhe sorriu, ele atribuiu à sua juventude uma força talismânica e quis então testar a marquesa, prometendo a si mesmo não se deixar surpreender.

— Quais eram então, minha senhora, esses planos que hoje se tornaram quimeras?

— Louise queria conseguir do rei um decreto que lhe permitisse usar o nome e o título De Rubempré. Queria enterrar o Chardon. Esse primeiro êxito, tão fácil de conseguir naquela altura, e que agora suas opiniões tornam quase impossível, era para você uma fortuna. Você há de pensar que essas ideias são delírios e ninharias, mas nós conhecemos um pouco a vida e sabemos tudo o que há de sólido num título de conde exibido por um rapaz elegante, por um moço encantador. Anuncie aqui, diante de algumas jovens inglesas milionárias ou diante de herdeiras: *Monsieur Chardon* ou *Senhor conde de Rubempré*, e verá dois movimentos muito diferentes! Ainda que estivesse endividado, o conde encontraria os corações abertos, sua beleza, então iluminada, seria como um diamante num rico engaste. *Senhor Chardon* não seria nem sequer notado. Não criamos essas ideias, nós as encontramos reinando em toda parte, mesmo entre os burgueses. Neste momento você dá as costas à fortuna. Olhe para aquele bonito rapaz, o visconde Félix de Vandenesse, é um dos dois secretários particulares do rei. O rei gosta muito dos jovens de talento, e aquele ali, quando chegou de sua província, não tinha uma bagagem mais pesada que a sua, e você tem mil vezes mais inteligência que ele; mas pertence a uma grande família? Tem um nome? Você conhece Des Lupeaulx, o nome dele lembra o seu, pois se chama Chardin, mas ele não venderia por um milhão sua propriedade agrícola dos Des Lupeaulx, pois um dia será conde Des Lupeaulx, e o neto dele se tornará talvez um grande senhor. Se continuar a andar no falso caminho em que se meteu, você está perdido. Veja como Émile Blondet é mais sensato! Está num jornal que apoia o poder, é bem-visto por todas as grandes influências atuais, e pode sem perigo se misturar com os Liberais, pois pensa corretamente. Assim, mais cedo ou mais tarde triunfará, mas soube escolher tanto sua opinião como suas proteções. Essa linda pessoa, sua vizinha, é uma senhorita de Troisville que tem na família dois pares de França e dois deputados, fez um rico casamento por causa do nome; recebe muito, terá influência e revolverá o mundo político através desse pequeno senhor Émile Blondet. A que o leva uma Coralie? A se ver, daqui a uns anos, carregado de dívidas e cansado dos prazeres. Você emprega mal seu amor, e planeja mal sua vida. Eis o que me dizia outro dia na Ópera a mulher que você se delicia em ferir. Ao deplorar o abuso que faz de seu talento e de sua bela juventude, ela não cuidava de si mesma, mas de você.

— Ah, minha senhora, se estivesse falando a verdade! — exclamou Lucien.

— Que interesse eu teria em mentir? — perguntou a marquesa, dando para Lucien um olhar altivo e frio que o afundou de novo no vazio.

Lucien, confuso, não retomou a conversa, a marquesa ofendida não mais lhe dirigiu a palavra. Ficou irritado mas reconheceu que houve de sua parte inabilidade e prometeu a si mesmo repará-la. Virou-se para a sra. de Montcornet e lhe falou de Blondet, exaltando o mérito desse jovem escritor. Foi bem recebido pela condessa, que o convidou, depois de um sinal da sra. d'Espard, para sua próxima festa, perguntando-lhe se não veria com prazer a sra. de Bargeton que, apesar do luto, compareceria: não se tratava de uma grande festa, era uma reunião de rotina, estariam entre amigos.

— A senhora marquesa — disse Lucien — pretende que todos os erros estão de meu lado; não cabe agora à sua prima ser boa comigo?

— Faça parar os ataques ridículos de que ela é alvo, e que aliás a comprometem fortemente com um homem de quem ela debocha, e em breve terá assinado a paz. Você imaginou ter sido tapeado por ela, disseram-me, mas a vi muito triste com seu abandono. É verdade que ela deixou sua província com você e por sua causa?

Lucien olhou sorrindo para a condessa, sem ousar responder.

— Como podia desconfiar de uma mulher que lhe fazia tamanhos sacrifícios? E, aliás, bela e inteligente como é, devia ser amada *apesar dos pesares*. A senhora de Bargeton o amava menos por você mesmo que pelos seus talentos. Creia-me, as mulheres gostam do espírito antes de gostar da beleza — disse, olhando furtiva para Émile Blondet.

Lucien reconheceu no palacete do ministro as diferenças que existem entre o *grand monde* e o mundo excepcional onde ele vivia há algum tempo. Essas duas magnificências não tinham nenhuma semelhança, nenhum ponto de contato. O pé-direito e a disposição dos cômodos naquele apartamento, um dos mais ricos do Faubourg Saint-Germain, os dourados antigos dos salões, a grandeza das decorações, a riqueza sóbria dos acessórios, tudo lhe era desconhecido, novo; mas o hábito do luxo tão prontamente adquirido não deixou Lucien parecer espantado. Sua postura foi tão distante da autoconfiança e da fatuidade quanto da condescendência e do servilismo. O poeta mostrou bons modos e agradou aos que não tinham nenhuma razão de lhe ser hostis, como as jovens criaturas a quem sua súbita admissão na alta sociedade, seus triunfos e sua beleza causaram ciúmes. Ao sair da mesa, ofereceu o braço à sra. d'Espard, que o aceitou. Ao ver Lucien cortejado pela sra. d'Espard, Rastignac veio lhe lembrar que eram conterrâneos e lhe recordou o primeiro encontro na casa da sra. du Val-Noble. O jovem nobre pareceu querer se ligar ao grande homem de sua província, e o convidou para ir almoçar em sua casa um dia desses, oferecendo-se para fazê-lo conhecer os jovens da moda. Lucien aceitou o convite.

— Nosso caro Blondet lá estará — disse Rastignac.

O ministro foi se juntar ao grupo formado pelo marquês de Ronquerolles, o duque de Réthoré, De Marsay, o general Montriveau, Rastignac e Lucien.

— Muito bem — disse ele a Lucien com a bonomia alemã sob a qual se escondia sua temível sofisticação —, você fez as pazes com a senhora d'Espard, ela está encantada consigo, e nós todos sabemos — disse, olhando para os homens ao redor — como é difícil agradá-la.

— Sim, mas ela adora o espírito — disse Rastignac —, o que meu ilustre amigo tem para dar e vender.

— Ele não demorará a reconhecer o mau negócio que está fazendo — disse Blondet com vivacidade —, virá até nós, logo será um dos nossos.

Houve em torno de Lucien um coro a esse respeito. Os homens sérios lançaram umas frases profundas em tom despótico, os jovens brincaram com o partido liberal.

— Tenho certeza — disse Blondet — de que ele jogou cara ou coroa pela Esquerda ou pela Direita, mas agora vai escolher.

Lucien começou a rir lembrando-se da cena no Luxembourg com Lousteau.

— Ele pegou como cicerone — disse Blondet — um certo Étienne Lousteau, um cara estourado de um jornaleco, que enxerga uma moedinha de cinco francos em qualquer coluna de texto e cuja política consiste em acreditar na volta de Napoleão. E, o que me parece ainda mais idiota, acredita no reconhecimento e no patriotismo dos senhores da Esquerda. Sendo um Rubempré, as tendências de Lucien devem ser aristocratas; sendo um jornalista, ele deve ser a favor do poder, do contrário nunca será Rubempré nem secretário-geral.

Lucien, a quem o diplomata propôs uma rodada de uíste, causou a maior surpresa quando confessou não saber o jogo.

— Meu amigo — Rastignac lhe cochichou —, chegue cedo à minha casa no dia em que vier para um almoço medíocre e lhe ensinarei o uíste; você desonra nossa real cidade de Angoulême, e repetirei uma frase do senhor de Talleyrand ao lhe dizer que, se não sabe esse jogo, está preparando uma velhice muito infeliz.

Anunciaram Des Lupeaulx, um referendário em evidência e que prestava serviços secretos ao governo, homem fino e ambicioso que se esgueirava por toda parte. Cumprimentou Lucien, que já havia encontrado na casa da sra. du Val-Noble, e houve em seu cumprimento um semblante de amizade que iria enganar Lucien. Ao encontrar ali o jovem jornalista, aquele homem, que em política se tornava amigo de todo mundo a fim de não ser pego desprevenido por ninguém, compreendeu que Lucien ia conseguir na sociedade tanto êxito quanto na literatura. No poeta viu um ambicioso e o envolveu com manifestações e testemunhos de amizade, interesse, de maneira a fortalecer as relações que tinham e a embair Lucien sobre o valor de suas promessas e de suas palavras. Des Lupeaulx tinha como princípio conhecer bem aqueles de quem queria se desfazer, quando neles encontrava rivais. Portanto, Lucien foi bem recebido pela sociedade. Compreendeu tudo o que devia ao duque de Rhétoré, ao ministro, à sra. d'Espard, à sra. de Montcornet. Antes de ir embora, foi conversar com cada uma dessas mulheres por alguns instantes, exibindo toda a graça de sua inteligência.

— Que fatuidade! — disse Des Lupeaulx à marquesa quando Lucien a deixou.

— Ele se estragará antes de estar maduro — disse De Marsay à marquesa, sorrindo. — A senhora deve ter razões ocultas para deixá-lo assim de cabeça virada.

Lucien encontrou Coralie no fundo de sua carruagem, no pátio, onde ela fora esperá-lo; ficou tocado com essa atenção e lhe contou a festa. Para seu grande espanto, a atriz aprovou as novas ideias que já trotavam na cabeça de Lucien e lhe pediu insistentemente que se alistasse sob a bandeira ministerial.

— Com os Liberais você só tem golpes a ganhar, eles conspiram, mataram o duque de Berry. Será que derrubarão o governo? Jamais! Por intermédio deles, você não chegará a lugar nenhum, ao passo que do outro lado se tornará conde de Rubempré. Pode prestar serviços, ser nomeado par de França, casar-se com uma mulher rica. Seja ultra. Aliás, é uma atitude em moda — acrescentou, lançando a palavra que para ela era a razão suprema. — A Val-Noble, em cuja casa fui jantar, me disse que Théodore Gaillard está, decididamente, fundando seu pequeno jornal realista chamado *Le Réveil*, a fim de revidar os gracejos do jornal de vocês e do *Miroir*. A seu ver, o senhor de Villèle e seu partido estarão no governo antes de um ano. Trate de aproveitar essa mudança pondo-se ao lado deles enquanto não são ninguém; mas não diga nada a Étienne nem a seus amigos, que seriam capazes de lhe puxar o tapete.

Oito dias depois, Lucien se apresentou na casa da sra. de Montcornet, onde sentiu a mais violenta perturbação ao rever a mulher que tanto amara e cujo coração fora trespassado por suas zombarias. Louise também estava metamorfoseada! Tinha voltado a ser o que teria sido sem sua temporada na província: uma grande dama. Havia em seu luto uma graça e um requinte que anunciavam uma viúva feliz. Lucien pensou ter algo a ver com aquela faceirice, e não se enganava; mas, tal como um ogro, tinha provado carne fresca, ficou toda aquela noite indeciso entre a bela, a amorosa, a voluptuosa Coralie, e a seca, a altiva, a cruel Louise. Não soube tomar partido, sacrificar a atriz à grande aristocrata. Esse sacrifício, a sra. de Bargeton, que ainda sentia amor por Lucien ao vê-lo tão inteligente e tão bonito, esperou durante todo o encontro; mas saiu de mãos abanando, apesar de suas palavras insidiosas, de seus trejeitos coquetes, e deixou o salão com um irrevogável desejo de vingança.

— Pois é, querido Lucien — disse com uma bondade cheia de graça parisiense e de nobreza —, você deveria ser meu orgulho mas me pegou para sua primeira vítima. Eu o perdoei, meu filho, pensando que havia um resto de amor numa vingança dessas.

A sra. de Bargeton reafirmava sua posição com essa frase, acompanhada de ares soberanos. Lucien, que acreditava ter mil vezes razão, viu que estava errado. Não falaram nem da terrível carta de despedida com que ele rompera nem dos motivos do rompimento. As mulheres da alta sociedade têm um talento maravilhoso para amenizar seus erros gracejando. Podem e sabem tudo apagar com um sorriso, com uma pergunta que joga com a surpresa. Não se lembram de nada, explicam tudo, espantam-se, interrogam, comentam, amplificam, brigam, e terminam por extinguir seus erros como se extingue uma mancha com uma pequena ensaboada: sabemos que são negras, mas num instante se tornam brancas e inocentes. Quanto a nós, ficamos muito felizes por não nos vermos culpados de algum crime irremissível. Num instante, Lucien e Louise retomaram as ilusões sobre si mesmos, falaram a linguagem da amizade; mas Lucien, inebriado de vaidade satisfeita, inebriado de Coralie, que, digamos, lhe tornava a vida fácil, não soube responder claramente àquela pergunta que Louise acompanhou com um suspiro de hesitação: "Você está feliz?". Um não melancólico teria feito sua fortuna. Ele se julgou inteligente explicando Coralie, disse ser amado por si mesmo, em suma, todas as bobagens do homem apaixonado. A sra. de Bargeton mordeu os lábios. Tudo estava dito. A sra. d'Espard foi para perto da prima, junto com a sra. de Montcornet. Lucien se viu, por assim dizer, o herói da noite: foi adulado, afagado, festejado por essas três mulheres que o embrulharam com uma arte infinita. Seu sucesso naquele belo e brilhante mundo não foi, portanto, menor que no jornalismo. A linda srta. des Touches, tão famosa sob o nome de Camille Maupin, e a quem as senhoras d'Espard e de Bargeton apresentaram Lucien, o convidou para jantar numa de suas quartas-feiras e pareceu comovida com aquela beleza tão justamente famosa. Lucien tentou provar que ainda era mais inteligente que belo. A srta. des Touches expressou admiração por essa ingenuidade jovial e esse lindo furor de amizade superficial a que se apegam todos os que não conhecem a fundo a vida parisiense, na qual o hábito e a continuidade das alegrias nos tornam tão ávidos de novidades.

— Se eu agradasse a ela tanto quanto ela me agrada — disse Lucien a Rastignac e a De Marsay —, teríamos um breve romance...

— Vocês sabem, você e ela, muito bem escrevê-los para querer vivê-los — respondeu Rastignac. — Acaso autores podem se amar um ao outro? Sempre chega um momento em que se trocam palavrinhas ferinas.

— Para você não seria um mau sonho — disse-lhe rindo De Marsay. — Essa moça maravilhosa tem trinta anos, é verdade, mas quase oitenta mil libras de renda. É adoravelmente caprichosa e seu tipo de beleza deve se conservar por muito tempo. Coralie é uma bobinha, meu caro, boa para deixá-lo em evidência, pois um rapaz bonito não deve ficar sem amante; mas, se você não fizer uma bela conquista na alta roda, a longo prazo a atriz o prejudicará. Vamos, meu caro, suplante Conti, que vai cantar com Camille Maupin. Desde sempre a poesia passou à frente da música.

Quando Lucien ouviu a srta. des Touches e Conti, suas esperanças se desvaneceram.

— Conti canta bem demais — ele disse a Des Lupeaulx.

Lucien voltou para perto da sra. de Bargeton, que o levou ao salão onde estava a marquesa d'Espard.

— E então, não quer se interessar por ele? — perguntou a sra. de Bargeton à prima.

— Mas que o senhor Chardon — disse a marquesa de um jeito impertinente e suave — se ponha em condições de ser promovido sem inconvenientes para seus protetores! Para conseguir o decreto que lhe permitirá abandonar o miserável nome do pai e pegar o da mãe, não deve ele ser, ao menos, um dos nossos?

— Em dois meses terei arranjado tudo — disse Lucien.

— Muito bem — disse a marquesa —, verei meu pai e meu tio, que estão a serviço do rei, eles falarão com o ministro da Justiça.

O diplomata e as duas mulheres tinham adivinhado perfeitamente o ponto sensível de Lucien. O poeta, radiante com os esplendores aristocráticos, sentia indizíveis mortificações ao ouvir ser chamado de Chardon, quando só via entrar nos salões homens com nomes sonoros emoldurados por títulos. Essa dor se repetiu em todos os lugares onde apareceu nos dias que se seguiram. Aliás, tinha uma sensação igualmente desagradável quando retomava os assuntos de sua profissão, depois de ter estado na véspera junto à alta sociedade, onde se exibia corretamente graças à carruagem e aos criados de Coralie. Aprendeu a montar a cavalo para poder galopar ao lado das carruagens da sra. d'Espard, da srta. des Touches e da condessa de Montcornet, privilégio que tanto invejara ao chegar a Paris. Finot ficou maravilhado ao conseguir para seu redator indispensável um ingresso de favor para a Ópera. A partir daí, Lucien pertenceu ao mundo especial dos elegantes dessa época. Retribuiu o convite de Rastignac e seus amigos mundanos com um esplêndido almoço; mas cometeu o erro de organizá-lo na casa de Coralie. Lucien era jovem demais, poeta demais e confiante demais para conhecer certas nuanças. Uma atriz, excelente moça, mas sem educação, podia lhe ensinar a vida? O provinciano mostrou da maneira mais evidente àqueles jovens, cheios de maldosas intenções a seu respeito, o conluio de interesses que havia entre a atriz e ele, situação que qualquer rapaz inveja secretamente e que todos fustigam. Quem, na mesma noite, brincou mais cruelmente com isso foi Rastignac, embora se sustentasse na sociedade por meios semelhantes, mas mantendo tão bem as aparências que podia qualificar de calúnia qualquer maledicência. Lucien prontamente aprendeu o uíste. O jogo se tornou uma paixão para ele. Coralie, a fim de evitar qualquer rivalidade, longe de desaprovar Lucien favorecia suas dissipações com a cegueira peculiar aos sentimentos íntegros, que nunca enxergam senão o presente e que tudo sacrificam, mesmo o futuro, ao gozo do momento. A essência do amor verdadeiro oferece constantes semelhanças com a infância: a irreflexão, a imprudência, a dissipação, o riso e as lágrimas.

32

OS *VIVEURS*

Nessa época florescia uma sociedade de jovens ricos ou pobres, todos desocupados, chamados *viveurs*, e que de fato viviam com uma inacreditável despreocupação, intrépidos comedores, bebedores mais intrépidos ainda. Todos carrascos do dinheiro, e misturando as mais rudes brincadeiras a essa existência, não louca, mas alucinada, não recuavam diante de nenhuma impossibilidade, vangloriavam-se de suas más ações, mas contidas dentro de certos limites: suas escapadas eram temperadas por tamanha originalidade de espírito que era impossível não perdoá-las. Nenhum fato mostra tão claramente o hilotismo a que a Restauração condenara a juventude. Os rapazes, que não sabiam em que empregar suas forças, não as jogavam apenas no jornalismo, nas conspirações, na literatura e na arte, mas as dissipavam nos mais estranhos excessos, tamanhas eram a seiva e as forças luxuriantes da jovem França. Trabalhadora, essa bela juventude queria o poder e o prazer; artística, queria tesouros; ociosa, queria animar suas paixões; de qualquer maneira, queria desempenhar um papel, e isso a política não lhe oferecia em lugar nenhum. Os *viveurs* eram gente em sua maioria dotada de faculdades notáveis; alguns as perderam nessa vida enervante, outros resistiram. O mais famoso desses *viveurs*, o mais inteligente, Rastignac, acabou entrando, conduzido por De Marsay, numa carreira séria na qual se distinguiu. As brincadeiras a que esses jovens se dedicavam se tornaram tão famosas que forneceram temas para diversos vaudeviles. Lançado por Blondet nessa sociedade de dissipadores, Lucien aí brilhou junto a Bixiou, um dos espíritos mais maldosos e o mais incansável galhofeiro daquela época. Portanto, durante todo o inverno a vida de Lucien foi uma longa embriaguez entrecortada pelos fáceis trabalhos do jornalismo; ele continuou a série de seus pequenos artigos e fez grandes esforços para produzir de vez em quando umas belas páginas de crítica fortemente pensada. Mas o estudo era uma exceção, e a ele o poeta só se dedicava quando forçado pela necessidade: os almoços, os jantares, as diversões, as festas mundanas, o jogo ocupavam todo o seu tempo, e Coralie devorava o resto. Lucien se proibia de pensar no dia seguinte. Aliás, via todos os seus pretensos amigos se comportando da mesma maneira que ele, sustentados pelos prospectos de livrarias, pagos a alto preço, pelas gratificações dadas em troca de certos artigos necessários às especulações arriscadas, comendo de qualquer maneira e pouco preocupados com o futuro. Uma vez admitido no jornalismo e na literatura em pé de igualdade, Lucien percebeu as enormes dificuldades a vencer caso quisesse se elevar: todos aceitavam vê-lo como igual, ninguém o queria como superior. Portanto, insensivelmente renunciou à glória literária, acreditando que a fortuna política era mais fácil de conseguir.

"A intriga suscita menos paixões contrárias que o talento, suas surdas manobras não despertam a atenção de ninguém", disse-lhe um dia Châtelet, com quem Lucien se reconciliara. "Aliás, a intriga é superior ao talento. De um nada ela faz alguma coisa, ao passo que quase sempre os imensos recursos do talento só servem para fazer a desgraça do homem."

Nessa vida em que o Amanhã sempre andava no rastro do Ontem, no meio de orgias e sem realizar as tarefas prometidas, Lucien perseguiu, pois, sua principal ideia: era assíduo na sociedade, cortejava a sra. de Bargeton, a marquesa d'Espard, a condessa de Montcornet, e nunca faltava a uma só festa da srta. des Touches. Chegava a essas reuniões a caminho de uma festa, ou depois de um jantar dado pelos escritores ou pelos livreiros; deixava os salões para ir a uma ceia, fruto de uma aposta qualquer. O custo dessas conversas parisienses e o jogo absorviam as poucas ideias e forças que lhe deixavam seus excessos. Lucien parou então de ter a lucidez de espírito e a frieza racional necessárias para observar a seu redor, para exibir o tato requintado que os novatos devem empregar a todo instante; foi-lhe impossível reconhecer os momentos em que a sra. de Bargeton se aproximava dele, ou se afastava magoada, perdoava-o ou o condenava de novo. Châtelet percebeu as oportunidades que seu rival ia perdendo e se tornou amigo de Lucien para mantê-lo na dissipação em que suas forças se consumiam. Rastignac, ciumento de seu conterrâneo e que, por sinal, via no barão um aliado mais seguro e mais útil que Lucien, desposou a causa de Châtelet. Assim, dias depois do encontro do Petrarca com a Laura de Angoulême, Rastignac reconciliou o poeta e o velho frajola do Império, no meio de uma magnífica ceia no Rocher de Cancale. Lucien, que continuava a voltar para casa de manhã e se levantava ao meio-dia, não sabia resistir a um amor em domicílio e sempre pronto. Portanto, a engrenagem de sua vontade, incessantemente afrouxada por uma preguiça que o deixava indiferente às belas resoluções tomadas nos momentos em que entrevia sua situação como ela era de fato, se tornou inoperante e logo parou de responder às mais fortes pressões da miséria. Depois de ter ficado muito feliz em ver Lucien se divertindo, depois de tê-lo encorajado, enxergando nessa dissipação os laços que ela criava com as necessidades e a garantia de que a ligação entre eles ia durar, a doce e meiga Coralie teve a coragem de recomendar a seu amante que não se esquecesse do trabalho, e várias vezes foi obrigada a lhe lembrar que ele ganhara pouco no mês. Os dois amantes se endividaram com assombrosa rapidez. Os mil e quinhentos francos que restavam da venda de *As margaridas* e os primeiros quinhentos francos ganhos por Lucien foram prontamente devorados. Em três meses seus artigos não renderam ao poeta mais de mil francos, embora tivesse a impressão de haver trabalhado imensamente. Mas Lucien já adotara a jurisprudência agradável dos *viveurs* a respeito das dívidas. As dívidas são bonitas entre os jovens de vinte e cinco anos; mais tarde, ninguém as perdoa. É de notar que certas almas, verdadeiramente poéticas mas cuja vontade fraqueja, vivem ocupadas em sentir, a fim de restituir suas sensações por imagens, mas carecem essencialmente do sentido moral que deve acompanhar qualquer observação. Os poetas gostam mais de receber em si as impressões do que penetrar nos outros para estudar o mecanismo dos sentimentos. Assim sendo, Lucien não pediu contas aos *viveurs* dos que, entre eles, desapareciam, não viu o futuro desses pretensos amigos que, uns tinham heranças, outros tinham expectativas definidas, estes tinham reconhecidos talentos, aqueles tinham a fé mais intrépida no próprio destino e o desígnio premeditado de contornar as leis. Lucien acreditou em seu futuro fiando-se nestes axiomas profundos de Blondet: "Tudo acaba dando certo. — Nada se frustra entre as pessoas que nada têm. — Só podemos perder a fortuna que ainda não temos! — Indo com a corrente, acabamos chegando a algum lugar. — Um homem inteligente que tem um pé na sociedade faz fortuna quando quer!".

Esse inverno, para ele tão cheio de prazeres, foi o tempo necessário para Théodore Gaillard e Hector Merlin encontrarem os capitais exigidos para a fundação de *Le Réveil*, cujo primeiro número só saiu em março de 1822. O negócio era tratado na casa da sra. du Val-Noble. Essa cortesã elegante e espirituosa, que dizia, ao mostrar seus magníficos aposentos: "Aí estão as *contas* das mil e uma noites!", exercia certa influência sobre os banqueiros, os grandes aristocratas e os escritores do partido favorável ao rei, todos habituados a se reunir em seu salão para tratar dos negócios que só podiam ser tratados lá. Hector Merlin, a quem estava prometida a chefia de redação de *Le Réveil*, devia ter como braço direito Lucien, agora seu amigo íntimo, e a quem o folhetim de um dos jornais governamentais também foi prometido. Essa mudança de rumo na posição de Lucien se preparava surdamente sob a cobertura dos prazeres de sua vida. O menino se julgava um grande político ao dissimular esse golpe teatral, e contava muito com as liberalidades ministeriais para dar um jeito em suas contas e dissipar os aborrecimentos secretos de Coralie. A atriz, sempre risonha, lhe escondia sua aflição, mas Bérénice, mais ousada, contava tudo a Lucien. Como todos os poetas, esse grande homem em gestação se condoía por instantes com as desgraças, prometia trabalhar, esquecia sua promessa e afogava a preocupação passageira nas farras. No dia em que Coralie percebia nuvens na fronte de Lucien, ralhava com Bérénice e dizia a seu poeta que tudo se arranjaria. A sra. d'Espard e a sra. de Bargeton esperavam a conversão de Lucien para que Châtelet pedisse ao ministro, diziam elas, o decreto tão almejado pelo poeta. Lucien prometera dedicar suas *Margaridas* à marquesa d'Espard, que parecia muito lisonjeada com uma distinção que os autores tornaram rara desde que passaram a ser um poder. Quando, à noite, Lucien ia ver Dauriat e perguntava como ia seu livro, o livreiro lhe opunha excelentes razões para atrasar a ida para o prelo. Dauriat tinha esta ou aquela operação em andamento, que lhe tomava todo o tempo, iam publicar um novo volume de Canalis, com quem ele não devia se indispor, as *Nouvelles Méditations* do sr. de Lamartine estavam no prelo, e duas importantes coletâneas de poesia não deviam sair ao mesmo tempo, e aliás Lucien devia confiar na habilidade de seu livreiro. No entanto, as necessidades de Lucien eram prementes e ele recorreu a Finot, que lhe deu uns adiantamentos por conta dos artigos. Quando à noite, ao cear, o poeta-jornalista explicava sua situação aos amigos *viveurs*, eles afogavam seus escrúpulos em ondas de vinho de Champanhe gelado com pilhérias. As dívidas! Não há homem poderoso sem dívidas! As dívidas representam necessidades satisfeitas, vícios exigentes. Um homem só triunfa se pressionado pela mão de ferro da necessidade!

— Aos grandes homens, o Monte de Piedade reconhecido! — gritava Blondet.

— Tudo querer é tudo dever — gritava Bixiou.

— Não, tudo dever é ter tido tudo! — respondia Des Lupeaulx.

Os *viveurs* sabiam provar àquela criança que suas dívidas seriam o aguilhão de ouro com que ele picaria os cavalos atrelados ao carro de sua fortuna. Além disso, havia sempre César com seus quarenta milhões de dívidas, e Frederico II recebendo do pai um ducado por mês, e sempre os famosos, os desmoralizantes exemplos dos grandes homens expostos em seus vícios e não na onipotência de sua coragem e de suas concepções! Finalmente, a carruagem, os cavalos e o mobiliário de Coralie foram penhorados pelos diversos credores por quantias cujo total se elevava a quatro mil francos. Quando Lucien recorreu a Lousteau para lhe pedir de volta a nota de mil francos que lhe emprestara, este lhe mostrou os documentos timbrados que provavam que a casa de Florine estava em situação análoga à de Coralie, mas Lousteau, agradecido, lhe propôs tomar as providências necessárias para que fosse publicado *O arqueiro de Carlos IX*.

— Como Florine chegou a esse ponto? — perguntou Lucien.

— Matifat se apavorou — respondeu Lousteau —, nós o perdemos. Mas, se Florine quiser, ele vai pagar caro pela traição! Vou lhe contar a história!

33

QUINTA VARIEDADE DE LIVREIRO

Três dias depois da tentativa inútil feita por Lucien com Lousteau, os dois amantes almoçavam tristemente junto à lareira do belo quarto; Bérénice lhes tinha cozinhado ovos estrelados naquele fogo, pois a cozinheira, o cocheiro e os empregados haviam sido despedidos. Era impossível dispor da mobília penhorada. Não havia mais no lar nenhum objeto de ouro ou de prata, nem nada de valor intrínseco, mas para cada objeto, aliás, havia uma cautela correspondente da casa de penhor, e todas elas juntas formavam um livrinho in-oitavo muito instrutivo. Bérénice conservara talheres para duas pessoas. O pequeno jornal prestava serviços apreciáveis a Lucien e Coralie, mantendo o alfaiate, a modista e a costureira, pois estes três tremiam de medo de descontentar um jornalista capaz de desacreditar publicamente seus estabelecimentos. Lousteau chegou durante o almoço, gritando:

— Hurra! Viva *O arqueiro de Carlos IX*! Consegui *lavar* cem francos de livros, meus filhos — disse ele —, vamos dividir?

Entregou cinquenta francos a Coralie e mandou Bérénice buscar um almoço substancial.

— Ontem, Hector Merlin e eu jantamos com livreiros e preparamos por meio de sábias insinuações a venda do seu romance. Dissemos que você está negociando com Dauriat, mas que Dauriat está regateando, não quer dar mais de quatro mil francos por dois mil exemplares, e você quer seis mil francos. Nós o apresentamos como se fosse duas vezes maior que Walter Scott. Oh! Você tem no ventre romances incomparáveis! Não oferece um livro, mas um negócio, não é o autor de um romance mais ou menos engenhoso, mas de uma coleção! Essa palavra, coleção, acertou na mosca. Portanto, não se esqueça do seu papel; você tem na pasta: *A duquesa de Montpensier, ou a França sob Luís XVI — O saiote I, ou os Primeiros dias de Luís XV — A rainha e o cardeal, ou Quadro de Paris sob a fronda — O filho de Concini, ou Uma intriga de Richelieu*!... Esses romances serão anunciados na capa. Chamamos a essa manobra mantear os sucessos. Fazemos seus livros pularem na capa até ficarem famosos, e assim um autor se torna muito maior pelas obras que não escreve do que pelas que escreve. A menção *no prelo* é a hipoteca literária! Ora, vamos rir um pouco! Aqui está o champanhe. Entende, Lucien, por que nossos homens ficaram com olhos tão arregalados, do tamanho de um pires?... Mas você ainda tem os pires?

— Foram penhorados — disse Coralie.

— Compreendo, e continuo — disse Lousteau. — Os livreiros acreditarão em todos os seus manuscritos se virem pelo menos um. Um livreiro pede para ver o manuscrito, tem a pretensão de lê-lo. Deixemos a eles essa fatuidade: nunca leem livros, do contrário não publicariam tanto! Hector e eu deixamos no ar que por cinco mil francos você aceitaria três mil exemplares em duas edições. Dê-me o manuscrito do *Arqueiro*, depois de amanhã almoçamos com os livreiros e vamos dobrá-los.

— Quem são? — perguntou Lucien.

— Dois sócios, dois bons rapazes, bastante corretos em negócios, chamados Fendant e Cavalier. Um é ex-chefe dos caixeiros da casa Vidal e Porchon, o outro é o mais hábil viajante do Quai des Augustins, ambos estabelecidos há um ano. Depois de terem perdido um pequeno capital ao publicar romances traduzidos do inglês, meus espertinhos querem agora explorar os romances nativos. Corre o boato de que esses dois negociantes de papel rabiscado só arriscam capital alheio, mas penso que para você tanto faz saber a quem pertence o dinheiro que lhe darão.

Dois dias depois, os jornalistas eram convidados a almoçar na rua Serpente, no velho bairro de Lucien, onde Lousteau continuava mantendo seu quarto na rua de La Harpe; e Lucien, que foi lá pegar o amigo, o viu no mesmo estado em que se achava na noite de sua introdução no mundo literário, mas já não se espantou: sua educação o iniciara nas vicissitudes da vida dos jornalistas e ele tudo admitia. O grande homem de província recebera, jogara e perdera o dinheiro do pagamento de mais de um artigo, perdendo também a vontade de escrevê-los; escrevera mais de uma coluna seguindo os métodos engenhosos que Lousteau lhe ensinara quando tinham descido da rua de La Harpe até o Palais-Royal. Tendo caído sob a dependência de Barbet e Braulard, traficava livros e ingressos de teatros; em suma, não recuava diante de nenhum elogio, nem diante de nenhum ataque; e até mesmo sentia, nesse momento, uma espécie de alegria em tirar de Lousteau todo o partido possível antes de dar as costas aos Liberais, que ele se propunha a atacar melhor ainda por tê-los estudado de muito perto. Lousteau, de seu lado, recebia, prejudicando Lucien, uma soma de quinhentos francos em dinheiro de Fendant e Cavalier, sob o nome de comissão, por ter proporcionado esse futuro Walter Scott aos dois livreiros em busca de um Scott francês.

A casa Fendant e Cavalier era uma dessas livrarias estabelecidas sem nenhuma espécie de capital, como na época muitas se estabeleciam, e como sempre se estabelecerão, enquanto os fornecedores de papel e as gráficas continuarem a dar crédito aos livreiros durante o tempo em que eles se arriscam em sete ou oito dessas cartadas chamadas publicações. Na época e hoje, as obras eram compradas dos autores com promissórias subscritas a prazos de seis, nove e doze meses, pagamento baseado na natureza da venda que se faz entre livrarias com prazos ainda mais longos. Esses livreiros pagam na mesma moeda aos fornecedores de papel e aos impressores, e assim tinham nas mãos, durante um ano, e grátis, toda uma livraria composta de uma dúzia ou de vinte livros. Imaginando-se dois ou três sucessos, o produto dos bons negócios cobria o dos maus, e eles se mantinham enxertando livro sobre livro. Se todas as operações fossem duvidosas ou se, para desgraça deles, encontrassem bons livros que só podiam ser vendidos depois de ter sido saboreados e apreciados pelo verdadeiro público; se os descontos feitos em suas faturas fossem onerosos, se eles mesmos enfrentassem a bancarrota de seus fornecedores, então pediam concordata tranquilamente, sem a menor preocupação, estando preparados de antemão para esse desfecho. Assim, todas as chances estavam a seu favor, jogavam no grande pano verde da especulação os fundos alheios, não os seus. Fendant e Cavalier estavam nessa situação. Cavalier contribuíra com a experiência, Fendant a ela acrescentara sua industriosidade. O capital social merecia eminentemente esse nome, pois consistia em alguns milhares de francos, economias amealhadas a duras penas por suas amantes e sobre os quais eles tinham se atribuído, um e outro, vencimentos um tanto consideráveis, muito escrupulosamente gastos em jantares oferecidos aos jornalistas e aos autores, e em espetáculos onde se faziam, diziam eles, os negócios. Esses semilarápios eram ambos considerados hábeis, mas Fendant era mais astuto que Cavalier. Digno de seu nome, Cavalier viajava, Fendant dirigia os negócios em Paris. Essa sociedade foi o que ela sempre será entre dois livreiros: um duelo. Os sócios ocupavam o térreo de um desses velhos prédios da rua Serpente, onde o escritório da firma ficava no fundo de vastos salões transformados em depósitos. Já tinham publicado muitos romances, tais como *A torre do Norte*, *O mercador de Benares*, *A fonte do sepulcro*, *Tekeli*, romances de Galt, autor inglês que não fez sucesso na França. O êxito de Walter Scott despertava tanto a atenção dos livreiros para os produtos da Inglaterra que todas as livrarias estavam preocupadas, tal como autênticos normandos, com a conquista da Inglaterra; ali procuravam um Walter Scott, assim como mais tarde se deveria procurar asfalto nos terrenos pedregosos, betume nos pântanos, e auferir lucros com as estradas de ferro então projetadas.* Uma das maiores tolices do comércio parisiense é querer encontrar o sucesso nos análogos, quando ele está nos contrários. Em Paris sobretudo, o sucesso mata o sucesso. Assim, sob o título de *Os Strelitz, ou A Rússia tem cem anos*, Fendant e Cavalier inseriam bravamente, em letras grandes: "*no gênero de Walter Scott*". Fendant e Cavalier tinham sede de um sucesso: um bom livro poderia lhes servir para escoar suas pilhas de encalhados, e eles ficaram seduzidos com a perspectiva de ter artigos nos jornais, a grande chance de venda nessa época, pois é extremamente raro que um livro seja comprado por seu próprio valor, quase sempre é publicado por motivos alheios a seu mérito. Fendant e Cavalier viam em Lucien o jornalista, e em seu livro o produto cuja primeira venda lhes facilitaria um bom fim de mês. Os jornalistas encontraram os sócios em seu escritório, o contrato estava prontinho, as promissórias assinadas. Essa presteza maravilhou Lucien. Fendant era um homenzinho magro, portador de uma sinistra fisionomia: o jeito de um calmuco, testa pequenina, nariz achatado, boca apertada, dois olhinhos pretos espertos, os contornos do rosto atormentados, uma pele acinzentada, uma voz que parecia o som de um sino rachado, em suma, todas as aparências de um patife consumado; mas compensava essas desvantagens com um discurso melífluo e alcançava seus objetivos pela conversa. Cavalier, rapaz rechonchudo e que parecia um condutor de diligência, mais que um livreiro, tinha os cabelos de um louro suspeito, o rosto iluminado, o pescoço grosso e o verbo eterno do caixeiro-viajante.

— Não há nada o que discutir — disse Fendant, dirigindo-se a Lucien e a Lousteau. — Li a obra, é muito literária e nos convém tão bem que já entreguei o manuscrito à tipogra-

* Nos anos 1830 houve muita especulação com as ações das futuras estradas de ferro, e também foi grande a concorrência entre fabricantes de betume, pois se começavam a asfaltar as ruas de Paris.

fia. O contrato está redigido de acordo com as bases combinadas; aliás, nunca saímos das condições que aqui estipulamos. Nossas promissórias são a seis, nove e doze meses, você as descontará facilmente, e nós lhe reembolsaremos o desconto. Reservamo-nos o direito de dar outro título à obra, não gostamos de *O arqueiro de Carlos IX*, que não estimula o suficiente a curiosidade dos leitores, pois há vários reis chamados Carlos, e na Idade Média havia tantos arqueiros! Ah, se você chamasse *O soldado de Napoleão*! Mas *O arqueiro de Carlos IX*?... Cavalier seria obrigado a dar uma aula de história da França para pôr cada exemplar na província.

— Se conhecesse as pessoas com quem tratamos! — exclamou Cavalier.

— Seria preferível *A noite de São Bartolomeu* — continuou Fendant.

— *Catarina de Médici, ou a França na época de Carlos IX* — disse Cavalier — ficaria mais parecido com um título de Walter Scott.

— Enfim, vamos decidir quando a obra estiver impressa — continuou Fendant.

— Como quiserem — disse Lucien —, contanto que o título me convenha.

Lido e assinado o contrato, trocadas as cópias, Lucien pôs as promissórias no bolso com uma satisfação sem igual. Depois, os quatro subiram à casa de Fendant, onde fizeram o mais vulgar dos almoços: ostras, bifes, rins ao vinho de Champanhe e queijo brie; mas esses pratos foram acompanhados por vinhos requintados, graças a Cavalier, que conhecia um viajante do comércio de vinhos. Quando estavam indo para a mesa apareceu o impressor a quem foi confiado o romance, e que veio surpreender Lucien trazendo as provas das duas primeiras folhas de seu livro.

— Queremos andar depressa — disse Fendant a Lucien —, contamos com seu livro e estamos precisando fazer um sucesso dos diabos.

O almoço, iniciado lá pelo meio-dia, só terminou às cinco da tarde.

— Onde encontrar dinheiro? — perguntou Lucien a Lousteau.

— Vamos ver Barbet — respondeu Étienne.

Os dois amigos desceram, um pouco excitados e embriagados, para o Quai des Augustins.

34

A CHANTAGEM

— Coralie está extremamente surpresa com a perda que Florine sofreu, Florine só lhe disse ontem, atribuindo a você essa desgraça, ela parecia amargurada a ponto de deixá-lo — disse Lucien a Lousteau.

— É verdade — disse Lousteau, deixando a prudência de lado e se abrindo com Lucien. — Meu amigo, pois você é meu amigo, você, Lucien, me emprestou mil francos e só os pediu uma vez. Desconfie do jogo. Se eu não jogasse, seria feliz. Devo a Deus e ao diabo. Neste momento estou com os oficiais de justiça em meus calcanhares. Em suma, quando vou ao Palais-Royal sou obrigado a dobrar cabos perigosos.

Na língua dos *viveurs*, dobrar um cabo em Paris é fazer um desvio, seja para não passar diante de um credor, seja para evitar o lugar onde ele poderia ser encontrado. Lucien, que precisava ser cuidadoso ao andar por certas ruas, conhecia a manobra sem lhe saber o nome.

— Então está devendo muito?

— Uma miséria! — retrucou Lousteau. — Mil escudos me salvariam. Quis tomar jeito, parar de jogar, e, para terminar, fiz um pouco de *chantagem*.

— O que é Chantagem? — perguntou Lucien, para quem essa palavra era desconhecida.

— Chantagem é uma invenção da imprensa inglesa, importada recentemente pela França. Os *Chantagistas* são pessoas que têm como manipular os jornais. Nunca um diretor de jornal, nem um redator chefe, pode se meter numa chantagem. Temos os Giroudeau, os Philippe Bridau. Esses *bravi* vão encontrar um homem que, por determinadas razões, não quer que os jornais falem dele. Muita gente tem na consciência pecadilhos mais ou menos originais. Há muitas fortunas suspeitas em Paris, conseguidas por vias mais ou menos legais, volta e meia por manobras criminosas, e que renderiam deliciosas anedotas, como a polícia de Fouché cercando os espiões do chefe de polícia, os quais, não estando a par do segredo da fabricação das notas falsas do banco inglês, iam prender os impressores clandestinos protegidos pelo ministro; depois, a história dos diamantes do príncipe Galathione, o caso Maubreuil, a sucessão Pombreton etc.* O Chantagista conseguiu uma peça, um documento importante, e pede um encontro com o homem que enriqueceu. Se o homem comprometido não lhe der uma quantia qualquer, o Chantagista lhe mostra que a imprensa está pronta para destruí-lo, revelar seus segredos. O homem rico fica com medo, então paga. O jogo está feito. Você se entrega a uma operação perigosa, que pode gorar por causa de uma série de artigos: destacam um chantagista para você, que lhe propõe recomprar os artigos. Há ministros a quem se enviam Chantagistas e que estipulam com eles que o jornal atacará seus atos políticos mas não sua pessoa, ou há os que entregam sua própria pessoa mas pedem indulgência com a amante. Des Lupeaulx, esse lindo referendário que você conhece, está eternamente ocupado com esse tipo de negociações com os jornalistas. O engraçadinho arrumou uma posição maravilhosa no centro do poder graças às suas relações: é ao mesmo tempo o mandatário da imprensa e o embaixador dos ministros, trafica os amores-próprios, estende esse comércio até mesmo aos negócios políticos, e con-

* Galathione e Pombreton são personagens de Balzac. O conde de Maubreuil (1784-1868) foi encarregado por Talleyrand de recuperar em 1814 os tesouros da rainha da Westfália, Catarina de Wurtenberg, e ficou com parte do butim.

segue o silêncio dos jornais sobre tal empréstimo, sobre tal concessão feita sem concorrência nem publicidade, na qual se dá uma parte aos tubarões famintos dos bancos liberais. Você fez um pouco de chantagem com Dauriat, ele lhe deu mil escudos para impedir que você desacreditasse Nathan. No século XVIII, em que o jornalismo estava nos cueiros, se fazia chantagem por meio de panfletos cuja destruição era comprada pelas favoritas e pelos grandes aristocratas. O inventor da Chantagem é Aretino, um grande homem da Itália que cobrava comissão dos reis, como hoje em dia tal jornal cobra comissão dos atores.

— O que você fez contra Matifat para conseguir seus mil escudos?

— Consegui que atacassem Florine em seis jornais, e Florine se queixou com Matifat. Matifat pediu a Braulard que descobrisse a razão desses ataques. Braulard foi tapeado por Finot. Finot, em benefício de quem eu *chantageava*, disse ao droguista que você demolia Florine no interesse de Coralie. Giroudeau foi dizer confidencialmente a Matifat que tudo se arranjaria se ele quisesse vender por dez mil francos a sexta parte de que possuía do capital da revista de Finot. Se desse tudo certo, Finot me daria mil escudos. Matifat ia fechar o negócio, feliz de reaver dez mil francos dos trinta mil que lhe pareciam estar em perigo, pois fazia alguns dias que Florine lhe dizia que a revista de Finot não estava indo bem e que, em vez de embolsar dividendos, ele teria de encarar uma nova chamada de capital. Mas, antes de pedir falência, o diretor do Panorama-Dramatique precisou negociar uns títulos de favor, e para que Matifat os descontasse ele o avisou do golpe que Finot estava tramando. Matifat, como comerciante esperto, abandonou Florine, guardou sua sexta parte e agora sabe o que fizemos. Finot e eu uivamos de desespero. Tivemos a infelicidade de atacar um homem que não se importa com a amante, um miserável sem coração nem alma. Infelizmente o tipo de comércio de Matifat não é passível de sofrer a justiça da imprensa, seus interesses são inatacáveis. Não se critica um droguista como se criticam chapéus, coisas da moda, teatros ou negócios de arte. O cacau, a pimenta, as pinturas, as madeiras de tingir, o ópio não podem se depreciar. Florine está encurralada, o Panorama fecha amanhã, ela não sabe o que vai fazer.

— Por causa do fechamento do teatro, Coralie estreia daqui a uns dias no Gymnase — disse Lucien —, ela poderá ajudar Florine.

— Nunca! — disse Lousteau. — Coralie não tem inteligência, mas ainda não é tão burra para arrumar uma rival! Nossos negócios estão terrivelmente enrolados! Mas Finot está tão apressado em recuperar sua sexta parte...

— E por quê?

— O negócio é excelente, meu caro. Existe a possibilidade de se vender o jornal por trezentos mil francos. Finot teria, então, um terço, mais uma comissão atribuída por seus sócios e que ele divide com Des Lupeaulx. Portanto, vou propor a Finot que façamos juntos uma chantagem.

— Mas a chantagem é a bolsa ou a vida?

— Bem melhor — disse Lousteau. — É a bolsa ou a honra. Anteontem, um pequeno jornal a cujo proprietário recusamos um crédito disse que o relógio de uma notabilidade da capital, desses que batem as horas e é rodeado de diamantes, se encontrava, estranhamente, nas mãos de um soldado da Guarda Real, e ele prometia o relato dessa aventura digna das *Mil e uma noites*. A notabilidade se apressou em convidar o redator chefe para jantar. O redator chefe, sem dúvida, ganhou alguma coisa mas a história contemporânea perdeu a anedota do relógio. Sempre que você vir a imprensa encarniçada contra pessoas poderosas, saiba que existe por trás algum caso de descontos recusados, serviços que não quiseram prestar. Essa chantagem relativa à vida privada é o que temem os mais ricos ingleses, e ela tem muito a ver com os lucros secretos da imprensa britânica, infinitamente mais depravada que a nossa. Somos crianças! Na Inglaterra, compra-se uma carta comprometedora por cinco a seis mil francos para revendê-la.

— Que meio você encontrou para agarrar Matifat? — perguntou Lucien.

— Meu caro — continuou Lousteau —, esse vil quitandeiro escreveu as cartas mais curiosas a Florine: ortografia, estilo, pensamentos, tudo é de uma rematada comicidade. Matifat morre de medo da própria mulher; podemos, sem nomeá-lo, sem que ele possa se queixar, atingi-lo no cerne de seus lares e penates onde ele se sente em segurança. Imagine a fúria dele ao ver o primeiro artigo de um pequeno romance de costumes, intitulado “Os amores de um droguista”, depois de ter sido lealmente prevenido sobre o acaso que pôs nas mãos dos redatores de tal jornal cartas em que ele fala do pequeno Cupido, em que escreve *chamáz* em vez de *jamais*, em que diz que Florine o ajuda a atravessar o deserto da vida, o que pode dar a entender que a considera um camelo. Em suma, nessa correspondência eminentemente engraçada há material para desopilar o fígado dos assinantes durante quinze dias. Vamos lhe provocar o medo de uma carta anônima que poria a mulher dele a par dessas gracinhas. Florine quererá assumir a responsabilidade de parecer perseguir Matifat? Ela ainda tem princípios, isto é, esperanças. Talvez guarde as cartas para si e queira uma parte do dinheiro. É astuta, é minha aluna. Mas, quando souber que o oficial de justiça não está de brincadeira, irá me entregar as cartas, que repassarei, em troca de escudos, a Finot. Finot dará a correspondência ao tio, e Giroudeau fará o droguista capitular.

Essa confidência devolveu a sobriedade a Lucien, que primeiro pensou que tinha amigos extremamente perigosos, e depois considerou que não devia se indispor com eles, pois podia precisar de sua terrível influência caso a sra. d’Espard, a sra. de Bargeton e Châtelet lhe faltassem com a palavra. Étienne e Lucien tinham então chegado ao cais, defronte da loja miserável de Barbet.

35

OS CAMBISTAS

— Barbet — disse Étienne ao livreiro —, temos cinco mil francos de Fendant e Cavalier para seis, nove e doze meses; pode nos descontar essas promissórias?

— Pego-as por mil escudos* — disse Barbet com uma calma imperturbável.

— Mil escudos!

— Mais ninguém ficará com elas — continuou o livreiro. — Esses senhores irão à falência antes de três meses; mas conheço duas boas obras deles cuja venda tem sido dura, eles não podem esperar, vou comprá-las, de contado, pagando com as próprias promissórias deles: assim conseguirei dois mil francos de desconto na mercadoria.

— Quer perder dois mil francos? — perguntou Étienne a Lucien.

— Não! — exclamou Lucien, apavorado com esse primeiro negócio.

— Está errado — respondeu Étienne.

— Os senhores não descontarão as letras deles em lugar nenhum — disse Barbet. — O livro deste senhor é a última cartada de Fendant e Cavalier, mas só o podem imprimir se deixarem os exemplares em depósito, com o impressor, e um êxito só os salvará por seis meses, pois mais cedo ou mais tarde vão estourar! Essas pessoas bebem mais copinhos do que vendem livros! Para mim, as letras deles re-

* Mil escudos = 3 mil francos, ou seja, com um desconto de 40%.

presentam um bom negócio, e comigo os senhores poderão conseguir um valor superior ao que darão os cambistas, que ficarão conjecturando o que vale cada assinatura. O negócio do cambista consiste em saber se três assinaturas darão cada uma trinta por cento, em caso de falência. Primeiro, os senhores só oferecerão duas assinaturas, e cada uma não vale nem dez por cento.

Os dois amigos se olharam, surpresos de ouvir sair da boca desse petulante uma análise que resumia em poucas palavras todo o espírito dos que descontavam títulos.

— Nada de frases, Barbet — disse Lousteau. — A qual cambista podemos ir?

— Ao *seu* Chaboisseau, no Quai Saint-Michel, foi quem deu um jeitinho no último fim de mês de Fendant. Se recusam minha proposta, vejam com ele; mas os senhores voltarão e então só lhes darei dois mil e quinhentos francos.

Étienne e Lucien foram ao Quai Saint-Michel, a uma casinha com entrada por um corredor lateral, onde morava esse Chaboisseau, um dos cambistas das livrarias; encontraram-no no segundo andar de um apartamento mobiliado da maneira mais original. Esse banqueiro subalterno, e no entanto milionário, gostava do estilo grego. A sanca do quarto era enfeitada com uma grega. Coberto por um tecido tingido de púrpura e encostado, à moda grega, na parede, como o fundo de um quadro de David, o leito, de forma muito pura, datava do tempo do Império em que tudo se fabricava de acordo com esse gosto. As poltronas, as mesas, os abajures, os candelabros, os menores acessórios certamente escolhidos pacientemente nos vendedores de móveis respiravam a graça fina e delicada, mas elegante, da Antiguidade. Esse conjunto mitológico e leve formava um estranho contraste com os costumes do cambista. É de observar que os homens mais fantasiosos se encontram entre as pessoas dadas ao comércio do dinheiro. Essas pessoas são, de certa forma, os libertinos do pensamento. Podendo tudo possuir, e consequentemente sendo blasés, fazem imensos esforços para sair da indiferença. Quem sabe estudá-los sempre encontra uma mania, uma brecha no coração pela qual são acessíveis. Chaboisseau parecia entrincheirado na Antiguidade como num campo inexpugnável.

— Ele é, sem a menor dúvida, digno de seu ambiente.

Chaboisseau, homenzinho de cabelo empoado, sobrecasaca esverdeada, colete cor de avelã, decorado com umas calças pretas e terminado por meias de mescla e sapatos que estalavam sob os pés, pegou as promissórias, examinou-as; depois, grave, devolveu-as a Lucien.

— Os senhores Fendant e Cavalier são rapazes adoráveis, jovens cheios de inteligência, mas estou sem dinheiro — disse com voz suave.

— Meu amigo será indulgente com o desconto — retrucou Étienne.

— Eu não pegaria essas letras em nenhuma hipótese — disse o homenzinho, cujas palavras deslizaram sobre a proposta de Lousteau assim como a lâmina da guilhotina sobre a cabeça de um homem.

Os dois amigos se retiraram; ao atravessar a antessala, até onde Chaboisseau os acompanhou prudentemente, Lucien avistou uma pilha de livros que o cambista, ex-livreiro, comprara, e entre os quais brilhou de repente, aos olhos do romancista, a obra do arquiteto Ducerceau sobre as residências reais e os famosos castelos da França cujos planos são desenhados nesse livro com grande exatidão.

— O senhor me venderia esta obra? — perguntou Lucien.

— Sim — disse Chaboisseau, que de cambista se tornou livreiro.

— Qual é o preço?

— Cinquenta francos.

— É caro, mas preciso dela; e só teria para lhe pagar as letras que o senhor recusa.

— O senhor tem uma letra de quinhentos francos a seis meses: ficarei com ela — disse Chaboisseau, que provavelmente devia a Fendant e Cavalier um saldo de alguma fatura, equivalente a essa quantia.

Os dois amigos voltaram para o quarto grego, onde Chaboisseau preencheu um pequeno borderô a seis por cento de juros e seis por cento de comissão, o que resultou numa dedução de trinta francos; pôs nessa conta os cinquenta francos, preço do Ducerceau, e tirou de sua caixa, cheia de belos escudos, quatrocentos e vinte francos.

— Ah, senhor Chaboisseau! As letras são todas boas ou todas más, por que não nos desconta as outras?

— Não estou descontando, estou me pagando por uma venda — disse o sujeitinho.

Étienne e Lucien ainda riam de Chaboisseau, sem ter entendido quem ele era exatamente, quando chegaram à livraria de Dauriat, onde Lousteau pediu a Gabusson que lhe indicasse um cambista. Os dois amigos pegaram um cabriolé de praça alugado por hora e foram ao bulevar Poissonnière, munidos de uma carta de recomendação dada por Gabusson, na qual lhes falava do mais bizarro e mais esquisito *particular*, segundo sua expressão.

— Se Samanon não ficar com suas promissórias — dissera Gabusson —, ninguém as descontará.

Alfarrabista no andar térreo, vendedor de roupas no primeiro andar, vendedor de gravuras proibidas no segundo, Samanon também era prestamista contra penhor. Nenhum dos personagens introduzidos nos romances de Hoffmann, nenhum dos sinistros avarentos de Walter Scott pode ser comparado ao que a natureza social e parisiense se permitira criar naquele homem, se é que Samanon é um homem. Lucien não conseguiu reprimir um gesto de pavor diante do aspecto daquele velhinho seco, cujos ossos queriam furar o couro perfeitamente curtido, manchado de numerosas placas verdes ou amarelas, como uma pintura de Ticiano ou de Paolo Veronese vista de perto. Samanon tinha um olho imóvel e gelado, o outro vivo e brilhante. O avarento, que parecia se servir desse olho morto quando efetuava os descontos e empregar o outro em vender suas gravuras obscenas, usava uma peruquinha achatada cujo preto puxava para o vermelho, e debaixo da qual se eriçavam cabelos brancos; sua fronte amarelada tinha uma atitude ameaçadora, as faces chupadas eram emolduradas pela saliência dos maxilares, os dentes ainda brancos pareciam puxados sobre os lábios, como os de um cavalo que boceja. O contraste entre os olhos e a boca cheia de caretas lhe dava um ar razoavelmente feroz. Os pelos da barba, duros e pontudos, deviam espetar como alfinetes. Uma pequena sobrecasaca puída, que já estava cor de burro quando chove, uma gravata preta desbotada, gasta pela barba e que deixava ver um pescoço enrugado como o de um peru, pouco anunciavam qualquer desejo de resgatar pelo traje uma fisionomia sinistra. Os dois jornalistas encontraram esse homem sentado atrás de um balcão horrivelmente sujo, e ocupado em colar etiquetas na lombada de alguns velhos livros comprados num leilão. Depois de trocarem uma piscadela com a qual se comunicaram as mil perguntas que suscitava a existência de um personagem desses, Lucien e Lousteau o cumprimentaram lhe apresentando a carta de Gabusson e as promissórias de Fendant e Cavalier. Enquanto Samanon lia, entrou nessa loja escura um homem da alta intelectualidade, vestindo uma pequena sobrecasaca que parecia ter sido talhada numa folha de zinco, de tal modo estava endurecida pela mistura de mil substâncias estranhas.

— Preciso de minha casaca, de minha calça preta e de meu colete de cetim — ele disse a Samanon, apresentando-lhe um cartão numerado.

Assim que Samanon puxou o botão de cobre de uma campainha, desceu uma mulher que parecia normanda pelo viço de sua bela carnação.

— Empreste ao cavalheiro as roupas dele — disse, estendendo a mão ao autor. — É um prazer trabalhar com o senhor, mas um de seus amigos me mandou um rapazinho que me passou o maior carão!

— Passam-lhe carão! — disse o artista aos dois jornalistas, apontando para Samanon com um gesto profundamente cômico.

Esse grande homem deu, como dão os *lazzaroni** para reaver um dia suas roupas de festa no *Monte di Pietà*, trin-

* Mendigos napolitanos.

ta vinténs que a mão amarela e gretada do cambista pegou e deixou cair na caixa de seu balcão.

— Que singular comércio o senhor faz! — disse Lousteau a esse grande artista viciado em ópio e que, retido pela contemplação em palácios encantados, não queria ou não podia criar nada.

— Este homem empresta muito mais que a casa de penhor empresta em troca de objetos penhoráveis, e além disso tem a espantosa caridade de nos deixar tomá-los de volta nas ocasiões em que precisamos estar bem-vestidos — ele respondeu. — Esta noite vou jantar na casa dos Keller com minha amante. Para mim é mais fácil ter trinta vinténs do que duzentos francos, e venho buscar meu guarda-roupa, que há seis meses já rendeu cem francos. Samanon já devorou minha biblioteca, livro a livro.

— E tostão a tostão — disse rindo Lousteau.

— Vou lhe dar mil e quinhentos francos — disse Samanon a Lucien.

Lucien deu um pulo como se o cambista lhe tivesse enfiado no coração um espeto de ferro em brasa. Samanon olhava para os títulos atentamente, examinando as datas.

— Ainda assim — disse o negociante — preciso ver Fendant, que terá de me entregar uns livros como garantia. O senhor não vale grande coisa — disse a Lucien —, o senhor vive com Coralie, e os móveis dela foram penhorados.

Lousteau olhou para Lucien, que recuperou as promissórias e pulou da loja para o bulevar, dizendo:

— Será que ele é o diabo?

O poeta contemplou por alguns instantes aquela lojinha diante da qual todos os passantes deveriam sorrir, de tal modo era lastimável, de tal modo as caixinhas de livros etiquetados eram mesquinhas e sujas, e deviam se perguntar: "Que comércio se faz aí?".

Pouco depois, o grande desconhecido, que iria participar, dali a dez anos, do imenso empreendimento, mas sem qualquer base, dos saint-simonianos, saiu muito bem vestido, sorriu para os dois jornalistas e se dirigiu com eles para a Passagem des Panoramas, onde completou o figurino mandando engraxar as botas.

— Quando se vê Samanon entrar na casa de um livreiro, de um negociante de papel ou de um impressor, é porque eles estão perdidos — disse o artista aos dois escritores. — E então Samanon fica igual a um papa-defunto que vai tirar as medidas do caixão.

— Você não descontará mais suas promissórias — disse Étienne a Lucien.

— Quando Samanon recusa — disse o desconhecido —, ninguém mais aceita, pois ele é a *ultima ratio*!* É um dos *olheiros* de Gigonnet, de Palma, Werbrust, Gobseck e outros crocodilos que nadam na praça de Paris, e com os quais todo homem cuja fortuna está por ser feita deve se encontrar mais cedo ou mais tarde.

— Se não conseguir descontar suas letras a cinquenta por cento — recomeçou Étienne —, vai precisar trocá-las por escudos.

— Como?

— Entregue-as a Coralie, ela as apresentará a Camusot. Isso o revolta? — continuou Lousteau, a quem Lucien interrompeu dando um pulo. — Que criancice! Experimente pôr na balança seu futuro e uma bobagem dessas!

— De qualquer maneira, vou levar esse dinheiro para Coralie — disse Lucien.

— Outra tolice! — exclamou Lousteau. — Não vai resolver nada com quatrocentos francos quando se precisam de quatro mil. Guardemos o suficiente para nos embriagar em caso de perda, e vamos jogar!

— O conselho é bom — disse o grande desconhecido.

A quatro passos do Frascati,** essas palavras tiveram uma virtude magnética. Os dois amigos despacharam o cabriolé e subiram para a casa de jogo. Primeiro, ganharam

* O último recurso.

** Famoso salão de jogos de Paris, aberto das quatro da tarde às duas da manhã, e fechado em 1836.

três mil francos, desceram a quinhentos, e tornaram a ganhar três mil e setecentos; depois tornaram a cair a cem vinténs, viram-se com dois mil francos e os arriscaram no par, para dobrá-los numa só jogada; fazia cinco rodadas que não tinha dado par e ali eles puseram toda a quantia; saiu ímpar de novo. Então Lucien e Lousteau despencaram pela escada desse famoso pavilhão, depois de terem consumido duas horas de devoradoras emoções. Tinham guardado cem francos. Nos degraus do pequeno peristilo de duas colunas que sustentavam externamente uma pequena marquise de zinco, e que mais de um olhar contemplou com amor ou desespero, Lousteau disse ao ver os olhos inflamados de Lucien:

— Vamos comer só cinquenta francos.

Os dois jornalistas subiram de novo. Em uma hora chegaram a mil escudos; juntaram os mil escudos sobre o vermelho, que tinha saído cinco vezes, fiando-se no acaso ao qual deviam a perda anterior. Deu preto. Eram seis horas.

— Vamos comer só vinte e cinco francos — disse Lucien.

A nova tentativa durou pouco, os vinte e cinco francos foram perdidos em dez jogadas. Lucien jogou raivoso seus últimos vinte e cinco francos no número de sua idade, e ganhou: nada pode descrever o tremor de sua mão quando pegou a pá e recolheu os escudos que o crupiê jogou. Deu dez luíses a Lousteau e lhe disse:

— Vá correndo para o Véry!

Lousteau compreendeu e foi encomendar o jantar.

Lucien, que ficou sozinho no jogo, pôs seus trinta luíses no vermelho e ganhou. Entusiasmado pela voz secreta que às vezes os jogadores ouvem, deixou tudo em cima do vermelho e ganhou; então sua barriga ficou como um braseiro! Apesar da voz, pôs os cento e vinte luíses no preto e perdeu. E foi quando sentiu dentro de si a deliciosa sensação que se segue, nos jogadores, às suas terríveis agitações, quando, não tendo mais nada para apostar, entram na vida real e saem do palácio ardente onde se passam seus sonhos fugazes. Foi se encontrar com Lousteau no Véry, onde saiu em disparada para cima da comida, segundo a expressão de La Fontaine, e afogou suas preocupações no vinho. Às nove horas, estava tão completamente tonto que não entendeu por que sua porteira da rua de Vendôme o mandou para a rua de la Lune.

— A senhorita Coralie deixou o apartamento e se instalou na casa cujo endereço está escrito neste papel.

Lucien, bêbado demais para se espantar com qualquer coisa, subiu de novo no fiacre que o levara e foi para a rua de la Lune, fazendo para si mesmo trocadilhos com o nome da rua. Naquela manhã fora anunciada a falência do Panorama-Dramatique. A atriz, assustada, apressou-se em vender toda a mobília, com o consentimento dos credores, ao velhote Cardot, que, para não mudar a finalidade daquele apartamento, lá instalou Florentine. Coralie tinha pago tudo, liquidado tudo e deixado satisfeito o proprietário. Enquanto durou essa operação, que ela chamava de *uma faxina*, Bérénice guarnecia com móveis indispensáveis e comprados de segunda mão um apartamentinho de três peças, no quarto andar de um prédio na rua de la Lune, a dois passos do Gymnase. Coralie esperava por Lucien, tendo salvado daquele naufrágio seu amor sem mácula e uma bolsa com mil e duzentos francos.

Lucien, em sua embriaguez, contou as desgraças a Coralie e Bérénice.

— Você fez bem, meu anjo — disse-lhe a atriz o apertando em seus braços. — Bérénice saberá negociar suas promissórias com Braulard.

36

MUDANÇA DE FRONT

Na manhã seguinte, Lucien acordou em meio às alegrias e aos feitiços que Coralie lhe proporcionava. A atriz redobrou de amor e ternura, como para compensar com os mais ricos tesouros do coração a indigência do novo lar. Estava encantadora de beleza, seus cabelos saindo de sob um lenço retorcido, branca e viçosa, os olhos risonhos, a fala alegre como o raio de sol nascente que entrou pelas janelas para dourar aquela maravilhosa miséria. O quarto, ainda decente, era forrado de um papel verde-água com friso vermelho e ornamentado com dois espelhos, um sobre a lareira, o outro em cima da cômoda. Um tapete de segunda mão, comprado por Bérénice com seu próprio dinheiro, apesar das ordens de Coralie, disfarçava o piso de cerâmica nu e frio. O guarda-roupa dos dois amantes cabia num armário de espelhos e na cômoda. Os móveis de mogno eram forrados de pano de algodão azul. Bérénice tinha salvado do desastre um relógio de pêndulo e dois vasos de porcelana, quatro talheres e seis colherzinhas. A sala de jantar, que ficava antes do quarto, parecia a da casa de um empregado que ganhasse mil e duzentos francos por ano. A cozinha ficava em frente ao patamar. No andar de cima, Bérénice dormia numa água-furtada. O aluguel não chegava a mais de cem escudos por ano. Esse prédio horroroso tinha uma falsa porta-cocheira. O porteiro se alojava num dos cubículos condenados, perfurado por uma janelinha pela qual ele vigiava os dezessete inquilinos. Essa colmeia se chama um prédio de rendas em linguagem de tabelião. Lucien avistou uma escrivaninha, uma poltrona, tinta, penas e papel. A alegria de Bérénice, que contava com a estreia de Coralie no Gymnase, a da atriz, que estudava seu papel, e um caderno amarrado com um pedaço de fita azul expulsaram as inquietações e a tristeza do poeta já novamente sóbrio.

— Contanto que na sociedade não se saiba nada a respeito dessa degringolada, nós nos safaremos — ele disse. — Afinal de contas, temos quatro mil e quinhentos francos diante de nós! Vou explorar minha nova situação nos jornais favoráveis ao rei. Amanhã inauguraremos o *Le Réveil*, e agora eu me conheço em jornalismo, e vou praticá-lo!

Coralie, que nessas palavras só enxergou amor, beijou os lábios que as haviam pronunciado. Bérénice pusera a mesa perto da lareira e nesse momento acabava de servir um modesto almoço composto de ovos mexidos, duas costeletas e café com leite. Bateram. Três amigos sinceros, D'Arthez, Léon Giraud e Michel Chrestien apareceram diante dos olhos espantados de Lucien que, profundamente tocado, lhes ofereceu dividirem seu almoço.

— Não — disse D'Arthez. — Viemos para negócios mais sérios do que simples consolos, pois sabemos de tudo, estamos vindo da rua de Vendôme. Você conhece minhas opiniões, Lucien. Em qualquer outra circunstância, eu me alegraria em vê-lo adotando minhas convicções políticas; mas na situação em que você se pôs, escrevendo para os jornais liberais, não conseguiria passar para as fileiras dos ultras sem macular para sempre seu caráter e conspurcar sua vida. Viemos para conjurá-lo, em nome de nossa amizade, por mais enfraquecida que esteja, a não se manchar assim. Você atacou os Românticos, a Direita e o Governo; não pode agora defender o Governo, a Direita e os Românticos.

— As razões que me fazem agir assim decorrem de uma ordem superior de ideias: o fim justificará tudo — disse Lucien.

— Você talvez não compreenda a situação em que estamos — disse-lhe Léon Giraud. — O Governo, a Corte, os

Bourbon, o partido absolutista, ou, se preferir abranger tudo numa expressão geral, o sistema oposto ao sistema constitucional, e que se divide em várias facções, todas divergentes desde que se trata de providências a tomar para abafar a Revolução, está de acordo pelo menos sobre a necessidade de suprimir a Imprensa. A fundação do *Le Réveil*, do *La Foudre*, do *Drapeau Blanc*, todos eles jornais destinados a responder às calúnias, às injúrias, às chacotas da imprensa liberal, o que neste caso não aprovo, pois esse desconhecimento da grandeza de nosso sacerdócio é exatamente o que nos levou a publicar um jornal digno e grave cuja influência será em pouco tempo respeitável e sentida, imponente e digna — disse fazendo um parêntese —, pois bem, essa artilharia realista e governista é uma primeira tentativa de represálias, empreendida para responder aos liberais, flecha por flecha, ferida por ferida. O que pensa que acontecerá, Lucien? Os assinantes são na maioria da Esquerda. Na Imprensa, como na guerra, a vitória estará do lado dos grandes batalhões! Vocês serão infames, mentirosos, inimigos do povo; os outros serão defensores da pátria, gente honrada, mártires, embora mais hipócritas e mais pérfidos que vocês, talvez. Esses métodos aumentarão a influência perniciosa da Imprensa, legitimando e consagrando suas mais odiosas iniciativas. A injúria e os ataques pessoais se tornarão um de seus direitos públicos, adotado para aumentar o número de assinantes e aprovado com a força de matéria julgada, por ser de uso recíproco. Quando o mal tiver se revelado em toda a sua extensão, com as leis restritivas e proibitivas, a Censura, imposta a respeito do assassinato do duque de Berry e abolida desde a abertura das Câmaras, voltará. Sabe o que o povo francês concluirá desse debate? Ele vai admitir as insinuações da imprensa liberal, vai acreditar que os Bourbon querem atacar os resultados materiais e as conquistas da Revolução, e vai se levantar um belo dia e expulsar os Bourbon. Não só você sujará sua vida, mas um dia estará no partido derrotado. Você é muito moço, muito novato na Imprensa; conhece muito pouco as engrenagens secretas, as manhas; provocou muita inveja para resistir à grita geral que se elevará contra você nos jornais liberais. Será arrastado pela fúria dos partidos, que ainda estão no paroxismo da febre; só que a febre deles passou, das ações brutais de 1815 e 1816, para as ideias, para as lutas verbais na Câmara e para os debates na Imprensa.

— Meus amigos — disse Lucien —, não sou o desmiolado, o poeta que vocês querem ver em mim. O que quer que aconteça, terei conquistado uma vantagem que o triunfo do partido liberal nunca poderá me dar. Quando vocês obtiverem a vitória, meu negócio já estará ganho.

— Nós lhe cortaremos... os cabelos — disse, rindo, Michel Chrestien.

— Nesse momento terei filhos — respondeu Lucien —, e mesmo me cortando a cabeça não se cortará nada.*

Os três amigos não compreenderam Lucien, em quem as relações com a alta sociedade tinham desenvolvido no mais alto grau o orgulho nobiliário e as vaidades aristocráticas. O poeta via, aliás com razão, uma imensa fortuna em sua beleza e em sua inteligência amparadas no nome e no título de conde de Rubempré. A sra. d'Espard, a sra. de Bargeton e a sra. de Montcornet o prendiam por esse fio, como uma criança prende um besouro. Lucien agora só voava dentro de um círculo definido. As palavras: "Ele é dos nossos, ele pensa corretamente!", ditas três dias antes nos salões da srta. des Touches, o haviam inebriado, bem como as felicitações que recebera dos duques de Lenoncourt, de Navarreins e de Grandlieu, de Rastignac, de Blondet, da bela duquesa de Maufrigneuse, do conde d'Esgrignon, de Des Lupeaulx, das pessoas mais influentes e mais bem consideradas no partido realista.

— Vamos! Está tudo dito — retrucou D'Arthez. — Para você será mais difícil que para qualquer outro conservar-se puro e ter estima por si mesmo. Sofrerá muito, eu o conhe-

* No manuscrito Balzac escreveu "nós lhe cortaremos... a cabeça". A resposta de Lucien pode aludir aos que diziam que, mesmo se guilhotinados, os nobres transmitiriam suas ideias aos filhos.

ço, quando se vir desprezado por aqueles mesmos a quem terá se dedicado.

Os três amigos deram adeus a Lucien sem lhe estender amicalmente a mão. Lucien ficou uns instantes pensativo e triste.

— Ora! Mas deixe esses bobos para lá! — disse Coralie, pulando para se sentar no colo de Lucien e lhe atirando seus lindos braços em volta do pescoço —, eles levam a vida a sério, e a vida é uma brincadeira. Aliás, você será conde Lucien de Rubempré. Eu farei, se necessário, provocações ao Ministério da Justiça. Sei por onde pegar esse libertino do Des Lupeaulx, que fará assinarem seu decreto. Já não lhe disse que, quando você precisasse de um degrau a mais para agarrar sua presa, poderia pisar sobre o cadáver de Coralie?

No dia seguinte, Lucien deixou que pusessem seu nome entre os colaboradores do *Le Réveil*. Esse nome foi anunciado como uma conquista no prospecto distribuído em cem mil exemplares graças aos cuidados do ministério. Lucien foi ao banquete triunfal, que durou nove horas, no Robert, a dois passos do Frascati, e ao qual estiveram presentes os corifeus da imprensa realista: Martainville, Auger, Destains e uma multidão de escritores que hoje ainda estão vivos e que, naquele tempo, *faziam monarquia e religião*, segundo uma expressão consagrada.

— Vamos dar a eles o que merecem! — disse Hector Merlin.

— Senhores! — retrucou Nathan, que se alistou sob essa bandeira considerando que era melhor ter as autoridades a favor do que contra si para a exploração do teatro com que sonhava. — Se fizermos a guerra contra eles, façamo-la a sério; não vamos atirar balas de cortiça! Ataquemos todos os escritores clássicos e liberais sem distinção de idade nem de sexo, passemo-los pelo fio da galhofa e não vamos lhes dar trégua.

— Sejamos honrados, não nos deixemos conquistar pelos exemplares de livros, pelos presentes, pelo dinheiro dos livreiros. Façamos a restauração do jornalismo.

— Muito bem! — disse Martainville. — *Justum et tenacem propositi virum*!* Sejamos implacáveis e ferinos. Farei de Lafayette o que ele é: Gilles Primeiro!**

— Eu — disse Lucien — me encarrego dos heróis de *Le Constitutionnel*, do sargento Mercier, das obras completas do senhor Jouy, dos ilustres oradores da Esquerda!

Uma guerra de morte foi decidida e votada por unanimidade, à uma da madrugada, pelos redatores que afogaram todas as suas nuanças e todas as suas ideias num ponche flamejante.

"*Nós tomamos um tremendo pileque monárquico e religioso*", disse um dos escritores mais famosos da literatura romântica, quando estava na soleira da porta.

Essa frase histórica, revelada por um livreiro que assistia ao jantar, apareceu no dia seguinte em *Le Miroir*, mas a revelação foi atribuída a Lucien. Tal defecção deu o sinal para se armar um tremendo escarcéu nos jornais liberais, de quem Lucien se tornou o principal inimigo, sendo caluniado da maneira mais cruel: contaram os infortúnios de seus sonetos, informaram ao público que Dauriat preferia perder mil escudos a imprimi-los, chamaram-no de poeta sem sonetos!

Certa manhã, naquele mesmo jornal em que Lucien tinha estreado tão brilhantemente, ele leu as seguintes linhas, escritas só para ele, pois o público não conseguiria entender o deboche:

> *Se o livreiro Dauriat persistir e não publicar os sonetos do futuro Petrarca francês, agiremos como inimigos generosos, abriremos nossas colunas para esses poemas que devem ser ferinos, a julgar por este que um amigo do autor nos comunica.*

* "O homem justo e tenaz ao que ele decidiu", Horácio, *Odes*, III, 3., v. 1.

** Nome de um bufão de feira, hoje personagem tolo e ingênuo.

E, debaixo desse terrível anúncio, o poeta leu este soneto, que o levou a se debulhar em lágrimas.

Uma planta mirrada e de palidez aparente
Surgiu uma bela manhã num canteiro de flores;
Ela dizia, porém, que suas esplêndidas cores
Comprovariam um dia sua nobre semente.

Foi tolerada, portanto! Mas em reconhecimento
Ela logo insultou suas irmãs mais viçosas
Que, indignadas com essas maneiras desdenhosas,
Desafiaram-na a provar seu nobre nascimento.

Ela floriu então. Mas nem um vil ator ambulante
Jamais foi vaiado como todo o jardim, no mesmo instante,
Amaldiçoou, vaiou e debochou daquele cálice vulgar.

Depois, seu dono, ao passar, a quebrou, impiedoso,
Pois na verdade ela não passava de um CARDO ignominioso*
E à noite sobre seu túmulo só um asno se pôs a zurrar.

Vernou falou da paixão de Lucien pelo jogo e assinalou de antemão que *O arqueiro* era uma obra antinacional em que o autor tomava o partido dos degoladores católicos contra as vítimas calvinistas. Em uma semana a briga envenenou. Lucien contava com seu amigo Lousteau, que lhe devia mil francos, e com quem havia chegado a entendimentos secretos, mas Lousteau se transformou no inimigo jurado de Lucien. Eis como. Fazia três meses que Nathan amava Florine e não sabia como tirá-la de Lousteau, para quem, aliás, ela era um verdadeiro esteio. Na desgraça e no desespero em que a atriz estava ao se ver sem contrato, Nathan, o colaborador de Lucien, foi ver Coralie

* Em francês, "cardo" é *chardon*, justamente o sobrenome plebeu de Lucien.

e lhe pediu que oferecesse a Florine um papel numa peça dele, garantindo que conseguiria um contrato provisório no Gymnase para a atriz sem teatro. Florine, inebriada de ambição, não hesitou. Ela tivera tempo de observar Lousteau. Nathan era um ambicioso literário e político, um homem que tinha tanta energia quanto necessidades, ao passo que em Lousteau os vícios matavam a vontade. A atriz, que quis reaparecer envolta num novo esplendor, entregou as cartas do droguista a Nathan, e Nathan fez Matifat as resgatar em troca da sexta parte do jornal cobiçada por Finot. Então Florine recebeu um magnífico apartamento na rua Hauteville e pegou Nathan como protetor, na cara de todo o mundo do jornalismo e do teatro. Lousteau foi tão cruelmente atingido por esse episódio que chorou no final de um jantar que seus amigos lhe ofereceram para consolá-lo. Durante essa festa, os convivas acharam que Nathan tinha feito uma boa jogada. Alguns escritores como Finot e Vernou conheciam a paixão do dramaturgo por Florine, mas, pelo que todos diziam, Lucien, ao conchavar esse negócio, tinha faltado com as mais sagradas leis da amizade. O espírito de grupo, o desejo de servir a seus novos amigos tornavam imperdoável o novo simpatizante do rei.

— Nathan foi levado pela lógica das paixões, ao passo que o grande homem de província, como o chamou Blondet, cedeu aos próprios cálculos! — exclamou Bixiou.

Assim, a perda de Lucien, esse intruso, esse espertinho que queria engolir todo mundo, foi unanimemente decidida e profundamente meditada. Vernou, que odiava Lucien, se encarregou de não mais largá-lo. Para se livrar de pagar mil escudos a Lousteau, Finot acusou Lucien de tê-lo impedido de ganhar cinquenta mil francos, comunicando a Nathan o segredo da operação contra Matifat. Nathan, aconselhado por Florine, tinha conseguido o apoio de Finot vendendo-lhe seu *pequeno sexto* por quinze mil francos. Lousteau, que perdia seus mil escudos, não perdoou Lucien por essa enorme lesão de seus interesses. As feridas de amor-próprio se tornam incuráveis quando o óxido de prata nelas penetra.

37

FINEZAS DE FINOT

Nenhuma expressão, nenhuma pintura é capaz de mostrar a raiva que toma conta dos escritores quando seu amor-próprio sofre, nem a energia que encontram quando se sentem feridos pelas flechas envenenadas do escárnio. Aqueles cuja energia e resistência são estimuladas pelo ataque sucumbem prontamente. As pessoas calmas e que só pautam seu comportamento depois do profundo esquecimento em que cai um artigo injurioso, estas exibem a verdadeira coragem literária. Assim, à primeira vista os fracos parecem ser os fortes; mas sua resistência dura pouco. Durante os primeiros quinze dias, Lucien, furioso, despejou uma chuva de artigos nos jornais realistas em que dividia o peso da crítica com Hector Merlin. Todo santo dia, da trincheira de *Le Réveil* ele abriu fogo com toda a sua inteligência, apoiado aliás por Martainville, o único que lhe servia sem segundas intenções, pois nada sabia dos entendimentos feitos de brincadeira depois dos pileques, na Galerias de Madeira, na livraria de Dauriat ou nos bastidores de teatro, pelos jornalistas dos dois partidos que a camaradagem unia secretamente. Quando Lucien ia ao foyer do Vaudeville, não era mais tratado como amigo, as pessoas de seu partido apenas lhe estendiam a mão, ao passo que Nathan, Hector Merlin, Théodore Gaillard fraternizavam sem pudor com Finot, Lousteau, Vernou e alguns outros desses jornalistas condecorados com a alcunha de *bons meninos*. Nessa época, o foyer do Vaudeville era o foco das maledicências literárias, uma espécie de boudoir aonde iam pessoas de todos os partidos, políticos e magistrados. Certa ocasião, depois de dar uma reprimenda numa certa Câmara do Conselho, seu presidente, que criticava um colega por ter varrido os bastidores de um teatro com sua toga, viu-se toga a toga, diante do repreendido, no foyer do Vaudeville. Lousteau acabou por dar a mão a Nathan. Finot ia lá quase toda noite. Quando Lucien tinha tempo, ali estudava as disposições de seus inimigos, em quem esse pobre rapaz sempre via uma implacável frieza.

Nessa época, o espírito de partido gerava ódios bem mais sérios que os de hoje. Nos dias atuais, com o correr do tempo, tudo foi se afrouxando devido a uma tensão muito grande das engrenagens. Hoje, a crítica, depois de imolar o livro de um autor, lhe estende a mão. A vítima deve beijar o sacrificador sob pena de ser passada pelos açoites da galhofa. Caso se recuse a isso, um escritor passa a ser visto como insociável, ranzinza, um poço de amor-próprio, inabordável, odioso, rancoroso. Hoje, quando um autor recebeu nas costas as punhaladas da traição, quando evitou as ciladas armadas com uma hipocrisia infame, quando sofreu os piores procedimentos, ouve seus assassinos lhe desejarem bom-dia e manifestarem pretensões à sua estima, e mesmo à sua amizade. Tudo se desculpa e se justifica numa época que transformou a virtude em vício, assim como erigiu certos vícios em virtudes. A camaradagem se tornou a mais sagrada liberdade. Os chefes das opiniões mais contrárias se falam com palavras embotadas, com alfinetadas corteses. Naquele tempo, se é que alguém se lembra, era preciso coragem para que certos escritores realistas e certos escritores liberais se encontrassem no mesmo teatro. Ouviam-se as provocações mais odiosas. Os olhares eram carregados como pistolas, a menor faísca podia detonar o tiro de uma briga. Quem não flagrou imprecações do vizinho quando entravam certos homens mais especialmente vitimados pelos ataques respectivos dos dois partidos? Naquela época só havia dois partidos, os Realistas e os Liberais, os Românticos e os Clássicos, o mesmo ódio sob duas formas, um ódio que nos fazia compreender os cadafalsos da Convenção. Lucien, que se tornara favorável ao rei e romântico ferrenho, de liberal e voltairiano furioso que fora no começo, viu-se, portanto, diante do peso das inimizades que pairavam sobre a cabeça do homem mais abominado pelos Liberais na época, Martainville, o único que o defendia e gostava dele. Essa solidariedade foi prejudicial para Lucien. Os partidos são ingratos com suas estrelas, abandonam de bom grado seus filhos desgarrados. Sobretudo na política, os que querem triunfar devem andar com o grosso da tropa. A principal maldade dos pequenos jornais foi associar Lucien a Martainville. O liberalismo os jogou nos braços um do outro. Essa amizade, falsa ou verdadeira, valeu a ambos artigos escritos com fel por Félicien, desesperado com o sucesso de Lucien na alta sociedade, e que acreditava, como todos os antigos amigos do poeta, em sua próxima ascensão. Então, a pretensa traição do poeta foi envenenada e embelezada pelas circunstâncias mais agravantes, Lucien foi chamado de pequeno Judas, e Martainville de grande Judas, pois Martainville era, com ou sem razão, acusado de ter entregado a ponte de Le Pecq, sobre o Sena, ao exército invasor prussiano em 1815. Rindo, Lucien respondeu a Des Lupeaulx que, quanto a ele, seguramente tinha entregado a *pons asinorum.** O luxo em que vivia Lucien, embora sem substância mas fundado em esperanças, revoltava seus amigos, que não lhe perdoavam sua carruagem, pois para eles o poeta ainda a possuía, nem seus esplendores da rua de Vendôme. Todos sentiam instintivamente que um homem moço e bonito, inteligente e corrompido por eles, iria alcançar tudo; assim, para derrubá-lo, empregaram todos os meios.

Dias antes da estreia de Coralie no Gymnase, Lucien chegou de braço dado com Hector Merlin ao foyer do Vaudeville. Merlin ralhava com o amigo por ter ajudado Nathan no caso de Florine.

* Ponte dos asnos, expressão empregada nas ciências para designar um obstáculo que é só aparente.

— Você fez de Lousteau e Nathan dois inimigos mortais. Eu lhe dei bons conselhos e você não aproveitou. Distribuiu elogios e espalhou benefícios, e será cruelmente punido por suas boas ações. Florine e Coralie nunca se entenderão se estiverem no mesmo palco: uma quererá se impor à outra. Você só tem nossos jornais para defender Coralie. Nathan, além da vantagem que lhe dá sua profissão de fazedor de peças, dispõe dos jornais liberais para os assuntos teatrais e está no jornalismo há um pouco mais tempo que você.

Essa frase respondia aos temores secretos de Lucien, que não encontrava em Nathan nem em Gaillard a franqueza a que tinha direito; mas não podia se queixar, pois tinha se convertido havia tão pouco tempo! Gaillard arrasava Lucien ao lhe dizer que os novatos deviam dar garantias por muito tempo, até que o partido pudesse lhes demonstrar confiança. O poeta encontrava nos jornais realistas e governamentais uma inveja que não imaginara, a inveja que se declara entre todos os homens em presença de um bolo qualquer a dividir, e que os torna comparáveis a cães que disputam uma presa: mostram então os mesmos rosnados, as mesmas atitudes, os mesmos caracteres. Esses escritores davam uns nos outros mil golpes perversos e secretos para se prejudicarem mutuamente perante o poder, e se acusavam de frouxidão; e para se livrar de um concorrente inventavam as manobras mais pérfidas. Os Liberais não tinham nenhum tema de debates intestinos, pois estavam longe do poder e de suas graças. Entrevendo esse inextricável entrelaçado de ambições, Lucien não teve coragem suficiente para puxar a espada a fim de cortar esses nós, e não se sentiu com a paciência de desemaranhá-los: não se sentia o Aretino, nem o Beaumarchais, nem o Fréron de sua época, restringiu-se a um único desejo: conseguir o decreto, compreendendo que essa restauração lhe valeria um belo casamento. Então sua fortuna só dependeria de um acaso ao qual sua beleza ajudaria. Lousteau, que lhe manifestara tanta confiança, conhecia seu segredo, o jornalista sabia onde ferir mortalmente o poeta de Angoulême; portanto, no dia em que Merlin o levou ao Vaudeville, Étienne preparou para Lucien uma horrível armadilha em que essa criança iria ser agarrada e sucumbir.

— Lá está nosso belo Lucien — disse Finot, arrastando Des Lupeaulx, com quem conversava, para perto de Lucien, cuja mão pegou com desiludidos afagos da amizade. — Não conheço exemplos de uma fortuna tão rápida como a dele — disse Finot, olhando alternadamente para Lucien e para o referendário. — Em Paris, a fortuna é de duas espécies: há a fortuna material, o dinheiro que todo mundo pode amealhar, e a fortuna moral, as relações, a posição, o acesso a um certo mundo inabordável para determinadas pessoas, seja qual for sua fortuna material, e meu amigo...

— Nosso amigo — disse Des Lupeaulx, dando para Lucien um olhar afagador.

— Nosso amigo — continuou Finot, dando um tapinha na mão de Lucien que segurava entre as suas — fez, desse ponto de vista, uma brilhante fortuna. Na verdade, Lucien tem mais meios, mais talento, mais inteligência que todos os seus invejosos, e além disso é de uma beleza adorável; seus antigos amigos não lhe perdoam seus sucessos, dizem que ele teve sorte.

— Essas sortes — disse Des Lupeaulx — jamais acontecem com os tolos nem com os incapazes. Ah, talvez se chame de sorte o destino de Bonaparte? Antes dele houve vinte generais para comandar os exércitos da Itália, assim como neste momento há cem rapazes que gostariam de entrar na casa da senhorita des Touches, que em sociedade já lhe atribuem como sua esposa, meu caro! — disse Des Lupeaulx, batendo no ombro de Lucien. — Ah!, você está muito bem-visto! A senhora d'Espard, a senhora de Bargeton e a senhora de Montcornet estão loucas por você. Esta noite você não irá à festa da senhora Firmiani, e amanhã à recepção da duquesa de Grandlieu?

— Irei — disse Lucien.

— Permita-me lhe apresentar um jovem banqueiro, o senhor du Tillet, um homem digno de você, que soube fazer uma bela fortuna em pouco tempo.

Lucien e Du Tillet se cumprimentaram, começaram a conversar e o banqueiro convidou Lucien para jantar. Finot e Des Lupeaulx, dois homens de igual profundidade e que se conheciam bastante para permanecerem sempre amigos, pareceram prosseguir uma conversa iniciada e deixaram Lucien, Merlin, Du Tillet e Nathan conversando, dirigindo-se em seguida para um dos sofás que mobiliavam o foyer do Vaudeville.

— Ah, meu caro amigo — disse Finot a Des Lupeaulx —, diga-me a verdade! Lucien está seriamente protegido? Porque ele se tornou o saco de pancada de todos os meus redatores, e antes de apadrinhar essa conspiração resolvi lhe fazer uma consulta para saber se não é melhor frustrá-la e ajudar Lucien.

Aqui, o referendário e Finot se olharam por um instante com profunda atenção.

— Como, meu caro — disse Des Lupeaulx —, você pode imaginar que a marquesa d'Espard, Châtelet e a senhora de Bargeton, que conseguiu fazer com que o barão fosse nomeado prefeito da Charente e conde a fim de voltar triunfalmente para Angoulême, perdoam a Lucien seus ataques? Elas o jogaram no partido realista a fim de anulá-lo. Hoje, buscam motivos para recusar o que prometeram a esse menino; você conseguiria encontrar algum? Pois prestaria o favor mais imenso a essas duas mulheres: mais dia menos dia elas se lembrarão disso. Conheço o segredo das duas damas, que odeiam esse homenzinho a tal ponto que me surpreenderam. Esse Lucien poderia se livrar de sua mais cruel inimiga, a senhora de Bargeton, apenas cessando os ataques, mas nos termos que todas as mulheres gostam de cumprir, entende? Ele é belo, é jovem, teria afogado esse ódio em torrentes de amor, e então se tornaria conde de Rubempré, e o Osso de Siba lhe conseguiria um lugar na casa do rei, sinecuras! Lucien seria um belíssimo leitor para Luís XVIII, teria sido bibliotecário não sei onde, referendário para se divertir, diretor de alguma coisa nos Pequenos Prazeres.* Esse bobinho errou o tiro. Talvez tenha sido isso que não lhe perdoaram. Em vez de impor condições, ele as acatou. No dia em que Lucien se deixou embair com a promessa do decreto, o barão Châtelet deu um grande passo. Coralie perdeu esse menino. Se a atriz não fosse amante de Lucien, ele voltaria a desejar o Osso de Siba, e a teria.

— Então, podemos abatê-lo — disse Finot.

— Por qual meio? — perguntou negligente Des Lupeaulx, que queria se prevalecer desse serviço junto à marquesa d'Espard.

— Ele tem um contrato que o obriga a trabalhar no pequeno jornal de Lousteau, nós o mandaremos escrever artigos mais facilmente ainda porque ele não tem um tostão. Se o ministro da Justiça ficar irritado com um artigo e se lhe provarmos que Lucien é o autor, ele o olhará como um homem indigno das bondades do rei. Para levar esse grande homem de província a perder um pouco a cabeça nós preparamos a queda de Coralie: ele verá a amante ser vaiada e sem papéis. Uma vez o decreto suspenso indefinidamente, então zombaremos das pretensões aristocráticas de nossa vítima, falaremos de sua mãe parteira, de seu pai boticário. Lucien só tem coragem epidérmica, ele sucumbirá e o despacharemos de volta para o lugar de onde vem. Nathan me fez comprar, por intermédio de Florine, a sexta parte da revista que Matifat possuía, consegui comprar a parte do fabricante de papel, estou só com Dauriat; podemos nos entender, você e eu, para absorver esse jornal em proveito dos interesses da Corte. Só protegi Florine e Nathan com a condição de que me restituíssem *meu* sexto; eles me venderam, então devo ajudá-los, mas, antes, queria conhecer as chances de Lucien...

— Você é digno de seu nome — disse Des Lupeaulx rindo. — Isso mesmo! Gosto de gente da sua espécie...

* Nome da repartição que administrava o conjunto das despesas festivas do rei.

— Pois então, pode conseguir para Florine um contrato definitivo? — perguntou Finot ao referendário.

— Posso, mas nos livre de Lucien, pois Rastignac e De Marsay não querem mais ouvir falar dele.

— Durma em paz — disse Finot. — Nathan e Merlin continuarão a escrever os artigos que Gaillard tiver prometido a alguém publicar, Lucien não poderá publicar nem uma linha, assim lhe cortaremos os meios de subsistência. Só terá o jornal de Martainville para se defender e defender Coralie: um jornal contra todos, é impossível resistir.

— Eu lhe direi os pontos fracos do ministro, mas me entregue o manuscrito do artigo que mandar Lucien escrever — respondeu Des Lupeaulx, que se absteve de dizer a Finot que o decreto prometido a Lucien era uma brincadeira.

Des Lupeaulx saiu do foyer. Finot foi até Lucien e, nesse tom de bonomia que tinha conquistado tanta gente, explicou por que ele não podia renunciar aos artigos que lhe devia. Finot recuava, dizia, diante da ideia de um processo que destruiria as esperanças que seu amigo estava depositando no partido do rei. Finot gostava de homens bastante fortes para mudar ousadamente de opinião. Lucien e ele não deveriam se encontrar vida afora? Não teriam um e outro mil pequenos favores a se prestar? Lucien precisava de um homem com quem pudesse contar no partido liberal, para mandar atacar os ministeriais ou os ultras que se recusassem a servi-lo.

— Se escarnecerem de você, como fará? — perguntou Finot, para terminar. — Se algum ministro, imaginando tê-lo preso pelo cabresto de sua apostasia, deixar de temê-lo e o mandar passear, você não precisará lançar contra ele alguns cães para mordê-lo nas panturrilhas? Pois bem, você está brigado de morte com Lousteau, que anda pedindo sua cabeça. Félicien e você não se falam mais. Só eu, só eu lhe resto! Uma das leis de minha profissão é viver em bom entendimento com os homens fortes de verdade. Na sociedade que você vai frequentar, poderá me prestar o equivalente dos favores que lhe prestarem na imprensa.

Mas os negócios acima de tudo! Envie-me artigos meramente literários, pois não o comprometerão e você terá cumprido nossos entendimentos.

Lucien só viu amizade, misturada a sábios cálculos, nas propostas de Finot, cujas lisonjas, bem como a de Des Lupeaulx, o deixaram de ótimo humor: agradeceu a Finot!

38

A SEMANA FATAL

Na vida dos ambiciosos e de todos os que só conseguem triunfar com a ajuda dos homens e das coisas, graças a um plano de conduta mais ou menos bem concertado, seguido, mantido, chega um cruel momento em que não sei qual força os submete a duras provas: tudo falta ao mesmo tempo, de todos os lados os fios arrebentam ou se embaralham, a desgraça aparece em todos os cantos. Quando um homem perde a cabeça no meio dessa desordem moral, está perdido. As pessoas que conseguem resistir a essa primeira revolta das circunstâncias, que se obstinam deixando passar a tormenta, que se salvam escalando com terrível esforço o caminho até a esfera superior, são os homens realmente fortes. Todo homem, a não ser que tenha nascido rico, tem, portanto, o que se deve chamar de sua semana fatal. Para Napoleão, essa semana foi a retirada de Moscou. Esse cruel momento chegara para Lucien. Tudo lhe acontecera com demasiada felicidade no mundo e na literatura; fora muito feliz, deveria ver os homens e as coisas se virarem contra ele. A primeira dor foi a mais profunda e cruel de todas, atingindo-o onde ele se julgava invulnerável, em seu coração e em seu amor. Coralie podia não ser inteligente, mas, dotada de uma alma generosa, tinha a faculdade de exteriorizá-la com esses gestos inesperados que fazem as grandes atrizes. Esse fenômeno estranho, enquanto não se tornou como que um hábito decorrente de uma prática prolongada, é submetido aos caprichos da personalidade e, volta e meia, a um admirável pudor que domina as atrizes ainda jovens. Interiormente ingênua e tímida, mas de aparência atrevida e ágil como deve ser uma comediante, Coralie, ainda apaixonada, sentia sob a máscara de atriz seu coração de mulher reagindo. A arte de representar os sentimentos, essa sublime falsidade, ainda não havia triunfado contra sua natureza. Tinha vergonha de dar ao público o que pertencia apenas ao amor. Ademais, tinha uma fraqueza peculiar às mulheres verdadeiras. Embora sabendo estar fadada a reinar como soberana no palco, precisava do sucesso. Incapaz de enfrentar uma sala com a qual não simpatizava, sempre tremia ao chegar ao palco; e então, a frieza do público podia deixá-la gelada. Essa terrível emoção a fazia encontrar em cada novo papel um novo início. Os aplausos lhe causavam uma espécie de embriaguez, inútil a seu amor-próprio mas indispensável à sua coragem: um murmúrio de desaprovação ou o silêncio de um público distraído lhe tiravam seus recursos; uma sala lotada, atenta, olhares admirativos e benevolentes a eletrizavam; então ela entrava em comunicação com as qualidades nobres de todas aquelas almas e sentia a força de elevá-las, de emocioná-las. Esse duplo efeito bem demonstrava tanto a natureza nervosa como a constituição do talento, traindo também as delicadezas e a ternura da pobre criança. Lucien acabara por apreciar os tesouros daquele coração e reconhecera como sua amante era pura. Inábil nas falsidades das atrizes, Coralie era incapaz de se defender das rivalidades e das manobras de bastidores às quais se dedicava Florine, moça tão perigosa, e já tão depravada quanto sua amiga era simples e generosa. Os papéis deviam ir ao encontro de Coralie, que era orgulhosa demais para implorá-los aos autores e suportar suas desonrosas condições, para se entregar ao primeiro jornalista que a ameaçasse com seu amor e sua pena. O talento, já tão raro na arte extraordinária do ator, é apenas uma condição do sucesso, o talento é até mesmo muito prejudicial se não for acompanhado de certo gênio para a intriga, que faltava de todo a Coralie. Prevendo os sofrimentos que esperavam sua amante na estreia no Gymnase, Lucien quis a todo custo lhe proporcionar um triunfo. O dinheiro que sobrava do valor dos móveis vendidos, aquele que Lucien ganhava, tudo tinha ido para as roupas, o arranjo do camarim, todas as despesas de uma estreia. Dias antes, Lucien tomou uma iniciativa humilhante motivada só pelo amor: pegou as promissórias de Fendant e Cavalier, foi à rua des Bourdonnais, ao Cocon d'Or, para propor que Camusot as descontasse. O poeta ainda não estava tão corrompido a ponto de ir friamente ao assalto. Deixou muitas dores pelo caminho, pavimentou-o com os mais terríveis pensamentos, dizendo-se alternadamente: sim! não! Mas chegou ao pequeno escritório frio, negro, iluminado por um pátio interno, onde reinava gravemente não mais o apaixonado por Coralie, o bonachão, o desocupado, o libertino, o incrédulo Camusot que ele conhecia, mas o sério pai de família, o negociante salpicado de astúcias e virtudes, mascarado pelo recato judiciário de um magistrado do Tribunal de Comércio e defendido pela frieza patronal de um chefe de empresa, cercado de vendedores, responsáveis pela caixa, embrulhos verdes, faturas e amostras, envolto por sua mulher, acompanhado por uma filha vestida com simplicidade. Lucien tremeu da cabeça aos pés ao se aproximar, pois o digno negociante lhe lançou o olhar insolentemente insensível que ele já vira nos olhos dos cambistas.

— Tenho aqui uns títulos, ficaria muitíssimo grato se quisesse descontá-los, cavalheiro! — ele disse, mantendo-se de pé ao lado do negociante sentado.

— Lembro-me de que o senhor me tomou alguma coisa, cavalheiro — disse Camusot.

Foi então que Lucien explicou a situação de Coralie, falando baixinho e ao ouvido do comerciante de sedas, que conseguiu ouvir as palpitações do poeta humilhado. Não estava nas intenções de Camusot que Coralie passasse por uma queda. Enquanto ouvia, o negociante olhava para as assinaturas e sorria, era juiz do Tribunal do Comércio, conhecia a situação das livrarias. Deu quatro mil e quinhentos francos a Lucien, contanto que ele pusesse no endosso: *valor* *recebido em sedas.** Lucien foi de imediato ver Braulard e arranjou muito bem as coisas com ele, de modo a garantir um belo sucesso a Coralie. Braulard prometeu ir e foi ao ensaio geral a fim de combinar os lugares em que seus romanos se exibiriam batendo palmas de carne e arrancariam o sucesso. Lucien entregou o resto do dinheiro a Coralie, escondendo-lhe a iniciativa junto a Camusot; acalmou as aflições da atriz e de Bérénice, que já não sabiam como manter o lar. Martainville, um dos homens dessa época que melhor conheciam o teatro, fora várias vezes fazer Coralie ensaiar seu papel. Lucien obtivera de vários redatores realistas a promessa de artigos favoráveis, portanto não desconfiava da desgraça. Na véspera da estreia de Coralie, aconteceu algo funesto a Lucien. Apareceu o livro de D'Arthez. O redator chefe do jornal de Hector Merlin deu um exemplar a Lucien como ao homem capaz de lhe fazer uma crítica: nesse gênero ele devia sua reputação fatal aos artigos que escrevera sobre Nathan. Havia muita gente no jornal, todos os redatores estavam lá. Martainville fora se entender sobre um ponto da política geral adotada pelos jornais realistas contra os jornais liberais. Nathan, Merlin, todos os colaboradores do *Le Réveil* conversavam sobre a influência do jornal bissemanal de Léon Giraud, influência tão mais perniciosa por adotar uma linguagem prudente, sensata e moderada. Estavam começando a falar do Cenáculo da rua des Quatre-Vents, que era chamado de Convenção. Ficara decidido que os jornais realistas fariam uma guerra de morte e sistemática àqueles perigosos adversários, que de fato se tornaram os executores da Doutrina,** essa seita fatal que derrubou os Bourbon,

* Lucien é, assim, assimilado a um comerciante, podendo ser preso por dívidas.

** Os "doutrinários", na época da Restauração, eram um grupo de intelectuais da oposição liberal moderada. O mais brilhante escritor realista, citado em seguida, é Chateaubriand, que, demitido do cargo de ministro das Relações Exteriores do rei Luís XVIII, em 1824 passou para a oposição liberal.

desde o dia em que a mais mesquinha vingança levou o mais brilhante escritor realista a aliar-se a ela. D'Arthez, cujas opiniões absolutistas eram desconhecidas, envolto no anátema pronunciado sobre o Cenáculo, seria a primeira vítima. Seu livro deveria ser *desancado*, segundo a expressão clássica. Lucien se recusou a fazer o artigo. Essa recusa causou o mais violento escândalo entre os homens notáveis do partido realista que tinham ido àquele encontro. Declararam sem rodeios a Lucien que um recém-convertido não tinha querer; que, se não aceitasse pertencer à monarquia e à religião, podia regressar ao seu primeiro campo: Merlin e Martainville o levaram à parte e observaram, amicalmente, que ele entregava Coralie ao ódio que os jornais liberais lhe tinham demonstrado e que ela não teria mais os jornais realistas e governamentais para se defender. Com toda certeza a atriz ia criar uma inflamada polêmica que lhe valeria essa fama pela qual suspiram todas as mulheres de teatro.

— Você não entende nada disso — disse-lhe Martainville —, ela atuará por três meses no meio do fogo cruzado de nossos artigos e encontrará trinta mil francos na província durante os três meses de folga. Por um desses escrúpulos que o impedirão de vir a ser um homem político, e que devemos pisotear, você vai matar Coralie e seu próprio futuro, e está jogando fora seu ganha-pão.

Lucien se viu obrigado a optar entre D'Arthez e Coralie: sua amante estava perdida se ele não decapitasse D'Arthez no grande jornal e no *Le Réveil*. O pobre poeta voltou para casa com a alma mortificada; sentou-se junto à lareira do quarto e leu aquele livro, um dos mais belos da literatura moderna. Deixou lágrimas de página em página, hesitou muito mas afinal escreveu um artigo trocista, como sabia tão bem fazer: pegou o livro como as crianças pegam um belo pássaro para desplumá-lo e martirizá-lo. Sua terrível zombaria era de natureza a prejudicar o livro. Ao reler aquela bonita obra, todos os bons sentimentos de Lucien despertaram: ele atravessou Paris à meia-noite, chegou à casa de D'Arthez e viu pelas vidraças tremer o casto e tímido clarão que tantas vezes observara com os sentimentos de admiração que merecia a nobre constância desse verdadeiro grande homem; não teve força para subir, por alguns segundos ficou encostado num hidrante. Finalmente, empurrado por seu anjo da guarda, bateu à porta e encontrou D'Arthez lendo e com a lareira apagada.

— O que há com você? — perguntou o jovem escritor ao ver Lucien e adivinhando que só uma terrível desgraça o poderia ter levado ali.

— Seu livro é sublime — exclamou Lucien com os olhos cheios de lágrimas — e me mandaram atacá-lo!

— Pobre menino, você está comendo um pão bem duro — disse D'Arthez.

— Só lhe peço um favor, guarde segredo sobre minha visita e me deixe no meu inferno com meus afazeres de condenado. Talvez não cheguemos a lugar nenhum sem termos feito calos nos lugares mais sensíveis do coração.

— Sempre o mesmo! — disse D'Arthez.

— Julga-me um covarde? Não, D'Arthez, não, sou um menino inebriado de amor.

E lhe explicou sua situação.

— Vejamos o artigo — disse D'Arthez, emocionado com tudo o que Lucien acabava de lhe dizer sobre Coralie.

Lucien lhe entregou o manuscrito, D'Arthez o leu e não pôde deixar de sorrir:

— Que emprego funesto da inteligência! — exclamou.

Mas se calou ao ver Lucien numa poltrona, arrasado por uma dor verdadeira.

— Quer me deixar corrigi-lo? Amanhã lhe envio de volta — recomeçou. — A zombaria desonra uma obra, uma crítica grave e séria é às vezes um elogio, saberei tornar seu artigo mais honroso tanto para você como para mim. Aliás, só eu conheço bem meus erros!

— Subindo uma encosta árida, encontra-se às vezes uma fruta para amainar a queimação de uma sede terrível; essa fruta, ei-la! — disse Lucien, que se jogou nos braços de D'Arthez, chorou e lhe beijou a fronte dizendo: — Parece-

-me que lhe entrego minha consciência para que você a devolva um dia!

— Considero o arrependimento periódico uma grande hipocrisia — disse, solene, D'Arthez —, pois o arrependimento é então um prêmio outorgado às más ações. O arrependimento é uma virgindade que nossa alma deve a Deus: um homem que se arrepende duas vezes é, portanto, um horrendo sicofanta. Temo que você veja apenas absolvições em seus arrependimentos!

Essas palavras fulminaram Lucien, que voltou a passos lentos para a rua de la Lune. No dia seguinte, o poeta levou ao jornal o artigo, devolvido e remanejado por D'Arthez; mas desde esse dia foi devorado por uma melancolia que nem sempre soube disfarçar. Quando, à noite, viu a sala do Gymnase lotada, sentiu as terríveis emoções provocadas por uma estreia no teatro, e que cresceram nele com toda a força de seu amor. Todas as suas vaidades estavam em jogo, seu olhar abarcava todas as fisionomias, assim como o de um acusado abarca os rostos dos jurados e dos juízes: um murmúrio iria fazê-lo estremecer, um pequeno incidente no palco, as entradas e saídas de Coralie, as menores inflexões de voz iriam agitá-lo exageradamente. A peça em que Coralie estreava era uma dessas que caem, mas que se levantam de novo, e a peça caiu. Ao entrar em cena, Coralie não foi aplaudida e ficou impressionada com a frieza da plateia. Nos camarotes, não teve outros aplausos além dos de Camusot. Pessoas sentadas no balcão e nas galerias soltaram psius repetidos para que o negociante se calasse. As galerias impuseram silêncio aos membros da claque quando se entregaram a salvas de palmas evidentemente exageradas. Martainville aplaudia corajosamente, e a hipócrita Florine, Nathan e Merlin o imitaram. Quando a peça terminou, houve uma multidão no camarim de Coralie, mas essa multidão agravou o mal com as palavras de consolo que lhe apresentavam. A atriz caiu no desespero, menos por ela que por Lucien.

— Fomos traídos por Braulard — ele disse.

Coralie teve uma febre terrível, fora atingida no coração. No dia seguinte, foi-lhe impossível representar: assim, viu sua carreira interrompida, e Lucien lhe escondeu os jornais, abrindo-os na sala de jantar. Todos os folhetinistas atribuíam o fracasso da peça a Coralie: ela valorizara as próprias forças; ela, que fazia as delícias dos bulevares, no Gymnase estava deslocada; tinha sido impelida por uma louvável ambição, mas não levara em conta os próprios recursos, interpretara mal seu papel. Então Lucien leu sobre Coralie umas lenga-lengas escritas no estilo hipócrita de seus artigos sobre Nathan. Uma raiva digna de Mílton de Crotona ao se sentir com as mãos presas no carvalho que ele mesmo rachara explodiu em Lucien e ele ficou lívido; seus amigos davam a Coralie, numa fraseologia admirável de bondade, condescendência e interesse, os conselhos mais pérfidos. Ela devia representar, diziam, papéis que os pérfidos autores daqueles folhetins infames sabiam ser inteiramente contrários a seu talento. Assim eram os jornais realistas instigados provavelmente por Nathan. Quanto aos jornais liberais e aos pequenos jornais, mostravam as perfídias e zombarias que Lucien praticara. Coralie ouviu um ou dois soluços, pulou da cama e foi ver Lucien, avistou os jornais, quis vê-los e os leu. Depois da leitura, tornou a se deitar e guardou silêncio. Florine estava na conspiração, tinha previsto esse desfecho, sabia o papel de Coralie, tivera Nathan como ensaiador. A administração, que tinha interesse na peça, quis dar o papel de Coralie a Florine. O diretor foi encontrar a pobre atriz, que estava aos prantos e abatida; mas, quando lhe disse na frente de Lucien que Florine sabia o papel e que era impossível não levar a peça à noite, ela se levantou e pulou da cama.

— Representarei! — gritou.

Caiu desmaiada. Portanto, Florine ficou com o papel e com ele ganhou fama, pois soergueu a peça; recebeu em todos os jornais uma ovação a partir da qual foi essa grande atriz que se conhece. O triunfo de Florine exasperou Lucien no mais alto grau.

— Uma miserável a quem você deu o pão na mão! Se o Gymnase quiser, pode rasgar seu contrato: serei conde de Rubempré, farei fortuna e me casarei com você.

— Que tolice! — disse Coralie, dando-lhe um pálido olhar.

— Uma tolice! — exclamou Lucien. — Pois bem, daqui a uns dias você estará morando numa bela casa, terá uma carruagem e criarei um papel para você!

Pegou dois mil francos e correu ao Frascati. O pobre coitado lá ficou sete horas, devorado pelas Fúrias, o rosto aparentemente calmo e frio. Durante esse dia e uma parte da noite, teve as oportunidades mais diversas: possuiu até trinta mil francos e saiu sem um tostão. Quando voltou, encontrou Finot o esperando para receber *seus pequenos artigos*. Lucien cometeu o erro de se queixar.

— Ah, nem tudo são flores — respondeu Finot. — Você fez tão brutalmente meia-volta à direita que devia perder o apoio da imprensa liberal, bem mais forte que a imprensa ministerial e realista. Nunca se deve passar de um campo para outro sem ter feito uma boa cama onde se consolar das perdas que são de esperar; mas em todos os casos um homem sensato vai ver os amigos, lhes expõe suas razões e se faz aconselhar por eles a respeito de sua abjuração, assim eles se tornam seus cúmplices, o lastimam, e então combinam, como Nathan e Merlin com os companheiros, de se prestarem favores mútuos. Os lobos não se comem. Você, nesse negócio, teve a inocência de um cordeiro. Será obrigado a mostrar os dentes a seu novo partido para deles arrancar a coxa ou a asa. Assim, necessariamente, foi sacrificado a Nathan. Não lhe esconderei o barulho, o escândalo e mesmo a celeuma que provoca seu artigo contra D'Arthez. Marat é um santo comparado a você. Preparam-se ataques contra você, e seu livro sucumbirá. A quantas anda seu romance?

— Aqui estão as últimas páginas — disse Lucien mostrando um pacote de provas.

— Atribuem a você os artigos não assinados dos jornais ministeriais e ultras contra esse pobre D'Arthez. Agora, todo dia as alfinetadas do *Le Réveil* são dirigidas contra as pessoas da rua des Quatre-Vents, e as caçoadas são mais ferozes ainda por serem engraçadas. Há toda uma camarilha política, grave e séria atrás do jornal de Léon Giraud, uma camarilha a quem o poder pertencerá mais cedo ou mais tarde.

— Faz uma semana que não ponho os pés no *Le Réveil*.

— Pois bem, pense em meus pequenos artigos. Faça logo uns cinquenta, vou lhe pagar por atacado; mas faça-os na cor do jornal.

E Finot deu negligentemente a Lucien o tema de um artigo engraçado contra o ministro da Justiça, contando-lhe uma pretensa história que, disse, circulava pelos salões. Para reparar seu prejuízo no jogo, Lucien recuperou, apesar do abatimento, sua verve e sua juventude de espírito e escreveu trinta artigos de duas colunas cada um. Terminados os artigos, foi ver Dauriat, certo de lá encontrar Finot, a quem queria entregá-los secretamente; aliás, precisava que o livreiro lhe explicasse por que não publicava *As margaridas*. Encontrou a livraria repleta de seus inimigos. Ao entrar, fez-se um silêncio absoluto, as conversas pararam. Vendo-se banido do jornalismo, Lucien sentiu sua coragem redobrar e pensou consigo mesmo, como naquela alameda do Luxembourg: "Hei de triunfar!". Dauriat não foi protetor nem suave; mostrou-se ranzinza, entrincheirado em seu direito: publicaria *As margaridas* quando quisesse, esperaria que a situação de Lucien garantisse seu sucesso, havia comprado a plena propriedade. Quando Lucien objetou que Dauriat tinha a obrigação de publicar *As margaridas* pela própria natureza do contrato e pela qualidade dos contratantes, o livreiro afirmou o contrário e disse que judicialmente não poderia ser forçado a fazer uma operação que considerava má, pois era o único juiz da oportunidade. Aliás, havia uma solução que todos os tribunais admitiriam: Lucien tinha a liberdade de lhe devolver os mil escudos, pegar de volta sua obra e fazê-la publicar por um livreiro do campo realista.

Lucien se retirou mais irritado com o tom moderado que Dauriat assumira do que com sua pompa autocrática na primeira conversa entre eles. Portanto, com toda certeza *As margaridas* só seriam publicadas quando Lucien tivesse a seu favor as forças auxiliares de uma poderosa camaradagem, ou se tornasse ele mesmo poderoso. O poeta voltou para casa lentamente, às voltas com um desânimo que o levaria ao suicídio se a ação tivesse acompanhado o pensamento. Viu Coralie na cama, pálida e doente.

— Um papel numa peça ou ela morre — disse-lhe Bérénice enquanto Lucien se vestia para ir à rua du Mont-Blanc,* à casa da srta. des Touches, que dava uma grande recepção em que ele iria encontrar Des Lupeaulx, Vignon, Blondet, a sra. d'Espard e a sra. de Bargeton.

A festa era oferecida a Conti, o grande compositor que possuía uma das vozes mais célebres fora do teatro, à La Cinti, à La Pasta, a Garcia, a Levasseur e duas ou três vozes ilustres da alta sociedade. Lucien se esgueirou até o lugar onde estavam sentadas a marquesa, sua prima e a sra. de Montcornet. O pobre rapaz assumiu um ar descontraído, contente, feliz, brincou, mostrou-se como era em seus dias de esplendor, não queria dar a impressão de precisar da sociedade. Estendeu-se sobre os serviços que prestava ao partido realista, dando como prova os gritos de ódio que soltavam os liberais.

— Você será amplamente recompensado, meu amigo — disse-lhe a sra. de Bargeton, dirigindo-lhe um gracioso sorriso. — Depois de amanhã vá ao Ministério da Justiça com a Garça-real e Des Lupeaulx, e lá encontrará seu decreto assinado pelo rei. O ministro da Justiça o leva amanhã ao palácio; mas há reunião do Conselho, ele voltará tarde. No entanto, se à noitinha eu souber do resultado, o enviarei à sua casa. Onde mora?

— Irei lá — respondeu Lucien, envergonhado de ter de dizer que morava na rua de la Lune.

* Atual rua de la Chaussée-d'Antin.

— Os duques de Lenoncourt e de Navarreins falaram de você ao rei — prosseguiu a marquesa —, elogiaram-lhe uma dessas dedicações absolutas e íntegras que merecem uma recompensa esplendorosa a fim de que você se vingue das perseguições do partido liberal. Aliás, o nome e o título dos Rubempré aos quais tem direito por sua mãe vão se tornar mais ilustres. À noite, o rei pediu à Sua Excelência, o ministro, que lhe levasse um decreto para autorizar o senhor Lucien Chardon a usar o nome e os títulos dos condes de Rubempré, em sua condição de neto do último conde, pelo lado materno. "Favoreçamos os pintassilgos do Pindo", ele disse, depois de ter lido seu soneto sobre o lírio, do qual felizmente minha prima se lembrava, e que ela oferecera ao duque. "Sobretudo quando o rei pode fazer o milagre de transformá-los em águias", respondeu o senhor de Navarreins.

Lucien sentiu no coração uma efusão capaz de enternecer uma mulher que não tivesse sido tão profundamente ofendida como Louise d'Espard de Nègrepelisse. Quanto mais bonito lhe parecia Lucien, mais tinha ela sede de vingança. Des Lupeaulx estava certo, faltava tato a Lucien: não soube adivinhar que o decreto de que lhe falavam não passava de uma brincadeira, dessas que a sra. d'Espard sabia fazer. Estimulado por esse sucesso e pela distinção lisonjeira que lhe demonstrava a srta. des Touches, ficou na casa dela até as duas da manhã para poder lhe falar em particular. Lucien soubera nas redações dos jornais realistas que a srta. des Touches era a colaboradora secreta de uma peça na qual deveria representar a grande maravilha do momento, a pequena Fay.* Quando os salões ficaram desertos, ele levou a srta. des Touches a um sofá no boudoir e lhe contou de um jeito tão comovente a desgraça de Coralie e a sua, que essa ilustre hermafrodita lhe prometeu conseguir que dessem o papel principal a Coralie.

No dia seguinte, quando Coralie, feliz com a promessa da srta. des Touches a Lucien, voltava à vida e almoçava

* Leontina Fay (1810-76), atriz que foi menina prodígio.

com seu poeta, Lucien leu o jornal de Lousteau no qual estava o relato epigramático da história inventada sobre o ministro da Justiça e esposa. A maldade mais negra ali se escondia sob o espírito mais incisivo. O rei Luís XVIII era admiravelmente posto em cena e ridicularizado, sem que a procuradoria real conseguisse intervir. Eis o fato ao qual o partido liberal tentava dar foros de verdade, mas que apenas aumentou o número de suas calúnias espirituosas.

A paixão de Luís XVIII por uma correspondência galante e almiscarada, cheia de madrigais e cintilações, era interpretada nesse artigo como a expressão final de sua vida amorosa, que ia se tornando platônica: ele passava, dizia-se, do fato à ideia. A ilustre amante, tão cruelmente atacada por Béranger sob o nome de Octavie,* tivera, então, os mais sérios receios. A correspondência foi murchando. Quanto mais Octavie mostrava espírito, mais seu amante se mostrava frio e apagado. Octavie acaba descobrindo a causa de seu desfavor, seu poder estava ameaçado pelas primícias picantes de uma nova correspondência do real escritor com a mulher do ministro da Justiça. Essa excelente mulher era, supostamente, incapaz de escrever um bilhete, devia ser pura e simplesmente a intermediária de alguma audaciosa ambição. Quem podia estar escondido debaixo dessa saia? Depois de certas observações, Octavie descobre que o rei se correspondia com seu ministro! Arma um plano. Ajudada por um amigo fiel, um dia ela retém o ministro na Câmara graças a uma discussão tempestuosa, e arruma uma conversa frente a frente com o rei, deixando-o revoltado em seu amor-próprio ao lhe revelar esse engodo. Luís XVIII tem um ataque de raiva bourboniana e régia, explode contra Octavie, duvida; Octavie lhe oferece a possibilidade de ter uma prova imediata e lhe pede que escreva um bilhete exigindo, custe o que custar, uma resposta. A pobre mulher, surpresa, manda chamar o marido na Câmara,

* Zoé du Cayla, favorita do rei. A frase anterior faz alusão à impotência de Luís XVIII.

mas tudo estava previsto, e nesse momento ele discursava na tribuna. A mulher sua sangue e lágrimas, busca todo o seu espírito, e responde com o pouco espírito que encontra. "Seu ministro poderá lhe dizer o resto", exclamou Octavie, rindo do desapontamento do rei.

Se bem que mentiroso, o artigo irritou tremendamente o ministro da Justiça, sua mulher e o rei. Dizia-se que Des Lupeaulx é que tinha inventado a história, embora Finot tenha sempre guardado o segredo. Esse artigo espirituoso e ferino fez a alegria dos Liberais e a do partido de Monsieur;* Lucien se divertiu, sem ver nisso nada além de um agradabilíssimo *canard*. No dia seguinte foi ao encontro de Des Lupeaulx e do barão du Châtelet. O barão ia agradecer à Sua Excelência. O sr. Châtelet, nomeado conselheiro de Estado em serviço extraordinário, era feito conde com a promessa de ter a prefeitura da Charente desde que o prefeito atual tivesse concluído os poucos meses necessários para completar o tempo requerido a fim de obter o máximo de aposentadoria. O conde du Châtelet, pois o *du* foi inserido no decreto, pegou Lucien em sua carruagem e o tratou em pé de igualdade. Sem os artigos de Lucien, ele talvez não tivesse ascendido tão depressa; a perseguição dos Liberais fora como um trampolim para ele. Des Lupeaulx estava no ministério, no gabinete do secretário-geral. Quando viu Lucien, esse funcionário deu um pulo de espanto e olhou para Des Lupeaulx.

— Como! O senhor ousa vir aqui? — disse o secretário-geral a Lucien, estupefato. Sua Excelência rasgou seu decreto preparado, ei-lo!

E mostrou o primeiro papel que apareceu, rasgado em quatro.

— O ministro quis conhecer o autor do pavoroso artigo de ontem, e eis a cópia do exemplar — disse o secretário-geral, entregando a Lucien as folhas de seu artigo. — O

* Título dado ao irmão do rei Luís XVIII, o conde d'Artois, que mais tarde também será rei da França com o nome de Carlos X.

senhor se diz realista, e é colaborador deste jornal infame que faz embranquecer os cabelos dos ministros, entristece o Centro e nos arrasta para um abismo. O senhor almoça *Corsaire*, *Miroir*, *Le Constitutionnel*, *Courrier*; o senhor janta *La Quotidienne*, *Le Réveil*, e ceia com Martainville, o mais terrível adversário do ministério, e que empurra o rei para o absolutismo, o que levaria a uma revolução tão prontamente como se ele se entregasse à extrema Esquerda! O senhor é um jornalista muito inteligente, mas jamais será um político. O ministro o denunciou ao rei como o autor do artigo, e este, em sua raiva, repreendeu o senhor duque de Navarreins, seu primeiro gentil-homem de serviço. O senhor fez inimigos mais poderosos ainda na medida em que eles lhe eram mais favoráveis! O que num inimigo parece natural é horroroso num amigo.

— Mas então você se comportou como uma criança, meu caro? — perguntou Des Lupeaulx. — E me comprometeu! As senhoras d'Espard, de Bargeton e de Montcornet, que tinham respondido por você, devem estar furiosas. O duque deve ter atirado sua raiva sobre a marquesa, e a marquesa deve ter repreendido a prima. Não apareça por lá! Espere!

— Aí está Sua Excelência, saia! — disse o secretário-geral.

Lucien se viu na praça Vendôme, tonto como um homem a quem acabam de dar uma paulada na cabeça. Voltou a pé pelos bulevares, tentando se julgar. Viu-se como o joguete de homens invejosos, ávidos e pérfidos. O que era ele neste mundo de ambições? Uma criança que corria atrás dos prazeres e das delícias da vaidade, a eles sacrificando tudo; um poeta sem reflexão profunda, indo de luz em luz como uma mariposa, sem plano determinado, o escravo das circunstâncias, pensando bem e agindo mal. Sua consciência foi um carrasco implacável. Por fim, não tinha mais dinheiro e se sentia esgotado de trabalho e de dor. Seus artigos só eram publicados depois dos de Merlin e de Nathan. Foi andando ao léu, perdido em suas reflexões; caminhando, viu em alguns gabinetes literários que começavam a oferecer livros para leitura, junto com os jornais, um cartaz em que, sob um título esquisito, e para ele totalmente desconhecido, brilhava seu nome: *Escrito pelo sr. Lucien Chardon de Rubempré.* Seu livro fora publicado, ele não sabia de nada, os jornais se calavam. Ficou ali de braços caídos, imóvel, sem sequer avistar um grupo de rapazes elegantes, entre os quais estavam Rastignac, De Marsay e alguns outros conhecidos seus. Não prestou atenção em Michel Chrestien e em Léon Giraud, que vinham a seu encontro.

— O cavalheiro é o senhor Chardon? — perguntou-lhe Michel num tom que fez ressoarem as entranhas de Lucien como se fossem cordas.

— Não está me reconhecendo? — ele respondeu, empalidecendo.

Michel lhe cuspiu no rosto.

— Aí estão os honorários por seus artigos contra D'Arthez. Se cada um, em causa própria ou na causa dos amigos, imitasse minha atitude, a Imprensa continuaria a ser o que deve ser: um sacerdócio respeitável e respeitado!

Lucien cambaleara; apoiou-se em Rastignac dizendo-lhe, assim como a De Marsay:

— Os senhores não se recusariam a ser minhas testemunhas. Mas quero primeiro tornar a partida igual, e o caso sem remédio.

Lucien deu um tabefe violento em Michel, que não esperava por isso. Os dândis e os amigos de Michel se jogaram entre o republicano e o monarquista, a fim de que a luta não assumisse um caráter plebeu. Rastignac agarrou Lucien e o levou à sua casa, na rua Taitbout, a dois passos dessa cena, que ocorria no bulevar de Gand,* pouco antes do jantar. Essa circunstância evitou os ajuntamentos correntes num caso desses. De Marsay foi buscar Lucien, que os dois dândis forçaram a almoçar alegremente com eles no Café Anglais, onde se embriagaram.

— Você é bom na espada? — perguntou De Marsay.

* Atual bulevar des Italiens.

— Nunca a manejei.

— Na pistola? — perguntou Rastignac.

— Nunca na minha vida dei um só tiro de pistola.

— Tem a seu favor o acaso, você é um terrível adversário, pode matar seu homem — disse De Marsay.

39

TAL COMO JÓ

Felizmente Lucien encontrou Coralie na cama e dormindo. A atriz tinha atuado numa pequena peça e de improviso, e tivera sua desforra arrancando aplausos legítimos, e não estipendiados. Essa noite, que seus inimigos não esperavam, convenceu o diretor a lhe dar o papel principal na peça de Camille Maupin, pois ele acabara descobrindo a causa do insucesso de Coralie na estreia. Zangado com as intrigas de Florine e Nathan para levarem ao fracasso uma atriz por quem se interessava, o diretor prometera a Coralie a proteção da administração.

Às cinco da manhã, Rastignac foi buscar Lucien.

— Meu caro, sua casa tem tudo a ver com o nome da sua rua — ele lhe disse como único cumprimento. — Sejamos os primeiros a chegar ao local, no caminho de Clignancourt, é de bom-tom, e devemos dar bons exemplos.

— Este é o programa — disse-lhe De Marsay assim que o fiacre pegou o Faubourg Saint-Denis. — Vocês vão se duelar com pistola, a vinte e cinco passos, andando à vontade um em direção do outro até uma distância de quinze passos. Cada um tem de dar cinco passos e três tiros, não mais. Aconteça o que acontecer, vocês se comprometem a ficar nisso, um e outro. Carregaremos as pistolas do seu adversário, e as testemunhas dele carregarão as suas. As armas foram escolhidas pelas quatro testemunhas reunidas num armeiro. Garanto-lhe que ajudamos o acaso: você terá pistolas de cavalaria.

Para Lucien, a vida se tornara um pesadelo; era-lhe indiferente viver ou morrer. A coragem peculiar do suicida lhe serviu, portanto, para aparecer como que ostentando grande bravura aos olhos dos espectadores do duelo. Ficou em seu lugar, sem dar um passo. Essa despreocupação pareceu um frio cálculo: acharam que aquele poeta devia ser um sujeito muito competente. Michel Chrestien foi até seu limite. Os dois adversários abriram fogo ao mesmo tempo, pois os insultos tinham sido considerados iguais. Ao primeiro tiro, a bala de Chrestien raspou o queixo de Lucien, cuja bala passou a dez pés acima da cabeça do adversário. Ao segundo tiro, a bala de Michel se alojou na gola da sobrecasaca do poeta, a qual, felizmente, era acolchoada e forrada com entretela. No terceiro tiro, Lucien recebeu a bala no peito e caiu.

— Ele morreu? — perguntou Michel.

— Não — disse o cirurgião —, vai se safar.

— Pior para ele — respondeu Michel.

— Ah, sim! Pior para mim — repetiu Lucien, soltando as lágrimas.

Ao meio-dia, esse menino infeliz estava em seu quarto, em casa; precisaram de cinco horas e de grandes cuidados para transportá-lo. Embora seu estado não apresentasse perigo, exigia precauções: a febre podia trazer complicações desagradáveis. Coralie sufocou o desespero e as tristezas. Enquanto seu amante correu perigo, ela passou as noites com Bérénice, decorando seus papéis. O perigo de Lucien durou dois meses. Essa pobre criatura às vezes representava um papel que exigia alegria, ao passo que por dentro pensava: "Meu querido Lucien talvez esteja morrendo neste momento!".

Durante todo esse tempo Lucien foi tratado por Bianchon: deveu a vida à dedicação desse amigo tão profundamente magoado, mas a quem D'Arthez contara o segredo da iniciativa de Lucien, justificando o poeta infeliz. Num momento de lucidez, pois Lucien teve uma febre nervosa de alta gravidade, Bianchon, que desconfiava de alguma generosidade de

D'Arthez, interrogou seu doente; Lucien lhe disse não ter feito outro artigo sobre o livro de D'Arthez além do artigo sério e grave publicado no jornal de Hector Merlin.

No fim do primeiro mês, a casa Fendant e Cavalier foi à falência. Bianchon disse à atriz que escondesse de Lucien esse golpe terrível. O famoso romance *O arqueiro de Carlos IX*, publicado com um título estranho, não tivera o menor sucesso. Para conseguir dinheiro antes de decretar falência, Fendant, sem que Cavalier soubesse, vendera o livro por atacado a uns quitandeiros, que o repassariam a baixo preço por intermédio de vendedores ambulantes. A essa altura o livro de Lucien guarnecia os parapeitos das pontes e dos cais de Paris. As livrarias do Quai des Augustins, que pegaram uma certa quantidade de exemplares do romance, estavam, portanto, perdendo uma quantia considerável devido ao preço, que despencara subitamente: os quatro volumes in-12 que tinham comprado por quatro francos e cinquenta centavos eram oferecidos por cinquenta vinténs. O comércio os vendia clamorosamente, mas os jornais continuavam a manter o mais profundo silêncio. Barbet não previra essa *lavagem*, acreditava no talento de Lucien; contrariamente a seus hábitos, jogara-se sobre duzentos exemplares e a perspectiva de um prejuízo o deixava louco: ele dizia horrores de Lucien. Barbet tomou uma decisão heroica: por uma teimosia peculiar aos avarentos, pôs seus exemplares num canto da loja e deixou seus colegas se livrarem dos deles a preço vil. Mais tarde, em 1824, quando o belo prefácio de D'Arthez, o mérito do livro e dois artigos feitos por Léon Giraud restituíram à obra o seu valor, Barbet vendeu seus exemplares, um a um, por dez francos cada. Apesar das precauções de Bérénice e Coralie, foi impossível impedir que Hector Merlin visitasse o amigo moribundo; ele o fez beber gota a gota o cálice amargo desse *caldo*, palavra em uso nas livrarias para descrever a operação funesta a que tinham se entregado Fendant e Cavalier ao publicar o livro de um estreante. Martainville, único fiel a Lucien, fez um magnífico artigo a favor da obra, mas a exasperação era tamanha, tanto entre os Liberais quanto entre os Ministeriais, contra o redator chefe de *L'Aristarque*, de *L'Oriflamme* e do *Drapeau Blanc*, que os esforços desse corajoso atleta, que sempre respondeu com dez insultos a um do liberalismo, prejudicaram Lucien. Nenhum jornal respondeu à polêmica, por mais vivos que fossem os ataques do Bravo realista. Coralie, Bérénice e Bianchon fecharam a porta a todos os supostos amigos de Lucien, que protestaram em alto e bom som. Mas foi impossível fechá-la aos oficiais de justiça. A falência de Fendant e Cavalier tornava as promissórias passíveis de cobrança em virtude de uma disposição do Código de Comércio, a mais atentatória aos direitos de terceiros, que se veem assim privados dos benefícios do prazo estipulado. Lucien foi vigorosamente perseguido por Camusot. Ao ver aquele nome, a atriz compreendeu a terrível e humilhante iniciativa que seu poeta devia ter tomado por ela, tão angelical; amou-o dez vezes mais e não quis implorar a Camusot. Ao irem buscar o futuro prisioneiro, os oficiais de justiça o encontraram na cama e recuaram diante da ideia de levá-lo; foram ver Camusot e pediram ao presidente do tribunal que indicasse a casa de saúde onde depositariam o devedor. Camusot logo acorreu à rua de la Lune. Coralie desceu e tornou a subir, segurando os documentos do processo em que, por causa daquele antigo endosso, Lucien era declarado comerciante. Como ela conseguira esses papéis com Camusot? Qual promessa teria feito? Ela manteve o mais triste silêncio, mas, quando tornou a subir, estava quase morta.

Coralie atuou na peça de Camille Maupin e contribuiu muito para esse sucesso da ilustre hermafrodita literária. A criação do papel foi o último clarão dessa bela lâmpada. Na vigésima representação, quando Lucien, restabelecido, recomeçava a sair, a comer, e falava em retomar seus trabalhos, Coralie adoeceu: uma tristeza secreta a devorava. Bérénice sempre acreditou que, para salvar Lucien, ela prometera voltar para Camusot. A atriz sofreu a mortificação de ver darem seu papel a Florine. Nathan declararia guerra ao Gymnase caso Florine não sucedesse a Coralie. Fazendo o papel até o último momento para não deixar a rival tomá-lo, Coralie ultrapassou suas forças; o Gymnase lhe fizera alguns adiantamentos durante a doença de Lucien, ela não podia pedir mais nada ao caixa do teatro; apesar de sua boa vontade, Lucien ainda era incapaz de trabalhar, e aliás cuidava de Coralie a fim de aliviar Bérénice; aquele pobre casal chegou, assim, a uma miséria absoluta mas teve a felicidade de encontrar em Bianchon um médico hábil e dedicado, que lhe deu crédito junto a um farmacêutico. Logo os fornecedores e o proprietário souberam da situação de Coralie e Lucien. Os móveis foram penhorados. A costureira e o alfaiate, não mais temendo o jornalista, perseguiram alucinadamente esses dois boêmios. Por fim, não havia mais que o farmacêutico e o salsicheiro que fizessem crédito àquelas pobres crianças. Lucien, Bérénice e a doente foram obrigados por uma semana a comer só carne de porco sob todas as formas engenhosas e variadas que lhe dão os salsicheiros. A salsicharia, muito pesada por natureza, agravou a doença da atriz. A miséria obrigou Lucien a ir ver Lousteau e lhe pedir os mil francos que esse ex-amigo, esse traidor, lhe devia. Foi, no meio de suas desgraças, a providência que mais lhe custou. Lousteau não podia mais entrar em casa na rua de La Harpe, dormia na casa de amigos, era perseguido, estava acuado como uma lebre. Foi só mesmo no Flicoteaux que Lucien conseguiu encontrar seu introdutor fatal no mundo literário. Lousteau jantava na mesma mesa em que Lucien o encontrara, para sua desgraça, no dia em que se afastara de D'Arthez. Lousteau o convidou para jantar e Lucien aceitou!

Quando, saindo do Flicoteaux, Claude Vignon, que nesse dia comia no restaurante, Lousteau, Lucien e o grande desconhecido que mantinha seu guarda-roupa com Samanon, quiseram ir ao Café Voltaire tomar um café, não conseguiram chegar aos trinta vinténs nem mesmo reunindo os cobres que ressoavam em seus bolsos. Perambularam pelo Luxembourg, esperando ali encontrar um livreiro, e de fato viram um dos mais famosos impressores daquele tempo, a quem Lousteau pediu quarenta francos, recebendo-os. Lousteau dividiu a quantia em quatro partes iguais e cada escritor ficou com uma. A miséria tinha extinguido qualquer orgulho, qualquer sentimento em Lucien; ele chorou diante daqueles três artistas ao lhes contar sua situação, mas cada um de seus companheiros tinha um drama igualmente cruel e horrível para lhe contar: quando cada um acabou de parafrasear o seu, o poeta viu que era o menos infeliz dos quatro. Portanto, todos precisavam esquecer a própria infelicidade e também o pensamento que duplicava essa infelicidade. Lousteau correu ao Palais-Royal e jogou os nove francos que lhe restavam dos dez. O grande desconhecido, embora tivesse uma divina amante, foi a uma abjeta casa de tolerância afundar no atoleiro das volúpias perigosas. Vignon foi ao Petit Rocher de Cancale tencionando beber duas garrafas de bordeaux para abdicar da razão e da memória. Lucien deixou Claude Vignon na porta do restaurante, recusando sua parte naquela ceia. O aperto de mão que o grande homem da província deu no único jornalista que não lhe fora hostil foi acompanhado de um terrível aperto no coração.

— Que fazer? — perguntou-lhe.

— Em tempo de guerra não se limpam armas — disse-lhe o grande crítico. — Seu livro é bonito, mas fez invejosos, sua luta será longa e difícil. O gênio é uma doença terrível. Todo escritor traz no coração um monstro que, parecido com a tênia no intestino, devora os sentimentos à medida que eclodem. Quem triunfará? A doença contra o homem ou o homem contra a doença? Sem dúvida, é preciso ser um grande homem para manter o equilíbrio entre seu gênio e sua personalidade. O talento cresce, o coração resseca. Se você não for um colosso, se não tiver os ombros de Hércules, acaba sem coração ou sem talento. Você é esguio e franzino, sucumbirá — acrescentou, entrando no restaurante.

Lucien voltou para casa meditando sobre essa horrível sentença cuja profunda verdade lhe esclarecia a vida literária.

“Dinheiro!”, gritou-lhe uma voz.

Então fez, em seu próprio nome, três letras de mil francos cada uma, com vencimento para um, dois e três meses, imitando com admirável perfeição a assinatura de David Séchard, e as endossou; depois, no dia seguinte, as levou a Métivier, o negociante de papel da rua Serpente, que as descontou sem a menor dificuldade. Lucien escreveu umas linhas ao cunhado prevenindo-o desse assalto à sua caixa e lhe prometendo, segundo a praxe, conseguir os fundos no prazo estipulado. Pagas as dívidas de Coralie e as de Lucien, sobraram trezentos francos que o poeta pôs nas mãos de Bérénice, dizendo-lhe que não lhe desse nada caso ele pedisse dinheiro: temia ser corroído pela vontade de jogar.

40

DESPEDIDAS

Lucien, animado por uma raiva sombria, fria e taciturna, começou a escrever seus artigos mais espirituosos sob a luz de uma lamparina, vigiando Coralie. Quando procurava suas ideias, via aquela criatura adorada, branca como porcelana, bela com a beleza dos moribundos, lhe sorrindo com dois lábios pálidos, mostrando-lhe olhos brilhantes como o são os de todas as mulheres que sucumbem tanto à doença como à tristeza. Lucien enviava os artigos aos jornais; mas, como não podia ir às redações para atormentar os redatores chefes, os artigos não saíam. Quando se decidiu ir ao jornal, Théodore Gaillard, que lhe fizera adiantamentos e que, mais tarde, aproveitou aqueles diamantes literários, o recebeu friamente.

— Tome cuidado com você, meu caro! Você não tem mais espírito, não se deixe abater, tenha verve! — ele lhe dizia.

— Esse pequeno Lucien tinha no ventre apenas o romance e seus primeiros artigos — exclamavam Félicien Vernou, Merlin e todos os que odiavam quando se falava dele na livraria de Dauriat ou no Vaudeville. — Está nos mandando coisas deploráveis.

Não ter nada no ventre, expressão consagrada na gíria do jornalismo, constitui uma sentença soberana da qual é difícil apelar, uma vez proferida. Essa expressão, divulgada por todo lado, matava Lucien sem que Lucien soubesse, pois enfrentava na época aborrecimentos acima de suas forças. Em meio a seus estafantes trabalhos, foi perseguido por conta das promissórias de David Séchard e recorreu ao experiente Camusot. O antigo amante de Coralie teve a generosidade de proteger Lucien. Essa situação pavorosa durou dois meses, pontilhados de muitos papéis carimbados que, por recomendação de Camusot, Lucien enviava a Desroches, um amigo de Bixiou, Blondet e Des Lupeaulx.

No início de junho, Bianchon disse ao poeta que Coralie estava desenganada, não tinha mais de três ou quatro dias de vida. Bérénice e Lucien passaram esses dias fatais a chorar, sem conseguir esconder suas lágrimas da pobre moça desesperada de morrer por causa de Lucien. Por uma estranha reviravolta, Coralie exigiu que Lucien lhe levasse um padre. A atriz quis se reconciliar com a Igreja e morrer em paz. Teve um fim cristão, seu arrependimento foi sincero. Essa agonia e essa morte acabaram de tirar de Lucien sua força e sua coragem. O poeta ficou num completo abatimento, sentado numa poltrona, à cabeceira de Coralie, não parando de olhar para ela, até o momento em que viu os olhos da atriz virados pela mão da morte. Eram cinco horas da manhã. Um passarinho foi pousar nos vasos de flores que estavam do lado de fora da janela e soltou uns gorjeios. Bérénice ajoelhada beijava a mão de Coralie, que ia esfriando sob suas lágrimas. Ainda havia onze vinténs em cima da lareira. Lucien saiu, impelido por um desespero que o aconselhava a pedir esmola para enterrar sua amante ou ir se jogar aos pés da marquesa d'Espard, do conde du Châtelet, da sra. de Bargeton, da srta. des Touches ou do terrível dândi De Marsay: já não sentia orgulho nem força. Para conseguir algum dinheiro teria se alistado como soldado! Andou nesse passo prostrado e descomposto que os desgraçados conhecem, foi ao palacete de Camille Maupin, entrou sem prestar atenção ao desleixo de sua roupa e pediu para ser recebido.

— A senhorita foi se deitar às três da madrugada e ninguém ousa entrar no quarto dela antes que chame — respondeu o criado de quarto.

— Quando chama?

— Nunca antes das dez horas.

Então Lucien escreveu uma dessas cartas pavorosas em que os mendigos elegantes já não medem as palavras. Uma noite, ele pusera em dúvida a possibilidade desse rebaixamento, quando Lousteau lhe falava dos pedidos feitos pelos jovens talentos a Finot, mas agora sua pluma talvez o levasse além dos limites em que o infortúnio jogara seus antecessores. Voltou exausto pelos bulevares, sem desconfiar da terrível obra-prima que o desespero acabava de lhe ditar. Encontrou Barbet.

— Barbet, quinhentos francos? — perguntou, estendendo-lhe a mão.

— Não, duzentos — respondeu o livreiro.

— Ah! Então o senhor tem um coração.

— Sim, mas também tenho negócios. O senhor me faz perder bastante dinheiro — acrescentou depois de lhe contar a falência de Fendant e Cavalier —, faça-me também ganhar!

Lucien sentiu um arrepio.

— O senhor é poeta, deve saber fazer todo tipo de verso — disse o livreiro. — Neste momento preciso de canções indecorosas para misturá-las com algumas outras tiradas de diferentes autores, a fim de não ser perseguido como plagiário e poder vender nas ruas por dez vinténs uma bonita antologia de canções. Se quiser me mandar amanhã dez boas músicas para os bêbados ou bem picantes... bem... o senhor sabe!, eu lhe darei duzentos francos.

Lucien voltou para casa, onde encontrou Coralie deitada, estendida e rígida sobre uma cama de tiras de lona, enrolada numa colcha ordinária que Bérénice costurava chorando. A gorda normanda acendera quatro velas nos quatro cantos da cama. Sobre o rosto de Coralie cintilava essa flor de beleza que fala tão alto aos vivos, expressando-lhes uma calma absoluta, ela estava como essas moças que têm clorose, a doença das cores pálidas: por momentos parecia que aqueles dois lábios violeta iam se abrir e murmurar o nome de Lucien, essa palavra que, junto com a palavra Deus, precedera seu último suspiro. Lucien disse a Bérénice para ir encomendar na funerária um enterro que não custasse mais de duzentos francos, incluindo o serviço na miserável igreja de Bonne-Nouvelle.

Mal Bérénice saiu, o poeta se pôs à mesa, perto do corpo de sua pobre amante, e compôs as dez canções que demandavam ideias alegres e melodias populares. Enfrentou tristezas inauditas antes de conseguir trabalhar, mas acabou pondo sua inteligência a serviço da necessidade, como se não estivesse sofrendo. Já estava executando a terrível sentença de Claude Vignon sobre a separação que se dá entre o coração e o cérebro. Que noite aquela em que essa pobre criança se pôs em busca de poesias para os beberrões, escrevendo à luz de velas, ao lado do padre que rezava por Coralie!...

Na manhã seguinte, Lucien, que acabara a última canção, tentava ajustá-la a uma melodia então na moda. Foi quando Bérénice e o padre tiveram medo de que esse pobre menino enlouquecesse ao ouvi-lo cantar:

Amigos, moral em canção
Me cansa e que tortura!
Deve-se evocar a razão
Quando se serve à Loucura?
Aliás, todos os refrões são bons
Quando se bebe com brincalhões:
Epicuro atesta.
Apolo não procuremos
Se com Baco celebraremos;
Riamos! Bebamos!
E galhofemos na festa

Hipócrates a todo bom bebedor
Cem anos prometia.
Que importa, afinal, se uma dor,
Se um tremor a perna esfria,
E já não se pode ir atrás de um brotinho,
Contanto que ao virar o vinho
A mão seja sempre lesta?

Se como bons beberrões até os sessenta
De bebida nosso corpo se alimenta
Riamos! Bebamos!
E galhofemos na festa

Querer saber de onde viemos,
É coisa de grande facilidade;
Mas para saber aonde iremos,
Já se precisa de habilidade.
Sem nos preocuparmos, enfim,
É gastar, ora essa, até o fim
A bondade celestial que nos resta!
É certo que morreremos,
Mas é certo que nós vivemos:
Riamos! Bebamos!
E galhofemos na festa

Enquanto o poeta cantava esse pavorosa estrofe final, Bianchon e D'Arthez entraram e o encontraram no paroxismo da prostração, derramando uma torrente de lágrimas e sem mais força para passar a limpo as canções. Quando, entre soluços, explicou sua situação, viu lágrimas nos olhos dos que o escutavam.

— Isso — disse D'Arthez — apaga muitas faltas!

— Felizes os que encontram o Inferno aqui na terra! — disse gravemente o padre.

O espetáculo daquela bonita morta sorrindo para a eternidade, a visão de seu amante lhe comprando um túmulo com versos licenciosos, Barbet pagando um caixão, as quatro velas em torno da atriz cuja vasquinha e meias vermelhas de pontas verdes faziam outrora toda uma sala palpitar, e depois, na porta, o padre que a reconciliara com Deus e voltava para a igreja dizer uma missa por aquela que tanto amara, essas grandezas e essas infâmias, essas dores esmagadas sob a necessidade gelaram o grande escritor e o grande médico, que se sentaram, incapazes de proferir uma palavra. Apareceu um criado e anunciou a srta.

des Touches. Essa bela e sublime moça compreendeu tudo, foi sinceramente ao encontro de Lucien, apertou-lhe a mão e nela pôs duas notas de mil francos.

— Tarde demais — ele lhe disse, com um olhar de moribundo.

D'Arthez, Bianchon e a srta. des Touches só largaram Lucien depois de aplacarem seu desespero com as palavras mais doces, mas nele todas as engrenagens estavam quebradas. Ao meio-dia, o Cenáculo, menos Michel Chrestien, que nesse meio-tempo tinha sido esclarecido sobre a culpa de Lucien, estava na pequena igreja de Bonne-Nouvelle, assim como Bérénice e a srta. des Touches, dois figurantes do Gymnase, a costureira de Coralie no teatro e Camusot. Todos os homens acompanharam a atriz ao cemitério de Père-Lachaise. Camusot, que chorava aos prantos, jurou solenemente a Lucien comprar um jazigo perpétuo e mandar construir uma pequena coluna na qual se gravaria: CORALIE, e embaixo: *Morta aos dezenove anos.*

Lucien ficou sozinho até o pôr do sol naquela colina de onde seus olhos abarcavam Paris. "Por quem serei amado?", pensou. "Meus verdadeiros amigos me desprezam. Pouco importa o que eu fizesse, tudo em mim parecia nobre e bom para aquela que está ali! Não tenho mais senão minha irmã, David e minha mãe! O que pensam de mim?"

O pobre grande homem de província voltou para a rua de la Lune; e suas impressões foram tão profundas ao rever o apartamento vazio que ele foi se instalar num hotel ordinário na mesma rua. Os dois mil francos da srta. des Touches pagaram todas as dívidas, a eles se somando o produto da venda da mobília. Bérénice e Lucien ficaram com cem francos, suficientes para viver dez dias, durante os quais Lucien ficou numa prostração doentia: não conseguia escrever nem pensar, deixava-se levar pela dor, e Bérénice teve pena dele.

— Se voltar para sua terra, como irá? — ela respondeu uma noite a uma exclamação de Lucien, que pensava na irmã, na mãe e em David Séchard.

— A pé — ele disse.

— Ainda assim é preciso poder viver e dormir no caminho. Se fizer doze léguas por dia, precisará de pelo menos vinte francos.

— Vou consegui-los — ele disse.

Pegou seus trajes e sua bela roupa de baixo, só guardou consigo o estritamente necessário e foi ver Samanon, que lhe ofereceu cinquenta francos por todo o espólio. Ele suplicou ao agiota que lhe desse o suficiente para pegar a diligência, mas não conseguiu dobrá-lo. Em sua raiva, Lucien subiu a passos firmes ao Frascati, tentou a sorte e voltou sem um tostão.

Quando se viu no quarto miserável, na rua de la Lune, pediu a Bérénice o xale de Coralie. Com alguns olhares a boa moça compreendeu, depois da confissão que Lucien lhe fez sobre o prejuízo no jogo, qual era o objetivo do pobre poeta desesperado: queria se enforcar.

— O senhor está louco? — perguntou. — Vá passear e volte à meia-noite, terei conseguido seu dinheiro; mas fique nos bulevares, não vá para o cais.

Lucien passeou pelos bulevares, atarantado de dor, olhando para as carruagens, os passantes, achando-se diminuído, só, naquela multidão que turbilhonava, fustigada pelos mil interesses parisienses. Revendo em pensamento as margens do seu Charente, teve sede das alegrias da família, e então sentiu um desses ímpetos de força que enganam todas essas naturezas semifemininas: não quis abandonar o jogo antes de ter descarregado seu coração no coração de David Séchard e pedido conselho aos três anjos que lhe restavam. Ao perambular, viu Bérénice endomingada conversando com um homem, no lamacento bulevar Bonne-Nouvelle, onde ela estava parada na esquina da rua de la Lune.

— O que está fazendo? — perguntou Lucien, apavorado com as suspeitas que teve diante do aspecto da normanda.

— Aqui estão vinte francos, que podem custar caro, mas o senhor partirá — ela respondeu, pondo na mão do poeta quatro moedas de cem vinténs.

Bérénice fugiu sem que Lucien conseguisse saber por onde ela tinha passado; pois, é bom que se diga em seu louvor, aquele dinheiro lhe queimava a mão e ele queria devolvê-lo; mas foi obrigado a guardá-lo como um derradeiro estigma da vida parisiense.

PARTE 3

Os sofrimentos do inventor

INTRODUÇÃO

I

TRISTE CONFISSÃO DE UM FILHO DO SÉCULO

No dia seguinte, Lucien mandou visar seu passaporte, comprou uma bengala de azevinho, pegou, na praça da rua d'Enfer,* um ônibus que, mediante dez vinténs, o levou a Longjumeau. Ao fim da primeira etapa, dormiu no estábulo de uma fazenda a duas léguas de Arpajon. Quando chegou a Orléans, já estava bastante cansado e bem desanimado; mas por três francos um barqueiro desceu com ele até Tours, e no trajeto só gastou dois francos de comida. De Tours a Poitiers, Lucien andou durante cinco dias. Bem mais adiante de Poitiers, só possuía cem vinténs, mas para continuar seu caminho juntou o resto de suas forças. Certo dia, Lucien foi surpreendido pela noite numa planície onde decidira acampar quando, no fundo de um barranco, avistou uma caleça subindo uma encosta. Sem que o postilhão, os viajantes e o criado sentado na boleia notassem, conseguiu se esconder na parte traseira, entre dois embrulhos, e adormeceu ajeitando-se de modo a poder resistir aos solavancos. De manhã, acordado pelo sol que batia em seus olhos e por um ruído de voz, reconheceu Mansle, essa cidadezinha onde, dezoito meses antes, fora esperar a sra. de Bargeton, com o coração repleto de amor, esperança e alegria. Vendo-se coberto de poeira, no meio de um círculo de curiosos e postilhões, compreendeu que devia ser alvo de uma acusação; deu um pulo e ficou em pé, e ia falar

* Atual praça Denfert-Rochereau.

quando os dois viajantes saídos da caleça lhe cortaram a palavra: ele viu o novo prefeito da Charente, o conde Sixte du Châtelet, e sua mulher, Louise de Nègrepelisse.

— Se soubéssemos que companheiro o acaso nos deu! — disse a condessa. — Suba conosco, senhor.

Lucien cumprimentou friamente o casal, dando-lhe um olhar humilde e ameaçador ao mesmo tempo, depois se perdeu num caminho transversal mais para lá de Mansle, a fim de chegar a uma granja onde conseguisse almoçar pão e leite, descansar e deliberar em silêncio sobre seu futuro. Ainda tinha três francos. O autor de *As margaridas*, levado pela febre, correu por muito tempo; desceu o rio examinando a disposição dos lugares que iam ficando cada vez mais pitorescos. Por volta do meio-dia chegou a um recanto onde o lençol de água, cercado de salgueiros, formava uma espécie de lago. Parou e contemplou aquele bosque fresco e cerrado cuja graça rural agiu em sua alma. Uma casa contígua a um moinho instalado sobre um braço do rio mostrava entre as copas das árvores o telhado de colmo ornado de saião. Essa fachada ingênua tinha como únicos enfeites uns arbustos de jasmim, madressilva e lúpulo, e em volta brilhavam as flores do flox e das mais esplêndidas plantas carnudas. Sobre a muretinha de pedra retida por estacas grosseiras e que mantinha o calçamento acima das grandes enchentes, avistou redes estendidas ao sol. Patos nadavam no tanque de água clara que havia para lá do moinho, entre as duas correntes de água mugindo nas comportas. Ouvia-se o ruído irritante do moinho. Num banco rústico, o poeta viu uma boa e gorda dona de casa tricotando e vigiando uma criança que azucrinava as galinhas.

— Minha boa mulher — disse Lucien avançando —, estou bem cansado, com febre e só tenho três francos; não quer me alimentar com pão dormido e leite, e me deixar sobre a palha durante uma semana? Terei tempo de escrever a meus parentes, que me mandarão dinheiro ou virão me buscar aqui.

— Com prazer — ela disse —, desde que meu marido permita. Ei, homenzinho!

O moleiro saiu, olhou para Lucien e tirou o cachimbo da boca para dizer:

— Três francos, uma semana? É o mesmo que não cobrar nada.

"Talvez eu acabe como ajudante de moleiro", pensou o poeta contemplando aquela deliciosa paisagem antes de deitar na cama que a moleira lhe preparou, e onde dormiu de modo a assustar seus anfitriões.

— Mas Courtois,* vá ver se esse rapaz está morto ou vivo, faz catorze horas que ele está deitado, não me atrevo a ir lá — disse a moleira no dia seguinte por volta do meio-dia.

— Acho — respondeu o moleiro à mulher, acabando de estender suas redes e instrumentos de pesca — que esse rapaz bonito aí deve ser um ator de meia-tigela, sem um tostão furado.

— Mas onde é que você está vendo isso, homenzinho? — perguntou a moleira.

— Ora essa! Não é um príncipe nem um ministro, nem um deputado nem um bispo; de onde é que saem aquelas mãos brancas como as de homem que não faz nada?

— Então é muito espantoso que a fome não o acorde — disse a moleira, que acabava de aprontar um almoço para o hóspede que o acaso lhes enviara na véspera. — Um ator? — continuou. — Aonde iria? Ainda não é hora da feira de Angoulême.

Nem o moleiro nem a moleira podiam desconfiar que, além do ator, do príncipe e do bispo, há um homem ao mesmo tempo príncipe e ator, um homem revestido de um magnífico sacerdócio, o Poeta, que parece não fazer nada e no entanto reina sobre a Humanidade quando sabe pintá-la.

— Então quem seria? — perguntou Courtois à mulher.

— Será que é perigoso recebê-lo? — perguntou a moleira.

— Ora essa! Os ladrões são mais espertos que isso, nós já teríamos sido roubados — continuou o moleiro.

* Com estas palavras da moleira se iniciava, na edição original de 1843, o terceiro dos três relatos que compõem *Ilusões perdidas*.

— Eu não sou príncipe, nem ladrão, nem bispo, nem ator — disse tristemente Lucien, que apareceu de repente e na certa tinha ouvido pela janela a conversa da mulher com o marido. — Sou um pobre rapaz cansado, que veio a pé de Paris até aqui. Meu nome é Lucien de Rubempré, e sou filho do senhor Chardon, o antecessor de Postel, farmacêutico de L'Houmeau. Minha irmã casou com David Séchard, o impressor da praça du Mûrier em Angoulême.

— Espere aí! — disse o moleiro. — Esse impressor aí não é o filho do velho espertalhão que explora a propriedade de Marsac?

— Justamente — respondeu Lucien.

— Que pai esquisito, hein? — continuou Courtois. — Dizem que ele faz o filho vender tudo o que tem em casa, e ele mesmo tem para mais de duzentos mil francos de bens, sem contar o cofrinho de barro!

Quando a alma e o corpo se alquebraram numa longa e dolorosa luta, a hora em que as forças foram ultrapassadas é seguida pela morte ou por um aniquilamento parecido com a morte, mas em que as naturezas capazes de resistir recuperam, então, as forças. Lucien, às voltas com uma crise desse tipo, pareceu perto de sucumbir quando soube, embora vagamente, a notícia de uma catástrofe ocorrida com David Séchard, seu cunhado.

— Oh! Minha irmã! — exclamou. — Que fiz eu, meu Deus? Sou um infame!

Depois se deixou cair num banco de madeira, com a palidez e a prostração de um moribundo. A moleira tratou de lhe levar uma jarra de leite que o forçou a beber; mas ele implorou à moleira que o ajudasse a se meter na cama, pedindo desculpa por lhe causar o incômodo de sua morte, pois pensou que seu último instante tinha chegado. Ao perceber o fantasma da morte, esse gracioso poeta foi invadido por ideias religiosas: quis ver o cura, confessar-se e receber os sacramentos. Tais pedidos, exalados pela voz fraca de um rapaz dotado de um semblante encantador e tão bem-apessoado como Lucien, tocaram profundamente a sra. Courtois.

— Mas olhe, homenzinho, então monte a cavalo e vá chamar o senhor Marron, o médico de Marsac; ele verá o que tem este rapaz, que não me parece em boa saúde, e você traga também o padre. Talvez saibam melhor que você que história é essa desse impressor da praça du Mûrier, já que Postel é genro do senhor Marron.

Quando Courtois partiu, a moleira, imbuída como todas as pessoas do campo dessa ideia de que doença exige comida, alimentou Lucien, que se deixou levar, abandonando-se a violentos remorsos que o salvaram do abatimento pela revulsão que essa espécie de tópico moral produz.

O moinho de Courtois ficava a uma légua de Marsac, sede do cantão, a meio caminho entre Mansle e Angoulême; mas o bravo moleiro trouxe tão mais prontamente o médico e o cura de Marsac na medida em que um e outro tinham ouvido falar da ligação de Lucien com a sra. de Bargeton, e que todo o departamento da Charente conversava naquela altura sobre o casamento dessa senhora e de sua volta para Angoulême com o novo prefeito, o conde Sixte du Châtelet. Assim, ao saber que Lucien estava na casa do moleiro, o médico e o padre ficaram loucos de vontade de conhecer as razões que tinham impedido a viúva do sr. de Bargeton de se casar com o jovem poeta com quem fugira, e de saber se ele voltava à sua terra para socorrer o cunhado David Séchard. A curiosidade, a humanidade, tudo se combinava tão bem para levar pronto socorro ao poeta moribundo que, duas horas depois da partida de Courtois, Lucien ouviu sobre a calçamento pedregoso do moinho o barulho de ferragens do velho cabriolé do médico de aldeia. Os senhores Marron logo se apresentaram, pois o médico era sobrinho do cura. Assim, Lucien via naquele momento pessoas tão ligadas ao pai de David Séchard como podem sê-lo vizinhos num pequeno burgo vinícola. Quando o médico observou o moribundo, pegou seu pulso, examinou sua língua, olhou para a moleira rindo.

— Senhora Courtois — disse —, se, como não duvido, tem na adega uma boa garrafa de vinho, e em sua reserva uma boa enguia, sirva-os ao doente, que não tem outra coisa além de uma exaustão; e, feito isso, ele prontamente estará em pé!

— Ah, senhor! — disse Lucien. — Meu mal não está no corpo, mas na alma, e essas boas pessoas me disseram uma palavra que me matou, anunciando-me desastres na casa de minha irmã, a senhora Séchard! Pelo amor de Deus, o senhor que, pelo que diz a senhora Courtois, casou sua filha com Postel, deve saber alguma coisa dos negócios de David Séchard!

— Mas ele deve estar na prisão — respondeu o médico —, o pai dele se recusou a socorrê-lo…

— Na prisão! — continuou Lucien. — E por quê?

— Mas por causa das promissórias vindas de Paris e que na certa ele tinha esquecido, pois é conhecido por não saber muito bem o que faz — respondeu o dr. Marron.

— Deixe-me, por favor, com o senhor padre — disse o poeta, cuja fisionomia se alterou gravemente.

O médico, o moleiro e a mulher saíram. Quando Lucien se viu a sós com o velho padre, exclamou:

— Mereço a morte que sinto chegar, padre, e sou um grande miserável a quem só resta se jogar nos braços da religião. Sou eu, padre, o carrasco de minha irmã e de meu irmão, pois David Séchard é um irmão para mim! Fiz as promissórias que David não pôde pagar… Arruinei-o. Na horrível miséria em que me vi, até ia esquecendo esse crime…

E Lucien contou suas desgraças. Quando acabou esse poema dito em inflamada narração, realmente digna de um poeta, suplicou ao padre que fosse a Angoulême e indagasse com Ève, sua irmã, e com a sra. Chardon, sua mãe, a verdadeira situação da família a fim de saber se ainda poderia remediá-la.

— Até sua volta, padre — disse, chorando aos prantos —, conseguirei viver. Se minha mãe, se minha irmã, se David não me rejeitarem, não morrerei!

A eloquência febril do parisiense, as lágrimas daquele arrependimento assustador, aquele belo rapaz pálido e quase morrendo de desespero, o relato de infortúnios que ultrapassavam as forças humanas, tudo excitou a piedade, o interesse do padre.

— Na província como em Paris, senhor — ele lhe respondeu —, só se deve crer na metade do que se diz; não se apavore com um rumor que, a três léguas de Angoulême, deve estar todo errado. O velho Séchard, nosso vizinho, saiu de Marsac há uns dias; portanto, provavelmente está cuidando de pacificar os negócios do filho. Vou a Angoulême e voltarei para lhe dizer se pode regressar para sua família, junto à qual suas confissões e seu arrependimento me ajudarão a defender sua causa.

O cura não sabia que, fazia dezoito meses, Lucien tinha se arrependido tantas vezes, que seu arrependimento, por mais violento que fosse, não tinha outro valor além do de uma cena perfeitamente representada e de novo representada, de boa-fé! Ao cura sucedeu o médico. Identificando no doente uma crise nervosa que começava a amainar, o sobrinho foi de um consolo tão grande quanto tinha sido o tio, e acabou por decidir seu doente a se alimentar.

2

O COICE DO JUMENTO

O cura, que conhecia a terra e seus costumes, chegara a Mansle, onde a diligência de Ruffec para Angoulême não devia demorar a passar, e na qual ele conseguiria um lugar. O velho padre contava pedir informações sobre David Séchard a seu sobrinho-neto Postel, o farmacêutico de L'Houmeau, antigo rival do impressor junto à bela Ève. Ao ver as precauções que o pequeno farmacêutico tomou para ajudar o velhote a descer do horrendo patacho que na época fazia o trajeto de Ruffec a Angoulême, o espectador mais obtuso teria adivinhado que o sr. e a sra. Postel hipotecavam seu bem-estar com a herança do tio.

— Já almoçou? Quer alguma coisa? Não o esperávamos, e estamos agradavelmente surpresos...

Foram mil perguntas ao mesmo tempo. A sra. Postel estava bem predestinada a se tornar a mulher de um farmacêutico de L'Houmeau. Do mesmo tamanho que o pequeno Postel, tinha o rosto vermelho de moça criada no campo; seu aspecto era banal, e toda a sua beleza consistia num grande viço. A cabeleira ruiva, implantada muito baixo na fronte, suas maneiras e a linguagem apropriada à simplicidade gravada nas feições de um rosto redondo, olhos quase amarelos, tudo nela dizia que a tinham casado pelas esperanças de conseguir uma fortuna. Assim, depois de um ano de casamento, ela já mandava, e parecia ter se tornado inteiramente dona de Postel, feliz demais por ter encontrado essa herdeira. A sra. Léonie Postel, nascida Marron, criava um filho que era o xodó do velho cura, do médico e de Postel, uma criança terrível que se parecia com o pai e a mãe.

— Pois então, meu tio! O que vem mesmo fazer em Angoulême — perguntou Léonie —, já que não quer tomar nada e que fala em ir embora tão mal chegou?

Assim que o digno eclesiástico pronunciou o nome de Ève e de David Séchard, Postel enrubesceu e Léonie jogou para cima do homenzinho esse olhar obrigatório de ciúme que uma mulher inteiramente dona do marido jamais deixa de expressar diante do passado, no interesse de seu futuro.

— Mas o que foi que eles lhe fizeram, essa gente de lá, meu tio, para que o senhor se meta nos negócios deles? — perguntou Léonie com visível acrimônia.

— Eles estão infelizes, minha filha — respondeu o cura, que pintou para Postel o estado de Lucien na casa dos Courtois.

— Ah! Eis em que situação ele volta de Paris — exclamou Postel. — Pobre menino! No entanto, tinha inteligência e era ambicioso! Foi buscar lã e saiu tosquiado. Mas o que vem fazer aqui? A irmã está na mais terrível miséria, pois todos esses gênios, tanto esse David como Lucien, essa gente aí não conhece nada de comércio. Nós falamos dele no Tribunal, e como juiz eu tive de assinar o julgamento dele!... Isso me fez um mal! Não sei se Lucien poderá, nas circunstâncias atuais, ir à casa da irmã; mas em todo caso o quartinho que ocupava aqui está livre, e eu o ofereço de bom grado.

— Bem, Postel — disse o padre, enfiando o tricórnio e se preparando para ir embora da botica depois de ter beijado a criança que dormia no colo de Léonie.

— Certamente o senhor jantará conosco, meu tio — disse a sra. Postel —, pois não terá terminado tão cedo se quiser desenrolar os negócios dessa gente aí. Meu marido o levará de volta na carriola dele, com seu cavalinho.

O casal olhou para o precioso tio-avô indo embora para Angoulême.

— Ele está mesmo muito bem para a idade — disse o farmacêutico.

Enquanto o venerável septuagenário sobe as colinas de Angoulême, não é inútil explicar em que cipoal de interesses ele ia pôr o pé.

HISTÓRIA DE UMA AÇÃO JUDICIAL

3

O PROBLEMA A RESOLVER

Depois da partida de Lucien, David Séchard, corajoso e inteligente como aquele boi que os pintores dão como companheiro ao evangelista, só teve uma ideia, a de fazer uma grande e rápida fortuna, menos para ele que para Ève e Lucien, quando uma noite, à beira do Charente, sentado com Ève na Barragem, ela lhe deu a mão e seu coração. Pôr sua mulher na esfera de elegância e riqueza em que ela devia viver, sustentar com seu braço poderoso a ambição do cunhado, foi esse o programa escrito em letras de fogo diante de seus olhos. Os jornais, a política, o imenso desenvolvimento dos livreiros e da literatura, o das ciências, a tendência para uma discussão pública de todos os interesses do país, todo o movimento social que se declarou quando a Restauração pareceu assentada, tudo isso exigia uma produção de papel quase dez vezes maior, comparada com a quantidade que serviu para a especulação do famoso Ouvrard no começo da Revolução, guiado por motivos semelhantes. Mas em 1822 os fabricantes de papel eram numerosos demais na França para que fosse possível alguém esperar se tornar seu dono exclusivo, como fez Ouvrard, que se apossou das principais fábricas depois de ter monopolizado seus produtos.* David

* O financista Gabriel-Julien Ouvrard (1770-1846), fornecedor das forças armadas na Revolução, no Império e na Restauração, fez fortuna comprando toda a produção de papel de Angoulême por dois anos, e depois a revendendo às livrarias de Paris.

não tinha, aliás, nem a audácia nem os capitais necessários para especulações desse tipo. Ora, naquele momento a máquina de fazer papel contínuo começava a funcionar na Inglaterra. Assim, nada mais necessário que adaptar a indústria do papel às necessidades da civilização francesa, que ameaçava estender as discussões a qualquer assunto e assentar-se na eterna manifestação do pensamento individual, uma verdadeira desgraça, pois os povos que deliberam agem muito pouco. Coisa estranha, enquanto Lucien entrava nas engrenagens da imensa máquina do jornalismo, arriscando-se a ali deixar em frangalhos sua honra e sua inteligência, David Séchard, do fundo de sua tipografia, estudava o movimento da imprensa periódica em suas consequências materiais. Queria pôr os meios em harmonia com a situação para a qual tendia o espírito do século. Aliás, estava tão certo em buscar fortuna na fabricação do papel barato que os acontecimentos justificaram sua previsão. Naqueles últimos quinze anos, a repartição encarregada dos pedidos de patentes de invenção recebeu mais de cem requerimentos com pretensas descobertas de substâncias a introduzir na fabricação do papel. Portanto, certo da utilidade dessa descoberta, o dedicado rapaz, sem alarde mas com imenso proveito, enfrentou, depois da partida do cunhado para Paris, a constante preocupação que esse problema devia causar em quem quisesse resolvê-lo. Como esgotara todos os seus recursos para se casar e para arcar com as despesas da viagem de Lucien a Paris, viu-se no início de seu casamento na mais profunda miséria. Guardara mil francos para as necessidades da tipografia e devia uma letra de quantia semelhante a Postel, o farmacêutico. Assim, para esse pensador profundo, o problema foi duplo: precisava inventar, e inventar prontamente; precisava, enfim, adaptar os proveitos da descoberta às necessidades de seu lar e de seu comércio. Ora, qual epíteto se pode dar ao cérebro capaz de sacudir as preocupações cruéis causadas tanto por uma indigência a esconder como pelo espetáculo de uma família sem pão, e pelas exigências cotidianas de uma profissão tão meticulosa como a de tipógrafo?

E, ao mesmo tempo, um cérebro que percorre os domínios do desconhecido com o ardor e a embriaguez do cientista à procura de um segredo que dia após dia escapa às mais sutis pesquisas? Infelizmente, como há de se ver, os inventores ainda têm outros males a suportar, sem contar a ingratidão das massas, a quem os desocupados e os incapazes dizem de um homem de gênio: "Ele tinha nascido para se tornar inventor, não podia fazer outra coisa. Não se deve agradecer-lhe sua descoberta mais do que se agradece a um homem o fato de ter nascido príncipe! Ele exerce faculdades naturais! E, aliás, encontrou sua recompensa no próprio trabalho".

4

UMA MULHER CORAJOSA

O casamento provoca numa moça profundas perturbações morais e físicas, mas quando se casa de acordo com as condições burguesas da classe média ela deve, além do mais, estudar novos interesses e se iniciar nos negócios; daí se abrir para ela uma fase em que necessariamente fica em observação, sem agir. O amor de David por sua esposa atrasou, infelizmente, sua educação, ele não ousou lhe contar o estado das coisas, nem no dia seguinte às núpcias nem nos tempos que se seguiram. Apesar da profunda miséria a que o condenava a avareza de seu pai, o pobre impressor não conseguiu se decidir a estragar a lua de mel com o triste aprendizado de sua laboriosa profissão e com os ensinamentos indispensáveis à mulher de um comerciante. Portanto, os mil francos, único capital, foram devorados mais pelo lar que pela oficina. A despreocupação de David e a ignorância da mulher duraram quatro meses! O despertar foi terrível. No vencimento da promissória subscrita por David a Postel, o casal ficou sem dinheiro e o motivo dessa dívida era bastante conhecido de Ève para que ela sacrificasse ao pagamento tanto suas joias de casada como sua prataria. Na mesma noite do pagamento daquele título, Ève fez David conversar sobre seus negócios, pois tinha observado que ele se ocupava de coisas muito diferentes da tipografia. De fato, desde o segundo mês do casamento David passou quase o tempo todo sob o telheiro que havia no fundo do pátio, num cubículo que lhe servia para fundir os rolos. Três meses depois de sua chegada a Angoulême, ele substituíra as bonecas com que molhava de tinta os caracteres pelo tinteiro de mesa e de cilindro, em que a tinta se espalha e se distribui por meio de rolos feitos de cola forte e melaço. Esse primeiro aperfeiçoamento da tipografia foi tão incontestável que, logo depois de ter visto seu resultado, os irmãos Cointet o adotaram. David encostara na parede divisória daquela espécie de cozinha um forno de caldeira de cobre, com a desculpa de gastar menos carvão para refundir os rolos, cujos moldes enferrujados ficavam guardados ao longo da parede e que ele não refundiu nem duas vezes. Não só pôs naquele cômodo uma sólida porta de carvalho, forrada por dentro com uma folha de ferro, como também substituiu as vidraças sujas da janela, de onde vinha a luz, por outras de vidro canelado, para impedir que se visse de fora o objeto de suas ocupações. À primeira palavra que Ève disse a David a respeito do futuro de ambos, ele olhou para ela de um jeito inquieto e a interrompeu com estas palavras:

— Minha filha, sei tudo o que deve inspirá-la a visão de uma oficina deserta e essa espécie de aniquilamento comercial em que fico; mas, veja bem — prosseguiu, levando-a à janela de seu quarto e lhe mostrando o reduto misterioso —, nossa fortuna está ali... Teremos de sofrer ainda alguns meses, mas soframos com paciência e me deixe resolver um problema industrial que acabará com todas as nossas misérias, que você bem conhece.

David era tão bom, sua dedicação devia ser tão bem aceita, só sob sua palavra, que a pobre mulher, preocupada como todas as mulheres com a despesa diária, deu-se como tarefa salvar o marido dos aborrecimentos do lar. Portanto, saiu do lindo quarto azul e branco onde se contentava em fazer trabalhos manuais femininos, conversando com sua mãe, e desceu para um dos dois cubículos de madeira que ficavam no fundo da oficina a fim de estudar o mecanismo comercial da tipografia. Não era isso heroísmo para uma mulher já grávida? Durante esses três meses a inerte tipografia de David fora desertada pelos operários até então necessários aos serviços, e que foram indo embora, um a um. Sobrecarregados de trabalho, os irmãos Cointet empregavam não só os operários do departamento da Charente, atraídos pela perspectiva de fazerem boas diárias, como também alguns de Bordeaux, de onde vinham sobretudo os aprendizes que se julgavam bastante hábeis para escapar às condições do aprendizado. Ao examinar os recursos à disposição da tipografia Séchard, Ève não encontrou mais que três pessoas. Primeiro, Cérizet, esse aprendiz que David trouxera de Paris com ele; depois, Marion, apegada à casa como um cão de guarda; por fim, Kolb, um alsaciano, outrora carregador com os senhores Didot. Agarrado pelo serviço militar, Kolb se viu por acaso em Angoulême, onde David o conheceu durante uma parada, quando seu tempo de serviço se concluía. Kolb foi ver David e se enrabichou pela gorda Marion, descobrindo nela todas as qualidades que um homem de sua classe pede a uma mulher: essa saúde vigorosa que dá brilho às faces, essa força masculina que permitia a Marion levantar uma *fôrma de tipos* com facilidade, essa probidade religiosa à qual os alsacianos se apegam, essa dedicação aos patrões que revela um bom caráter, e por fim essas economias com as quais ela conseguira comprar roupa branca, vestidos e pertences de uma limpeza digna da província, e ainda tendo guardada uma reservazinha de mil francos. Marion, gorda e grande, com trinta e seis anos, bastante lisonjeada ao ser alvo das atenções de um couraceiro de cinco pés e sete polegadas de altura,* boa constituição, forte como um bastião, lhe sugeriu, naturalmente, a ideia de se tornar impressor. Quando o alsaciano recebeu sua baixa definitiva, Marion e David tinham feito dele um *urso* um bocado eminente, que no entanto não sabia ler nem escrever.

A composição dos trabalhos chamados *da cidade* não foi tão abundante nesse trimestre a ponto de Cérizet não ser o suficiente. A um só tempo compositor, diagramador

* 1,81 metro.

e chefe de oficina, Cérizet realizava o que Kant chama de uma triplicidade fenomenal: compunha, corrigia a composição, registrava os pedidos e fazia as faturas; mas, no mais das vezes, lia romances em seu cubículo no fundo da oficina, esperando a encomenda de um cartaz ou de uma *participação*. Marion, que tinha sido formada por Séchard pai, preparava o papel, o molhava, ajudava Kolb a imprimi-lo, o esticava, o aparava, e além de tudo isso ainda cozinhava, indo ao mercado de manhã cedinho.

Quando Ève fez Cérizet prestar contas desse primeiro trimestre, viu que a receita era de oitocentos francos. À razão de três francos por dia para Cérizet e Kolb, que recebiam diárias, o primeiro dois francos, o segundo um franco, a despesa se elevava a seiscentos francos. Ora, como o preço do material exigido pelos trabalhos executados e entregues chegava a cento e poucos francos, ficou claro para Ève que nos seis primeiros meses de seu casamento David perdera os aluguéis, os juros dos capitais representados pelo valor do material e de sua licença, os ordenados de Marion, a tinta, e por fim os lucros que um impressor deve ter: esse mundo de coisas expressas, em linguagem de tipografia, pela palavra *almofadas*, termo derivado das lãs e das sedas empregadas para amortecer a pressão do parafuso sobre os caracteres, pela interposição de um retângulo de pano (a branqueta) entre a chapa da prensa e o papel que recebe a impressão. Depois de ter entendido por alto os métodos da tipografia e seus resultados, Ève pressentiu quão poucos recursos oferecia aquela oficina que definhara por conta da atividade devoradora dos irmãos Cointet, a um só tempo fabricantes de papel, jornalistas, impressores, licenciados pelo Bispado, fornecedores da Prefeitura e do departamento. O jornal que, dois anos antes, os Séchard pai e filho tinham vendido por vinte e dois mil francos, rendia agora dezoito mil francos por ano. Ève adivinhou os cálculos ocultos sob a aparente generosidade dos irmãos Cointet, que deixavam à tipografia Séchard trabalho suficiente para subsistir, mas insuficiente para que lhes fizesse concorrência. Ao assumir a direção dos negócios, começou por fazer um inventário completo de todos os bens. Pôs Kolb, Marion e Cérizet para arrumarem a oficina, limpá-la e deixar tudo em ordem. Depois, numa noite em que David voltava de uma excursão pelos campos, seguido por uma velha que lhe carregava um enorme pacote enrolado em panos, Ève lhe pediu conselhos para tirar partido das sobras que lhes deixara Séchard pai, prometendo ao marido dirigir sozinha os negócios. Seguindo a sugestão de David, a sra. Séchard classificou por espécies todas as sobras de papel que encontrou e as empregou para imprimir em duas colunas e numa só folha essas lendas populares coloridas que os camponeses colam nas paredes de suas choupanas: a história do Judeu Errante, a de Roberto, o Diabo, a da Bela Maguelona, o relato de alguns milagres. Ève fez de Kolb um vendedor ambulante. Cérizet não perdeu nem um instante, de manhã à noite compôs essas páginas ingênuas com seus grosseiros ornamentos. Para fazer a tiragem, bastava Marion. A sra. Chardon se encarregou de todos os afazeres domésticos, pois Ève coloria as gravuras. Em dois meses, graças à atividade de Kolb e à sua probidade, a sra. Séchard vendeu, a doze léguas ao redor de Angoulême, três mil folhas, que lhe custaram trinta francos para fabricar e lhe renderam, à razão de dois vinténs por peça, trezentos francos. Mas, quando todas as choupanas e as bibocas ficaram cobertas por essas lendas, foi preciso pensar em outra especulação, pois o alsaciano não podia viajar além do departamento. Ève, que remexia em tudo dentro da tipografia, encontrou a coleção de figuras necessárias à impressão de um almanaque, chamado *dos Pastores*, em que as coisas são representadas por sinais, imagens, gravuras em vermelho, preto ou azul. O velho Séchard, que não sabia ler nem escrever, outrora ganhara muito dinheiro imprimindo esse livro destinado aos que não sabem ler. O almanaque, que é vendido por um vintém, consiste numa folha dobrada sessenta e quatro vezes, o que constitui um in-64 de cento e vinte e oito páginas. Toda feliz com o êxito de suas folhas avulsas, indústria à qual se dedicam sobretudo as pequenas tipografias de província, a sra. Séchard se lançou em grande escala no *Almanaque dos Pastores*, a isso dedicando seus lucros. O papel do *Almanaque dos Pastores*, do qual se vendem anualmente na França vários milhões de exemplares, é mais grosseiro que o do *Almanaque Liégeois*, e custa cerca de quatro francos a resma. Portanto, impressa, essa resma de quinhentas folhas se vende, à razão de um vintém a folha, por vinte e cinco francos. A sra. Séchard resolveu usar cem resmas para uma primeira tiragem, o que perfazia cinquenta mil almanaques para vender e dois mil francos de lucro para recolher.

Embora distraído como deve ser um homem tão profundamente ocupado, David ficou surpreso, ao dar uma olhada na oficina, quando ouviu um prelo roncar e viu Cérizet sempre em pé, compondo sob a direção da sra. Séchard. No dia em que David entrou ali para vigiar as operações feitas por Ève, para ela foi um belo triunfo a aprovação do marido, que achou excelente o negócio do almanaque. Assim, David prometeu dar conselhos para o emprego das tintas de diversas cores exigidas pelas configurações desse almanaque, no qual tudo fala aos olhos. Por fim, quis refundir ele mesmo os rolos dentro de sua misteriosa oficina para ajudar, tanto quanto possível, a mulher nessa grande pequena empreitada.

Em meio a essa atividade febril, chegaram as cartas desoladoras em que Lucien informava à mãe, à irmã e ao cunhado seu insucesso e sua miséria em Paris. Então, deve-se compreender que, ao enviar àquela criança mimada trezentos francos, Ève, a sra. Chardon e David tinham oferecido ao poeta, cada um de seu lado, o mais puro de seu sangue. Arrasada com essas notícias e desesperada por ganhar tão pouco trabalhando com tanta coragem, Ève acolheu, não sem espanto, o acontecimento que leva ao auge a alegria dos jovens casais. Vendo-se prestes a ser mãe, pensou: "Se meu querido David não alcançar o objetivo de suas pesquisas no momento de meu parto, o que será de nós?... E quem dirigirá os negócios nascentes de nossa pobre tipografia?".

5

UM JUDAS EM GESTAÇÃO

O *Almanaque dos Pastores* devia estar pronto bem antes de 1º de janeiro; ora, Cérizet, a quem cabia toda a composição, trabalhava com uma lentidão desesperadora, mais ainda porque a sra. Séchard não conhecia tipografia o suficiente para repreendê-lo. Contentou-se em observar aquele jovem parisiense. Órfão do grande asilo das Crianças Enjeitadas de Paris, Cérizet tinha sido enviado aos srs. Didot como aprendiz. Dos catorze aos dezessete anos, foi o Seid de Séchard,* que o pôs sob a direção de um dos operários mais hábeis e fez dele seu garoto, seu pajem tipográfico; pois David se interessou naturalmente por Cérizet ao descobrir sua inteligência e conquistou seu afeto ao lhe proporcionar certos prazeres e doçuras que sua indigência lhe proibia. Dotado de um rostinho miúdo bem bonitinho, cabeleira ruiva, olhos de um azul turvo, Cérizet importou os costumes do garoto de Paris para a capital do Angoumois. Seu espírito vivo e zombeteiro e sua maldade o tornaram temível. Menos vigiado por David em Angoulême, fosse porque, mais crescido, inspirava mais confiança a seu mentor, fosse porque o impressor contava com a influência da província, Cérizet se tornou, sem que seu tutor soubesse, o don Juan de boné de três ou quatro operariazinhas e se depravou por completo. Sua moral, filha dos cabarés parisienses, passou a ter como única lei o interesse pessoal. Aliás,

* Seid, escravo liberto, foi o dedicado companheiro de Maomé.

Cérizet, que segundo a expressão popular devia no ano seguinte *ser sorteado para servir exército*, não pôde fazer uma carreira; assim, contraiu dívidas pensando que dali a seis meses se tornaria soldado e que então nenhum credor poderia correr atrás dele. David mantinha certa autoridade sobre esse garoto, não por causa de seu título de mestre, não por ter se interessado por ele, mas porque o ex-garoto de Paris reconhecia em David uma alta inteligência. Cérizet logo confraternizaria com os operários dos Cointet, atraído pelo poder do jaleco, do avental, em suma, pelo espírito de corporação, talvez mais influente nas classes inferiores que nas classes superiores. Nesse convívio Cérizet perdeu o pouco das boas doutrinas que David lhe inculcara; no entanto, quando brincavam com ele a respeito dos *tamancos* de sua oficina, termo pejorativo dado pelos ursos às velhas prensas de Séchard, e lhe mostravam as magníficas prensas de ferro, doze ao todo, que funcionavam na imensa oficina dos Cointet, onde a única prensa de madeira existente servia para fazer provas, ele ainda tomava o partido de David e, cheio de orgulho, soltava estas palavras na cara dos galhofeiros:

— Com os tamancos meu patrão irá mais longe que os de vocês com suas geringonças de ferro de que só saem missais! Ele anda à cata de um segredo que vai dar uma rasteira em todas as tipografias da França e de Navarra!...

— Enquanto isso, seu tipógrafo de araque a quarenta vinténs, você tem como patroa uma engomadeira! — respondiam-lhe.

— Ora, ela é bonita — retrucava Cérizet —, e é mais agradável vê-la do que ver as fuças dos patrões de vocês.

— E olhar para sua patroa o alimenta?

Do círculo das tabernas ou da porta da tipografia onde essas disputas amicais aconteciam, alguns ecos chegaram aos irmãos Cointet sobre a situação da tipografia Séchard; souberam da especulação tentada por Ève e julgaram necessário sustar a expansão de uma empreitada que podia pôr a pobre mulher no caminho da prosperidade.

— Vamos bater nos dedos dela a fim de que perca o gosto por esse comércio — disseram os dois irmãos.

O Cointet que dirigia a tipografia encontrou Cérizet e lhe propôs ler provas para eles, a tanto por página, para aliviar o revisor que não dava conta da leitura das obras. Trabalhando algumas horas à noite, Cérizet ganhou mais com os irmãos Cointet do que com David Séchard durante o dia. Daí nasceu um certo relacionamento entre os Cointet e Cérizet, em quem reconheceram grandes qualidades, lamentando porém que estivesse em situação tão desfavorável para seus próprios interesses.

— Você poderia — disse-lhe certo dia um dos Cointet — se tornar chefe de uma tipografia importante, onde ganharia seis francos por dia, e com sua inteligência chegaria a se interessar um dia pelos negócios.

— E de que pode me servir ser chefe de oficina? — respondeu Cérizet. — Sou órfão, faço parte do contingente do ano que vem, e, se for sorteado, quem me pagará um homem para me substituir?*...

— Se você for útil — respondeu o rico impressor —, por que não lhe adiantariam a quantia necessária para sua liberação?

— Não haverá de ser meu patrão! — disse Cérizet.

— Ora! Talvez ele já tenha encontrado o segredo que está procurando...

Essa frase foi dita de modo a despertar os piores pensamentos em quem a escutava; assim, Cérizet lançou ao fabricante de papel um olhar que valia a interrogação mais penetrante.

— Não sei do que ele se ocupa — respondeu prudentemente, vendo que o patrão continuava mudo —, mas não é homem de catar letras maiúsculas na caixa em que estão as minúsculas!

* O jovem sorteado para servir o exército, então por um período de cinco anos, podia indicar um substituto, a quem pagava; havia escritórios que se encarregavam disso, mediante comissão.

— Tome, meu amigo — disse o impressor pegando seis folhas do *Livro do Paroquiano* da Diocese e as entregando a Cérizet —, se puder nos corrigir isto para amanhã, receberá amanhã mesmo dezoito francos. Não somos malvados, fazemos o tipógrafo de nosso concorrente ganhar dinheiro! Em suma, poderíamos deixar a senhora Séchard se meter no negócio do *Almanaque dos Pastores* e arruiná-la; pois bem, permitimos que você lhe diga que resolvemos publicar um *Almanaque dos Pastores* e avise a ela que não será a primeira a chegar ao mercado...

Agora é possível entender por que Cérizet andava tão devagar na composição do almanaque. Ao saber que os Cointet atrapalhavam sua pobre especulaçãozinha, Ève ficou apavorada e quis ver uma prova de afeição no comunicado feito um tanto hipocritamente por Cérizet sobre a concorrência que a aguardava; mas logo flagrou em seu único compositor certos indícios de uma curiosidade viva demais, que preferiu atribuir à sua idade.

— Cérizet — disse-lhe certa manhã —, você se põe na soleira da porta e espera o senhor Séchard quando ele passa a fim de examinar o que esconde, você olha para o pátio quando ele sai da oficina de fundir os rolos, em vez de acabar a composição do nosso almanaque. Tudo isso está errado, mais ainda quando me vê, a mim, mulher dele, respeitando os segredos dele e tendo tanto trabalho para lhe deixar a liberdade de se dedicar a seus afazeres. Se você não tivesse perdido tanto tempo, o almanaque estaria pronto, Kolb já o estaria vendendo, os Cointet não poderiam nos causar nenhum dano.

— Ei, senhora — respondeu Cérizet —, pelos quarenta vinténs por dia que eu ganho aqui, acha que não é suficiente lhe fazer cem vinténs de composição? Mas, se eu não tivesse as provas dos irmãos Cointet para ler, estaria vivendo de brisa!

— Você já é ingrato muito moço, vai subir na vida — respondeu Ève, atingida no coração menos pelas críticas de Cérizet que pela grosseria do tom, pela atitude ameaçadora e pela agressão de seus olhares.

— Não há de ser com uma mulher como patrão, pois nesse caso nem sempre o mês tem trinta dias.

Sentindo-se ferida em sua dignidade de mulher, Ève lançou para Cérizet um olhar fulminante e subiu para seus aposentos. Quando David chegou para jantar, ela lhe disse:

— Você tem confiança, meu marido, nesse espertinho do Cérizet?

— Cérizet? — ele perguntou. — Ora, é meu pupilo, eu o formei, tive-o como ajudante de revisão, botei-o nas caixas da composição, em suma, ele me deve tudo o que é! É o mesmo que perguntar a um pai se confia no filho...

Ève contou ao marido que Cérizet lia provas para os Cointet.

— Pobre menino! Precisa viver — David respondeu com a humildade de um patrão que se sente em falta.

— Sim, meu marido, mas eis a diferença que existe entre Kolb e Cérizet: Kolb anda vinte léguas todos os dias, gasta quinze ou vinte vinténs, traz-nos sete, oito, às vezes nove francos de folhas vendidas, e só me pede seus vinte vinténs, além das despesas. Kolb cortaria a mão antes de puxar a barra de uma prensa dos Cointet; e não ficaria de olho nas coisas que você joga no pátio nem se lhe oferecessem mil escudos, ao passo que Cérizet as apanha e as examina.

Dificilmente as belas almas chegam a acreditar no mal, na ingratidão, precisam de duras lições até admitir a extensão da corrupção humana; depois, quando sua educação nesse gênero está feita, elevam-se a uma indulgência que é o grau máximo do desprezo.

— Ora! Mera curiosidade de um garoto de Paris! — exclamou David.

— Pois bem, meu marido, dê-me o prazer de descer à oficina, examinar o que seu garoto compôs neste último mês e me dizer se durante esse mês não deveria ter acabado nosso almanaque...

Depois do jantar, David reconheceu que o *Almanaque* deveria ter sido composto em uma semana; então, ao saber que os Cointet preparavam um semelhante, foi ajudar sua mulher; mandou Kolb interromper a venda das folhas de imagens e dirigiu tudo dentro da oficina; pôs ele mesmo para rodar uma fôrma que Kolb tirou com Marion, enquanto ele mesmo tirou a outra com Cérizet, vigiando as impressões das tintas de diversas cores. Cada cor exige uma impressão separada. Quatro tintas diferentes requerem, portanto, quatro passagens pelo prelo. Impresso quatro vezes para uma só tiragem, o *Almanaque dos Pastores* custa tanto para ser feito que se fabrica exclusivamente nas oficinas de província, onde a mão de obra e os juros do capital investido na tipografia são quase nulos. Portanto, esse produto, por mais grosseiro que seja, é proibido para as tipografias de onde saem as belas obras. Pela primeira vez desde a aposentadoria do velho Séchard, viram-se então duas prensas rodando naquela velha oficina. Embora o almanaque tenha ficado, em seu gênero, uma obra-prima, Ève foi obrigada, porém, a vendê-lo por dois centavos, já que os irmãos Cointet entregaram o deles aos vendedores por três centavos; ela cobriu as despesas com os vendedores, ganhou nas vendas feitas diretamente por Kolb, mas seu negócio malogrou. Ao se ver transformado em alvo da desconfiança de sua bela patroa, Cérizet se pôs em seu foro íntimo como adversário e pensou: "Você desconfia de mim, vou me vingar!". Os garotos de Paris são assim. Portanto, Cérizet aceitou dos irmãos Cointet emolumentos evidentemente muito altos pela leitura das provas, que ele ia buscar no escritório deles toda noite e entregava toda manhã. Conversando diariamente cada vez mais, familiarizou-se com eles e acabou percebendo uma possibilidade, que eles lhe apresentavam como uma isca, de se livrar do serviço. Longe de terem de corrompê-lo, os Cointet ouviram dele as primeiras palavras relativas à espionagem e à exploração do segredo que David buscava. Inquieta ao ver como devia contar pouco para Cérizet, e na impossibilidade de encontrar um outro Kolb, Ève decidiu despedir o único compositor, em quem seu sexto sentido de mulher apaixonada viu um traidor; mas, como isso era a morte da tipografia, tomou uma decisão viril: pediu ao sr. Métivier, correspondente de David Séchard, dos Cointet e de quase todos os fabricantes de papel do departamento, para inserir no *Journal de la Librairie*, em Paris, o seguinte anúncio: "À venda uma tipografia em plena atividade, material e licença, situada em Angoulême. Dirigir-se, para as condições, ao sr. Métivier, na rua Serpente".

6

OS DOIS COINTET

Depois de ler o número do jornal em que estava esse anúncio, os Cointet pensaram: “Essa mulherzinha tem tino, é hora de nos tornarmos donos de sua tipografia lhe dando com o que viver; do contrário poderemos encontrar um adversário no sucessor de David, e nosso interesse é sempre ficar de olho naquela oficina”.

Movidos por esse pensamento, os irmãos Cointet foram falar com David Séchard. Ève, a quem os dois irmãos se dirigiram, sentiu a mais profunda alegria ao ver o rápido efeito de sua astúcia, pois não lhe esconderam a ideia de propor ao sr. Séchard que fizesse impressões por conta deles: estavam abarrotados de trabalho, suas prensas não eram suficientes para os serviços, tinham pedido operários a Bordeaux e se julgavam capazes de ocupar as três prensas de David.

— Senhores — ela disse aos dois irmãos Cointet enquanto Cérizet ia avisar David da visita dos colegas —, meu marido conheceu com os senhores Didot excelentes operários probos e ativos, provavelmente escolherá um sucessor entre os melhores... Não seria preferível vender o estabelecimento por uns vinte mil francos, que nos darão mil francos de renda, a que perder mil francos por ano com esse negócio que os senhores nos obrigam a fazer? Por que invejaram a pobre especulaçãozinha do nosso *Almanaque*, que aliás pertencia a esta tipografia?

— Ora, senhora! Por que não ter nos prevenido? Não

teríamos ido lhe fazer concorrência — disse graciosamente o irmão que era chamado de Cointet alto.

— Pois sim! Os senhores só começaram seu almanaque depois de saber por Cérizet que eu estava fazendo o meu.

Ao dizer prontamente essas palavras, olhou para aquele que chamavam de Cointet alto e o fez baixar os olhos. Conseguiu assim a prova da traição de Cérizet.

Esse Cointet, diretor da fábrica de papel e dos negócios, era muito mais hábil comerciante que o irmão Jean, que aliás dirigia a tipografia com grande talento mas cuja capacidade podia se comparar com a de um coronel, ao passo que Boniface era um general a quem Jean deixava a chefia do comando. Boniface, homem seco e magro, de rosto amarelo como um círio e jaspeado de placas vermelhas, boca apertada e olhos que lembravam os dos gatos, nunca se exaltava; ouvia com a calma de um devoto as mais baixas injúrias e respondia com voz suave. Ia à missa, confessava e comungava. Escondia, sob seus modos dissimulados, sob uma aparência quase mole, a tenacidade, a ambição de um padre e a avidez do negociante devorado pela sede das riquezas e das honrarias. Desde 1820 o Cointet alto queria tudo o que a burguesia acabou por obter na revolução de 1830. Cheio de ódio contra a aristocracia, indiferente em matéria de religião, era devoto assim como Bonaparte foi *montagnard*.* Sua espinha dorsal se dobrava com maravilhosa flexibilidade diante da Nobreza e da Administração, com as quais passava a ser pequeno, humilde e condescendente. Enfim, para pintar esse homem com um traço cujo valor será bem apreciado pelas pessoas acostumadas a tratar de negócios, ele usava óculos de lentes azuis com os quais escondia o olhar, a pretexto de preservar a vista contra a ofuscante reverberação da luz

* Segundo Balzac, o envolvimento do jovem Napoleão com o grupo da "Montagne" (os extremistas da Convenção, cujas cadeiras ficavam nas filas mais altas do plenário da assembleia) foi o de um oportunista.

numa cidade em que a terra e as construções são brancas e a grande altitude intensifica a claridade do sol. Embora sua estatura fosse apenas um pouco acima da média, parecia alto por causa da magreza, que anunciava uma natureza prostrada pelo trabalho, um pensamento em contínua fermentação. Sua fisionomia jesuítica era completada por uma cabeleira achatada, grisalha, comprida, cortada ao jeito dos eclesiásticos, e por sua roupa que, fazia sete anos, se compunha de calças pretas, meias pretas, colete preto e um *levita* (o nome meridional da sobrecasaca) de lã marrom. Chamavam-no de Cointet alto para diferenciá-lo do irmão, a quem chamavam de Cointet gordo, expressando assim o contraste que havia tanto entre o aspecto físico como entre as capacidades dos dois irmãos, por sinal igualmente temíveis. Na verdade, Jean Cointet, rapaz gordo e bonachão de bochechas flamengas, queimadas pelo sol do Angoumois, baixo e parrudo, pançudo como Sancho, sorriso nos lábios, ombros largos, criava uma oposição chocante com o irmão mais velho. Jean não se diferenciava do irmão só na fisionomia e na inteligência, mas professava opiniões quase liberais, era *Centro-Esquerda*, só ia à missa nos domingos e se entendia maravilhosamente bem com os comerciantes liberais. Alguns negociantes de L'Houmeau pretendiam que essa divergência de opiniões fosse um jogo armado pelos dois irmãos. O Cointet alto explorava com habilidade a aparente bonomia do irmão e se servia de Jean como de um porrete. Jean se encarregava das palavras duras, das execuções que a mansuetude do irmão repugnava. Jean ficava com o departamento das cóleras, se exaltava, deixava escapar propostas inaceitáveis, que tornavam as de seu irmão mais suaves; e assim, mais cedo ou mais tarde chegavam a seus fins.

Ève, com o tato peculiar às mulheres, logo adivinhou o caráter dos dois irmãos; portanto, ficou de pé atrás na presença de adversários tão perigosos. David, já inteirado pela mulher, escutou com ar profundamente distraído as propostas de seus inimigos.

— Entendam-se com minha mulher — disse aos dois Cointet ao sair do escritório envidraçado para voltar a seu pequeno laboratório —, ela está mais informada de minha tipografia do que eu mesmo. Estou cuidando de um negócio que será mais lucrativo do que este pobre estabelecimento e graças ao qual recuperarei os prejuízos que tive com os senhores...

— E como? — perguntou o Cointet gordo, rindo.

Ève olhou para o marido para lhe recomendar prudência.

— Os senhores serão meus tributários, os senhores e todos os que consomem papel — respondeu David.

— E então, o que procura? — perguntou Benoît-Boniface Cointet.

Quando Boniface soltou a pergunta em tom suave e jeito insinuante, Ève olhou novamente para o marido a fim de levá-lo a não responder ou a responder alguma coisa sem sentido.

— Procuro fabricar papel cinquenta por cento mais barato do que o atual preço de custo...

E foi-se embora sem ver o olhar que os dois irmãos trocaram e com o qual pensavam: "Esse homem deve ser um inventor; não é possível ter essa cabeça e esse cangote e permanecer desocupado! Vamos explorá-lo?", dizia Boniface. "Como?", dizia Jean.

— David se comporta com os senhores como se comporta comigo — disse a sra. Séchard. — Quando me meto a curiosa, ele certamente desconfia de meu nome e me joga essa frase que, afinal de contas, é apenas um programa.

— Se seu marido conseguir realizar esse programa, com certeza enriquecerá mais depressa que com a tipografia, e não me espanto ao vê-lo descuidar deste estabelecimento — continuou Boniface, virando-se para a oficina deserta onde Kolb, sentado sobre um barrote, esfregava seu pão com um dente de alho —, mas não nos conviria muito ver esta tipografia em mãos de um concorrente ativo, agitado, ambicioso, e talvez pudéssemos chegar a nos entender. Se, por exemplo, a senhora consentisse em alugar por determinada quantia seu material a um de nossos operários, que trabalharia para nós mas sob o nome dos senhores, como se faz em Paris, ocuparíamos o suficiente esse operário para permitir que ele lhe pagasse um ótimo aluguel e tivesse uns lucrozinhos...

— Isso depende da quantia — respondeu Ève Séchard. — Quanto querem dar? — acrescentou, olhando para Boniface de modo a fazê-lo ver que ela compreendia perfeitamente seu plano.

— Mas quais seriam suas pretensões? — logo retrucou Jean Cointet.

— Três mil francos por seis meses — ela disse.

— Puxa, minha cara! A senhorinha estava falando de vender a tipografia por vinte mil francos — retrucou bem de mansinho Boniface. — Os juros de vinte mil francos são apenas mil e duzentos francos, a seis por cento.

Por instantes Ève ficou toda atrapalhada e logo percebeu o valor da discrição nos negócios.

— Os senhores se servirão de nossas prensas, de nossos tipos, com os quais eu lhes provei que ainda sabia fazer pequenos negócios — ela recomeçou —, e temos aluguéis a pagar ao senhor Séchard pai, que não nos cobre de presentes.

Depois de uma luta de duas horas, Ève conseguiu dois mil francos por seis meses, sendo mil pagos adiantados. Quando ficou tudo combinado, os dois irmãos lhe contaram que tencionavam fazer com Cérizet o contrato de arrendamento para os utensílios da tipografia. Ève não conseguiu conter um gesto de surpresa.

— Não é melhor pegar alguém que esteja acostumado com a oficina? — disse o Cointet gordo.

Ève cumprimentou os dois irmãos, sem responder, e prometeu a si mesma que vigiaria pessoalmente Cérizet.

— Muito bem, eis nossos inimigos na praça! — disse David, rindo, à mulher quando na hora do jantar ela lhe mostrou os documentos a assinar.

— Ora! — ela disse. — Respondo pela dedicação de Kolb e de Marion; os dois juntos vigiarão tudo. Aliás, teremos quatro mil francos de renda por um equipamento industrial que nos custava dinheiro, e vejo que você tem um ano pela frente para realizar suas esperanças!

— Você devia ser a mulher de um caçador de invenções, como me disse na Barragem! — disse Séchard, apertando com ternura a mão da esposa.

Se o lar de David teve dinheiro suficiente para passar o inverno, ficou sob a vigilância de Cérizet e, sem saber, na dependência do Cointet alto.

— Eles estão em nossas mãos! — disse, ao sair, o diretor da fábrica de papel ao irmão, o impressor. — Essa pobre gente vai se habituar a receber o aluguel da tipografia; contarão com isso e se endividarão. Daqui a seis meses não renovaremos o contrato e veremos então qual a carta que esse homem de gênio terá na manga, pois proporemos tirá-lo de apuros associando-se a nós para explorar sua descoberta.

Qualquer astuto comerciante que tivesse visto o Cointet alto pronunciando estas palavras: *associando-se a nós*, teria compreendido que o perigo do casamento ainda reside menos no cartório do que no Tribunal de Comércio. Então já não era suficiente que aqueles caçadores ferozes estivessem no rastro de sua presa? David e a mulher, ajudados por Kolb e Marion, estariam em condições de resistir às manobras de um Boniface Cointet?

7

A PRIMEIRA TROVOADA

Quando chegou a hora do parto da sra. Séchard, a nota de quinhentos francos enviada por Lucien, somada ao segundo pagamento de Cérizet, permitiu cobrir todas as despesas. Ève, sua mãe e David, que julgavam ter sido esquecidos por Lucien, sentiram então uma alegria igual à que lhes davam os primeiros triunfos do poeta, cujo início no jornalismo fez ainda mais furor em Angoulême que em Paris.

Sossegado com essa segurança enganadora, David cambaleou ao receber do cunhado este bilhete cruel:

> Meu querido David,
> Descontei com Métivier três letras assinadas por você, feitas em meu nome, com vencimento para um, dois e três meses. Entre essa negociação e meu suicídio, escolhi esse horrível recurso que, sem dúvida, muito o atrapalhará. Vou lhe explicar em que necessidades me encontro, e aliás tratarei de lhe enviar os fundos até o vencimento.
>
> Queime minha carta, não diga nada à minha irmã nem à minha mãe, pois lhe confesso ter contado com seu heroísmo bem conhecido, de
> seu irmão em desespero,
> LUCIEN DE RUBEMPRÉ

— Seu pobre irmão — disse David à mulher, que nesse momento se recuperava do parto — está em tremenda dificuldade, enviei-lhe três títulos de mil francos, para um, dois e três meses: tome nota.

Depois, foi para o campo a fim de evitar as explicações que a mulher ia lhe pedir. Mas, comentando com sua mãe essa frase cheia de desgraças, Ève, já muito aflita com o silêncio mantido há seis meses pelo irmão, teve tão maus pressentimentos que, para dissipá-los, decidiu tomar uma dessas providências aconselhadas pelo desespero. O sr. de Rastignac filho tinha ido passar uns dias com a família e falara de Lucien em termos bastante desagradáveis a ponto de essas novidades de Paris, comentadas por todas as bocas que as espalharam, terem chegado à irmã e à mãe do jornalista. Ève foi à casa da sra. de Rastignac, solicitou o obséquio de uma entrevista com o filho, a quem comunicou todos os seus temores e lhe pediu a verdade sobre a situação de Lucien em Paris. Num instante Ève soube da ligação do irmão com Coralie, do duelo com Michel Chrestien, causado por sua traição a D'Arthez, em suma, de todas as circunstâncias da vida de Lucien, envenenadas por um dândi espirituoso que soube dar a seu ódio e inveja as aparências da piedade, a forma amistosa de um conterrâneo alarmado com o futuro de um grande homem e as cores de uma admiração sincera pelo talento de um filho de Angoulême, tão cruelmente comprometido. Falou dos erros que Lucien cometera e que acabavam de lhe custar a proteção das mais altas personalidades, fazendo com que se rasgasse um decreto que lhe conferia os brasões e o nome De Rubempré.

— Minha senhora, se seu irmão tivesse sido bem aconselhado, hoje estaria no caminho das honrarias e seria marido da senhora de Bargeton; mas que se há de fazer?... Ele a abandonou, insultou-a! Ela se tornou, para sua grande tristeza, pois amava Lucien, a senhora condessa Sixte du Châtelet.

— Será possível?... — exclamou a sra. Séchard.

— Seu irmão é uma pequena águia que os primeiros raios do luxo e da glória cegaram. Quando uma águia cai, quem pode saber no fundo de qual precipício ela vai parar?

A queda de um grande homem é sempre proporcional à altura a que ele chegou.

Ève voltou para casa apavorada com essa última frase, que lhe atravessou o coração como uma flecha. Ferida nos lugares mais sensíveis de sua alma, manteve em casa o mais profundo silêncio; porém, mais de uma lágrima rolou em suas faces e na fronte do bebê que ela amamentava. É tão difícil renunciar às ilusões que o espírito de família autoriza e que nascem junto com a vida, que Ève desconfiou de Eugène de Rastignac e quis ouvir a voz de um verdadeiro amigo. Portanto, escreveu uma carta comovente a D'Arthez, cujo endereço tinha lhe sido dado por Lucien, no tempo em que Lucien era um entusiasta do Cenáculo, e eis a resposta que recebeu:

> Senhora,
> Pede-me a verdade sobre a vida que leva em Paris seu irmão, pois quer ser esclarecida sobre seu futuro; e, para me incitar a lhe responder francamente, me repete o que lhe disse o senhor de Rastignac, perguntando-me se tais fatos são verdadeiros. No que me diz respeito, senhora, é preciso retificar, em favor de Lucien, as confidências do senhor de Rastignac. Seu irmão sentiu remorsos, veio me mostrar a crítica a meu livro dizendo-me que não conseguia se decidir a publicá-la, apesar do perigo que sua desobediência às ordens de seu partido fazia correr a uma pessoa muito querida. Infelizmente, senhora, a tarefa de um escritor é conceber as paixões, pois ele emprega sua glória em expressá-las: assim, compreendi que, entre a amante e o amigo, o amigo devia ser sacrificado. Facilitei o crime de seu irmão, corrigi eu mesmo esse artigo *libelicida* e o aprovei por inteiro. A senhora me pergunta se Lucien conservou minha estima e minha amizade. Aqui, é difícil dar uma resposta. Seu irmão está num caminho no qual se perderá. Ainda neste momento eu o lamento; em breve o terei esquecido voluntariamente, não tanto pelo que já fez mas pelo que ainda deve fazer. Seu Lucien é um homem de poe-

sia e não um poeta, sonha e não pensa, agita-se e não cria. Enfim, permita-me dizê-lo, é uma mulherzinha que gosta de aparecer, o principal vício do francês. Assim, Lucien sempre sacrificará o melhor de seus amigos ao prazer de mostrar sua inteligência. Amanhã, assinaria de bom grado um pacto com o diabo, se esse pacto lhe desse por alguns anos uma vida brilhante e luxuosa. Já não fez pior, trocando o futuro pelas delícias passageiras de sua vida pública com uma atriz? Neste momento, a juventude, a beleza, a dedicação dessa mulher, pois ela o adora, escondem os perigos de uma situação que nem a glória nem o sucesso nem a fortuna fazem com que a sociedade a aceite. Pois bem! A cada nova sedução, seu irmão só enxergará, como hoje, os prazeres do momento. Tranquilize-se, Lucien jamais chegará ao crime, não teria forças; mas aceitaria um crime já consumado, partilharia seus proveitos sem ter partilhado seus perigos: o que parece horrível para todo mundo, até mesmo para os celerados. Ele há de desprezar a si próprio, há de se arrepender; mas, se a necessidade voltar, recomeçará, pois lhe falta vontade: não tem força contra as iscas da volúpia, contra a satisfação de suas menores ambições. Preguiçoso como todos os homens de poesia, julga-se hábil ao escamotear as dificuldades em vez de vencê-las. Terá coragem a tal hora, mas em tal outra será covarde. E não se deve elogiar sua coragem como tampouco se deve censurar sua covardia: Lucien é uma harpa cujas cordas esticam ou afrouxam ao sabor das variações da atmosfera. Poderá fazer um belo livro numa fase de raiva ou de felicidade e não ser, porém, sensível ao sucesso depois de tê-lo desejado. Desde os primeiros dias de sua chegada a Paris, caiu na dependência de um rapaz sem moral, mas cuja habilidade e experiência no meio das dificuldades da vida literária o deslumbraram. Esse prestidigitador seduziu por completo Lucien, arrastou-o para uma existência sem dignidade sobre a qual, infelizmente para ele, o amor jogou seus prestígios. Concedida com demasiada facilidade, a admiração é sinal de fraqueza: não se deve pagar na mesma moeda a um funâmbulo e a um poeta. Todos nós ficamos magoados com a preferência dada à intriga e à patifaria literária, e não à coragem e à honra dos que aconselhavam a Lucien aceitar o combate em vez de extorquir o sucesso, jogar-se na arena em vez de se tornar um dos clarins da orquestra. A sociedade, minha senhora, é, por uma singular bizarrice, cheia de indulgência com os jovens dessa natureza; ama-os, deixa-se agarrar nos belos semblantes de seus dotes exteriores; deles nada exige, desculpa todos os seus erros, concede-lhes as prerrogativas das personalidades já maduras, só querendo ver suas vantagens, em suma, faz deles suas crianças mimadas. Inversamente, é de uma severidade sem limites com as naturezas fortes e íntegras. Nessa conduta, a sociedade, tão violentamente injusta na aparência, talvez seja sublime: diverte-se com os bufões sem lhes pedir outra coisa além do prazer, e os esquece prontamente; ao passo que para dobrar o joelho diante da verdadeira grandeza ela lhe pede todas as suas divinas magnificências. Para cada coisa sua lei: o eterno diamante deve ser sem manchas, a criação momentânea da moda tem o direito de ser frívola, extravagante e sem consistência. Assim, apesar de seus erros, talvez Lucien triunfe maravilhosamente, bastará que aproveite um venturoso filão ou que esteja em boa companhia; mas, se encontrar um anjo mau, irá até o fundo do inferno. É uma brilhante combinação de belas qualidades bordadas contra um fundo demasiado leve; a idade leva as flores, um dia só resta o tecido; e, se o tecido é ruim, nele só se vê um trapo. Enquanto Lucien for jovem, agradará; mas aos trinta anos em que posição estará? Esta é a pergunta que devem se fazer os que o amam sinceramente. Se eu fosse o único a pensar assim sobre Lucien, talvez tivesse evitado lhe dar tanta tristeza com minha sinceridade; mas, além do fato de que eludir com banalidades as perguntas feitas por sua solicitude me parecia indigno da senhora, cuja carta é um grito de angústia, e de mim, que a senhora tem em alta estima, meus amigos que conheceram Lucien são unânimes nesse julgamento: portanto, vi como cumprimento de um dever a manifestação da verdade, por mais terrível que seja. De Lucien pode-se esperar tudo, tanto para o bem como para o mal. Esse é, em poucas palavras, nosso pensamento resumido nesta carta. Se os acasos da vida dele, agora bem miserável, bem incerta, levarem o poeta até a senhora, use toda a sua influência para mantê-lo no seio da família, pois até que o caráter dele tenha adquirido firmeza Paris lhe será sempre perigosa. Ele os chamava, à senhora e a seu marido, de seus anjos da guarda, e com certeza os esqueceu; mas há de se lembrar no momento em que, fustigado pela tempestade, não tiver mais que a família como asilo; portanto, conserve para ele todo o seu coração, minha senhora: ele vai precisar.

Aceite, minha senhora, as sinceras homenagens de um homem de quem suas preciosas qualidades são conhecidas, e que muito respeita suas inquietações maternais para não lhe oferecer aqui suas considerações, dizendo-se
seu dedicado servidor,
D'ARTHEZ

Dois dias depois de ler essa resposta, Ève foi obrigada a tomar uma ama de leite: seu leite secara. Depois de ter transformado seu irmão num deus, ela o via depravado pelo exercício das mais belas faculdades; em suma, a seu ver ele rolava na lama. Essa nobre criatura não sabia transigir com a probidade, com a delicadeza, com todas as religiões domésticas cultivadas no seio da família, ainda tão pura, tão radiante no fundo da província. Portanto, David estava certo quanto às suas previsões. Quando, durante uma dessas conversas límpidas em que dois amantes podem se dizer tudo, Ève contou ao marido sua tristeza, que punha em sua fronte tão branca matizes de chumbo, David disse palavras de consolo. Embora tivesse lágrimas nos olhos ao ver o belo seio da mulher secado pela dor e aquela mãe no desespero de não poder cumprir sua tarefa materna, tranquilizou a esposa dando-lhe algumas esperanças.

— Sabe, minha filha, seu irmão pecou pela imaginação. É tão natural para um poeta querer a túnica púrpura e azul! Ele acorre às festas com tanta pressa! Esse pássaro se apega ao brilho, ao luxo, com tanta boa-fé que Deus o desculpa por aquilo que a sociedade condena!

— Mas ele nos mata!... — exclamou a pobre mulher.

— Ele nos mata hoje como há alguns meses nos salvava, ao nos enviar as primícias de seus ganhos! — respondeu o bom David, que teve a inteligência de compreender que o desespero levava a mulher a ultrapassar os limites e que logo ela voltaria ao amor por Lucien. — Mercier dizia, em seu *Quadro de Paris*, há cerca de cinquenta anos, que a literatura, a poesia, as letras e as ciências, as criações do intelecto jamais podiam sustentar um homem; e Lucien, em sua condição de poeta, não acreditou na experiência de cinco séculos. As colheitas regadas a tinta só podem ser feitas (quando são feitas) dez ou doze anos depois da semeadura, e Lucien confundiu a erva com a gavela. Pelo menos terá aprendido o que é a vida. Depois de ter sido o bobo de uma mulher, devia ser o bobo da sociedade e das falsas amizades. Pagou muito caro pela experiência que ganhou, só isso. Nossos ancestrais diziam: "Contanto que um filho de família volte com as duas orelhas e a honra salva, vai tudo bem...".

— A honra!... — exclamou a pobre Ève. — Ai! A quantas virtudes Lucien faltou!... Escrever contra a própria consciência! Atacar o melhor amigo!... Aceitar dinheiro de uma atriz!... Mostrar-se com ela!... Deixar-nos na miséria!...

— Oh, isso não é nada!... — exclamou David, que logo se calou.

O segredo da falsificação cometida pelo cunhado ia lhe escapar, e infelizmente Ève, percebendo esse gesto, teve vagas inquietações.

— Como, nada! — ela respondeu. — E de onde tiraremos o necessário para pagar três mil francos?

— Primeiro — continuou David —, vamos ter de renovar o contrato de exploração de nossa tipografia com Cérizet. Nesses seis meses, os quinze por cento que os Cointet lhe dão pelos serviços feitos para eles lhe renderam seiscentos francos, e ele conseguiu ganhar quinhentos francos com os serviços da prefeitura.

— Se os Cointet souberem disso, talvez não renovem o contrato; ficarão com medo dele — disse Ève —, pois Cérizet é um homem perigoso.

— Ah, que me importa! — exclamou Séchard — Daqui a alguns dias seremos ricos! Uma vez rico, meu anjo, Lucien só terá virtudes...

— Ah, David! Meu marido, meu marido, que frase você acaba de deixar escapar! Então Lucien, às voltas com a miséria, estaria sem forças contra o mal? Você pensa dele tudo o que o senhor D'Arthez pensa! Não há superioridade sem força, e Lucien é fraco... De que vale um anjo que não deve ser tentado?...

— Ah! É uma natureza que só é bela em seu próprio meio, em sua esfera, seu céu. Lucien não é feito para lutar, vou lhe poupar a luta. Olhe aqui, estou muito perto do resultado para não iniciá-la em meus métodos!

Tirou do bolso várias folhas de papel branco do tamanho in-oitavo, brandiu-as vitoriosamente e as deitou sobre os joelhos da mulher.

8

UMA ESPIADA NA INDÚSTRIA PAPELEIRA

— Uma resma deste papel, no formato *grand-raisin*,* não custará mais que cinco francos — disse David, enquanto Ève manipulava as amostras e deixava transparecer uma surpresa infantil.

— Muito bem, mas como fez essas experiências? — perguntou Ève a David.

— Com uma velha peneira de vime que peguei com Marion — respondeu.

— Então ainda não está satisfeito? — ela perguntou.

— A questão não é a fabricação, é o preço de custo da pasta. Infelizmente, minha filha, sou apenas um dos últimos a entrar nesse caminho difícil. A senhora Masson, já em 1794, tentava transformar os papéis impressos em papel branco; conseguiu, mas a que preço! Na Inglaterra, por volta de 1800, o marquês de Salisbury tentava, ao mesmo tempo que Séguin em 1801, na França, empregar a palha na fabricação do papel. Uma profusão de grandes inteligências girou em torno da ideia que quero realizar. Nosso caniço corrente, o *arundo phragmitis*, forneceu as folhas de papel que aí estão. Mas vou usar as urtigas, os cardos, pois para manter o preço baixo da matéria-prima é preciso usar substâncias vegetais que possam vir dos pântanos e dos terrenos ruins: serão muito baratas. O segredo reside inteiramente na preparação a dar a esses talos. Neste momen-

* Formato de 51 centímetros por 66 centímetros.

to meu processo ainda não é suficientemente simples. Pois bem! Apesar dessa dificuldade tenho certeza de que darei à indústria de papel francesa o privilégio de que goza nossa literatura, e farei dela um monopólio para nosso país, assim como os ingleses têm o do ferro, da hulha e das olarias comuns. Quero ser o Jacquard* da indústria do papel.

Ève se levantou, movida por um entusiasmo e uma admiração que a simplicidade de David estimulava; abriu os braços e o apertou contra o coração, inclinando a cabeça sobre seu ombro.

— Você me recompensa como se eu já tivesse encontrado a solução — ele lhe disse.

Como única resposta Ève mostrou seu belo rosto inundado de lágrimas, e por alguns instantes incapaz de falar.

— Não beijo o homem de gênio — ela disse —, mas o homem que consola. A uma glória caída você me opõe uma glória que se eleva. Às tristezas que me causa o rebaixamento de um irmão, você opõe a grandeza do marido... Sim, você será grande como os Graindorge, os Roubet, os Van Robais, como o Persa que nos deu a garança,** como todos esses homens de quem me falou, cujos nomes permanecem obscuros porque, ao aperfeiçoarem uma indústria, fizeram o bem sem alarde.

— O que estarão fazendo a essa hora?... — pensava Boniface.

O Cointet alto passeava na praça du Mûrier com Cérizet, examinando as sombras da mulher e do marido, que se

* Joseph-Marie Jacquard (1752-1834), inventor do tear que leva seu nome.

** André Graindorge, tecelão de Caen, inventor no século XVI de um processo para adamascar os tecidos; Jean Rouvet, de Clamecy, inventor do *flottage*, transporte de madeiras pelos rios; Josse Van Robais, flamengo fabricante de tecidos do século XVII, morador de Abbeville; Joanis Althen, vulgo O Persa (1709-74), agrônomo armênio, o primeiro a importar da Anatólia para a Provença a planta garança, que serve para tingir.

desenhavam nas cortinas de musselina; pois todo dia ele ia conversar à meia-noite com Cérizet, que ficara encarregado de vigiar os menores gestos de seu antigo patrão.

— Certamente está lhe mostrando os papéis que fabricou hoje de manhã — respondeu Cérizet.

— De que substâncias se serviu? — perguntou o fabricante de papel.

— Impossível adivinhar — respondeu Cérizet —, fiz um buraco no telhado, subi e vi meu patrão, durante a noite inteira, fazendo ferver a pasta dentro da bacia de cobre; por mais que examinasse suas provisões amontoadas num canto, tudo o que consegui observar é que as matérias-primas parecem uns montes de filaça...

— Não vá mais longe — disse Boniface Cointet com voz melíflua a seu espião —, seria uma improbidade!... A senhora Séchard lhe proporá renovar seu contrato de exploração da tipografia, diga que quer virar impressor, ofereça-lhe a metade do que valem a licença e o material, e, se aceitarem, venha me ver. Em todo caso, espiche esse assunto... eles estão sem dinheiro.

— Sem um tostão! — disse Cérizet.

— Sem um tostão — repetiu o Cointet alto. "Estão em minhas mãos", pensou.

A firma Métivier e a firma Cointet Irmãos juntavam a qualidade de banqueiros a seu ofício de representantes da indústria de papel e papeleiros impressores, título pelo qual, aliás, se abstinham de pagar patente. O fisco ainda não encontrou um meio de controlar os negócios comerciais a ponto de obrigar todos os que exercem sub-repticiamente o papel de banco a ter patente de banqueiro, a qual, em Paris, por exemplo, custa quinhentos francos. Mas os irmãos Cointet e Métivier, mesmo sendo o que na Bolsa se chama de *marrons*,* nem por isso deixavam de movimentar entre eles nada menos que algumas centenas de milhares de francos por trimestre, nas praças de Paris, Bordeaux

* Os que exercem ilegalmente profissões liberais.

e Angoulême. Ora, naquela mesma noite a firma Cointet Irmãos recebera de Paris os três mil francos de letras falsas fabricadas por Lucien. O Cointet alto logo construiu sobre essa dívida uma formidável máquina dirigida, como se verá, contra o paciente e pobre inventor.

9

ADVOGADOS DE PROVÍNCIA EM GERAL E O DOUTOR PETIT-CLAUD EM PARTICULAR

No dia seguinte, às sete horas da manhã, Boniface Cointet passeava ao longo do açude que alimentava sua vasta fábrica de papel e cujo barulho abafava o de suas palavras. Ali o esperava um rapaz de vinte e nove anos, chamado Pierre Petit-Claud, e há seis semanas advogado junto ao Tribunal de Primeira Instância de Angoulême.

— Você estava no liceu de Angoulême na mesma época que David Séchard — disse o Cointet alto ao cumprimentar o jovem advogado, que tratara de não faltar à chamada do rico fabricante.

— Sim, senhor — respondeu Petit-Claud, pondo-se no mesmo passo do Cointet alto.

— Reataram as relações?

— Encontramo-nos duas vezes no máximo desde que ele voltou. Não podia ser diferente: nos dias úteis eu estava enfiado no cartório ou no tribunal, e no domingo ou nos dias de festa trabalhava para completar minha instrução, pois tudo dependia de mim mesmo...

O Cointet alto balançou a cabeça em sinal de aprovação.

— Quando David e eu nos revimos, ele me perguntou o que eu andava fazendo. Disse-lhe que, depois de estudar direito em Poitiers, eu tinha me tornado primeiro escrevente do doutor Olivet, e que esperava um dia ou outro sucedê-lo nesse cargo... Eu conhecia muito mais Lucien Chardon, que agora se faz chamar De Rubempré, o amante da senhora de Bargeton, nosso grande poeta, em suma, o cunhado de David Séchard.

— Então você pode anunciar a David sua nomeação e lhe oferecer seus serviços — disse o Cointet alto.

— Isso não se faz — respondeu o jovem advogado.

— Ele nunca teve processos, não tem advogado, isso pode ser feito, sim — respondeu Cointet, que, abrigado atrás dos óculos, examinava o pequeno advogado.

Filho de um alfaiate de L'Houmeau, desprezado por seus colegas de escola, Pierre Petit-Claud parecia ter uma certa dose de fel extravasada no sangue. Seu rosto exibia um desses coloridos de tons sujos e misturados que revelam doenças antigas, ou a véspera da miséria, e, quase sempre, maus sentimentos. O estilo familiar da conversa forneceu uma expressão que pode pintar em duas palavras esse rapaz: ele era cansativo e áspero. Sua voz de taquara rachada combinava com a acrimônia do rosto, com o jeito frágil, com a cor indecisa de seus olhos de gralha. Olhos de gralha são, de acordo com uma observação de Napoleão, indício de improbidade. "Veja fulano", ele dizia a Las Cases em Santa Helena, ao lhe falar de um de seus confidentes que foi obrigado a demitir por malversações, "não sei como pude me enganar tanto tempo, ele tem olhos de gralha." Assim, quando o Cointet alto examinou bem aquele advogadozinho magricela, picado de bexiga, de cabelos ralos, cuja fronte e cujo crânio já se confundiam, quando o viu já fazendo pose de homem sofisticado, com o punho no quadril, pensou: "Este é meu homem". De fato, Petit-Claud, coberto de desprezos, devorado por uma corrosiva vontade de triunfar, tivera a audácia, embora sem fortuna, de comprar o cargo de seu patrão por trinta mil francos, contando com um casamento para se livrar da dívida; e, seguindo o costume, contava com seu patrão para lhe encontrar uma esposa, pois o antecessor tem sempre interesse em casar o sucessor, a fim de ser reembolsado pelo cargo. Petit-Claud contava ainda mais consigo mesmo, pois não lhe faltava uma certa superioridade, rara na província, mas cujo princípio residia em seu ódio. Grande ódio, grandes esforços.

Existe uma enorme diferença entre os solicitadores de Paris e os solicitadores da província, e o Cointet alto era hábil demais para não tirar proveito das pequenas paixões às quais obedecem esses pequenos solicitadores. Em Paris, um solicitador notável, e há muitos, reúne um pouco das qualidades que distinguem o diplomata: os numerosos negócios, a grandeza dos interesses, a amplidão das questões que lhe são confiadas, o dispensam de ver no aspecto processual um meio de enriquecer. Arma ofensiva ou defensiva, o procedimento legal já não é para ele, como outrora, um objeto de lucro. Ao contrário, na província os solicitadores cultivam o que se chama nos gabinetes de Paris a *ninharia*, essa profusão de pequenos atos que sobrecarregam as custas e consomem papel timbrado. Essas miudezas ocupam o solicitador de província, que nisso enxerga custas a fazer ali onde o solicitador de Paris só se preocupa com seus honorários. O honorário é o que o cliente deve, além das custas, a seu solicitador pela condução mais ou menos hábil de seu caso. O fisco leva a metade das custas, ao passo que os honorários vão inteiramente para o solicitador. Digamo-lo francamente! Raramente os honorários pagos correspondem aos honorários pedidos e devidos pelos serviços que presta um bom solicitador. Os solicitadores, os médicos e os advogados de Paris vivem, como as cortesãs com seus amantes ocasionais, extremamente desconfiados da gratidão de seus clientes. Dois admiráveis quadros de costumes, dignos de Meissonier,* podem ser feitos de um cliente antes e depois de seu caso se concluir, e com toda a certeza uma sociedade de solicitadores aposentados pagaria um alto preço por eles. Existe entre o solicitador de Paris e o solicitador de província outra diferença. O solicitador de

* Ernest Meissonier (1815-91), pintor realista muito minucioso que fez diversas ilustrações dos volumes de *A comédia humana* de Balzac.

Paris raramente faz defesas, às vezes fala no tribunal, nos recursos provisórios; mas em 1822, na maioria dos departamentos (desde então, os advogados pulularam), os solicitadores eram advogados e defendiam eles mesmos suas causas. Dessa vida dupla resulta um trabalho duplo, que dá ao solicitador de província os vícios intelectuais do advogado, sem lhe tirar as pesadas obrigações do solicitador. O solicitador de província se torna falante e perde essa lucidez de julgamento tão necessária à condução dos processos. Desdobrando-se dessa maneira, um homem superior volta e meia encontra em si mesmo dois homens medíocres. Em Paris, o solicitador, não se consumindo em palavras no tribunal, não fazendo muitas vezes a defesa dos prós ou dos contras, tem como manter a correção de suas ideias. É verdade que estuda a balística do direito, remexe no arsenal dos recursos que as contradições da jurisprudência podem fornecer, mas mantém sua convicção sobre o caso, para o qual se empenha em preparar um triunfo. Em suma, o pensamento inebria muito menos que a palavra. De tanto falar um homem acaba por acreditar no que diz; ao passo que é possível agir contra o próprio pensamento sem viciá-lo, e conseguir ganhar um mau processo sem afirmar que é bom, como o faz o advogado em suas defesas. Assim, um velho solicitador de Paris pode dar, muito mais que um velho advogado, um bom juiz. Portanto, um solicitador de província tem muitas razões para ser um homem medíocre: envolve-se em pequenas paixões, trata de pequenas causas, vive desencavando custas, abusa do Código Processual, e faz defesas! Em suma, tem muitas enfermidades. Por isso, quando se encontra entre os advogados de província um homem notável, ele é realmente superior!

— Pensei, meu senhor, que tinha me mandado chamar para seus negócios — respondeu Petit-Claud, fazendo dessa observação um epigrama pelo olhar que lançou para os óculos impenetráveis do Cointet alto.

— Nada de rodeios — retrucou Boniface Cointet. — Ouça-me...

Depois dessa palavra, carregada de confidências, Cointet foi se sentar num banco, convidando Petit-Claud a imitá-lo.

— Quando o senhor Du Hautoy passou por Angoulême em 1804 para ir a Valence, na condição de cônsul, aqui conheceu a senhora de Sénonches, na época senhorita Zéphirine, e teve uma filha com ela — disse Cointet baixinho, ao ouvido de seu interlocutor... — Sim — continuou, vendo Petit-Claud levar um susto —, o casamento da senhorita Zéphirine com o senhor de Sénonches seguiu-se rapidamente a esse parto clandestino. Essa filha, criada no campo, na casa de minha mãe, é a senhorita Françoise de La Haye, de quem a senhora de Sénonches cuida e é, segundo a praxe, a madrinha. Como minha mãe, arrendatária da velha senhora de Cardanet, avó da senhorita Zéphirine, conhecia o segredo da única herdeira dos Cardanet e dos Sénonches do ramo mais antigo, encarregaram-me de cuidar da pequena quantia que o senhor Francis du Hautoy destinou na época à filha. Minha fortuna se fez com esses dez mil francos, que hoje montam a trinta mil francos. A senhora de Sénonches dará, é claro, à afilhada o enxoval, a prataria e alguma mobília; de meu lado, posso lhe conseguir a moça, meu rapaz — disse Cointet, batendo no joelho de Petit-Claud. — Ao se casar com Françoise de La Haye, você aumentará sua clientela incorporando-lhe uma grande parte da aristocracia de Angoulême. Essa aliança, pela mão esquerda, lhe abre um futuro magnífico... A situação de um solicitador-advogado parecerá suficiente: não querem mais que isso, eu sei.

— Que é preciso fazer?... — disse, ávido, Petit-Claud —, pois o senhor tem como advogado o doutor Cachan...

— Bem, não trocarei abruptamente Cachan por você, e você só terá minha clientela mais tarde — disse espertamente o Cointet alto. — O que é preciso fazer, meu amigo? Ora! Mas cuidar dos negócios de David Séchard. Esse pobre-diabo tem mil escudos de letras a nos pagar, não pagará, você o defenderá contra as ações judiciais de modo a aumentar enormemente as custas... Não se preocupe, vá avançando, acumule os incidentes. Doublon, meu oficial de justiça, que será encarregado de entrar na justiça contra ele, sob a orientação de Cachan, não irá com meias medidas... Para bom entendedor, meia palavra basta. Agora, meu rapaz!...

Fez uma pausa eloquente durante a qual aqueles dois homens se olharam.

— Nós nunca nos vimos — continuou Cointet —, eu não lhe disse nada, você não sabe nada sobre o senhor Du Hautoy, nem sobre a senhora de Sénonches, nem sobre a senhorita de La Haye; só que, quando chegar a hora, daqui a dois meses, pedirá em casamento essa jovem criatura. Quando tivermos de nos encontrar, você virá aqui, à noite. Nada de nos escrevermos.

— Então quer arruinar Séchard? — perguntou Petit-Claud.

— Não totalmente, mas é preciso mantê-lo na prisão por algum tempo...

— E com que objetivo?...

— Acha que sou tão bobo para lhe dizer? Se tiver a inteligência de adivinhar, terá a de se calar.

— O Séchard pai é rico — disse Petit-Claud, já entrando nas ideias de Boniface e pressentindo uma causa de insucesso.

— Enquanto o pai viver, não dará um tostão ao filho, e esse ex-tipógrafo ainda não tem a menor vontade de ser sorteado com o bilhete da morte...

— Combinado! — disse Petit-Claud, que se decidiu prontamente. — Não lhe peço garantias, sou solicitador; e, se eu fosse tapeado, teríamos de ajustar nossas contas.

"O malandro vai longe", pensou Cointet ao se despedir de Petit-Claud.

10

CURSO PÚBLICO E GRATUITO SOBRE CONTAS DE RETORNO PARA OS QUE NÃO ESTÃO EM CONDIÇÕES DE PAGAR SUAS PROMISSÓRIAS

No dia seguinte dessa conversa, 30 de abril, os irmãos Cointet mandaram que fosse apresentada a primeira das três promissórias falsificadas por Lucien. Por desgraça, a letra foi entregue à pobre sra. Séchard, que ao reconhecer a imitação da assinatura de seu marido feita por Lucien chamou David e lhe disse à queima-roupa:

— Você não assinou esta letra?...

— Não! — ele disse. — Seu irmão estava tão apressado que assinou por mim...

Ève devolveu a promissória ao cobrador da casa Cointet Irmãos dizendo-lhe:

— Não estamos em condições.

Depois, sentindo-se desmaiar, subiu para o quarto e David a seguiu.

— Meu marido — disse Ève a Séchard com voz moribunda —, corra até a casa dos senhores Cointet, eles terão consideração por você; peça-lhes que esperem, e aliás observe-lhes que na renovação do contrato de Cérizet eles lhe deverão mil francos.

David foi imediatamente ver seus inimigos.

Um chefe de oficina sempre pode se tornar impressor, mas nem sempre há um negociante num hábil tipógrafo; assim, David, que conhecia pouco os negócios, ficou sem argumentos diante do Cointet alto quando, depois de lhe apresentar suas desculpas e formular seu pedido, com a garganta apertada e o coração palpitando, recebeu esta resposta:

— Isso não nos diz respeito, estamos com a promissória de Métivier, e Métivier nos pagará. Dirija-se ao senhor Métivier.

— Oh! — disse Ève ao saber da resposta —, já que a promissória volta ao senhor Métivier podemos ficar tranquilos.

No dia seguinte, Victor-Ange-Herménégilde Doublon, oficial de justiça dos srs. Cointet, entrou com o protesto às duas horas, quando a praça du Mûrier está cheia de gente, e apesar do cuidado que teve de conversar na porta do quintal com Marion e Kolb, nem por isso o protesto deixou de ser conhecido, na mesma noite, por todo o comércio de Angoulême. Aliás, os métodos hipócritas do dr. Doublon, a quem o Cointet alto recomendara as maiores considerações, poderiam salvar Ève e David da ignomínia comercial que resulta de uma suspensão de pagamento? Que se julgue! Aqui, qualquer lentidão parecerá muito curta. Noventa por cento dos leitores serão seduzidos pelos detalhes que se seguem, como pela novidade mais picante. Assim ficará provada mais uma vez a verdade deste axioma: "Não há nada menos conhecido que o que todo mundo deve saber, A LEI!".

Sem a menor dúvida, para a imensa maioria dos franceses o mecanismo de uma das engrenagens dos bancos, bem descrito, oferecerá o interesse de um capítulo de viagem por um país estrangeiro. Quando um negociante envia da cidade onde tem seu estabelecimento uma de suas letras de câmbio a uma pessoa que mora em outra cidade, como David supostamente teria feito em benefício de Lucien, ele transforma a operação tão simples, de uma letra subscrita entre negociantes da mesma cidade para negócios comerciais, em alguma coisa que parece uma letra de câmbio sacada de uma praça para outra. Portanto, ao pegar as três letras de Lucien, Métivier era obrigado, para receber a quantia, a enviá-las aos srs. Cointet Irmãos, seus correspondentes. Daí um primeiro prejuízo para Lucien, designado pelo nome de *comissão por transferência de praça*, e que se traduzia por uma porcentagem abatida de cada letra, além do desconto. Portanto, as letras de Séchard tinham passado à categoria dos negócios bancários. Vocês nem de longe conseguiriam acreditar a que ponto a condição de banqueiro, junto com o título augusto de credor, muda a situação do devedor! Por conseguinte, *no Banco* (perceberam bem esta expressão?), assim que uma letra transmitida da praça de Paris à praça de Angoulême não é paga, os próprios banqueiros devem comunicar uns aos outros o que a lei chama de *conta de retorno*.* Trocadilhos à parte, nunca os romancistas inventaram conto mais inverossímil do que essa conta, pois aqui estão as engenhosas palhaçadas no estilo Mascarilla** autorizadas por um determinado artigo do Código Comercial, e cuja explicação lhes demonstrará quantas atrocidades se escondem por trás desta palavra terrível: *Legalidade*!

Tão logo o dr. Doublon mandou registrar o protesto, levou-o pessoalmente aos srs. Cointet Irmãos. O oficial de justiça tinha uma conta com esses tubarões de Angoulême, e lhes abria um crédito de seis meses que o Cointet alto estendia para um ano pela forma como o saldava, embora dizendo de mês em mês àquele subtubarão: "Doublon, está precisando de dinheiro?". E ainda tem mais! Doublon favorecia, com um desconto, aquela firma poderosa, que assim ganhava alguma coisa em cada diligência, um nada, uma miséria, um franco e cinquenta centavos por título protestado!... O Cointet alto aboletou-se diante da escrivaninha, tranquilamente, e pegou um quadradinho de papel com selo de trinta e cinco centavos, enquanto conversava com Doublon de modo a lhe tirar informações sobre a verdadeira situação dos comerciantes.

— E então? Está satisfeito com o pequeno Gannerac?...

— Ele está indo bem. Mas também! Uma empresa de transporte...

* A conta de retorno discrimina os valores, os juros e a comissão do recâmbio (ou ressaque) da letra principal, com valor atualizado, a ser paga por um dos coobrigados.

** Criado bufão, intrigante e esperto, das comédias italianas e francesas do século XVII.

— Ah! O fato é que anda em apuros! Disseram-me que a mulher dele lhe dava muitas despesas...

— A ele?... — exclamou Doublon cheio de malícia.

E o Tubarão, que acabava de acertar o papel, escreveu em rondo o sinistro título sob o qual dispôs a seguinte conta (*sic*!)

CONTA DE RETORNO E CUSTOS

Para uma letra de MIL FRANCOS, datada de Angoulême, a dez de fevereiro de mil oitocentos e vinte e dois, subscrita por SÉCHARD FILHO, à ordem de LUCIEN CHARDON, CHAMADO DE RUBEMPRÉ, passada à ordem de MÉTIVIER, e à nossa ordem, vencida em trinta de abril, protestada por DOUBLON, oficial de justiça, em primeiro de maio de mil oitocentos e vinte e dois.

Principal	1.000
Protesto	12,35
Comissão de meio por cento	5
Comissão de coretagem, de um quarto por cento	2,50
Selo do nosso ressaque e do presente	1,35
Juros e postagem de cartas	3
	1.024,20
Transferência de praça a um e um quarto por cento sobre 1.024,20	13,25
	1.037,45

Mil e trinta e sete francos e quarenta e cinco centavos, de cuja soma reembolsamos a nós mesmos por nossa letra à vista contra o senhor Métivier, rua Serpente, em Paris, à ordem do senhor Gannerac, de L'Houmeau.
Angoulême, 2 de maio de 1822.
COINTET Irmãos.

Abaixo desse pequeno memorando, feito com toda a habilidade de um profissional, pois ele continuava a conversar com Doublon, o Cointet alto escreveu a seguinte declaração:

Nós, abaixo-assinados, Postel, mestre farmacêutico em L'Houmeau, e Gannerac, comissário de transportes, negociantes nesta cidade, certificamos que a comissão pela transferência entre nossa praça e Paris é de um e um quarto por cento.
Angoulême, 3 de maio de 1822.
COINTET Irmãos.

— Tome, Doublon, faça-me o obséquio de ir ver Postel e Gannerac para pedir a eles que me assinem esta declaração, e a traga de volta amanhã de manhã.

E Doublon, a par desses instrumentos de tortura, foi embora, como se se tratasse da coisa mais simples. Evidentemente, mesmo que o protesto tivesse sido entregue, como em Paris, dentro de um envelope, toda Angoulême devia estar sabendo da triste situação em que se encontravam os negócios daquele pobre Séchard. E de quantas acusações sua apatia não foi alvo! Uns diziam que estava perdido pelo amor extremado que tinha pela mulher; outros o acusavam de demasiado afeto pelo cunhado. E quantas conclusões atrozes cada um tirava dessas premissas! Jamais alguém deveria se envolver com os interesses das pessoas chegadas! Aprovava-se a dureza do Séchard pai em relação ao filho, admiravam-no!

Agora, vocês todos que, por motivos variados, esquecem de *honrar seus compromissos*, examinem bem os procedimentos, perfeitamente legais, pelos quais em dez minutos se faz, no Banco, um capital de mil francos render vinte e oito francos de juros!

O primeiro item dessa *Conta de retorno* é a única coisa incontestável.

O segundo item contém a parte do fisco e do oficial de justiça. Os seis francos que o Tesouro recebe, registrando a tristeza do devedor e fornecendo o papel selado, ainda farão esse abuso viver por muito tempo! Aliás, saibam que esse item dá um lucro de um franco e cinquenta centavos ao banqueiro graças ao desconto feito por Doublon.

A comissão de meio por cento, objeto do terceiro item, é cobrada com o pretexto engenhoso de que não receber um pagamento equivale, "no banco", a descontar uma letra. Embora seja totalmente o contrário, não há duas coisas mais semelhantes do que desembolsar mil francos e não recebê-los de volta. Qualquer um que já apresentou letras a ser descontadas sabe que, além dos seis por cento legalmente devidos, o banqueiro que as desconta cobra, sob o humilde nome de comissão, uma porcentagem, que representa os juros que lhe dá, acima da taxa legal, o gênio com que ele valoriza o próprio capital. Quanto mais dinheiro ele puder ganhar, mais cobrará de você. Portanto, o melhor é descontar com os parvos, pois é mais barato. Mas há parvos "no banco"?...

A lei obriga o banqueiro a mandar um agente de câmbio certificar a taxa de câmbio. Nas praças um tanto desgraçadas a ponto de não terem uma Bolsa, o agente de câmbio é substituído por dois negociantes.

A comissão dita de corretagem devida ao agente é fixada em um quarto por cento da quantia registrada na letra protestada. Introduziu-se o costume de contabilizar essa comissão como sendo paga aos negociantes que substituem o agente, mas o banqueiro, pura e simplesmente, a deposita em sua caixa. Daí o terceiro item dessa conta fascinante.

O quarto item compreende o custo do quadrado de papel selado em que é redigida a *Conta de retorno* e o do selo disso que se chama, tão engenhosamente, o ressaque, isto é, a nova letra sacada pelo banqueiro contra seu colega, para reembolsar a si mesmo.

O quinto item compreende o preço da postagem das cartas e os juros legais da quantia durante todo o tempo em que ela esteve ausente da caixa do banqueiro.

Por último, a transferência de praça, que é o objeto mesmo dos bancos, representa quanto custa se receber o pagamento de uma praça em outra.

Agora destrinchem essa conta, na qual, segundo o modo de calcular do Polichinelo da canção napolitana tão bem interpretada por Lablache, quinze mais cinco são vinte e dois! Evidentemente, a assinatura dos srs. Postel e Gannerac era uma questão de condescendência: os Cointet certificavam, quando necessário, para Gannerac o que Gannerac certificava para os Cointet. É pôr em prática o conhecido provérbio: *É dando que se recebe*. Os srs. Cointet Irmãos, tendo uma conta-corrente com Métivier, não precisavam fazer uma promissória. Entre eles, uma letra devolvida apenas produzia uma linha a mais no *crédito* ou no *débito*. Portanto, na verdade essa conta fantástica se reduzia aos mil francos devidos, ao protesto de treze francos, e a meio por cento de juros por um mês de atraso, no total, talvez uns mil e dezoito francos.

Se uma grande casa bancária tem todos os dias, em média, uma *conta de retorno* no valor de mil francos, recebe todos os dias vinte e oito francos pela graça de Deus e das constituições bancárias, formidável realeza inventada pelos judeus no século XII, e que hoje domina os tronos e os povos. Em outras palavras, mil francos rendem então a essa casa vinte e oito francos por dia ou dez mil, duzentos e vinte francos por ano. Tripliquem a média das *contas de retorno* e chegarão a um rendimento de trinta mil francos, proporcionado por esses capitais fictícios. Assim, nada mais amorosamente cultivado que as *contas de retorno*.

Tivesse David Séchard ido pagar sua letra, no dia 3 de maio, ou até no dia seguinte ao protesto, os srs. Cointet Irmãos lhe teriam dito: "Devolvemos a letra ao senhor Métivier!", mesmo se a letra ainda estivesse em cima da mesa deles. A *conta de retorno* é válida na própria noite do protesto. Isso, na linguagem dos bancos de província, se chama: *fazer os escudos suarem*. Só as postagens das cartas rendem algo como vinte mil francos à casa Keller, que se corresponde com o mundo inteiro, e as *contas de retorno* pagam o camarote no Teatro des Italiens, a carruagem e a toalete da sra. baronesa de Nucingen. A *postagem de car-*

tas é um abuso mais terrível ainda porque os banqueiros se ocupam de dez negócios parecidos em dez linhas de uma carta. Coisa estranha! O Fisco tem sua parte nessa taxa arrancada à desgraça, e assim o Tesouro Público enche as burras com os infortúnios comerciais. Quanto aos bancos, jogam sobre o devedor, do alto de seus balcões, esta frase cheia de sensatez: “Por que não estava em condições?”, à qual infelizmente nada é possível responder. Assim, a *conta de retorno* é uma conta cheia de ficções terríveis da qual os devedores, que refletirão sobre esta página instrutiva, sentirão daqui para a frente um pavor salutar.

No dia 4 de maio, Métivier recebeu dos srs. Cointet Irmãos a *conta de retorno*, junto com uma ordem para processar com todo empenho, em Paris, o sr. Lucien Chardon, conhecido como De Rubempré.

II

QUANDO SE VÊ QUE UM SELO DE CINQUENTA CENTAVOS FAZ O MESMO TRAJETO E TANTO ESTRAGO QUANTO UM OBUS

Dias depois, Ève recebeu, em resposta à carta que escreveu ao sr. Métivier, o seguinte bilhete, que a tranquilizou de vez.

> AO SENHOR SÉCHARD FILHO, IMPRESSOR EM ANGOULÊME
> Acuso recebimento de sua estimada carta de 5 do corrente. Compreendi, segundo suas explicações relativas à letra por pagar de 30 de abril último, que o senhor quis obsequiar seu cunhado, o senhor de Rubempré, o qual faz tantas despesas que obrigá-lo a pagar talvez seja prestar um serviço ao senhor: ele está numa situação que não se deve deixar prosseguir por muito tempo. Se seu honrado cunhado não pagar, confiarei na lealdade da sua velha casa, e me subscrevo, como sempre,
> Seu devoto servidor,
> MÉTIVIER

— Muito bem! — disse Ève a David —, meu irmão saberá por essa providência que não pudemos pagar.

Que mudança essa frase não anunciava em Ève! O amor crescente que lhe inspirava o caráter de David, cada vez mais conhecido, ocupava em seu coração o lugar do afeto fraternal. Mas a quantas ilusões ela não dizia adeus?...

Vejamos agora todo o caminho que percorreu a *conta de retorno* na praça de Paris! Um terceiro endossante, nome comercial de quem possui uma letra por transmissão, só tem a liberdade de processar, pelos termos da lei, aquele que, entre os diversos devedores dessa letra, mais prontamente puder lhe efetuar o pagamento. Em virtude dessa faculdade, Lucien foi processado pelo oficial de justiça do sr. Métivier. Eis as fases dessa ação, aliás inteiramente inútil. Métivier, atrás de quem se escondiam os Cointet, conhecia a insolvência de Lucien, mas ainda dentro do espírito da lei a insolvência *de fato* só existe *de direito* depois de ter sido verificada. Portanto, verificou-se, da seguinte maneira, a impossibilidade de se conseguir de Lucien o pagamento da letra.

O oficial de justiça de Métivier deu a conhecer a Lucien, no dia 5 de maio, a *conta de retorno* e o protesto de Angoulême, intimando-o a comparecer ao Tribunal de Comércio de Paris para ouvir uma profusão de coisas, entre outras que ele seria condenado à prisão como comerciante. Quando, em meio à sua vida de cervo acuado, Lucien leu aquele bestialógico, estava recebendo a notificação de um julgamento feito à sua revelia, contra ele, no Tribunal de Comércio. Sua amante Coralie, ignorando do que se tratava, imaginou que Lucien tinha feito um favor ao cunhado; e lhe deu todos os documentos juntos, mas tarde demais.* Uma atriz vê muitos atores representando o papel de oficial de justiça, nos vaudeviles, para acreditar em papel carimbado. Lucien ficou com lágrimas nos olhos, apiedou-se de Séchard, sentiu-se envergonhado com sua falsificação e quis pagar. Naturalmente, consultou os amigos sobre o que devia fazer para ganhar tempo. Mas quando Lousteau, Blondet, Bixiou e Nathan comunicaram a Lucien o pouco caso que um poeta devia fazer do Tribunal de Comércio, jurisdição estabelecida para os donos de lojas, o poeta já estava diante da realidade de uma penhora. Viu em sua porta aquele cartãozinho amarelo cuja cor desbota quando afixado nos cubículos das porteiras dos prédios, e que tem a virtude mais adstringente sobre o crédito, leva o pavor

* Os documentos relativos aos 3 mil francos das promissórias falsas feitas por Lucien e aos 4.500 francos do "valor recebido em sedas" segundo o endosso que Camusot lhe pediu para fazer.

ao coração dos pequenos fornecedores e, sobretudo, gela o sangue nas veias dos poetas bastante sensíveis para se afeiçoarem a esses pedaços de madeira, a esses trapos de lã colorida, a essas bugigangas chamadas móveis. Quando chegaram para levar os móveis de Coralie, o autor de *As margaridas* foi encontrar Desroches, um solicitador amigo de Bixiou, e que começou a rir ao ver Lucien tão apavorado por tão pouca coisa.

— Não é nada, meu caro, quer ganhar tempo?

— O mais possível.

— Pois então, interponha um embargo à execução da sentença. Vá encontrar um amigo meu, Massot, um mandatário, leve-lhe seus documentos, ele renovará a penhora, se apresentará em seu lugar e arguirá a competência do Tribunal de Comércio. Não vão criar a menor dificuldade, você é um jornalista bastante conhecido. Se for intimado pelo cível, venha me ver, aí será comigo: encarrego-me de mandar passear os que quiserem atazanar a bela Coralie.

No dia 28 de maio, Lucien, convocado ao tribunal cível, foi condenado mais depressa do que Desroches imaginava, pois o perseguiam ferrenhamente. Quando foi feita nova penhora, quando o cartãozinho amarelo foi mais uma vez dourar as pilastras da porta de Coralie e quando quiseram levar a mobília, Desroches, um pouco tolo por ter *deixado seu colega passá-lo para trás* (foi essa sua expressão), se opôs, alegando, com razão aliás, que a mobília pertencia à srta. Coralie: entrou com um recurso. Diante do recurso, o presidente do tribunal mandou as partes serem ouvidas em audiência, durante a qual a propriedade dos móveis foi adjudicada à atriz por uma sentença. Métivier, que apelou desse julgamento, teve seu recurso indeferido por outra sentença, no dia 30 de julho.

No dia 7 de agosto, o dr. Cachan recebeu por diligência um enorme conjunto de documentos intitulado: MÉTIVIER CONTRA SÉCHARD E LUCIEN CHARDON.

A primeira peça era a linda notinha abaixo, cuja exatidão é garantida: foi copiada.

Letra de 30 de abril último, subscrita por Séchard filho, à ordem de Lucien de Rubempré (2 de maio). Conta de retorno:	1.037,45 frs
(5 de maio). Apresentação da conta de retorno e do protesto, com intimação para comparecer perante o Tribunal de Comércio de Paris, em 7 de maio	8,75
(7 de maio). Julgamento, condenação à revelia, com mandado de prisão	35,00
(10 de maio). Notificação do julgamento	8,50
(12 de maio). Execução	5,50
(14 de maio). Autuação de penhora	16,00
(18 de maio). Autuação de afixação de editais	15,25
(19 de maio). Publicação no jornal	4,00
(24 de maio). Auto de inventário anterior ao arresto, e contendo embargo à execução da sentença pelo sr. Lucien de Rubempré	12,00
(27 de maio). Julgamento do Tribunal que, diante do embargo devidamente reiterado, remete as partes ao tribunal cível	35,00
(28 de maio). Intimação em regime de urgência por Métivier, perante o tribunal cível com constituição de solicitador	6,50
(2 de junho). Julgamento que condena Lucien Chardon a pagar as despesas da conta de retorno e deixa a cargo do autor as custas perante o Tribunal de Comércio	150,00
(6 de junho). Notificação do dito	10,00
(15 de junho). Execução	5,50
(19 de junho). Auto de penhora, e contendo embargo a essa penhora pela srta. Coralie, que alega que a mobília lhe pertence e solicita recorrer ao juiz em urgência caso se insista na penhora	20,00
Despacho do presidente do tribunal, que remete as partes à audiência para o recurso	40,00

(19 de junho). Sentença que adjudica a propriedade dos móveis à dita srta. Coralie	250,00
(20 de junho). Apelação de Métivier	17,00
(30 de junho). Sentença confirmativa do julgamento	250,00
TOTAL	889,00

Letra de 31 de maio	1.037,45
Intimação a Lucien	8,75
TOTAL	1.046,20

Letra de 30 de junho, conta de retorno	1.037,45
Intimação a Lucien	8,75
TOTAL	1.046,20

Esses documentos vinham acompanhados por uma carta em que Métivier dava ordem ao dr. Cachan, advogado de Angoulême, para processar David Séchard por todos os meios legais. Portanto, o dr. Victor-Ange-Herménégilde Doublon intimou David Séchard, no dia 3 de julho, a comparecer perante o Tribunal de Comércio de Angoulême para o pagamento da quantia total de quatro mil e dezoito francos e oitenta e cinco centavos, referente às três letras e às despesas já feitas. No dia em que Doublon devia levar à própria Ève a ordem de execução para pagamento dessa quantia enorme, ela recebeu de manhã esta carta fulminante escrita por Métivier:

AO SENHOR SÉCHARD FILHO, IMPRESSOR EM ANGOULÊME

Seu cunhado, o senhor Chardon, é um homem de insigne má-fé que pôs sua mobília no nome de uma atriz com quem vive, e o senhor deveria ter me avisado lealmente dessas circunstâncias a fim de que eu não sofresse processos inúteis, pois o senhor não respondeu à minha carta de 10 de maio passado. Portanto, não considere errado que eu lhe peça imediatamente o reembolso das três letras e de todos os meus gastos.

Receba minhas saudações,

MÉTIVIER

Como não tinha ouvido falar mais nada dessa história, Ève, pouco entendida em direito comercial, pensava que o irmão tinha reparado o crime pagando as promissórias falsificadas.

— Meu marido — disse ela a David —, corra, antes de mais nada, à casa de Petit-Claud, explique nossa situação e o consulte.

12

O QUE SE CHAMA ATEAR FOGO NOS NEGÓCIOS

— Meu amigo — disse o pobre impressor ao entrar no escritório de seu colega, para onde saíra em disparada —, eu não sabia, quando você veio me anunciar sua nomeação e me oferecer seus serviços, que poderia precisar deles tão rápido.

Petit-Claud estudou o belo semblante de pensador que lhe apresentava aquele homem sentado numa poltrona à sua frente, pois não ouviu os detalhes do negócio, que conhecia melhor que quem os explicava. Ao ver Séchard entrando aflito, pensou: "O golpe deu certo!". Essa cena se representa com muita frequência no fundo dos escritórios dos advogados. "Por que os Cointet o perseguem?...", perguntava-se Petit-Claud. Faz parte do espírito dos advogados penetrar igualmente bem na alma de seus clientes como na de seus adversários: devem conhecer o avesso tão bem quanto o direito da trama judiciária.

— Você quer ganhar tempo — respondeu enfim Petit-Claud a Séchard, quando este terminou. — De quanto precisa, algo como três ou quatro meses?

— Oh, quatro meses, e estou salvo! — exclamou David, a quem Petit-Claud pareceu um anjo.

— Muito bem, não tocarão em nenhum de seus móveis e não poderão prendê-lo antes de três ou quatro meses... Mas isso lhe custará caro — disse Petit-Claud.

— E o que me importa! — exclamou Séchard.

— Está esperando uma entrada de dinheiro? Tem certeza?... — perguntou o solicitador, quase surpreso diante da facilidade com que seu cliente caía na armadilha.

— Daqui a três meses serei rico — respondeu o inventor com uma segurança de inventor.

— Seu pai ainda não está com um pé na cova — respondeu Petit-Claud —, ele faz questão de continuar com um pé nos vinhedos...

— E eu lá conto com a morte de meu pai?... — retrucou David. — Estou na pista de um segredo industrial que me permitirá fabricar sem um fiapo de algodão um papel tão resistente como o papel da Holanda, e pela metade do atual preço de custo da polpa de algodão.

— É uma fortuna — exclamou Petit-Claud, que então compreendeu o plano do Cointet alto.

— Uma grande fortuna, meu amigo, pois daqui a dez anos será preciso dez vezes mais papel do que se consome hoje. O jornalismo vai ser a loucura de nossa época!

— Ninguém conhece seu segredo?

— Ninguém, exceto minha mulher.

— Você não contou seu projeto, seu programa para ninguém?... Para os Cointet, por exemplo?

— Falei, mas vagamente, creio!

Um raio de generosidade passou pela alma cheia de fel de Petit-Claud, que tentou conciliar tudo, o interesse dos Cointet, o seu e o de Séchard.

— Escute, David, somos companheiros de liceu e vou defendê-lo; mas saiba que essa defesa contra a lei lhe custará de cinco a seis mil francos!... Não comprometa sua fortuna. Acho que você será obrigado a dividir os lucros de sua invenção com algum de nossos fabricantes. Vejamos: você terá de pensar duas vezes antes de comprar ou mandar construir uma fábrica de papel. Precisará, aliás, registrar uma patente de invenção... Tudo isso toma tempo e exige dinheiro. Os oficiais de justiça talvez caiam em cima de você antes da hora, apesar dos desvios que faremos para ludibriá-los...

— Eu tenho meu segredo! — respondeu David, com a ingenuidade do cientista.

— Pois é, seu segredo será sua tábua de salvação — continuou Petit-Claud, rechaçado em sua primeira e leal intenção de evitar um processo graças a um acordo amigável —, não quero conhecê-lo; mas me escute bem: tente trabalhar nas entranhas da terra, que ninguém o veja e que ninguém desconfie dos seus meios de execução, pois sua tábua lhe seria roubada debaixo de seus pés... Um inventor costuma esconder sob a pele um crédulo! Vocês pensam demais em seus segredos para conseguirem pensar em tudo. Acabarão desconfiando do objeto das suas pesquisas, você está cercado de fabricantes! Tantos fabricantes significam tantos inimigos! Vejo-o como o castor no meio dos caçadores, não lhes dê sua pele...

— Obrigado, meu caro companheiro, pensei em tudo isso — exclamou Séchard —; mas lhe sou grato por me mostrar tanta prudência e solicitude!... Nesse empreendimento não se trata de mim. Para mim, mil e duzentos francos de renda bastariam, e um dia desses meu pai deve me deixar pelo menos três vezes isso... Vivo do amor e de minhas ideias!... Uma vida celeste... Trata-se de Lucien e de minha mulher, é para eles que trabalho...

— Vamos, assine-me esta procuração e não cuide de mais nada além da sua descoberta. No dia em que for preciso escondê-lo por causa da ordem de prisão, vou preveni-lo na véspera, pois tem de se prever tudo. E me permita dizer que não deixe entrar em sua casa ninguém em quem não confie como em si mesmo.

— Cérizet não quis renovar o contrato de exploração de minha tipografia, e daí vieram nossas pequenas agruras financeiras. Portanto, só restam em casa Marion e Kolb, alsaciano que é como um cãozinho para mim, minha mulher e minha sogra...

— Escute — disse Petit-Claud —, desconfie do cãozinho...

— Você não o conhece — exclamou David. — Kolb é como se fosse eu mesmo.

— Quer me deixar testar?...

— Quero — disse Séchard.

— Bem, adeus. Mas me envie a bela senhora Séchard, uma procuração de sua mulher é indispensável. E, meu amigo, pense bem que seus negócios podem pegar fogo — disse Petit-Claud ao companheiro, prevenindo-o assim contra todos os infortúnios judiciários que iam cair em cima dele.

"Eis-me, então, com um pé em cada campo", pensou Petit-Claud depois de ter acompanhado o amigo David Séchard até a porta do escritório.

Às voltas com os aborrecimentos causados pela falta de dinheiro, às voltas com as tristezas causadas pelo estado de espírito de sua mulher, arrasada com a infâmia de Lucien, David continuava a procurar a solução de seu problema!... Ora, no caminho entre sua casa e a de Petit-Claud, ele mastigara por distração um talo de urtiga que pusera dentro d'água para conseguir um curtimento qualquer dos talos empregados como matéria de sua pasta. Queria substituir as diversas triturações operadas pela maceração, ou pela tecelagem, ou, em suma, pelo uso de tudo o que se transforma em fio, tecido ou trapo, por processos equivalentes. Quando ia andando pelas ruas, bastante satisfeito com a conversa que tivera com o amigo Petit-Claud, percebeu entre os dentes uma bola de polpa: pegou-a na mão, esticou-a e viu uma pasta superior a todas as composições que tinha conseguido, pois o principal inconveniente das pastas obtidas com vegetais é a falta de liga. Por isso a palha dá um papel quebradiço, quase metálico e sonoro. Esses acasos só são descobertos pelos audaciosos pesquisadores das causas naturais!

"Vou substituir a operação que acabo de fazer automaticamente", pensou, "por outra feita por uma máquina e um agente químico." E apareceu diante da mulher com a alegria de sua crença num triunfo.

— Oh, meu anjo, não se preocupe! — disse David ao ver que a mulher tinha chorado. — Petit-Claud nos garantiu alguns meses de tranquilidade. Vão me significar gastos; mas, como ele disse ao me levar à porta: "Todos os franceses têm o direito de fazer seus credores esperarem, contanto que acabem lhes pagando o capital, os juros e as custas!"... Pois bem, nós pagaremos!...

— Temos de viver!... — disse a pobre Ève, que pensava em tudo.

— Ah, é verdade! — respondeu David, levando a mão ao ouvido com esse inexplicável gesto familiar a quase todas as pessoas que ficam embaraçadas.

— Minha mãe tomará conta do nosso pequeno Lucien e posso recomeçar a trabalhar — ela disse.

— Ève! Oh, minha Ève! — exclamou David, com lágrimas nos olhos, pegando sua mulher e a apertando contra o peito. — Ève! A dois passos daqui, em Sainte, no século XVI um dos maiores homens da França, pois não foi só o inventor dos esmaltes, foi também o glorioso precursor de Buffon, de Cuvier, descobriu, esse homem ingênuo, a geologia antes deles! Bernard de Palissy sofria da paixão dos pesquisadores de segredos, mas via a mulher e os filhos, todo um bairro contra ele. A mulher vendia seus utensílios... Ele perambulava pelo campo, incompreendido!... Perseguido, apontado a dedo!... Mas, eu, eu sou amado...

— Bem-amado — respondeu Ève com uma santa e plácida expressão.

— Nesse caso é possível sofrer tudo o que sofreu o pobre Bernard de Palissy, o autor das faianças de Écouen e que Carlos IX salvou da noite de São Bartolomeu, e que no final, velho, rico e homenageado, deu a toda a Europa aulas públicas sobre sua *ciência das terras*, como ele a chamava.

— Enquanto meus dedos tiverem a força de segurar um ferro de engomar, nada lhe faltará! — exclamou a pobre mulher no tom da dedicação mais profunda. — Na época em que eu dirigia as empregadas da senhora Prieur, era amiga de uma mocinha muito comportada, Basine Clerget, prima de Postel; pois bem! Ao me trazer minha roupa fina, Basine veio me anunciar que vai suceder à senhora Prieur; irei trabalhar com ela!...

— Ah, não vai trabalhar muito tempo! — respondeu Séchard. — Descobri...

Pela primeira vez a sublime crença no sucesso, que sustenta os inventores e lhes dá a coragem de ir em frente pelas florestas virgens do país das descobertas, foi acolhida por Ève com um sorriso quase triste, e David baixou a cabeça com um gesto fúnebre.

— Oh, meu marido, não debocho, não rio, não duvido! — exclamou a bela Ève, pondo-se de joelhos diante do marido. — Mas vejo como você tinha razão em manter o mais profundo silêncio sobre suas experiências, sobre suas esperanças. Sim, meu amor, os inventores devem esconder de todo mundo, até mesmo de suas mulheres, o parto terrível de sua glória!... Uma mulher é sempre uma mulher. Sua Ève não pôde deixar de sorrir ao ouvi-lo dizer: "Descobri!"... pela décima sétima vez no mês.

David começou a rir de si mesmo com tanta sinceridade que Ève pegou sua mão e a beijou santamente. Foi um momento delicioso, uma dessas rosas de amor e ternura que florescem à beira dos mais áridos caminhos da miséria e às vezes no fundo dos precipícios.

13

O PAI E OS DOIS EMPREGADOS

Ève redobrou de coragem ao ver a desgraça redobrar de fúria. A grandeza de seu marido, sua ingenuidade de inventor, as lágrimas que às vezes ela flagrou nos olhos desse homem de coração e de poesia, tudo desenvolveu nela uma inacreditável força para resistir. Recorreu mais uma vez ao método que lhe tinha dado tão certo. Escreveu ao sr. Métivier para que anunciasse a venda da tipografia, oferecendo pagar a dívida com o dinheiro que ele conseguisse nessa venda e lhe suplicando que não arruinasse David com despesas inúteis. Diante dessa carta sublime, Métivier se fez de morto: seu principal auxiliar respondeu que, na ausência do sr. Métivier, ele não podia se responsabilizar por suspender o processo. Este não era o costume de seu patrão ao tratar de negócios. Ève propôs renovar as letras, arcando com todas as despesas, e o auxiliar consentiu, contanto que o pai de David Séchard desse seu aval, garantindo que as pagaria. Então Ève foi a pé a Marsac, na companhia da mãe e de Kolb. Enfrentou o velho viticultor, foi encantadora, conseguiu alegrar aquele velho rosto; mas quando, com o coração trêmulo, falou do aval, viu uma mudança completa e súbita naquela face impregnada de bebida.

— Se eu desse a meu filho a liberdade de pôr a mão em meus lábios, à beira de meu caixão, ele a penetraria até o fundo de minhas entranhas!... — exclamou. — Todos os filhos comem diretamente da bolsa paterna. E como foi que eu fiz? Jamais custei um tostão furado a meus pais. A tipografia de vocês está às moscas. Os camundongos e os ratos são os únicos que imprimem ali dentro... Você é bonita, gosto de você, mulher maravilhosa e cuidadosa. Mas meu filho!... Sabe o que é David?... Pois bem! É um cientista vadio! Se eu o tivesse *bandonado* como me *bandonaram*, sem conhecer as letras, e se eu tivesse feito dele um *urso*, como o pai dele, agora teria rendas... Ai! Esse rapaz aí é minha cruz, sabe! E, por desgraça, é um bem único, pois nunca existirá uma *segunda tiragem*! Para completar, ele a faz infeliz...

Ève protestou com um gesto de absoluta negação.

— Sim — continuou, respondendo a esse gesto —, você foi obrigada a pegar uma ama de leite, a tristeza secou seu leite. Eu sei tudo, ora essa! Vocês estão indo ao tribunal e sendo falados por toda a cidade. Eu era apenas um *urso*, não sou um cientista, não fui chefe de oficina dos senhores Didot, a glória da tipografia; mas nunca recebi um papel da justiça! Sabe o que penso quando vou para minhas vinhas, cuidando delas e colhendo, e fazendo meus negocinhos?... Penso: "Meu pobre velho, você tem tanto trabalho, junta escudo em cima de escudo, deixará seus belos bens, e vai deixá-los para os oficiais de justiça, para os advogados ou para as quimeras... para as ideias...". Veja, minha filha, você é mãe deste garotinho, que me pareceu ter a fuça do avô no meio do rosto quando o segurei na pia batismal junto com a senhora Chardon. Pois bem! Pense menos em Séchard do que neste malandrinho aqui... Só tenho confiança em você... Só você pode impedir a dissipação de meus bens... de meus pobres bens...

— Mas, querido papai Séchard, seu filho será sua glória e um dia o senhor o verá rico por mérito próprio e com a cruz da Legião de Honra na lapela...

— Mas que diachos ele vai fazer para isso? — perguntou o viticultor.

— O senhor vai ver!... Mas até lá, mil escudos o arruinariam?... Com mil escudos o senhor faria os processos acabarem... Pois é, se não tem confiança nele, empreste-os a mim, eu os devolverei, o senhor os hipotecará com meu dote, com meu trabalho...

— Então David Séchard está sendo processado? — exclamou o viticultor, espantado ao saber que o que ele pensava ser calúnia era verdade. — É nisso que dá saber assinar o nome!... E meus aluguéis!... Ah! Preciso ir a Angoulême, minha filhinha, para acertar minha vida e consultar Cachan, meu advogado... Você fez muitíssimo bem de vir me ver... Um homem prevenido vale por dois!

Depois de uma luta de duas horas, Ève foi obrigada a ir embora, derrotada por esse argumento invencível: "As mulheres não entendem nada de negócios". Tendo chegado com a vaga esperança de conseguir, Ève refez o caminho de Marsac a Angoulême quase prostrada. Chegou justamente a tempo de receber a notificação do julgamento que condenava Séchard a pagar tudo a Métivier. Na província, a presença de um oficial de justiça na porta de uma casa é um acontecimento; mas fazia algum tempo que Doublon ia lá com muita frequência para que a vizinhança não comentasse nada. Por isso, Ève não mais se atrevia a sair de casa, tinha medo de ouvir cochichos ao passar.

— Oh, meu irmão, meu irmão! — exclamou a pobre Ève, precipitando-se pelo corredor e subindo as escadas. — Eu só poderia perdoá-lo se se tratasse da...

— Infelizmente — disse-lhe Séchard, que ia ao seu encontro —, tratava-se de evitar o suicídio.

— Não falemos mais disso, nunca mais — ela respondeu, suave. — A mulher que arrastou Lucien para esse abismo em Paris é uma criminosa!... E seu pai, meu David, é um tanto impiedoso!...

— Soframos calados.

Uma discreta batida à porta deixou em suspenso nos lábios de David alguma palavra carinhosa, e Marion se apresentou, rebocando o grande e gordo Kolb.

— Madame, Kolb e eu — ela disse — soubemos que o senhor e a senhora andavam bem atormentados; e como nós temos, juntos, mil e seiscentos francos de economias, pensamos que não podiam estar melhor do que em suas mãos...

— *Tó matame* — repetiu Kolb com entusiasmo.

— Kolb — exclamou David Séchard —, você e eu jamais nos separaremos. Leve mil francos por conta para Cachan, mas pedindo um recibo; guardaremos o resto. Kolb, que nenhuma força humana arranque uma palavra de você sobre o que eu faço, sobre minhas horas de ausência, sobre o que me vê trazer, e quando eu lhe mandar buscar as ervas, sabe, que nenhum olho humano o veja... Procurarão, meu bom Kolb, seduzi-lo, irão lhe oferecer talvez mil, dez mil francos para falar...

— *Nem se me ofrecezem tez milhons queu non tiria uma palavra*! *Enton queu non conhezo a obetiência milidar*?

— Você está avisado, marche! E vá pedir ao senhor Petit-Claud que assista à entrega dessa quantia ao senhor Cachan.

— *Tá* — disse o alsaciano —, *eu inda esperro ser bocado rico um tia pra dar uma surra naquele home ta justiza*! *Non gosto ta cara dele*!

— Kolb é um bom homem, madame — disse a gorda Marion —, é forte como um touro e manso como um carneiro. Taí um que faria a felicidade de qualquer mulher. Mas foi ele que teve a ideia de aplicar assim os nossos ordenados, que ele chama de *ortenatos*! Pobre homem! Se fala tão mal, pensa bem, e mesmo assim o entendo. Está com a ideia de ir trabalhar com outras pessoas para não nos custar muito...

— Deveríamos enriquecer unicamente para poder recompensar essa brava gente — disse Séchard, olhando para sua mulher.

Ève achava tudo aquilo muito simples, não se espantava por encontrar almas à altura da sua. Sua atitude teria explicado toda a beleza de seu caráter às criaturas mais estúpidas, e até a um indiferente.

— O senhor será rico, meu querido patrão, o senhor está com pão saindo do forno — exclamou Marion —, seu pai acaba de comprar uma granja, ele está lhe arrumando umas rendas, hein!...

Naquela circunstância, as palavras ditas por Marion para, de certo modo, diminuir o mérito de sua ação não traíam uma finíssima delicadeza?

14

O INCÊNDIO ALIMENTADO POR PETIT-CLAUD E CACHAN, ASSISTIDOS POR DOUBLON

Como todas as coisas humanas, o código processual francês tem vícios. No entanto, assim como uma arma tem dois gumes, ele serve tanto à defesa como ao ataque. Ademais, tem isso de engraçado de que, se dois advogados se entendem (e podem se entender sem precisar trocar duas palavras, pois se compreendem só pela rotina que seguem na aplicação do código processual!), um processo, então, fica parecido com a guerra, como aquela que fez o primeiro marechal de Biron, a quem o filho propôs, durante o cerco de Rouen, um meio de tomar a cidade em dois dias. "Mas você está com tanta pressa", ele lhe disse, "de ir plantar nossas couves?" Dois generais podem eternizar a guerra sem chegar a nada de decisivo e poupando suas tropas, segundo o método dos generais austríacos, a quem o Conselho Áulico jamais critica quando fazem um acordo fracassar a fim de deixar os soldados tomarem a sopa. Os drs. Cachan, Petit-Claud e Doublon se comportaram ainda melhor que os generais austríacos, pois se espelharam num austríaco da Antiguidade: Fábio *Cunctator*!*

Petit-Claud, manhoso como uma mula, logo percebeu todas as vantagens de sua situação. Desde que o pagamento das despesas a fazer estava garantido pelo Cointet alto, prometeu a si mesmo usar de manha com Cachan e mostrar

* O general romano Quinto Fabio (275-203 a.C.), conhecido como "contemporizador" por sua tática prudente ao combater Aníbal.

ao fabricante de papel como era genial e brilhante, criando dificuldades que caíssem nas costas de Métivier. Mas, infelizmente para a glória desse jovem Fígaro da Chicana, o historiador deve passar pelo terreno de suas façanhas como se andasse em cima de carvões em brasa. Um só memorando com as custas, como aquele feito em Paris, provavelmente basta para esta história dos costumes contemporâneos. Portanto, imitemos o estilo dos comunicados do Exército Imperial,* pois, para a compreensão do relato, quanto mais rápido for o enunciado dos feitos e gestas de Petit-Claud, melhor será esta página exclusivamente judiciária.

Intimado a 3 de julho ao tribunal de comércio de Angoulême, David não se apresentou; a sentença lhe foi comunicada no dia 8. No 10, Doublon a executou e tentou, no 12, uma penhora à qual se opôs Petit-Claud, intimando novamente Métivier para comparecer em quinze dias. De seu lado, Métivier achou esse tempo muito longo, fez nova intimação no dia seguinte, em regime de urgência, e obteve, no 19, uma sentença que indeferiu a oposição feita por Séchard. Essa sentença, notificada rapidamente no 21, autorizou uma execução no 22, um mandado de prisão no 23, e um auto de penhora no 24. Essa fúria de penhorar foi embargada por Petit-Claud, que a ela se opôs interpondo recurso na Corte Real. Essa apelação, reiterada em 15 de julho, levava Métivier a Poitiers. "Tudo bem", pensou Petit-Claud, "vamos parar por aqui, por algum tempo." Já com a tempestade dirigida para Poitiers, para um advogado da Corte Real a quem Petit-Claud deu instruções, esse defensor de dupla face mandou intimar em regime de urgência David Séchard, por meio da sra. Séchard, para que se procedesse à separação de bens. Segundo a expressão do tribunal, ele *diligenciou* de modo a obter a sentença da separação de bens em 28 de julho, publicou-a no *Courrier de*

* Os comunicados militares das campanhas de Napoleão, em linguagem quase telegráfica, eram publicados em jornais e depois vendidos, com grande sucesso, em folhetins por ambulantes.

la Charente, notificou-o devidamente e, em 1º de agosto, fazia-se perante o tabelião uma liquidação da parte da sra. Séchard, que a constituía credora do marido pela módica quantia de dez mil francos que o apaixonado David lhe reconhecera como dote pelo contrato de casamento, e para cujo pagamento ele lhe entregou o mobiliário de sua tipografia e o do domicílio conjugal.

Enquanto Petit-Claud punha assim a salvo os bens do casal, fazia triunfar em Poitiers a alegação em que baseara seu recurso. Segundo ele, David não devia ser passível de arcar com as despesas feitas em Paris na ação contra Lucien de Rubempré, tanto mais que o Tribunal Civil do Sena as deixara, por sentença, a cargo de Métivier. Esse sistema adotado pelo tribunal foi consagrado num aresto que confirmou as condenações proferidas na sentença do Tribunal de Comércio de Angoulême contra Séchard filho, excluindo uma soma de seiscentos francos referente às custas de Paris, agora a cargo de Métivier, e compensando algumas despesas entre as partes, relativas ao incidente que motivara a apelação de Séchard. Esse aresto, comunicado em 17 de agosto a Séchard filho, se traduziu, no 18, por uma ordem para pagar o capital, os juros e as custas devidas, seguida de um auto de penhora no 20. Nisso, Petit-Claud interveio em nome da sra. Séchard e reivindicou a mobília como pertencendo à esposa, devidamente separada. Ademais, Petit-Claud mandou intimar Séchard pai, que se tornara seu cliente. Eis o motivo.

No dia seguinte da visita que lhe fez sua nora, o viticultor fora ver seu advogado em Angoulême, o dr. Cachan, a quem perguntou como reaver seus aluguéis comprometidos na confusão em que o filho se metera.

— Não posso representar o pai quando estou processando o filho — disse-lhe Cachan —, mas vá ver Petit-Claud, ele é muito hábil, e talvez lhe sirva ainda melhor que eu...

No tribunal, Cachan disse a Petit-Claud:

— Encaminhei a você o Séchard pai, represente-o para mim, com direito a desforra.

Entre advogados, serviços dessa espécie se prestam tanto na província como em Paris.

No dia seguinte em que Séchard pai confiou seu problema a Petit-Claud, o Cointet alto foi ver seu cúmplice e lhe disse:

— Trate de dar uma lição no velho Séchard! Ele é homem de jamais perdoar o filho por lhe custar mil francos; e esse gasto secará em seu coração qualquer pensamento generoso, se é que o tinha!

— Vá para seus vinhedos — disse Petit-Claud ao novo cliente —, seu filho não anda feliz, não vá esbulhá-lo ainda mais indo comer na casa dele. Mandarei chamá-lo quando chegar a hora.

Portanto, em nome de Séchard, Petit-Claud alegou que as prensas, agora estando lacradas, se tornavam bens imóveis por destinação, tanto mais que desde o reino de Luís XIV a casa abrigava uma tipografia. Cachan, indignado em nome de Métivier, que depois de ter descoberto, em Paris, que os móveis de Lucien pertenciam a Coralie, descobria agora, em Angoulême, que os móveis de David pertenciam à mulher e ao pai (lindas observações foram feitas quanto a isso na audiência), intimou pai e filho para que abrissem mão de tais pretensões.

— Queremos — exclamou — desmascarar as fraudes desses homens que exibem as mais temíveis fortificações da má-fé; que fazem dos artigos mais inocentes e mais claros do Código umas trincheiras atrás das quais se defender! E contra quê? Contra pagar três mil francos! Tirados de onde?... Da caixa do pobre Métivier. E ousam acusar os que descontam promissórias! Em que tempo vivemos!... Em suma, fico pensando se não é para ver quem consegue pegar mais dinheiro do vizinho!... Os senhores não sancionarão uma pretensão que introduziria a imoralidade no cerne da justiça!...

O tribunal de Angoulême, comovido com a bela defesa de Cachan, proferiu uma sentença, depois de ouvir todas as partes, dando a propriedade dos móveis da casa somente à sra. Séchard, rejeitando as pretensões do velho Séchard e o condenando a pagar quatrocentos e trinta e quatro francos e sessenta e cinco centavos de custas.

— Deu-se mal o velho Séchard — disseram, rindo, os advogados —, quis pôr a mão na cumbuca, agora que pague!

Em 26 de agosto essa sentença foi comunicada de modo a ser possível arrestar as prensas e os acessórios da tipografia em 28 de agosto. Afixaram os editais!... Obtiveram, por meio de petição, uma sentença para poder vender os bens no próprio local. Publicaram o anúncio do leilão nos jornais e Doublon se vangloriou de conseguir proceder à verificação e à venda no dia 2 de setembro.

Nessa altura, David Séchard estava devendo a Métivier, pela sentença e pelas cartas precatórias expedidas, um total de cinco mil, duzentos e setenta e cinco francos e vinte e cinco centavos, não incluídos os juros. Devia a Petit-Claud mil e duzentos francos mais os honorários, cujo valor era deixado, por analogia com a nobre confiança dos cocheiros que ficam dando voltas com o cliente, à sua generosidade. A sra. Séchard devia a Petit-Claud cerca de trezentos e cinquenta francos, mais os honorários. O velho Séchard devia seus quatrocentos e trinta e quatro francos e sessenta e cinco centavos, e Petit-Claud lhe cobrava de honorários cem escudos. Portanto, o total podia chegar a dez mil francos. Excetuando a utilidade desses documentos para as nações estrangeiras que neles poderão ver o jogo da artilharia judiciária na França, é necessário que o legislador, se todavia o legislador tem tempo para ler, conheça até onde pode chegar o abuso da rotina processual. Não se deveria arrumar uma leizinha que, em certos casos, proibisse aos advogados ultrapassar *em custas* a soma que está em jogo no processo? Acaso não é um tanto ridículo submeter uma propriedade de um centiare às formalidades que regem uma terra de um milhão?

Há de se compreender, por esta exposição bem sucinta de todas as fases pelas quais passava o processo, o valor destas palavras: *forma*, *justiça*, *custas*, do qual não desconfia a imensa maioria dos franceses. Eis o que se chama, na gíria de tribunal, atear fogo aos negócios de um homem. Os caracteres da tipografia, que pesavam duas toneladas e meia, valiam, pelo preço do ferro fundido, dois mil francos. As três prensas valiam seiscentos francos. O resto do material seria vendido como sucata e madeira velha. Os móveis do lar teriam rendido no máximo mil francos. Assim, os bens que pertenciam a Séchard filho e representavam uma soma de cerca de quatro mil francos, Cachan e Petit-Claud os transformaram em pretexto para sete mil francos de custas, sem contar com o futuro, cuja flor prometia frutos muito bonitos, como veremos. Sem dúvida, os profissionais da França e de Navarra, até mesmo os da Normandia, concederão sua estima e admiração a Petit-Claud, mas as pessoas de bom coração não concederão uma lágrima de simpatia a Kolb e a Marion? Durante essa guerra, Kolb, sentado numa cadeira, na porta do corredor, quando David não precisava dele, cumpria os deveres de um cão de guarda. Recebia os atos judiciários, sempre vigiado, aliás, por um escrevente de Petit-Claud. Quando os cartazes anunciavam a venda do material que compunha uma tipografia, Kolb os arrancava assim que o colador de cartazes os afixava, e corria pela cidade para retirá-los, exclamando: "*Savados*!... *Atormendar um home tam bom*! *E eles chamam izo de chustiza*?". Marion ganhava na parte da manhã uma moeda de dez vinténs para rodar uma máquina numa fábrica de papel e a gastava na despesa diária. A sra. Chardon recomeçara, sem reclamar, os cansativos serões por conta de sua condição de acompanhante de doentes e entregava o salário à filha no fim de cada semana. Já tinha feito duas novenas, espantando-se em encontrar Deus surdo às suas preces e cego às luzes das velas que lhe acendia.

15

O AUGE DAS PERSEGUIÇÕES

No dia 12 de setembro, Ève recebeu a única carta que Lucien escreveu depois daquela em que anunciara ao cunhado a apresentação das três promissórias e que David escondera da mulher.

"Eis a terceira carta que terei dele desde sua partida", pensou a pobre irmã, hesitando em abrir o envelope fatal.

Nesse momento, ela dava leite a seu filho, alimentando-o com mamadeira pois tinha sido obrigada a despedir a ama de leite, por economia. Pode-se imaginar em que estado a deixou a leitura da seguinte carta, bem como a David, que ela foi acordar. Depois de ter passado a noite a fazer papéis, o inventor tinha se deitado já de manhãzinha.

Paris, 29 de agosto
Minha querida irmã,
Há dois dias, às cinco horas da manhã, recolhi o último suspiro de uma das mais belas criaturas de Deus, a única mulher capaz de me amar como você me ama, como me amam David e minha mãe, juntando a esses sentimentos tão desinteressados o que a mãe e a irmã não saberiam dar: todas as felicidades do amor! Depois de ter me sacrificado tudo, talvez a pobre Coralie tenha morrido por mim! Por mim, que neste momento não tem recursos para enterrá-la... Ela me consolou da vida; só vocês, meus anjos queridos, poderão me consolar de sua morte. Essa moça inocente foi, creio, absolvida por Deus, pois morreu de forma cristã. Oh, Pa-

ris!... Minha Ève, Paris é a um só tempo toda a glória e toda a infâmia da França, aqui já perdi muitas ilusões, e hei de perder outras mais, mendigando o pouco de dinheiro de que preciso para pôr em terra santa o corpo de um anjo!

Seu desgraçado irmão,

LUCIEN

P. S. — Devo ter lhe causado muitas tristezas com minha leviandade, um dia você saberá tudo e me desculpará. Aliás, deve ficar tranquila: ao ver Coralie e eu tão atormentados, um bom negociante a quem dei cruéis preocupações, o senhor Camusot, se encarregou de dar um jeito, conforme disse, nesse assunto.

— A carta ainda está úmida de suas lágrimas! — ela disse a David, olhando para ele com tanta compaixão que fazia brilhar em seus olhos alguma coisa do antigo afeto por Lucien.

— Pobre rapaz, deve ter sofrido muito, se era amado como diz!... — exclamou o feliz esposo de Ève.

E marido e mulher esqueceram todas as suas dores diante do grito daquela dor suprema. Nesse momento, Marion se precipitou dizendo:

— Madame, lá vêm eles!... Lá vêm eles!...

— Quem?

— Doublon e seus homens, o diabo, Kolb está brigando com eles, vão vender!

— Não, não, não venderão, sosseguem! — exclamou Petit--Claud, cuja voz ressoou na saleta que precedia o quarto —, acabo de entrar com um recurso. Vocês não devem ficar sob o peso de um julgamento que nos acusa de má-fé. Não pensei em me defender aqui. Para ganhar tempo, deixei Cachan tagarelar, tenho certeza de que vou triunfar mais uma vez em Poitiers...

— Mas quanto vai nos custar esse triunfo? — perguntou a sra. Séchard.

— Honorários, se a senhora triunfar, e mil francos se perdermos.

— Meu Deus — exclamou a pobre Ève —, mas o remédio não é pior que a doença?...

Ao ouvir esse grito da inocência iluminada pelo fogo judiciário, Petit-Claud ficou todo confuso, de tão bela era a moça.

O velho Séchard, chamado por Petit-Claud, chegou a essa altura. A presença do velho no quarto de seus filhos, onde o neto, no berço, sorria para a desgraça, completou a cena.

— Papai Séchard — disse o jovem advogado —, o senhor me deve setecentos francos por minha intervenção nesse caso, a seu pedido; mas os cobrará de seu filho, somando-os ao total de aluguéis que lhe são devidos.

O velho viticultor captou a ironia mordaz que Petit-Claud pôs no tom e no jeito de lhe dizer essa frase.

— Teria custado menos ter dado a fiança a seu filho! — disse-lhe Ève, afastando-se do berço para ir beijar o velho...

David, abatido com a visão do ajuntamento que se formara diante de sua casa, onde a luta de Kolb com o pessoal de Doublon atraíra muita gente, estendeu a mão ao pai mas não lhe disse bom-dia.

— E como posso lhe dever setecentos francos? — perguntou o velho a Petit-Claud.

— Mas porque, primeiro, eu o representei. Como se trata dos seus aluguéis, o senhor é, em relação a mim, solidário com seu devedor. Se seu filho não me pagar essas despesas, o senhor me pagará, o senhor... Mas isto não é nada, daqui a algumas horas vão querer pôr David na cadeia, o senhor o deixará ir?

— Quanto ele deve?

— Alguma coisa como cinco a seis mil francos, sem contar o que lhe deve e o que deve à mulher.

O velho, agora todo desconfiança, observou o quadro pungente que se apresentava a seus olhos naquele quarto azul e branco: uma bela mulher aos prantos junto de um berço, David se curvando sob o peso de suas tristezas, o advogado que talvez o atraíra como para uma armadilha; o urso pensou então que sua paternidade estava sendo posta em xeque por eles, e teve medo de ser explorado. Foi ver e acariciar a criança, que lhe estendeu suas mãozinhas. No meio de tantos aborrecimentos, a criança, cuidada como a de um par da Inglaterra, tinha sobre a cabeça uma touca bordada, forrada de rosa.

— Ora! Que David se arrume como puder, eu só penso nesta criança — exclamou o velho avô —, e a mãe dele me aprovará. David é tão sábio que deve saber como pagar suas dívidas.

— Vou lhe traduzir em bom francês — disse o advogado com ar zombeteiro — a verdadeira expressão de seus sentimentos. Sabe, *seu* Séchard, o senhor está com ciúme de seu filho. Ouça a verdade: pôs David na posição em que ele está, vendendo-lhe sua tipografia por três vezes o que ela valia, e o arruinando para que ele lhe pagasse esse preço digno de um agiota. Sim, não sacuda a cabeça: o jornal vendido aos Cointet e cujo preço foi embolsado inteiramente pelo senhor era exatamente o que valia sua tipografia... O senhor odeia seu filho porque o depenou, porque fez dele um homem superior a si mesmo. Faz de conta que ama prodigiosamente seu neto para mascarar a bancarrota de sentimentos que demonstra a seu filho e à sua nora, que lhe custariam dinheiro *hic et nunc*, ao passo que seu neto só precisa de sua afeição *in extremis*. Ama esse garotinho para parecer amar alguém de sua família e não ser taxado de insensibilidade. Eis o fundo do saco, *seu* Séchard...

— Foi para ouvir isso que me mandou vir aqui? — perguntou o velhote num tom ameaçador, olhando alternadamente para o advogado, a nora e o filho.

— Mas então o senhor jurou pela nossa ruína? — exclamou a pobre Ève se dirigindo a Petit-Claud. — Nunca meu marido se queixou do pai...

O viticultor olhou para a nora cheio de astúcia.

— Ele me disse cem vezes que o senhor o amava à sua maneira — ela declarou ao velho, compreendendo a desconfiança dele.

De acordo com as instruções do Cointet alto, Petit-Claud acabava de indispor pai e filho, a fim de que o pai não fizesse David sair da cruel posição em que estava. "No dia em que estivermos com David na cadeia", dissera na véspera o Cointet alto a Petit-Claud, "você será apresentado à senhora de Sénonches." A inteligência típica do afeto esclarecera a sra. Séchard, que adivinhava que aquela inimizade era de encomenda, assim como já tinha sentido a traição de Cérizet. Qualquer um há de imaginar facilmente o ar surpreso de David, que não conseguia entender como Petit-Claud conhecia tão bem seu pai e os negócios dele. O leal tipógrafo não sabia das ligações de seu defensor com os Cointet, e, aliás, ignorava que os Cointet estivessem por trás de Métivier. Para o velho viticultor, o silêncio de David era uma injúria; assim sendo, o advogado aproveitou o espanto de seu cliente para se retirar do local.

— Adeus, meu caro David, você está avisado, a ordem de prisão não é passível de ser revogada por recurso, só resta esse caminho aos seus credores, eles vão pegá-lo. Portanto, dê no pé!... Ou melhor, se acredita em mim, faça o seguinte: vá ver os irmãos Cointet, eles têm capital, e se sua descoberta for feita, se as promessas se confirmarem, associe-se a eles: pensando bem, eles são muito bonzinhos...

— Qual segredo? — perguntou o velho Séchard.

— Mas o senhor acha que seu filho é suficientemente bobo para ter abandonado a tipografia sem pensar em outra coisa? — exclamou o advogado. — Ele está a caminho, conforme me disse, de descobrir a maneira de fabricar por três francos a resma de papel, que neste momento custa dez francos...

— Mais um jeito de me apanharem! — exclamou o velho Séchard. — Vocês todos se entendem aqui como ladrões de feira. Se David descobriu isso, não precisa de mim, ei-lo milionário! Adeus, meus amiguinhos, boa-noite.

E o velho foi embora, pelas escadas.

— Pense em se esconder — disse Petit-Claud a David, antes de correr atrás do velho Séchard para exasperá-lo mais ainda.

O advogadozinho encontrou o viticultor resmungando na praça du Mûrier, levou-o de volta até L'Houmeau e se despediu, ameaçando pôr em cobrança as custas que lhe eram devidas se não fosse pago naquela semana.

— Vou lhe pagar, se me der os meios de deserdar meu filho sem prejudicar meu neto e minha nora!... — disse o velho Séchard quando se despediu abruptamente de Petit-Claud.

"Como o Cointet alto conhece bem seu mundo!... Ah! Bem que ele me dizia: esses setecentos francos impedirão o pai de pagar os sete mil francos que seu filho deve", pensou o advogadozinho enquanto subia de novo para Angoulême. "No entanto, não nos deixemos ludibriar por esse velho comerciante espertalhão, é hora de lhe pedir algo mais que palavras."

— Bem, David, o que você conta fazer, meu marido?... — perguntou Ève quando o velho Séchard e o advogado se foram.

— Ponha sua maior marmita no fogo, minha filha — exclamou David, olhando para Marion —, já sei como fazer!

Ao ouvir essa frase, Ève pegou seu chapéu, seu xale, seus sapatos com uma vivacidade febril.

— Vista-se, meu amigo — ela disse a Kolb —, você vai me acompanhar, pois preciso saber se existe um meio de sair desse inferno...

— Mas, senhor David — exclamou Marion quando Ève saiu —, seja sensato, do contrário a patroa vai morrer de tristeza. Ganhe dinheiro para pagar o que deve, e depois procure seus tesouros à vontade...

— Cale-se, Marion — respondeu David —, a última dificuldade será vencida. Terei tudo ao mesmo tempo: uma patente de invenção e uma patente de aperfeiçoamento.

A praga dos inventores, na França, é a patente de aperfeiçoamento. Um homem passa dez anos de sua vida a buscar um segredo industrial, uma máquina, uma descoberta qualquer, registra uma patente e se crê dono da coisa; é seguido por um concorrente que, se não previu tudo, pelo menos aperfeiçoa a invenção do outro graças a um parafuso, e assim a retira de suas mãos. Ora, ao inventar uma pasta barata para fabricar papel, nem tudo estava resolvido! Outros podiam aperfeiçoar esse processo. David Séchard queria prever tudo, a fim de não ver uma fortuna buscada em meio a tantas contrariedades lhe ser arrancada. O papel da Holanda (esse nome permanece para o papel fabricado inteiramente com fibra de linho, embora a Holanda não o fabrique mais) é ligeiramente colado;* mas ele se cola folha a folha graças a uma mão de obra que encarece o papel. Se fosse possível colar a pasta dentro da cuba, e com uma cola pouco dispendiosa (o que, aliás, hoje se faz, mas ainda de modo imperfeito), não sobraria nenhum aperfeiçoamento a ser descoberto. Portanto, fazia um mês que David procurava colar dentro da cuba a pasta de seu papel. Visava desvendar dois segredos ao mesmo tempo.

Ève foi ver a mãe. Por um acaso favorável, a sra. Chardon estava cuidando da mulher do magistrado que era o primeiro Substituto, a qual acabava de dar um herdeiro presuntivo à ilustre família dos Milaud de Nevers.

Ève, tendo desconfiança de todos os funcionários ministeriais, resolvera consultar, a respeito de sua situação, o defensor legal das viúvas e dos órfãos, e lhe perguntar se podia isentar David dos processos, obrigando a si mesma e vendendo seus próprios direitos; mas também esperava saber a verdade sobre o comportamento ambíguo de Petit-Claud.

O magistrado, surpreso com a beleza da sra. Séchard, a recebeu não só com as atenções devidas a uma mulher, mas também com uma espécie de cortesia com que Ève não estava acostumada. Em suma, ela viu nos olhos do magistrado essa expressão que, desde seu casamento, não mais encontrara a não ser em Kolb, e que para as mulheres belas como Ève é o *criterium* com que julgam os homens. Quando uma paixão, quando o interesse ou a idade gelam nos olhos de um homem o cintilar da obediência absoluta que neles se inflama na juventude, uma mulher passa então a desconfiar desse homem e se põe a observá-lo. Os Cointet, Petit-Claud, Cérizet, todas as pessoas em quem ela pressentira inimigos a tinham observado

* A colagem do papel é a operação que o torna impermeável à tinta: quanto mais um papel é colado, mais é de luxo.

com um olhar seco e frio. Portanto, sentiu-se à vontade com o Substituto, que, embora a recebendo graciosamente, destruiu em poucas palavras todas as suas esperanças.

— Não é certo, minha senhora — disse-lhe —, que a Corte Real reforme a sentença que restringe aos móveis domésticos a cessão que seu marido lhe fez de tudo o que possuía para lhe dar sua parte dos bens. O privilégio de que a senhora dispõe não deve servir para acobertar uma fraude. Mas como a senhora será admitida, na condição de credora, na partilha do valor obtido com os objetos penhorados, e como seu sogro deve exercer igualmente o privilégio dele em relação à soma dos aluguéis devidos, haverá, uma vez proferida a sentença, matéria para outras contestações a respeito do que chamamos, em termos de direito, uma *contribuição*.*

— Mas então o senhor Petit-Claud está nos arruinando?... — ela exclamou.

— O comportamento de Petit-Claud — continuou o magistrado — é conforme ao mandato dado por seu marido, que quer, pelo que diz seu advogado, ganhar tempo. A meu ver, talvez seja melhor desistir da apelação e a senhora e seu sogro se apresentarem como compradores no leilão dos utensílios mais necessários ao seu negócio, a senhora no limite daquilo que deve lhe caber, e ele no limite do total dos aluguéis... Mas seria ir rápido demais ao objetivo. Os advogados os estão enrolando!

— Então eu ficaria nas mãos do senhor Séchard, o pai, a quem deveria o aluguel dos utensílios e o da casa; ainda assim meu marido continuaria à mercê dos processos do senhor Métivier, que não teria recebido quase nada...

— Sim, minha senhora.

— Pois nesse caso nossa situação seria pior que essa em que estamos...

— A força da lei, minha senhora, pertence, definitivamente, ao credor. Os senhores receberam três mil francos, necessariamente terão de pagá-los...

* Partilha do valor dos bens do devedor entre os diversos credores.

— Oh, senhor! Então nos crê capazes de...

Ève parou, ao perceber o perigo que sua justificação podia fazer seu irmão correr.

— Ah! Eu bem sei — prosseguiu o magistrado — que esse negócio é obscuro tanto do lado dos devedores, que são probos, educados, grandes até!, e do lado do credor, que não passa de um testa de ferro...

Ève, apavorada, olhava perplexa para o magistrado.

— Compreenda — ele lhe disse com um olhar cheio de grande delicadeza — que enquanto estamos sentados a ouvir as defesas dos senhores advogados temos todo o tempo para refletir sobre o que se passa diante de nossos olhos.

Ève voltou ao desespero de sua inutilidade. Às sete da noite, Doublon chegou com o documento do tribunal comunicando a David a prisão iminente. Portanto, nessa hora a perseguição chegou ao auge.

— A partir de amanhã — disse David — não poderei mais sair, a não ser de noite.

Ève e a sra. Chardon caíram em prantos. Para elas, esconder-se era uma desonra.

16

COMO A PRISÃO POR DÍVIDA QUASE NÃO EXISTE NA PROVÍNCIA

Ao saber que a liberdade de seu patrão estava ameaçada, Kolb e Marion se alarmaram, tanto mais que fazia muito tempo que o achavam sem a menor malícia; e temeram tanto por ele que foram encontrar a sra. Chardon, Ève e David, a pretexto de saber em que a dedicação deles poderia ser útil. Chegaram quando as três criaturas, para quem a vida fora até agora tão simples, choravam ao perceber a necessidade de esconder David. Mas como escapar aos espiões invisíveis que, de agora em diante, deviam observar as menores iniciativas daquele homem, infelizmente tão distraído?

— *Se a matame quizer esperrar uns guinze minutinhos, fou fazer um reconhezimento no campo inimigo* — disse Kolb —, *e a zenhora verrá queu entento disso, mesmo queu tenha cheito de alemon*; *gomo eu sou um francês de ferdade, tampém tenho esperteza.*

— Ah, madame! — disse Marion —, deixe-o ir, ele só pensa em preservar o patrão, não tem outras ideias. Kolb não é um alsaciano. É... o quê?... um verdadeiro terra-nova.

— Vá, meu bom Kolb — disse-lhe David —, ainda temos tempo de tomar uma decisão.

Kolb correu até a casa do oficial de justiça, onde os inimigos de David, reunidos em conselho, examinavam os meios de controlá-lo.

A detenção de devedores é, na província, um fato exorbitante, anormal, se é que um dia aconteceu. Primeiro, todos se conhecem bem demais para que alguém jamais empregue um meio tão odioso. Credores e devedores devem se encontrar cara a cara durante toda a vida. Depois, quando um comerciante, um bancarroteiro, para usar as expressões da província, que não transige com essa espécie de roubo legal, cogita de uma vasta falência, Paris lhe serve de refúgio. Paris é, de certa forma, a Bélgica da província: ali se encontram retiros quase impenetráveis, e o mandado do oficial de justiça que esteja correndo atrás de alguém expira nos limites de sua jurisdição. Há outros impedimentos quase dirimentes. Assim, a lei que consagra a inviolabilidade do domicílio reina sem exceções na província; o oficial de justiça não tem direito, como tem em Paris, de penetrar numa casa alheia para prender o devedor. O Legislador acreditou dever excetuar Paris, por causa da reunião constante de várias famílias na mesma casa. Mas na província, para violar o domicílio do próprio devedor o oficial de justiça deve ser assistido pelo juiz de paz. Ora, o juiz de paz, que tem sob sua alçada os oficiais de justiça, é mais ou menos quem decide dar ou recusar seu concurso. Em louvor dos juízes de paz, deve-se dizer que essa obrigação lhes pesa, e eles não querem servir a paixões cegas ou vinganças. Há ainda outras dificuldades não menos graves e que tendem a modificar a crueldade totalmente inútil da lei sobre a prisão por dívida, pela força dos costumes que volta e meia muda as leis a ponto de anulá-las. Nas cidades grandes, existem muitos miseráveis, gente depravada, sem eira nem beira, para servir de espiões; mas nas cidades pequenas todos se conhecem demais para que alguém possa se pôr a soldo de um oficial de justiça. Qualquer um da classe mais baixa que se prestasse a esse gênero de degradação seria obrigado a sair da cidade. Portanto, não sendo a prisão de um devedor alvo da indústria privilegiada dos fiscais do comércio, como é em Paris ou nos grandes centros populacionais, ela se torna uma diligência processual extremamente difícil, um combate de esperteza entre o devedor e o oficial de justiça, cujas invenções às vezes forneceram agradabilíssimos relatos para as páginas policiais dos jornais parisienses.

O Cointet mais velho não quisera se mostrar, mas o Cointet gordo, que se dizia encarregado desse caso por Métivier, fora à casa de Doublon com Cérizet, agora seu chefe de oficina, e cuja cooperação fora conquistada em troca da promessa de uma nota de mil francos. Doublon devia contar com dois de seus guardas de comércio. Assim, os Cointet já tinham três cães farejadores para vigiar sua presa. Aliás, no momento da prisão Doublon poderia recorrer à gendarmaria, que, nos termos das sentenças, deve auxiliar o oficial de justiça que a tiver requisitado. Portanto, essas cinco pessoas estavam naquele momento reunidas na sala do dr. Doublon, no térreo da casa, ao lado do escritório.

Entrava-se no escritório por um corredor ladrilhado bem largo, que formava como que uma alameda. A casa tinha uma simples portinhola, de cada lado da qual se viam as placas ministeriais douradas, trazendo no meio, em letras pretas: OFICIAL DE JUSTIÇA. As duas janelas dando para a rua eram protegidas por sólidas grades de ferro. O escritório tinha vista para um jardim, em que o oficial de justiça, amante de Pomona, cultivava pessoalmente, com grande êxito, umas latadas. A cozinha dava de frente para o escritório, e atrás da cozinha se via a escada pela qual se subia até o andar de cima. Essa casa ficava numa ruazinha atrás do novo Palácio da Justiça, então em construção, e que só ficou pronto depois de 1830. Esses pormenores não são inúteis para a compreensão do que aconteceu com Kolb. O alsaciano inventara de se apresentar ao oficial de justiça com a desculpa de lhe entregar seu patrão; assim ficaria sabendo quais seriam as armadilhas que iam lhe montar e conseguiria preservá-lo. A cozinheira foi abrir, Kolb manifestou o desejo de falar de negócios com o dr. Doublon. Contrariada por alguém a incomodar enquanto lavava a louça, ela abriu a porta do escritório dizendo a Kolb, para ela um desconhecido, que esperasse ali pelo patrão, por ora em conferência em seu gabinete; depois, foi avisar ao patrão que um homem queria falar com ele. Essa expressão, *um homem*, significava tão bem um camponês que Doublon disse:

— Que ele espere!

E Kolb se sentou perto da porta do escritório.

— Ah, pois é! Como esperam agir? Porque se pudéssemos agarrá-lo amanhã de manhã, ganharíamos tempo — dizia o Cointet gordo.

— Não é à toa que ele é chamado de Ingênuo, nada será mais fácil — exclamou Cérizet.

Ao reconhecer a voz do Cointet gordo, mas sobretudo ao ouvir essas duas frases, Kolb adivinhou na mesma hora que se tratava de seu patrão, e seu espanto foi crescente quando distinguiu a voz de Cérizet.

— *Um garoto que comeu o bão dele* — exclamou, tomado de pavor.

— Meus filhos — disse Doublon —, eis o que é preciso fazer. Escalonaremos nossa gente a grandes distâncias, desde a rua de Beaulieu e da praça du Mûrier, em todas as direções, de maneira a seguir o Ingênuo — esse apelido me agrada —, sem que ele consiga perceber, e não o largaremos enquanto não entrar na casa onde se considerará escondido; vamos lhe deixar uns dias de segurança, depois, um belo dia, ali o encontraremos antes da aurora ou do pôr do sol.

— Mas neste momento o que ele anda fazendo? Pode nos escapar — disse o Cointet gordo.

— Está em casa — disse o dr. Doublon —; se saísse eu saberia. Tenho um de meus guardas na praça du Mûrier em observação, outro na esquina do tribunal, e um terceiro a trinta passos de minha casa. Se nosso homem saísse, eles assobiariam; e não daria três passos sem que eu já soubesse por essa comunicação telegráfica.

Os oficiais de justiça dão a seus beleguins o nome honesto de práticos.

Kolb não contara com um acaso tão favorável, saiu de mansinho do escritório e disse à empregada:

— O doutor Doublon está muito ocupado, voltarei amanhã de manhã cedinho.

Em sua condição de soldado de cavalaria, o alsaciano tivera uma ideia que ia executar imediatamente. Correu até um alugador de cavalos que conhecia, escolheu um deles, mandou-o selar e voltou às pressas para a casa do patrão, onde encontrou a sra. Ève na mais profunda desolação.

— O que há, Kolb? — perguntou o impressor ao achar que o alsaciano estava com uma cara ao mesmo tempo alegre e assustada.

— *Os zenhores estan zercados de patifes. O mais zeguro é esconter meu patron. Matame bensou em pôr o zenhor em algum lugar?...*

Quando o honesto Kolb explicou a traição de Cérizet, as circunvalações traçadas em torno da casa, a parte que o Cointet gordo pegava nesse negócio, e pressentiu as astúcias que homens assim estudariam contra seu patrão, os clarões mais funestos iluminaram a situação de David.

— São os Cointet que o perseguem — exclamou a pobre Ève, arrasada —, e por isso é que Métivier se mostrava tão duro... Eles são fabricantes de papel, querem seu segredo.

— Mas que fazer para escapar deles? — exclamou a sra. Chardon.

— *Ze matame quer consequir um lucarzinho para pôr o zenhor* — disse Kolb —, *eu prometo levá-lo zem que ninquém chamais saiba.*

— Só entre de noite na casa de Basine Clerget — disse Ève —, vou combinar tudo com ela. Nessas circunstâncias, Basine é como se fosse eu mesma.

— Os espiões a seguirão — disse enfim David, que recuperou certa presença de espírito. — Precisamos dar um jeito de avisar Basine sem que nenhum de nós vá até lá.

— *Matame pote ir* — disse Kolb. — *Minha combinazão é assim: eu zaio com o zenhor, e atrás de nós fêm os assopiadores. Enguanto isso, matame vai ver zenhorita Clerchet, ela non zerá zeguida. Tenho um gavalo, pego o patron na garupa, e cos diabos se nos agarrarem!*

— Está bem! Adeus, meu marido — exclamou a pobre mulher, jogando-se nos braços do esposo. — Nenhum de nós irá vê-lo, pois você poderia ser pego. Temos de nos dizer adeus por todo o tempo que durar essa prisão voluntária. Vamos nos corresponder pelo correio, Basine jogará aqui suas cartas e eu lhe escreverei com outro nome.

Ao saírem, David e Kolb ouviram os assobios e com isso os espiões foram até a Porta Palet, onde morava o alugador de cavalos. Lá, Kolb pegou seu patrão na garupa, recomendando-lhe que se segurasse bem nele.

— *Assopiem, assopiem, meus pons amigos, que eu estou zombanto de totos vocês!* — exclamou Kolb. — *Vocês não agarrarão um felho gavaleiro.*

E o velho cavaleiro correu à rédea solta pelo campo numa velocidade que devia pôr, e pôs, os espiões na impossibilidade de segui-los ou saber aonde eles iam.

Ève foi ver Postel com a desculpa bastante engenhosa de consultá-lo. Depois de suportar os insultos dessa compaixão que só é pródiga em palavras, deixou o casal Postel e conseguiu chegar, sem ser vista, à casa de Basine, a quem contou suas tristezas, pedindo-lhe socorro e proteção. Basine, que para maior discrição fizera Ève entrar em seu quarto, abriu a porta de um quartinho contíguo cuja luz vinha de uma claraboia através da qual nenhum olho conseguiria enxergar. As duas amigas destaparam uma pequena lareira cujo tubo corria paralelo ao da lareira da oficina onde as operárias mantinham o fogo para seus ferros. Ève e Basine estenderam cobertas ordinárias sobre o piso para abafar o barulho, caso David fizesse ruído sem querer; montaram-lhe uma cama de armar, um forno para suas experiências, uma mesa e uma cadeira para se sentar e escrever. Basine prometeu lhe dar comida à noite; e como ninguém jamais entrava em seu quarto, David podia desafiar todos os inimigos e até mesmo a polícia.

— Finalmente — disse Ève, beijando a amiga —, ele está em segurança.

Ève voltou para a casa de Postel a fim de, disse ela, esclarecer alguma dúvida que a levava a um tão sábio juiz do Tribunal de Comércio, e o fez acompanhá-la até em casa, ouvindo suas queixas.

— Se tivesse casado comigo, estaria nessa situação?...

Esse sentimento estava no fundo de todas as frases do pequeno farmacêutico. Na volta, Postel encontrou sua mulher numa crise de ciúme da admirável beleza da sra. Séchard; furiosa com a polidez do marido, Léonie se acalmou ao ouvir a opinião que o farmacêutico alegou ter sobre a superioridade das mulheres baixas e ruivas em relação às mulheres altas e morenas, as quais, segundo ele, tinham sempre de estar, como os belos cavalos, na estrebaria. Sem dúvida ele deu provas de sinceridade, pois no dia seguinte a sra. Postel o acariciava.

— Podemos ficar sossegadas — disse Ève à mãe e a Marion, que ela encontrou, segundo a expressão de Marion, ainda *aparvalhadas*.

— Ah! Eles partiram — disse Marion quando Ève olhou automaticamente para seu quarto.

17

DUAS EXPERIÊNCIAS, UMA NÃO ATINGE O CORAÇÃO DO PAI, OUTRA ATINGE O OBJETIVO

— *Para onde vamos nos tirigir?...* — perguntou Kolb quando estavam a uma légua, na estrada principal para Paris.

— Para Marsac — respondeu David —; já que você me pôs nesta estrada, vou fazer uma última tentativa de amolecer o coração de meu pai.

— *Zeria melhor asaltar uma pateria te canhons, borque o zenhor zeu pai non tem corazon...*

O velho impressor não acreditava no filho; julgava-o, como julga o povo, de acordo com os resultados. Primeiro, não acreditava ter espoliado David; depois, sem se deter na diferença de épocas, pensava: "Fui muito exigente com ele na tipografia, como tinham sido comigo; e ele, que sabia mil vezes mais que eu, não soube ir adiante!".

Incapaz de compreender o filho, condenava-o e assumia uma espécie de superioridade em relação àquela alta inteligência, pensando: "Afinal de contas, sou eu que cuido de seu pão". Nunca os moralistas conseguirão que se compreenda toda a influência que os sentimentos exercem sobre os interesses. Essa influência é tão poderosa como a dos interesses sobre os sentimentos. Todas as leis da natureza têm um duplo efeito, em sentido contrário um do outro. David, de seu lado, compreendia o pai e tinha a sublime caridade de desculpá-lo. Tendo chegado às oito horas a Marsac, Kolb e David flagraram o homem no final do jantar, que necessariamente se aproximava de sua hora de dormir.

— Vejo-o por força da justiça — disse o pai ao filho, com um sorriso amargo.

— *Como é que meu patron e o zenhor potem se engontrar... ele viaxa nos zéus e o zenhor está zempre nas vinhas?...* — exclamou Kolb, indignado. — *Pague, pague! É zua condiçon de pai...*

— Ande, Kolb, vá embora, deixe o cavalo com a senhora Courtois a fim de não incomodar meu pai, e saiba que os pais têm sempre razão.

Kolb foi embora, resmungando como um cão que, mesmo quando o dono ralha com ele por prudência, ainda protesta, mas obedece. Então, sem contar seus segredos, David se ofereceu para dar ao pai a prova mais evidente de sua descoberta, propondo-lhe uma participação naquele negócio em troca das quantias de que precisava, tanto para se livrar imediatamente do processo como para se dedicar à exploração de seu segredo.

— Humm! E como me provará que pode fazer com coisa nenhuma um bonito papel que não custe nada? — perguntou o ex-tipógrafo, lançando ao filho um olhar avinhado mas fino, curioso, ávido.

Parecia um raio saindo de uma nuvem de chuva, pois o velho urso, fiel às suas tradições, jamais se deitava sem sua touca de dormir. Sua touca consistia em duas garrafas de excelente vinho velho que, segundo sua expressão, ele *bebericava*.

— Nada mais simples — respondeu David. — Não tenho o papel aqui comigo, vim para cá a fim de fugir de Doublon; e, estando na estrada de Marsac, pensei que bem poderia encontrar em sua casa as facilidades que teria com um agiota. Não tenho nada comigo a não ser a roupa do corpo. Tranque-me num local bem fechado, onde ninguém possa entrar, onde ninguém possa me ver, e...

— Como? — perguntou o velho, dirigindo ao filho um olhar de espanto. — Você não me deixará vê-lo fazer suas operações?...

— Meu pai — respondeu David —, o senhor me provou que em negócios não havia pai...

— Ah, você desconfia de quem lhe deu a vida.

— Não, mas de quem me tirou os meios de viver.

— Cada um por si, tem razão! — disse o velho. — Pois bem, vou trancá-lo em meu celeiro.

— Entro lá com Kolb e o senhor me dá um caldeirão para fazer minha pasta — continuou David, sem perceber a olhadela que seu pai lhe dava —, depois vai me buscar talos de alcachofra, talos de aspargos, urtigas e bambus, que poderá cortar nas margens do seu riachinho. Amanhã de manhã, sairei do celeiro com um papel magnífico...

— Se isso for possível... — exclamou o Urso, deixando escapar um soluço — eu talvez lhe dê... verei se posso lhe dar... ora!... vinte e cinco mil francos, contanto que me faça ganhar o mesmo por ano...

— Ponha-me à prova, aceito! — exclamou David. — Kolb, monte a cavalo, dê um pulo a Mansle, compre-me uma grande peneira de vime numa loja de utensílios domésticos, e cola num armazém, e volte correndo.

— Tome, beba!... — disse o pai, pondo diante do filho uma garrafa de vinho, pão e restos de uma carne fria. — Recupere suas forças, vou lhe fazer suas provisões de trapos verdes; pois seus trapos são verdes! Tenho até medo de que sejam verdes demais.

Duas horas depois, por volta das onze da noite, o velho trancava o filho e Kolb num pequeno aposento contíguo ao celeiro, coberto de telhas-vãs, e onde havia os utensílios necessários a destilar os vinhos do Angoumois que fornecem, como se sabe, todas as aguardentes chamadas de Cognac.

— Oh! Mas estou aqui como numa fábrica... tem lenha e bacias! — exclamou David.

— Então até amanhã — disse o velho Séchard —, vou trancá-los e soltarei meus dois cachorros, tenho certeza de que ninguém vai lhes trazer papel. Mostre-me as folhas amanhã e eu declaro que serei seu sócio, e então os negócios serão feitos às claras e serão bem conduzidos...

Kolb e David se deixaram trancar e passaram cerca de duas horas quebrando e preparando os talos, servindo-se de duas pranchas. O fogo brilhava, a água fervia. Pelas duas da manhã, Kolb, menos ocupado que David, ouviu um suspiro esquisito, como um arroto de bêbado; pegou uma das duas velas e começou a vasculhar por todo canto; avistou então o rosto violáceo do velho Séchard, que ocupava uma pequena abertura quadrada que havia acima da porta pela qual o celeiro se comunicava com o alambique e que estava tapada por barris vazios. O malicioso velhote introduzira o filho e Kolb no alambique pela porta externa, que servia para passar as garrafas a ser entregues. Aquela outra porta interna permitia rolar os tonéis do celeiro para o alambique sem se dar a volta pelo quintal.

— *Ah, babai*! *Isso não está tireito*! *O zenhor está querento tapear zeu filho... Zabe o que está facendo quando bebe uma carrafa te bom finho*? *Está empepedando um zafado*!

— Ah, meu pai! — disse David.

— Eu vinha saber se precisavam de alguma coisa — disse o viticultor quase sóbrio.

— *E foi por inderesse por nós que o zenhor pegou uma esgadinha*?... — perguntou Kolb, que abriu a porta depois de desimpedir a entrada e encontrou o velho, de camisola, no alto de uma escada pequena.

— Arriscar sua saúde! — exclamou David.

— Acho que sou sonâmbulo — disse o velho, envergonhado, ao descer. — Sua falta de confiança em seu pai me fez sonhar, eu sonhava que você se entendia com o diabo para realizar o impossível.

— *O tiabo é zua paixon pelas moetinhas amarelinhas*! — exclamou Kolb.

— Vá se deitar de novo, meu pai — disse David —, tranque-nos, se quiser, mas se poupe o trabalho de voltar: Kolb vai ficar de sentinela.

No dia seguinte, às quatro horas, David saiu do alambique, tendo feito desaparecer todos os vestígios de suas operações, e foi levar ao pai umas trinta folhas de papel cuja finura, brancura, consistência e força não deixavam nada a desejar e que apresentavam como filigranas as marcas dos fios da peneira de vime, uns mais grossos que os outros. O velho pegou essas amostras, passou-lhes a língua, como urso acostumado desde a juventude a fazer do palato um tubo de ensaio para papéis; manipulou-os, amassou-os, dobrou-os, submetendo-os a todos os testes que os tipógrafos fazem os papéis sofrer para reconhecer suas qualidades, e, embora não tivesse nada a objetar, não quis se confessar vencido.

— É preciso saber o que acontecerá no prelo!... — disse para se dispensar de elogiar o filho.

— *Que zujeito esquizito*! — disse Kolb.

O velho, agora frio, encobriu sob sua dignidade paternal uma falsa indecisão.

— Não quero enganá-lo, meu pai, este papel ainda me parece que vai custar caro, e quero resolver o problema da colagem na cuba... só me resta conseguir esse aperfeiçoamento...

— Ah, você queria me pegar!

— Mas eu vou lhe contar! Eu certamente posso colar direito na cuba, mas até agora a cola não está penetrando na pasta de modo uniforme, e dá ao papel a aspereza de uma escova.

— Pois então, aperfeiçoe sua colagem na cuba e terá meu dinheiro.

— *Meu patron chamais vai ver a cor do zeu tinheiro*!

Era evidente que o velho queria que David pagasse pela vergonha que ele passara na véspera, e por isso o tratou mais que friamente.

— Meu pai — disse David, mandando Kolb embora —, eu nunca lhe quis mal por ter avaliado sua tipografia por um preço exorbitante e tê-la me vendido só com sua avaliação; sempre vi no senhor o meu pai. Pensei: "deixemos um velhinho, que deu duro, que certamente me criou melhor do que eu deveria ser criado, gozar em paz e de seu jeito o fruto de seus trabalhos". Até mesmo lhe deixei os bens de minha mãe, e assumi sem reclamar a vida endividada que o senhor me destinou. Prometi a mim mesmo ganhar uma bela fortuna sem importuná-lo. Pois bem, este segredo, eu o descobri, com os pés no fogo, sem pão em casa, atormentado por dívidas que não são minhas... Sim, lutei pacientemente até que minhas forças se esgotassem. Talvez o senhor me deva algum socorro!... Mas não pense em mim, veja uma mulher e uma criança!... — e nisso, David não conseguiu segurar as lágrimas — e preste-lhes ajuda e proteção. Acaso o senhor estaria abaixo de Marion e de Kolb, que me deram suas economias? — exclamou o filho ao ver o pai frio como uma pedra de prelo.

— E isso não lhe bastou... — exclamou o velho, sem sentir a menor vergonha —, pois você devoraria a própria França... Boa-noite! Sou muito ignorante para me meter em explorações em que eu seria o único explorado. O Macaco não comerá o Urso — ele disse, aludindo aos apelidos da oficina. — Sou viticultor, não sou banqueiro... E além do mais, negócio entre pai e filho, sabe, não dá certo. Olhe, vamos jantar, você não dirá que não lhe dou nada!...

David era uma dessas criaturas de grande coração que podem recalcar seus sofrimentos de modo a torná-los um segredo para os que lhe são caros; assim, quando a dor transborda dessa maneira, como era o caso, eles chegam ao limite da resistência. Ève compreendera muito bem esse belo caráter de seu marido. Mas o pai viu nessa onda de dor trazida do fundo à superfície a queixa vulgar dos filhos que querem *pegar os pais*, e confundiu o extremo abatimento do filho com a vergonha pelo insucesso. Pai e filho se separaram, brigados. Quase meia-noite, David e Kolb voltaram para Angoulême, onde entraram a pé com tantas precauções como se fossem ladrões depois de um roubo. Lá pela uma da madrugada, David foi introduzido, sem testemunhas, na casa da srta. Basine Clerget, no asilo impenetrável preparado para ele por sua mulher. Ao entrar, David seria protegido pela mais engenhosa de todas as piedades, a de uma operariazinha. Na manhã seguinte, Kolb se vangloriou de ter ajudado seu patrão a se salvar montado num cavalo e de só o ter deixado depois de pô-lo dentro de uma carroça que iria levá-lo para os arredores de Limoges. Uma quantidade considerável de matérias-primas foi armazenada no porão de Basine, de sorte que Kolb, Marion, a sra. Séchard e a mãe dela puderam dispensar qualquer convívio com a srta. Clerget.

18

QUANDO OS CÃES SE ENTREOLHAM DIANTE DA PRESA

Dois dias antes dessa cena com o filho, o velho Séchard, que ainda tinha diante de si vinte dias até iniciar os trabalhos da vindima, acorreu à casa da nora, levado por sua avareza. Já não dormia, queria saber se a descoberta oferecia alguma chance de fortuna e pensava em vigiar a semente, segundo sua expressão. Foi morar, acima do apartamento de sua nora, num dos dois quartos de mansarda que reservara para si próprio, e ali viveu fechando os olhos para a miséria pecuniária que afligia o lar de seu filho. Deviam-lhe aluguéis, então bem que podiam sustentá-lo! Não achava nada de mais que usassem talheres de ferro estanhado.

— Eu comecei assim — respondeu à nora quando ela se desculpou por não servi-lo nas pratarias.

Marion foi obrigada a comprar fiado tudo o que se consumia no lar. Kolb trabalhava como ajudante de pedreiro a vinte vinténs por dia. Por fim, não demorou muito para que só restassem dez francos à pobre Ève, que, no interesse do filho e de David, sacrificava seus últimos recursos para receber bem o viticultor. Ela ainda esperava que seus afagos, seu respeitoso afeto, sua resignação enternecessem o avarento; mas continuava a achá-lo insensível. Finalmente, vendo nele o olhar frio dos Cointet, de Petit-Claud e de Cérizet, quis observar sua personalidade e adivinhar suas intenções, mas foi tempo perdido! O velho Séchard tornava-se impenetrável, embora sempre pendurado a uma garrafa de vinho. A embriaguez é um duplo véu. Aproveitando-se de sua ebriedade, que costumava ser tão falsa quanto verdadeira, o sujeitinho tentava arrancar de Ève os segredos de David.

Ora afagava, ora assustava sua nora. Quando Ève lhe respondia que tudo desconhecia, ele lhe dizia:

— Vou beber todo o meu dinheiro, *vou pô-lo em renda vitalícia*...

Essas altercações degradantes cansavam a pobre vítima que, para não faltar o respeito com o sogro, acabava ficando calada. Um dia, não aguentando mais, ela lhe disse:

— Mas, meu sogro, há uma maneira muito simples de conseguir tudo isso: pague as dívidas de David, ele voltará para cá e, juntos, vocês se entenderão.

— Ah, então é tudo o que querem ter de mim — ele exclamou —, é bom saber!

O velho Séchard, que não acreditava no filho, acreditava nos Cointet. Os irmãos, que ele foi consultar, o deslumbraram de propósito, dizendo-lhe que as pesquisas iniciadas por seu filho envolviam milhões.

— Se David conseguir provar que foi bem-sucedido, não hesitarei em pôr em sociedade minha fábrica de papel, em partes iguais — disse-lhe o Cointet alto.

O velho desconfiado reuniu tantas informações, tomando uns copinhos com os operários, interrogou tão bem Petit-Claud, fingindo ser um imbecil, que acabou por desconfiar que os Cointet estavam se escondendo atrás de Métivier; atribuiu-lhes o plano de arruinar a tipografia Séchard e de serem pagos por ele atraindo-o com o engodo da descoberta, pois o velho homem do povo não podia adivinhar a cumplicidade de Petit-Claud nem as tramas urdidas para, mais cedo ou mais tarde, se apossarem desse belo segredo industrial. Finalmente, um dia, o velho, desesperado por não conseguir vencer o silêncio da nora e nem sequer lhe arrancar onde David estava escondido, resolveu forçar a porta da oficina de fundir os rolos, depois de ter enfim sabido que seu filho fazia ali as experiências. Desceu de manhãzinha e começou a mexer na fechadura.

— E então, o que está fazendo aí, *seu* Séchard?... — gritou-lhe Marion, que se levantava de madrugada para ir à fábrica e foi correndo até o lugar em que se umedecia o papel.

— Mas não estou na minha casa, Marion? — disse o homenzinho, envergonhado.

— Ah, essa não! Depois de velho vai virar ladrão?... E o senhor ainda está em jejum... Vou contar isso agorinha mesmo para a madame.

— Cale-se, Marion — disse o velho, tirando do bolso dois escudos de seis francos. — Tome...

— Vou me calar, mas não volte aqui! — disse-lhe Marion, ameaçando-o de dedo em riste. — Ou contarei para toda Angoulême.

Assim que o velho saiu, Marion subiu até os aposentos de sua patroa.

— Sabe, madame, arranquei doze francos do seu sogro, aqui estão...

— E como fez?...

— Pois ele não queria ver as bacias e as provisões do patrão, só para descobrir o segredo? Eu sabia direitinho que não havia mais nada naquela pequena cozinha, mas meti medo nele, como se estivesse roubando o filho, e ele me deu dois escudos para eu me calar...

Neste momento, Basine, toda alegre, trouxe para sua amiga uma carta de David, escrita num papel magnífico, e que ela lhe entregou às escondidas.

> Minha Ève adorada, você é a primeira a quem escrevo na primeira folha de papel obtida por meus processos. Consegui resolver o problema da colagem na cuba! A libra de pasta sai por cinco vinténs, mesmo supondo o cultivo especial de bons terrenos para os produtos que uso. Assim, a resma de doze libras empregará três francos de pasta colada. Tenho certeza de que vou suprimir a metade do peso dos livros. O envelope, a carta, as amostras, são de fabricações diferentes. Beijo-a, seremos felizes pela riqueza, a única coisa que nos faltava.

— Tome — disse Ève ao sogro, estendendo-lhe as amostras —, dê a seu filho o valor de sua colheita e deixe-o fazer fortuna, ele lhe devolverá dez vezes o que o senhor tiver lhe dado, pois conseguiu!...

O velho Séchard logo correu à casa dos Cointet. Lá, cada amostra foi testada, minuciosamente examinada: umas estavam coladas, outras, sem cola; estavam etiquetadas desde três francos até dez francos a resma; umas eram de uma pureza metálica, outras, macias como o papel da China, e havia todos os matizes possíveis de branco. Judeus examinando diamantes não teriam olhos mais animados que os dos Cointet e do velho Séchard.

— Seu filho está no bom caminho — disse o Cointet gordo.

— Muito bem! Paguem as dívidas dele — disse o velho impressor.

— De bom grado, se ele quiser nos pegar como sócios — respondeu o Cointet alto.

— Vocês são uns esbulhadores! — exclamou o urso aposentado. — Perseguem meu filho em nome de Métivier e querem que eu lhes pague, nada menos! Espertinhos, hein, burgueses!...

Os dois irmãos se entreolharam mas se contiveram.

— Ainda não somos milionários o suficiente para nos divertirmos em descontar promissórias — retrucou o Cointet gordo —; acreditamos ser bastante felizes para poder pagar à vista nossos trapos, e ainda fazemos promissórias para nosso fornecedor.

— É preciso tentar uma experiência em grande escala — respondeu friamente o Cointet alto —, pois o que dá certo numa panela fracassa numa fabricação feita em grande escala. Solte seu filho.

— Sim, mas meu filho em liberdade me admitirá como sócio? — perguntou o velho Séchard.

— Isso não é conosco — disse o Cointet gordo. — Será que acredita, meu camarada, que quando tiver dado dez mil francos a seu filho estará tudo resolvido? Uma patente de invenção custa dois mil francos, ele terá de fazer viagens a Paris; depois, antes de se lançar nessas aventuras, é prudente fabricar, como diz meu irmão, mil resmas, arriscar cubas inteiras a fim de se assegurar. Não há nada de que se deva desconfiar mais do que dos inventores, sabe!

— Eu — disse o Cointet alto — gosto do pão bem cozido.

O velho passou a noite a ruminar este dilema: "Se pago as dívidas de David, ele fica livre, e uma vez livre não precisa me associar à sua fortuna. Ele sabe muito bem que o tapeei no negócio da nossa primeira sociedade, não vai querer fazer uma segunda. Por isso, meu interesse é mantê-lo na prisão, coitado".

Os Cointet conheciam bastante o velho Séchard para saber que eles caçariam juntos.

Portanto, esses três homens pensaram: "Para fazer uma sociedade baseada no segredo, é preciso fazer experiências; e para fazer essas experiências é preciso libertar David Séchard. E David libertado nos escapa". Além disso, cada um tinha suas segundas intençõezinhas. Petit-Claud pensava: "Depois do meu casamento, estarei sempre pronto para o que der e vier com os Cointet; mas até lá os controlo". O Cointet alto pensava: "Gostaria de ver David atrás das grades, eu teria o controle de tudo". O velho Séchard pensava: "Se eu pagar as dívidas dele, meu filho me dá adeus, com um agradecimento".

Ève, atacada, ameaçada pelo viticultor de ser expulsa da casa, não queria revelar o asilo de seu marido e nem mesmo lhe propor que aceitasse um salvo-conduto. Não tinha certeza se conseguiria esconder David uma segunda vez tão bem quanto a primeira, e por isso respondia ao sogro:

— Solte seu filho e ficará sabendo de tudo.

Nenhum dos quatro interessados, que estavam todos como diante de uma mesa bem servida, ousava tocar no banquete, de tal forma um temia que o outro passasse na frente; e todos se observavam, desconfiando uns dos outros.

19

A PRETENDENTE DE PETIT-CLAUD

Alguns dias depois da reclusão de Séchard, Petit-Claud fora encontrar o Cointet alto na fábrica de papel.

— Fiz tudo o que pude — disse-lhe —, David se pôs voluntariamente numa prisão que nos é desconhecida, e lá procura em paz algum aperfeiçoamento. Se o senhor não alcançou seu objetivo não é culpa minha; mas cumprirá sua promessa?

— Sim, se triunfarmos — respondeu o Cointet alto. — Séchard pai está aqui há uns dias, veio nos fazer perguntas sobre a fabricação do papel, o velho avarento farejou a invenção do filho e quer aproveitar, portanto há certa esperança de chegarmos a uma sociedade. Você é advogado do pai e do filho...

—... E que o Espírito Santo consiga pôr a mão neles...

— Sim — respondeu Cointet. — Se conseguir pôr David na cadeia ou em nossas mãos por meio de uma escritura de sociedade, será o marido da senhorita de La Haye.

— É esse seu *ultimatum*? — perguntou Petit-Claud.

— *Yes*! — disse Cointet —, já que falamos línguas estrangeiras.

— Pois eis o meu, em bom francês — retrucou Petit-Claud num tom seco.

— Ah, vejamos! — respondeu Cointet de um jeito curioso.

— Apresente-me amanhã à senhora de Sénonches, faça com que haja algo positivo em meu favor, em suma, cumpra sua promessa, ou pagarei a dívida de Séchard e me associarei a ele revendendo meu cargo. Não quero ser passado para trás. O senhor me falou claramente, sirvo-me da mesma linguagem. Dei minhas provas, dê as suas. O senhor tem tudo, eu não tenho nada. Se não receber garantias quanto à sua sinceridade, pegarei suas cartas no jogo.

O Cointet alto pegou o chapéu, o guarda-chuva, o ar jesuíta e saiu, dizendo a Petit-Claud que o seguisse.

— Verá, meu caro amigo, se não lhe preparei o caminho!... — disse o negociante ao advogado.

Num instante o fino e astuto fabricante de papel reconheceu o perigo de sua situação e viu em Petit-Claud um desses homens com quem se deve jogar jogo aberto. Para estar à altura e por desencargo de consciência, ele já dera, a pretexto de fazer um resumo da situação financeira da srta. de La Haye, umas palavrinhas ao ouvido do antigo cônsul-geral.

— Tenho a solução para Françoise, pois com trinta mil francos de dote, hoje — ele disse sorrindo —, uma moça não deve ser exigente.

— Falaremos disso — respondera Francis du Hautoy. — Desde a partida da senhora de Bargeton, a posição da senhora de Sénonches mudou bastante: poderemos casar Françoise com qualquer bom velho fidalgo do interior.

— E ela se comportará mal — disse o fabricante de papel, assumindo seu ar frio. — Então, case-a com um moço capaz, ambicioso, que o senhor protegerá e que porá a esposa numa bela posição.

— Veremos — repetira Francis —; a madrinha deve ser consultada em primeiro lugar.

Depois da morte do sr. de Bargeton, Louise de Nègrepelisse mandara vender o palacete da rua du Minage. Achando que morava um pouco apertado, a sra. de Sénonches persuadiu o sr. de Sénonches a comprar aquela casa, berço das ambições de Lucien e lugar onde esta cena começou. Zéphirine de Sénonches armara o plano de suceder à sra. de Bargeton na espécie de realeza que ela exercera, tendo um salão e se fazendo, em suma, de grande dama. Ocorrera uma cisão na alta sociedade de Angoulême entre os que, por ocasião do duelo do sr. de Bargeton e do sr. de Chandour, acreditaram, uns na inocência de Louise de Nègrepelisse, outros nas calúnias de Stanislas de Chandour. A sra. de Sénonches se declarou pelos Bargeton e conquistou, primeiro, todos os deste partido. Depois, quando se instalou em seu palacete, aproveitou-se dos hábitos de muitas pessoas que iam lá jogar desde tantos anos. Passou a receber toda noite e, decididamente, tomou a dianteira sobre Amélie de Chandour, que se declarou sua antagonista. As esperanças de Francis du Hautoy, que se viu no centro da aristocracia de Angoulême, iam a ponto de querer casar Françoise com o velho sr. de Séverac, que a sra. du Brossard não conseguira capturar para sua filha. O regresso da sra. de Bargeton, agora mulher do prefeito de Angoulême, aumentou as pretensões de Zéphirine para sua bem-amada afilhada. Ela pensava que a condessa Sixte du Châtelet usaria de seu prestígio em favor daquela que fora a campeã em sua defesa. O fabricante de papel, que conhecia sua Angoulême como a palma da mão, avaliou com uma vista d'olhos todas essas dificuldades; mas resolveu sair desse impasse com uma dessas audácias que só Tartufo teria se permitido. O pequeno advogado, muito surpreso com a lealdade de seu sócio em chicanas, o deixara entregue às próprias preocupações enquanto caminhava da fábrica de papel ao palacete da rua du Minage, onde, no patamar, os dois importunos foram parados com estas palavras:

— O senhor e a senhora estão almoçando.

— Mesmo assim nos anuncie — respondeu o Cointet alto.

E o devoto comerciante, imediatamente introduzido pela força de seu nome, apresentou o advogado à afetada Zéphirine, que almoçava em privado com o sr. Francis du Hautoy e a srta. de La Haye. O sr. de Sénonches fora, como sempre, abrir a temporada de caça na propriedade do sr. de Pimentel.

— Aqui está, senhora, o jovem advogado solicitador de quem lhe falei, e que se encarregará da emancipação de sua bela pupila.

O antigo diplomata examinou Petit-Claud que, de seu lado, olhara furtivamente para a *bela pupila*. Quanto à surpresa de Zéphirine, a quem jamais Cointet nem Francis tinham dito uma palavra, foi tão grande que seu garfo lhe caiu das mãos. Apesar de seu arzinho aristocrata, era extremamente difícil arrumar marido para a srta. de La Haye, espécie de gralha adunca de rosto carrancudo, porte desgracioso, magra e cabelos louros desbotados. Na verdade, as palavras *pai e mãe desconhecidos* de sua certidão de nascimento lhe proibiam o círculo em que a amizade de sua madrinha e de Francis queria situá-la. Ignorando sua posição, a srta. de La Haye fazia-se de difícil: rejeitaria o mais rico comerciante de L'Houmeau. A careta um tanto significativa inspirada à srta. de La Haye pelo aspecto do magro solicitador, Cointet a reencontrou nos lábios de Petit-Claud. A sra. de Sénonches e Francis pareciam se consultar para saber de que maneira despachar Cointet e seu protegido. Cointet, que estava de olho em tudo, pediu ao sr. du Hautoy que lhe concedesse um minuto de audiência e passou para o salão com o diplomata.

— A paternidade, senhor — disse-lhe claramente —, o cega. Dificilmente casará sua filha; e, no interesse de todos, deixei-o na impossibilidade de recuar, pois gosto de Françoise como se gosta de uma pupila. Petit-Claud sabe de tudo!... A extrema ambição dele garante a felicidade de sua querida filhinha. Primeiro, Françoise fará do marido tudo o que quiser; mas o senhor, ajudado pela mulher do prefeito que está chegando, poderá fazê-lo um procurador do rei. O senhor Milaud está positivamente nomeado para Nevers. Petit-Claud venderá seu cargo, o senhor conseguirá facilmente para ele o posto de segundo substituto, e em breve ele se tornará procurador do rei, depois presidente do tribunal, deputado...

Voltando para a sala de jantar, Francis foi encantador com o pretendente de sua filha. Olhou para a sra. de Sénonches de uma certa maneira e encerrou essa cena de apresentação convidando Petit-Claud a jantar no dia seguinte a fim de falarem de negócios. Depois acompanhou o negociante e o solicitador até o pátio, dizendo a Petit-Claud que, por recomendação de Cointet, estava disposto, assim como também a sra. de Sénonches, a confirmar tudo o que o guardião da fortuna da srta. de La Haye determinasse para a felicidade daquele pequeno anjo.

— Ai, como ela é feia! — exclamou Petit-Claud. — Fui agarrado!...

— Ela tem um ar distinto — respondeu Cointet —; mas se fosse bonita a dariam a você?... Ei, meu caro! Existe mais de um pequeno proprietário para quem trinta mil francos, a proteção da senhora de Sénonches e a da condessa du Châtelet conviriam maravilhosamente bem; tanto mais que o senhor Francis du Hautoy nunca se casará, e que essa moça é herdeira dele... Seu casamento está feito!...

— E como?

— Eis o que acabo de dizer — prosseguiu o Cointet alto, contando ao solicitador seu golpe de audácia. — Meu caro, o senhor Milaud vai, dizem, ser nomeado procurador do rei em Nevers: você venderá seu cargo e daqui a dez anos será ministro da Justiça. Você é bastante audacioso para não recuar diante de nenhum dos serviços que a corte pedir...

— Muito bem! Esteja amanhã, às quatro e meia, na praça du Mûrier — respondeu o advogado, esfogueado com as probabilidades daquele futuro —; eu terei visto o velho Séchard e chegaremos a uma escritura de sociedade em que o pai e o filho pertencerão ao Espírito Santo dos Cointet.

20

UMA FRASE DO PADRE

No momento em que o velho cura de Marsac subia as ladeiras de Angoulême para ir informar Ève do estado de seu irmão, fazia onze dias que David estava escondido duas portas depois da casa do farmacêutico Postel, de onde o digno padre acabava de sair.

Quando o padre Marron foi dar na praça du Mûrier, encontrou os três homens, notáveis, cada um em seu gênero, e que pesavam com todo o seu peso sobre o futuro e o presente do pobre prisioneiro voluntário: o velho Séchard, o Cointet alto e o pequeno advogado magricela. Três homens, três cobiças! Mas três cobiças tão diferentes quanto os homens. Um tinha inventado de barganhar o próprio filho, o outro, o próprio cliente, e o Cointet alto comprava todas essas infâmias se gabando de não pagar nada. Eram perto de cinco da tarde e quase todos que voltavam para casa na hora do jantar paravam para olhar por um instante aqueles três homens.

— Mas que diabo o velho Séchard pai e o Cointet alto têm para conversar?... — pensavam os mais curiosos.

— Tratam provavelmente desse pobre infeliz que deixa a mulher, a sogra e o filho sem pão — respondiam.

— Pois sim! Mandem os filhos para aprender um ofício em Paris! — dizia um ranzinza provinciano.

— Olá! O que vem fazer por aqui, senhor cura? — exclamou o viticultor ao avistar o padre Marron assim que ele surgiu na praça.

— Venho por causa dos seus — respondeu o velhinho.

— Mais uma ideia de meu filho!... — disse o velho Séchard.

— Para o senhor custaria bem pouco tornar todo mundo feliz — disse o padre, apontando para as janelas onde a sra. Séchard mostrava entre as cortinas seu belo rosto, pois tentava acalmar os gritos do filho o fazendo pular e lhe entoando uma canção.

— O senhor traz notícias de meu filho — perguntou o pai — ou, o que seria melhor, dinheiro?

— Não — disse o padre Marron —; levo à irmã notícias do irmão.

— De Lucien?... — exclamou Petit-Claud.

— Isso mesmo. O pobre rapaz veio a pé de Paris. Encontrei-o na casa dos Courtois, morrendo de cansaço e miséria — respondeu o padre. — Oh, ele está muito infeliz!

Petit-Claud cumprimentou o padre e pegou o Cointet alto pelo braço, cochichando:

— Jantamos na casa da senhora de Sénonches, é hora de irmos nos vestir!...

E, dois passos adiante, lhe disse ao ouvido:

— Quando se tem o filho, breve se tem a mãe. Temos David...

— Já o casei, agora você me case — disse o Cointet alto, deixando escapar um falso sorriso.

— Lucien é meu colega de liceu, éramos camaradas!... Em uma semana saberei alguma coisa sobre ele. Faça com que se publiquem os proclamas, e eu me encarrego de pôr David na cadeia. Minha missão termina com a prisão dele.

— Ah! — cochichou o Cointet alto. — O grande negócio seria registrar a patente em nosso nome!

Ao ouvir esta última frase, o advogadozinho magricela estremeceu.

Nesse momento Ève via entrarem o sogro e o padre Marron, que, com uma só frase, acabava de dar um desfecho ao drama judiciário.

— Olhe, senhora Séchard — disse o velho urso à nora —,

aqui está nosso cura, que na certa vem nos trazer boas notícias de seu irmão.

— Ah! — exclamou a pobre Ève, atingida no coração —, o que mais pode ter lhe acontecido!

Essa exclamação anunciava tantas dores sentidas, tantas apreensões, e de tantos tipos, que o padre Marron se apressou em dizer:

— Sossegue, senhora, ele está vivo!

— O senhor faria a bondade, meu sogro — disse Ève ao velho viticultor —, de ir buscar minha mãe? Ela deve ouvir o que este senhor tem a nos dizer sobre Lucien.

O velho foi buscar a sra. Chardon, a quem disse:

— A senhora terá muito o que discutir com o padre Marron, que é um bom homem *apesar de ser padre*. O jantar provavelmente vai atrasar, volto daqui a uma hora.

E o velho, insensível a tudo o que não soava ou não reluzia como ouro, deixou a velha sem ver o efeito do golpe que acabava de lhe dar.

A desgraça que pesava sobre seus dois filhos, a frustração das esperanças depositadas sobre a cabeça de Lucien, a mudança tão pouco prevista de um temperamento que por tanto tempo se pensou ser enérgico e honesto; em suma, todos os acontecimentos dos últimos dezoito meses já tinham deixado irreconhecível a sra. Chardon. Ela não era apenas nobre de raça, ela adorava os filhos. Portanto, nestes últimos seis meses tinha sofrido mais males que desde sua viuvez. Lucien tivera a oportunidade de ser Rubempré por decreto do rei, de recomeçar essa família, de reviver seu título e seus brasões, de tornar-se grande! E tinha caído na lama! Pois, mais severa com ele do que a irmã, deu Lucien por perdido no dia em que soube do caso das promissórias. Às vezes as mães querem se enganar mas sempre conhecem bem os filhos que alimentaram, que não abandonaram, e nas discussões que surgiam entre David e sua mulher sobre as chances de Lucien em Paris a sra. Chardon, conquanto parecesse partilhar as ilusões de Ève sobre seu irmão, tremia de medo que David tivesse razão, pois ele falava como ela pretendia que falasse sua consciência de mãe. Conhecia bem demais a delicadeza de sentimentos da filha para poder lhe expressar suas dores, portanto era obrigada a engoli-las nesse silêncio de que só as mães que sabem amar os filhos são capazes.

Ève, de seu lado, acompanhava assustada os estragos que as tristezas provocavam em sua mãe, e a via passando da velhice à decrepitude, e cada vez mais! Por isso, mãe e filha pregavam uma à outra essas nobres mentiras que não enganam. Na vida dessa mãe, a frase do feroz viticultor foi a gota d'água que deveria transbordar a taça das aflições, e a sra. Chardon se sentiu atingida no coração.

Assim, quando Ève disse ao padre: "Aqui está minha mãe!", quando o padre olhou para aquele rosto macerado como o de uma velha religiosa, emoldurado por cabelos inteiramente brancos, mas embelezado pelo jeito suave e calmo das mulheres piedosamente resignadas, e que acatam, como se diz, a vontade de Deus, o cura compreendeu toda a vida das duas criaturas. Não teve mais pena do carrasco, de Lucien, estremeceu ao pressentir todos os suplícios sofridos pelas vítimas.

— Minha mãe — disse Ève, enxugando os olhos —, meu pobre irmão está bem perto de nós, está em Marsac.

— E por que não aqui? — indagou a sra. Chardon.

O padre Marron contou tudo o que Lucien lhe dissera sobre as desgraças de sua viagem e as desventuras de seus últimos dias em Paris. Descreveu as angústias que tinham afligido o poeta ao saber dos efeitos de suas imprudências no seio da família e as apreensões sobre a acolhida que poderia esperá-lo em Angoulême.

— Ele chegou a duvidar de nós? — perguntou a sra. Chardon.

— O pobre coitado veio a pé para perto de vocês, sofrendo as mais horríveis privações, e volta disposto a entrar nos caminhos mais humildes da vida... e a reparar seus erros.

— Padre — disse a irmã —, apesar do mal que nos fez, amo meu irmão como se ama o corpo de uma criatura que não existe mais; e amá-lo assim ainda é amar mais que muitas irmãs amam os irmãos. Ele nos empobreceu muito, mas que venha, dividirá o reles pedaço de pão que nos resta, em suma, dividirá o que nos deixou. Ah! Se não tivesse nos abandonado, padre, não teríamos perdido nossos mais estimados tesouros.

— E ele voltou na carruagem da mulher que o roubou de nós — exclamou a sra. Chardon. — Partiu na caleça da senhora de Bargeton, ao lado dela, e voltou na parte traseira da carruagem!

— Em que lhes posso ser útil na situação em que se encontram? — indagou o bom cura, que procurava uma frase para se despedir.

— Bem, padre — respondeu a sra. Chardon —, dizem que chaga de dinheiro não é mortal! Mas essas chagas não podem ter outro médico senão o próprio doente.

— Se o senhor tivesse suficiente influência para persuadir meu sogro a ajudar o filho, salvaria toda uma família — disse a sra. Séchard.

— Ele não acredita na senhora e me pareceu muito exasperado com seu marido — disse o velhote, para quem as paráfrases do viticultor o haviam levado a considerar os negócios de Séchard um vespeiro em que não se devia pôr o pé.

Terminada sua missão, o padre foi jantar com o sobrinho-neto Postel, que dissipou o pouco de boa vontade de seu velho tio, dando, como toda Angoulême, razão ao pai contra o filho.

— Com os dissipadores ainda se dá um jeito — disse, terminando, o pequeno Postel —; mas com os que fazem experiências a gente se arruína.

A CRIATURA FATAL DA FAMÍLIA

21

A VOLTA DO IRMÃO PRÓDIGO

A curiosidade do padre de Marsac estava inteiramente satisfeita, o que, em todas as províncias da França, é o principal objetivo do extremo interesse que uns demonstram pelos outros. Naquela noite, pôs o poeta a par de tudo o que acontecia na casa dos Séchard, apresentando-lhe sua viagem como uma missão ditada pela mais pura caridade.

— Você endividou sua irmã e seu cunhado em dez a doze mil francos — disse, concluindo —; e ninguém, meu caro, tem essa bagatela para emprestar ao vizinho. No Angoumois não somos ricos. Quando você me falou das promissórias pensei que se tratasse de muito menos.

Depois de agradecer ao velhote por suas bondades, o poeta lhe disse:

— A palavra de perdão que o senhor me traz é para mim o verdadeiro tesouro.

No dia seguinte, Lucien partiu bem cedinho de Marsac para Angoulême, onde entrou por volta das nove horas, com uma bengala na mão, vestindo uma pequena sobrecasaca bastante estragada pela viagem e uma calça preta com manchas brancas de desbotado. Aliás, suas botas surradas demonstravam bastante bem que ele pertencia à classe desafortunada dos pedestres. Assim, não dissimulava o efeito que devia produzir em seus conterrâneos o contraste entre seu regresso e sua partida. Mas, com o coração ainda sufocado pelo peso do remorso que lhe causara o relato do velho padre, por ora aceitava essa punição, decidido a enfrentar os olhares das pessoas conhecidas suas. Pensava consigo mesmo: "Sou heroico!". Todas essas naturezas de poeta começam por se enganar a si mesmas. À medida que foi andando por L'Houmeau, sua alma se debateu entre a vergonha da volta e a poesia de suas recordações. Seu coração disparou ao passar diante da porta de Postel, onde, felizmente para ele, Léonie Marron estava sozinha na farmácia, com o filho. Viu com prazer (de tal forma a vaidade conservava sua força) o nome de seu pai apagado. Depois do casamento, Postel mandara pintar sua botica e pusera no alto, como em Paris: *Farmácia*. Ao subir a ladeira da Porta Palet, Lucien percebeu a influência do ar natal, não sentiu mais o peso dos infortúnios e pensou deliciado: "Então vou revê-los!". Chegou à praça du Mûrier sem ter encontrado ninguém: uma felicidade que mal esperava, ele, que outrora passeava pela cidade como um triunfador! Marion e Kolb, em sentinela na porta, se precipitaram pela escada gritando: "Ele está aí!". Lucien reviu a velha oficina e o velho pátio, encontrou na escada a irmã e a mãe e se beijaram, esquecendo por um instante, naquele abraço, todas as desgraças. Em família, quase sempre a gente se acomoda com a infelicidade; dela fazemos uma cama, e a esperança nos faz aceitar sua dureza. Se Lucien oferecia a imagem do desespero, oferecia também a da poesia: o sol das grandes estradas lhe bronzeara a pele; uma profunda melancolia, impregnada em suas feições, jogava suas sombras sobre a fronte do poeta. Essa mudança anunciava tantos sofrimentos que, pelo aspecto das marcas que a miséria deixara em sua fisionomia, o único sentimento possível era a compaixão. A imaginação que vinha do seio de sua família encontrava, nesse regresso, tristes realidades. Em meio a sua alegria, Ève teve o sorriso das santas em seu martírio. A tristeza torna sublime o rosto de uma moça muito bonita. A gravidade que substituía no semblante da irmã a completa inocência que existia quando Lucien partiu para Paris falava com grande eloquência a Lucien para que ele não sentisse uma impressão dolorosa. Assim, a primeira efusão dos sentimentos, tão viva, tão natural, foi seguida de ambas as partes por uma reação: todos temiam falar. Lucien, contudo, não pôde deixar de buscar os olhos daquele que estava ausente ao reencontro. Esse olhar, logo compreendido, fez Ève se debulhar em lágrimas e, por conseguinte, Lucien. Quanto à sra. Chardon, continuou pálida e aparentemente impassível. Ève se levantou, desceu para poupar ao irmão uma palavra dura e foi dizer a Marion:

— Minha filha, Lucien adora morangos, você tem de encontrá-los!...

— Ah, bem que pensei que a senhora gostaria de festejar o senhor Lucien. Fique sossegada, terão um lindo almocinho e um bom jantar também.

— Lucien — disse a sra. Chardon ao filho —, você tem muito o que reparar aqui. Tendo partido para ser motivo de orgulho de sua família, você nos mergulhou na miséria. Quase quebrou nas mãos de seu cunhado o instrumento da riqueza com que ele só sonhava para sua nova família. E não quebrou só isso... — disse a mãe.

Fez-se uma pausa assustadora e o silêncio de Lucien implicou a aceitação dessas críticas maternas.

— Entre num caminho de trabalho — continuou docemente a sra. Chardon. — Não o repreendo por ter tentado fazer reviver a nobre família de que sou descendente; mas para uma empreitada dessas é preciso, antes de mais nada, ter uma fortuna e sentimentos altivos: você não teve nada disso. Você fez com que em nós a desconfiança se sucedesse à crença. Destruiu a paz desta família trabalhadora e resignada, que percorria aqui um caminho difícil... Diante dos primeiros erros, deve haver um primeiro perdão. Não recomece. Estamos aqui em circunstâncias difíceis, seja prudente, escute sua irmã: nela, a desgraça é um mestre cujas lições, dadas com muita dureza, renderam frutos; ela é moça séria, é mãe, carrega todo o fardo do lar por dedicação a nosso querido David; em suma, passou a ser, por culpa sua, meu único consolo.

— A senhora podia ser mais severa — disse Lucien, beijando a mãe. — Aceito seu perdão, porque será o único que algum dia terei para receber.

Ève voltou: pela atitude humilhada do irmão compreendeu que a sra. Chardon tinha falado. Sua bondade lhe pôs um sorriso nos lábios, ao qual Lucien respondeu com lágrimas reprimidas. A presença tem como que um encanto, muda as disposições mais hostis entre amantes como também no seio das famílias, por mais fortes que sejam os motivos do descontentamento. Será porque o afeto traça no coração caminhos que gostamos de percorrer de novo? Esse fenômeno pertence à ciência do magnetismo? A razão diz que nunca mais devemos nos ver ou nos perdoar? Que esse efeito se deva a uma causa ditada pelo raciocínio ou a uma causa física ou espiritual, o fato é que todos devem ter sentido que os olhares, o gesto, a ação de um ser amado encontram em quem ele mais ofendeu, entristeceu ou maltratou vestígios de ternura. Se dificilmente o espírito esquece, se o interesse ainda sofre, o coração, apesar dos pesares, volta à sua servidão. Assim, a pobre irmã, ao escutar até a hora do almoço as confidências do irmão, não foi senhora de seus olhos quando olhou para ele nem da própria voz quando deixou seu coração falar. Ao compreender os elementos da vida literária em Paris, entendeu como Lucien conseguira sucumbir na luta. A alegria do poeta ao acariciar o filho da irmã, suas criancices, a felicidade de rever sua terra e os seus, misturada à profunda tristeza de saber que David estava escondido, as palavras de melancolia que escaparam de Lucien, sua emoção ao ver, quando Marion serviu os morangos, que no meio da penúria a irmã se lembrara de seus gostos, tudo, até mesmo a obrigação de alojar o irmão pródigo e cuidar dele, fez daquele dia uma festa. Foi como uma trégua na miséria. O próprio Séchard pai fez as duas mulheres recuarem no ímpeto de seus sentimentos, ao dizer:

— Vocês o festejam como se ele trouxesse mundos e fundos!...

— Mas afinal, o que fez meu irmão para não ser festejado?... — exclamou a sra. Séchard, zelosa de esconder a vergonha de Lucien.

No entanto, passados os primeiros carinhos, os matizes da verdade penetram. Lucien logo percebeu em Ève a diferença entre o afeto atual e aquele que outrora tinha por ele. David era profundamente reverenciado, ao passo que Lucien era amado *apesar dos pesares*, e como se ama uma amante apesar dos desastres que ela causa. A estima, base necessária aos nossos sentimentos, é o estofo sólido que lhes dá não sei qual certeza, qual segurança da qual vivemos, e que faltava entre a sra. Chardon e o filho, entre o irmão e a irmã. Lucien se sentiu privado dessa inteira confiança que teriam tido nele se não houvesse faltado com a honra. A opinião escrita por D'Arthez a seu respeito, que agora era a mesma de sua irmã, foi pressentida nos gestos, nos olhares, no tom de voz. Lamentavam-se de Lucien! Mas, quanto a ser a glória, a nobreza da família, o herói do lar, todas essas belas esperanças tinham fugido, sem volta. Temia-se a tal ponto sua leviandade que lhe ocultavam o asilo onde vivia David. Ève, insensível aos carinhos que acompanharam a curiosidade de Lucien, que queria ver o cunhado, já não era a Ève de L'Houmeau para quem, outrora, um só olhar de Lucien era uma ordem irresistível. Lucien falou em reparar seus erros, gabando-se de poder salvar David. Ève lhe respondeu:

— Não se meta nisso, temos como adversários as pessoas mais pérfidas e as mais hábeis.

Lucien balançou a cabeça, como se dissesse: "Lutei contra os parisienses...". Sua irmã retrucou com um olhar que significava: "Você foi derrotado". "Não sou mais amado", pensou Lucien. "Para a família, como para a sociedade, é preciso, então, triunfar."

Desde o segundo dia, tentando explicar a si mesmo a pouca confiança de sua mãe e de sua irmã, o poeta foi assaltado por um pensamento, não de ódio mas de tristeza. Aplicou os parâmetros da vida parisiense àquela casta vida provinciana, esquecendo que a paciente mediocridade daquele interior sublime de resignação era obra sua: "Elas são burguesas, não podem me compreender", pensou ao se separar assim da irmã, da mãe e de Séchard, o qual ele não podia mais enganar nem quanto à sua personalidade nem quanto a seu futuro.

Ève e a sra. Chardon, em quem o sentido divinatório era despertado por tantos choques e tantas desgraças, espiaram os pensamentos mais secretos de Lucien, sentiram-se erradamente julgadas e o viram isolando-se delas.

— Paris o mudou um bocado! — disseram.

Colheram, enfim, o fruto do egoísmo que elas mesmas tinham cultivado. De ambas as partes, aquela pequena levedura deveria fermentar, e fermentou; mas principalmente em Lucien, que se considerava tão passível de críticas. Quanto a Ève, ela era mesmo dessas irmãs que sabem dizer a um irmão em falta: "Perdoe-me *seus* erros...". Quando a união das almas foi tão perfeita como foi no início da vida entre Ève e Lucien, qualquer ofensa a esse belo ideal do sentimento é mortal. Ali onde os celerados se acomodam depois das punhaladas, os amorosos se zangam irrevogavelmente com um olhar, uma palavra. Nessa lembrança da quase perfeição da vida afetiva reside o segredo de separações volta e meia inexplicáveis. Pode-se viver com uma desconfiança no coração, quando o passado não oferece o quadro de uma afeição pura e sem nuvens; mas para duas criaturas outrora perfeitamente unidas, uma vida em que o olhar ou a palavra exigem precauções se torna insuportável. Assim, os grandes poetas fazem morrer seus Paul e Virginies ao sair da adolescência. Alguém compreenderia Paul e Virginie zangados um com o outro?... Observemos, para a glória de Ève e de Lucien, que os interesses, tão fortemente feridos, não avivaram esses ressentimentos: tanto na irmã irrepreensível como no poeta de quem vinham os golpes, tudo era sentimento; portanto, o menor mal-entendido, a menor desavença, uma nova decepção causada por Lucien podia desuni-los ou inspirar uma dessas brigas que indispõem irremediavelmente as famílias. Em matéria de dinheiro tudo se arranja, mas os sentimentos são implacáveis.

22

UM TRIUNFO INESPERADO

No dia seguinte, Lucien recebeu um número do jornal de Angoulême e empalideceu de prazer quando se viu como assunto de um dos primeiros *Premiers-Angoulême*, imitado da imprensa parisiense, que se permitiu essa estimável folha que, de modo semelhante às academias da província, e como moça bem-comportada, segundo a expressão de Voltaire, jamais dava o que falar de si.

> Deixemos que a Franche-Comté se orgulhe de ter dado à luz Victor Hugo, Charles Nodier e Cuvier; a Bretanha, a Chateaubriand e Lammenais; a Normandia, a Casimir Delavigne; a Touraine, ao autor de *Éloa*. Hoje, o Angoumois, onde já na época de Luís XIII o ilustre Guez, mais conhecido pelo nome de Balzac,* se fez nosso conterrâneo, não tem mais nada a invejar a essas províncias nem ao Limousin, que produziu Dupuytren, nem à Auvergne, pátria de Montsolier, nem a Bordeaux, que teve a felicidade de ver nascerem tantos grandes homens; nós também, nós também temos um poeta! O autor dos belos sonetos intitulados *As margaridas* junta a glória do poeta à do prosador, pois também devemos a ele o magnífico romance *O arqueiro de Carlos IX*. Um dia nossos sobrinhos ficarão

* O autor de *Éloa* é Alfred de Vigny. O ensaísta Jean-Louis Guez de Balzac (1597-1659) nasceu em Angoulême. Balzac dizia ser seu parente.

orgulhosos de terem como conterrâneo Lucien Chardon, um rival de Petrarca!!...

Nos jornais de província dessa época, os pontos de exclamação pareciam os *hurras* com que se acolhem os *speeches* dos *meetings* na Inglaterra.

Apesar de seus fulgurantes sucessos em Paris, nosso jovem poeta se lembrou de que o Palacete de Bargeton fora o berço de seus triunfos, de que a aristocracia do Angoumois fora a primeira a aplaudir suas poesias; de que a esposa do senhor conde du Châtelet, prefeito de nosso departamento, encorajara seus primeiros passos na carreira das Musas, e ele está de volta entre nós!... Todo L'Houmeau se emocionou quando, ontem, nosso Lucien de Rubempré se apresentou. A notícia de sua volta causou por todo lado a mais viva sensação. É certo que a cidade de Angoulême não se deixará ser superada por L'Houmeau nas homenagens que se fala em prestar àquele que, seja na Imprensa, seja na Literatura, representou tão gloriosamente nossa cidade em Paris. Lucien, a um só tempo poeta religioso e favorável ao rei, desafiou a fúria dos partidos; veio, dizem, repousar dos cansaços de uma luta que fatigaria atletas ainda mais fortes que homens de poesia e de devaneios.

Graças a uma ideia eminentemente política, a qual aplaudimos, e que a senhora condessa du Châtelet foi a primeira, dizem, a ter, trata-se de restituir ao nosso grande poeta o título e o nome da ilustre família dos Rubempré, cuja única herdeira é a senhora Chardon, sua mãe. Remoçar assim, com talentos e novas glórias, as velhas famílias prestes a se extinguir é, para o imortal autor da Carta,* mais uma prova de seu constante desejo expressado por estas palavras: *união e esquecimento*.

Nosso poeta está hospedado na casa da irmã, a senhora Séchard.

* O rei Luís XVIII, então no trono.

Na seção do noticiário local de Angoulême liam-se as seguintes notícias:

> Nosso prefeito, o senhor conde du Châtelet, já nomeado Gentil-homem ordinário da Câmara de Sua Majestade, acaba de ser feito Conselheiro de Estado em serviço extraordinário.
>
> Ontem todas as autoridades se apresentaram ao senhor prefeito.
>
> A senhora Sixte du Châtelet receberá toda quinta-feira.
>
> O prefeito de L'Escarbas, senhor de Nègrepelisse, representante do ramo mais novo dos D'Espard, pai da senhora du Châtelet, recentemente nomeado conde, par de França e comandante da Ordem Real de São Luís, foi, dizem, designado para presidir o grande colégio eleitoral de Angoulême nas próximas eleições.

— Veja — disse Lucien à irmã, levando-lhe o jornal.

Depois de ler o artigo atentamente, Ève devolveu a folha a Lucien, com ar pensativo.

— O que acha disso?... — perguntou Lucien, espantado com uma prudência que parecia frieza.

— Meu irmão — ela respondeu —, este jornal pertence aos Cointet, eles são os senhores absolutos para publicarem os artigos, e só a prefeitura e o bispado podem lhes pedir favores. Ou você imagina que seu antigo rival, hoje prefeito, é generoso o suficiente para cantar assim seus louvores? Esquece que os Cointet nos processam em nome de Métivier e provavelmente querem tirar proveito das descobertas de David?... De onde quer que venha este artigo, considero-o inquietante. Aqui você só provocava ódios, ciúmes; era caluniado em virtude do provérbio: *Ninguém é profeta em sua terra*, e eis que tudo muda num piscar de olhos!...

— Você não conhece o amor-próprio das cidades da província — respondeu Lucien. Numa cidadezinha do sul da França foram receber triunfalmente, nas portas da cidade, um rapaz que ganhara o primeiro prêmio no concurso dos melhores alunos de colégio, vendo nele um grande homem em gestação!

— Escute, meu querido Lucien, não quero lhe passar um sermão, mas lhe direi tudo numa só frase: aqui, desconfie das menores coisas.

— Tem razão — respondeu Lucien, surpreso ao perceber na irmã tão pouco entusiasmo.

O poeta estava no auge da alegria ao ver sua mesquinha e envergonhada entrada em Angoulême transformada num triunfo.

— Vocês não acreditam nem mesmo no pouco de glória que nos custa tão caro! — exclamou Lucien depois de uma hora de silêncio, durante a qual se formou em seu coração algo como uma tempestade.

Como única resposta, Ève olhou para Lucien, e esse olhar o envergonhou de sua acusação. Pouco antes do jantar, um empregado da prefeitura trouxe uma carta endereçada ao sr. Lucien Chardon e que pareceu dar ganho de causa à vaidade do poeta que a sociedade disputava à família.

Essa carta era o seguinte convite:

> O senhor conde Sixte du Châtelet e a senhora condessa du Châtelet têm a honra de convidar o senhor Lucien Chardon para jantar no próximo dia 15 de setembro.
>
> R.S.V.P.

Junto com o convite vinha este cartão de visita:

> CONDE SIXTE DU CHÂTELET
> Gentil-homem ordinário da Câmara do Rei
> Prefeito da Charente
> Conselheiro de Estado

— Você está em alta — disse o velho Séchard —, fala-se na cidade a seu respeito como de um grande personagem… Angoulême e L'Houmeau se disputam para ver quem trançará suas coroas…

— Minha querida Ève — disse Lucien ao ouvido da irmã —, encontro-me exatamente como em L'Houmeau no dia em que devia ir à casa da senhora de Bargeton: estou sem roupa para o jantar do prefeito.

— Então pretende aceitar esse convite? — exclamou Séchard, apavorado.

Iniciou-se uma polêmica entre o irmão e a irmã a respeito da questão de ir ou não ir à prefeitura. O bom senso da mulher interiorana dizia a Ève que a gente só deve se mostrar à sociedade com um semblante risonho, figurino elegante e aspecto irrepreensível; mas ela escondia seu verdadeiro pensamento: "Aonde o jantar do prefeito levará Lucien? O que pode fazer por ele a alta sociedade de Angoulême? Não estarão tramando alguma coisa contra ele?". Lucien acabou por dizer à irmã, antes de ir se deitar:

— Você não sabe qual é minha influência! A mulher do prefeito tem medo de mim como jornalista; e, aliás, na condessa du Châtelet continua a existir a Louise de Nègrepelisse! Uma mulher que acaba de conseguir tantos favores pode salvar David! Contarei a ela a descoberta que meu cunhado acaba de fazer, e para ela não custará nada obter um auxílio de dez mil francos no ministério.

Às onze horas da noite, Lucien, a irmã, a mãe e o velho Séchard, Marion e Kolb foram acordados pela fanfarra da cidade, à qual se juntara a da guarnição, e encontraram a praça du Mûrier cheia de gente. Uma serenata foi oferecida a Lucien Chardon de Rubempré pelos jovens de Angoulême. Lucien apareceu na janela do quarto de sua irmã e disse, em meio ao mais profundo silêncio, depois do último acorde:

— Agradeço a meus conterrâneos a honra que me fazem e tentarei ser digno dela; que me perdoem por não dizer mais que isso: minha emoção é tão profunda que não conseguiria continuar.

— Viva o autor de *O arqueiro de Carlos IX*!...

— Viva o autor de *As margaridas*!

— Viva Lucien de Rubempré!

Depois dessas três salvas, gritadas por algumas vozes,

três coroas e buquês foram jeitosamente jogados pela janela do apartamento. Dez minutos depois, a praça du Mûrier estava vazia, reinava o silêncio.

— Eu preferiria dez mil francos — disse o velho Séchard, que virou e revirou as coroas e os buquês com profunda malícia. — Mas você lhes deu margaridas e eles lhe retribuem com buquês, você é chegado às flores.

— Eis a estima que o senhor demonstra pelas homenagens que meus conterrâneos me prestam! — exclamou Lucien, cuja fisionomia mostrava uma expressão sem qualquer melancolia e irradiando uma verdadeira satisfação. — Se conhecesse os homens, *seu* Séchard, veria que não há dois momentos como este na vida. Só mesmo a um entusiasmo verdadeiro se podem oferecer semelhantes triunfos!... Isso, minha querida mãe e minha boa irmã, apaga muitas tristezas.

Lucien beijou a irmã e a mãe como se beija nesses momentos em que a alegria transborda em ondas tão grandes que é preciso despejá-la no coração de um amigo. (E na falta de amigo, disse um dia Bixiou, um autor inebriado com o próprio sucesso beija o porteiro.)

— Pois é! Mas minha querida menina — ele disse a Ève —, por que está chorando?... Ah! É de alegria...

— Infelizmente — disse Ève à mãe antes de ir se deitar, quando ficaram sozinhas — num poeta sempre há, creio, uma mulher bonita da pior espécie...

— Tem razão — respondeu a mãe, balançando a cabeça. — Lucien já esqueceu tudo, não só suas desgraças como as nossas.

Mãe e filha se separaram sem ousar se dizerem todos os seus pensamentos.

23

A MÁQUINA DO TRIUNFO

Nos países devorados pelo sentimento de insubordinação social escondido atrás da palavra *igualdade*, qualquer triunfo é um desses milagres que não existem, como aliás certos milagres, sem a cooperação de maquinistas hábeis. De dez ovações obtidas por homens vivos e conferidas a eles com aclamações patrióticas, nove têm motivos alheios ao glorioso coroado. Acaso o triunfo de Voltaire nos palcos do Théâtre-Français não era o da filosofia de seu século? Na França só se pode triunfar quando todo mundo se sente coroado junto com a própria cabeça do triunfador. Assim, as duas mulheres tinham razão em seus pressentimentos. O sucesso do grande homem de província despertava muita antipatia entre os costumes estagnados de Angoulême para que aquilo não tivesse sido encenado por interesses ou por um maquinista apaixonado, colaborações igualmente pérfidas. Ève, aliás como a maioria das mulheres, desconfiava daquilo por intuição, embora sem conseguir justificar a si mesma a própria desconfiança. Pensou ao adormecer: "Afinal, quem aqui gosta de meu irmão o bastante para ter excitado esta terra?... Aliás, *As margaridas* ainda não estão publicadas, como é possível felicitá-lo por um sucesso vindouro?...".

Esse triunfo era, na verdade, obra de Petit-Claud. No dia em que o cura de Marsac lhe anunciou a volta de Lucien, o advogado jantava pela primeira vez na casa da sra. de Sénonches, que devia receber oficialmente o pedido da mão de sua afilhada. Foi um desses jantares de família cuja solenidade se traiu mais pelas roupas do que pelo número de convivas. Embora em família, todos sabem que estão representando, e as intenções estão visíveis em todas as atitudes. Françoise se vestira como se estivesse numa vitrine. A sra. de Sénonches arvorava os pavilhões de suas toaletes mais rebuscadas. O sr. du Hautoy vestia casaca preta. O sr. de Sénonches, a quem a mulher escrevera sobre a chegada da sra. du Châtelet, que iria se mostrar pela primeira vez na casa dela, e sobre a apresentação oficial de um pretendente para Françoise, tinha voltado da propriedade do sr. de Pimentel. Cointet, vestido com sua mais bela casaca marrom de corte eclesiástico, ofereceu aos olhares um diamante de seis mil francos no peitilho: vingança do rico comerciante contra o aristocrata pobre. Petit-Claud, barbeado, penteado, ensaboado, não conseguiu se livrar de seu arzinho seco. Era impossível não comparar esse advogado magricela, acanhado dentro de suas roupas, com uma víbora gelada; mas a esperança aumentou tanto a vivacidade de seus olhos de gralha, ele pôs tanta frieza no rosto, empertigou-se tanto que chegou ao limite da dignidade de um ambicioso procuradorzinho do rei. A sra. de Sénonches pedira a seus íntimos que não dessem uma palavra sobre a primeira entrevista de sua pupila com um pretendente nem sobre a aparição da mulher do prefeito, de sorte que esperava ver cheios seus salões. Na verdade, o sr. prefeito e esposa tinham feito suas visitas oficiais por intermédio de cartões, reservando a honra das visitas pessoais como um meio de ação. Assim, a aristocracia de Angoulême estava às voltas com uma curiosidade tão imensa que várias pessoas do campo dos Chandour aceitaram ir ao Palacete Bargeton, pois teimavam em não chamar aquela casa de Palacete de Sénonches. As provas da influência da condessa du Châtelet tinham despertado muitas ambições; e, por sinal, diziam que ela havia mudado tanto, para melhor, que todos queriam julgar por si mesmos. Ao saber por Cointet, no caminho, da grande notícia de que Zéphirine obtivera da mulher do prefeito o favor de lhe apresentar o pretendente da querida Françoise, Petit-Claud se gabou dizendo que tiraria partido da situação constrangedora em que a volta de Lucien punha Louise de Nègrepelisse.

O sr. e a sra. de Sénonches tinham assumido compromissos muito pesados quando compraram a casa, e por isso, como pessoas da província que eram, não pensaram em fazer a menor mudança no palacete. Assim sendo, quando lhe anunciaram Louise e ela foi recebê-la, a primeira frase de Zéphirine foi:

— Minha querida Louise, veja... você aqui ainda está em sua casa!... — mostrando-lhe o pequeno lustre de pingentes, as paredes forradas de madeira e os móveis que outrora tinham fascinado Lucien.

— Minha querida, é o que eu menos quero lembrar — disse graciosamente a senhora esposa do prefeito, dando um olhar ao redor para examinar as pessoas.

Todos confessaram que Louise de Nègrepelisse já não se parecia consigo mesma. A sociedade parisiense, com a qual convivera por dezoito meses, as primeiras alegrias de seu casamento, que transformaram tão bem a mulher quanto Paris transformara a provinciana, a espécie de dignidade dada pelo poder, tudo fazia da condessa du Châtelet uma mulher que se parecia com a sra. de Bargeton assim como uma moça de vinte anos se parece com a mãe. Usava uma touquinha maravilhosa de rendas e flores displicentemente presa por um alfinete com um diamante na ponta. Seus cabelos à inglesa lhe acompanhavam muito bem o rosto e a remoçavam, escondendo seus contornos. Trajava um vestido de seda com o corpete em ponta e uma franja deliciosa, e cujo modelo, da famosa Victorine, valorizava muito sua cintura. Os ombros, cobertos com um fichu de renda de seda, estavam apenas visíveis sob uma echarpe de gaze muito bem colocada em torno de seu pescoço comprido. Como um toque final, brincava com essas lindas bagatelas em cujo manejo costumam tropeçar as mulheres provincianas: uma linda caçoleta que pendia de sua pulseira por uma corrente; e, numa das mãos, o leque e o lencinho enrolado, sem se atrapalhar com ele. O refinado gosto revelado nos menores detalhes, a pose e as maneiras copiadas da sra. d'Espard mostravam em Louise um engenhoso estudo do Faubourg Saint-Germain. Quanto ao velho frajola do Império, o casamento o amadurecera como esses melões que, verdes ainda na véspera, ficam amarelos numa só noite. Ao encontrarem no rosto radiante de sua mulher o viço que Sixte perdera, os convidados disseram, de ouvido para ouvido, essas brincadeiras provincianas, e tanto mais que todas as mulheres estavam furiosas com a nova superioridade da antiga rainha de Angoulême; e o intruso tenaz teve de pagar pela mulher. Excetuando o sr. de Chandour e sua mulher, o finado Bargeton, o sr. de Pimentel e os Rastignac, o salão estava mais ou menos tão cheio quanto no dia em que Lucien ali fez sua leitura, pois o sr. Bispo chegara, acompanhado dos vigários-gerais. Petit-Claud, impressionado com o espetáculo da aristocracia de Angoulême, no meio da qual até quatro meses antes ele se desesperava de jamais estar, sentiu que seu ódio das classes superiores se acalmava. Achou a condessa Châtelet encantadora, pensando: "Aí está a mulher que pode conseguir minha nomeação como substituto!". Pelo meio da noite, depois de dar idêntica atenção às conversas com cada mulher, variando o tom segundo a importância da pessoa e a conduta que tivera a respeito de sua fuga com Lucien, Louise se retirou para o boudoir com o sr. Bispo. Então, Zéphirine pegou o braço de Petit-Claud, cujo coração disparara, e o levou para aquela saleta onde haviam começado, e onde iriam se consumar, os infortúnios de Lucien.

— Aqui está o senhor Petit-Claud, minha querida, e o recomendo mais ainda porque tudo o que fizer por ele será decerto em benefício de minha pupila.

— O senhor é solicitador? — perguntou a augusta filha dos Nègrepelisse, avaliando Petit-Claud de cima a baixo.

— Sim, infelizmente, *senhora condessa*! (Nunca o filho do alfaiate de L'Houmeau tivera, em toda a sua vida, uma única vez, a oportunidade de usar essas duas palavras; portanto, foi como se enchesse a boca com elas.) — Mas depende da senhora condessa que eu passe para a magistratura em pé.* Dizem que o senhor Milaud vai para Nevers...

— Mas — continuou a condessa — não se começa sendo segundo, e só depois se passa a primeiro substituto? Eu gostaria de vê-lo imediatamente como primeiro substituto... Para me ocupar do senhor e lhe conseguir esse favor, quero ter alguma certeza de sua devoção à Legitimidade da monarquia, à Religião, e sobretudo ao senhor de Villèle.

— Ah, senhora! — disse Petit-Claud, aproximando-se de seu ouvido —, sou homem de obedecer cegamente ao poder.

— É disso que *nós* precisamos hoje — ela retrucou, recuando, para fazê-lo entender que não queria ouvir mais nada dito em seu ouvido. — Se o senhor ainda for pessoa conveniente para a senhora de Sénonches, conte comigo — acrescentou, fazendo um gesto régio com o leque.

— Senhora — disse Petit-Claud, avistando Cointet, que chegou à porta do boudoir —, Lucien está na cidade.

— E daí, cavalheiro?... — respondeu a condessa num tom que paralisaria qualquer palavra na garganta de um homem comum.

— A senhora condessa não me compreendeu — continuou Petit-Claud, servindo-se da fórmula mais respeitosa —, quero lhe dar uma prova de minha dedicação à sua pessoa. Como a senhora condessa quer que o grande homem feito por si seja recebido em Angoulême? Não há meio-termo: aqui ele deve ser objeto de desprezo ou de glória.

Louise de Nègrepelisse não tinha pensado nesse dilema, no qual evidentemente estava interessada, mais por causa do passado que do presente. Ora, dos sentimentos que a condessa tinha atualmente por Lucien dependia o êxito do plano concebido pelo solicitador para levar a bom termo a prisão de Séchard.

— Senhor Petit-Claud — ela disse, assumindo uma atitude de altivez e dignidade —, o senhor quer pertencer ao

* O ministério público.

governo, então saiba que o primeiro princípio de um governo deve ser o de jamais ter errado, e que as mulheres têm, ainda mais que os governos, o instinto do poder e o sentimento de sua dignidade.

— É isso mesmo que eu pensava, senhora — ele respondeu prontamente, observando a condessa com uma atenção muito profunda mas que ninguém notava. — Lucien está chegando na maior miséria. Mas se aqui deve receber uma ovação, também posso obrigá-lo, por causa da própria ovação, a abandonar Angoulême, onde sua irmã e seu cunhado David Séchard estão sob a mais candente perseguição judicial...

Louise de Nègrepelisse deixou ver em seu rosto altivo um leve gesto produzido pela própria repressão de seu prazer. Surpresa ao ver Petit-Claud ter pressentido tão bem seus pensamentos, olhou para ele abrindo o leque, pois Françoise de La Haye estava entrando, o que lhe deu tempo de encontrar uma resposta.

— Breve, senhor — disse com um sorriso significativo —, será procurador do Rei...

Não será isso dizer tudo sem se comprometer?

— Oh, senhora! — exclamou Françoise, indo agradecer à mulher do prefeito. — Então vou ficar lhe devendo a felicidade de minha vida.

E se debruçando sobre sua protetora com um pequeno gesto de menina, disse-lhe ao ouvido:

— Eu morreria a fogo brando se fosse a mulher de um advogado de província...

Se Zéphirine se jogara assim sobre Louise foi por ter sido empurrada por Francis, a quem não faltava certo conhecimento do mundo burocrático.

— Nos primeiros dias de qualquer advento, seja o de um prefeito, de uma dinastia ou de um empreendimento industrial — disse o ex-cônsul-geral à sua amiga —, encontram-se pessoas afogueadas para prestar serviço, mas logo reconhecem os inconvenientes da proteção e se tornam de gelo. Hoje, Louise fará gestões para Petit-Claud que, daqui a três meses, não gostaria de fazer nem para o próprio marido.

— A senhora condessa pensou — disse Petit-Claud — em todas as obrigações que terá com o triunfo do nosso poeta? Deverá receber Lucien durante os dez dias que durar nosso entusiasmo.

A esposa do prefeito fez um aceno de cabeça a fim de despachar Petit-Claud, e se levantou para ir conversar com a sra. de Pimentel, que apareceu na porta do boudoir. Impressionada com a recente promoção do velho de Nègrepelisse ao pariato, a marquesa julgara necessário ir afagar uma mulher hábil o suficiente para ter aumentado a própria influência praticando quase um erro.

— Diga, minha querida, por que se deu ao trabalho de pôr seu pai na Câmara Alta? — perguntou a marquesa no meio de uma conversa confidencial em que ela parecia fazer uma reverência diante da superioridade de sua *querida* Louise.

— Minha cara, concederam-me esse favor mais facilmente ainda por meu pai não ter filhos homens e porque sempre votará com a coroa; mas, se eu tiver filhos, espero que meu primogênito substitua o avô no título, nos brasões e no pariato...

— A mulher do prefeito está comigo — disse Petit-Claud a Cointet, ao sair — e por isso lhe prometo sua escritura de sociedade... Daqui a um mês serei primeiro substituto, e o senhor será dono de Séchard. Agora, trate de encontrar um sucessor para meu cargo, em cinco meses fiz de meu escritório o primeiro de Angoulême...

— Bastava pô-lo montado no cavalo — disse Cointet, quase ciumento de sua obra.

Agora todos podem compreender a causa do triunfo de Lucien em sua terra. Tal como aquele rei da França que não se vingou do duque de Orléans, Louise não queria se lembrar das injúrias recebidas em Paris pela sra. Bargeton. Queria patrocinar Lucien, esmagá-lo com sua proteção e se livrar dele *honradamente*. Posto a par, pelos mexericos, de toda a intriga de Paris, Petit-Claud adivinhara muito bem o ódio vivaz que as mulheres têm pelo homem que não soube amá-las na hora em que tiveram vontade de ser amadas.

24

UMA DEDICAÇÃO QUE RARAMENTE ENCONTRAMOS NA VIDA

No dia seguinte da ovação que justificava o passado de Louise de Nègrepelisse, Petit-Claud, para inebriar de vez Lucien e poder controlá-lo, se apresentou na casa da sra. Séchard, à frente de seis jovens da cidade, todos antigos companheiros de Lucien no liceu de Angoulême.

Essa deputação era enviada ao autor de *As margaridas* e de *O arqueiro de Carlos IX* por seus condiscípulos para convidá-lo a assistir ao banquete que queriam oferecer ao grande homem saído de suas fileiras.

— Ah, é você, Petit-Claud! — exclamou Lucien.

— Sua volta para cá — disse-lhe Petit-Claud — estimulou nosso amor-próprio, despertou nossa honra, e nos cotizamos e lhe preparamos um magnífico banquete. Nosso diretor e nossos professores assistirão; e, do jeito que vão as coisas, certamente teremos as autoridades.

— E para que dia? — perguntou Lucien.

— Próximo domingo.

— Para mim será impossível — respondeu o poeta —, só posso aceitar para daqui a dez dias... Mas então aceitarei de muito bom grado...

— Ótimo, estamos às suas ordens — disse Petit-Claud —; daqui a dez dias, que seja.

Lucien foi adorável com seus ex-colegas, que lhe demonstraram uma admiração quase respeitosa. Conversou por meia hora com muito espírito, pois se via num pedestal e queria justificar a opinião de sua terra: meteu as mãos nas cavas do colete, falou exatamente como um homem que vê as coisas da altura em que seus conterrâneos o puseram. Foi modesto e bem-comportado, como um gênio de pijama. Ali estavam as queixas de um atleta cansado das lutas em Paris, desencantado sobretudo, e que felicitou os companheiros por não terem saído de sua boa província etc. Deixou a todos maravilhados. Depois, pegou à parte Petit-Claud e lhe perguntou a verdade sobre os negócios de David, criticando-lhe pelo estado de sequestração em que seu cunhado se encontrava. Lucien quis ser ardiloso com Petit-Claud, que se esforçou em dar ao antigo companheiro a ideia de que ele, Petit-Claud, era um pobre advogadozinho do interior, sem a mais pálida sagacidade. A atual constituição das sociedades, infinitamente mais complicada em suas engrenagens que as antigas sociedades, resultou na subdivisão das faculdades no homem. Antigamente, as pessoas notáveis, obrigadas a ser universais, surgiam em pequena quantidade e eram como que faróis no meio das nações da Antiguidade. Mais tarde, se as faculdades se especializaram, a qualidade ainda se referia ao conjunto das coisas. Assim, um homem *rico em cautelas*, como se disse de Luís XI, podia aplicar sua astúcia a tudo; mas hoje a própria qualidade está subdividida. Por exemplo, são tantas profissões quantas astúcias diferentes. Nos confins de uma província, um astuto diplomata será perfeitamente engambelado num negócio por um advogado medíocre ou por um camponês. O mais astuto jornalista pode ser um perfeito palerma em matéria de interesses comerciais, e Lucien iria ser, como foi, um joguete nas mãos de Petit-Claud. Desnecessário dizer que o malicioso advogado tinha escrito pessoalmente o artigo em que a cidade de Angoulême, comprometida com seu bairro de L'Houmeau, se achava obrigada a festejar Lucien. Os conterrâneos de Lucien que foram à praça du Mûrier eram os operários da tipografia e da fábrica de papel dos Cointet, acompanhados pelos escreventes de Petit-Claud, de Cachan e por alguns companheiros de liceu. Voltando a ser para o poeta o colega de escola, o advogado pensava, com razão, que a certa altura seu companheiro deixaria escapar o segredo do retiro de David. E se David se destruísse por culpa de Lucien, Angoulême ficaria insustentável para o poeta. Assim, para melhor garantir sua influência, ele se mostrou como inferior a Lucien.

— Como eu não teria feito todo o possível? — perguntou Petit-Claud a Lucien. — Tratava-se da irmã de meu colega! Mas no tribunal há situações em que a gente se dá mal. No dia 1º de junho, David me pediu que eu garantisse seu sossego por três meses; ele só correrá perigo em setembro, e ainda assim consegui subtrair dos credores todos os bens dele. Pois ganharei o processo na Corte Real, onde farei com que julguem que o privilégio de uma mulher é absoluto e que, neste caso, ele não acoberta nenhuma fraude... Quanto a você, está voltando em circunstâncias infelizes, mas é um homem de gênio... (Lucien fez um gesto como de quem se afasta do incensório que lhe chega demasiado perto do nariz.) — Sim, meu caro — continuou Petit-Claud —, li *O arqueiro de Carlos IX*: é mais que uma mera publicação, é um livro! O prefácio só podia ter sido escrito por dois homens: Chateaubriand ou você!

Lucien aceitou o elogio, sem dizer que aquele prefácio era de D'Arthez. De cem outros autores franceses, noventa e nove teriam agido como ele.

— Pois é, aqui ninguém parecia conhecer você — continuou Petit-Claud, fingindo indignação. — Quando vi a indiferença geral, pus na cabeça que iria revolucionar todo este mundo. Escrevi o artigo que você leu...

— Como? Foi você que... — exclamou Lucien.

— Eu mesmo!... Angoulême e L'Houmeau entraram em rivalidade, reuni uns jovens, seus antigos companheiros de liceu e organizei a serenata de ontem; depois, uma vez lançados no entusiasmo, soltamos a subscrição para o jantar. "Se David se esconde, ao menos Lucien será coroado!", pensei. Fiz mais que isso — continuou Petit-Claud —, vi a condessa du Châtelet e lhe dei a entender que ela devia a si mesma a iniciativa de tirar David dessa situação, pois pode, e deve, fazer isso. Se realmente David descobriu o segredo de que me falou, o governo não se arruinará ao apoiá-lo, e que maravilha para um prefeito dar-se ares de ser responsável pela metade de tão grande descoberta graças à feliz proteção que confere ao inventor! Assim consegue que falem dele como de um administrador esclarecido... Sua irmã se apavorou com o jogo de nossa fuzilaria judiciária! Ficou com medo da fumaça... A guerra no tribunal custa tão caro quanto nos campos de batalha, mas David manteve sua situação, é dono do segredo: não é possível prendê-lo, não o prenderão!

— Agradeço-lhe, meu caro, e vejo que posso lhe confiar meu plano, você me ajudará a realizá-lo.

Com seu nariz em forma de pua, e que mais parecia um ponto de interrogação, Petit-Claud olhou para Lucien.

— Quero salvar Séchard — disse Lucien fazendo-se de importante —, sou a causa da desgraça dele, repararei tudo... Tenho mais domínio sobre Louise...

— Louise, quem?...

— A condessa du Châtelet!...

Petit-Claud fez um gesto.

— Meu domínio sobre ela é maior do que ela mesma imagina — continuou Lucien —; só que, meu caro, se tenho poder sobre o governo, não tenho as roupas...

Petit-Claud fez outro gesto, como para oferecer sua bolsa.

— Obrigado — disse Lucien, apertando a mão de Petit-Claud. — Daqui a dez dias vou fazer uma visita à senhora do prefeito e vou retribuir a que você me faz hoje.

Despediram-se, dando-se apertos de mão de colegas.

“Ele deve ser poeta”, pensou com seus botões Petit-Claud, “pois é louco.”

“Digam o que disserem”, pensava Lucien ao voltar para a casa da irmã, “mas em matéria de amigos só mesmo os do liceu.”

— Meu Lucien — disse Ève —, o que lhe prometeu Petit-Claud para você lhe demonstrar tanta amizade? Tome cuidado com ele!

— Com ele? — exclamou Lucien. — Escute, Ève — recomeçou, parecendo obedecer a uma reflexão —, você não acredita mais em mim, desconfia de mim, pode desconfiar de Petit-Claud, mas daqui a doze ou quinze dias mudará de opinião — acrescentou com um arzinho enfatuado...

25

LUCIEN LEVA A SÉRIO SUA GLÓRIA NA PROVÍNCIA

Lucien subiu para o quarto e escreveu a seguinte carta a Lousteau.

> Meu amigo, de nós dois só eu posso me lembrar da nota de mil francos que lhe emprestei; mas conheço bem demais, infelizmente, a situação em que você estará ao abrir minha carta, para não acrescentar em seguida que não os estou cobrando em ouro ou prata; não, peço-os de volta em crédito, como alguém pediria a Florine em prazer. Temos o mesmo alfaiate, portanto você pode me mandar fazer o quanto antes um traje completo. Sem estar propriamente nos trajes de Adão, não posso me mostrar. Aqui, para meu grande espanto, me esperavam as honras da província devidas às personalidades parisienses. Sou o herói de um banquete, nem mais nem menos que um deputado da Esquerda; compreende agora a necessidade de uma casaca preta? Prometa-me o pagamento; encarregue-se disso, use seu poder de redator de reclames; em suma, encontre uma cena inédita de Don Juan com o *Senhor Domingo*, pois preciso me endomingar a qualquer preço. Não tenho nada além de trapos: parta desse ponto! Estamos em setembro, faz um tempo magnífico; *ergo*, providencie, para que eu o receba no fim desta semana, um lindo traje matinal: pequena sobrecasaca verde-bronze escuro, três coletes, um cor de enxofre, outro de fantasia, gênero escocês, o terceiro totalmente branco; depois, três calças *pesca-mulheres*,

uma branca de tecido inglês, a outra de nanquim, a terceira de casimira preta leve; por último, uma casaca preta e um colete de cetim preto para a noite. Se você encontrou uma Florine qualquer, entrego-me a ela para duas gravatas de fantasia. Isso é pouca coisa, conto com você, com sua habilidade: o alfaiate pouco me preocupa. Mas, meu caro amigo, como muitas vezes deploramos, a inteligência da miséria que, sem dúvida, é o veneno mais ativo capaz de atormentar o homem por excelência — o parisiense! —, essa inteligência cuja atividade surpreenderia Satanás, ainda não encontrou a maneira de se conseguir um chapéu a crédito! Quando tivermos lançado a moda dos chapéus que valerão mil francos, os chapéus serão acessíveis; mas até lá deveremos sempre ter ouro suficiente no bolso para pagar por um chapéu. Ah! Que mal a Comédie Française nos fez com esse: "Lafleur, ponhas ouro em meus bolsos!". Portanto, sinto profundamente todas as dificuldades da execução desse pedido: junte à encomenda do alfaiate um par de botas, um par de escarpins, um chapéu, seis pares de luvas! É pedir o impossível, eu sei. Mas a vida literária não é uma série impossível de sacrifícios onerosos?... Só lhe digo uma coisa: opere essa mágica escrevendo um grande artigo ou uma pequena infâmia, e lhe darei quitação libertando-o de sua dívida. E é uma dívida de honra, meu caro, contraída há doze meses: você coraria com isso, se conseguisse corar. Meu caro Lousteau, brincadeiras à parte, estou numa situação grave. Julgue apenas por esta frase: a Siba engordou, tornou-se a esposa da Garça-real, e a Garça-real é prefeito de Angoulême. Esse horrendo casal pode muito por meu cunhado, que eu pus numa situação terrível, pois ele está sendo processado, está escondido, sob o peso das promissórias!... Quero reaparecer aos olhos da senhora do prefeito e recuperar certo domínio sobre ela, custe o que custar. Não é assustador pensar que a fortuna de David Séchard depende de um lindo par de botas, de meias de seda cinza rendilhada (não vá esquecer) e de um chapéu novo?... Vou dizer que estou doente e passando mal, vou me enfiar na cama como fez Duvicquet, para me dispensar de responder à solicitude de meus conterrâneos. Meus conterrâneos me fizeram, meu caro, uma belíssima serenata. Começo a me perguntar de quantos tolos se precisa para compor esta expressão: *meus conterrâneos*, desde que soube que o entusiasmo da capital do Angoumois tivera como animadores alguns de meus companheiros de liceu.

Se pudesse pôr nos *Fatos de Paris* umas linhas sobre minha recepção, você aumentaria aqui minha estatura em muitos saltos de bota. Aliás, eu faria a Siba sentir que tenho, senão amigos, pelo menos certa influência na imprensa parisiense. Como não renuncio a nenhuma de minhas esperanças, vou lhe retribuir tudo isso. Se precisar de um belo artigo de fundo para uma revista qualquer, tenho tempo de sobra para meditar a respeito. Não lhe digo mais que uma palavra, meu caro amigo: conto com você, como você pode contar com este que se diz,

todo seu,

LUCIEN DE R.

P. S. — Envie-me tudo pelas diligências, posta restante.

Essa carta, na qual Lucien retomava o tom de superioridade que seu sucesso lhe dava interiormente, lhe lembrou Paris. Invadido nos últimos seis dias pela calma absoluta da província, seu pensamento se reportou às suas boas misérias, ele teve vagos arrependimentos, ficou uma semana inteira preocupado com a condessa du Châtelet; em suma, deu tanta importância à própria reaparição na sociedade que, ao descer até L'Houmeau, no cair da tarde, para pegar no escritório das diligências os pacotes que esperava de Paris, sentiu todas as angústias da incerteza, como uma mulher que pôs as derradeiras esperanças numa toalete e fica desesperada até consegui-la. "Ah, Lousteau! Eu te perdoo tuas traições", pensou, observando pela forma dos embrulhos que o envio devia conter tudo o que havia pedido.

Encontrou a seguinte carta dentro da caixa de chapéu.

Do salão de Florine.

Meu filho querido,
O alfaiate se portou muito bem; mas como sua profunda visão retrospectiva o fez pressentir, as gravatas, o chapéu e as meias de seda que você encomendou causaram um transtorno em nossos corações, já que não havia nada a transtornar em nossa bolsa. É como Blondet e eu dizíamos: faria uma fortuna quem abrisse uma loja onde os jovens encontrassem coisas que custam pouco. Pois os bens pelos quais não pagamos acabam nos custando muito caro. Aliás, o grande Napoleão, detido em seu caminho para as Índias por falta de um par de botas, disse: "Os negócios fáceis jamais são feitos!". Portanto, correu tudo bem, exceto para seu sapato... Eu podia vê-lo bem-vestido mas sem chapéu! Com colete mas sem sapatos, e pensava em lhe enviar um par de mocassins que um americano deu a Florine como curiosidade. Florine ofereceu uma quantia de quarenta francos para jogarmos, em vista das suas necessidades. Nathan, Blondet e eu ficamos tão felizes, já que não estávamos jogando por nossa conta, que ficamos ricos o suficiente para levar La Torpille,* a ex-bailarinazinha de Des Lupeaulx, para cear. Frascati bem que nos devia isso. Florine se encarregou das compras, às quais juntou três belas camisas. Nathan lhe oferece uma bengala. Blondet, que ganhou trezentos francos, lhe envia uma corrente de ouro. A bailarinazinha juntou um relógio de ouro, do tamanho de uma moeda de quarenta francos, que um imbecil lhe deu e que não presta: "É uma porcaria, como aliás aquilo que ele teve de mim!", ela nos disse. Bixiou, que veio nos encontrar no Rocher de Cancale, quis pôr um frasco de água-de-colônia no pacote que Paris lhe manda. Com aquela voz de baixo e aquela arrogância burguesa que ele imita tão bem, nosso primeiro cômico disse: "Se isso puder fazer a felicidade dele, que o

* La Torpille (A Torpedo) era o apelido de Esther van Gobseck, futura amante de Lucien em *Esplendores e misérias das cortesãs*.

faça!...". Tudo isso, meu filho querido, lhe prova como gostamos de nossos amigos na desgraça. Florine, a quem tive a fraqueza de perdoar, lhe pede que nos mande um artigo sobre a última obra de Nathan. Adeus, meu filho! Só posso me lamentar por você ter regressado para o tubo de ensaio do qual saía quando se tornou um velho camarada de

Seu amigo

ÉTIENNE L.

"Pobres rapazes! Eles jogaram por mim!", pensou, todo emocionado.

Vêm de terras insalubres, ou daquelas onde mais sofremos, baforadas que lembram os perfumes do paraíso. Numa vida morna, a lembrança dos sofrimentos é como um gozo indefinível. Ève ficou pasma quando seu irmão desceu, dentro das roupas novas; estava irreconhecível.

— Agora posso ir passear em Beaulieu — ele exclamou —; não vão dizer de mim: "Ele voltou esfarrapado!". Veja, este é o relógio que vou lhe dar, pois ele é meu mesmo; além disso, ele se parece comigo: não regula bem.

— Como você é criança!... — disse Ève. — Não é possível se zangar com você por coisa nenhuma.

— Quer dizer que você acha, minha moça querida, que pedi tudo isso com o pensamento tão tolo de brilhar aos olhos de Angoulême? Eu me importo tão pouco com isto! — disse, chicoteando o ar com a bengala de castão de ouro lavrado. — Quero reparar o mal que causei: por isso enverguei minhas armas.

O sucesso de Lucien como homem elegante foi o único triunfo real que conseguiu, mas foi imenso. A inveja solta tantas línguas quanto a admiração as congela. As mulheres ficaram loucas por ele, os homens o amaldiçoaram, e ele pôde exclamar, como o cançonetista: "Ó minha roupa, como te agradeço!". Foi entregar dois cartões na prefeitura e fez também uma visita a Petit-Claud, que não encontrou. No dia seguinte, o do banquete, todos os jornais de Paris continham, no noticiário de Angoulême, as seguintes linhas:

ANGOULÊME. A volta de um jovem poeta cuja estreia foi tão brilhante, o autor de *O arqueiro de Carlos IX*, o único romance histórico escrito na França sem imitar o gênero de Walter Scott, e cujo prefácio é um acontecimento literário, foi marcada por uma ovação tão lisonjeira para a cidade como para o senhor Lucien de Rubempré. A cidade se empenhou em lhe oferecer um banquete patriótico. O novo prefeito, que acaba de se instalar, associou-se à manifestação pública festejando o autor de *As margaridas*, cujo talento foi tão veementemente encorajado em seu início pela condessa du Châtelet.

Na França, uma vez dado o impulso, ninguém mais consegue detê-lo. O coronel do regimento da guarnição ofereceu sua fanfarra. O dono e *maître-d'hôtel* de La Cloche, a mais famosa estalagem de L'Houmeau, cujas expedições de perus trufados vão até a China e são enviados dentro das mais magníficas porcelanas, foi o encarregado do banquete e decorou seu grande salão com panos sobre os quais coroas de louro entremeadas de buquês criavam um efeito fantástico. Às cinco horas, quarenta pessoas ali estavam reunidas, todas em traje de gala. Uma multidão de cento e tantos moradores, atraídos principalmente pela presença dos músicos no pátio, representava os conterrâneos.

— Toda Angoulême está aqui! — disse Petit-Claud, indo à janela.

— Não estou entendendo nada — dizia Postel à mulher, que tinha ido para ouvir a música. — Como! O Prefeito, o Recebedor Geral, o Coronel, o diretor da fábrica de pólvora, nosso Deputado, o *Maire*, o diretor do liceu, o diretor da fundição de Ruelle, o Presidente do tribunal, o Procurador do rei, senhor Milaud, todas as autoridades acabam de chegar!...

Quando se sentaram à mesa, a fanfarra militar começou com variações em torno da melodia de "Viva o Rei, viva a França!", hino que jamais conseguiu se tornar popular. Eram cinco horas da tarde. Às oito, a sobremesa servida em sessenta e cinco pratos, entre eles um notável Monte Olimpo de confeitos tendo no alto uma França de chocolate, deu o sinal para os brindes.

— Meus senhores — disse o prefeito se levantando —, ao Rei!... À Legitimidade! Não foi à paz que os Bourbon nos devolveram que devemos a geração de poetas e pensadores que mantêm nas mãos da França o cetro da literatura?...

— Viva o Rei! — gritaram os convivas, entre os quais os defensores do governo formavam a maioria.

O venerável diretor do liceu se levantou.

— Ao jovem poeta — ele disse —, ao herói do dia, que soube aliar à graça e à poesia de Petrarca, num gênero que Boileau declarava ser tão difícil, o talento do prosador!

— Muito bem! Muito bem!...

O coronel se levantou.

— Meus senhores, ao defensor do rei! Pois o herói desta festa teve a coragem de defender os bons princípios!

— Muito bem! — disse o prefeito, dando a deixa para os aplausos.

Petit-Claud se levantou.

— Todos os companheiros de Lucien bebem à glória do liceu de Angoulême, ao venerável diretor que nos é tão querido, e a quem devemos atribuir tudo o que lhe pertence em nossos triunfos!...

O velho diretor do liceu, que não esperava por esse brinde, enxugou os olhos. Lucien se levantou: fez-se o mais profundo silêncio e o poeta ficou lívido. Neste momento, o velho diretor, que estava à sua esquerda, colocou sobre sua cabeça uma coroa de louros. Bateram palmas. Lucien ficou com lágrimas nos olhos e na voz.

— Ele está embriagado — disse a Petit-Claud o futuro procurador do rei em Nevers.

— Não foi o vinho que o embriagou — respondeu o advogado.

— Meus queridos conterrâneos, meus queridos colegas — disse enfim Lucien —, gostaria de ter a França inteira como testemunha desta cena. É assim que se educam os homens e que se conseguem em nosso país as grandes obras e as grandes ações. Mas, vendo o pouco que fiz e a grande honra que recebo, só posso me sentir confuso e me entregar ao futuro para que ele trate de justificar a acolhida de hoje. A lembrança deste momento me restituirá forças no meio de lutas novas. Permitam-me assinalar às suas homenagens aquela que foi tanto minha primeira musa como minha protetora, e de beber também à minha cidade natal: portanto, à bela condessa Sixte du Châtelet e à nobre cidade de Angoulême.

— Ele se saiu bastante bem — disse o procurador do rei, balançando a cabeça em sinal de aprovação —, pois nossos brindes estavam preparados, e o dele foi improvisado.

Às dez horas os convivas foram embora, em grupos. David Séchard, ao ouvir aquela música extraordinária, disse à Basine:

— Mas o que está acontecendo em L'Houmeau?

— Dão uma festa para seu cunhado Lucien... — ela respondeu.

— Tenho certeza — ele disse — de que ele terá se lamentado por não me ver ali!

À meia-noite Petit-Claud acompanhou Lucien até a praça du Mûrier. Lá, Lucien disse ao advogado:

— Meu caro, entre nós é para a vida e para a morte.

— Amanhã — disse o advogado — assinamos meu contrato de casamento na casa da senhora de Sénonches, com sua afilhada, a senhorita Françoise de La Haye; dê-me o prazer de vir; a senhora de Sénonches me pediu para levá-lo, e lá você verá a mulher do prefeito, que ficará muito lisonjeada com seu brinde, do qual certamente vão falar.

— Eu tinha minhas ideias a respeito — disse Lucien.

— Ah, você salvará David!

— Tenho certeza — respondeu o poeta.

Nesse momento, David apareceu, como por encanto. Eis a razão.

26

UM CÉRIZET NA GRAMA

David estava numa posição um bocado difícil: sua mulher o proibia terminantemente tanto de receber Lucien como de lhe comunicar o lugar de seu esconderijo, ao passo que Lucien lhe escrevia as cartas mais afetuosas dizendo que dentro de poucos dias teria reparado o mal. Ora, a srta. Clerget tinha entregado a David as duas cartas abaixo, dizendo-lhe o motivo da festa cuja música chegava a seus ouvidos.

> Meu querido, faça como se Lucien não estivesse aqui; não se preocupe com coisa nenhuma e grave em sua querida cabeça esta proposta: nossa segurança vem inteiramente da impossibilidade em que estão seus inimigos de saber onde você está. Tamanha é minha desgraça que tenho mais confiança em Kolb, em Marion e em Basine do que em meu irmão. Infelizmente, meu pobre Lucien não é mais o cândido e meigo poeta que conhecemos! É justamente por ele querer se meter em seus negócios e ter a pretensão de pagar nossas dívidas (por orgulho, meu David!...) que eu o temo. Recebeu de Paris belas roupas e cinco moedas de ouro dentro de uma bonita bolsa. Deixou-as à minha disposição e vivemos desse dinheiro. Temos, enfim, um inimigo a menos: seu pai nos deixou, e devemos a partida dele a Petit-Claud, que desvendou as intenções do pai Séchard e as neutralizou de imediato, dizendo-lhe que você não faria mais nada sem ele; e que ele, Petit-Claud, não o deixaria ceder nada de sua descoberta sem uma indenização prévia

de trinta mil francos: primeiro, quinze mil francos para que você liquide suas dívidas, e depois quinze mil que você receberia em todos os casos, de sucesso ou insucesso. Para mim Petit-Claud é inexplicável. Beijo-o como uma mulher beija seu marido infeliz. Nosso pequeno Lucien vai bem. Que espetáculo o dessa flor que se colore e cresce no meio de nossas tempestades domésticas! Minha mãe, como sempre, reza a Deus e o beija quase tão ternamente quanto a
Sua ÈVE

Petit-Claud e os Cointet, apavorados com a astúcia camponesa do velho Séchard, tinham, como se vê, se livrado dele melhor ainda porque as vindimas o chamavam às suas vinhas de Marsac.

A carta de Lucien, incluída no envelope da de Ève, estava assim escrita:

Meu caro David, vai tudo bem. Estou armado da cabeça aos pés; entro em campanha hoje, daqui a dois dias terei percorrido um bom pedaço do caminho. Com que prazer vou abraçá-lo quando você estiver livre e desobrigado de minhas dívidas! Mas estou ferido, para o resto da vida e no coração, com a desconfiança que minha irmã e minha mãe continuam a me demonstrar. Então já não sei que você se esconde na casa de Basine? Toda vez que Basine vem em casa, tenho notícias suas e a resposta às minhas cartas. Aliás, é evidente que minha irmã só podia contar com a amiga do ateliê. Hoje estarei bem perto de você e cruelmente pesaroso por você não assistir à festa que me dão. O amor-próprio de Angoulême me valeu um pequeno triunfo que, em poucos dias, será inteiramente esquecido, mas no qual sua alegria teria sido a única sincera. Enfim, mais alguns dias e você tudo perdoará àquele que valoriza, mais que todas as glórias do mundo, ser
seu irmão,
LUCIEN

David ficou com o coração profundamente abalado por essas duas forças, embora fossem desiguais; pois adorava a mulher, e sua amizade por Lucien encolhera um pouco em estima. Mas na solidão a força dos sentimentos muda inteiramente. O homem só, e às voltas com preocupações como aquelas que devoravam David, cede a pensamentos contra os quais encontraria pontos de apoio no ambiente corrente da vida. Portanto, lendo, no momento em que as fanfarras celebravam aquele triunfo inesperado, a carta que Lucien escrevera, ficou profundamente tocado com as palavras de arrependimento que de fato esperava ler. As almas ternas não resistem a essas pequenas manifestações sentimentais, que consideram tão poderosas nas outras como nas suas. Não é a gota d'água que transborda a taça cheia?... Assim, por volta da meia-noite, todas as súplicas de Basine não conseguiram impedir David de ir ver Lucien.

— Ninguém — ele lhe disse — passeia a essa hora pelas ruas de Angoulême, não vão me ver, não podem me prender à noite; e, caso eu seja encontrado, posso recorrer ao expediente inventado por Kolb para voltar ao meu esconderijo. Aliás, faz muito tempo que não beijo minha mulher e meu filho.

Diante de todas essas razões um tanto plausíveis, Basine cedeu e deixou sair David, que gritava: "Lucien!" no instante em que Lucien e Petit-Claud se davam boa-noite. E os cunhados se jogaram nos braços um do outro, chorando. Não há muitos momentos semelhantes a esse na vida. Lucien sentia a efusão de uma dessas amizades *apesar dos pesares*, com as quais nunca contamos e que nos recriminamos por termos traído. David sentia a necessidade de perdoar. Esse generoso e nobre inventor queria sobretudo passar um carão em Lucien e dissipar as nuvens que velavam a afeição da irmã e do irmão. Diante dessas considerações sentimentais, todos os perigos gerados pela falta de dinheiro tinham desaparecido.

Petit-Claud disse a seu cliente:

— Vá para casa, aproveite ao menos sua imprudência, beije sua mulher e seu filho! E que não o vejam!

— Que pena! — pensou Petit-Claud, que ficou sozinho na praça du Mûrier. — Ah! Se eu tivesse Cérizet aqui...

No instante em que o advogado falava consigo mesmo ao longo do tapume de madeira feito em torno da praça onde hoje se ergue orgulhosamente o Palácio da Justiça, ouviu baterem atrás de si numa tábua, como quando alguém bate com o dedo numa porta.

— Estou aqui — disse Cérizet, cuja voz passava pela fresta de duas tábuas mal juntadas. — Vi David saindo de L'Houmeau; mas para lhe armar uma cilada é preciso que eu saiba alguma coisa sobre os projetos de Lucien, e eis que o senhor os manda voltar para casa! Ao menos fique aqui, com um pretexto qualquer. Quando David e Lucien saírem, traga-os para perto de mim: pensarão estar sozinhos e ouvirei as últimas palavras que dirão ao se despedir.

— Você é um diabo de mão cheia! — disse baixinho Petit-Claud.

— Nossa mãe do céu! — exclamou Cérizet. — O que eu não faria para ter o que o senhor me prometeu!

Petit-Claud saiu das tábuas e passeou pela praça du Mûrier olhando para as janelas do quarto onde a família estava reunida e pensando em seu futuro, como para se dar coragem, pois a habilidade de Cérizet lhe permitia desferir o último golpe. Petit-Claud era um desses homens profundamente ardilosos e traiçoeiramente duplos, que depois de terem observado as mudanças do coração humano e a estratégia dos interesses jamais se deixam agarrar pelas iscas do presente nem pelos engodos de nenhum relacionamento. Portanto, de início ele não deu muita importância a Cointet. Se o plano de seu casamento falhasse, sem que ele tivesse o direito de acusar de traição o Cointet alto, ainda assim estaria em condições de lhe causar contrariedades; mas desde seu sucesso no Palacete de Bargeton, Petit-Claud não fazia jogo de cartas marcadas. Sua trama inicial, que se tornara inútil, era perigosa para a situação política à qual aspirava.

Queria assentar sua importância futura nas seguintes bases: Gannerac e alguns grandes negociantes começavam a formar em L'Houmeau um comitê liberal que se ligava, pelas relações comerciais, aos chefes da Oposição. A chegada do ministério Villèle, aceito pelo moribundo Luís XVIII, era sinal de uma mudança de comportamento na Oposição, que, desde a morte de Napoleão, renunciara ao perigoso método das conspirações. O partido liberal organizava nos confins das províncias seu sistema de resistência legal: a tendência era se assenhorear do eleitorado, a fim de alcançar seu objetivo por meio do convencimento das massas. Ferrenho liberal e filho de L'Houmeau, Petit-Claud foi o promotor, a alma e o conselheiro secreto da Oposição na cidade baixa, oprimida pela aristocracia da cidade alta. Foi o primeiro a perceber o perigo de deixar os Cointet disporem, sozinhos, da imprensa no departamento da Charente, onde a Oposição devia ter um órgão, a fim de não ficar atrás das outras cidades.

— Que cada um de nós dê uma nota de quinhentos francos a Gannerac, e ele terá vinte e poucos mil francos para comprar a tipografia de Séchard, da qual então seremos os donos, controlando o proprietário por meio de um empréstimo — disse Petit-Claud.

O advogado conseguiu que essa ideia fosse adotada, visando corroborar assim sua dupla posição diante de Cointet e de Séchard, e lançou naturalmente os olhos para um espertinho do calibre de Cérizet, a fim de fazer dele o devotado homem do partido.

— Se conseguir descobrir seu antigo patrão e colocá-lo em minhas mãos — ele disse ao ex-chefe de oficina de Séchard —, vamos lhe emprestar vinte mil francos para comprar a tipografia dele, e provavelmente você ficará na direção de um jornal. Portanto, mexa-se.

Mais confiante na atividade de um homem como Cérizet que na de todos os Doublon do mundo, Petit-Claud tinha prometido ao Cointet alto a prisão de Séchard. Mas desde que Petit-Claud passou a afagar a esperança de entrar para a magistratura, previu a necessidade de dar as costas aos liberais, e tinha de tal forma organizado os espíritos em L'Houmeau que os fundos necessários à aquisição da tipografia estavam reunidos. Petit-Claud resolveu deixar as coisas seguirem seu curso natural.

"Ora!", pensou, "Cérizet cometerá algum delito de imprensa e então aproveitarei para mostrar meus talentos..."

Foi até a porta da tipografia e disse a Kolb, que ali estava de sentinela:

— Suba para avisar David que aproveite a ocasião para ir embora, e ajam com cautela; vou indo, já é uma hora da madrugada...

Quando Kolb saiu da soleira da porta, Marion foi substituí-lo. Lucien e David desceram, Kolb os precedeu cem passos à frente e Marion os seguiu cem passos atrás. Quando os cunhados passaram ao longo do tapume, Lucien falava calorosamente com David.

— Meu amigo — disse-lhe —, meu plano é extremamente simples; mas como falar dele na frente de Ève, que jamais entenderia os meios? Garanto que Louise tem no fundo do coração um desejo que saberei despertar, quero-a unicamente para me vingar desse prefeito imbecil. Se nos amarmos, ainda que seja por uma semana, eu a farei pedir ao ministério um apoio de vinte mil francos para você. Amanhã reverei essa criatura no pequeno boudoir no qual nossos amores começaram, e em que, segundo Petit-Claud, não há nada de mudado: ali representarei a comédia. Portanto, daqui a dois dias, na parte da manhã, farei chegar a você, por Basine, um bilhetinho para lhe dizer se fui vaiado... Quem sabe, talvez você já esteja livre?... Compreende agora por que quis roupas de Paris? Não é aos trapos que se pode encarnar o amor.

Às seis da manhã, Cérizet foi ver Petit-Claud.

— Amanhã ao meio-dia Doublon pode preparar seu golpe; ele pegará nosso homem, por quem eu respondo — disse-lhe o parisiense —; tenho à minha disposição uma das operárias da senhorita Clerget, entende?...

Depois de escutar o plano de Cérizet, Petit-Claud correu à casa de Cointet.

— Arranje-se para que esta noite o senhor Du Hautoy tenha se decidido a dar a Françoise a propriedade de seus bens, e daqui a dois dias o senhor assinará uma escritura de sociedade com Séchard. Só me casarei oito dias depois do contrato; assim seguiremos à risca os termos de nossos pequenos arranjos: *toma lá, dá cá.* Mas esta noite vamos espiar direitinho o que acontecerá na casa da senhora de Sénonches entre Lucien e a senhora condessa du Châtelet, pois tudo depende disso... Se Lucien espera ser bem-sucedido com a mulher do prefeito, eu, de meu lado, controlo David.

— Você será, creio, ministro da Justiça — disse Cointet.

— E por que não? O senhor de Peyronnet* não é? — disse Petit-Claud, que ainda não tinha se despojado inteiramente da pele de liberal.

* Pierre-Denis, conde de Peyronnet (1778-1854), começou a carreira como advogado de província e era um dos mais impopulares ministros conservadores do gabinete do conde de Villèle.

27

LUCIEN VAI À FORRA NO PALACETE BARGETON

A situação duvidosa da srta. de La Haye lhe valeu a presença da maior parte dos nobres de Angoulême na assinatura de seu contrato nupcial. A pobreza daquele futuro casal, cujo noivo não tinha como dar muitos presentes à noiva, avivava o interesse que a sociedade gosta de demonstrar, pois ocorre com a beneficência o mesmo que com as ovações: gostamos de uma caridade que satisfaça nosso amor-próprio. Assim, a marquesa de Pimentel, a condessa du Châtelet, o sr. de Sénonches e dois ou três assíduos da casa deram a Françoise alguns presentes dos quais muito se falava na cidade. Essas lindas bagatelas, somadas ao enxoval preparado há um ano por Zéphirine, às joias dadas pelo padrinho e aos presentes de praxe do noivo, consolaram Françoise e aguçaram a curiosidade de várias mães, que levaram suas filhas. Petit-Claud e Cointet já tinham reparado que os nobres de Angoulême os toleravam, a um e a outro, em seu Olimpo como uma necessidade: um era o administrador da fortuna, o tutor substituto de Françoise; o outro era indispensável para a assinatura do contrato, assim como o enforcado o é para uma execução; mas logo em seguida ao casamento, se a sra. Petit-Claud mantinha o direito de ir à casa da madrinha, o marido era ali dificilmente admitido, e por isso ele prometeu a si mesmo impor-se àquele mundo orgulhoso. Envergonhado por causa de seus obscuros parentes, o advogado fez com que sua mãe ficasse em Mansle, para onde se retirara, pedindo-lhe que alegasse estar doente e lhe desse seu consentimento por escrito. Um tanto humilhado por não ter parentes, nem protetores, nem testemunhas suas, Petit-Claud estava, assim, felicíssimo de apresentar o homem famoso como sendo um amigo aceitável, que a condessa desejava rever. Portanto, foi de carruagem pegar Lucien. Para essa noite memorável, o poeta vestira um figurino que deveria lhe dar, sem contestação, uma superioridade sobre todos os homens. Aliás, a sra. de Sénonches anunciara a presença do herói do momento, e a entrevista de dois amantes brigados era uma dessas cenas de que na província todos são particularmente ávidos. Lucien tinha passado ao estado de *leão*; diziam que estava tão bonito, tão mudado, tão maravilhoso, que todas as mulheres da Angoulême nobre tinham a veleidade de revê-lo. Seguindo a moda dessa época, à qual se deve a transição das antigas culotes de baile às ignóbeis calças atuais, ele vestira uma calça preta colante. Os homens ainda desenhavam suas formas, para grande desespero dos magros e dos malfeitos; e as de Lucien eram *apolíneas*. As meias de seda cinza rendilhada, os sapatos pequenos, o colete de cetim preto, a gravata, tudo foi escrupulosamente arrumado, colado, por assim dizer. Sua cabeleira frisada loura e abundante valorizava a fronte branca, em torno da qual os cachos se realçavam com uma graça requintada. Os olhos, cheios de orgulho, faiscavam. As mãozinhas femininas, belas dentro da luva, não deviam ser vistas desnudas. Ele copiou a pose de De Marsay, o famoso dândi parisiense, segurando numa das mãos a bengala e o chapéu, que não largou, e usando a outra para fazer os raros gestos que o ajudavam a pontuar suas frases.

Lucien bem que gostaria de se esgueirar pelo salão à maneira dessas pessoas famosas que, por falsa modéstia, se abaixariam ao passar pela Porte Saint-Denis. Mas Petit-Claud, que só tinha um amigo, abusou dele. Foi quase pomposamente que levou Lucien até a sra. de Sénonches, no meio da noite. Quando passava, o poeta ouviu os murmúrios que outrora o teriam feito perder a cabeça mas agora o encontravam frio: tinha certeza de valer, sozinho, todo o Olimpo de Angoulême.

— Senhora — disse à sra. de Sénonches —, já felicitei meu amigo Petit-Claud, que tem o estofo dos ministros da Justiça, por ter a felicidade de pertencer à sua família, por mais tênues que sejam os laços entre madrinha e afilhada (isso foi dito com um ar epigramático muito bem captado por todas as mulheres que escutavam sem parecer escutar). — Mas, de minha parte, bendigo uma circunstância que me permita lhe prestar minhas homenagens.

Disse isso sem constrangimento e numa pose de grande aristocrata em visita à casa de gente do povo. Lucien ouviu a resposta empolada de Zéphirine e deu um olhar de circum-navegação pelo salão, a fim de preparar seu efeito. Assim, pôde cumprimentar, com graça e nuançando os sorrisos, Francis du Hautoy e o prefeito, que o saudaram; depois, foi até a sra. du Châtelet, fingindo enfim avistá-la. Esse encontro era de tal modo o acontecimento da noite que o contrato de casamento em que pessoas eminentes iam apor sua assinatura, conduzidas até o quarto de dormir, seja pelo tabelião, seja por Françoise, foi esquecido. Lucien deu uns passos até Louise de Nègrepelisse; e com essa graça parisiense, para ela mera lembrança desde sua chegada, disse-lhe bem alto:

— É à senhora que devo o convite que me proporciona o prazer de jantar depois de amanhã na prefeitura?...

— Só o deve, cavalheiro, à sua glória — retrucou, seca, Louise, um pouco chocada com o tom agressivo da frase meditada por Lucien para ferir o orgulho de sua ex-protetora.

— Ah, senhora condessa — disse Lucien com ar ao mesmo tempo fino e fátuo —, para mim é impossível lhe levar este homem se ele está em desgraça junto a si!

E, sem esperar a resposta, deu meia-volta ao avistar o bispo, a quem cumprimentou muito nobremente.

— Vossa Eminência foi quase profeta — disse-lhe com uma voz adorável — e tentarei que o seja completamente. Considero-me feliz por ter vindo aqui esta noite, já que posso lhe apresentar meus respeitos.

Lucien arrastou o monsenhor para uma conversa que durou dez minutos. Todas as mulheres olhavam para Lucien como para um fenômeno. Sua inesperada impertinência deixara a sra. du Châtelet sem voz nem resposta. Ao ver Lucien como alvo da admiração de todas as mulheres, ao acompanhar, de grupo em grupo, o relato que cada uma fazia, aos cochichos, das frases trocadas entre eles, nas quais Lucien como que a esmagara, parecendo desprezá-la, ela sentiu algo como um espasmo de amor-próprio aguilhoar seu coração.

"Se daqui a dois dias ele não aparecer, depois dessa frase, que escândalo!", ela pensou. "De onde lhe vem esse orgulho? A senhorita des Touches estaria apaixonada por ele?... É tão bonito! Dizem que ela correu à casa dele, em Paris, no dia seguinte da morte da atriz!... Talvez tenha vindo salvar o cunhado, e foi parar na parte traseira de nossa caleça, em Mansle, por um acidente de viagem. Naquela manhã, Lucien nos olhou de alto a baixo de um jeito singular, a Sixte e a mim." Foi uma miríade de pensamentos e, infelizmente, Louise se deixou levar por eles enquanto olhava para Lucien, que conversava com o Bispo como se fosse o rei do salão: não cumprimentava ninguém e esperava que fossem até ele, enquanto seu olhar circulava com uma variedade de expressões e um desembaraço digno de De Marsay, seu modelo. Não largou o prelado para ir cumprimentar o sr. de Sénonches, que surgiu ali ao lado. Ao fim de dez minutos, Louise não aguentou mais. Levantou-se, andou até o Bispo e lhe disse:

— Mas o que estão lhe dizendo, monsenhor, para levá-lo a sorrir tantas vezes?

Lucien recuou uns passos e, discretamente, deixou a sra. du Châtelet com o prelado.

— Ah, senhora condessa, este rapaz tem muito espírito!... Explicava-me como lhe devia toda a sua força...

— Não sou um ingrato, minha senhora!... — disse Lucien lançando um olhar de crítica que encantou a condessa.

— Entendamo-nos — disse ela, chamando Lucien para

perto de si com um gesto de leque —, venha com o monsenhor, por aqui!... Sua Eminência será nosso juiz.

E mostrou o boudoir, para lá arrastando o bispo.

— Ela manda o monsenhor exercer um curioso papel! — disse, bem alto para ser ouvida, uma mulher do campo dos Chandour.

— Nosso juiz!... — disse Lucien, olhando alternadamente para o prelado e a sra. prefeita. — Então haverá um culpado?

Louise de Nègrepelisse sentou no canapé de seu antigo boudoir. Fez Lucien e o monsenhor se sentarem junto de si, cada um de um lado, e começou a falar.

Lucien deu à antiga amiga a honra, a surpresa e a felicidade de não escutar. Teve a atitude e os gestos de La Pasta em *Tancredo*, quando ela vai dizer: "*O patria*!"... Com sua fisionomia parecia cantar a famosa cavatina *del Rizzo*. Por fim, o aluno de Coralie deu um jeito para que lhe viessem umas lágrimas aos olhos.

— Ah, Louise, como eu a amava! — disse-lhe ao ouvido sem se preocupar com o prelado nem com a conversa, no momento em que percebeu que suas lágrimas tinham sido vistas pela condessa.

— Enxugue os olhos ou vai me comprometer aqui, mais uma vez — ela disse, virando-se para ele num aparte que chocou o Bispo.

— E já basta uma — retrucou Lucien com veemência. — Essa frase, vindo da prima da senhora d'Espard, secaria todas as lágrimas de uma Madalena. Meu Deus!... Por um instante reencontrei minhas lembranças, minhas ilusões, meus vinte anos, e você os...

O monsenhor voltou abruptamente para o salão, compreendendo que sua dignidade podia ser comprometida com aqueles dois ex-amantes. Todos fingiram deixar a mulher do prefeito e Lucien a sós no boudoir. Mas quinze minutos depois, Sixte, a quem as falas, os risos e os passeios até a porta do boudoir tinham desagradado, foi lá com um ar mais que preocupado e encontrou Lucien e Louise muito animados.

— Você — disse Sixte ao ouvido da mulher —, que conhece Angoulême melhor que eu, não deveria pensar na esposa do prefeito e no governo?

— Meu caro — disse Louise, olhando de alto a baixo para seu editor responsável* com um ar altivo que o fez tremer —, converso com o senhor de Rubempré sobre coisas importantes para si. Trata-se de salvar um inventor que está prestes a ser vítima das mais baixas manobras, e você nos ajudará... Quanto ao que essas senhoras podem pensar de mim, verá como hei de me comportar para congelar o veneno nas línguas de cada uma.

Saiu do boudoir apoiada no braço de Lucien e o levou para a assinatura do contrato, exibindo-se com uma audácia de grande aristocrata...

— Assinemos juntos?... — disse, entregando a pena a Lucien.

Lucien deixou que ela lhe mostrasse o lugar onde acabava de assinar, a fim de que suas assinaturas ficassem uma ao lado da outra.

— Senhor de Sénonches, não teria reconhecido o senhor de Rubempré? — perguntou a condessa, forçando o impertinente caçador a cumprimentar Lucien.

Levou Lucien para o salão, acomodou-o entre si e Zéphirine no temível sofá do centro. Depois, como uma rainha em seu trono, começou, primeiro em voz baixa, uma conversa evidentemente epigramática, à qual se juntaram alguns amigos seus e várias mulheres que a cortejavam. Logo Lucien, agora o herói da roda, foi posto pela condessa a falar sobre a vida de Paris, improvisando a respeito uma sátira com uma verve inacreditável, semeando anedotas sobre as pessoas famosas, verdadeiras guloseimas de conversa que os provincianos consomem com avidez extrema. Admiraram a inteligência como tinham

* O editor do jornal era responsável pelo que escreviam os jornalistas; a metáfora de Balzac sugere que o destino do conde du Châtelet depende do comportamento de sua mulher.

admirado o homem. A sra. condessa Sixte triunfava tão obviamente com Lucien, jogava com ele tão bem, qual mulher encantada com seu instrumento, fornecia-lhe a réplica com tamanho senso de oportunidade, buscava para ele aprovações com olhares tão comprometedores, que várias mulheres começaram a ver na coincidência da volta de Louise e de Lucien um profundo amor vítima de algum duplo equívoco. Um despeito talvez tivesse levado ao desastroso casamento com Châtelet, contra o qual agora se formava uma reação.

— Muito bem — disse Louise à uma da manhã, baixinho, a Lucien, antes de se levantar —: depois de amanhã, dê-me o prazer de ser pontual...

A esposa do prefeito deixou Lucien, mimando-lhe uma leve inclinação de cabeça, extremamente afável, e foi dizer umas palavrinhas ao conde Sixte, que procurava o chapéu.

— Se o que a senhora du Châtelet acaba de me dizer é verdade, meu caro Lucien, conte comigo — disse o prefeito, pondo-se atrás da esposa, que ia embora sem ele, como em Paris. — A partir desta noite, seu cunhado pode se considerar fora de perigo.

— Bem que o senhor conde me deve isso — respondeu Lucien, sorrindo.

— Pois é! Estamos fritos... — disse Cointet ao ouvido de Petit-Claud, testemunha dessa despedida.

Petit-Claud, fulminado pelo sucesso de Lucien, estupefato com os lampejos de sua inteligência e o jogo de sua graça, olhava para Françoise de La Haye, cuja fisionomia, cheia de admiração por Lucien, parecia dizer a seu pretendente: “Seja como seu amigo”.

Um raio de alegria passou pelo rosto de Petit-Claud.

— O jantar do prefeito só é depois de amanhã, ainda temos um dia para nós — disse —, eu respondo por tudo.

— Muito bem, meu caro — disse Lucien a Petit-Claud às duas da manhã, voltando a pé para casa —: vim, vi, venci! Daqui a poucas horas Séchard estará muito feliz.

“Era tudo o que eu queria saber”, pensou Petit-Claud.

— Eu só o julgava poeta e você também é Lauzun,* e isto é ser duas vezes poeta — respondeu, dando-lhe um aperto de mão que seria o último.

* O general e duque de Lauzun (1747-93) é visto por Balzac como o mundano audacioso e orgulhoso.

28

O AUGE DA DESOLAÇÃO

— Minha querida Ève — disse Lucien, acordando sua irmã —, uma boa notícia! Daqui a um mês David não terá mais dívidas!...

— E como?

— Pois bem, a senhora du Châtelet escondia sob a saia minha antiga Louise; e me ama mais que nunca, e vai fazer um relatório ao Ministério do Interior por meio de seu marido, em favor da nossa descoberta!... Assim, temos não mais que um mês a sofrer, o tempo de me vingar do prefeito e torná-lo o mais feliz dos esposos.

Ao escutar seu irmão, Ève pensou que ainda estava sonhando.

— Quando revi o salãozinho cinza onde eu tremia como uma criança há dois anos, quando examinei aqueles móveis, as pinturas e os rostos, caiu-me uma venda dos olhos! Como Paris nos muda as ideias!

— Será uma felicidade?... — disse Ève, compreendendo enfim o irmão.

— Vamos, você está dormindo, até amanhã, conversaremos depois do café — disse Lucien.

O plano de Cérizet era de extrema simplicidade. Embora incluísse as astúcias de que se servem os oficiais de justiça do interior para prender os devedores, e embora seu êxito fosse hipotético, o plano deveria dar certo, pois se baseava tanto no conhecimento das personalidades de Lucien e David como em suas esperanças. Entre as operariazinhas para quem ele era o Don Juan, e que ele controlava opondo umas às outras, o tipógrafo dos Cointet, por ora em serviço extraordinário, distinguira uma passadeira de Basine Clerget, moça quase tão bela como a sra. Séchard, chamada Henriette Signol, e cujos pais eram pequenos viticultores que viviam em sua propriedade a duas léguas de Angoulême, na estrada de Saintes. Os Signol, como todas as pessoas do campo, não se achavam ricos o suficiente para manter a filha única com eles, e a haviam destinado a entrar para uma casa de família, isto é, tornar-se criada de quarto. Na província, uma criada de quarto deve saber lavar e engomar as roupas finas. A reputação da sra. Prieur, a quem Basine sucedia, era tamanha que os Signol puseram ali sua filha como aprendiz, pagando pensão para a comida e o alojamento. A sra. Prieur pertencia a essa raça de velhas patroas que, nas províncias, se consideram substitutas dos pais. Vivia em família com suas aprendizes, levava-as à igreja e as vigiava conscienciosamente. Henriette Signol, bela morena bem feita de corpo, de olhar atrevido, cabeleira forte e comprida, era branca como são brancas as moças do sul da França, da brancura de uma flor de magnólia. Assim, Henriette foi uma das primeiras operariazinhas que Cérizet visou, mas, como ela pertencia a uma família de *honrados cultivadores*, só cedeu quando vencida pelo ciúme, pelo mau exemplo e por essa frase sedutora: "Casarei com você!", que Cérizet lhe disse quando se viu como segundo tipógrafo com os srs. Cointet. Ao saber que os Signol possuíam algo como dez ou doze mil francos de vinhedos e uma casinha bastante habitável, o parisiense se apressou em pôr Henriette na impossibilidade de ser mulher de outro. Os amores da bela Henriette e do pequeno Cérizet estavam nesse ponto quando Petit-Claud lhe falou em torná-lo dono da tipografia Séchard, mostrando-lhe uma espécie de comandita de vinte mil francos que deveria funcionar como um cabresto. Esse futuro deslumbrou o tipógrafo, virou-lhe a cabeça, a srta. Signol lhe pareceu um obstáculo às suas ambições e ele descuidou da pobre moça.

No desespero, Henriette se afeiçoou mais ainda ao pequeno tipógrafo dos Cointet, pois ele parecia querer deixá-la. Ao descobrir que David se escondia na casa da srta. Clerget, o parisiense mudou de ideia em relação a Henriette, mas sem mudar de comportamento, pois decidiu se aproveitar, para sua própria fortuna, da espécie de loucura que abala uma moça quando, para esconder a desonra, tem de se casar com seu sedutor. Na manhã do dia em que Lucien devia reconquistar sua Louise, Cérizet comunicou a Henriette o segredo de Basine e lhe disse que a sorte e o casamento deles dependiam da descoberta do lugar onde se escondia David. Uma vez informada, Henriette não teve dificuldade em admitir que o impressor só podia estar no quarto de vestir da srta. Clerget; não pensou ter feito o menor mal ao se entregar a essa espionagem, mas Cérizet já a envolvera em sua traição com esse início de participação.

Lucien ainda dormia quando Cérizet, que foi saber notícias do sarau, escutava no escritório de Petit-Claud o relato dos grandes pequenos acontecimentos que iriam alvoroçar Angoulême.

— Lucien lhe escreveu um bilhetinho desde que chegou? — perguntou o parisiense depois de balançar a cabeça em sinal de satisfação quando Petit-Claud terminou.

— Aqui está o único que tenho — disse o advogado, entregando uma carta em que Lucien escrevera algumas linhas no papel de correspondência usado por sua irmã.

— Pois então — disse Cérizet —, dez minutos antes do pôr do sol, que Doublon fique de emboscada na Porta Palet, que esconda seus guardas e disponha sua turma, e o senhor terá nosso homem.

— Está seguro do *seu* negócio? — perguntou Petit-Claud, examinando Cérizet.

— Eu confio no acaso — disse o ex-garoto de Paris —, mas ele é um tremendo espertalhão, não gosta de gente honesta.

— Tem que dar certo — disse o advogado num tom seco.

— Vai dar certo — disse Cérizet. — Foi o senhor que me empurrou para esse monte de lama, o senhor pode muito bem me dar umas notas de banco para que eu me limpe... Mas, meu caro — disse o parisiense, flagrando uma expressão desagradável no rosto do advogado —, se estiver me enganando, se não me comprar a tipografia daqui a oito dias... Pois bem, deixará uma jovem viúva! — disse baixinho o garoto de Paris, lançando um olhar de morte.

— Se agarrarmos David às seis horas, esteja às nove na casa do senhor Gannerac e cuidaremos do seu negócio — respondeu peremptoriamente o advogado.

— Está combinado: o senhor será servido, *patrão*! — disse Cérizet.

Cérizet já conhecia a artimanha que consiste em lavar o papel e que hoje põe em perigo os interesses do fisco. Lavou as quatro linhas escritas por Lucien e as substituiu por estas abaixo, imitando a letra com uma perfeição desoladora para o futuro social do tipógrafo:

> Meu caro David, pode vir sem medo à casa do prefeito, seu negócio está arranjado; e, aliás, a essa hora você pode sair; vou ao seu encontro para lhe explicar como deve se conduzir com o prefeito.
>
> Seu irmão,
>
> LUCIEN

Ao meio-dia, Lucien escreveu uma carta a David em que lhe informava sobre o sucesso da noite, dava-lhe a garantia da proteção do prefeito que, dizia, faria hoje mesmo um relatório ao ministro sobre a descoberta da qual era um entusiasta.

Quando Marion levou essa carta à srta. Basine, com a desculpa de lhe dar as camisas de Lucien para lavar, Cérizet, a quem Petit-Claud tinha avisado sobre a possibilidade dessa carta, pegou a srta. Signol e foi passear com ela na beira do Charente. Houve, sem dúvida, um combate em que a honestidade de Henriette opôs uma longa resistência, pois o passeio durou duas horas. Estavam em jogo, dizia Cérizet, não só o interesse de uma criança como também todo um futuro de felicidade, além da fortuna; e o que Cérizet pedia era uma bagatela, e aliás ele evitou lhe contar as consequências. Só o preço exorbitante dessas bagatelas apavorava Henriette. No entanto, Cérizet acabou conseguindo de sua amante que se prestasse ao estratagema. Às cinco horas, Henriette teve de sair, depois voltou e disse à srta. Clerget que a sra. Séchard a estava mandando chamar imediatamente. Em seguida, quinze minutos depois que Basine saísse, ela subiria, bateria à porta do quarto e entregaria a David a falsa carta de Lucien. E então Cérizet tudo esperaria do acaso.

Pela primeira vez em mais de um ano, Ève sentiu se afrouxar o aro de ferro com que a necessidade a apertava. Teve, enfim, esperança. Ela também! Quis desfrutar do irmão, mostrar-se no braço do homem festejado em sua terra, adorado pelas mulheres, amado pela orgulhosa condessa du Châtelet. Arrumou-se e decidiu passear em Beaulieu, depois do jantar, de braço dado com o irmão. No mês de setembro, a essa hora toda Angoulême está tomando fresco.

— Oh, é a bela senhora Séchard! — disseram algumas vozes ao verem Ève.

— Eu jamais pensaria isso dela — disse uma mulher.

— O marido está escondido, a mulher se mostra — disse alto a sra. Postel para que a pobre mulher ouvisse.

— Ah! Voltemos para casa, cometi um erro — disse Ève ao irmão.

Minutos antes do pôr do sol, elevou-se da ladeira que desce até L'Houmeau um burburinho causado por um ajuntamento. Lucien e a irmã, cheios de curiosidade, se dirigiram para aquele lado pois ouviram algumas pessoas que vinham de L'Houmeau falando entre si, como se algum crime tivesse acabado de ser cometido.

— Provavelmente é um ladrão que acabam de prender... Ele está pálido como um morto — disse um passante ao irmão e à irmã ao vê-los correr ao encontro da multidão crescente.

Nem Lucien nem a irmã tiveram a menor apreensão. Olharam para as trinta e poucas crianças ou senhoras, para os operários voltando do trabalho, que precediam os gendarmes cujos chapéus bordados brilhavam no meio do grupo principal. Esse grupo, seguido por uma multidão de cerca de cem pessoas, andava como uma nuvem de tempestade.

— Ai! — disse Ève — É meu marido!

— David! — gritou Lucien.

— É a mulher dele! — disse a multidão, afastando-se.

— Mas quem conseguiu soltá-lo? — perguntou Lucien.

— Foi sua carta — respondeu David, pálido, lívido até.

— Eu tinha certeza — disse Ève, que caiu dura, desmaiada.

Ajudado por duas pessoas, Lucien levantou a irmã e a levou para casa, onde Marion a deitou. Kolb saiu para buscar um médico. Quando o doutor chegou, Ève ainda não tinha voltado a si. Então Lucien foi obrigado a confessar à mãe que ele era a causa da prisão de David, pois não conseguia explicar o quiproquó produzido pela carta falsa. Lucien, fulminado por um olhar de maldição de sua mãe, subiu para o quarto e se trancou.

29

O ADEUS SUPREMO

Ao ler esta carta escrita no meio da noite e interrompida aqui e acolá, qualquer um adivinhará toda a agitação de Lucien quando escreveu estas frases, jogadas como que uma a uma.

> Minha irmã bem-amada, nós nos vimos há pouco pela última vez. Minha decisão é inapelável. Eis por quê: em muitas famílias encontra-se um ser fatal que, para a família, é uma espécie de doença. Sou para vocês essa criatura fatal. A observação não é minha, mas de um homem que conheceu muito o mundo. Estávamos ceando uma noite entre *amigos*, no Rocher de Cancale. Entre as mil brincadeiras que então se trocaram, esse diplomata nos disse que certa jovem que víamos com espanto continuar solteira *estava doente de seu pai*. E então nos desenvolveu sua teoria sobre as doenças de família. Explicou-nos como, sem tal mãe, tal casa teria prosperado, como tal filho arruinara o pai, como tal pai destruíra o futuro e a consideração dos filhos. Embora defendida entre risos, essa tese social foi em dez minutos apoiada em tantos exemplos que fiquei impressionado. Essa verdade compensava todos os paradoxos alucinantes, mas espiritualmente demonstrados, com que os jornalistas se divertem entre si quando não têm ninguém para mistificar. Pois bem! Sou a criatura fatal de nossa família. Com o coração cheio de ternura, eu ajo como um inimigo. A todas as suas dedicações, respon-

di com males. Se bem que aplicado involuntariamente, o último golpe é, de todos, o mais cruel. Enquanto eu levava em Paris uma vida sem dignidade, cheia de prazeres e misérias, confundindo camaradagem com amizade, trocando verdadeiros amigos por pessoas que queriam e iriam me explorar, esquecendo-me de vocês e só me lembrando para lhes fazer mal, vocês seguiam a humilde trilha do trabalho, caminhando penosa mas seguramente para essa fortuna que eu tentava surpreender com tanta loucura. Enquanto se tornavam melhores, eu punha em minha vida um elemento funesto. Sim, tenho ambições desmedidas que me impedem de aceitar uma vida humilde. Tenho gostos, prazeres cuja lembrança envenena as alegrias que estão a meu alcance e que outrora teriam me satisfeito. Oh, minha querida Ève, eu me julgo mais severamente do que qualquer pessoa, pois eu mesmo me condeno de forma absoluta e impiedosa. A luta em Paris exige uma força constante, e minha vontade só funciona por acessos: meu cérebro é intermitente. O futuro me apavora tanto que não quero futuro, e o presente me é insuportável. Quis revê-los, teria feito melhor se me expatriasse para sempre. Mas a expatriação, sem meios de subsistência, seria uma loucura, e não a acrescentarei a todas as outras. A morte me parece preferível a uma vida incompleta; e, qualquer que seja a situação em que me imagine, minha vaidade extrema me faria cometer bobagens. Certas criaturas são como zeros, precisam de um algarismo que as preceda, e então para elas o nada adquire um valor decuplado. Só posso adquirir valor por um casamento com uma pessoa de vontade forte, implacável. A senhora de Bargeton era de fato a mulher que eu queria, e perdi minha vida quando não abandonei Coralie por ela. David e você poderiam ser excelentes pilotos para mim, mas não são suficientemente fortes para domar minha fraqueza que, de certa forma, se esquiva à dominação. Gosto de uma vida fácil, sem aborrecimentos; e para me livrar de uma contrariedade sou de uma covardia que pode me levar muito longe. Nasci príncipe. Tenho mais destreza de espírito que o necessário para triunfar, mas só a tenho por um momento, e numa carreira percorrida por tantos ambiciosos o prêmio é daquele que só exibe a destreza necessária e que ainda a tem bastante ao final da jornada. Eu faria o mal, como acabo de fazer aqui, com as melhores intenções do mundo. Há homens-carvalhos, eu talvez seja apenas um arbusto elegante, e tenho a pretensão de ser um cedro. Eis meu balanço por escrito. Esse desacordo entre meus meios e meus desejos, essa falta de equilíbrio sempre anulará meus esforços. Há muitas dessas personalidades na classe letrada, por causa das contínuas desproporções entre a inteligência e o caráter, entre a força de vontade e o desejo. Qual seria meu destino? Posso vê-lo de antemão lembrando-me de algumas velhas glórias parisienses que vi serem esquecidas. No limiar da velhice, serei mais velho que minha idade, sem fortuna e sem consideração. Todo o meu ser atual rejeita uma velhice dessas: não quero ser um traste social. Querida irmã, adorada tanto por seus últimos rigores como por suas primeiras ternuras, se pagamos caro pelo prazer que tive em revê-la, a você e David, mais tarde vocês pensarão talvez que nenhum preço era alto demais para as derradeiras felicidades de uma pobre criatura que os amava!... Não façam nenhuma busca, nem de mim nem de meu destino: pelo menos minha inteligência me terá servido na realização de meus desejos. A resignação, meu anjo, é um suicídio cotidiano, e só tenho resignação para um dia, e vou aproveitá-la hoje...

Duas horas da manhã. Sim, estou bem decidido. Portanto, adeus para sempre, minha querida Ève. Sinto alguma doçura em pensar que não viverei mais senão em seus corações. Aí será meu túmulo... não quero outro. Mais uma vez, adeus!... É o último de seu irmão

LUCIEN

Depois de escrever essa carta, Lucien desceu sem fazer o menor barulho, depositou-a sobre o berço de seu sobrinho, deu na fronte da irmã adormecida um último beijo molhado de lágrimas e saiu. Ao amanhecer, apagou a vela e, depois de olhar para aquela velha casa uma última vez, abriu devagarinho a porta do corredor externo; mas, apesar de suas precauções, acordou Kolb, que dormia num colchão direto no chão, dentro da oficina.

— *Quem esdá aí?*... — exclamou Kolb.

— Sou eu — disse Lucien —, vou embora, Kolb.

"*Teria sido melhor ze chamais tivesse findo*", Kolb pensou com seus botões, mas bem alto para que Lucien ouvisse.

— Teria sido melhor se eu jamais tivesse vindo ao mundo — respondeu Lucien. — Adeus, Kolb, não lhe quero mal por um pensamento que eu mesmo tenho. Você dirá a David que minha última aspiração terá sido a tristeza de não o ter abraçado.

Quando o alsaciano levantou e se vestiu, Lucien já tinha fechado a porta da casa e descia para o Charente, pelo passeio de Beaulieu, vestido como se fosse a uma festa, pois fizera uma mortalha com as roupas parisienses e seu lindo aparato de dândi. Impressionado com o tom e as últimas palavras de Lucien, Kolb quis saber se sua patroa estava informada da partida do irmão e se ele tinha lhe dito adeus; mas, ao encontrar a casa mergulhada num profundo silêncio, pensou que na certa aquela partida fora combinada, e voltou a se deitar.

30

UM ENCONTRO COM O ACASO

Em relação à gravidade do assunto, muito pouco se escreveu sobre o suicídio, e pouco ele foi observado. Talvez essa doença seja inobservável. O suicídio é o resultado de um sentimento a que chamaremos, se quiserem, *a estima por si mesmo*, para não confundi-lo com a palavra *honra*. No dia em que o homem se despreza, no dia em que se vê desprezado, no momento em que a realidade da vida está em desacordo com suas esperanças, ele se mata e presta assim uma homenagem à sociedade diante da qual não quer ficar despido de suas virtudes ou de seu esplendor. Digam o que disserem, entre os ateus (convém excetuar do suicídio os cristãos), só os covardes aceitam uma vida desonrada. O suicídio é de três naturezas: há, primeiro, o suicídio que não passa do derradeiro acesso de uma longa doença e que, decerto, pertence à patologia; depois, o suicídio por desespero; e, por fim, o suicídio por raciocínio. Lucien queria se matar por desespero e por raciocínio, os dois suicídios dos quais é possível recuar; pois de irrevogável só há o suicídio patológico, mas as três causas costumam se juntar, como em Jean-Jacques Rousseau.* Uma vez tomada sua decisão, Lucien caiu na deliberação dos meios, e o poeta quis terminar poeticamente. Primeiro, pensou simplesmente em se jogar no Charente, mas ao descer as ladeiras de Beaulieu

* Na época era corrente a tese, hoje abandonada, de que Rousseau se suicidou.

pela última vez ouviu de antemão o alarido que seu suicídio provocaria, viu o pavoroso espetáculo de seu corpo voltando à tona, deformado, objeto de uma investigação judicial: teve, como certos suicidas, um amor-próprio póstumo. Durante o dia passado no moinho de Courtois, ele passeara ao longo do rio e observara, não longe do moinho, um desses laguinhos redondos, como os há nos pequenos riachos, cuja extrema profundidade é indicada pela calma da superfície. A água já não é verde, nem azul, nem clara, nem amarela; é como um espelho de aço polido. As beiras dessa taça já não ofereciam gladíolos, nem flores azuis, nem as folhas largas do nenúfar, a relva da margem era curta e compacta, os salgueiros choravam ao redor, todos eles pitorescamente plantados. Facilmente se pressentia um precipício cheio de água. Quem tivesse a coragem de encher os bolsos de pedrinhas devia ali encontrar uma morte inevitável e nunca mais ser encontrado. "Aí está", pensara o poeta admirando aquela linda paisagenzinha, "um lugar que nos dá água na boca para um afogamento." Essa recordação lhe veio à memória quando chegou a L'Houmeau. Portanto, caminhou na direção de Marsac, às voltas com seus derradeiros e fúnebres pensamentos, e com a firme intenção de esquivar assim o segredo de sua morte, de não ser objeto de uma investigação, de não ser enterrado, de não ser visto no horrível estado em que ficam os afogados quando voltam à tona. Logo chegou ao pé de uma dessas colinas que tão frequentemente encontramos nas estradas da França, sobretudo entre Angoulême e Poitiers. A diligência de Bordeaux a Paris vinha com rapidez, os viajantes provavelmente iam descer para em seguida subir a pé aquela longa encosta. Lucien, que não quis ser visto, jogou-se numa estradinha e começou a colher flores numa vinha. Quando pegou de novo a estrada principal, segurava na mão um grande buquê de *sedum*, uma flor amarela que vem junto com as pedras dos vinhedos, e foi parar justamente atrás de um viajante todo vestido de preto, com os cabelos empoados, calçando sapatos de couro de vitela de Orléans com fivelas de prata, rosto moreno e cicatrizes, como se, na infância, tivesse caído no fogo. Esse viajante, que tinha um jeito tão obviamente eclesiástico, ia andando devagar e fumava um charuto. Ao ouvir Lucien, que pulava do vinhedo para a estrada, o desconhecido se virou, pareceu como que impressionado com a beleza profundamente melancólica do poeta, com seu simbólico ramalhete e sua roupa elegante. O viajante parecia um caçador que encontra uma presa há muito tempo procurada, em vão. Deixou, no estilo do marinheiro, Lucien acostar, e diminuiu a marcha, fingindo olhar para o sopé da colina. Lucien, que fez o mesmo movimento, avistou uma pequena caleça atrelada com dois cavalos e um postilhão em pé.

— O senhor deixou a diligência partir, vai perder seu lugar, a não ser que queira subir na minha caleça para alcançá-la, pois as de posta vão mais depressa que o carro público — disse o viajante a Lucien, pronunciando essas palavras com um sotaque muito marcado de espanhol e formulando seu convite com sofisticada polidez.

Sem esperar a resposta de Lucien, o espanhol tirou do bolso um estojo de charutos e o apresentou todo aberto a Lucien para que ele pegasse um.

— Não sou um viajante — respondeu Lucien — e estou muito perto do fim de meu trajeto para me dar ao prazer de fumar...

— O senhor é bem severo consigo mesmo — retrucou o espanhol. — Embora eu seja cônego honorário da catedral de Toledo, permito-me de vez em quando um charutinho. Deus nos deu o fumo para adormecer nossas paixões e nossas dores... O senhor me parece andar com tristeza, pelo menos tem um símbolo disso na mão, como o triste deus do himeneu. Tome!... Todas as suas tristezas partirão junto com a fumaça...

E o padre lhe entregou novamente a caixa de palha, meio que seduzido, dando para Lucien olhares cheios de caridade.

— Desculpe, padre — retrucou secamente Lucien —, não há charutos capazes de dissipar minhas tristezas...

Ao dizer isso, Lucien ficou com os olhos rasos d'água.

— Oh, meu jovem! Será então a providência divina que me fez ter vontade de espantar com um pouco de exercício a pé o sono que agarra de manhã todos os viajantes, a fim de que eu pudesse, ao consolá-lo, obedecer à minha missão nesta terra?... E que grandes tristezas você pode ter em sua idade?

— Seu consolo, padre, seria inútil: o senhor é espanhol, eu sou francês; o senhor acredita nos mandamentos da Igreja, eu sou ateu...

— *Santa Vírgen del Pilar*!... Você é ateu — exclamou o padre, passando o braço pelo de Lucien com uma solicitude materna. — Humm! Aí está uma das curiosidades que eu tinha me prometido observar em Paris. Na Espanha, não acreditamos nos ateus... Só mesmo na França é que, aos dezenove anos, alguém pode ter opiniões semelhantes.

— Oh, sou um ateu completo! Não creio em Deus, nem na sociedade, nem na felicidade. Portanto, olhe bem para mim, padre, pois daqui a algumas horas não existirei mais... Aí está meu último sol!... — disse Lucien com uma espécie de ênfase, apontando para o céu.

— Ah, não! O que você fez para morrer? Quem o condenou à morte?

— Um tribunal soberano: eu mesmo!

— Criança! — exclamou o padre. — Você matou um homem? O cadafalso o espera? Raciocinemos um pouco! Se quer entrar, a seu ver, no nada, então tudo aqui lhe é indiferente.

Lucien inclinou a cabeça em sinal de assentimento.

— Pois bem, pode então me contar suas penas?... Trata-se na certa de alguns namoricos que andam mal?...

Lucien fez um gesto de ombros muito significativo.

— Quer se matar para evitar a desonra, ou porque perde as esperanças na vida? Pois é! Você se matará tão bem em Poitiers como em Angoulême, em Tours tão bem como em Poitiers. As areias movediças do Loire não devolvem suas presas...

— Não, padre — respondeu Lucien —, tenho aquilo de

que preciso. Há vinte dias vi a enseada mais encantadora onde um homem desgostoso deste mundo pode atracar no outro mundo...

— Um outro mundo!... Você não é mais ateu.

— Ah! O que entendo por outro mundo é minha futura transformação em animal ou em planta...

— Tem uma doença incurável?

— Tenho, padre...

— Ah! Aí estamos — disse o padre —, e qual é?

— A pobreza.

O padre olhou sorrindo para Lucien e lhe disse com uma graça infinita e um sorriso quase irônico:

— O diamante ignora o próprio valor.

— Só mesmo um padre é que pode afagar um homem pobre que vai morrer!... — exclamou Lucien.

— Você não vai morrer — disse o espanhol com autoridade.

— Já ouvi dizer — continuou Lucien — que roubavam as pessoas na estrada, mas não sabia que as enriqueciam.

— Vai sabê-lo — disse o padre depois de examinar se a distância em que se encontrava o carro lhes permitia darem mais uns passos.

31

HISTÓRIA DE UM FAVORITO

— Escute-me — disse o padre, mastigando o charuto —, sua pobreza não seria uma razão para morrer. Preciso de um secretário, o meu acaba de morrer em Irún. Encontro-me na situação em que ficou o barão de Goërtz, o famoso ministro de Carlos XII, que chegou sem secretário a uma cidadezinha quando ia para a Suécia, como eu vou para Paris. O barão encontrou o filho de um ourives, notável pela beleza que, certamente, não se equivaleria à sua... O barão de Goërtz descobre nesse rapaz inteligência, como eu descubro poesia em sua fronte; pega-o em seu carro, como vou pegá-lo no meu; e desse menino condenado a polir talheres e a fabricar joias numa cidadezinha de província como Angoulême, ele faz seu favorito, como você será o meu. Chegando a Estocolmo, instala o secretário e o enche de trabalho. O jovem secretário passa as noites a escrever, e, como todos os grandes trabalhadores, contrai um hábito, começa a mastigar papel. O finado senhor de Malesherbes, de seu lado, esse aí soprava na cara das pessoas a fumaça de cartuchos pegando fogo, e, entre parênteses, uma vez soltou uma baforada em não sei qual personagem cujo processo dependia de seu relatório. Nosso belo rapaz começa com papel em branco, mas se acostuma e passa aos papéis escritos, que acha mais saborosos. Ainda não se fumava, como hoje. Enfim, de sabor em sabor o pequeno secretário chega a mastigar pergaminhos e a comê-los. Na época se preparava entre a Rússia e a Suécia um tratado de paz que os Estados impunham a Carlos XII, assim como em 1814 queriam forçar Napoleão a tratar da paz. A base das negociações era o tratado feito entre as duas potências a propósito da Finlândia; Goërtz confia o original ao secretário, mas, quando vão submeter o projeto aos Estados, deparam-se com essa pequena dificuldade de que não acham mais o tratado. Os Estados imaginam que o ministro, para servir às paixões do rei, pensara em dar sumiço ao documento, e o barão de Goërtz é acusado: então seu secretário confessa ter comido o tratado... Instaura-se um processo, o fato é comprovado, o secretário é condenado à morte. Mas, como você ainda não chegou a esse ponto, pegue um charuto e fume-o enquanto esperamos nossa caleça.

Lucien pegou um charuto e o acendeu, como se faz na Espanha, no charuto do padre, pensando: "Ele está certo, tenho todo o tempo para me matar".

— Em geral — continuou o espanhol —, é no momento em que os jovens mais se desesperam com o futuro que sua sorte começa. Eis o que eu queria dizer, preferi lhe provar por um exemplo. Esse belo secretário, condenado à morte, estava numa situação mais desesperada ainda porque o rei da Suécia não podia agraciá-lo, já que sua sentença tinha sido proferida pelos Estados da Suécia; mas o rei fechou os olhos para uma evasão. O lindo secretariozinho foge num barco com alguns escudos no bolso e chega à corte da Curlândia, munido de uma carta de recomendação de Goërtz para o duque, a quem o ministro sueco explicava a aventura e a mania de seu protegido. O duque designa o belo menino como secretário de seu intendente. O duque era um dissipador, tinha uma mulher bonita e um intendente, três causas de ruína. Se você acredita que esse lindo homem, condenado à morte por ter comido o tratado relativo à Finlândia, se corrige de seu gosto depravado, é porque não conhece o império do vício sobre o homem; a pena de morte não o detém quando se trata de um prazer que ele mesmo se criou! De onde vem essa força do vício? Será uma força que lhe é própria, ou vem da fraqueza humana? Haverá gostos que sejam postos nos limites da loucura? Não posso deixar de rir dos moralistas que querem combater tais doenças com belas frases!... Houve um momento em que o duque, apavorado com a recusa que lhe fez seu intendente a respeito de um pedido de dinheiro, quis ver as contas, uma besteira! Não há nada mais fácil do que fazer uma escrituração, a dificuldade jamais é essa. O intendente entregou todos os documentos a seu secretário para estabelecer o balanço da lista civil da Curlândia. No meio de seu trabalho, na noite em que o terminava, nosso pequeno comedor de papel percebe que está mastigando um recibo do duque, de uma soma considerável: o medo o agarra, ele para no meio da assinatura, corre para se jogar aos pés da duquesa, explicando-lhe sua mania, implorando a proteção de sua soberana, e implorando-a no meio da noite! A beleza do jovem secretário causou tamanha impressão naquela mulher que ela se casou com ele quando enviuvou. Assim, em pleno século XIX, num país onde reinavam os brasões, o filho de um ourives se tornou príncipe soberano... E se tornou algo melhor!... Foi regente, depois da morte da primeira Catarina, governou a imperatriz Ana e quis ser o Richelieu da Rússia. Pois bem, rapaz! Saiba de uma coisa: é que, se você é mais bonito que Biren, eu também valho mais, embora simples cônego, que o barão de Goërtz. Portanto, suba! Vamos encontrar para você um ducado da Curlândia em Paris e, na falta de ducado, sempre conseguiremos uma duquesa.

O espanhol passou a mão pelo braço de Lucien, forçou-o literalmente a subir no carro e o postilhão fechou a portinhola.

— Agora, fale, vou escutá-lo — disse o cônego de Toledo a um Lucien estupefato. — Sou um velho padre a quem pode dizer tudo, sem perigo. Certamente você ainda não devorou mais que seu patrimônio ou o dinheiro da mamãe. Deve ter dado no pé sem pagar suas dívidas, mas temos honra até a ponta de nossas lindas botinhas tão finas... Ande, confesse-se corajosamente, será o mesmo que se falasse de si para si.

Lucien estava na situação daquele pescador de não sei qual conto árabe, que, querendo se afogar em pleno oceano, cai no meio de umas paragens submarinas e ali se torna rei. O padre espanhol parecia tão verdadeiramente afetuoso que o poeta não hesitou em abrir seu coração; portanto, contou-lhe tudo, de Angoulême a Ruffec, toda a sua vida, não omitindo nenhum de seus erros, e terminando com o último desastre que acabava de causar. Na hora em que terminava o relato, feito tão mais poeticamente na medida em que Lucien o repetia pela terceira vez nos últimos quinze dias, o carro chegou ao local em que, na estrada, perto de Ruffec, fica a propriedade da família de Rastignac, cujo nome, pela primeira vez em que Lucien o pronunciou, fez o espanhol ter um gesto de espanto.

— Foi daqui — disse — que partiu o jovem Rastignac, que decerto não se compara a mim, mas que foi mais feliz que eu.

— Ah!

— Sim, este estranho solar é a casa do pai dele. Como eu lhe dizia, ele se tornou amante da senhora de Nucingen, a mulher do famoso banqueiro. Eu, de meu lado, me deixei levar pela poesia; ele, mais hábil, foi parar em algo mais sólido...

O padre mandou a caleça parar, quis, por curiosidade, percorrer a pequena alameda que ia da estrada até a casa e observou tudo com mais interesse do que Lucien esperava de um padre espanhol.

— Então conhece os Rastignac?... — perguntou-lhe Lucien.

— Conheço Paris inteira — disse o espanhol subindo de novo no carro.

32

AULA DE HISTÓRIA PARA USO DOS AMBICIOSOS, POR UM DISCÍPULO DE MAQUIAVEL

— Então, por falta de dez ou doze mil francos, você ia se matar. Você é uma criança, não conhece os homens nem as coisas. Um destino vale o preço em que o homem o avalia, e você só avalia seu futuro em doze mil francos. Pois bem! Vou comprá-lo por mais que isso, agora mesmo. Quanto à prisão de seu cunhado, é uma ninharia: se esse caro senhor Séchard fez uma descoberta, ficará rico. Os ricos nunca foram parar na cadeia por dívidas. Você não me parece muito bom em história. Há duas Histórias: a História oficial, mentirosa, que é ensinada, a História *ad usum delphini*;* e a História secreta, na qual estão as verdadeiras causas dos acontecimentos, uma história vergonhosa. Deixe-me lhe contar, em três palavras, uma outra historieta que você não conhece. Um padre jovem e ambicioso quer entrar nos negócios públicos e torna-se o sabujo do favorito, o favorito de uma rainha; o favorito passa a ser seu benfeitor e lhe confere a condição de ministro, oferecendo a ele um lugar no Conselho. Uma noite, um desses homens que acreditam estar prestando um serviço (nunca preste um serviço que não lhe pedirem!) escreve ao jovem ambicioso que a vida de seu benfeitor está ameaçada. O rei fica zangado por ter um mestre e no dia seguinte o favorito deve ser morto caso vá

* "Para uso do Delfim" (o filho do rei), ou seja, os livros expurgados que apresentavam a história "correta", mais semelhante a um livro de história para crianças.

ao palácio. Pois bem, rapaz, o que você faria se recebesse essa carta?...

— Iria imediatamente avisar meu benfeitor — exclamou Lucien com vivacidade.

— Você ainda é mesmo a criança que o relato de sua existência revela — disse o padre. — Nosso homem pensou: "se o rei chegar a praticar o crime, meu benfeitor está perdido. Devo alegar que recebi essa carta tarde demais", e foi dormir até a hora em que se matou o favorito...

— É um monstro! — disse Lucien, que desconfiou que o padre tinha a intenção de pô-lo à prova.

— Ele se chama Cardeal de Richelieu — respondeu o cônego —, e seu benfeitor tem o nome de Marechal d'Ancre. Está vendo como você não conhece a história da França? Eu não tinha razão de lhe dizer que a HISTÓRIA ensinada nos colégios é uma coleção de datas e fatos, antes de mais nada exageradamente duvidosa, e sem o menor alcance? De que lhe serve saber que Joana d'Arc existiu? Acaso já chegou à conclusão de que, se a França tivesse então aceitado a dinastia angevina dos Plantagenêt, os dois povos reunidos teriam hoje o império do mundo e as duas ilhas onde se forjam os distúrbios políticos do continente seriam duas províncias francesas?... Mas você estudou os meios pelos quais os Médici, simples comerciantes, chegaram a ser grão-duques da Toscana?

— Um poeta, na França, não tem obrigação de ser tão instruído como um beneditino — disse Lucien.

— Pois bem, rapaz, eles se tornaram grão-duques, assim como Richelieu se tornou ministro. Se você tivesse procurado na história as causas humanas dos fatos, em vez de aprender de cor as etiquetas, teria tirado disso preceitos para seu comportamento. Do que acabo de pegar ao acaso na coleção de fatos verdadeiros resulta esta lei: não veja nos homens, e sobretudo nas mulheres, mais que instrumentos, mas não os deixe perceber isso. Adore como ao próprio Deus aquele que, em posição mais alta que você, pode lhe ser útil, e não o largue até que ele tenha pago muito caro sua servidão.

Enfim, no comércio do mundo, seja áspero assim como o judeu, e baixo como ele: faça pelo poder tudo o que ele faz por dinheiro. E também: preocupe-se com o homem em desgraça tanto quanto como se ele nunca tivesse existido. Sabe por que deve se comportar assim?... Você quer dominar o mundo, não quer? Deve começar por lhe obedecer e bem estudá-lo. Os eruditos estudam os livros, os políticos estudam os homens, seus interesses, as causas geradoras de suas ações. Ora, o mundo, a sociedade, os homens tomados em seu conjunto, são fatalistas; adoram o acontecimento. Sabe por que lhe dou essa pequena aula de história? É que creio que você tem uma ambição desmedida...

— Sim, padre!

— Eu bem que vi — disse o cônego. — Mas neste momento está pensando: "esse cônego espanhol inventa histórias e espreme a história para me provar que eu tive demasiadas virtudes...".

Lucien começou a sorrir ao ver seus pensamentos tão bem adivinhados.

— Pois é, meu jovem, tomemos fatos passados que hoje são vistos como banais — disse o padre. — Um dia, a França está praticamente conquistada pelos ingleses, o rei não tem mais do que uma província. Do seio do povo duas criaturas se erguem: uma pobre moça, essa mesma Joana d'Arc de quem falamos; e um burguês chamado Jacques Coeur. Uma dá seu braço e o prestígio de sua virgindade, o outro dá seu ouro: o reino está salvo. Mas a moça é presa!... O rei, que pode resgatar a moça, deixa que seja queimada viva. Quanto ao heroico burguês, o rei o deixa ser acusado de crimes capitais por seus cortesãos, que ficam com todos os seus bens. Os despojos do inocente perseguido, cercado, abatido pela justiça, enriquecem cinco casas nobres... E esse mesmo homem, pai do arcebispo de Bourges, sai do reino para nunca mais voltar, sem um tostão dos seus bens na França, não tendo outro dinheiro além daquele que confiara aos árabes, aos sarracenos do Egito. Você ainda pode dizer: "esses exemplos são muito velhos, todas essas ingratidões têm trezentos anos de educação pública, e os esqueletos dessa época já pertencem ao mundo das fábulas". Pois bem, rapaz, você acredita no último semideus da França, Napoleão? Ele manteve um de seus generais na desgraça, e só o fez marechal a contragosto, e nunca usou seus serviços de bom grado. Esse marechal se chama Kellermann. Sabe por quê?... Kellermann salvou a França e o primeiro cônsul em Marengo graças a um ataque audacioso que foi aplaudido no meio do sangue e do fogo. Nem sequer se mencionou esse ataque heroico na ordem do dia. A causa da frieza de Napoleão diante de Kellermann é também a causa da desgraça de Fouché, do príncipe de Talleyrand: é a ingratidão do rei Carlos VII, de Richelieu, a ingratidão de...

— Mas, padre, a supor que tenha me salvado a vida e faça minha fortuna — disse Lucien —, o senhor torna assim minha gratidão muito fraca.

— Espertinho — disse o padre, sorrindo e pegando a orelha de Lucien para torcê-la com uma familiaridade quase régia —, se você fosse ingrato comigo, seria então um homem forte, e eu não lhe quereria mal; mas ainda não chegou a esse ponto, pois, simples estudante, muito cedo quis passar a professor. É o defeito dos franceses da sua época. Todos foram prejudicados pelo exemplo de Napoleão. Vocês apresentam sua demissão porque não conseguem obter as dragonas que desejam... Mas acaso você reuniu todos os seus desejos, todas as suas ações em torno de uma ideia?...

— Não, infelizmente! — disse Lucien.

— Então foi o que os ingleses chamam de *inconsistent* — continuou o cônego, sorrindo.

— Pouco importa o que fui, se já não posso ser mais nada! — respondeu Lucien.

— Que se encontre atrás de todas as suas belas qualidades uma força *semper virens** — disse o padre, empenhado em mostrar que sabia um pouco de latim —, e nada lhe resistirá no mundo. Já gosto bastante de você...

* Sempre vigorosa.

Lucien sorriu com ar de incredulidade.

— Sim — continuou o desconhecido, respondendo ao sorriso de Lucien —, você me interessa como se fosse meu filho, e sou bastante forte para lhe falar de peito aberto, como acaba de falar comigo. Sabe o que me agrada em você?... Foi ter feito tábua rasa em si mesmo para poder então ouvir uma aula de moral que não se leciona em lugar nenhum, pois os homens, reunidos em grupo, ainda são mais hipócritas do que quando seus interesses os obrigam a representar uma comédia. Por isso, passam boa parte da vida a arrancar aquilo que deixaram crescer no coração durante a adolescência. A essa operação se chama adquirir experiência.

Ao ouvir o padre, Lucien pensava: "Eis um velho político que se delicia em se divertir numa viagem. Gosta de fazer mudar de opinião um pobre rapaz que está à beira do suicídio, e vai largá-lo ao terminar sua brincadeira... Mas entende um bocado de paradoxos e me parece tão bom nisso quanto Blondet ou Lousteau".

Apesar dessa sensata reflexão, a corrupção tentada por esse diplomata junto a Lucien ia entrando profundamente naquela alma muito disposta a recebê-la, e fazia estragos, tanto mais que se apoiava em exemplos famosos. Preso pelo feitiço dessa conversa cínica, Lucien se agarrava à vida mais facilmente ainda na medida em que se sentia trazido por um braço poderoso do fundo de seu suicídio até a superfície.

Nisso, o padre evidentemente triunfava. Assim, de vez em quando acompanhava seus sarcasmos históricos com um malicioso sorriso.

33

AULA DE MORAL POR UM DISCÍPULO DO P. ESCOBAR*

— Se seu modo de tratar a moral se parece com sua maneira de encarar a história — disse Lucien —, eu gostaria muito de saber qual é, neste momento, o motivo de sua aparente caridade.

— Este, meu rapaz, é o último ponto de minha pregação, e você me permitirá reservá-lo, pois não nos separaremos hoje — respondeu com a sutileza de um padre que vê que sua malícia deu certo.

— Pois então, fale-me de moral! — disse Lucien, pensando consigo mesmo: "Vou tentar mistificá-lo".

— A moral, meu jovem, começa na lei — disse o padre. — Se só se tratasse de religião, as leis seriam inúteis: os povos religiosos têm poucas leis. Acima da lei civil está a lei política. Pois bem, quer saber o quê, para um político, está escrito no frontispício do século XIX de vocês? Os franceses inventaram, em 1793, uma soberania popular que se concluiu com um imperador absoluto. Isto, quanto à história nacional da França. Quanto aos costumes: a senhora de Beauharnais e a senhora Tallien tiveram o mesmo comportamento, mas Napoleão se casou com uma, fez dela a imperatriz da França, e jamais quis receber a outra, embora ela fosse princesa. *Sans-culotte* em 1793, Napoleão

* Antonio Escobar (1589-1669), jesuíta espanhol, autor do *Dicionário de casos de consciência*, foi adversário dos jansenistas, que o acusavam de justificar comportamentos censuráveis.

cinge-se com a coroa de ferro em 1804. Os ferozes amantes da *Igualdade ou Morte* de 1792 tornam-se, desde 1806, cúmplices de uma aristocracia legitimada por Luís XVIII. No estrangeiro, a aristocracia, que hoje impera em seu Faubourg Saint-Germain, fez pior: foi usurária, foi negociante, fabricou pasteizinhos, foi cozinheira, granjeira, guardadora de carneiros. Portanto, na França, tanto em matéria de lei política como de lei moral, todos desmentiram o ponto de partida no ponto de chegada, suas opiniões por seu comportamento, ou o comportamento por suas opiniões. Não houve lógica, nem no governo nem entre os indivíduos particulares. Assim, vocês não têm mais moral. Hoje, em seu país, o sucesso é a razão suprema de todas as ações, sejam quais forem. Portanto, os fatos já não são mais nada em si mesmos, estão inteiramente nas ideias que os outros povos têm a respeito deles. Daí, meu jovem, um segundo preceito: tenha um belo exterior! Esconda o avesso de sua vida e apresente um direito brilhantíssimo. A discrição, essa divisa dos ambiciosos, é a divisa da nossa Ordem:* faça com que seja a sua. Os grandes cometem quase tantas covardias como os miseráveis; mas as cometem na sombra e arvoram suas virtudes: continuam a ser grandes. Você escondeu suas grandezas e deixou à mostra suas chagas. Teve publicamente, como amante, uma atriz, viveu na casa dela, com ela: não havia nada de repreensível nisso, todos os consideravam, a um e a outro, perfeitamente livres; mas vocês atacaram de frente as convenções da sociedade e não tiveram o respeito que a sociedade concede àqueles que lhe obedecem. Se você tivesse deixado Coralie para esse senhor Camusot, se tivesse ocultado suas relações com ela, teria se casado com a senhora de Bargeton, seria prefeito de Angoulême e marquês de Rubempré. Mude de comportamento: exiba sua beleza, suas graças, sua inteligência, sua poesia. Caso se permita cometer pequenas infâmias, que seja entre quatro paredes: a partir daí não será mais cul-

* A Companhia de Jesus.

pado por manchar os cenários deste grande teatro chamado mundo. Napoleão chama a isso: *roupa suja se lava em casa*. Do segundo preceito decorre este corolário: tudo está na forma. Compreenda bem o que chamo de Forma. Há pessoas sem instrução que, pressionadas pela necessidade, pegam, pela violência, uma quantia qualquer de outra pessoa: são chamados de criminosos e obrigados a prestar contas à justiça. Um pobre homem de gênio descobre um segredo cuja exploração equivale a um tesouro, você lhe empresta três mil francos (igual a esses Cointet que ficaram com sua dívida de três mil francos nas mãos a fim de irem despojar seu cunhado), você o atormenta de modo a fazê-lo ceder todo ou parte do segredo, e só tem de prestar contas à sua consciência, e sua consciência jamais o levará a um tribunal do júri. Os inimigos da ordem social se aproveitam desse contraste para ladrar contra a justiça e se enfurecer em nome do povo pelo fato de que se manda para as galés um ladrão de galinhas que rouba de noite num local habitado, ao passo que se põe na cadeia, apenas por alguns meses, um homem que arruína famílias decretando uma falência fraudulenta; mas esses hipócritas bem sabem que, condenando o ladrão, os juízes mantêm a barreira entre os pobres e os ricos, a qual, derrubada, traria o fim da ordem social; ao passo que aquele que vai à bancarrota, o esperto que desvia heranças, o banqueiro que arruína um negócio em benefício próprio, esses apenas produzem deslocamentos de fortuna. Por isso, a sociedade, meu filho, é obrigada a distinguir por conta própria o que eu o estou levando a distinguir por sua conta. A grande questão é a gente se igualar a toda a sociedade. Napoleão, Richelieu, os Médici se igualaram a seu século. Você, de seu lado, se avalia em doze mil francos!... Sua sociedade já não adora o verdadeiro Deus, mas o velocino de ouro! Esta é a religião da Carta Magna de vocês, que na política só leva em conta a propriedade. Isso não é o mesmo que dizer a todos os súditos: "Tratem de ser ricos"?... Quando, depois de ter sabido fazer legalmente uma fortuna, você for rico e marquês de Rubempré, há de se permitir o luxo da honra. Então exibirá tantos escrúpulos que ninguém ousará acusá-lo de jamais os ter tido, mesmo se, porém, não os tiver ao fazer fortuna, o que eu jamais lhe aconselharia — disse o padre, pegando a mão de Lucien e lhe dando uns tapinhas. — Portanto, o que você deve pôr nesta bela cabeça?... Unicamente a seguinte ideia: fixar-se um esplêndido objetivo e esconder seus meios de triunfar, ocultando também seus passos para alcançá-lo. Você agiu como uma criança, seja homem, seja caçador, ponha-se à espreita, fique de emboscada no mundo parisiense, espere uma presa e um acaso, não poupe sua pessoa nem o que se chama de dignidade; pois todos nós obedecemos a alguma coisa, a um vício, a uma necessidade, mas observe a lei suprema: o segredo!

— O senhor me apavora, padre! — exclamou Lucien —, isso parece uma teoria de bandido de beira de estrada.

— Tem razão — disse o cônego —, mas ela não vem de mim. Foi assim que raciocinaram os *parvenus*, a dinastia da Áustria, bem como a dinastia da França. Você não tem nada, está na situação dos Médici, de Richelieu, de Napoleão no início de suas ambições; essas pessoas, meu filho, avaliaram que o próprio futuro deveria ser pago pela ingratidão, pela traição e pelas mais violentas contradições. Quem quer tudo deve ousar tudo. Raciocinemos? Quando você se senta a uma mesa de jogo de *bouillotte*, discute as condições? As regras são aquelas, você as aceita.

"Humm", pensou Lucien, "ele conhece a *bouillotte*."

— Como você se comporta na *bouillotte*?... — indagou o padre. — Acaso pratica a mais bela das virtudes, a franqueza? Você não só esconde seu jogo, mas também se esforça, quando está prestes a ganhar, para que os outros acreditem que vai perder tudo. Em suma, dissimula, não é?... Mente para ganhar cinco luíses!... O que diria de um jogador bastante generoso para avisar aos outros que acaba de fazer um *four* de ases? Pois bem, o ambicioso que quer lutar com os preceitos da virtude, numa corrida em que seus antagonistas se privam deles, é uma criança a quem os velhos políticos diziam o que os jogadores dizem a quem não se aproveita de seus *fours*: "Cavalheiro, nunca jogue *bouillotte*...". Por acaso é você quem faz as regras do jogo da ambição? Por que eu lhe disse para se igualar à sociedade?... Foi porque hoje, meu jovem, a sociedade se arrogou sensivelmente tantos direitos sobre os indivíduos que o indivíduo se vê obrigado a combatê-la. Não há mais leis, só há convenções, isto é, fingimentos: sempre a forma.

Lucien fez um gesto de espanto.

— Ah, meu filho! — disse o padre, temendo ter chocado a candura de Lucien —, você esperava encontrar o anjo Gabriel num padre que deve carregar todas as iniquidades da contradiplomacia de dois reis (sou o intermediário entre Fernando VII e Luís XVIII, dois grandes... reis que devem ambos a coroa a profundos... conluios*)?... Creio em Deus, mas creio bem mais em nossa Ordem religiosa, e nossa Ordem só crê no poder temporal. Para fortalecer bastante o poder temporal, nossa Ordem sustenta a Igreja apostólica, católica e romana, isto é, o conjunto dos sentimentos que mantêm o povo na obediência. Somos os Templários modernos, temos uma doutrina. Como o Templo, nossa Ordem foi desfeita pelas mesmas razões: tinha se igualado ao mundo. Você quer ser soldado? Serei seu capitão. Obedeça-me como uma mulher obedece ao marido, como uma criança obedece à mãe, e lhe garanto que em menos de três anos será marquês de Rubempré, irá se casar com uma das moças mais nobres do Faubourg Saint-Germain, e um dia terá assento no banco dos Pares. Neste momento, se eu não o tivesse distraído com minha conver-

* Fernando VII de Bourbon (1784-1833), rei da Espanha em 1809, foi expulso do trono por José Bonaparte. Na volta do exílio, em 1815, fingiu aceitar a realeza constitucional mas manobrou contra seu próprio governo para restabelecer a monarquia absoluta, o que conseguiu graças à intervenção francesa em 1823, menos de um ano depois desta conversa de Lucien com o padre Herrera. Era farto o noticiário político sobre o assunto.

sa, o que você seria? Um cadáver que ninguém encontraria, no fundo de um leito de vasa. Então, faça um esforço de imaginação como poeta que é!... (Nesse instante, Lucien olhou para seu protetor com curiosidade.) O jovem que se encontra sentado aí, nesta caleça, ao lado do padre Carlos Herrera, cônego honorário do capítulo de Toledo, enviado secreto de Sua Majestade Fernando VII a Sua Majestade o rei da França, para lhe levar um despacho no qual ele talvez lhe diga: "Quando me tiver libertado, mande enforcar todos aqueles a quem afago neste momento!", este jovem — disse o desconhecido — não tem mais nada em comum com o poeta que acaba de morrer. Eu o pesquei, devolvi-o à vida, e você me pertence como a criatura pertence ao criador, como, nos contos de fada, o afrita é do gênio, como o icoglã* é do Sultão, como o corpo é da alma! Eu o manterei com mão poderosa no caminho do poder, e no entanto lhe prometo uma vida de prazeres, de honrarias, de festas contínuas... Nunca lhe faltará dinheiro... Você brilhará e se exibirá, enquanto, curvado na lama dos alicerces, assegurarei o brilhante edifício de sua fortuna. Amo o poder pelo poder! Serei sempre feliz com seus prazeres, que me são proibidos. Em suma, eu me realizarei em você!... Pois bem! No dia em que esse pacto de um homem com o demônio, de uma criança com o diplomata, não lhe convier mais, você sempre poderá ir buscar um lugarzinho, como aquele de que falava, para se afogar: será um pouco mais ou um pouco menos o que é hoje, infeliz ou desonrado...

* Afrita é um espírito não muçulmano, portanto malfazejo, nos contos orientais. Icoglã é um oficial do palácio do sultão.

34

PERFIL DO ESPANHOL

— Isto não é uma homilia do arcebispo de Granada!* — exclamou Lucien quando a caleça parou numa estação de posta.

— Não sei que nome você dá a esse ensinamento sumário, meu filho, pois vou adotá-lo e farei de você meu herdeiro; mas é este o código das pessoas ambiciosas. São poucos os eleitos de Deus. Não há escolha: ou se vai para o fundo de um claustro (onde se costuma encontrar o mundo em miniatura), ou se tem de aceitar esse código.

— Talvez seja melhor não ser tão sábio — disse Lucien, tentando sondar a alma daquele padre terrível.

— Como! — continuou o cônego. — Depois de ter jogado sem conhecer as regras do jogo você abandona a partida no momento em que está com as melhores cartas na mão, em que se apresenta com um padrinho sólido?... E sem mesmo ter vontade de ir à forra? Como! Não tem vontade de montar nas costas daqueles que o expulsaram de Paris?

Lucien estremeceu como se um instrumento de bronze, um gongo chinês, o tivesse feito ouvir esses terríveis sons que sacodem os nervos.

— Não passo de um humilde padre — prosseguiu o homem, deixando transparecer no rosto acobreado pelo sol

* Referência ao romance *Gil Blas de Santillane*, de Le Sage, em que Gil Blas, secretário do arcebispo, deve lhe dizer se seus sermões são ruins, mas quando diz é mandado embora como insolente. Lucien quer dizer que o discurso do padre Herrera é muito bom.

da Espanha uma terrível expressão —; mas, se eu tivesse sido humilhado, envergonhado, torturado, traído, vendido, como você foi pelos malandros de quem me falou, eu estaria como o árabe do deserto!... Sim, dedicaria meu corpo e minha alma à vingança. Pouco me importaria acabar minha vida agarrado a um cadafalso, sentado no garrote, empalado ou guilhotinado, como neste país; mas só deixaria pegarem minha cabeça depois de ter esmagado meus inimigos sob os saltos do sapato.

Lucien manteve o silêncio, já não tinha vontade de mistificar aquele padre.

— Uns descendem de Abel, outros de Caim — disse o cônego, concluindo —; eu tenho sangue mestiço: Caim para meus inimigos, Abel para meus amigos, e ai de quem despertar Caim!... Afinal de contas, você é francês, eu sou espanhol e, além do mais, cônego!...

"Que natureza de árabe!", pensou Lucien, examinando o protetor que o céu acabava de lhe enviar.

O padre Carlos Herrera não mostrava nada em si mesmo que revelasse o jesuíta. Gordo e baixo, e de mãos largas, o busto grande, a força hercúlea, o olhar terrível, mas suavizado por uma mansuetude de encomenda, a pele de bronze que não deixava passar nada de dentro para fora, inspiravam muito mais a repulsa que o afeto. Longos e belos cabelos empoados à moda do príncipe de Talleyrand davam a esse singular diplomata o jeito de um bispo, e a fita azul debruada de branco da qual pendia um crucifixo de ouro indicava, aliás, um dignitário eclesiástico. Suas meias de seda preta moldavam pernas de atleta. Sua roupa impecavelmente limpa revelava esse cuidado minucioso com a própria pessoa, que os simples padres nem sempre têm consigo, sobretudo na Espanha. No banco dianteiro do carro, havia um tricórnio com as armas da Espanha. Embora houvesse elementos repulsivos em sua fisionomia, seus modos ao mesmo tempo bruscos e afagadores atenuavam-lhe o efeito; e, evidentemente, com Lucien o padre soube ser galante, afetuoso, quase um felino. Lucien examinou essas menores coisas com ares aflitos. Sentiu que se tratava, naquele momento, de viver ou morrer, pois estava na segunda estação de muda dos cavalos, depois de Ruffec. As últimas frases do padre espanhol tinham mexido muitas cordas do seu coração: e digamos, para vergonha de Lucien e do padre — que com um olhar perspicaz estudava o belo rosto do poeta —, essas cordas eram as ruins, essas que vibram sob o ataque dos sentimentos depravados. Lucien revia Paris, tornava a agarrar as rédeas da dominação que suas mãos inábeis tinham largado, vingava-se! A comparação da vida de província com a vida de Paris, que ele acabava de fazer e era a causa mais urgente de seu suicídio, desaparecia: ele ia voltar a viver em seu ambiente, mas protegido por um político que chegava às raias da perfídia de Cromwell. "Eu estava sozinho, agora seremos dois", pensou.

Quanto mais descobrira erros em seu comportamento anterior, mais o clérigo demonstrara interesse. A caridade desse homem crescera na proporção da infelicidade de Lucien, e ele não se espantava com coisa nenhuma. Entretanto, Lucien ficou pensando quais eram os motivos desse mensageiro de intrigas reais. Primeiro, contentou-se com uma explicação banal: os espanhóis são generosos! O espanhol é generoso, assim como o italiano envenena alguém por ciúmes, assim como o francês é leviano, assim como o alemão é franco, assim como o judeu é ignóbil, assim como o inglês é nobre. Invertam essas posições e chegarão à verdade. Os judeus monopolizaram o ouro, mas compõem *Roberto, o Diabo*, representam *Fedra*, cantam *Guilherme Tell*, encomendam quadros, constroem palácios, escrevem os *Reisebilder* e admiráveis poesias, são mais poderosos que nunca, a religião deles é aceita, e, por fim, emprestam dinheiro ao papa! Na Alemanha, quando eles tratam com um estrangeiro, mesmo para as menores coisas, perguntam: "Tem um contrato?", de tal forma são dados a chicanas. Na França, há cinquenta anos aplaudem-se nos palcos idiotices nacionais, continua-se a usar chapéus inconcebíveis, e o governo só muda com a condição de ser sempre o mesmo!... A Inglaterra exibe à face do mundo perfídias cujo horror só pode ser comparado com sua avidez. O espanhol, depois de ter tido o ouro das duas Índias, não tem mais nada. Não há país no mundo onde haja menos envenenamentos que na Itália, e onde os costumes sejam mais fáceis e mais corteses. Os espanhóis viveram muito à custa da reputação dos mouros.

Quando o espanhol subiu de novo na caleça, disse ao ouvido do postilhão estas palavras:

— Corra mais que a mala-posta, e lhe dou três francos de gorjeta.

Lucien hesitou em subir, e o padre lhe disse:

— Mas venha, ora! — e Lucien subiu com a desculpa de lhe disparar um argumento *ad hominem*.*

— Padre — disse —, um homem que acaba de desenvolver com o mais belo sangue-frio do mundo as máximas que muitos burgueses tacharão de profundamente imorais...

— E que são — disse o padre —, e por isso é que Jesus Cristo queria que houvesse escândalo, meu filho. E é por isso que o mundo manifesta tão grande horror ao escândalo.

— Um homem de sua têmpera não se espantará com a pergunta que vou lhe fazer?

— Ande, meu filho!... — disse Carlos Herrera —, você não me conhece. Acredita que eu pegaria um secretário antes de saber se ele tem princípios bastante sólidos para não tirar nada de mim? Estou satisfeito com você, que ainda tem todas as inocências do homem que se mata aos vinte anos. Sua pergunta?...

— Por que se interessa por mim? Que preço pede em troca de minha obediência?... Por que me dá tudo? Qual é sua parte?

O espanhol olhou para Lucien e sorriu.

— Esperemos uma encosta. Subiremos a pé e falaremos ao ar livre. O vento é discreto. O interior de uma caleça é indiscreto.

* "Contra o homem", ou seja, opondo ao adversário seus próprios atos e declarações.

Reinou silêncio por algum tempo entre os dois companheiros, e a rapidez da caleça ajudou, por assim dizer, à embriaguez moral de Lucien.

— Padre, olhe aí uma encosta — disse Lucien, acordando como de um sonho.

— Muito bem! Andemos — disse o padre, gritando alto para que o postilhão parasse.

E os dois se lançaram na estrada.

35

POR QUE OS CRIMINOSOS SÃO ESSENCIALMENTE CORRUPTORES

— Menino — disse o espanhol, pegando Lucien pelo braço —, você meditou sobre a *Veneza salva*, de Otway? Compreendeu essa profunda amizade, de homem para homem, que liga Pierre a Jaffeir, que muda entre eles todos os termos sociais, e que os leva a ver a mulher como insignificante?... Pois é, esta pergunta é para o poeta que existe em você.

"O cônego também conhece teatro", pensou Lucien consigo mesmo.

— O senhor leu Voltaire?... — perguntou-lhe.

— Faço melhor — respondeu o cônego —, eu o pratico.

— O senhor não crê em Deus?...

— Ora, quer dizer que o ateu sou eu! — disse o padre, sorrindo. — Vamos ao que é positivo, meu filho!... Tenho quarenta e seis anos, sou o filho natural de um grande aristocrata, por assim dizer sem família, e tenho coração... Mas, aprenda isso, grave-o em seu cérebro ainda tão mole: o homem tem horror à solidão. E, de todas as solidões, a solidão moral é a que mais o assusta. Os primeiros anacoretas viviam com Deus, moravam no mundo mais povoado, o mundo espiritual. Os avarentos moram no mundo da fantasia e das delícias. O avarento estoca tudo, até o sexo, no cérebro. O primeiro pensamento do homem, seja ele leproso ou forçado, infame ou doente, é ter um cúmplice para seu destino. Para satisfazer esse sentimento, que é a própria vida, emprega todas as suas forças, toda a sua potência, a verve de sua vida. Sem esse desejo soberano, Satanás poderia ter encontrado companheiros?... Há aí todo um poema a fazer, que seria o prelúdio do *Paraíso perdido*, que não passa de uma apologia da revolta.

— Tal poema seria a *Ilíada* da corrupção — disse Lucien.

— Pois bem! Sou sozinho, vivo sozinho. Embora eu vista o hábito, não tenho o coração de um padre. Gosto de me dedicar, tenho esse vício. Vivo pela dedicação, por isso é que sou padre. Não temo a ingratidão, mas eu mesmo sou um homem agradecido. A Igreja não é nada para mim, é só uma ideia. Dediquei-me ao rei da Espanha, mas não é possível amar o rei da Espanha, ele me protege, paira acima de mim. Quero amar minha criatura, moldá-la, formá-la para meu uso, a fim de amá-la como um pai ama ao filho. Andarei em seu tílburi, meu rapaz, irei me alegrar com seus sucessos junto às mulheres, direi: "Este belo rapaz, sou eu! Este marquês de Rubempré, criei-o e o pus no mundo aristocrático; sua grandeza é obra minha, ele se cala ou fala com minha voz, me consulta para tudo". O padre de Vermont era isso para Maria Antonieta.

— Ele a levou ao cadafalso!

— Ele não gostava da rainha!... — retrucou o padre.

— Devo deixar atrás de mim a desolação? — perguntou Lucien.

— Tenho tesouros, você se servirá deles.

— Nesse momento eu faria tudo para soltar Séchard — respondeu Lucien com uma voz que já não queria saber de suicídio.

— Diga uma palavra, meu filho, e amanhã de manhã ele receberá a quantia necessária para ser solto.

— Como? O senhor me daria doze mil francos?...

— Ora, menino! Não vê que estamos andando quatro léguas por hora? Vamos jantar em Poitiers. Lá, se você quiser assinar o pacto, me dar uma única prova de obediência, a diligência de Bordeaux levará quinze mil francos para sua irmã...

— Onde eles estão?

O padre espanhol nada respondeu e Lucien pensou: "Peguei-o, ele estava debochando de mim". Um instante depois, o espanhol e o poeta tinham subido de novo no carro, calados; e, calado, o padre pôs a mão na mala do carro, de lá tirou essa sacola de couro dividida em três compartimentos, tão conhecida dos viajantes, e ali dentro mergulhou três vezes sua mão grande, trazendo-a a cada vez cheia de ouro: cem moedas de ouro portuguesas.

— Padre, sou todo seu — disse Lucien, deslumbrado com aquela torrente de ouro.

— Aqui está a terça parte do ouro que existe nesta sacola, trinta mil francos, sem contar com o dinheiro da viagem.

— E o senhor viaja sozinho!... — exclamou Lucien.

— Mas isso não é nada! — disse o espanhol. — Tenho para mais de cem mil escudos em promissórias sobre Paris. Um diplomata sem dinheiro é o que você era há pouco: um poeta sem vontade.

36

O MOMENTO EM QUE, NA LUTA, SE LARGA DE MÃO

Na hora em que Lucien subia no carro com o suposto diplomata espanhol, Ève se levantou para dar comida ao filho, encontrou a carta fatal e a leu. Um suor frio gelou a transpiração causada pelo sono da manhã, ela sentiu uma tontura e chamou Marion e Kolb.

À pergunta "Meu irmão saiu?", Kolb respondeu:

— *Zim, zenhora, antes te clarear*!

— Guardem o maior segredo sobre o que lhes conto — disse Ève aos dois domésticos —, meu irmão provavelmente foi embora para pôr fim a seus dias. Corram vocês dois, tomem informações com prudência e vigiem a correnteza do rio.

Ève ficou sozinha, num terrível estado de estupor.

Foi em meio a essa perturbação em que ela estava que, por volta das sete da manhã, Petit-Claud se apresentou para lhe falar de negócios. Nesses momentos, escutamos todo mundo.

— Minha senhora — disse o advogado —, nosso pobre e querido David está na prisão e chegando à situação que previ no início desse negócio. Naquele momento eu o aconselhei a se associar, para a exploração de sua descoberta, aos seus concorrentes, os Cointet, que têm em mãos os meios de executar o que, para seu marido, ainda não passava de um projeto. Portanto, ontem à noite, tão logo me chegou a notícia da prisão dele, o que fiz? Fui ver os senhores Cointet com a intenção de lhes tirar concessões que pudessem satisfazê-la. Se quiserem defender essa descoberta, a vida do casal vai continuar a ser o que é: uma série de chicanas na qual sucumbirão, e na qual acabarão, esgotados e moribundos, fazendo com um homem endinheirado, talvez em seu prejuízo, o que quero que a senhora faça, em seu benefício, desde hoje, com os irmãos Cointet. Assim economizará as privações, as angústias da luta do inventor contra a avidez do capitalista e a indiferença da sociedade. Vejamos! Se os senhores Cointet pagarem suas dívidas... se, saldadas suas dívidas, ainda lhes derem uma soma que seja sua, qualquer que seja o mérito, o futuro ou as perspectivas da descoberta, concedendo-lhes, claro que para sempre, certa parte dos lucros da exploração, não ficariam satisfeitos?... A senhora, de seu lado, se torna proprietária do material da tipografia e provavelmente a venderá, e isso valerá bem uns vinte mil francos, e lhe garanto um comprador por esse preço. Se receber quinze mil francos, por uma escritura de sociedade com os senhores Cointet, a senhora teria uma fortuna de trinta e cinco mil francos, e com a taxa atual de juros teria dois mil francos de renda... Na província vive-se com dois mil francos de renda. E anote também, minha senhora, que ainda teria os eventuais retornos de sua sociedade com os senhores Cointet. Digo eventuais porque devemos supor que possa haver insucesso. Pois bem, eis o que estou em condições de conseguir: primeiro, a completa libertação de David, depois, quinze mil francos à guisa de indenização pelas pesquisas dele, recebidos sem que os senhores Cointet possam torná-los objeto de nenhuma reivindicação a qualquer título que seja, ainda que a descoberta seja infrutífera; por último, uma sociedade formada entre David e os senhores Cointet para a exploração de uma patente de invenção de seu processo de fabricação, a se registrar depois de uma experiência feita em comum e secretamente, nas seguintes bases: os senhores Cointet assumirão todas as despesas, a contribuição de David será a patente e ele receberá um quarto dos lucros. A senhora é uma mulher de muito juízo e bom senso, o que não costuma acontecer com mulheres tão bonitas; reflita nessas propostas e vai achá-las mais que aceitáveis...

— Ah, meu senhor! — exclamou a pobre Ève, desesperada e se desfazendo em lágrimas —, por que não veio ontem à noite me propor essa transação? Teríamos evitado a desonra e... bem pior...

— Minha discussão com os Cointet, que, a senhora deve ter desconfiado, se escondem atrás de Métivier, só terminou à meia-noite. Mas, afinal, o que aconteceu desde ontem à noite que seja pior que a prisão de nosso pobre David? — perguntou Petit-Claud.

— Eis a terrível notícia que encontrei ao acordar — ela respondeu, entregando a Petit-Claud a carta de Lucien. — Neste momento o senhor está me provando que se interessa por nós, é amigo de David e de Lucien, não preciso lhe pedir segredo...

— Pode ficar sossegada — disse Petit-Claud, devolvendo a carta depois de lê-la. — Lucien não se matará. Depois de ter sido a causa da prisão do cunhado, ele precisava de uma razão para ir embora, e vejo isto aqui como que uma deixa para a saída, no melhor estilo teatral.

Os Cointet tinham alcançado seus objetivos. Depois de terem torturado o inventor e sua família, aproveitavam-se do momento dessa tortura em que a lassidão nos faz desejar algum repouso. Nem todos os que buscam desvendar segredos têm algo de buldogue, esse cão que morre com a presa entre os dentes, e os Cointet tinham estudado sabiamente o caráter de suas vítimas. Para o Cointet alto, a prisão de David era a última cena do primeiro ato desse drama. O segundo ato começava com a proposta que Petit-Claud acabava de fazer. Como um grande mestre, o advogado viu na decisão impensada de Lucien uma dessas oportunidades inesperadas que, num jogo, decidem seu final. Viu Ève tão completamente prostrada com aquele acontecimento que resolveu aproveitar para ganhar sua confiança, pois já tinha adivinhado a influência da mulher sobre o marido. Por isso, em vez de afundar ainda mais a sra. Séchard no desespero, tentou tranquilizá-la e, muito habilmente, a encaminhou à prisão, pensando que, no estado de espírito em que ela se encontrava, convenceria então David a se associar aos Cointet.

— David, minha senhora, me disse que só desejava fazer fortuna para a senhora e para seu irmão; mas está provado que para os senhores seria uma loucura querer enriquecer Lucien. Esse rapaz devoraria três fortunas.

A atitude de Ève revelava bastante bem que a última de suas ilusões sobre o irmão tinha se dissipado, e por isso o advogado fez uma pausa para converter o silêncio de sua cliente numa espécie de assentimento.

— Assim sendo, nessa questão — ele continuou —, já não se trata senão da senhora e do seu filho. Cabe-lhe decidir se dois mil francos de renda bastam para sua felicidade, sem contar a herança do velho Séchard. Há muito tempo seu sogro tem uma renda de sete a oito mil francos, sem contar os juros que consegue tirar de seus capitais; portanto, pensando bem, a senhora tem um belo futuro. Por que se atormentar?

O advogado se despediu da sra. Séchard deixando-a refletir sobre essa perspectiva, muito habilmente preparada na véspera pelo Cointet alto.

— Faça-os entrever a possibilidade de receber uma quantia qualquer — dissera aquele tubarão de Angoulême ao advogado quando ele foi lhe anunciar a prisão —; e quando tiverem se acostumado com a ideia de apalpar uma quantia, ficarão em nossas mãos: regatearemos e, pouco a pouco, os faremos chegar ao preço que queremos pagar por esse segredo.

A frase continha, de certa forma, o argumento do segundo ato deste drama financeiro.

Quando a sra. Séchard, com o coração partido por suas apreensões sobre a sorte do irmão, se vestiu e desceu para ir à prisão, sentiu a angústia de atravessar sozinha as ruas de Angoulême. Sem levar em conta a ansiedade de sua cliente, Petit-Claud voltou para lhe oferecer o braço, motivado por um pensamento um tanto maquiavélico, mas teve o mérito de fazer uma delicadeza à qual Ève foi extremamente sensível. Aceitou o agradecimento que ela lhe fez, sem porém a tirar de seu engano. Essa pequena atenção, vinda de um homem tão duro, tão ríspido, e num momento daqueles, modificou o julgamento que a sra. Séchard até então fizera de Petit-Claud.

— Esta é a primeira vez, meu senhor, que não tenho o direito de andar de cabeça erguida! Foi o que bem duramente me ensinaram ontem...

— Será a primeira e a última.

— Ah! Decerto não permanecerei nesta cidade...

— Se seu marido aceitar as propostas que estão mais ou menos acertadas entre os Cointet e eu — disse Petit-Claud a Ève quando chegaram na porta da prisão —, faça-me saber, pois eu logo traria a autorização de Cachan para David ser solto; e, tudo indica, ele não voltaria para a cadeia...

Isso, dito diante da prisão, era o que os italianos chamam de *combinazione*. Entre eles, essa palavra exprime o ato indefinível em que se encontram uma dose de perfídia com uma mistura de legalidade, o senso de oportunidade de uma fraude permitida, uma patifaria quase legítima e bem armada; segundo eles, o massacre de São Bartolomeu é uma *combinazione* política.

37

AS INFLUÊNCIAS DA PRISÃO

Pelas causas expostas acima, a prisão por dívidas é um fato judiciário tão raro na província que, na maioria das cidades da França, não existe casa de detenção específica para devedores. Nesse caso, o devedor é metido na prisão onde estão encarcerados os suspeitos, os réus, os acusados e os condenados. Tais são os nomes diversos que assumem legal e sucessivamente aqueles que o povo chama, genericamente, de *criminosos*. Assim, David foi posto provisoriamente num daqueles cubículos baixos da prisão de Angoulême, de onde, talvez, algum condenado acabava de sair depois de cumprir pena. Uma vez detido, e podendo guardar a quantia estabelecida por lei para os alimentos do preso durante um mês, David foi parar diante de um homem gordo que, para os cativos, passa a ter um poder maior que o do rei: o carcereiro! Na província, não se conhece carcereiro magro. Primeiro, esse posto é quase uma sinecura; depois, um carcereiro é como um hospedeiro que não tivesse quartos para alugar, um homem que se alimenta muito bem alimentando muito mal os prisioneiros que hospeda, segundo os recursos de cada um — como faz, por sinal, o hospedeiro. Ele conhecia de nome David, por causa de seu pai sobretudo, e teve confiança suficiente para lhe dar um bom alojamento por uma noite, embora David não tivesse um tostão. A prisão de Angoulême data da Idade Média e não sofreu mais mudanças que a Catedral. Ainda chamada Casa de Justiça, é colada ao antigo Presidial. A porta é clássica, isto é, cheia de tachas, de aparência sólida, gasta, baixa, e de construção tanto mais ciclópica por ter, como um olho único na testa, uma portinhola que deixa o carcereiro identificar as pessoas antes de abrir. Um corredor passa ao longo da fachada no térreo, e para esse corredor se abrem várias celas cujas janelas altas e guarnecidas de anteparos recebem a luz do pátio. O carcereiro ocupa um alojamento separado dessas celas por uma abóbada que divide o térreo em duas partes, e ao fundo da qual se vê, da porta, uma grade que fecha o pátio. David foi levado pelo carcereiro para a cela que ficava perto da abóbada, e cuja porta dava de frente para seu alojamento. O carcereiro queria ficar vizinho de um homem que, vista sua situação peculiar, pudesse lhe fazer companhia.

— É o melhor quarto — disse ao ver David perplexo com o aspecto do local.

As paredes dessa cela eram de pedra e muito úmidas. As janelas muito altas tinham grades de ferro. As lajes de pedra soltavam um frio glacial. Ouvia-se o passo regular da sentinela de plantão passeando pelo corredor. Esse barulho monótono, como o da maré, joga qualquer pessoa, e a todo instante, no seguinte pensamento: "Você é vigiado! Você não está mais livre!". Todos esses detalhes, esse conjunto de coisas age prodigiosamente no estado de espírito das pessoas honestas. David avistou uma cama execrável; mas os encarcerados ficam tão violentamente agitados na primeira noite que só se dão conta da dureza da cama na segunda noite. O carcereiro foi simpático, e com toda a naturalidade propôs a seu preso passear no pátio até a noite. O suplício de David só começou na hora de se deitar. Era proibido fornecer luz aos presos, portanto era preciso uma autorização do procurador do rei para isentar o preso por dívidas desse regulamento que, evidentemente, só dizia respeito às pessoas postas à disposição da justiça criminal. O carcereiro admitiu David em seu alojamento, mas finalmente teve de trancá-lo, na hora de dormir. Então o pobre marido de Ève conheceu os horrores da prisão e a brutalidade de seus costumes, que o revoltou. Mas, por uma dessas reações bem familiares aos pensadores, isolou-se nessa solidão e se safou graças a um desses sonhos que os poetas têm o poder de desenvolver quando estão acordados. O pobre coitado acabou por refletir sobre seus negócios. A prisão provoca um imenso exame de consciência. David ficou pensando se cumprira com seus deveres de chefe da família. Qual deveria ser o desespero de sua mulher! Por que, como lhe dizia Marion, não ganhar bastante dinheiro para poder mais tarde fazer sua descoberta com toda a tranquilidade?

"Como", ele pensava, "permanecer em Angoulême depois de um escândalo desses? Se eu sair da prisão, o que será de nós? Para onde iremos?" Vieram-lhe algumas dúvidas sobre seus métodos. Foi uma dessas angústias que só podem ser compreendidas pelos próprios inventores! De dúvida em dúvida, David chegou a ver claramente sua situação e pensou no que os Cointet tinham dito ao velho Séchard, e no que Petit-Claud acabava de dizer a Ève: "Supondo que dê tudo certo, como será no momento da aplicação? Preciso de uma patente de invenção, isso é dinheiro!... Preciso de uma fábrica para fazer minhas tentativas em grande escala, e isso será entregar minha descoberta! Ah, como Petit-Claud tinha razão!".

Das prisões mais escuras surgem vivíssimos clarões.

"Ora!", disse David, adormecendo naquela espécie de cama de campanha sobre a qual havia um pavoroso colchão de pano marrom muito grosseiro, "certamente verei Petit-Claud amanhã de manhã."

Portanto, David estava pessoalmente preparado para escutar as propostas que sua mulher lhe trazia da parte de seus inimigos. Depois de beijar o marido e se sentar ao pé da cama, pois só havia uma cadeira de madeira da espécie mais ordinária, o olhar da mulher caiu no horrendo balde posto num canto e nos muros salpicados de nomes e apotegmas escritos pelos antecessores de David. Então, de seus olhos avermelhados as lágrimas recomeçaram a correr. Ela ainda teve lágrimas depois de todas as que derramara ao ver o marido na situação de um criminoso.

— Eis aonde pode levar o desejo de glória!... — ela exclamou. — Oh, meu anjo! Abandone essa carreira... Vamos juntos pela estrada batida e não procuremos uma fortuna rápida... Preciso de pouca coisa para ser feliz, sobretudo depois de ter sofrido tanto!... E se você soubesse!... Essa detenção desonrosa não é nossa grande desgraça!... Tome!

Entregou a carta de Lucien, que David leu em seguida; e para consolá-lo, contou-lhe o terrível comentário de Petit-Claud sobre Lucien.

— Se Lucien se matou, nesse momento já está tudo feito — disse David —, e se não estiver tudo feito nesse momento, não se matará; ele não consegue, como disse, ter coragem mais tempo que uma só manhã...

— Mas ficarmos nessa ansiedade?... — exclamou a irmã, que perdoava quase tudo diante da ideia da morte.

Ela expôs de novo ao marido as propostas que Petit-Claud supostamente conseguira dos Cointet, e que foram logo aceitas por David com visível prazer.

— Teremos do que viver numa aldeia perto de L'Houmeau, onde a fábrica dos Cointet está instalada, e tudo o que eu quero é tranquilidade! — exclamou o inventor. — Se Lucien for punido pela morte, teremos bastante fortuna para esperar pela de meu pai; e se o pobre rapaz ainda estiver vivo, saberá se conformar com nossa mediocridade... Os Cointet decerto se aproveitarão da minha descoberta; mas, afinal de contas, quem sou eu em comparação com meu país?... Sou um homem. Se meu segredo beneficiar a todos, pois é, ficarei contente! Veja, minha querida Ève, não somos feitos, nem um nem outro, para ser comerciantes. Não temos o amor pelo ganho nem essa relutância em largar qualquer espécie de dinheiro, mesmo o mais legitimamente conquistado, que são talvez as virtudes do negociante, pois essas duas avarezas são chamadas de Prudência e Tino comercial!

Encantada com essa uniformidade de vistas, uma das mais doces flores do amor, pois os interesses e o espírito podem não combinar em duas criaturas que se amam, Ève pediu ao carcereiro que enviasse a Petit-Claud um bilhete no qual lhe pedia para soltar David, anunciando o mútuo consentimento deles às bases do arranjo planejado. Dez minutos depois, Petit-Claud entrava na horrenda cela de David e dizia a Ève:

— Volte para casa, minha senhora, iremos logo em seguida...

E, para David:

— Quer dizer, meu caro amigo, que você se deixou agarrar? E como pôde cometer o erro de sair do esconderijo?

— Ora! E como não teria saído? Eis o que Lucien me escreveu.

David entregou a Petit-Claud a carta de Cérizet; Petit-Claud a pegou, leu, olhou, apalpou o papel e falou de negócios, dobrando a carta como por distração e a guardando no bolso. Depois, o advogado pegou David pelo braço e saiu com ele, pois durante essa conversa o alvará de soltura do oficial de justiça tinha sido entregue ao carcereiro. Ao voltar para casa, David se imaginou no céu, chorou como uma criança ao beijar seu pequeno Lucien e ao entrar em seu quarto depois de vinte dias de detenção, cujas primeiras horas foram, segundo os costumes da província, desonrosas. Kolb e Marion tinham voltado. Marion soube em L'Houmeau que Lucien fora visto andando pela estrada de Paris, mais para lá de Marsac. A roupa do dândi fora notada pelas pessoas do campo que traziam mantimentos para a cidade. Depois de se lançar a cavalo pela estrada principal, Kolb acabou sabendo em Mansle que Lucien, reconhecido pelo sr. Marron, viajava numa caleça de posta.

— Eu não lhes dizia? — exclamou Petit-Claud. — Esse rapaz não é um poeta, é um eterno romance.

— De posta? — dizia Ève. — E aonde ele vai, dessa vez?

— Agora — disse Petit-Claud a David — venham à casa dos senhores Cointet, que os esperam.

— Ah, meu senhor — exclamou a bela sra. Séchard —, eu lhe peço, defenda bem nossos interesses, o senhor tem todo o nosso futuro nas mãos.

— Minha senhora, quer que o encontro ocorra em sua casa? — perguntou Petit-Claud. — Deixo-a com David. Esses senhores virão aqui à noite e a senhora vai ver como sei defender seus interesses.

— Ah, isso me daria um grande prazer — disse Ève.

— Muito bem! — disse Petit-Claud —, até à noite, aqui, por volta das sete horas.

— Agradeço-lhe — respondeu Ève com um olhar e num tom que provaram a Petit-Claud quanto progresso ele fizera na confiança de sua cliente.

— Não tenha medo de nada. Está vendo? Eu tinha razão — ele acrescentou. — Seu irmão está a trinta léguas do suicídio. Em suma, talvez esta noite tenham uma pequena fortuna. Apresenta-se um comprador sério para sua tipografia.

— Se é assim — disse Ève —, por que não esperar antes de nos ligarmos aos Cointet?

— A senhora esquece — respondeu Petit-Claud, que percebeu o perigo de sua confidência — que só terá liberdade para vender sua tipografia depois de ter pago ao senhor Métivier, pois todos os seus instrumentos continuam penhorados.

Voltando para casa, Petit-Claud mandou chamar Cérizet. Quando o tipógrafo chegou a seu escritório, levou-o até o vão da janela.

— Amanhã à noite você será o dono da tipografia Séchard, e estará poderosamente protegido para conseguir a transferência da licença — disse-lhe ao ouvido —; mas você não quer acabar nas prisões dos galés, não é mesmo?

— Por quê?... Como assim, nos galés? — perguntou Cérizet.

— Sua carta para David é uma falsificação, e ela está comigo... Se Henriette fosse interrogada, o que ela diria?... Não quero arruiná-lo — disse Petit-Claud ao ver Cérizet empalidecer.

— Quer mais alguma coisa de mim? — exclamou o parisiense.

— Bem, eis o que espero de você — continuou Petit-Claud.

— Escute bem! Daqui a dois meses você será tipógrafo em Angoulême... mas estará devendo sua tipografia e não a terá pago nem em dez anos!... Trabalhará muito tempo para seus capitalistas! E, além disso, será obrigado a ser o testa de ferro do partido liberal... Eu é que redigirei sua escritura de sociedade em comandita com Gannerac; farei de modo a que você possa um dia ser o único dono da tipografia... Mas, se eles fundarem um jornal, e se você for o gerente, e se eu for nomeado aqui primeiro substituto, você se entenderá com o Cointet alto para pôr em seu jornal artigos que possam levar a publicação a ser confiscada e suprimida... Os Cointet lhe pagarão generosamente para lhes prestar esse serviço... Admito que você será condenado, que saberá que gosto tem uma prisão, mas passará por um homem importante e perseguido. E se tornará uma personalidade do partido liberal, um sargento Mercier, um Paul-Louis Courier, um Manuel em miniatura. Jamais deixarei que anulem sua licença. Finalmente, no dia em que o jornal for suprimido, queimarei esta carta diante de você... Sua fortuna não lhe custará tão caro assim...

As pessoas do povo têm ideias muito equivocadas a respeito das diferenciações legais da falsificação, e Cérizet, que já se via no banco dos réus, tornou a respirar.

— Daqui a três anos serei procurador do rei em Angoulême — prosseguiu Petit-Claud —, você poderá precisar de mim, pense nisso!

— Está combinado — disse Cérizet. — Mas o senhor não me conhece! Queime esta carta na minha frente, e confie na minha gratidão.

Petit-Claud olhou para Cérizet. Foi um desses duelos de olho a olho em que o olhar de quem observa é como um escalpelo com que tenta remexer na alma, e em que os olhos do homem que então expõe suas virtudes são como um espetáculo.

Petit-Claud nada respondeu; acendeu uma vela e queimou a carta pensando: "Ele ainda tem de fazer sua fortuna!".

— O senhor tem à sua disposição uma alma maldita — disse o tipógrafo.

38

UM DIA TARDE DEMAIS

David esperava com vaga inquietação a conversa com os Cointet: não era a discussão de seus interesses nem a escritura a fazer que o preocupavam, mas a opinião que os fabricantes teriam de seus trabalhos. Via-se na situação do autor dramático diante de seus juízes. O amor-próprio do inventor e suas ansiedades na hora de alcançar o objetivo faziam qualquer outro sentimento empalidecer. Por fim, lá pelas sete da noite, no momento em que a sra. condessa du Châtelet ia para a cama com a desculpa de uma enxaqueca e deixava o marido fazer as honras do jantar, de tal modo estava aflita com as notícias contraditórias que corriam sobre Lucien, os Cointet, o gordo e o alto, entraram com Petit-Claud na casa de seu concorrente, que se entregava a eles de mãos e pés atados. Primeiro, viram-se diante de uma dificuldade preliminar: como fazer uma escritura de sociedade sem conhecer os processos de David? E, com os processos de David divulgados, David ficaria à mercê dos Cointet. Petit-Claud conseguiu que a escritura fosse feita antes. Então o Cointet alto pediu a David que lhe mostrasse alguns de seus produtos, e o inventor lhe apresentou as últimas folhas fabricadas, garantindo seu preço de custo.

— Muito bem! Aí está — disse Petit-Claud — assentada a base do contrato; os senhores podem se associar a partir destes dados, introduzindo uma cláusula de dissolução caso as condições da patente não sejam cumpridas na fábrica.

— Uma coisa, cavalheiro — disse o Cointet alto a David —, uma coisa é fabricar, em miniatura, em seu quarto, com uma pequena fôrma, amostras de papel, outra coisa é se dedicar à fabricação em grande escala. Julgue por um só fato! Fazemos papéis de cor, compramos, para colori-los, partidas de cor idênticas. Assim, o anil para azular nossos *coquilles* é tirado de uma caixa da qual todas as pedras vêm de um mesmo lote fabricado. Pois bem! Jamais conseguimos obter duas cubas iguais de tinta... Na preparação de nossas matérias operam-se fenômenos que nos escapam. Qualquer mudança na quantidade ou na qualidade da pasta usada complica imediatamente o problema. Quando o senhor tinha numa bacia uma porção de ingredientes que não lhe peço para conhecer, era o dono do processo, podia trabalhar em todas as partes uniformemente, ligá-las, amassá-las, sová-las como bem entendesse, dar-lhes uma forma homogênea... Mas quem lhe garante que numa cuba de quinhentas resmas será igual, e que seus métodos darão certo?...

David, Ève e Petit-Claud se entreolharam dizendo-se pelos olhos muitas coisas.

— Tome um exemplo que lhe ofereça uma analogia qualquer — disse o Cointet alto depois de uma pausa. — O senhor corta cerca de dois feixes de feno num prado e os põe bem apertados em seu quarto, sem deixar as palhas "jogarem seu fogo", como dizem os camponeses; a fermentação acontece mas não causa acidentes. O senhor se apoiaria nessa experiência para amontoar dez mil feixes num depósito de madeira?... Bem sabe que esse feno pegaria fogo e seu depósito queimaria como um palito de fósforo. O senhor é um homem instruído — disse Cointet a David —, portanto conclua!... Até agora, cortou dois feixes de feno, e tememos pôr fogo em nossa fábrica de papel amontoando dois mil. Em outras palavras, podemos perder mais de uma cuba, ter prejuízos e nos virmos sem nada nas mãos depois de termos gasto uma fortuna.

David estava aterrado. A prática falava sua linguagem positiva à teoria, que só fala em termos de futuro.

— Com os diabos se eu assino uma escritura de sociedade como esta! — exclamou brutalmente o Cointet gordo. — Você perderá seu dinheiro se quiser, Boniface, mas eu guardo o meu... Ofereço pagar as dívidas do senhor Séchard, e seis mil francos... E ainda assim, três mil francos em letras — disse, corrigindo-se — para doze e quinze meses... Será mais que suficiente para os riscos a correr... Temos doze mil francos a saldar em nossa conta com Métivier. Isso fará quinze mil francos!... Mas é tudo o que eu pagaria para explorar o segredo, eu sozinho. Ah! É este o achado do qual você me falava, Boniface... Pois é! Obrigado, pensei que você fosse mais inteligente. Não, isto aqui não é o que se chama um bom negócio.

— A questão para os senhores — disse então Petit-Claud sem se apavorar com essa tirada — se resume no seguinte: querem arriscar vinte mil francos para comprar um segredo que pode enriquecê-los? Mas, cavalheiros, os riscos são sempre proporcionais aos lucros... É uma aposta de vinte mil francos contra uma fortuna. Na roleta, o jogador põe um luís para ter trinta e seis, mas sabe que seu luís está perdido. Façam o mesmo.

— Peço tempo para refletir — disse o Cointet gordo —; não sou tão brilhante como meu irmão. Sou um pobre rapaz gordinho que só conhece uma coisa: fabricar por vinte vinténs o livro de missa que vendo por quarenta vinténs. Percebo numa invenção que está apenas em sua primeira experiência uma causa de ruína. Conseguiremos fazer uma primeira leva, fracassaremos na segunda, continuaremos, e então nos deixaremos arrastar, e quando metemos o braço nessas engrenagens, o corpo vai atrás...

Ele contou a história de um negociante de Bordeaux arruinado por ter desejado cultivar as charnecas confiando na palavra de um cientista; encontrou seis exemplos parecidos à sua volta, no departamento da Charente e da Dordogne, na indústria e na agricultura; enfureceu-se, não quis escutar mais nada, as objeções de Petit-Claud aumentavam sua irritação em vez de acalmá-lo.

— Prefiro comprar mais caro uma coisa mais certa a comprar essa descoberta e ter apenas um pequeno lucro — disse, olhando para o irmão. — A meu ver, nada parece avançado o suficiente para se fazer um negócio — exclamou, concluindo.

— Afinal, os senhores vieram aqui para alguma coisa? — perguntou Petit-Claud. — O que oferecem?

— Liberar das dívidas o senhor Séchard e lhe garantir, em caso de sucesso, trinta por cento dos lucros — respondeu com vivacidade o Cointet gordo.

— Ei, cavalheiro! — disse Ève —, com que viveremos durante todo o tempo das experiências? Meu marido passou pela vergonha da prisão, ele pode voltar para a cadeia, não será pior nem melhor, e pagaremos nossas dívidas...

Petit-Claud pôs um dedo nos lábios, olhando para Ève.

— Os senhores não estão sendo razoáveis — ele disse aos dois irmãos. — Viram o papel, e o velho Séchard disse que o filho, trancado por ele, com ingredientes que deviam custar pouco, tinha numa só noite fabricado um excelente papel... Estão aqui para concluir a compra. Querem comprar, sim ou não?

— Olhe — disse o Cointet alto —, que meu irmão queira ou não queira, eu me arrisco ao pagamento das dívidas do senhor Séchard; dou seis mil francos, dinheiro à vista, e o senhor Séchard terá trinta por cento dos lucros; mas escute bem: se em um ano ele não cumprir as condições que ele mesmo vai designar na escritura, ele nos devolverá os seis mil francos, a patente ficará conosco e nos arranjaremos como pudermos.

— Você confia no que fez? — perguntou Petit-Claud, pegando David à parte.

— Confio — disse David, agarrado nessa tática dos dois irmãos e tremendo de medo de o Cointet gordo desistir da conversa da qual seu futuro dependia.

— Muito bem, vou redigir o documento — disse Petit-

-Claud aos Cointet e a Ève —; cada um terá uma cópia esta noite, para meditarem durante toda a manhã; depois, amanhã à tarde, às quatro horas, quando eu sair da audiência, o assinarão. Os senhores Cointet anulem as letras de Métivier. De meu lado, escreverei para suspenderem o processo na Corte Real, e nos comunicaremos as desistências recíprocas.

Foi este o enunciado das obrigações de Séchard:

> ENTRE OS ABAIXO-ASSINADOS etc.
> O senhor David Séchard filho, tipógrafo em Angoulême, afirmando ter encontrado o meio de colar de modo uniforme o papel em cuba, e o meio de reduzir em mais de cinquenta por cento o preço de fabricação de qualquer espécie de papel, pela introdução de matérias vegetais na pasta, seja as misturando às fibras empregadas até o presente, seja as empregando sem adjunção de fibras, é formada entre o senhor David Séchard filho e os senhores Cointet Irmãos uma Sociedade para a exploração da patente de invenção a ser registrada em razão desses métodos, e sob as cláusulas e condições seguintes...

Um dos artigos da escritura despojava completamente David Séchard de seus direitos caso não cumprisse as promessas enunciadas naquela minuta cuidadosamente feita pelo Cointet alto e aceita por David.

Ao levar esse documento na manhã seguinte, às sete e meia, Petit-Claud informou a David e à mulher que Cérizet oferecia vinte e dois mil francos à vista pela tipografia. A escritura de venda poderia ser assinada à tardinha.

— Mas — ele disse — se os Cointet ficassem sabendo dessa compra, seriam capazes de não assinar o contrato com vocês, de atormentá-los, de mandar leiloar tudo aqui...

— Está seguro quanto ao pagamento? — perguntou Ève, espantada em ver se concluir um negócio no qual ela já não tinha esperança e que, três meses antes, teria salvo tudo.

— O dinheiro está na minha casa — ele respondeu claramente.

— Mas isso parece uma mágica — disse David, pedindo a Petit-Claud a explicação para essa felicidade.

— Não, é muito simples, os negociantes de L'Houmeau querem fundar um jornal — disse Petit-Claud.

— Mas eu me proibi de fazê-lo — exclamou David.

— Você!... Mas seu sucessor... Aliás — continuou —, não se preocupe com coisa nenhuma, venda, embolse o valor e deixe Cérizet se virar com as cláusulas da venda, ele saberá dar um jeito.

— Ah, sim! — disse Ève.

— Se você se proibiu de fazer um jornal em Angoulême — continuou Petit-Claud —, os investidores de Cérizet o farão em L'Houmeau.

Ève, maravilhada com a perspectiva de possuir trinta mil francos, de ficar livre das necessidades, agora passou a olhar a escritura de associação apenas como uma esperança secundária. E o sr. e a sra. Séchard cederam num ponto do contrato que dera lugar a uma última discussão. O Cointet alto exigia a possibilidade de pôr em seu nome a patente de invenção. Conseguiu estabelecer que, posto que os direitos financeiros de David estavam perfeitamente definidos no contrato, a patente podia ficar indiferentemente no nome de qualquer um dos associados. Seu irmão acabou dizendo:

— É ele que dá o dinheiro para a patente, que vai arcar com as despesas de viagem, o que são mais dois mil francos! Que a registre em seu nome ou nada feito!

Portanto, o tubarão triunfou em todos os pontos. A escritura de sociedade foi assinada por volta de quatro e meia. O Cointet alto ofereceu galantemente à sra. Séchard seis dúzias de talheres com filetes e um belo xale de caxemira Ternaux à guisa de brindes para fazê-la esquecer os arroubos da discussão, disse ele. Mal foram trocadas as cópias do contrato, mal Cachan entregou a Petit-Claud as desistências e os documentos, bem como as três terríveis promissórias falsificadas por Lucien, a voz de Kolb ressoou na escada, depois do barulho ensurdecedor de uma carroça do serviço de mala-posta que parou diante da porta.

— *Zenhora*! *Zenhora*! *Quince mil vrancos*!... — ele gritou —, *enviados te Poitiers em tinheiro de verdade pelo zenhor Licien...*

— Quinze mil francos! — exclamou Ève, levantando os braços.

— Sim, senhora — disse o carteiro, apresentando-se —, quinze mil francos trazidos pela diligência de Bordeaux, que ficou bem carregada, viu? Tenho dois homens lá embaixo que estão subindo os sacos. Isso quem lhe mandou foi o senhor Lucien Chardon de Rubempré... E lhe trago um saquinho de couro contendo, para a senhora, quinhentos francos em ouro, e aparentemente, também uma carta.

Ève pensou estar sonhando ao ler a seguinte carta:

> Minha querida irmã, aqui vão quinze mil francos.
> Em vez de me matar, vendi minha vida. Não mais me pertenço: sou mais que o secretário de um diplomata espanhol, sou sua criatura.
>
> Recomeço uma vida *terrível*. Talvez tivesse sido melhor me afogar.
>
> Adeus, David ficará livre, e com quatro mil francos poderá certamente comprar uma pequena fábrica de papel e fazer fortuna.
>
> Não pense mais, assim o quero, em
> Seu pobre irmão,
> LUCIEN

— Está escrito — exclamou a sra. Chardon, que foi ver se amontoarem os sacos — que meu pobre filho será sempre fatal, como ele escrevia, mesmo fazendo o bem.

— Escapamos de boa! — exclamou o Cointet alto quando chegou à praça du Mûrier. — Uma hora mais tarde, os reflexos desse dinheiro teriam iluminado o contrato e nosso homem teria se assustado. Daqui a três meses, como ele nos prometeu, saberemos a quantas andaremos.

Às sete da noite, Cérizet comprou e pagou a tipografia, ficando a seu encargo o aluguel do último trimestre. No dia seguinte Ève entregou quarenta mil francos ao recebedor geral, para mandar comprar, em nome do marido, uma renda de dois mil e quinhentos francos. Depois, escreveu ao sogro pedindo para lhe encontrar em Marsac uma pequena propriedade de dez mil francos como base de sua fortuna pessoal.

39

HISTÓRIA DE UMA SOCIEDADE COMERCIAL

O plano do Cointet alto era de uma simplicidade formidável. De início, ele julgou impossível a colagem em cuba. A adição de matérias vegetais pouco onerosas à pasta de trapo lhe pareceu o verdadeiro e único meio de fazer fortuna. Portanto, resolveu considerar como algo insignificante o preço baixo da pasta, e se empenhar imensamente para conseguir a colagem em cuba. Eis a razão. Nessa época a indústria de Angoulême fabricava quase que só papéis para escrever, chamados *écu*, *poulet*, *écolier* e *coquille*, que, naturalmente, são todos eles colados. Por muito tempo foi essa a glória da indústria de papel de Angoulême. Assim, essa especialidade, monopólio dos fabricantes da cidade há muitos anos, justificava as exigências dos Cointet; e o papel colado, como vamos ver, não tinha propriamente lugar em sua especulação. A demanda de papéis para escrever é extremamente limitada, ao passo que a dos papéis de impressão não colados é quase ilimitada. Na viagem que fez a Paris para registrar a patente em seu nome, o Cointet alto pensou em fechar negócios que determinariam grandes mudanças em seu modo de fabricação. Hospedado na casa de Métivier, Cointet lhe deu instruções para, no espaço de um ano, tirar de outros fabricantes de papel o fornecimento que asseguravam aos jornais, baixando o preço da resma a um nível que nenhuma fábrica poderia oferecer, e prometendo a cada jornal uma brancura e qualidades superiores aos mais belos tipos de papel empregados até então. Como as compras dos jornais são a prazo, precisava-se de um certo tempo de manobras subterrâneas com as gerências até se chegar a concretizar esse monopólio; mas Cointet calculou que teria tempo de se desfazer de Séchard enquanto Métivier fosse conseguindo contratos com os principais jornais de Paris, cujo consumo se elevava, na época, a duzentas resmas por dia. Naturalmente, Cointet ofereceu a Métivier uma certa porcentagem nesses fornecimentos, a fim de ter um representante hábil na praça de Paris e não perder tempo com as viagens. A fortuna de Métivier, uma das mais consideráveis no comércio do papel, teve origem nesse negócio. Por dez anos ele controlou, sem concorrência possível, o fornecimento dos jornais de Paris. Tranquilo quanto a seus futuros mercados, o Cointet alto voltou para Angoulême com folga suficiente para assistir ao casamento de Petit-Claud, cujo escritório fora vendido: ele esperava a nomeação de seu sucessor para então assumir o lugar do sr. Milaud, prometido ao protegido da condessa du Châtelet. O segundo substituto do procurador do rei em Angoulême foi nomeado primeiro substituto em Limoges, e o ministro da Justiça enviou um de seus protegidos para o ministério público de Angoulême, onde o posto de primeiro substituto ficou vago por dois meses. Esse intervalo foi uma espécie de lua de mel para Petit-Claud.

Na ausência do Cointet alto, David fez, primeiro, uma caldeirada sem cola, que deu um papel de jornal bem superior àquele que os jornais empregavam, depois uma segunda caldeirada de um magnífico papel velino, destinado às belas impressões e do qual se serviu a tipografia Cointet para uma edição do livro de missa da diocese. Os materiais tinham sido preparados pelo próprio David, em segredo, pois ele não quis outros operários a seu lado além de Kolb e Marion.

Quando o Cointet alto voltou, tudo mudou de figura, pois ele olhou as amostras dos papéis fabricados e ficou medianamente satisfeito.

— Meu caro amigo — disse a David —, o comércio de Angoulême é o papel *coquille*. Trata-se, antes de mais nada, de fazer o mais bonito *coquille* possível pela metade do atual preço de custo.

David tentou fabricar uma caldeirada de polpa colada para *coquille*, e conseguiu um papel áspero como uma escova, no qual a cola aparecia em grumos. No dia em que a experiência foi concluída, David segurou uma das folhas e foi para um canto, onde quis ser o único a ruminar sua tristeza, mas o Cointet alto veio importuná-lo e foi com ele de uma amabilidade encantadora, consolando seu sócio.

— Não desanime — disse Cointet —, vá em frente! Sou um bom sujeito, compreendo como você está se sentindo, e irei até o fim!...

— Realmente — disse David à mulher quando voltou para jantar com ela — estamos tratando com boa gente, e nunca imaginei que o Cointet alto fosse tão generoso!

E contou sua conversa com o pérfido sócio.

Três meses de experiências se passaram. David dormia na fábrica de papel, observava os resultados das diversas composições de sua polpa. Ora atribuía o insucesso à mistura do trapo e de suas matérias, e fazia uma caldeirada inteiramente composta só de seus próprios ingredientes. Ora tentava colar uma caldeirada inteiramente composta de trapos. E prosseguindo sua obra com admirável perseverança, diante dos olhos do Cointet alto, de quem o pobre homem não mais desconfiava, ele foi indo, de matéria homogênea em matéria homogênea, até esgotar a série de seus ingredientes combinados com todas as diferentes colas. Durante os seis primeiros meses de 1823, David Séchard viveu na fábrica de papel com Kolb, se é que se pode considerar "vida" negligenciar sua alimentação, sua roupa e sua pessoa. Lutou tão desesperadamente contra as dificuldades que, para outros homens que não os Cointet, aquilo teria sido um espetáculo sublime, pois nenhum pensamento interesseiro preocupava esse intrépido batalhador. Houve um momento em que nada mais desejou senão a vitória. Estudou com maravilhosa sagacidade os resultados tão estranhos das substâncias transformadas pelo homem em produtos de sua conveniência, em que a natureza está, de certa forma, domada em suas resistências secretas, e disso deduziu belas leis industriais, observando que só era possível obter essas espécies de criações obedecendo às relações ulteriores entre as coisas, ao que chamou de segunda natureza das substâncias. Por fim, chegou, lá pelo mês de agosto, a conseguir um papel colado em cuba, absolutamente igual àquele que a indústria agora fabrica, e que é usado nas tipografias como papel para as provas, mas cujas espécies não são uniformes e cuja colagem nem sempre é garantida. Esse resultado, tão bonito em 1823, tendo em vista o estágio em que se encontrava a indústria de papel, custara dez mil francos, e David esperava resolver as últimas dificuldades do problema. Mas então se espalharam em Angoulême e em L'Houmeau singulares rumores: David Séchard estava arruinando os irmãos Cointet. Depois de ter devorado trinta mil francos em experiências, ele afinal conseguira, dizia-se, um papel muito ruim. Os outros fabricantes, assustados, se atinham a seus antigos métodos; e, com ciúmes dos Cointet, espalhavam o boato da próxima ruína daquela casa ambiciosa. O Cointet alto, de seu lado, mandava vir as máquinas de fabricar papel contínuo, mas dando a entender que essas máquinas eram necessárias para as experiências de David Séchard. Porém, o jesuíta misturava em sua pasta os ingredientes indicados por Séchard, sempre o induzindo a só cuidar da colagem em cuba, e despachava para Métivier milhares de resmas de papel de jornal.

No mês de setembro, o Cointet alto pegou à parte David Séchard; e, quando este lhe disse que andava meditando numa experiência triunfante, o dissuadiu de prosseguir a luta.

— Meu caro David, vá a Marsac ver sua mulher e descansar de suas labutas, não queremos nos arruinar — ele disse amigavelmente. — O que você vê como um grande triunfo ainda é apenas um ponto de partida. Agora esperaremos antes de nos dedicarmos a novas experiências. Seja sensato! Veja os resultados. Não somos apenas fabricantes de papel, somos impressores, banqueiros, e dizem que você está nos arruinando...

David Séchard fez um gesto de sublime ingenuidade para provar sua boa-fé.

— Não são cinquenta mil francos jogados no Charente que nos arruinarão — disse o Cointet alto, respondendo ao gesto de David —, mas não queremos ser obrigados, por causa das calúnias que correm a nosso respeito, pagar tudo à vista, pois seríamos forçados a parar nossas operações. Estamos nos termos de nosso contrato, nós e você, as duas partes, precisamos refletir.

"Ele tem razão!", pensou David, que, mergulhado em suas experiências em grande escala, não prestara atenção ao movimento da fábrica.

E foi para Marsac. Nos últimos seis meses, fora para lá todo sábado à noite, ficando com Ève até terça-feira de manhã. Bem aconselhada pelo velho Séchard, Ève comprara, defronte das vinhas de seu sogro, uma casa chamada La Verberie, com três jeiras de jardim e um cercado de vinhas encravado no vinhedo do velho. Vivia muito economicamente com sua mãe e Marion, pois ainda devia cinco mil francos pela compra daquela encantadora propriedade, a mais bonita de Marsac. A casa, entre o pátio e o jardim, era construída em tufo calcário, com telhado de ardósia e ornamentada com esculturas que a facilidade de talhar o tufo permite ter em abundância sem grandes despesas. A linda mobília que viera de Angoulême parecia ainda mais bonita no campo, onde na época ninguém exibia, naquela região, o menor luxo. Defronte da fachada que dava para o jardim havia uma fileira de romeiras, laranjeiras e plantas raras que o proprietário anterior, um velho general, morto nas mãos do dr. Marron, cultivava pessoalmente. Foi debaixo de um pé de laranjeira, na hora em que David brincava com a mulher e o pequeno Lucien, e na frente de seu pai, que o oficial de justiça de Mansle trouxe pessoalmente uma intimação dos irmãos Cointet para seu sócio, a fim de constituírem um tribunal de arbitragem perante o qual, pelos termos do contrato, deviam ser discutidas suas contestações. Os irmãos Cointet pediam a devolução dos seis mil francos e a propriedade da patente, bem como a futura participação nos lucros de sua exploração, à guisa de indenização pelas despesas exorbitantes feitas por eles sem nenhum resultado.

— Andam dizendo que você os está arruinando! — disse o viticultor ao filho. — Pois bem, esta é a única coisa que para mim você fez de agradável.

No dia seguinte, Ève e David estavam às nove horas na antessala do doutor Petit-Claud, agora transformado em defensor de viúvas e tutor de órfãos, e cujos conselhos lhes pareceram os únicos a seguir.

O magistrado recebeu maravilhosamente bem seus antigos clientes e fez questão que o sr. e a sra. Séchard lhe dessem o prazer de almoçar com ele.

— Os Cointet lhes estão exigindo seis mil francos! — ele disse, sorrindo. — Quanto ainda devem pela compra de La Vergerie?

— Cinco mil francos, mas tenho dois mil... — Ève respondeu.

— Guarde seus dois mil francos — respondeu Petit-Claud. — Vejamos, cinco mil!... E precisam de mais dez mil francos para se instalarem corretamente por lá... Muito bem! Daqui a duas horas os Cointet lhe trarão quinze mil francos.

Ève fez um gesto de surpresa.

—... Em troca da renúncia de vocês a todos os lucros do contrato, que rescindirão amigavelmente. Concordam?...

— E essa quantia será legalmente nossa? — perguntou Ève.

— Muito legalmente — disse o magistrado, sorrindo. — Os Cointet lhes causaram suficientes desgostos, quero dar um basta nas pretensões deles. Escutem aqui, hoje eu sou magistrado, devo-lhes a verdade. Pois bem! Neste momento os Cointet os estão ludibriando, mas vocês estão nas mãos deles. Poderiam ganhar o processo que lhes fazem, aceitando a guerra. Mas querem, daqui a dez anos, ainda estar tendo de se defender? Eles vão multiplicar as perícias e as arbitragens e vocês ficarão sujeitos às opiniões mais contraditórias... E — disse sorrindo — não vejo nenhum advogado para defendê-los aqui... Um mau acordo, sabe, vale mais que um bom processo...

— Qualquer acordo que nos der sossego será bom — disse David.

— Paul! — gritou Petit-Claud para seu empregado. — Vá buscar o doutor Ségaud, meu sucessor!... Enquanto almoçarmos, ele irá ver os Cointet — disse a seus antigos clientes — e dentro de poucas horas vocês voltarão para Marsac, arruinados mas tranquilos. Com dez mil francos ainda conseguirão quinhentos francos de renda e, em sua linda propriedadezinha, viverão felizes!

Duas horas depois, como Petit-Claud dissera, o doutor Ségaud voltou com os documentos devidamente assinados pelos Cointet, e com quinze notas de mil francos.

— Devemos muito a você — disse Séchard a Petit-Claud.

— Mas eu acabo de arruiná-los — respondeu Petit-Claud a seus antigos clientes espantados. — Eu os arruinei, repito, conforme vocês verão com o tempo; mas os conheço, preferem a ruína a uma fortuna que talvez viesse tarde demais.

— Não somos interesseiros, nós lhe agradecemos por nos ter mostrado o caminho da felicidade — disse a sra. Ève —, e o senhor sempre nos verá agradecidos.

— Meu Deus! Não me abençoem!... — disse Petit-Claud. — Estão me dando remorsos, mas creio que hoje deixei tudo acertado. Se me tornei magistrado, foi graças a vocês; e se alguém deve ser agradecido, sou eu... Adeus.

40

CONCLUSÃO

Em 1829, no mês de março, o velho Séchard morreu, deixando cerca de duzentos mil francos em bens imóveis, que, juntos com La Verberie, formaram uma magnífica propriedade muito bem administrada por Kolb nos últimos dois anos.

Com o tempo, o alsaciano fora mudando de opinião sobre o velho Séchard, que, de seu lado, se tomou de afeto pelo alsaciano, vendo-o, tal qual a si mesmo, como uma pessoa sem nenhuma noção das letras nem da escrita, e fácil de embebedar. O velho urso ensinou ao antigo couraceiro como administrar o vinhedo e vender seus produtos, e o formou com a ideia de deixar para seus filhos um homem de boa cabeça; pois em seus últimos dias teve temores grandes e pueris sobre a sorte de seus bens. Pegou o moleiro Courtois como confidente.

— Você vai ver — ele lhe dizia — o que acontecerá na casa de meus filhos quando eu estiver na cova. Ai, meu Deus! O futuro deles me faz tremer.

David e a mulher encontraram perto de cem mil escudos de ouro na casa do pai. A voz do povo, como sempre, aumentou tanto o tesouro do velho Séchard que em todo o departamento da Charente o avaliavam em um milhão. Ève e David tiveram mais ou menos trinta mil francos anuais de rendas, juntando a essa herança sua pequena fortuna, pois esperaram algum tempo para usar os próprios fundos e conseguiram investi-los em títulos do Estado, durante a Revolução de Julho. Só depois de 1830 o departamento da Charente e David

Séchard souberam a quanto montava a fortuna do Cointet alto. Dono de muitos milhões, nomeado deputado, o Cointet alto é hoje par da França, e será, dizem, ministro do Comércio no próximo gabinete. Em 1842, ele se casou com a filha de um dos políticos mais influentes da dinastia, a srta. Popinot, filha do sr. Anselme Popinot, deputado de Paris, prefeito de um *arrondissement*.

A descoberta de David Séchard se integrou à indústria francesa assim como o alimento é integrado a um grande corpo. Graças à introdução de outras matérias além dos trapos, a França consegue fabricar papel mais barato que qualquer país da Europa. Mas o papel da Holanda, segundo a previsão de David Séchard, não existe mais. Provavelmente, mais cedo ou mais tarde será preciso erigir uma Manufatura Real de Papel, assim como criaram a dos Gobelins, a de Sèvres, a Savonnerie e a Imprensa Real, que até agora sobreviveram aos golpes assestados pelos vândalos burgueses.

David Séchard, amado pela mulher, é pai de dois filhos e uma filha, e teve o bom gosto de jamais falar de suas experiências. Ève teve a inteligência de fazê-lo renunciar à terrível vocação dos inventores, esses Moisés devorados por sua sarça ardente de Horeb. Ele cultiva as letras como passatempo, mas leva a vida feliz e indolente do proprietário que explora suas terras. Depois de ter dado um adeus definitivo à glória, alistou-se bravamente na classe dos sonhadores e dos colecionadores: dedica-se à entomologia e pesquisa as metamorfoses até agora tão secretas dos insetos, que a ciência só conhece em sua transformação final.

Todo mundo ouviu falar dos triunfos de Petit-Claud como procurador-geral, ele é o rival do famoso Vinet, de Provins, e sua ambição é se tornar primeiro presidente da Corte Real de Poitiers.

Cérizet, condenado várias vezes por delitos políticos, deu muito o que falar de si. Como o mais arrojado dos filhos pródigos do partido liberal, foi apelidado de Cérizet Coragem. Obrigado pelo sucessor de Petit-Claud a vender sua tipografia de Angoulême, buscou nos palcos da província uma nova vida, que seu talento de ator podia tornar brilhante. Uma *jeune première* o obrigou a ir para Paris a fim de pedir à ciência recursos contra o amor, e lá ele tentou negociar a proteção do partido liberal.

Quanto a Lucien, sua volta a Paris pertence ao terreno de *Cenas da vida parisiense*.*

1835-43

* Esta última frase, acrescentada por Balzac em seu próprio exemplar, é um convite ao leitor do tomo VIII de *A comédia humana* a ler o romance que se segue, *Esplendores e misérias das cortesãs*, em que Lucien reaparece.

Cronologia

1797 Bernard-François Balzac, de uma família de camponeses do Tarn, diretor de mantimentos de uma divisão militar de Tours, casa-se aos cinquenta anos com Anne-Charlotte-Laure Sallambier, dezoito anos, de uma família de ricos comerciantes de tecidos de Paris.

1799 20 DE MAIO Nascimento de Honoré Balzac em Tours, segundo filho do casal. Seus irmãos são Laure (1800), Laurence (1802), e Henri-François (1807), filho adulterino da sra. Balzac com Jean de Margonne, castelão de Saché.
Napoleão Bonaparte derruba o Diretório e se torna primeiro cônsul da França.

1803 Depois de quatro anos vivendo com a ama de leite, Honoré volta para a família.

1804 Matriculado no pensionato Le Guay, em Tours, de onde sairá em 1807.
Napoleão Bonaparte sagra-se imperador e começa a conquista da Europa.

1807 Interno no Colégio de Vendôme, dos oratorianos, onde fica até 1813. Em seis anos só recebe duas visitas da mãe.

1814 A família se muda para Paris, instalando-se no Marais.
Napoleão abdica e se torna rei de Elba. Primeira restauração, com a ascensão de Luís XVIII ao trono.

1815 Estudos secundários em Paris, no Instituto Lepître e no Instituto Ganzer.
Napoleão regressa triunfante a Paris, governa cem dias e é derrotado em Waterloo. Luís XVIII volta a ocupar o trono da França.

1816 Matricula-se na faculdade de direito da Sorbonne. Estágio no escritório do advogado Guillonnet-Merville, até março de 1818.

1818 Estágio com o tabelião Victor Passez, amigo da família. Reúne notas para um tratado sobre *A imortalidade da alma.*

1819 Recebido no bacharelato de direito. O pai se aposenta e a família se muda para Villeparisis. Balzac vai morar sozinho numa mansarda da rua Lesdiguières, 9, perto da Bastilha, decidido a ser escritor. Escreve *Cromwell*, tragédia em versos em cinco atos, que será mal recebida pelo acadêmico Andrieux, amigo da família.

1820 Trabalha no romance medieval *Agathise*, no estilo de Walter Scott.

1822 Começa a escrever com pseudônimos. *A herdeira de Birague*, *Jean-Louis*, *Clotilde de Lusignan ou le beau Juif*, *Le centenaire*, são assinados por Lord R'Hoone [Honoré]. *O vigário das Ardennes*, assinado por Horace de Saint-Aubin, é recolhido por imoralidade. Inicia a ligação com Laure de Berny, vinte e dois anos mais velha, e que terá grande papel em sua formação.

1823 O Teatro de la Gaîté recusa seu melodrama *Le Nègre.*

1824 Muda-se para a rua de Tournon, 2. Atividade jornalística em *Feuilleton Littéraire* e *La Lorgnette.* Continua a publicar com pseudônimo.
Morte de Luís XVIII, substituído pelo rei Carlos X.

1825 Primeiros trabalhos como editor, reeditando as obras completas de La Fontaine e de Molière. Início da ligação com Laure Junot, duquesa d'Abrantes, quinze anos mais velha. Pensa numa grande *História da França pitoresca.*

1826 Obtém a patente de impressor e se endivida para comprar uma tipografia na rue des Marais-Saint-Germain, 17, atual rua Visconti.

1827 Para expandir a Tipografia H. Balzac, compra uma fundição de tipos gráficos, com a ajuda financeira de Laure de Berny. Conhece Victor Hugo.

1828 O sócio André Barbier sai do negócio. Vende a fundição a um filho de Laure de Berny, que dispensa o reembolso. Muda-se para a rua Cassini, 1, perto do Observatório.
16 DE AGOSTO liquidação da tipografia, que lhe deixa 60 mil francos de dívidas (cerca de 200 mil euros), sendo 50 mil com a família.

1829 Introduzido pela duquesa d'Abrantes, frequenta os *salons* da aristocracia. Início da amizade e da correspondência com Zulma Carraud. Morte do pai.
Fisiologia do casamento; *O último Chouan ou a Bretanha em 1800*, primeiro romance assinado Honoré Balzac.

1830 Intensa atividade jornalística, em *Le Feuilleton des Journaux Politiques*, *Revue de Paris*, *Revue des Deux-Mondes*, *La Mode*.
MAIO-SETEMBRO temporada com Laure de Berny na Touraine.
O elixir de longa vida; *Sarrasine*; *Uma paixão no deserto*; *Gobseck*.
Revolução de Julho. Abdicação de Carlos X. Monarquia de Julho. Luís Filipe no trono da França.

1831 Vida mundana. Incorpora definitivamente a partícula *de*, indicativa de nobreza, a seu sobrenome. Temporada em Angoulême com os Carraud.
Pele de onagro, sucesso imediato; *A estalagem vermelha*.

1832 FEVEREIRO recebe a primeira carta de Eveline Hanska (1803-82), condessa polonesa que se assina *A estrangeira*, e com quem se casará dezoito anos depois. Temporadas em Angoulême, com Zulma Carraud, e em Aix-les-Bains, com a marquesa de Castries. Junta-se ao partido legitimista (ultraconservador).
O coronel Chabert, início de *Contos jocosos*; *Novos contos filosóficos*.

1833 Terceira e última temporada com os Carraud, em Angoulême. Ligação secreta com Maria du Fresnay (1809-92), com quem terá uma filha no ano seguinte.
25 DE SETEMBRO primeiro encontro com Madame Hanska, em Neuchâtel. Contrato para a publicação da coleção *Estudos de costumes no século XIX*, em doze volumes. Natal com Madame Hanska, em Genebra.
História intelectual de Louis Lambert; *Ferragus*; *O médico rural*; *Eugénie Grandet*.

1834 Tomos X e XI de *Estudos de costumes no século XIX*; *A duquesa de Langeais*; *A procura do absoluto*; início de *Serafita*; primeira e segunda parte de *O pai Goriot*, romance em que aplica pela primeira vez o princípio do retorno dos personagens.

1835 Ligação com a condessa Guidoboni-Visconti. Instala-se na rua des Batailles, 13, em Chaillot. Três semanas em Viena com Madame Hanska, que ele só tornará a ver oito anos depois; é recebido por Metternich. Sócio majoritário e diretor de *Chronique de Paris*, revista política e literária que só dura seis meses.
Tomos I a XII de *Estudos de costumes*; *O lírio no vale* na *Revue de Paris.*

1836 Inicia, no Castelo de Saché, a primeira parte de *Ilusões perdidas*. Nascimento de Lionel-Richard Lowell, suposto filho com a condessa Guidoboni-Visconti. Morte de Laure de Berny. Liquidação da revista *Chronique de Paris*. Perseguido por credores e oficiais de justiça, viaja à Itália e depois vive escondido em Chaillot.
A missa do ateu; início de *O gabinete das antiguidades.*

1837 Compra a Villa des Jardies, em Sèvres, origem de novas e pesadas dívidas. Esconde-se na casa da condessa Guidoboni-Visconti, que paga suas dívidas e lhe evita a prisão. Seu tílburi é confiscado pela justiça. Exibição de seu retrato, com roupa de monge, por Louis Boulanger.
César Birotteau; tomos VII e VIII de *Estudos de costumes*, contendo a primeira parte de *Ilusões perdidas*.

1838 *Fevereiro-março*: temporada em Nohant, na casa de George Sand. Viagem à Sardenha, onde espera enriquecer especulando com as minas de prata. Instala-se em Les Jardies. Inscreve-se na recém-criada Société des gens de lettres.
A Casa Nucingen; *A Torpedo.*

1839 *16 de agosto*: presidente da Société des gens de lettres. Campanhas pela proteção da propriedade literária e dos direitos autorais.
2 DE DEZEMBRO candidatura à Academia Francesa, retirando-a depois em favor de Victor Hugo, que não é eleito.
Um grande homem de província em Paris, segunda parte de *Ilusões perdidas*; *Uma filha de Ève*, em folhetim.

1840 9 DE JANEIRO cede a Victor Hugo a presidência da Société des gens de lettres.
14 DE MARÇO criação de *Vautrin* no Teatro de la Porte-Saint-Martin; a peça é proibida no dia seguinte.
25 DE JULHO lança a *Revue Parisienne*, mensal, que só terá três números.

SETEMBRO Les Jardies é penhorada. Muda-se com a mãe e Louise Breugniet, governanta e amante, para a rue Basse, 19 (atual rua Raynouard), em Passy, onde hoje é a Maison de Balzac. O contrato de aluguel é feito em nome de Louise.

1841 2 DE OUTUBRO assina com os livreiros Furne, Hetzel, Dubochet e Paulin o contrato para a publicação de suas obras completas sob o título geral, imaginado no ano anterior, de *A comédia humana*. Os dezessete volumes, revistos pelo autor (edição Furne corrigida), são publicados de 1842 a 1848, e completados postumamente, em 1855, por mais três.

NOVEMBRO morte de Wenceslas Hanski, marido de Madame Hanska, com quem Balzac retoma a correspondência.

Um caso tenebroso; *Ursule Mirouet*; *Memórias de duas jovens esposas*.

1842 19 DE MARÇO criação no Teatro de l'Odéon de *Ressources de Quinola*, que tem apenas dezenove representações.

JULHO escreve o prólogo de *A comédia humana*, em que compara os tipos humanos com as espécies animais. Retrato feito por um daguerreotipista.

Os dois irmãos; início de *Esplendores e misérias das cortesãs*, no jornal *Le Parisien*.

1843 JULHO-OUTUBRO em São Petersburgo, com Madame Hanska.

26 DE SETEMBRO criação de *Paméla Giraud* no Teatro de la Gaîté, que teve apenas 28 representações. David d'Angers termina o busto de Balzac.

Ilusões perdidas, edição completa publicada no tomo VIII de *A comédia humana* (vol. IV de *Cenas da vida de província*).

1844 Faz o "Catálogo das obras que comporão *A comédia humana*", em que ainda figuram quarenta obras a escrever. Problemas de saúde. Coleciona móveis e pinturas.

Modeste Mignon, em folhetim no *Journal des Débats*; *David Séchard*, a terceira parte de *Ilusões perdidas*, em edição separada.

1845 Cavaleiro da Legião de Honra. Viagem a Alemanha, França, Holanda, Bélgica e Itália, com Madame Hanska, sua filha Anne e o futuro genro.

1846 Viagem de Roma a Frankfurt com Madame Hanska. Testemunha de casamento de Anne Hanska com o conde Georges Mniszech, em Wiesbaden.

NOVEMBRO Madame Hanska dá à luz um menino natimorto, que se chamaria Victor-Honoré. Desespero de Balzac.

28 DE SETEMBRO compra a prestação da casa da rua Fortunée, atual rua Balzac.

Esplendores e misérias das cortesãs (terceira parte) em *L'époque*; *A prima Bette* em *Le Constitutionnel*.

AGOSTO conclusão de *A comédia humana*, com a venda dos volumes que faltavam.

1847 Madame Hanska, em Paris, exige que Balzac se separe da governanta.

15 DE ABRIL instalam-se na rua Fortunée. Balzac lega a Madame Hanska todos os seus bens e os manuscritos, por ele corrigidos, de *A comédia humana*.

SETEMBRO ida para o Castelo de Wierzschownia, na Ucrânia, para uma temporada de cinco meses com Madame Hanska.

1848 15 DE FEVEREIRO volta para Paris. Presencia o saque às Tuileries, durante a revolução de fevereiro de 1848, que lhe causa medo e aversão. Cogita em se candidatar nas eleições legislativas. Pensa em adaptar seus romances para o teatro.

25 DE MAIO criação de *A madrasta* no Teatro Historique, com apenas seis apresentações. Primeiros sintomas da doença cardíaca.

SETEMBRO volta para Wierzchownia, onde fica até abril de 1850.

Revolução de fevereiro. Segunda República. Luís Bonaparte é eleito presidente.

1849 11 DE JANEIRO nova candidatura à Academia Francesa, quando só consegue quatro votos, entre eles os de Victor Hugo e Lamartine. Passa todo o ano na Ucrânia.

1850 14 DE MARÇO Casamento em Berditchev, Ucrânia, com Madame Hanska, que abriu mão, segundo decisão do czar, de seus bens pessoais para poder se casar com um estrangeiro. Doente, Balzac volta com ela para Paris.

18 DE AGOSTO, 23H30 morte de Balzac, na casa da rua Fortunée. Victor Hugo, que o visitara nesse dia, faz o elogio fúnebre no cemitério do Père-Lachaise, três dias depois, lembrando o caráter "revolucionário" de sua obra.

1882 Morte de Madame Hanska.

Outras leituras

DIAZ, José-Luis. *Illusions Perdues* d'Honoré de Balzac. Paris: Gallimard/ Folio, 2001.
GAUTIER, Théophile. *Balzac*. Paris: Le Castor Astral, 2011.
LUKÁCS, Georg, "Balzac: les illusions perdues", *Ensaios sobre literatura*. Rio de Janeiro: Civilização Brasileira, 1965.
SIMENON, Georges. *Portrait-souvenir de Balzac*. Paris: Christian Bourgois, 2010.
ZWEIG, Stefan. *Balzac*. Rio de Janeiro: Editora Guanabara, 1946.

1ª EDIÇÃO [2011] 7 reimpressões

Esta obra foi composta em Sabon por Alice Viggianie
e impressa em ofsete pela Lis Gráfica sobre papel Pólen da
Suzano S.A. para a Editora Schwarcz em novembro de 2025

FSC
www.fsc.org
MISTO
Papel | Apoiando o manejo florestal responsável
FSC® C112738

A marca FSC® é a garantia de que a madeira utilizada na fabricação do papel deste livro provém de florestas que foram gerenciadas de maneira ambientalmente correta, socialmente justa e economicamente viável, além de outras fontes de origem controlada.